云 梦

上

黄子真 著

中国大百科全书出版社　知识出版社

图书在版编目（CIP）数据

云梦．上 / 黄子真著．-- 北京：知识出版社，
2024.2
ISBN 978-7-5215-1035-5

Ⅰ.①云… Ⅱ.①黄… Ⅲ.①幻想小说—中国—当代
Ⅳ.①I247.5

中国国家版本馆CIP数据核字（2024）第042131号

云梦．上

黄子真　著

出 版 人	姜钦云	
出版统筹	张京涛	
责任编辑	朱金叶	
责任校对	易晓燕	
责任印制	吴永星	
出版发行	中国大百科全书出版社　知识出版社	
地　　址	北京市西城区阜成门北大街 17 号	
邮　　编	100037	
网　　址	http://www.ecph.com.cn	
电　　话	010-88390725	
印　　刷	北京天恒嘉业印刷有限公司	
开　　本	710 毫米×1000 毫米　1/16	
字　　数	520 千字	
印　　张	32	
版　　次	2024 年 2 月第 1 版	
印　　次	2024 年 2 月第 1 次印刷	
书　　号	ISBN 978-7-5215-1035-5	
定　　价	118.00 元（全 2 册）	

期待走进一场属于青春的梦幻之旅
——《云梦》（上、下）代序

最近几年，科幻的影响力外溢速度惊人。一个典型的表现，是许多原本对科幻完全没有兴趣的作家写起了科幻。大中小学生、科研工作者、高新企业的创业者，统统都用自己的实际行动加入到科幻作者的行列。我很高兴地看到，中国的科幻事业正在掀起一场全新的提升运动。而在这场运动中，谁能把科幻跟时代的背景融合得更好，谁就能得到更多读者。黄子真就是这些作者中的一位。

几年前，我得知深圳有一大群中小学生正在进行小说等文学创作，而这其中很有成绩的不在少数。黄子真就是其中之一。那时候，她写了一本《红楼造梦局》，用自己的方式解读古典名著，带着自己的腔调和自己的认知，让古典小说着实青春了一把。这几年，她又对科幻发生了兴趣，写出了《云梦》（上、下）。

我很认可小说《云梦》（上、下）的努力方向，那就是把科幻跟青春文学相互结合，让科幻焕发出青春的魅力。简单地说，故事以友情、亲情、爱情作为主线编织了一场人生的奇妙旅行，科幻仅仅是它的形式或外壳。小说语言轻快，特别具有青春小说的特色。读着这些语言，让我想到多年前的郁秀和韩寒。当然，《云梦》（上、下）跟这些作者的风格差异很大。但描写青年人的所思所想，是他们的共同之处。

我同意读过这本书的青年作家袁博的说法，这本小说是很容易跟与作者同年龄的读者产生共鸣的。作品中洋溢着青春的气息。而我更认为，在科幻文学领域，我们正需要这种把科幻思维跟青春体验融合在一起的全新道路。

说到青春小说，不同年龄的人想到的是不同的东西。共和国早期的建设者，想到的是《青春之歌》《钢铁是怎样炼成的》。改革开放时代的读者，想到的是《青春万岁》《你别无选择》。而在各种文化涌入我们的场域之后，更多读者能想到的作品则包括《星球大战》《凉宫春日的忧郁》《浪漫满屋》《进击的巨人》以及《饥饿游戏》，甚至《暮光之城》。但今天，在走向全新时代的中国，在《三体》《地铁》等深谋远虑或《奇迹之夏》《快乐星球》等充满童稚的两极科幻中间，青春科幻的缺乏已经到了令人担忧的地步。

这就是我答应给《云梦》（上、下）这部小说写一篇序言的原因。《云梦》（上、下）有轻盈的质感，有明快的风格，有青年人熟悉的语言。人物关系简单明了，个体的命运充盈着生活和科技发展所暗藏的种种玄机。小说融入了青少年喜爱的一些奇幻元素，也把他们喜爱的梦的破解、虚拟意识、穿越、星空之旅、哥特式校园等内容纳入其间。

对于正在成长的青少年，喜欢反乌托邦故事是一个国际性现象。《云梦》（上、下）中对意识的管理，也正是对这种反乌托邦设定的展演。不能说作品对科技与社会有什么洞见，但贴近青年人的所思所想，让大家感兴趣的事情发生和发展，是作者所追求的。换言之，这是一部通过科幻小说撰写当前青年人生活和追求的一个故事。惟其如此，就已经值得推荐给大家了。

我个人认为，《云梦》（上、下）只是近年来青少年科幻创作热潮的一个组成部分。而作为女性作者，黄子真也体现了当前女性作家在科幻领域越来越有参与感的事实。在我的阅读视野中，仅仅在过去的两年，中国就有好几套女性科幻选集出版问世。陈楸帆主编的《她科幻》系列、凌晨和程婧波主编的《她：中国女性科幻作家经典作品集》，就是这个潮流中两个很好的选本。希望未来子真的青春科幻创作，能在中国女性作家创作的体系中占据独特的位置。

　　好了，已经说得太多了。期待大家打开书，跟随作者走进这场属于青春和未来的梦幻之旅。

　　是为序。

吴　岩

2024 年 2 月 21 日

（作者系著名科幻作家，南方科技大学教授，中国作协科幻委员会副主任，中国科普作协副理事长。）

目录

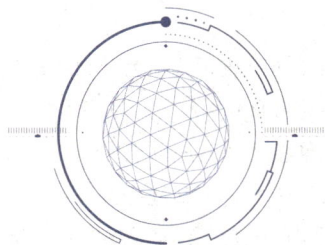

【 序 章 】

楚歌，其实我和你一样，
我也来自过去。
所以，我一直相信，
这是上天赋予我们的使命。

有的人笑得像三月暖阳，说出来的话却让你恍若置身寒冬。

你对这句话最深刻的体验是什么？

对我来说，是刚从"时空梭"设施里下来，劲儿还没缓过来，就看见一个高大英俊的陌生男人迎面走来，伸手递给我一支冰激凌，笑容灿烂地对我说："嘿，楚歌，欢迎来到 2100 年哦。"

半小时后。

妈妈可不可以告诉我！为什么我还没穿越回去？为什么这个名叫苏灿耀的家伙还站在我面前？

看来只能使用最后一招了！

我缓缓闭上眼，再猛地睁开……呼，一定是我的打开方式不对，再来再来……我缓缓闭上眼，再猛地睁开……缓缓闭上眼，再猛地睁开……

"那个……"苏灿耀小心翼翼地盯着我，伸手在我眼前晃了晃，"你还好吗？"

我和他四目相对，顿时泫然欲泣。

"到底怎样你才能从我眼前消失啊！"我一把夺过他手里融化了一半的冰激凌，边吃边哭了起来。他似乎被我的话吓到了，张了张嘴，吃惊地望着我，目光有几分委屈。

该委屈的是我吧？眼泪"啪嗒啪嗒"砸在冰激凌上，我大口大口地往嘴里塞着，将冰激凌连同泪水一齐咽了下去。

苏灿耀瞪大眼睛默默看了我一会儿，抿了抿嘴，轻轻说道："你、你要是想吐就找个地方吐一下吧。"

他以为我是一连坐了五趟时空梭所以难受成这样的吗？

明明各种坐姿都试过了，为什么我还在这里……

事情是这样的——

一个风和日丽的下午，楚颂带我去了一家新开张的游乐园。据说这家游乐园的时空梭是当前国内最先进的，但未成年人必须由大人陪同乘坐。我在他开出的五个冰激凌的诱惑下答应陪他坐一次，结果快排到我们的时候这小子突然想跑厕所，然后我就一个人上去了，然后……我就出现在这里了。

简单来说就是，我坐了一个穿越时空的娱乐设施，然后穿越时空了。

"简单来说就是，你为了坑你弟五个冰激凌，然后穿越时空了？"

"……差不多。"

一时半会儿找不到回去的办法，我只能暂时跟着穿越到这个时代认识的第一个人——苏灿耀。

电动列车平稳地行驶着，我和苏灿耀相对而坐。

听到我的回答，苏灿耀顿悟般缓缓点头，貌似感慨万千，半晌才吐出三个字："好……神奇。"

是啊，好神奇。我从小就爱幻想、爱看童话、爱一切浪漫的事物，可这突如其来的穿越未免浪漫过了头，何止是梦幻，简直是科幻了。

肯定是命运齿轮转错了，被时光女神眷顾的人本该是我那个做梦都想穿越时空的科幻迷老弟，怎么就阴错阳差成了我……老天，穿错人了，拜托您让时光倒流回去，重新换人，好吗？

我欲哭无泪，苏灿耀小心翼翼地瞄我一眼，试探着问道："那你知道怎么穿越回去吗？"

"你说呢？"假如我知道怎么穿越回去，我还会在这里说假如吗？

大概是我的表情过于悲怆，苏灿耀收回视线，沉默了好一会儿，开口说道："其实这个时代挺不错的，我给你介绍一下？你要不要悲、悲中取乐？"

我望向窗外，没有答话。耳边响起他低沉略有磁性的嗓音。

"咳咳，2045 年，人工智能已经相当发达，人类进入了'重启时代'，人与机器融合成为进化趋势。人们开始研发和出售 AI 器官，AI 化逐渐普及，这么说吧，人类正利用科技把自身升级为 2.0 版本……"

"2050 年，中国天眼检测到外星文明信号，他们自称来自平行宇宙的'摩球'，由于资源耗尽而不得不利用空间折叠手段移民地球……"

我看着外面漫天飞行的各式各样的飞行器，听着他说的这些话，只觉得自己在做一场离奇又不可思议的梦。以前楚颂也经常给我讲许许多多未来世界的构想，害得我时不时做梦，梦见他那些天马行空的奇思妙想。

而眼前的这些，却不再是梦。一时之间，我有些恍惚。

"楚歌，你在听吗？"苏灿耀小心地问我。

我回过神来，点点头。

他接着说道："由于经济物质的高度发达和 AI 化的普及，人情社会逐渐冷淡，人们感到精神空虚。于是借助发达的网络技术，虚拟空间交易应运而生，构筑起日渐庞大的意识网络。就像是制造了一个完美的梦境，在这里，任何人都可以实现一切愿望、弥补所有遗憾。用户自愿签订协议进入梦境……"

造梦？听到这里，我不由皱眉，脑海中闪现《盗梦空间》《黑客帝国》的电影画面。

"然而，这种人机互联的操作极具风险，一旦系统出现故障，用户将随时陷入脑死亡。"

"脑死亡？变成植物人吗？"我忍不住插话。

"不！植物人脑干功能存在，昏迷只是由于大脑皮层受到严重损害或处于突然抑制状态，但还有自主呼吸和心跳。"苏灿耀顿了顿，转头看我一眼，接着说道，"脑死亡，是全脑功能终止，无自主呼吸，脑干反射消失，不可逆转。"

我的心骤地一紧。全脑功能终止，不可逆转……那不就相当于真正的死亡？

苏灿耀看出我眼中的惊惶，点了点头，继续道："近两个月来，接连发生几起'造梦'案件，入梦者被发现昏迷于家中或其他场合——他们已经接受人机远程连接，进入了计算机创建的意识空间。想要救他们，就必须进入他们的意识空间，但是空间内仅能容纳四名外来意识体，且其 AI 率必须处于两极——高于85%或低于15%，否则极易引起数据波动，进而导致系统故障。为了救那些遇到危险的入梦者，意识治安局特设'意识觉醒小组'，招募符合条件的成员……"

心脏一寸一寸地下沉，我几乎预感到他接下来要说什么。

"楚歌，时间管理局收到了你到来的信息，并第一时间通知了意识治安局。身为从 2020 年穿越而来、AI 率为零的绝版品种，指挥官希望你能加入我们，加入意识觉醒小组。"

听他说着"绝版品种"四个字，我觉得很荒谬，却一点也笑不出来。

他定定地看着我，神情真挚、恳切。

我清楚地听见自己咽口水的声音，和问出来带着一丝颤抖的话语："加入你们？我……需要做些什么？"

"唤醒昏迷的入梦者，带他回来。"

"带他回来？"

"嗯。"他点点头，"小组成员先进入入梦者的意识空间，然后接近他，让他相信自己身处虚拟世界，并解开他的心结。因为只有他自己愿意走出梦境，才能回到现实……"

苏灿耀还在说着什么，我的心却已乱作一团……让他相信自己身处虚拟世界？入梦者不知道自己身处梦中吗？解开心结？既是心结，如何能解？

我打断他的话："那如果失败了……会怎么样？"

"入梦达到一定时长后，入梦者的自我意识将永久性关闭，苏醒概率降低至零……据统计，这种最坏的情况通常在入梦后六个月左右就会发生。如果到那时我们还没有成功唤醒昏迷的入梦者，指挥官就会下达终止命令，我们会回到现实，而梦里的人将永远沉睡。"他说着把目光投向窗外的天空，"所以，我们还有一个名字……"

"叫什么？"

"破梦组。"

——踏梦而至，破梦而归。

苏灿耀收回视线，满是期待的眼神对上我的眼睛，郑重地说："指挥官会安排我们进入斯洛学院修习意识空间技术。楚歌，如果你愿意……欢迎加入我们，成为破梦组的一员。"

不知不觉间，列车已抵达意识治安局楼下。

我到现在都忘不掉，他当时脸上露出的少有的郑重神情，和他说的那句话。

他说："楚歌，其实我和你一样，我也来自过去。所以，我一直相信，这是上天赋予我们的使命。"

很久以后，当我再想起他当初这句话，心头恍若被放置了砝码，那样沉重而无力。

使命。

是啊，这是我们的使命。

半个月后。

斯洛学院后门口，草木葱茏，一团浓重的树影下，钻出两个鬼鬼祟祟的身影，那就是……我和苏灿耀。

是的，反正不知道怎么回去，抱着既来之则安之的心情，我接受了苏灿耀的邀请，进入了斯洛学院开始学习。

这会儿，苏灿耀猫着腰扒开挡在身前的树枝，我跟在他身后从草丛里钻出来。

一碗烤冷面独自待在后门口正中央的地上，包着的塑料袋被风吹得哗啦啦响。他骂骂咧咧，愤愤然弯腰拿起。

只见塑料袋的发票上"苏灿耀"三个字旁飞舞着两个红色大字——警告。

第一次见到有人违纪叫外卖还搞实名制，不愧是你，苏大傻子。

看他一脸悲壮，我深表同情，并继续火上浇油："嗐，不就是点外卖被纪检队抓个正着吗？不就是开学第一天就被记过了吗？看开点儿。"

他的表情好像更悲壮了："有你这么安慰人的吗？"

我努力寻找合适的措辞："呃，还能在寒风中接到你的烤冷面，总好过赔了外卖又折分嘛……唔，现在真成'冷'面了。"

苏灿耀哭丧着脸，说道："我不明白，后门边的草丛里怎么就不算后门了！非得送到后门口正中央不可？"说着，他残暴地撕开一包调料，咬牙切齿道，"太死板了，一点人情味都没有！"

"好啦，你跟一个机器人计较什么人情味。"2100 年，满大街都是外卖机器人，基本上能顺利与顾客沟通，圆满完成任务。只不过这次是个特别弱的人工智能，坚决服从导航的指令，说什么也不肯变通，偏偏叫苏灿耀这个倒霉蛋给遇上了。

"嘀"的一声，我袖口上的讯章震动了一下，不用看也知道是风尧发来的消息。

远处钟塔上传来一两声低沉的钟声。

苏灿耀还在嘀嘀咕咕，不放过那个外卖员和已经被摧残不堪的酱料包，我催促他："快走吧，典礼要开始了，风尧还在桥边等我们呢。"

天色已暗，夜幕笼罩着斯洛学院，一路上都是去捧月礼堂参加开学典礼的新生。

穿过一排整齐的钟楼，不远处，一抹清俊的身影立于窈月桥边，融在夜色里。明明是很普通的深灰色毛呢校服，偏就能被风尧穿出一丝西装革履的味道。

"风尧，"走近几步，我不好意思地咂咂舌头，"没想到让你等这么久。"都怪某个只知道吃的家伙。我瞟他一眼，这家伙正努力嚼着一大口冷面，口齿不清地说着，"抱歉啊，风尧。"

夜色中的男人没说话，只看了我们一眼，淡淡地点头"嗯"了一声，算是回应，转身上了桥。

经过半个月的相处，我和苏灿耀早就习惯了，这家伙就是块"冰"，永远都是这么冷冷淡淡的，疏离而不失礼貌。快步跟上风尧，我们三个人并肩走在桥上。

"你们知道吗，我从来没想过自己真有这么一天！夜晚漫步在超能力校园里！"苏灿耀人是傻了点，心态倒挺好，二十分钟前还悲伤逆流成河呢，这会儿又叽叽呱呱自个儿聊上了，什么他从小的梦想就是环游宇宙啦，他早就知道外星人一定存在啦，他是多么多么崇拜科幻啦，他一定要努力成为斯洛学院第一个拿到奖章的地球学生啦……

听到这里，我忍不住拍拍他的肩，毫不留情地说道："加油，你已经成功成为斯洛学院第一个叫外卖被抓的地球学生了，距离你下个梦想的实现还会远吗？"

苏灿耀果然乖乖闭了嘴，安安静静吃他的烤冷面。

我忽然有些于心不忍："其实吧，不就是被警告了一次嘛，也没……"

"你还是别安慰人了。"他泪眼汪汪。

"……"好吧，我看也是。

风尧沉默地走在我们身边，一言不发，但我知道他一直在认真地听着，嘴角挂着一丝浅淡的笑意。

我也悄悄扬起嘴角，抬头仰望夜空……今晚的星星真亮啊！

桥下河流淙淙流淌着，玄青的河水流泻在一池星辉中，银光闪闪。它发源于"切瑞茜"后花园一带，环绕斯洛学院一圈，由此得名"护校河"。

桥上的路灯依次亮起，不一会儿，夜里的校园也布满"星光"点点。一切都美好惬意，除了……跟这两个一八几而不自知的大男人并排走着，保持在同一个速度，我真的很费力啊……绅士风度我也就不奢求了，但是你俩能不能有点最起码的身为高个子的自觉啊？本姑娘心累，腿更累啊！

礼堂门口。学长学姐们在做着引导工作，四面八方都是结伴而来的新生们，兴奋的交谈声此起彼伏。

一片人声鼎沸中，我的讯章"嘀"的一响。只见别在袖口上硬币大小的玩意儿正闪着光："新消息。"

我轻触它一下，眼前投影出三行小字——

发件人：魔王

9 月 6 日 18:47

学妹，你们到了吗？第一排正中间的位置是我专门留给你们的哦。待会儿见。

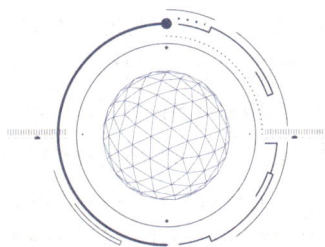

【 第 一 章 】

陌上人如玉，
公子世无双。
这样美好的诗句，
大概就是用来形容这样的人的吧？

进入会场的时候，台下已经就座得差不多了，第一排正中间果然有三个空位。我们一路从后门走到第一排，又跨越半个排的校领导，想不引人注目都不行。关键是这俩货仗着身高优势硬生生走出了"城长莅临我校"的气势，我差点以为下一秒追光灯就要打到我们仨身上了。

在众同学的注目礼中，我面红耳赤地坐下，身后有人拍了拍我的肩，耳边响起一道清甜的声音："阿楚，你来啦！"

跟我打招呼的这个人是付安安，时空系时间管理一班新生，是我在这个学校里除了苏灿耀和风尧以外认识的第一个地球人。这姑娘活泼单纯，看着有几分天然呆，立志成为一名出色的时间修正者。哦，忘了说，她老爸是时间管理局副局长，她这个后台比后山还结实的千金大小姐是我的室友。

我回头跟她打了个招呼。她眨巴眨巴眼睛，压低声音道："你们怎么坐在这里呀？领导席耶。"

我也想知道我们怎么坐在这里呀？领导席耶。

我正襟危坐，视线在场内环视一圈……果然，撞上了某人好整以暇的视线。

段谨然懒洋洋地靠在门口的柱子上，一身黑色呢绒西服剪裁得体，内衬荷叶边领口贴服白皙的颈项，此时他正漫不经心地打着领结，神情悠闲，姿态优雅而散漫。与我的视线对上，他嘴角缓缓牵起一抹慵懒的笑意，微微挑了挑眉算是打过招呼，转而低头看发言稿去了。

段谨然是摩球王子，就读于元素系水元素班二年级。今晚，他将代表二年级学生为学弟学妹们送上欢迎与祝愿，顺便"收割"一卡车迷妹。

你别看他外表清秀，一副人畜无害的样子，实则……傲娇腹黑。传闻他从小聪颖过人，天生拥有对水元素的超强感应力和操控力。八岁那年母亲因病去世，自那以后，他渐渐养成了玩世不恭的性子。总之，段谨然就是集万千宠爱与追捧于一身的"天之骄子"般的存在——一个天才且知道自己天才……也确实天才的天才。

我左边这位……呃，还在扒着烤冷面的苏灿耀同学，身为时空系意识空间一班新生兼破梦组准成员，除了脑袋不灵光、心智不成熟、好奇心过分旺盛、食欲和好奇心一样旺盛、什么狗屎运都能踩中等等我也数不清多少的毛病以外，还是有很多优点的——单纯、乐观、身材高大、五官英朗、有一对羡煞旁人的双眼皮和大眼睛、体能和战斗力比好奇心和食欲还旺盛，人（我怀疑是他本人）送外号"百米飞人""马拉松王者""灌篮高手"等。

最具传奇色彩的一点是，他是 2028 年"星空召唤"行动的成员之一。据说在 2099 年初，时间管理局接收到一段来自 2049 年的信号，并利用空间折叠技术将一艘名为"*Universe*"的飞船带到了现在，唤醒了飞船上冬眠的几人，而苏灿耀就是其中一员。一觉睡了二十一年，醒来后大脑一片空白，他连自己叫什么都想不起来了，索性给自己取了个自认为十分贴切的名字——"苏灿耀"，苏，苏醒；灿耀，像星星一样，灿烂耀眼……他哪里像星星了，简直像猩猩。过分热情、天塌下来当棉被盖、失忆了当二次投胎、表面年龄十九岁、实际年龄三岁，说的就是苏灿耀了。

好，再来介绍一下我右边这位，出场以来就说了一个字、表情一个也没有的面……咯，风尧同学吧。身为时空系意识空间一班新生兼破梦组准组长，风尧是人类"重启计划"精英组成员，AI 率高达 85% 以上，嗯，这是多高呢，就是高到"以人类目前的技术手段，尚不能进一步检测精确值"的那种高。记忆力与智力甩苏灿耀十条，不，二十条排烤冷面的长队，但是一年说的话加起来可能还没有苏灿耀一堂课下来讲的小话多。

他外表冷酷，长了一张生人莫近的冰块脸，内心……尚不明确，有待探索。一米八四的身高遇上棱角分明的面孔，碰撞出一股拒人千里的"冰山"气质。厌世脸、扑克脸，所有你能想到用来描述一个人面无表情的词语，基本上都可以用来形容他。一句话，风尧同学卓越并高冷着。

而我，楚歌——"局长千金"付安安的室友、"混世魔王"段谨然的学妹、"战斗王者"苏灿耀和"最强大脑"风尧的同学兼准同事，一个 AI 率为零、记忆力为负数、战斗力低下、体能测试年年拿 C 的啥超能力也没有的纯种地球人。

总结起来一句话，我就是一枚平平无奇的原本在医学院即将步入二年级，却不小心拿错老弟剧本，只能无奈地身披"天选之女"外衣、头顶主角光环出现在这里的……"废柴少女"。

唉，也不知道现在家里是什么情况，楚颂那小子上完厕所回来发现我真被那台时空梭送走了，是会满地打滚哭喊着"还我姐姐"，还是会没良心地又惊又喜热泪盈眶？嗯，八成是肠子都悔青了不该去上这趟错过一个银河系的厕所。

就在我胡思乱想的时候，全场忽然暗了下去，观众席传来一片起哄声。舞台上的全息大屏幕一点点亮了起来，渐渐地显现出一个数字：10，9，8，7……观众席沸腾起来，一齐跟着倒计时。

3，2，1——还没等台下爆发欢呼，屏幕上忽然浮现出一颗蓝色的星球。

"是摩球！"苏灿耀小声激动道。随即大屏幕上的星球动了起来，一道机器男声随之响起——

"摩球，目前唯一已知的存在于平行宇宙的适宜人类居住的星球，即世界上的另一颗地球。其体积、质量、生存空间、资源总量约为地球的二分之一，科技文明略高于地球。摩球人天生掌握着感应和操控自然元素的超能力，样貌与地球人极为相似，但有一小部分兽族基因，通常状态下与地球人类无异，半兽状态下会出现一对兽耳和一条尾巴……"

"为什么地球人没有！"耳边幽幽传来一句打抱不平。我无语地白了苏灿耀一眼："不要打岔！"

"2000年，摩球总人口触顶达60亿，此后生育率持续低迷。2039年，由于资源匮乏，全民投票通过了集权政策，即在民主基础上实行国王制。2050年，由于资源耗尽、环境恶化，摩球已不适宜人类继续生存。摩球人不得不利用空间折叠技术移民地球。由于半世纪以来环境恶劣，此时摩球人口已锐减至25亿……"

"哇，杀伤力好大，一下子减少了……"

我的余光瞥见某家伙两道浓黑的眉毛纠结在一起，低头掰起了手指。

"58%。"风尧淡淡接道。

苏灿耀没吭声，继续掰着手指，嘴里念念有词。浓密乖顺的齐刘海儿和脸颊的婴儿肥，为这张浓眉大眼的面孔增添了几分反差奶萌。

"同年，中国天眼首次检测到外星文明信号，很快两个文明便取得了联络。联合国作为地球上代表性最广泛、最有权威的综合性国际组织，与摩球王室对接，组建联合政府，协调地球人与摩球人之间的利益，处理相关事宜。地球人与摩球人达成'和平共处、友好互助'原则携手共治地球。作为占用地球空间及资源的报酬，摩球人愿与地球人共享空间折叠、可控核聚变等技术……"

"可控核聚变，摩球当初为了做研发试验，肯定消耗了大量资源和污染了大量海水，啧啧，难怪摩球没法儿住了。"

我以前也听楚颂提起过可控核聚变，正好奇想追问几句，转头发现苏灿耀又接着掰手指去了。

"各国家以本国综合国力及人口数量、国土面积等为依据，接纳一定数量的摩球人，并于该国设立摩球分政府，原则上同该国政府地位相等，各自管理本星球人民，不得干涉对方内政。目前，摩球人口约 2.8 亿。"

"至 2100 年，两个文明已维持友好关系长达 50 年，并携手成立了'银河联盟'，期待并欢迎其他智慧文明的加入。"

然而到目前为止，银河联盟还是地球与摩球两个文明的狂欢。

我看得正认真，一旁的苏灿耀猛地抬起头，眼睛瞪得圆圆的，惊叹道："真的减少了 58%！"

……看到了吗？这就是二十条烤冷面长队的差距。

接下来播放的是斯洛学院的介绍短片。

斯洛学院，英文名称 *Slowe School of Fantastic Power*，唯一由地球与摩球共同承办的联合学院，成立于 2087 年 9 月 13 日，建于摩球人分布最广的 Z 城，位于金曜城区和木曜城区交界处，地理位置偏僻。

搬入宿舍的第三个晚上，我和付安安就对斯洛学院进行了一场里外三层的深度探索，得出的结论是——除了山的那边海的那边有几家小餐馆以外，没有任何可供吃喝玩乐的地方。

值得欣慰的是校园环境很漂亮，依山傍水、中西融汇，户外树木葱郁，将园林艺术呈现到极致，哥特式建筑则欧风满满。整座学院就像存在于魔法书中的独立空间，和外面机械感十足的摩天大楼判若两个世界，充满了古老而神秘的气息。

斯洛学院除教授普通大学的必修知识外，主攻"超能力"专业技能，共开设两个大系，分别是元素系和时空系。元素系下设金、木、水、火、土、风、雷七个元素班级，基本上都是摩球学生。时空系下设时间管理 1、2、3 班及意识空间 1、2、3 班，地球学生居多。

由于学费高昂、入学条件苛刻，能上这所学校的基本上都是些有钱人的子弟。当然，也有个别"定向国培生"，就是专门为某个国家机构培养、输送的，比如我们三个。

斯洛学院的学制为一年制，也就是说，上一年大学就可以毕业了！这实在是振奋人心的惊喜。学院每年春季和秋季都会迎来新生，我们这批新生就属于 2100 年秋季入学的。此外，也是有寒暑假的：秋季学期为九月至来年一月，二月放寒假；春季学期为三至七月，八月放暑假。

校徽是一枚山铜质地的徽章，正面是斯洛学院最高的建筑"瑞威尔"天文台，背面是一个英文单词，元素系是 *"Abstruse"*，深奥；时空系是 *"Lofty"*，

崇高，分别概括了两大系的宗旨。

斯洛学院的校训是八个字："真理永无，步履不息。"想要表达的是真理永不可得，追求真理的步履永不止息。

台上，两段视频相继播完，校长、年级长、两位系主任陆续致了辞。短暂的空场后，一抹顾长的黑色身影不疾不徐地走到台前，一道追光自他头顶打下，只见段谨然笑容璀璨、风度翩翩地朝台下鞠了一躬。霎时掌声雷鸣。

"他就是段谨然啊！"付安安凑过来，脸上写满了崇拜。

"你不会这就被迷倒了吧？"我鄙夷地看着她。

她愣了一下，似乎想到了什么，花痴状更甚："怎么可能！我有男神了好不？"

我撇撇嘴，没再追问。

台上的段谨然绘声绘色、天马行空地讲着斯洛学院丰富浪漫的生活，嘴角始终噙着一抹优雅而不失亲和的微笑。看样子今晚他还特地做了发型。言笑晏晏的小王子，微卷的拿铁色短发，精心打理下暗藏一丝不经意的天真无邪。

"好了，我今天就先分享到这里。更多的惊喜嘛，还要留给学弟学妹们自己慢慢发现……"不知道是不是我的错觉，他说这话的时候，眼神似有深意地往我这扫了一眼。

"恭喜各位，在 *Slowe* 的神奇之旅就此启程。"话音落下，伴随着他鞠躬谢幕，欢呼声和掌声不绝于耳。

嘁，花言巧语，比我高三那年听过的最花里胡哨的一场大学宣讲还要不着边际。

开学一周过去。

我发觉段谨然的发言还是有点依据的。每天早七点的晨跑、晚八点的夜跑，加上我正在背的这张"摩语"元音表，确实把我的生活整得挺魔幻的。

很快，又要迎来斯洛学院建校十三周年校庆。

"小鸽子你听说了吗？下周一晚上有庆典！"苏灿耀笑得人如其名般灿烂，激动地嚷道。

"我叫楚歌！不叫小鸽子！"我瞪他一眼。

"哦……"他撇撇嘴，"好吧，小鸽子。"

"……"算了，我不跟傻子计较。

庆典？听付安安说，斯洛学院向来有举办高桌晚宴的传统。说实在的，我心里着实有些些小激动……高桌晚宴什么的，这种我只在《哈利·波特》里见过的场景，终于也能在现实中亲身体验一把了吗？

不过，在体验之前，我还是先接着背这张元音表吧。躲得过早读抽背，躲不过晚自习默写。

9月13日，周一，斯洛学院十三周年纪念日。

整座校园充满了喜庆、欢乐的气氛。下午就放假了，校园各处设置了各种小游戏、挑战赛。我和风尧被苏灿耀拖去听风草场观看他扔飞镖。他说是加油助威，我看是安抚宽慰——参加比赛的几乎都是风元素班的同学们，别人一扔一个准，苏灿耀是几乎没看到扔准过。

几轮下来，他整个人从上到下被贴满了"loss"的白色小条……惨不忍睹。

"苏灿耀你走开一点，我们不认识你。"我一脸嫌弃地推开他。

"什么嘛，这是战斗留下的勋章！"他不以为耻，反以为荣，说着撕下一张小条扭脸贴在了风尧的领口。

风尧低头看了眼，皱了皱眉，不置可否。苏灿耀又凑过来问我："小鸽子，要不要分你一点荣誉？"

"不必了，你贴着挺好，壮观。"我摆摆手由衷地说道。

晚上七点半，晚宴在"怪缇缇尤德"食堂准时开始。

砖红的长桌、精致的杯具、温馨的壁灯……我的心不住地往外冒着泡泡。苏灿耀坐我对面，比我更一副没见过世面的样子，激动地东瞅瞅西看看。风尧则专注地听着校长致辞，脸上依旧没什么表情。

"据说晚宴结束后，还有面具舞会哦！"付安安凑到我耳边小声说道。

校长致辞完毕，全体起立，奏校歌。唱完校歌，晚宴正式开始。与传统的高桌晚宴不同，斯洛学院的高桌晚宴是自助式的，少了几分威严肃穆，多了几分活泼热闹。

中秋将至，甜品区摆放有各式各样的月饼。我取了些五仁月饼和小蛋糕回来，正准备吃，只见苏灿耀一手端着一个大盘子回来了，盘子里铺了好几层食物——比萨、意大利面、通心粉、炒河粉、宫保鸡丁、麻婆豆腐……

"你这是什么，中西混合大餐？"我忍不住问道。

"嘿嘿嘿，拿不了那么多盘子嘛。"他不好意思地咧嘴笑笑。

一顿我期待已久的高桌晚宴在"食物搬运工"苏灿耀满桌的餐盘中落下帷幕。

付安安兴奋地拉着我去门口领取舞会面具。

"这个好看！上面刚好有根黑色羽毛，和你的裙子搭！"付安安拿着一个黑色面具在我眼前晃来晃去。

"好像是挺搭的。"我赞同地点头，接过戴上。

"快快快，你帮我选选，哪个适合我？"她一边在桌上翻着，一边小声咕哝着，"这个颜色太俗了，这个款式太丑了，这个……好看是好看，会不会卖萌卖得太明显了？"

"呃，你说这个兔耳朵？"我正在措辞该如何委婉地告诉她"会"，身后忽然传来一道戏谑的声音："学妹，你背着只小乌龟到处乱跑什么？"

这个声音……我转头看向声音的主人——

段谨然正歪头打量着我的背后，一身白色西装，优雅矜贵。他把头发染回了黑色。银白色的面具下，唇角天生上翘，一双狭长的暗紫色凤眸微微眯起，透着一股说不出的妖冶邪魅。

"唔，似乎更像只……小猪？"魅惑的声线带着一丝挑逗。他轻轻摇晃着高脚杯里的红酒，缓缓笑了，对上我的眼睛，"所以，到底是什么，嗯？"

付安安也不找面具了，拎着那对兔耳朵傻傻地看着我和段谨然，又默默地探头到我身后。我听到她倒吸一口凉气，一张纸片被递到我眼前。

我低头一看……能把乌龟画成猪、猪画得像乌龟的，除了苏灿耀还会有谁？肯定是刚刚取餐的时候，他趁我不注意时贴的！

"新物种吧。"我朝段谨然耸耸肩，"多谢学长提醒，我这就去复仇。"

"啧。"他忽地笑了，低头看着微微震荡着的红酒，"本来想邀请学妹跳支舞来着……"段谨然语气中含着说不出的惋惜。他笑得风情万种，我一阵毛骨悚然。

"嗯，去复仇吧。"半晌，他轻抿一口酒，抬头对我说道，唇边还残留有一丝笑意，"记得欠我一个人情哦。"

"好，学长晚安，学长再见。"说罢我不等他答复，拽起一旁把自己禁言了的付安安转身就走。

身后段谨然似是又轻笑了一声。

不远处，苏灿耀正把自己的脑袋关在一个钢铁侠装甲里。我走过去，毫不客气地把他的亲笔画贴在他的头套上，然后若无其事地回到座位上。

一旁的风尧看了我一眼："你发现了？"

"听你这语气，像是早就知道？"

他默了默，说："灿耀不让我告诉你。"

"哦。"我能说什么呢？

不一会儿，许多人注意到了头套上贴着"变种乌龟"而毫不知情的苏灿耀，纷纷围观起来。

"哈哈哈哈哈，这位同学也太有创意了吧！"

"人才啊！"

"这哥们对自己真狠……"

苏灿耀当大家在讨论他的钢铁侠装甲，颇有几分得意，在人群中傻乐着附和道："是吧是吧，我也觉得很有创意！"随即又朝风尧这里嘚瑟地晃了晃脑袋儿，"怎么样？我就说很有吸引力嘛！"

我和付安安早乐成了两朵花儿。风尧蹙眉不语，貌似有几分不忍。

远远地，我看到段谨然靠在酒水区桌边，一手举杯，一手插兜，似乎也饶有兴趣地看着这出喜剧。

"哇，这是手绘版的乌龟面具吗？好可爱呀！"人群中有人高声感叹道。

"这画的是猪吧？不像乌龟啊！"

"啊，我还以为是猩猩呢……"

"明明就是乌龟好吧！"

苏灿耀："……"

越来越多人加入这场物种大讨论，一片混乱中，我和付安安相视一笑，溜之大吉。

周三，神昏教学楼，放学后。

"……也就是说，清醒状态下由显意识控制我们的思想，进入睡眠状态后，显意识就关机下班了，换潜意识上线工作？就像早晚班一样？"

风尧："嗯。"

下课铃打响，我手疾眼快地拦住正要去球场的风尧追问着课堂上我没有听明白的地方。不得不说，在老师上课语速和科技发展速度一样飞快的年代，身边有个过耳不忘的大神级学霸，着实让我在课后整理笔记看到那一堆出自我手的鬼画符和印象派涂鸦时，充满了可以依靠的安全感。

课堂上禁止使用电子设备，老师给出的理由是"好记性不如烂笔头"，存储在录音笔里不如写烂在签字笔下。不知道为什么，时代越进步，人们反而越喜欢复古。

我一边低头补充笔记一边向他提问："那可不可以理解为，睡觉的时候显意识退让给潜意识，当显意识在我们大脑中再次占据主导时，我们就清醒过来了？”

“嗯。”

“睡眠是一种自发的和可逆的静息状态，表现为意识的暂时中断，具有可逆性，能被外界或体内的较强刺激所唤醒。而昏迷和昏睡则表现为睡眠状态的不可逆性。原话是这样没错吧？”

“嗯。”

所以，入梦者进入梦境达到一定时长后，自我意识由于长时间处于离线状态导致永久性关闭，苏醒概率就会降低至零，转为不可逆的昏睡状态。

苏灿耀在一旁等得不耐烦：“小鸽子你连这都没记啊！”

我从笔下的“一片狼藉”中抬头，只见他手里除了抱着只篮球以外“两袖清风”。这家伙记笔记的速度比我还快？低头瞥到他书桌上摊开着的写了寥寥几字的本子，我连打击嘲笑他的那点报复心都不屑于有了。

他似乎也终于感到一丝不好意思，淡淡掩唇咳了下：“那个，风尧，晚自习借我抄一下笔记呗。”

“我没记笔记。”

他瞬间得意扬扬：“哈哈，风尧，你居然连我都……”

“都记在这里了。”风尧抬手指了指自己的太阳穴，视线轻飘飘掠过苏灿耀的笑脸。

“……”苏灿耀瞬间笑不出来了。

我继续问道：“梦是梦导机制形成的场景及事件，对吗？”

风尧：“嗯。”

“最后一个！总结一下，显意识控制清醒时的身体表现，潜意识控制睡眠时的梦境内容，基本上是这样，我理解的没错吧？”所以常说梦是通往潜意识的捷径嘛。

“嗯哼。”风尧点点头，“现在都明白了吗？”

“明白啦。”我补完最后几个字，愉快地合起笔盖。

“不客气，教你很轻松。”

“嘿嘿，谢谢大神！我……”

哎？等一下。刚才，难道不是一直都是我在说吗？他除了点头回答了几个“嗯”和一个“哼”之外还教啥了？

风尧和苏灿耀打球去了，我约了付安安去逛后花园。

前天的面具晚会过后，苏灿耀因“乌龟面具事件”(有版本说是“小猪面具”

或"猩猩面具")一举成名，全校皆知。

我们走在一起的时候，经常遇到同学热情地上来跟他打招呼——"你就是那天那个……"又因为彼此都找不到合适的措辞，造成场面一度尴尬。

好在苏灿耀这家伙自知有错在先，没好意思找我算账。

"话说回来，你和段谨然学长到底是怎么认识的呀？"那天晚上回到宿舍以后，付安安就一脸八卦地问我。我简明扼要地回答了她，她却不满意地一直穷追猛打至今。

"就是简指挥官让他多多照拂我们三个啊。"只不过除了"例行公事"，他还喜欢多管闲事。

"那我爸还是副局长呢，也没有这个待遇啊。"她撇撇嘴，眼神却往一边瞟去。

"你要想有跟你爸说声不就有了。"就不用在这儿揪着我不放了……我们已经绕着同一棵大树走了好几圈了，"付安安，你真喜欢段谨然啊？"

又来了。又是这一脸熟悉的花痴样。

"当然不是了！我有男神的……"说着，付安安的视线飘向了不远处，眼里的桃花立马更添了几朵。原来是醉翁之意不在酒。我顺着她的目光看去……

不远处的大树下，一个男生安静地坐在草地上，长腿交叠，低着头，似乎正在调着手表上的时间。

手表？这在现在已经是个古董了。只有贵族子弟和怀旧的人才会戴吧。

我不由打量起他的模样——他的睫毛很长，五官很清秀，举手投足间很是温柔优雅，气质温润而……忧郁。不知道为什么，我总觉得他的周身好像笼罩着一层淡淡的忧伤。

一阵风吹过，几片树叶飘落在他的肩头，他似乎没有察觉，依旧专注地调着手表。时间仿佛被谁静止了，凝结在此时此刻。

陌上人如玉，公子世无双。

脑海里下意识跳出这句诗来……这样美好的诗句，大概就是用来形容这样的人的吧？

"是不是很帅？"付安安凑到我耳边小声问道。

我回过神，点点头。我有一种强烈且不妙的预感……付安安的男神，可能，下一秒，也要成为我的男神了。

"他是二年级学生？"我看到他的校服上别着标志二年级学生的红色胸牌，看不清图案，不知道是哪个专业的。

"嗯嗯！"付安安大力点点头，忽然间想到了什么，眼珠子转了转，"对耶，说起来，他是你的直系学长哎。"

直系学长？我惊讶地问道："他也是意识空间班的？"

"嗯，二年级一班。"她抿嘴笑着，又瞟向那个方向。

那个男生已经抬起头来，看着不远处的虚空，似乎在发呆。我总觉得他好像有什么心事。

片刻后他站起身，轻轻扫了扫肩上的落叶，转身走远了。

原来小说还是靠谱的，真的有人具有这种能力啊，一举一动都美好安静得像一幅画。

学校这么大，我们……还会再遇见吗？

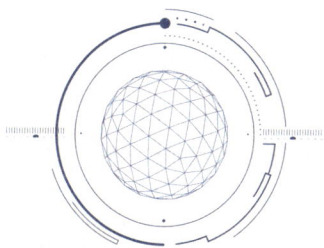

【 第 二 章 】

我心里越来越清楚地知道，
留下来，不只是因为那个"使命"，
还有你们。
这里，还有你们。

转眼，中秋节到了。今天是周六，付安安被他爸接回家过节了。临走前，她向我委以重任——他们 DIY 美食社的月饼摊就拜托我看守了。

中秋啊……阖家团圆的日子呢。我蔫蔫地趴在桌上，在教学区通往宿舍区的"黛丝汀"连廊摆摊。

老爸，老妈，楚颂，我好想你们啊……好想好想。眼前隐约浮现出楚颂猫在望远镜前看月亮的身影……

"哈哈，偷懒被我抓到了吧！"我被苏灿耀吓了一跳。只见他一身短袖短裤，手里抱着个篮球，满头大汗，一脸坏笑地站在我面前。

"哪有？"我默默白他一眼，真是个破坏气氛的家伙。

"你是美食社的？"落后几步的风尧走到摊前，穿着墨绿色卫衣，搭配黑色运动长裤，头戴棒球帽的他目光随意地四下打量起来。

我正想解释我只是代劳，苏灿耀就不客气地嘲笑道："哈哈哈，就你也会做美食？你是负责试吃吧！"

我起身一拳头砸在他肩上，他配合地龇牙咧嘴，刘海湿哒哒地趴在额前的针织发带上，汗水有些眯了眼。

风尧也微微一笑，正想说话，苏灿耀就一声大叫："哇！我没看错吧，风尧笑了！"

被他这么一说，风尧刚翘起的嘴角又压了下去。

被苏灿耀这么一闹，我因想家而落寞的心情，似乎稍稍好转了些。

"喀喀。"我双手抱肩，慷慨地说道，"看在你们也无家可归的分上，今天姐请客，想吃什么随便拿！"

"谁无家可归啊！"苏灿耀撇撇嘴，下手倒是不客气，直接抓了两个五仁月饼。

我看向风尧，只见他眉心微蹙，目光在铺满月饼的桌上打转，似乎在犹豫着。

"怎么了？"他不爱吃月饼吗？

他抬起头，认真地问道："哪个好吃？"

呃……要不要这么严肃？"看你的口味啊！我喜欢吃五仁的。"我回道。

"嗯。"他淡淡点头，"那我就要五仁的。"

我笑了笑，递给他一个五仁月饼，然后用虹膜识别付了款。腾讯的虹膜支付是现在最普及的移动支付工具。

刚付完款，苏灿耀就拆开一个大口大口地吃了起来。

"好了好了，你俩快走吧！别在这儿打扰我做生意！"我摆摆手。

"唔，小鸽子，哪儿有什么生意啊？"

"……"好像也是。今天是周末，又是过节，校园里空空荡荡的，几乎没什么人影……那还摆什么月饼摊啊，美食社还真是吃饱了撑的没事干啊。

"喏，给你。"苏灿耀忽然将手里另一个未拆包的月饼递给我，眨眨大眼睛，"我请你。"

"哈？"什么情况，花的不是我的钱吗？怎么成他请我了？

"嘿嘿，赶快吃吧！我和风尧回宿舍洗澡了，小鸽子再见！"说完又露出他的招牌傻笑，朝我挥挥手。

风尧攥着月饼，双手揣进外衣兜里，向我点头："再见。"

还是一如既往地话少，我还以为他会说声"谢谢"的……

看着他俩的身影消失在茫茫夜色中，我拆开手里的月饼吃了起来。唔，味道好像和八十年前差不多嘛。

吃着月饼，我不由抬头观察起了天上的月亮……真圆啊！

老爸老妈，你们现在在做什么呢？也在吃月饼、看月亮吗？

我正望着月亮出神，余光里忽然多出了一抹颀长的身影。

"同学，你好，请问有五仁月饼吗？"

"没有了。"我下意识地摇头，下一秒却呆住了，怔怔地看着眼前的人……是他，那天那个坐在树下温润如玉的男生，付安安的男神。

我的话语不经大脑思考已脱口而出："是你？"

他微微愣了一下，反问道："你，认识我？"

话一出口我就后悔得咬舌头，忙摇头否认："不认识。"

"……"眼前的人没再接话，微垂下眼眸，看不清神色。

"五仁月饼属于老式月饼了，不那么受欢迎。"我轻声说道，声音里有一丝只有我自己知道的颤抖，"总共就三个，卖完了。"

"老式月饼了吗……"温润的嗓音，含着一抹莫名的淡淡失落。我看着自己吃了一半的五仁月饼，忽然很后悔，为什么当时没有留着。

"那个，其他口味也不错的……"我想了想，目光在桌上快速扫了一遍，随即推荐道，"这个月饼叫蟾宫折桂，桂花馅儿的。这块红色的长得像枫叶的叫月落乌啼，据说是秋霜味的。要不这个？镜花水月，还有风花雪月、花前月下，你要不要……尝尝看？"我的声音越说越小。

他这才重新抬眸看向我，静了一瞬，问："什么？"

哦，合着人家刚才压根没听我讲话啊。

"别的馅儿的可以吗？"我抿唇，小心翼翼等待他的答复。

"嗯，就这个吧。"他淡淡开口，拿起那枚"镜花水月"，用桌上的收银机付款。

我忍不住悄悄瞄他……他今天穿了一袭卡其色风衣，大红色围巾绕过脖颈向后搭去，更显得气质出众、风度翩翩。

"好了。"他看向我，正要道别，我鼓起勇气抢先开口："你也是新生吧？"好吧，我承认我明知故问。

他像是没想到我会突然问这个，微微迟钝了一下，摇摇头："不是，我是二年级的。"

"哦……"我假装恍然大悟地点头，"那学长是什么专业的呀？"好吧，再次明知故问。

"意识空间。"

还真是我问一句，他答一句啊。

"好巧，我也是意识空间专业的，一年级一班。"我朝他莞尔一笑，声音也染上了几分"惊喜"的色彩。

这回他总算有点表情了，说了句："是吗？"随即微微扬起唇角，又说了一句："很巧。"

我静静等待着他的下文。

……就，没了？

他就不打算主动说点什么吗？他就没什么想问我的吗？呃，好吧。"那，学长再见……"

他忽然轻笑了下，眼里闪过那么一丝我难以捕捉的温柔。

"好，再见。"说完，他礼貌地点点头，转身要离开。

"等等。"我再一次打断他，抓起手边的小月饼递到他面前，这只月饼上没什么点缀，但形状捏得特别圆特别圆，"带上它吧，它叫……花好月圆，图个好寓意。"

他看我一眼，低头接过我手里的月饼，准备付钱，我赶紧加上一句："今天买一送一。"

我有些心虚，正想再解释几句，他却轻声重复了一遍："花好月圆。"

我的呼吸变得有些浅，忽然间很忐忑，他会接受我的"赠品"吗？

人果然会在某些瞬间被蛊惑，然后做出头脑发热的决定，比如他对我温柔地微笑时，比如我撒谎送他自己做的月饼。

"谢谢。"

他脸上带着很浅的笑意，轻轻地把这只月饼揣进大衣口袋里，目光在我身上稍作停留之后便转身，走远。

看着他走远的身影，我的心情，忽然变得很微妙。

我摸摸桌上的月球灯，又捏捏一旁的卡通小人儿，心里似乎有一股情绪无处安放。转念一想，要是付安安那妞知道了今晚的奇遇，肯定超级无敌后悔当初不应该摆摊子走人，哈！

这个中秋，似乎充满了惊喜与意外呢。

转眼间，开学一个月了，今天我们将迎来第一次月考核。

斯洛学院的考核制度为每月一考核，考核通过者升一级。一学期结束后达到五级者可以升入二年级，一学年结束后达到十级就可以顺利毕业了。

神昏教学楼，候考室。

"考核形式是面试，一组五人，考官会让你们轮流展示专业技能，然后给予 A、B、C、F 四个等级……"一位学姐正耐心地向我们讲解着考核规则，"C 及以上视为通过，全部技能通过，就可以升一级了。"

"对了，各位的技能卡牌都带了吗？考官会在你们的卡牌上盖章认证。"

大家纷纷拿出卡册检查着。我也把五张卡牌逐一清点了一遍。

"C 就算通过啊，听上去挺容易的嘛……"是吗？我瞥了眼进入候考室以来就没一刻消停的某人，从他的上蹿下跳中我真心看不出一丝"容易"。

"不要紧张。"风尧看他一眼，淡淡开口。

"我一点也不紧张啊，呵呵，你看我哪里紧张了，呵呵。"

"别尬笑了，跟哭一样难看。"我好心提醒他，"你这副表情进去，没准儿会吓着考官。"

苏灿耀一听，顿时笑得比哭还难看了。

第一场摩语考试上来就差点把我吓趴，回想起我高中时期在文言文中摸爬滚打的日子，那些被我尘封在记忆一角的繁体字、通假字忽然变得可爱了起来。第二场考英语，亲切感油然而生，在此之前我从没想过会有靠英语重拾自信的这一天。

"基础摩语"是地球学生公共必修课之一，摩球学生则须学习"基础地语"。据说摩球人初来乍到时，两种文明是通过数学语言沟通的。后来，专家研发出摩球语言与地球各国语言的同声传译器，只需下载对应语言即可畅通无阻地面对面交流。

所以，我非常想不通，明明都有这么先进的办法了，为什么还让我们用最原始的方式消耗脑细胞？

如果是公平地接受折磨倒也算了，偏偏就有风尧这种外挂本挂的存在！

我现在还清楚地记得，就在某个我因为摩语废寝忘食、抓耳挠腮的晚自习课间，风尧优哉游哉地晃到了走廊的"解疑杂货铺"前，在我和苏灿耀无比愤恨和谴责的目光下，面无表情地购买了"摩语大礼包"，面无表情地进入小房间戴上智能头盔，五分钟后，又面无表情地闲庭信步回来了。

彼时苏灿耀攥了攥拳，咬牙切齿道："AI 率高了不起啊！"

……确实了不起啊。

这个解疑杂货铺呢，其实就是一台自助售货机，出售各类死记硬背的知识和较为简单的专业技能。随着脑信息上载和输入技术的成熟，书本知识、生活技能、才艺等等都可以成为商品出售或购买。但法律规定个人思想、记忆、心理、性格等带有主观意识色彩的"东西"不得作为商品出售。

一想起小时候被练琴支配的恐惧，我总有种生不逢时的痛苦。

当然，由于技术限制，这些特殊商品很少在市场上流通——只有 AI 率达到一定水平才能接受"脑信息注入"，因此只有某些富人别墅区和斯洛学院这种贵族学院才会售卖。

而这对于我和苏灿耀这种零 AI 率的稀有品种，自然是可望而不可即了。我俩每次路过解疑杂货铺，尤其是看到上面那条季节限定标语"冬日里的贴心温暖"时，总会感到一阵寒风飕飕掠过，无比凄凉。

全部考核结束。

专业技能课能拿到三个 B，我还是很满意的。另外两门拓展选修课，我当初选的是化妆课和园艺课，一个 C 一个 A，可喜可贺。

他们两个最后一场考篮球，我们约好了在凭风球场门口集合，一起去西钟楼下新开张的 Cream Soda 甜品店庆祝。

"嘿嘿，小鸽子，你考得怎样啊？"啧啧，瞧苏灿耀这副眉飞色舞的小样儿，八成是"春风得意马蹄疾"了。

"除了外星语其他都还好吧。"我回忆了一下，"没什么超纲的内容，重在心态。"

"有道理，重在参与。"苏灿耀颇为赞同地点点头。

"……"这是一个意思吗？

"你的最终等级是多少啊？小鸽子。"各单项等级取平均值就是最终等级了。最终等级和假期、奖学金、推荐名额挂钩。

"B。"我耸耸肩，已经懒得去纠正他这一口一个"小鸽子"的了，正想问风尧是不是拿了 A，苏灿耀就激动地大叫一声："我也是 B！"

我本来自我感觉良好……现在忽然有点不好了。

"那我们可以组个二……"苏灿耀眨眨眼。

我直截了当地打断他："打住！不用往下说了，我不会和你组什么的！"

他委屈地瘪瘪嘴："小鸽子你误会我了，我想说的是 2B 铅笔的 2B。"

风尧插话道："2B 铅笔，是什么？"

"一种古董，你没听说过吧？我跟你讲哈，我们那时候考试都是……"得，这个苏灿耀又开始滔滔不绝了。

"打住，打住，我们快去吃甜点吧！肚子都饿瘪了！"我赶紧出言打断苏灿耀的长篇大论。

苏灿耀果然是神经大条的生物，一下子就被我的话带跑了："对哦，我肚子也好饿，刚刚投篮都差点不准！你知道吗小鸽子，刚才真的好险……"

日子在我们的打闹中一天天过去，转眼又是一个月。

今晚是苏灿耀期待已久的校园魔法夜。他一周前就做好了南瓜灯，在我和风尧面前炫耀了一堂自习课。结果当天晚修结束的时候，有人在自习室的角落里发现了一个被老鼠啃得面目全非的南瓜。

天色渐暗，广播里几首很应景的背景音乐一直在循环播放，校园里已经有不少穿着巫师服装、带着鬼怪面具的人出没了。几乎每棵树上都有一只仿真猫头鹰，我每走五步路就伴随着一声猫头鹰的怪叫。

超能力学院的魔法夜氛围和体验值果然不是盖的。我一路疾走回宿舍。

宿舍门口，一具戴着墨镜的骷髅横躺在地上。我默默地把它扶起来，让它靠在门框上，抬眼对上门禁——这个年代最通用的虹膜识别。"滴"的一声，门自动打开了。

"阿楚你回来啦！快快快，来尝尝我从社里带回来的南瓜派和热苹果西打！"付安安兴奋地吆喝道，面前堆着一排纸杯、一个保温壶和一个又大又圆、被切成八块的南瓜派。

"哇，我都想拍照发朋友圈了，配文就写：有个美食社的室友是一种什么样的体验？"我说着在小餐桌前坐下，拿起一块南瓜派送到嘴里，哇，松软可口，再抿一口热苹果西打，唔，温热醇香，人生简直太美好了！

吃饱喝足后，我和付安安互相怂恿着找来一部恐怖片，用讯章投影播放。

2100年，手机已经成为古董，现在的通讯工具是一枚硬币大小的"讯章"，用类似磁力扣的东西别在袖口上。华为、三星、苹果是全球比较大的讯章厂商。即便是AI率再低的人，基本也都在眼睛晶状体上安装了视网膜投影仪，将信息、影像内容直接投射到视网膜上。需要打字时它会弹出悬浮式电子键盘。

电影刚开始我就后悔了……这身临其境的效果绝对比IMAX影厅强悍一百倍。

近在咫尺的画面中，一团模糊的黑影正向一扇房门飘去……

就在这时，身后响起了敲门声。

"嘘！"付安安忽然看向我，眼睛瞪得老大，"阿楚你听！这好像不是电影里的声音啊！"

"立体环绕声，当然逼真了。"这丫头胆子比我还小。

"咚咚咚。"身后的敲门声又响了起来……好像还真有人敲门啊？

我按下讯章结束了投影，起身去开门。付安安畏畏缩缩地跟在我身后，小声嘀咕着："这也太巧了吧。"

下一秒，门被打开，只见门外站着两个，呃，应该是两"只"张牙舞爪的……老虎？

"啊啊啊！"付安安大叫起来。

老虎明显被付安安吓到了，愣了两秒，才压低声音道："不给糖，就捣蛋！"

"……"

"你们俩这是……两只老虎？"我无奈扶额，朝那只勒索糖果的老虎竖了个大拇指，"史无前例。"

果不其然，苏灿耀立刻朝身边的风尧晃了晃脑袋："怎么样，我就说很有新意嘛！"

这个场面，怎么有点似曾相识？

付安安毫不留情地爆笑起来，好像刚才吓得尖叫的人不是她一样。我灵机一动，回头扫了眼梳妆台，对风尧露出一个亲切甜美的微笑："风尧，我知道你肯定是被某人胁迫的！要不，我帮你换个烟熏妆吧？"刚好没人拿来练手。

"我看你这才是胁迫吧！"苏灿耀不满地鼓鼓嘴。

我瞪他一眼，向风尧投去慈祥和蔼的目光。风尧在我的胁迫，咳，提议下摘下老虎头套，居高临下地看着我略一挑眉，脸上露出不加掩饰的怀疑和警惕，说："你？"

"我深藏不露！"我抬抬下巴，气势十足地回望他，在他的瞳中看到一个叉腰仰头的小个子时瞬间蔫巴了，"拜托啦，拜托拜托啦……"

……

不知道是不是这张脸太俊美无俦了，我怎么总有种暴殄天物的罪恶感？

"这是烟熏妆？"苏灿耀瞪大眼凑近风尧的脸看了又看，"……这是碳烤妆吧？"

"闭嘴！"

苏灿耀："……"

风尧："……"

最后，在我一阵手忙脚乱的乱涂乱抹后，风尧被画成了吸血鬼。我和付安安也被迫加入了他们的讨糖小分队，前提是苏灿耀也把老虎头套摘了，做回正常人，我们可不想跟着"狐假虎威"满校园吓人。苏灿耀不情愿地妥协了，末了瞟了眼风尧的妆容幽幽叹道："难道会比这个更吓人吗？"

出门前，付安安翻箱倒柜找出两顶紫色的魔法帽，我们一人一顶戴上。苏灿耀围着我左看右看，怎么都不满意，最后灵光一闪，从我梳妆盒里刨出个蝴蝶结给角落里的扫帚系上，硬是塞到了我手里，风尧点头表示"很好"。他这确定不是借机报复吗？

风尧本来就皮肤白，又自带高冷气场，再配上我为他量身打造的精致妆容，完全就是高贵冷酷的血族王子，一路上不少女生盯着他看，我原先的负罪感被此刻猝然而至的成就感一扫而空。

"风尧，想不到你的碳烤黑眼圈回头率还挺高的。"

"再说一遍，是烟熏黑眼圈……"我再次纠正道。

等等……什么黑眼圈！谁画的是黑眼圈了？

"你下次也画成熊猫出门，回头率会更高。"风尧不咸不淡地说道。

我撇撇嘴，假装没听到。

园丁机器人们纷纷扮成了僵尸，我们走在护校河中央的大石块上，穿梭于后花园中，恍如置身"植物大战僵尸"的游戏场景。

苏灿耀走在最前面，手里拎着一盏他重做的南瓜灯，脑袋上是一对从付安安百宝箱里打劫来的绿色精灵耳。我走在最后，手里拿着扫帚，小心翼翼地踩上一个接一个的石头，走得很慢。

前面的苏灿耀忽然停下了脚步。

"Trick or treat……"这个声音？我条件反射地抬起头，只见段谨然站在我们对面，身穿黑白两色军装，头戴一顶黑色军帽，两只通体雪白的兽耳露在外面，身后是一条毛茸茸的白尾巴。

这是我第二次见到他半兽时的样子，上一次还是初次见面的时候。

他眯了眯眼眸，夜色里伸出舌尖舔了舔唇，冲我坏笑一下："小妖精？"

我回以一个优雅端庄的微笑："是飞天小魔女好吗？"

他视线毫不遮掩地停留在我手里的扫把上，挑眉："飞天，小魔女？"尾音上扬，带着一丝讥诮。

我再次优雅一笑，转身就走，怎料刚侧身扫把就打到了身后的人。

我连忙把扫把竖起来，扭头对上身后那人的视线，正要说对不起，却忽然顿住了。

不知道什么时候出现在我身后的人，穿着毛呢校服外套，胸前戴着学生会职务牌，领口露出一截白衬衣，还是那么地温润如玉、斯文隽雅。他抬眸淡淡看了我一眼，没有说话。

也许他早就不记得我了吧……心情稍稍放松了些，却涌起一股莫名的失落，我低声说道："抱歉，我不知道身后有人。"

我握紧了手里的扫把，替它感到无所遁形。要是早知道今晚出门会遇到他，说什么我也不会听苏灿耀的话带上这个有损颜面的扫把！

他"嗯"了一声，本以为他不会再说什么，谁知他却接着说道："我脚步声轻，你没听到很正常。"声音很低，潜入夜风里。我一时愣住，没反应过来他这是在跟我说话。

付安安像是受到了鼓舞，大方问好道："学长好！"我跟着小声叫了句"学长"。他点头致意，又恢复了沉默疏离的样子。

"咦，我不是学长吗？"段谨然懒洋洋的声音传来，视线看向我身后的人，"广播站去过了？"

"嗯，比萨分完了。"

也对，段谨然是学生会主席，他们之间应该常有工作交集。我正思量着要不要也谋个一官半职，或者偶尔友情客串一下，不经意对上段谨然笑意明显的双眸："学妹猜猜我扮的是什么？"

"你扮的不就是黑猫吗？警长。"

苏灿耀哈哈大笑起来，其他人都没什么反应，看来，黑猫警长在这个时代已经退休了。

"是化身成黑猫的魔鬼。我可以满足阿楚一个愿望，不过，作为交换……"段谨然顿了顿，笑意更深，"阿楚要把灵魂抵押给我。"

"无聊。"

"魔女要当心脸上的皱纹哦，别老生气。"他忽然笑容一滞，低头看了看自己雪白的尾巴，委屈地皱眉，"不对啊，哪里是黑猫了？"

苏灿耀安抚似地摸摸他的兽耳，咧嘴一笑："哇，好软呀。"这家伙刚才就盯着看老半天了。

段谨然被他摸过的兽耳清晰可见地抖了抖。

"讨糖，一起？"风尧及时出声询问。

段谨然转头看他，当即嫌弃似地皱眉："你昨晚做贼去了？黑眼圈重得熊猫见了都哭。"

风尧："……"

见风尧神色不悦，段谨然懒懒改口："讨糖多没意思，去海边放篝火啊。"说着看我一眼，眉梢微挑。我下意识看向身后的人，他正礼貌而淡然地回答着付安安心花怒放的"人生问卷调查"。

"一起去吧，嗯？"段谨然音量提高了些，目光掠过我看向身后。

"你们去吧。"清浅的嗓音，有一丝不易察觉的寡淡，"我先回去了。"

"啧，别扫兴啊。"段谨然意味深长地牵起嘴角，"一起去吧，学长？"

身后的人倒是没再推辞，略微沉吟后点了下头。

就这样，我们一行六人来到海边。

斯洛学院依山傍水，出了后门就是一片望不见尽头的大海，名叫"永无海"。这个区域基本上是封锁的，学院规定不得擅自出入后门，今晚全仗着段谨然撒谎不眨眼的本事，跟守门的机器人说我们是学生会巡逻大队的，我们才得以过关。

苏灿耀兴致勃勃地找起了木头，风尧负责捡树叶，段谨然去小树林里折树枝，付安安欢天喜地地拾起了贝壳。

我不由得向海边望去……一抹身影独自坐在沙滩上，看着大海的远处，背影安静又孤单。

他总是这样，静静的，一个人。

他似乎不太喜欢被人打扰，也没有人能打扰到他。

内心驱使着，我轻轻走了过去，站在他身后。

夜风迎面吹拂着，浪花一阵阵袭来，又默默退去……时空仿佛静止了一般，夜晚归于无声，耳边只剩下潮起潮落的声音。

这就是他的世界吗？美好而静谧。

"打算这样一声不吭站多久？"一道清润的嗓音毫无防备地响起，把我的思绪拉回眼前。

我轻声开口："学长。"

"嗯？"

沉默。

"有事？"

没有……又是沉默。

"我，打扰到你了吗？"我想了想小声问道。

他还是望着远处，摇头："没有。我在发呆。"

呃，其实我想问的是，我打扰到你发呆了吗？

正这么想着，他却突然转过头，一双沉寂的眸子对上我的眼睛，夜色里显得愈加深沉，黑漆漆的，看不出情绪。半晌，他缓缓开口，两个字："怕我？"

我怔了怔，下意识否认道："没有。"心里想的却是：你怎么知道？

他没有移开视线，依然定定地看着我，眸光很淡很淡，却让我感到无比灼热。

"好吧，被你发现了。"我低下头，小声嘀咕。

意外地，耳边传来一声很轻很轻的笑。我恍惚抬头望去，肆意倾洒的夜色下，他真的在笑……他笑起来，真好看啊，就像童话里的王子一样，温柔又梦幻。

"沐晨。"他忽然说道。

"啊？"

"沐晨，我的名字。"他转头看我一眼，眉梢眼角缱绻着不易察觉的柔和。

"沐晨？好美的名字，是沐浴晨光的意思吗？"我眨眨眼，轻笑着问他。

他看着我，淡淡勾唇，食指在身侧的沙滩上缓缓写下两个字——

穆沉

穆沉，我的名字。

原来是这两个字。还蛮符合他的气质。

"肃穆的穆，沉静的沉，我记住啦！"我蹲下，把我的名字写在他的旁边。

穆沉　楚歌

写好后，我歪头对他粲然一笑，说道："我叫楚歌，就是四面楚歌的楚歌。"

我捕捉到他眼神有一刻停顿，仅是一瞬，随即垂眸点了点头："好，我也记住了。"

我会心地笑了，视线投向海面，一阵阵浪花扑腾而来，澎湃雀跃……

这时，十来只泛着蓝光的透明小家伙吸引了我的注意。

"是水母！"我惊喜地大叫。听楚颂说，水母会在天气炎热的时候从深海区游到浅海区，形成一片荧光海，这种现象有一个很梦幻的名字，叫"蓝眼泪"。

"十月底了，没想到还能遇到在浅海区度假的水母。"我开心地说道。穆沉面带微笑听我讲着，没有说话。

"对了，学长听说过灯塔水母吗？"我忽然想起以前在楚颂的科学杂志里看到的一种神奇的存在，"据说它长大后会重新回到小时候的样子，有着返老还童的超能力！真羡慕它们啊，能让时光倒流。"

"返老还童……时光倒流？"穆沉轻喃出声，只见他微微蹙眉，正认真思索我的话。

我点点头，接着说道："是啊，而且它们可以无限重复这个过程，从而获得永生……怎么样，是不是很神奇？"

"永生。"他盯着大海的远处，目光却暗了下去，"几十年如一日，应该很孤独吧。"

孤独吗……也许。

好吧，他好像忧郁气质又上来了。

"集合了，各位各位！"沙滩中央，苏灿耀手舞足蹈地抱来一堆木头，"准备就绪，准备就绪！"

他抽出一块长木板放在风尧收集来的枯树叶上，一屁股坐下，挑了根结实的木棍对着木板一头钻了起来。

风尧和付安安站在一边看着，段谨然坐在不远处的树桩上闭目养神。我和穆沉也静静围观起来。

风尧认真地观看了一会儿，蹙眉询问道："你在表演钻木取火吗？"接着又补充一句："历史课本上有图。"

苏灿耀顾不上搭理他，钻得越来越起劲。

十分钟过去了。

付安安："你确定可以？"

我："你确定还要钻？"

木板上已经被钻出了一个窟窿，然而别说火苗了，连一粒像样的火星子都没见着。

"哦哦哦来了来了！"苏灿耀忽然激动地叫道，只见黝黑的窟窿间隐约有火光闪现，"嘘嘘嘘！"他比画着不自主把脸贴近了几分，瞪大眼睛，屏息以待。

下一秒，一阵风卷过，那颗新鲜而热烈的小火苗"嗖"的一声魂飞魄散在寒风中，一股黑烟骤然熊熊升起。

"咳咳咳……"苏灿耀猝不及防地被黑烟洗面，顿时呛得两眼通红，泪如雨下。风尧把他拉了起来，我和付安安连忙走过去，又拍背又扇风地手忙脚乱起来。

"我去买瓶水吧？"穆沉转头问我。

苏灿耀摆摆手："不、不用，我咳、咳咳咳……咳会儿就好了。"

"好了。"一旁闭眼不语的段谨然忽地起身，话音刚落只见木堆上凭空生出一簇火来。

"你不是水元素班的吗？"付安安望着那团熊熊烈火惊奇地问道。

"我可是摩球王子啊。"段谨然勾了勾唇，笑得春花烂漫。

苏灿耀的脸色瞬间比他钻出来的烟还黑。

"早说你会凭空咳咳咳……生火啊！"

"不是凭空生火，只是感应自然界中的火元素，再把它们聚集到这里，是需要时间酝酿的。"段谨然说着朝苏灿耀微微一笑，"况且，如果你钻木取火成功了……大家都会为你骄傲的。"

苏灿耀愈加委屈似地瘪瘪嘴，低头踢了脚枯枝和干草堆："谁知道实操这么难，杂志和课本上介绍的都很简单。"他忽然又抬起头，两眼发光："我们做一个魔法夜稻草人吧！"

说完他重新斗志满怀地捣鼓起来。我们几个相视一笑，纷纷加入了他的稻草人制作队伍。

"脑袋歪了……灿耀，扶一下。"

"呀，小鸽子，能不能别打蝴蝶结呀！"

"小魔女，你看这像不像你的扫把？"

"这哪里是扫把了？这是它的裙子好吗！"

……

夜空下，我们在海边围着篝火打打闹闹，连风尧和穆沉的脸上都洋溢着淡淡的笑容。

原来，这就是和朋友们在一起的感觉啊。

我心里越来越清楚地知道，留下来，不只是因为那个"使命"，还有你们。这里，还有你们。

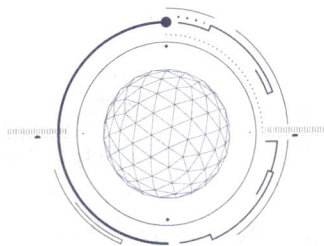

【 第 三 章 】

希望眼前这个每天透过下城区的烟囱
从望远镜里看星星月亮的男孩——
永远干净美好，永远笑容明朗，永远单纯快乐。
生日快乐，苏灿耀。

神昏教学楼，意念移动课上。

教授说，梦是一场思想解放，我们首先要做的是解放思想。

教授："不要试图用你的显意识操控梦境，要用感觉！用你的感觉去触摸它！你想在梦里飞行，就先找找起飞的感觉。你想穿墙而过，就先想想穿过去是什么感觉。你想瞬移，就先想象一下……"

"这东西谁也没经历过，怎么想象的出来嘛。"身旁的苏灿耀小声咕哝了句，"我要是知道瞬移什么感觉，还会坐在这儿？"

教授："好，现在闭上眼感受一下，你瞬移到了什么地方……空气里干燥得没有一丝水汽，你的喉咙里有些干渴，蹲下，伸手一摸，你摸到了被阳光炙烤得滚烫的沙子……睁开眼，你正站在一片一眼望不到尽头的大沙漠中，一阵热风传来，你不小心呛了一嘴沙子。"

苏灿耀忽然干咳了几声。

这家伙入戏还挺快。

教授："很好，我听到有同学已经咳嗽了。接下来，你的四周一片冰凉，胸腔闷闷的，有液体的压迫感，伸手，你摸到了沁凉的海水，睁开眼，你发现自己身处一片汪洋大海。"

耳边传来越来越重的喘息声，我忍不住睁开眼，转头看某人一眼。

苏灿耀也睁开眼，对上我的目光，眨巴两下眼，说："我好像溺水了。"

教授："假设现在一阵微风拂面，你迎风张开双手，身体忽然间变得很轻盈，稍稍一蹬就能离开地面……明白了吗？去找那个感觉！在意识空间里，无论你想做什么，感觉是最重要的！它就是埋藏在你潜意识里的关键！"

苏灿耀："为什么我觉得自己的身体好重？一点也不轻盈啊。"

我："……"

教授："同学们，信念感！信念感也很重要！想象，然后果断执行！来，现在在你面前是一堵土黄色的墙，有几十米高，你摸了摸它，用掌心感受着它的纹路，跟它简单沟通了一下，然后默默后退十几步，预备，助跑，冲……你拼尽全力地奔向它，目的只有一个，穿过它！风从你的脸庞擦过，墙就在你的眼前！你闭上双眼，没有犹豫、义无反顾地迎了上去……'嘭'的一声！！"

苏灿耀猛地睁开眼睛，在一边大口喘气。

我："你穿过去了？"

他平息了一会儿，摸摸鼻子："别说，这招冥想法还真灵，这一下撞得真不轻，我觉得我脸都撞变形了，鼻子好疼，胸口一阵剧痛。"

我："……"

教授的声音接着从讲台上传来："恭喜你，你成功了！破墙而出！"

风尧看了看苏灿耀："应该是墙成功被你撞倒了。"

苏灿耀："……"

课堂练习时间。

教授演示完如何用脑电波操控机器人，同学们兴高采烈地各自试验着。我和苏灿耀这种大脑信号不能被机器人直接接收的 1.0 产品，只能戴着脑电极帽僵硬地坐在座位上，看着跟前的小机器人笨拙而滞缓地迈出一小步……又一小步。

扭头看看风尧的小人儿，正在原地跳着《健康歌》，再看看自己的……惨不忍睹。

风尧单膝半蹲在地上，伸手轻拍了拍小人儿的脑袋，小人儿顿时乖乖地不跳了，冲风尧眨眨眼，在他掌心里轻轻蹭了蹭。

啊啊啊好萌啊！什么时候它能在我手心里撒个娇啊！让我也体会一下！

"羡慕？"他忽然瞥我一眼，嘴角挂着一丝可疑的笑意。

"嗯嗯嗯！"我头如捣蒜。

"嗯。"他点点头，摊开手掌，小机器人听话地跳到了他手掌上。我按捺着澎湃的心静静等待他下一步举动，谁知他起身随手把小人儿丢进包里，一脸云淡风轻地对我说，"下课了，走吧。"

每次都这样！这个家伙，每次"神仙操作"招来我的强烈嫉妒后，都会"善解人意"地问我一句："羡慕？"然后再若无其事地没有了下文。购买"摩语大礼包"后是这样，十分钟完成所有作业后是这样，晨跑结束后轻轻松松爬六层楼是这样……

盯着他收拾书包的背影，思绪不禁飘回三个月前，我刚来到 2100 年的那个下午——

电梯一路上行至 35 层。

我跟随苏灿耀穿过空旷寂静的走廊，来到一扇金属制大门前，门牌上写着三个镏金小字：指挥室。

他敲了敲门，里面传来一道清冷的男声："进。"

大门"吱"一声自动打开，苏灿耀朝里看了看，转身对我说："你先进去吧。"我点点头往里走了两步，心情莫名有些紧张。

身后的门"咔嗒"一声轻轻关上。灯光打在地面上，泛着冷清的白光。偌大的指挥室里只有一张宽敞的黑色办公桌，桌后一把高级皮椅、一棵盆栽，不远处还有一张茶几和皮沙发，此外再无其他。桌上物件摆放得井井有条、一丝不苟，整个房间极简又考究。

办公桌后没有人。窗边，一个清隽又高挑的男人随意地斜倚着，目光倨傲地朝我看来。

我愣了一秒，很快反应过来，礼貌地鞠了一躬："指挥官好。"

男人视线恣意打量着我，随即挑了挑眉，不置可否。

我深呼吸一口，略略平复了心情，开口说道："指挥官，我在来的路上听苏灿耀大致说了一些，我、我虽然还有点没缓过来，意外来得太突然了……虽、虽然我真的特别想家，特别想回去……"我语无伦次地说着，他只是微微挑眉，双手环胸站着，始终安静地听着。

我忽然又想到了什么，补充道："哦，而且我战斗力还特别弱，真的，随时会被打趴下那种……但是，我想，我应该愿意……"

正当我鼓足勇气、一脸赤诚，准备表决心的时候，门"吱"的一声开了。

我回头看去，只见苏灿耀和一个高大的男人并肩走了进来。

我呆了呆，嘴里还在继续说着："加入破梦组，为国争光，勇往直前。"苏灿耀呆了足足好几秒，转头问窗边那个男人："风尧，什么情况？"

窗边那个名叫"风尧"的男人耸了耸肩，淡淡回道："不知道。"

什么？不知道？不知道那你刚才倒是说句话啊！

"他叫风尧，是破梦组的组长。我是意识治安局指挥官，简言。"高大男人冲我点头致意，"你好，楚歌。很高兴你愿意加入破梦组，为国争光，勇往直前。"

我想起刚才认错人的一系列行为和那番话，挤出一个尴尬而不失礼貌的微笑："指挥官好，应该的。"

简言点头，迈步走到沙发前坐下，抬手示意："坐。相信你已经听灿耀说过了，这是一个基因混合时代，人类正处于 AI 化进程中……"

"发什么呆？东西也不收拾。"

思绪被拉回眼前，只见风尧懒懒靠在教室窗边，长腿交叠，气定神闲地斜睨着我，眉梢眼角透出淡淡的桀骜，一如我初见他时的模样。

"还没呆够？"他说着往门口走去，抬腕看了眼迅章，"这个点，估计布丁快没了。"

嘴角牵起一丝无奈又柔软的笑，我默默收拾好书包，追上他的身影。

"苏灿耀呢？"

"北角食堂，占位。晚修时不见你有发呆这么投入。"

这家伙还有毒舌属性，以前怎么没发现呢？

放学后，*Cream Soda* 甜品店。

"啊啊啊！风尧风尧！它对我笑了！"

"嗯，我让它笑的。"

"快看快看！它对我吐舌头了！"

"嗯，我让它吐的。"

"呀！风尧！它、它、它扭屁股了！"

"嗯，我让它扭的。"

"……"

这时，一双男人的黑色球鞋出现在小机器人旁……

"风尧，小鸽子，原来你们在这里偷吃甜品！为什么没人叫上我？"

"才不是偷吃甜品，我是想看风尧的小机器……"我话说到一半，只见苏灿耀一脚踩上了小机器人，它似乎呜咽了一声，软软地趴在了苏灿耀的脚下，蓝光"啾"的一声灭了。

"……人。"

苏灿耀毫无察觉，一脸神秘地笑着："今天是个重要的日子，有人想知道吗？"

风尧盯着苏灿耀的脚，一言不发。

我盯着风尧的脸，一声不吭。

"怎么了？"苏灿耀后知后觉地低头看了看脚下……"呵，呵呵，不好意思啊，风尧。"他干笑两声，尴尬地僵在原地。

"没事，我回去修修看，应该只是晕了。"风尧淡声说道。

这时，苏灿耀脚下发出清脆的一声"咔嚓"和电流的滋滋声，只见原本趴着的小人儿刹那间裂成了两半。

伴随着我倒吸一口凉气，全场陷入了默哀的气氛中。

半分钟后，苏灿耀蔫蔫地开口："真的，很抱歉……"

我瞥了眼风尧，无比真挚地说道："风尧，对不起，我们请你吃甜品，好吗？"

风尧只是淡淡摇头："不用。"随即看向霜打茄子似的苏灿耀，问道："今天是什么日子？"

原本陷入无精打采的苏灿耀瞬间站直了，大眼睛滴溜溜地转了转："猜猜看？"语气还有些小心翼翼。

今天 11 月 23 号，是什么节日吗？我半信半疑："感恩节？"

"小鸽子，感恩节是 11 月 26 日。"

"那就是你叫外卖又被抓了？"

"这一点也不特别。"

对哦，貌似是常有的事。

我和风尧又相继猜了七八个，都没有猜中，我有一丝不耐烦，漫不经心地答道："我知道了，是风尧小机器人的遇难日。"

"……其实，今天是我的生日。档案上这么写的。"

我一愣，抬眸望着他。只见他委屈地低着头，腮帮子鼓鼓的，眼里尽是落寞，像个得不到糖果的小孩："我以为你们都记得的……"声音很轻，却掩盖不了语气里的失望。

"你等一下。"心轻轻揪了揪，我起身走到柜台前，对服务员说："您好，打包一份黑森林蛋糕，一磅……还有这只小熊，也帮我包装一下吧，谢谢。"

还记得楚颂去年生日我给他买了只小熊公仔，他开心得不得了，苏灿耀这个长不大的家伙估计也会喜欢吧？

"请问生日牌上需要写什么呢？"

"就写……生日快乐，永远的苏三岁。"

不一会儿，我拎着蛋糕抱着小熊回来，他们俩正在一起修理小机器人。

"生日快乐，苏灿耀小朋友。"我把手里的棕色小熊递给他。礼品盒没有了，服务员给它系了个绿色蝴蝶结，挂上它的小名牌，上面写着"CY"。

苏灿耀一秒恢复兴奋："你怎么知道我喜欢泰迪熊！"

因为知道你幼稚呀。

在苏灿耀的盛情邀请下，我和风尧同意了陪他回家过生日。

苏灿耀家在火曜城区。

Z城共划分为七大城区——日曜城、月曜城、火曜城、水曜城、木曜城、金曜城、土曜城。其中，木、土城区供摩球人居住，其余为地球人居住区。另外，日、月、木、金城区建于地面之上，简称"上城区"，火、水、土城区建于地面之下，简称"下城区"。

至于上下城的居住资格则由居住者的 AI 率决定。苏灿耀自然是被划分在下城区了。

从斯洛学院到火曜城相当远，要穿过木曜城和月曜城，到达日曜城后搭乘"渡梯"才能通往地下的火曜城。

"坐飞行列车吧！"苏灿耀提议道，"我之前回家都坐这个，很方便的！"

21 世纪中期，石油枯竭，煤炭贮藏量告急，替代能源为太阳能、风能、水能、潮汐能、核能。目前，人类主要利用可控核聚变技术获取核聚变能，其产能量高、对环境污染小，且燃料供应充足，因此电能丰富而廉价，无线供电技术得以普遍运用，微波代替了原来的线路，用户通过接收微波来获取电能。

随着无线供电技术的发展，空中交通取代地面交通成为主流交通方式。2100 年，交通工具主要是各式各样的飞行器、飞行伞，还有只有部分勇士使用的螺旋桨。公共飞行装备有飞行列车、飞艇、飞碟……

当然，考虑到部分恐高或不适宜飞行的人，地面交通依然运行。由于化石燃料枯竭，汽车已成为古董，目前地面交通工具主要是电动代步机、电动单轮摩托车、悬浮滑板，以及供多人乘坐的电动列车——车厢小而多，且速度很慢，俗称"毛毛虫列车"，要想今晚赶回学校，电动列车肯定是行不通的。

我们跟着苏灿耀来到飞行列车"斯洛学院站"，买票后乘坐直达电梯抵达空中月台。飞行列车长期在空中运行，由电梯摆渡乘客往返于地面与高空。

"好神奇啊！"刚上车我还有点紧张，坐了一会儿后渐渐也就适应了，忍不住开始东张西望。

"哇，你们看那个飞行器，像只蜜蜂一样！好可爱啊……唉，这是什么？是空中天桥吗？哇……"

"我就说这个时代很有意思嘛！小鸽子，我第一次坐也是你这个表情。"

"那个那个！是送餐员吗？那个拎着一包东西的飞行器！"

"不是，快递、外卖机器人仅限在地面行走，以免干扰空中交通。"风尧顺着我手指的方向看了一眼，淡淡回答着，"这是规则。"与我的大惊小怪反差强烈，他这一路上仍然是个安静的美男子。

天黑之前，我们终于顺利抵达了火曜城。

苏灿耀带我和风尧去了一家小吃店，招牌有些破旧了，上面写着"韩记烤冷面"五个大字。

老板是个热情的中年大叔，看到苏灿耀熟络地招呼道："小耀，来啦？带朋友一起啊？还是烤冷面加番茄酱吧？"

这家伙的口味还真是几十年如一日地专一。

"没错！"苏灿耀灿烂满足地笑了，扭头问我们，"你们加什么酱？"

看来是只有烤冷面了。

"烧烤酱。"

"一样。"

老板点点头，和蔼地笑着走开了。

现在"高阶层"家庭大多配备厨房机器人，它们可以制作简单的餐食，菜单全国联网，实时更新，购买"菜式"后即可永久获得制作该菜式的技能。话说回来，*AI* 率达到一定程度后，吃饭已经不再是生理必需，而是一种纯粹的味蕾享受。因此上城区人们很少外出吃饭，街上只能看见几家零星的公共餐厅。

下城区就很不一样了，各种小吃店、小餐馆鳞次栉比。菜式倒是和2020年差异不大，这让我倍感亲切和万幸。唯一不同的是，现在的餐馆几乎都是单品专卖店——专卖某款菜品、小吃、饮料的门店。

从"韩记烤冷面"出来后，我们跟着苏灿耀步行去他家。他的心情似乎因一碗烤冷面更高涨了，一路上喋喋不休。

这条街陈旧而破敝，道路很窄，墙壁上画着五颜六色的涂鸦，依稀可辨蓝天、白云、太阳、草地、戴着红领巾的少先队员……应该是孩子们的大作。

已经晚上八点多了，街上依旧很热闹，路边正投影着一部老电影，老人们纷纷坐着小板凳摇着蒲扇聚在屏幕前观看，边嗑瓜子边你一言我一语地聊剧情。如今全球生育率低迷，晚婚和不婚现象普遍，随着家庭小型化趋势和独居老人的增加，家庭赡养功能不断弱化，在下城区，以社区为单位的老年照料中心遍地开花。

街道尽头右转进一条小胡同，逼仄的空间内光线昏暗，头顶的灯泡接触不良地闪着。我们的脑袋上方晾着各式各样的衣服，有的还在滴着水，风尧和苏灿耀穿越在"衣服的丛林"里，一路东躲西避、披荆斩棘。

"到了！就是这里啦！"苏灿耀在胡同尽头一间小公寓门前停了下来。狭窄的绿漆铁门上挂着门牌："*Canyao's home*，"门框有些生锈了。头顶的灯忽地灭了，胡同里顿时陷入一片黑暗，他习以为常地"哈"了一嗓子，灯又亮了。

隔壁公寓里传来麻将洗牌的哗哗声，一道慈祥和善的声音随之响起："小耀回来啦？"屋子没有关门，我往里瞟了一眼，几位老爷爷、老奶奶正围在桌前搓着麻将。苏灿耀咧嘴一笑："嘿，王奶奶，好久不见，您和爷爷身体都好吧？"

"哎哟，好，很好……"

这是我和风尧第一次来他家做客。

他的小窝不大，东西倒不少，杂乱无章地堆放着，凌乱而拥挤。装修也很简单，甚至略显破旧，但却流露着生活的气息。可以看出小窝的主人很爱它，墙壁和桌角上都能发现 *"Welcome back""It's my nest"* 的字样。

"随便坐啊……嘿嘿，忘记提前收拾一下了。"他不好意思地挠挠头。

风尧在小沙发上坐下了，苏灿耀转身进餐厅里摆弄起蛋糕和蜡烛来——说是餐厅，其实就是个小拐角，只够放一张小圆桌和两三张小板凳。

沙发前的茶几上堆着一摞摞科普杂志，现在这个年代，纸质书已经很稀有了，估计这些都是他从过去带来的吧。我弯腰随手翻了翻，视线却被一旁的东西吸引过去——那是一座会发光的蘑菇屋，打造得就像一座魔幻城堡，里面摆着四个小人儿、一条小狗、一只小猫。我拧动开关，它缓慢旋转了起来，还咿咿呀呀地唱着歌。

我不禁想起小时候，总嚷嚷着长大后要买一座大城堡，让一家人都搬进去住……回忆浮上心头，心情忽然有些低落，眼眶一热，有点想哭。

"每当我想家睡不着的时候，都会拿出来看看。"

苏灿耀不知道什么时候来到了我身后。

这家伙没心没肺，每天都嘻嘻哈哈的，也会有因为想家而失眠的时候吗……

"虽然我的回忆有些模糊了，记不得家的模样……但在我脑海深处，它就像这座会发光的蘑菇屋一样。"苏灿耀抿了抿唇，垂眸轻声说道，眼里闪过那么一丝……脆弱？

"永远温馨，温暖，明亮。"他忽然又笑了，如从前那般炙热明朗，瞳仁里倒映着摇曳的灯火，盛满笃定而纯粹的光芒。

告别家人远赴深空，意外抵达陌生而遥远的未来，过去的十九年人生成为一片空白……至少我还拥有那些温暖又完整的回忆，至少我还可以随时随地想念，可他却连回忆也没有，想家的时候只能看看蘑菇屋……他明明是容易受伤、需要保护的那一个啊，可却一直表现得比谁都要乐观坚强。

"嗯，家是夜空中最亮的星。"

我轻声附和。看着眼前坚毅又脆弱的男孩，感到隐隐的心疼和前所未有的崇拜。

谢谢你，苏灿耀。

谢谢你的温暖，谢谢你每天简单纯粹的快乐和永远灿烂耀眼的笑容。

唱完生日歌、吃完生日蛋糕后，我和风尧被他拉到小阁楼上，参观他的宝贝天文望远镜。比起客厅，阁楼更显促狭，我们三个人几乎占满了整个空间。

角落里，一只毛掉了一半、褪色严重的泰迪熊安静地靠在墙角坐着。苏灿耀把我送他的那只放到它旁边，两只泰迪差不多大小，看起来就像依偎在一起。他心满意足地咧嘴笑了。

"住校前，我每晚都会上来看星星和月亮。"他说着在三角架前盘腿坐下，眯起左眼，右眼凑到镜头前，表情专注。

"看星星和月亮？"风尧皱眉。他正以一种极憋屈的姿势坐在地上——即使是坐着，也得微微猫着腰脑袋才不会撞到天花板。

"对啊，当初我特地把它带上了'Universe'，这可象征着我最初的梦想啊……"

"许个愿吧。"我心念一动，提议道。

他闻言转头看我，"嗯"了声垂眸抿唇，认真地思考着愿望的内容。

"今天是你的生日，会灵验的。"我轻声说。

片刻后，苏灿耀忽然双手抱拳，低头闭眼。星光从阁楼的天窗里透进来，洒在他的脸上。漫天夜光中他的侧脸安静，嘴唇翕动，神情虔诚，长长的睫毛微微颤抖。

风尧静静看着苏灿耀，神色沉静，似乎也在想着什么。我轻轻闭上眼，在心里悄悄许下愿望……

希望眼前这个拥有暖阳般明媚笑容、外表大大咧咧、内心丰富细腻的男孩，这个一碗烤冷面就能满足的男孩，这个二十岁了还喜欢泰迪熊的男孩，这个偶尔也会想家的男孩，这个依然留着掉毛褪色的旧公仔的男孩，这个每天透过下城区的烟囱从望远镜里看星星月亮的男孩——

永远干净美好，永远笑容明朗，永远单纯快乐。

生日快乐，苏灿耀。

12 月 12 日，2100 年的第一场雪。

午后，一拉开窗帘就看见外面飘起了细密的小雪。我和付安安的宿舍在后山区的 *Heavy Forest* 社区，正好能望见不远处的霞凝钟塔，塔尖上覆盖着一层薄薄的白雪。

我穿上新买的白色羽绒服，决定去霞凝钟塔赏雪。

"第一场雪下起的午后，想和你分享感动……"走在白雪皑皑的校园里，我不由自主轻哼起《初雪》。今天是周日，学校里没什么人，空旷而寂静。

绕着旋转楼梯拾级而上，终于爬到了钟塔顶层，感应门自动打开，前方出现一道熟悉的背影……

段谨然？他怎么会在这里？

"楚歌？"他闻声回头，也发现了我。

"你也是来看雪的？"我说着走上前。

"怎么？"他懒懒睨我一眼，转头望向纷纷小雪，"我每年都会来。"

我侧头看他。他双手插兜，一身灰色长款薄羊毛衫敞开着，里面一件黑色高领打底。正想问他"不冷吗"，转念一想，他体内有兽族基因啊，这点冷算什么。

"我小时候会央求父亲派侍卫带我来，这是个看雪的好地方……"他说着伸手，接住一片轻轻飘落的雪花，午后暖阳轻洒在他脸上，他神情慵懒，看不出情绪。

不知道为什么，我总觉得今天的段谨然怪怪的，有一丝不同于往日的……冷漠？疏离？抑或是，寂寥？

"现在被你发现了。"他忽地扭头看向我，略一挑眉，"怎么报答我？"

我决定收回我刚才心里想的那句话。

"报答你？是我自己发现这里的，有你什么功劳？"

"我没赶你走啊。"他勾唇一笑，理所应当。

"噗。"我忍不住也笑了。这才是我认识的那个段谨然……胡搅蛮缠，强词夺理，恬不知耻。

"腹诽我什么？"

咦，难不成他还有读心术？

"嗯哼，你心里想什么，我可是都知道。"

"……"那你还问我。

"怎么不吭声了？"

"我在'用心'跟你交流啊。"我冲他挑了挑眉，像煞有介事地说道。

他轻笑，没再接话。我们沉默下来，安静地看着漫天纷纷扬扬的雪花。

良久，他忽然想起什么一般转头问我："你很喜欢雪？"

"嗯。"我没有犹豫地点头，"银装素裹，就像童话里的世界，很梦幻。"

我以前很爱在雪地里撒泼，每次和楚颂打雪仗都被他打得落花流水，再借机跑去妈妈跟前告状撒娇，楚颂总不满地说我更像个小妹妹……

我看着眼前的景象，思绪却飘向了远方。身旁的人低头不语，似乎也陷入了沉思。

12月24日，恰逢星期五，苏灿耀和付安安都回家了，风尧去AI总部做定期检测了。说实在的这家伙一点人情味都没有，自己不喜欢过节就算了，非得把检测预约在今晚，连累人家工作人员跟着加班。

我自己待在宿舍里也无聊，索性坐飞行列车来到隔壁金曜城。一个人过节，也不是不可以嘛。

夜晚的游乐园，到处五彩缤纷、斑驳陆离，宛如一座童话城堡，梦幻而绚烂。园子里几乎没什么游客，这个时候，估计大家都在家里围着火炉唱圣诞歌吧。

我一个人坐了摩天轮、旋转秋千、海盗船，在路过时空梭时不禁停下脚步……距离穿越已经过去了四个多月，我已经在这个全然陌生的时代生活了四个多月。这期间我偷偷坐电动列车来过这里三次，始终抱有穿越回去的一线希望，然而希望一次次落空。

驻足片刻，我转身离开。

不远处，一座五光十色的旋转木马熠熠发光，飘出《游乐园》静谧又甜蜜的朦胧歌声，我不由得加快脚步走去。

偌大的旋转木马上似乎只有一个游客，身姿修长，正看着远方出神。我脚步一顿，这抹身影望着有点儿眼熟……

是——穆沉！

他坐在一匹白色木马上，双手握杆，穿着冬青色毛衣，额前的刘海儿浓密整齐……

自从上次的海边之行后，我和穆沉渐渐熟了起来。我有时会向他请教专业上的问题，他总会耐心细致地给我解答。和他在一起的时候，他变得不再那么寡言，笑容渐渐多了起来，偶尔也会跟我开玩笑。

又一圈后，木马停了下来。我正想上去和他打招呼，却听开关处的机器人问道："先生，您还要再体验一次吗？"

"嗯。"穆沉淡淡答道，并没有从木马上下来的意思。

"稍等一下。"我冲机器人说着，走向穆沉身边的"独角兽"，微微踮脚骑了上去。

转过头来，对上他有些惊讶的视线，我灿烂地笑了："穆沉学长，周末快乐。"

愣怔仅是一秒，他很快反应过来，脸上漾起浅浅的笑容，灯光打在他身上，温暖柔和。

这时，旋转木马"嘀"地启动了，我们慢慢转了起来。

在动听的旋律里，身下的"独角兽"缓缓地升上去，又降下来……周遭的景色事物逐渐变幻着，我们绕着中心一圈圈旋转着，我脑海中久违的关于旋转木马的回忆又回来了。

"你也是，周末快乐。"穆沉浅笑着轻声对我说道，晚风卷裹着温柔送来他清纯的嗓音。

有时候，我真希望时光能就此停止，不再流逝……

停在此刻，就很好。

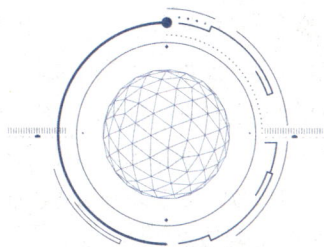

【 第 四 章 】

“好。”

隔着漫天雨帘，我看着他，艰涩地开口。

一点一滴，他的眸中，都是被雨淋湿的伤痛。

这一次，他不会再送我回学校了。

离开旋转木马后，我和穆沉在礼品店里买了两顶毛绒帽，我们又一起看了驯鹿车游行，坐了观光船，他看我玩了大摆锤，最后被我连拖带拽进了鬼屋。

二十分钟后，鬼屋出口，穆沉拎着"失魂落魄"的我走了出来……

"不舒服？"

"没有，就是有点……飘。"

我弯腰喘息，他静静站在一旁，半晌抬手轻轻拍了拍我的后背。

我正想告诉他"别拍了，我又不想吐"，却听见他好听的声音在上方响起："有个人怂恿我陪她进去的时候，好像说自己很勇敢，可以保护我。"

他不说还好，一说我就来气，我直起身体转头怒视他："有个人怎么也不肯陪我进去的时候，好像说什么自己很怕黑。"结果呢？他连鬼都不怕，哪里怕黑了？！全程淡定得跟个没事人一样好吗？

"我是很怕黑啊，只是没想到那个自告奋勇要保护我的人，竟然表现得比我还需要保护，我只好勇敢了。"说着，穆沉一脸委屈地低头看了眼自己的毛衣，语气幽怨，"都被拽成长款的了……"

我怒目圆睁地瞪着他，他却扑哧一声乐了，忽然伸手弹了下我的额头："不逗你了。"

心脏怦怦狂跳了两下，我感到一阵头晕目眩。

"感觉好点了吗？"

感觉更飘了……

"需要吃冰激凌压压惊吗？"我顺着他的目光看去，路旁是一台粉色的冰激凌机。

"需要！"

他淡淡笑了，转身打了两支海盐味的冰激凌，递给我一支，冰激凌是雪人形状的，脑袋上还顶了一只糖果做的迷你圣诞袜。

"你怎么知道我爱吃海盐口味的？"

"你的聊天昵称。"

"啊？"

他、他居然留意了这个，还默默记下了。完了，我又被穆沉学长狙心了……

"唔，学长，你收到过圣诞老人的礼物吗？"我盯着蓝色"雪人"上的圣诞袜，想了想问道。

他顿了顿，莞尔一笑："嗯，我以前每年都会收到。"

"啊？真的吗？"我惊喜地抬头看他，"我小时候也经常收到……不过长大后就没有了，可能是圣诞老人觉得我不可爱了。"我说着撇撇嘴。

他又笑了，露出两个浅浅的梨窝："可能是我一直都很可爱吧，一直到成年都有。"说着他低下头，转了转手里的冰激凌，"最初几年我也很意外，清早醒来装着礼物的圣诞袜总如期而至，直到后来有一次，我发现原来……"

"啊啊啊，我不听我不听我不听……"我嚷嚷着把圣诞帽往下拽了拽，遮住两只耳朵，以示坚守圣诞老人传说的决心。

他没再说下去，似是好笑似是纵容地扬起嘴角，半晌，伸手扶正了我歪向一边的帽子，想起什么般垂眸看着我："你上次送的那只月饼，冰激凌馅儿的，很好吃。"

我有些没反应过来，蒙了蒙，忽地瞪大眼睛："你记得我？"

他无奈勾唇，轻轻捏了捏我帽顶的毛绒球，轻叹一声："还是那么笨。"眉梢眼角，都是细碎的温柔。

我和穆沉吃完冰激凌又在园内逛了逛，夜色越来越深。

"不早了，送你回学校。"他抬腕看了眼表，对我说道。

第一次遇见他的时候，他就是这样安静地低着头，专注地调着时间。

"你不回去吗？"

"嗯，我回家看看。"

穆沉的家……我这才意识到，他怎么也一个人跑来游乐园过节？正欲询问，却见他低着头，眸色有些暗。我犹豫了一下，还是算了。

我们原路返回，搭乘今晚最后一班飞行列车回到学校。一路上他都没怎么说话，仿佛又回到了从前的安静。

并肩走在回宿舍的路上，路灯将我们两个人的影子拉得很长。校园里一个人也没有，却灯火通明，所有塔楼的壁灯都打开了，各处都挂上了铃铛、鹿角、糖果棒的装饰，充满了祥和温暖的气氛。

一路上静悄悄的，静得只能听见我们的脚步声。

不知道为什么，每当和他在一起时，我就有种时间变慢的错觉，每一秒都过得格外漫长。

这一刻，树影停止了摇曳，晚风不再吹拂，河流放慢了流淌……

我悄悄瞥向身旁一路无言的男人，夜色中他面色沉静，清冷俊秀的侧脸因沐浴月光而添了几分柔光熠熠。

真希望这条路更长一些，时间流逝得再慢一点。

穆沉，你心里又在想着什么呢？你是否也希望此刻的时间流得慢些呢？

宿舍楼下，我停下脚步转身看他："到了，谢谢学长。"犹豫了一下，轻声补充道，"这么晚了，学长快回家吧。"

"嗯。"他垂眸看我，点了点头。

我转身上了两级台阶，回头想跟他挥挥手，却见他从毛衣口袋里摸出什么，抬手递了过来。

"楚歌，平安夜快乐。"

我低头看去，他的手心里躺着一个红润的小苹果，上面还沾着些冬青色的小毛毛。

"你……什么时候买的？"

"你从大摆锤上下来以后。"

哦，当时我去洗手间里洗了把脸，顺便搂着马桶吐了……

没想到他那时候竟然去买了苹果，还是买给我的。我的心里钻出一头小兽，轻轻扭着屁股跳起舞来。

夜色下，他温柔地笑了："希望楚歌永远平安快乐。"

"我会的。"我双手接过苹果，抱在怀里，"学长你也是，要永远幸福快乐。"

"嗯。"他垂下眼帘，轻轻应道，"快上去吧。"

不知是灯光还是月光笼罩在他肩头，镀上一道温暖而朦胧的金边。

他的眼眸依旧是那样安静，恍如深海般沉寂，让人无法自拔却又错觉澄澈，怀疑这片深海下藏匿着一片星空。

"嘀嗒""嘀嗒"，我听见时间从缝隙里缓缓流逝，听见自己悄无声息坠入他眸底深潭，听见夜色里自己的声音清晰响起——

"穆沉，有没有人说过，你的眼睛里有星星？"

常在网上看到有人这样赞美漂亮的眼睛，当时我只觉得是肉麻兮兮的情话，没想到今天我也成为这情话大军中的一员。

他缓缓眨了眨眼："有。"

"……"

楚歌，你想什么呢？你居然在心底期盼他回答："你是第一个！"你简直俗不可耐！

俗就俗吧，我抿了抿唇，决定将土味情话进行到底。

"星星在你眼里，而你在我心里……"

我的声音越说越低，到最后几乎融进风里。因为他低头避开了我的目光，蹙眉不语。

月光洒在身上，忽然有些凉。

"土味情话，是不是很土？"我轻笑着打破沉默，"那我上去啦，学长再见。"

他抬眸看我，神色似有纠结，我不等他回答转身拾级而上。

快到转角的时候，我下意识回头看了眼，他还双手插兜站在原地，夜色朦胧中，他的眼神依旧清晰，似乎捕捉到了我的目光……我的心突地一跳，迅速回过头，一口气爬上了楼。回到宿舍后，第一件事就是冲到窗边朝下看去——他仍然站在原地没走，微微仰头，昏黄的路灯打在脸上，模糊了他的五官轮廓。

我想了想把室内的灯打开了，同时闪到了窗纱后……两秒后，楼下那抹身影转身离开，我目送他渐行渐远，直至再也看不见。

为什么我总感觉，他刚才转身的时候似乎轻轻笑了下……

这天下午没课，我来到藏书阁看书。斯洛学院的"哈姆伯"藏书阁在建校初就成立了，历史悠久，据说是 Z 城最大、书籍数目最多的一座图书馆。一面"书墙"就有十二米高，可谓书海浩瀚、波澜壮阔。

我挑了本《从心理学角度走近梦》来看，又在茶水吧要了一份姜饼小人儿、一杯公爵红茶，踩着旋转楼梯来到四层，找了个靠近壁炉、安静暖和的座位坐下，美滋滋地享受起惬意的下午茶时光。

"弗洛伊德认为，梦是潜意识欲望的满足，人在清醒状态下可以有效地压抑潜意识，使那些违背道德习俗的欲望不能为所欲为。但当人进入睡眠状态时，有些欲望就会偷偷地浮出意识层面……

"因此，梦是人的欲望的替代物，它是释放压抑的主要途径，以一种幻想的形式，体验到这种梦寐以求的本能的满足。潜意识中的冲动与压抑不断斗争，在矛盾中形成动力，使欲望寻找另外一种途径或满足，这就是梦。"

嗯，简单来说就是一场较量，大白天里理智战胜了冲动，于是冲动躲进潜意识里一天天累积酝酿，直到忍无可忍，终于在某个黑夜里、理智下线时爆发。梦境就是它们宣泄的出口，好比一场燃烧在潜意识里的欲望大火。

天色渐暗，我把书本和餐具还回原处，拎起书包出了门。

黄昏将至，我慢慢往后山走着，随手点开讯章刷了会朋友圈，滑过一张照片时不由得停住了视线——小餐桌上放着一个奶油蛋糕，上面插着两个数字蜡烛"21"，窗外是漫天大雪。

底下配了一段文字：

妈妈
河水为什么冰凉
因为想起了
曾被雪爱恋的日子

魔王
1 小时前

这首诗出自谷川俊太郎的诗集《二十亿光年的孤独》，我卧室里的书架上就摆着一本。

看了眼屏幕右上角的日期，12 月 28 日，段谨然生日？

我顺道拐去精品店买了一只会下雪的水晶球。零售机自动附赠了一张贺卡，我思考片刻，缓缓写道：

万有引力
是相互吸引孤独的力

这句诗出自诗集《二十亿光年的孤独》，讲的大概是地球人和火星人盼望相识的故事，我当时把这句诗单独拎出来抄了好几遍，印象深刻。

包装好礼品盒后我却犹豫起来，亲自送给他？不行，眼前几乎浮现出某人收到礼物后摇着尾巴的自恋模样。

视线落回那张照片上……漫天大雪……

有了。

最后，我愉快地把水晶球放在了霞凝钟塔顶层的角落里。能不能被收件人成功签收，就看天意了。

12 月 31 日，2100 年的最后一天，同时也是 21 世纪的最后一天。

晚上十点，斯洛学院众星广场。

广场上聚满了人，今天是周五，回家的人却不多，大家纷纷留下来参加这场筹备已久的世纪派对。

正上空的全息大屏上投影着一行大字——"斯洛学院 2100—2101 跨年狂欢夜暨新世纪欢迎仪式"。

"小鸽子小鸽子，风尧，给！"苏灿耀依仗着身高优势从人群中挤了过来，递给我和风尧一人一个礼炮。

"谢了。"风尧勾唇，低眉浅笑。

我望着"2100—2101""新世纪"几个大字不由有些恍惚。来到这里，已经多久了？我真的成为这个时代的人了吗？我真的，属于这个时代了吗？

从未想过我能经历一次"跨世纪"……我的生命中，也能拥有这个伟大神圣的历史性时刻。这种感觉，真的很不可思议。

"又发什么呆呢？"身旁的人在我眼前打了个响指，我扭头看去，风尧正垂眸看着我嘴角轻扬，笑容清淡，却温暖。

我也轻轻笑了。

真好，有他们在身边的感觉，真好。

所谓"世纪派对"，其实就是一场大型舞池茶话会。不时有同学被起哄推上广场中央表演节目，我们站得靠外围，我踮脚艰难地看了会儿后放弃了挣扎，点开讯章给回家了的付安安编辑着信息——

当当当！这是一条来自美女楚歌的新世纪祝福。喀喀，付安安小姐，新年快乐！我们待会儿要放烟花和礼炮了哦！你在家吃什么好吃的呢？记得给我带点回来，下周一不见不散！等你！

满意地敲完，点击发送。

五分钟后，收到她的回信——

发件人：付大小姐
12 月 31 日 22:23

喂，你惦记的到底是我的人还是我的吃的啊！哼，新世纪祝福勉强收下啦！美女楚歌也新年快乐天天开心！呜呜呜，我也好想放礼炮啊！心塞北冰洋水泄不通！

眼前浮现出她一会儿叉腰愤怒一会儿嘟嘴委屈的画面，我轻轻笑了，又顺手编了一条发给段谨然——

22世纪快乐万事如意大吉大力

犹豫着，点开穆沉的聊天窗口，斟词酌句地敲着——

穆沉学长，新年快乐！新世纪快乐！新的一年、一百年，都要幸福安康、圆满顺遂哦。楚歌

发送。
两分钟后，讯章轻轻"嘀"了一声："新消息"，我迅速点开——

发件人：魔王
12月31日 22:31

祝福要当面说才行哦。

不是他。
于是我毫不留情地回道——

有就不错了！

本来都懒得给你发的。
我腹诽着，冲"魔王"两个字龇牙咧嘴扮了个鬼脸。
"啧啧，学妹真是冷酷，新年祝福都这么凶巴巴的。"
不会吧？
我不可置信地抬头看去，段谨然站在我的正对面两步外，一件银灰色羽绒服随意敞开着，露出里面的天蓝色打底衫，手里拿着一个精致的丝绒盒子，嘴角笑意明显。
呃，这油然而生的干坏事被抓包的心情是怎么回事？

我嘴角一抽，勉强笑了下："重在心意。"

"心意吗？可是字都打错了呢，中间连个标点也没加。"对方控诉道，一脸人畜无害。

我打开消息记录看了眼，还真是……

"嗐，这你就不懂了吧，'利'太庸俗，再说了你又不缺这个。我特意选了这个'力'，祝愿你武力值暴增，多有心意啊。"

呵呵，多能瞎扯啊。我在心里暗暗佩服自己的临场瞎编能力……都快赶超面前这位了。

一旁的苏灿耀听了以后连连称赞，当事人面对我明晃晃的狡辩倒没再追究下去，只是皮笑肉不笑地牵了牵嘴角，把盒子里的巧克力全分给了苏灿耀和风尧。

……

没关系，等会儿我直接从苏灿耀那儿抢就行了。

十一点半，新年的脚步越来越近，狂欢渐渐到了高潮。

一个小时过去了，还是没有收到穆沉的回复。嗯，他应该正忙所以顾不上看信息吧。也不知道他今天是留在学校还是回家了呢……

正出着神，苏灿耀忽然拉着我冲进了"舞池"，一群人围着广场中央的圣诞树又是唱又是跳的，一会儿《Gingle bells》，一会儿《新年好》……我啼笑皆非，怎么有种回到幼儿园的错觉？

这时一枚雪球砸了过来，不偏不倚撞在苏灿耀的背上，化开了一摊水。

"谁偷袭我！"

段谨然两手揣在羽绒服口袋里，一副事不关己的样子耸了耸肩。

"哼哼，风尧，我就知道是你！"

苏灿耀原地刨起了雪球。风尧一脸无辜无语，我看向段谨然，他冲我不动声色地浅笑。对呀，他可以操控水元素，不用出手就能控制雪球。我默默撇了撇嘴，这傻子又上当了。

"风尧！看招！"

"不是我。"风尧轻松躲过。

苏灿耀不依不饶，继续蹲下刨雪球。忽然，又一枚雪球砸在他的毛绒帽子上。

"风尧！是男人就别偷袭！"

风尧没说话，翻了个大大的白眼。

我本打算当个安静的吃瓜群众，谁知一下秒，一颗雪球忽然向我袭来……

我第一反应是双手抱头蹲下，与此同时，一道身影轻巧地闪到我身前——风尧。

雪球砸在他的深灰色毛呢大衣上，漫开水渍。他低头看我一眼，略略无奈："起来吧。"

我不好意思地冲他吐吐舌头，站起身就朝几米外的段谨然大喊道："段谨然你犯规！是男人就别偷袭！"

"好啊。"他勾唇一笑。

苏灿耀终于明白了什么，转为攻击段谨然，我也加入了他们的战斗中……

"救命啊！风尧，借我挡一下！"苏灿耀一路逃窜到风尧身后。我跟着叫道："呼叫风尧，呼叫风尧，需要支援，需要支援！"

我们绕着风尧转着圈，躲避着段谨然来自四面八方的雪球攻击。风尧静静站着，眼睛弯成两道浅浅的月牙，任由我们以他为挡箭牌嬉笑打闹，只是偶尔淡淡说一句"别闹"。

"新年的钟声即将敲响，我们将要迈入全新的 22 世纪，各位同学，你们，准备好了吗？"广场上空响起一道富有磁性的机械男声，"下面，让我们一起进入跨世纪倒计时……"

随着他话音落下，全息大屏上闪现出一个巨大的数字："10，9，8……"全场屏息，我紧紧盯着那个变化着的数字，咽着口水。

"3，2，1……新年快乐！人类文明的发展进入了一个新世纪！这是一个充满未知冒险、等待我们开创的世纪……"

"啊啊啊新年快乐！22 世纪！22 世纪来了！"

苏灿耀激动地原地大叫，一把搂住风尧和段谨然的肩膀。风尧漾开一个浅浅的笑容，段谨然嫌弃地挑了挑眉，却没有推开他。

下一秒，"嘭嘭嘭"——盛大的礼花在空中绽放，炫彩斑斓的火花盛放后急速坠落，未及地面就在半空中化为一个个电子红包……这就是传说中的电子烟花和"红包雨"吗？

一片欢呼声和零钱到账的提示音中，大家纷纷举起手中的礼炮，对着夜空"突突突"开炮，彩条漫天飞舞着，像极了一场五彩缤纷的花雨。

拥挤的人群中，我微微踮脚，看着身边鹤立鸡群、双手挥舞放礼炮的苏灿耀和遗世独立、单手插兜赏烟花的风尧，在心里默默感慨了一句：长得高就是好。

谁能帮我抢个红包啊？

这时袖口的讯章轻响一声，微微震动："新消息。"我随手点开，三行小字映入眼帘——

你也是，楚歌，新年快乐，永远幸福。

眼眶一热，笑容凝滞，我望着眼前的话呆了又呆，下意识抬头寻找——

耳边回响着振奋人心的男声："这是一个充满历史性的时刻！全球人民不分种族、不分国家，欢呼雀跃，普天同庆！祝贺世界，祝贺人类文明……"

火树银花下，穆沉正站在相隔不远的人海中，静默地注视着我的方向。隔着漫天烟火，隔着人头攒动，我们四目相对，他看着我，淡淡一笑。

我也笑了，热泪盈眶。

"给，小鸽子，酒心的！"回神低头，手里被苏灿耀塞进一块巧克力，等我再转头看去，穆沉已移开视线，微微仰望着夜空下倾洒的烟花。

他的脸庞隐在闪耀的火光中，整个人显得那样沉默，似乎这场盛大的庆典、这些欢呼雀跃都与他无关。他望着漫天花火独自失神，眼神清净平和，却让我感到一丝落寞……与空洞。

他又沉浸在自己一个人的世界里了吗？总是这样安静地出着神，周遭的一切都感染不了他的情绪，总是这样格格不入、置身事外。

穆沉，你究竟，在想着什么呢？

转眼春节也快来了。

今天是周六，我决定去木曜城城郊古街采购点儿年货。

我之前去过两次。这条街位置偏僻、设计古朴，几乎没什么科技元素，给人一种典雅而梦幻的感觉。街边的小店都很有格调，装潢精致，卖的东西也很别致，大多是些上了年头的古董、稀奇古怪的小物件和摩球主题的纪念品。

平日里来这里购物的人很少，今天的顾客罕见地多，可能是"年货节"满减活动的缘故吧。

等买完各种年货和风尧指定的我宿舍里的同款计时器，又费尽千辛万苦找到了苏灿耀想要的摩球模型，我已经饥肠辘辘，抱着个大纸袋子从店里蹭了出来，打算就地觅食犒劳一下自己。

脚步停在不远处的一间小铺前，据说他们家甘梅地瓜味道一绝，门口的长龙让我跃跃欲试又望而却步，一番纠结后我默默向咽下的口水妥协，排到队尾。

我一手搂着纸袋子，里面塞着三副对联和各种挂饰、玩偶，一手拿着便利贴清点货物，最后几行是那两个家伙的代购清单。核对齐全后，我收回便笺探头张望，这漫漫长队，估计还要十分钟。我默默地缩回脑袋百无聊赖地刮着纸袋，忽然后知后觉感到一丝不太对劲……

等等，刚才那个背影……

手里的动作一顿，我再次歪头看去——

不会吧？

真的是穆沉！

他应该付完了钱，正在等待取餐，手上拎着一包纸袋子，一袭藏青色大衣，修身如玉。

这也太巧了吧，什么上天注定的缘分啊……在这儿都能遇见……我的天哪……早知道昨晚应该洗头的……

一条条"弹幕"在脑海中呼啸而过，一时之间我悲喜交加，透过队伍的缝隙，只见他接过店员递来的小袋子，转身，向队尾的方向走来。

我慌忙收回视线，若无其事地盯着前面人的后脑勺，余光里他越走越近……我状似不经意地转头，扬起一抹"惊喜"的微笑，然而，微微干涩的喉咙刚发出一点声音，下一秒，他径直与我擦肩而过，形同陌路。

是我的错觉吗？在我看向他的那一刻，他似乎低下了头，缓缓偏向另一个方向。

"穆沉学长，好巧"六个字生生卡在了我的嗓子里，一颗心毫无防备地下坠。这猛然黯淡下去又缓缓滋生出的苦涩情绪，名为失望吧。

一瞬间，那徘徊了半个多月的猜疑仿佛尘埃落定，有了答案。

他真的在刻意躲避我。

跨年夜后的半个多月里，我主动找过他两次，一次是请教问题，一次是约他吃甜品，都被他以恰好有事的理由婉拒了。这期间我们在学校里偶遇过三四次，他打招呼的态度都淡淡的，还是一如既往地平和礼貌、无可挑剔，但总透着股别扭的疏离。他仿佛又变回了过去那个安静淡漠的他，而我们又回到了从前。

也许，那晚在宿舍楼下借着星星洒下的胆量向他表明心意，是个鲁莽错误的决定。

也许，跨年夜的零点祝福短信只是个巧合，就连那漫天烟火下的对视，也只是我一个人脑海里上演的偶像剧桥段。

可是，可是……

我站在原地望着他离去的背影，回忆一幕幕在眼前闪过，原本被抽离殆尽的勇气忽然间不甘心般地汹涌而来。

那个在海边温柔地为我写下名字的他、那个从鬼屋出来后笑容明媚地嘲笑我的他、那个在平安夜里神情认真地递给我苹果的他……

楚歌，假如你连这点信心都没有，那就不要喜欢他了。连最起码的受挫的能力都没有，凭什么具备喜欢一个人的资格。

下定决心般，我转身快步朝他的背影走去，在距离他还有五步远的地方，放慢了脚步。

就这样吧，默默跟在他身后……还是，没有直接追上去打招呼的勇气啊。

我们一前一后地走着，始终相隔着五步的距离。

飞行列车"木曜城城郊站"。

车站里人很多，有了阻隔，我心里稍稍踏实了些，又担心被人群冲散。

人潮涌动，我环抱着身前的大纸袋子，目光紧紧跟随着那道熟悉的身影，只见他排了一号售票机前，我抬头看着上方的红字，微愣：通往日曜城。

日曜城和斯洛学院位于两个方向，背道而驰……他不回学校吗？去日曜城做什么？他家在日曜城吗？

鬼使神差地，我跟着买了去日曜城的票。

搭乘电梯、月台等车、上车落座，我始终和他保持着距离，透过人群的缝隙偷偷观察着他，他面色平静、举止淡漠，应该没有察觉异常。

出站后，外面的天色已经暗了下去，太阳西沉，夕阳坠落。站外是日曜城城郊，人影稀疏，我一下子失去了庇佑，暴露在空旷之中，忽然有些心虚起来，默默将纸袋抱高了些。

他走得很慢，我只好以同样的速度向前挪移着。渐渐地，路上的行人越来越少。隐约能听清我们的脚步声，和偶尔踩上一片枯叶发出的"咔嚓"声。

我忽地想起平安夜的晚上，我们也是这样，搭乘最后一班列车回到学校，他送我回宿舍，一路上静悄悄的，只能听见我们的脚步声。

真美好啊，那个时候……我抬头望向几步外的男人，心里甜蜜又酸涩。修长的身影沐浴在金色余晖中，他一手拎着袋子，一手揣在大衣口袋里，霞光透过云层洒在他身上，折射出梦幻的光泽。

云与残阳融为一体，晚霞游荡，光束一点点转暗，终于隐藏进灰暗。

前方的身影脚步忽然一滞，我的心跟着一滞……被发现了？

下一秒，只见他微微弯腰，袋子放到了地上，一手捂着胸口。

他不舒服？

心脏突地一跳，我顿时慌了，不知如何是好。我往前小跑两步，他却忽又站直了身体，拎起袋子，若无其事地继续走着。没走几步，他的身体突然晃了晃，仿佛下一秒就摇摇欲坠。

我顾不得其他了，两三步跑到他身边，急急伸手扶住他的胳膊："穆沉，你怎么了？"

他险险站稳，飞快地抽回了手，转头看我一眼，本就难看的表情更加暗沉了几分："你怎么在这儿？"

"我……"是啊，我怎么在这儿。

他皱眉："你跟踪我？"嫌恶，这一刻他的眼神里透着的是嫌恶。

"我没有。"骤然的疼痛搅进心慌意乱，我失声反驳，"我来日曜城看朋友。"

"呵。"他嘴边扯出一个极轻淡的笑，"是吗？你在日曜城有朋友？"

浅淡的语气，却叫我的心绞了又绞。这不是我认识的穆沉。

他笑起来还是那么柔软、那么和煦，只是笑意不达眼底，和那双眼眸里没有一丝温度的漆黑遇在一起，恍若寒冬与初春的交汇，泛起一片白茫茫的冷意。

我张了张嘴，却不知该说些什么，能说些什么。他身体忽地又轻晃了晃，眉头紧蹙，极力隐忍着痛苦的样子。

"穆沉？"我下意识伸手想去探他体温，然而还未触及他额头，他便一把抓住我的胳膊迅速甩开。我随着惯性往旁边倒退了一两步，彻底蒙了，怔怔地看着他。

他似乎也愣了愣，低下头不语。

天色已经完全暗了下去，大片大片的乌云遍布头顶，天空被遮盖得严丝合缝密不透风。

再开口时他的语气已和缓许多："我没事。"一贯清润的嗓音此刻低哑得不像话。

我没说话，仍旧呆呆望着他方才甩开我的手，那块银色的手表依然安静地枕在他的手腕上，应该是佩戴的时间久了，它的光泽已经暗淡，却无一丝瑕疵，一行精细的小字镌刻其上，是漂亮的意大利斜体：

my prince.

我的王子。

脑海里蓦然闪过第一次见到他时，他坐在树下小心翼翼调时间的画面……原来是心上人送的礼物，难怪他一直随身佩戴，珍视若此。

"楚歌？"

"我知道了……"话一出口我才惊觉声音里的哭腔。嗓子里猛然涌起的一阵酸楚，就像被人淋了一把滚烫的柠檬汁。

我原本想说，没事怎么会站不稳？想说，我真的很担心你。想说，我送你去医院吧。可是现在，我一句也说不出口，再多说一句都不行，否则眼泪就会不争气地暴露我全部的心思。

他蹙眉，抬眸看我，眼里那真切的悲哀和沉痛让我心惊。

这是第一次，我在他的眼里看不到星光。

一场倾盆大雨，忽地从天而降。

我们谁都没再说话，静静地站着，任由滂沱大雨肆意倾洒。

他一直那样安静地凝望着我，眸里是我看不懂的复杂神色，犹如滔天骇浪般席卷着我的心，我知道那里面一定承载着什么让我无力承受的东西。

冰凉的雨丝随风飘荡，游离在灰暗的天地间。他的眸光渐渐模糊，仿佛失去了焦距。

我不由想起他在跨年夜上的片刻失神，也是这般空洞又悲戚的眼神。

不知过了多久，雨渐渐小了些。他动了动唇轻喃道："快回去吧。"声音低沉喑哑，裹挟着从前那般的关怀与深重的无奈。

"好。"

隔着漫天雨帘，我看着他，艰涩地开口。

一点一滴，他的眸中，都是被雨淋湿的伤痛。

这一次，他不会再送我回学校了。

那个目送我进屋后才转身离开的人，那个笑容清恬温柔似水的穆沉学长，那个坐在树下温润如玉的男生，已经永远留在了过去，留在了去年的平安夜。

一起留下的，还有我的第一次悸动、第一次心跳、第一次告白……

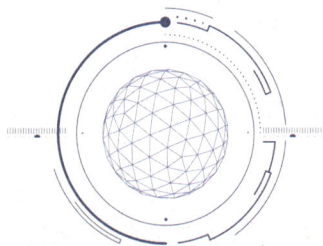

【 第 五 章 】

"不过,
如果阿楚捏一个可爱的小雪人送我,
说不定我就不忍心上报了呢。"

1月28日，除夕。

学校放两天假，宿舍里又只剩我一个人。我盘腿坐在床上和付安安打电话，手指缠住一绺头发随意绞着。

"对了，阿楚，你知道我上周六在时间管理局看到谁了吗？"

"谁？"

"穆沉学长！"

听到这个名字，我手上动作一僵。上周六？我遇到他那天？他的目的地是时间管理局？

"去做什么？"

"我也好奇啊！可是这些事都是保密级的，根本不可能对我透露嘛。"

这倒确实，时间管理局的理事制度相当严格私密，即使付安安有个当副局长的老爸，也不可能让她这个无关人员知道内情。

我沉吟片刻，把那天遇见他的事告诉了付安安，不过换了一种比较委婉的说法。当然，我只讲到他身体不舒服，后来的事被我自动忽略了。

"捂着胸口、站不稳？"付安安也困惑起来，她说她会尽力打听是怎么回事。

挂了电话，我一头栽进被窝里……时间管理局？可他不是意识空间班的吗？我常常想象着我们毕业以后都在意识治安局上班，隔三岔五就能碰一面。

一想到他马上就要毕业了，我的心情蓦地低落起来。

楚歌，你怎么还在想这些？人家明明有女朋友了，你不知道吗？

可是，真的好想知道……穆沉，你那天究竟去时间管理局做什么呀？身体不舒服又会是什么原因呢？

脑子里乱作一团，我胡乱抓抓头发，扯了被子蒙住脸。

晚上11点55分，讯章准时响起。我按下接通，眼前顿时浮现出苏灿耀"兴奋宝宝"的模样和风尧白皙清冷的脸庞。

苏灿耀回家过节了，我们约定今晚一起"视频跨年"。

"你们在哪儿？道具都带上了吧？"苏灿耀语气轻快，鼻尖冻得通红，两只大眼睛乌黑泽亮。他套着宽松的大红色长款羽绒服，头上搭着松垮垮的连衣帽，身后是一条破旧空旷的小巷。

"我在霞凝钟塔。喏，道具在这儿。"我说着晃了晃手里的仙女棒。这是那天我从城郊古街的一间古董铺淘来的，这个年代手持烟花早已被电子烟花取代。

"驻月台。"风尧嗓音清冷地答道，翡翠色卫衣在夜色中分外惹眼，外面罩着件黑色羽绒大衣，头戴棒球帽，身形挺拔，气质冷峻。

驻月台是一片宽阔的高台，靠近他们住的 *Starry Island* 社区，是斯洛学院的赏月绝佳地。

"哇，你们快抬头找找月亮，能不能看见一弯细线？"

我仰望夜空，飘飘洒洒的雪花正如鹅毛般从天而降，夜幕宛若一张宽厚柔软的毯子，镶嵌着点点繁星，却寻觅不到月亮的踪迹。

"不能。"我和风尧异口同声。

"星星多吗？"

"多。"我点点头。

画面中的人立刻展开笑颜，露出两排洁白整齐的牙齿："那就替我多看两眼。"

……

"零点了。"一直静默的风尧忽然出声，打断了苏灿耀热情如火的年夜饭描述，嗓音还是一贯的清冽，语气却带上几分不自觉的轻柔。

"啊？快快快，快放烟花！"苏灿耀恍然大悟般瞪大了眼，立刻手忙脚乱地操作起来。

我点燃手里的烟花，不觉轻笑道："怎么感觉每天都在过节？"

苏灿耀也微愣，随即开心地笑了："因为和我们在一起啊。"

是了，因为我们在一起。

"快看！我画了颗五角星！"画面里苏灿耀正原地转圈，指挥似的挥舞着仙女棒，用火花在夜色中描绘出一颗星的形状。

风尧剑眉轻拢，专注地盯着手中燃烧热烈的烟花，轻轻摇晃了两下子。

我垂眸看着手里燃了一会儿的烟花，也忍不住转起圈来，回想起以前爸爸妈妈每年都会带我们回老家过年，我和楚颂总在除夕夜央求外出放烟花，我还老是抢他没放完的仙女棒，最后两人扭打成一团……

"校内禁止燃放烟火，违者罚抄校规三遍哦。"

校规？你说那个地语和摩语双语版两千字"魔咒"？我之前围观苏灿耀"废寝忘食"地抄过一回。等等，谁告诉我段谨然这家伙是从哪儿冒出来的？

"我举报，风尧也放了。"我不假思索脱口而出。

视频中，被点名的男人闻言看来，薄唇轻抿，眯了眯眸子，透出几分清傲神色，像警示，又像对我出卖队友这一行为的鄙夷。

"是吗？还真是，不怕神一样的对手……"段谨然散漫地勾唇，刻意停顿了一秒，"就怕你一样的队友啊。"

我无言以对，风尧挑眉看我一眼："确实。"

当然，段谨然并没有听见他的附和，视频通话投影在我的视网膜上，别人是看不到的。

"不过，如果阿楚捏一个可爱的小雪人送我，说不定我就不忍心上报了呢。"

风尧点头，淡淡说道："不错。提醒他，还有我。"

"还有风尧，也别上报了。"

"那就，两个？"他挑眉。

对于他这种动机不纯、趁火打劫、贪污受贿的行为，我在心里表示由衷地蔑视，并毫不犹豫地说道："成交！"

视频那端，提议放烟花的始作俑者苏灿耀乖乖站在原地，握着根光秃秃的仙女棒，嘴里还在小声咕哝着："不是吧，又被抓了，虽然这次倒霉的不是我……"

我蹲下抓起一撮雪花，耳边响起苏灿耀分外诚恳的声音："小鸽子，要不要我现在直播教你捏雪人啊？"

听他这么说，我有点想笑："不用你教，我自己会。"

"我有说要教你吗？"头顶传来段谨然染着一丝轻笑的声音，我抬头看他一眼，想了想又懒得跟他解释。

视频通话以风尧一句"雪下大了，我回去了"为收场挂断了，虽然好像是我出卖他在先，但我还是不由得在心里翻了个大大的白眼。

我娴熟地捏着雪人，面前的男人靠着围栏背风而立，无形中倒替我挡下了不少雪花。漫天飞舞的大雪中，他两手随意地插在白色羽绒大衣兜里，里面是一件红色连帽衫，帽子懒懒地压在黑发上，帽檐下碎发被风吹得凌乱，一双凤眸狭长，眸色闲淡，神情慵懒又倨傲。

印象中他不怎么喜欢大红这类鲜艳的颜色，估计是因为今天过年才穿的吧。我忽然奇怪："今晚除夕，你不在家待着？"

他有一秒迟钝，语气平淡："预报说今晚有大雪。"

所以，为了看雪连家都不回？果然是天之骄子的任性人生。

"好了。"我起身，把两个迷你雪人递到他面前。他接过仔细看了看，转身放在了围栏上，还给它们拍了张合影。

"两个小雪人一起慢慢融化，就不会觉得孤独了。"

我一身鸡皮疙瘩："雪人也会孤独？"

"当然啊。"他看我一眼，似笑非笑，"世间万物都是孤独的，所以才会相互吸引啊。"

看来他收到了水晶球，还猜到了主人是谁。

回到宿舍后，我泡了杯红糖姜茶，坐在窗边回复着一条条新年祝福。

指尖停在"穆沉"两个字上，我望着静悄悄的消息框，心里空落落的，聊天记录还停留在 1 月 1 号 00：00。

穆沉，这么热闹的夜晚，你正在家里和亲人们团聚吗？

此时此刻，你在做着什么呢？

1 月 31 日，"距离穆沉毕业还有 0 天"……我看着讯章上的倒数日提醒，思绪陷入一片无边无际的低沉与怅惘。

他毕业了，突然就毕业了。

我之前设想过许多次这天的到来，或许我会缠着他走遍校园拍合影，再耍赖要他请我吃冰激凌庆祝；或许我会稀里哗啦哭得一塌糊涂，在他百般无奈又温柔的眼神里央求他不许把我忘了，以后要经常回校看看。

只是我怎么也没想到，这一天会来得这么快，更想不到这一天到来时，我连笑着和他说一声"毕业快乐"的勇气都变得奢侈。

晚上八点半，捧月礼堂。

颁奖台上，穆沉站在一排同学中间，依旧是那样温润俊朗，眉目含笑。校长正逐个为他们授予"优秀毕业生"奖章。

我坐在观众席倒数第二排边上，看着追光灯下他如四月春天般云淡风轻的笑靥，脑海里却浮现出那天黄昏他望着我时眸中浓墨重彩的哀伤。

接下来由段谨然作为毕业生代表发言，他今天一身白色西服剪裁合体，额前的刘海整体上扬，露出白皙的前额和一对秀气的弦月眉，比往日里更添几分气宇轩昂。

这家伙还是和新生开学典礼上一样花言巧语、口若悬河，引得台下掌声连连，欢呼声不绝于耳。

我有一句没一句地听着，视线不禁飘向第一排靠门边……那抹修长的身影坐姿笔挺，背影沉静而秀雅，却透着一股淡淡的孑然，让人觉得遥远又不真切。校园狂欢夜，他一个人坐在海边，背影也是这般孤独悠远。

　　……

最后，全体毕业生上台合影留念，观众席上剩下稀稀拉拉二三十个人，都是佩戴着蓝色胸牌、前来欢送的一年级学生。

我悄悄又往边上挪了两个座位，躲进了昏暗的角落里。

台上，大家在老师的指挥下站成了几排。摄影师还在打量着调整位置，同学们小声聊着天，穆沉站在第五级台阶上靠右边的位置，即便身在热闹的人群中也依旧是与世隔绝般的安静与沉寂。

橘黄的灯光下，他表情淡淡，眼神平静无波。下一秒，那双漆黑的眸子却忽地朝我看来……

有那么一瞬间，我甚至错觉他早就知道我坐在这里。

仿佛穿越过一条漫无尽头的时空隧道，他的视线越过人群与距离和我的在空中交会。角落里没有灯光，我甚至不敢确定一片黑暗中他是否真的能看清我的脸，但我就是觉得，他在看我，他一定在看我。

那样深沉而浓重的目光，那样让我心悸……

很快，他便垂下了眼眸，光晕中他的轮廓模糊又深刻，浓密的刘海儿遮住了所有情绪。再抬眸时他直视前方，脸上淡淡的没什么表情，仿若方才的对视只是我一个人的幻觉。

拍完大合照，毕业典礼算是正式结束了。偌大的礼堂顿时乱作一团，大家拥抱在一起欢呼、道别。而穆沉的身边瞬间围满了人，大多是来找他合影的同学，好像还有女生给他递东西的……一片混乱中，我起身离开。

我们的故事，应该不会有后续了吧。

低头走出了礼堂，却不知要去哪里，心里茫茫然一片，到了此刻，好像连悲伤也泛不起了。

没走几步，身后响起一道熟悉的男声："你怎么来了？"

转头看去，段谨然正从门口款步走来，身后跟着几个穿黑色制服的男人，经过我身旁时他停下脚步，眼梢轻挑，神色有几分意外。

"来送你们一程。"我没有多想，随口答道。

"啧，嘴巴还是这么毒。"他秀眉微扬，唇角漾开笑意，"难过？舍不得？"

有这么明显吗？不过，这跟他有什么关系吗，他这一脸得意会不会太自信。

"穆沉？"他忽地看向我的身后，我当即大脑宕机，僵在原地。

眼前的男人缓缓眯起眸子，好整以暇地看着我。我这才发现被他骗了，穆沉根本没有过来，一时之间竟说不上是恼羞成怒还是松一口气，又或是大失所望。

面无表情地盯我几秒，他倏然笑了，无所谓地耸了耸肩："他应该还被困在里面合影。晚点学生会有庆功宴，去吗？"

去？自讨没趣吗？

我轻抿唇："不了，我又不是学生会的。"

他但笑不语，这时，身后一名男人上前一步，躬身低声说道："殿下，国王在车上等您。"

"好。"他淡淡点头。男人退回原位。

我对他浅浅一笑："再见，学长。"不管怎样，还是在心里悄悄对他说了一句"毕业快乐"。

他笑容懒散："再见，小楚歌。"

夜间，一室漆黑。

我躺在床上翻来覆去睡不着，起身拉开窗帘，窗外夜色融融，清柔的月光趁机潜入，洒满一屋。

睡意越加阑珊，我索性披上外衣出门，一个人来永无海边散心。

校园狂欢夜我们做的稻草人还在，只不过不知被谁掉转了方向，面朝大海。

我站在风中发了会儿呆，不到五分钟就开始后悔……晚风吹拂着漫天回忆天旋地转而来，一幕幕在脑海里清晰地上演。这哪里是散心，根本就是虐心。

浪花一遍遍轻抚着沙滩，曾经，有一个人一笔一画为我写下他的姓名。

穆沉。

……

"同学，可以合个影吗？"一道清润含笑的嗓音在耳边徐徐响起。

我不可置信地扭过头，呆呆望着眼前的人——清秀的脸庞透着薄红，眼眸却格外清亮，宛若星辰被子夜擦拭得越加明亮。

他笑着，笑得很暖，我从未见他笑得如此灿烂。

他……是不是喝酒了？然后把那个黄昏的事给忘了？

"穆沉学长。"清冷的风迎面袭来，我却更加晕眩，脑袋里七荤八素，一颗心七上八下。

"嗯？"他轻哼应道，掺着鼻音，有些沙哑迷离，眼神却依旧清澈明亮。

"你不是去庆功宴了吗？"现在才十一点多，应该没那么快结束吧？

"嗯，我提前回来了。"他看着我，笑意匿在眉梢眼角。

"哦。"我小小声回道，想问你怎么会来海边，话到嘴边却成了"门卫怎么放你出来的？"。

他睨我一眼，唇角上扬："你呢？"

当然是哪招好用用哪招啊……"学生会巡逻。"我们异口同声地说道。

瞬时一愣，我们相视而笑。

"拍张合照？"他说着晃了晃手里的相机，深灰色毛呢校服领口，安静地挂着一个黑色微单相机。

"好啊。"我笑着答应。

他取下相机放在不远处的沙滩上，设置了定时拍摄。我们挨着浪花坐下，转头面向相机，我在他身侧探出脑袋，比了个小小的"耶"。

"咔嚓"——

时光将这一刻永远定格。

画面里，我们都笑得很甜。

"你上哪儿淘来的古董？"我看着他轻轻把相机挂回脖子上，不由得好奇。他似乎收藏了很多不属于这个年代的东西。

他看我一眼："那条城郊古街。"

原来他没忘。原来在地瓜铺前他就看见了我。

"你那天……"算了。声音掩埋在海浪中，我忽然不想问下去，至少现在不想问。

短暂的沉默后，他看着海面轻声开口："楚歌。"

他轻柔的声音落在我心里，痒痒的，像只小猫爪子轻轻抓挠。

"嗯？"

"听说过鲸落吗？"

"鲸落？"我点头，"了解过一点。"

当一头鲸鱼死去的时候，庞大的尸体会慢慢沉入海底，演变为一套可以维持几十年甚至上百年的生态系统，成为冰冷海洋里最温暖的绿洲。

一鲸落，万物生。

他望着大海远处，目光平静："人们都说，鲸鱼是有灵性的，能预知死亡的来临。当它预感到生命快到尽头时，就会自己寻找一处荒芜的海沟，安静地等待那一刻的到来，无声陨落，哺育万物。"

"鲸落是鲸鱼对大海的回馈，但也是残忍的。"我盯着漆黑一片的海面，忽然一阵压抑，"就此化作深海里的孤岛，只身走向时间的尽头，万劫不复……"

身旁的人没有立即接话，静了两秒才轻喃道："不，不是万劫不复。"他转头看我，眸光清湛，"是重生。一念山河成，一念百草生。"

也许是今夜的风太温柔，也许是他此刻眼中的星光太盛，我一时竟有些恍惚，心随意动，一句话脱口而出："其实，当初我了解鲸落是因为偶然看到的一首诗。"

他凝视我不语，似乎在等待下文。我鼓足勇气望进他的眼里，抿了抿唇，让声音听上去尽可能平静——

"有人说：林深时见鹿，海蓝时见鲸，梦醒时见你……可终究：鹿惧人前，潮退鲸落，雾气藏你心，不见你，不见我。"

星光迷离，他垂下眼眸，睫毛和着清辉微微颤动。月色太浓，以至于我看不清他眼底的色彩。

"于是……鹿隐于雾，鲸潜于海，你藏于心。"

我轻声说着，恍若梦呓。

他抬眸看我，眸中是我熟悉的忧伤与哀痛。

夜风拂过，遣送着海的低泣。

"穆沉，你为什么不说话？"

他依旧那样安静地看着我，目光清澈而悲伤。良久，他终于开口，声音竟是低沉沙哑："对不起。我……真的，没资格啊。"

眼前的月光太过晶莹，晶莹得虚幻，模糊成一片。我茫然地说道："什么资格，我不明白。"

他没再回答我，望向远方的水天一色，眼神变得悠远宁静："楚歌，你听说过'星空召唤'行动吗？"

我一怔，下意识点点头："当然啊，苏灿耀就是其中一员。"

"我也是。"他转头看我，眼里的星光被夜色尽数掩盖，"我是'星空召唤'行动的发起人。"

他说："我出生在 2000 年。"

我呆呆地望着他："你说，什么？"

他看着我淡淡笑了，语气柔和恬淡："听我讲个故事吧，楚歌。"

"好。"我找回微微干涩的声音，心脏不受控制地狂跳起来。

他笑了笑，视线重新投向海面，缓缓说道："登船前，我们约定轮流苏醒，检查飞船运行情况和其他成员的休眠状态。启程半年后，我按时苏醒过来……"

浪潮声中他的话徐徐传来，宁谧而平淡。我的大脑已经彻底停止运转，只知道傻傻看着他，听他讲着一个我从未想象过、从来不敢想象的故事。我从来没想过会有这么一天，这些原本与我八竿子打不着的"传说"居然从我身边人的口中娓娓道来，居然从穆沉的口中娓娓道来。

"一切检查完毕后，我返回自己的冬眠舱，却发现，"他顿了顿，睫毛轻轻覆下，"它故障了，怎么也无法再次启动休眠。"

它故障了、它故障了、它故障了……

我的脑海里一片空白，只剩这四个字机械般回响着。

"我在太空中清醒着流浪了七年，都快忘记白天长什么样了。"他说着浅浅笑了，抬头，一瞬不瞬地凝望着夜空。我知道，在那片一望无际、浩瀚无垠的平静下，埋藏着一段他深邃沉重、痛苦灰暗的过去。

"很孤独吧？那七年。"

怎么可能不孤独呢？

那七年，日复一日的黑夜，无止无休的漂泊……

那七年，孑然一身的寂寞，没有尽头的等待……

他沉吟片刻："嗯，追悔莫及，感觉自己上了艘贼船，单程的，船门还被人焊死了。"

人类一百年的寿命，对于几十光年的星际航程而言，渺小到只是个起点。这场由于错误提早醒过来的旅程，永远抵达不了终点，永远等不到结束，永远不得轮回。

他看我一眼，轻轻笑开了："傻丫头，开玩笑的。其实也没那么难过。"他说着转眸望进温柔的夜色，星眸澄澈，晶亮璀璨，"虽然宇宙永远漆黑，但我知道，地球上总有白昼，总会天亮。"

虽然我经受着无尽而痛苦的黑夜，但我知道，地球上总有人正拥抱光明，拥抱幸福。

所以，其实也没那么难过。

对吗，穆沉？

"那七年以后呢？你是怎么度过的？"万籁俱寂，我的声音被吹得摇摇欲坠。

他没有回答，许久，垂下眸子，语气平静："我回到了冬眠舱里，摆脱了永无止境的黑夜。"

冬眠舱！

他说，他回到了冬眠舱里……那个，无法启动休眠的冷冻舱！

一瞬间，我的心脏骤缩，浑身血液透凉。锥心刺骨的疼痛浸入四肢百骸。

"是不是很冷？是不是很疼？"

冷啊，肯定冷啊，零下两百摄氏度，有多冷，有多冷！

我的胸口碾碎般地疼，疼到无法呼吸，可是再疼，也不及你当时万分之一疼啊，穆沉！

"刚开始很冷，很冷很冷，不过很快就不冷了。"他低声说道，眼睫轻颤，"感觉不到疼，就和童话里写的差不多，永远地睡着了。"

"为什么？为什么要这样？"

为什么才七年，为什么不一直活下去，哪怕活在黑夜里也好啊！为什么要结束自己的生命，为什么要以这么痛苦的方式离开？为什么……你怎么舍得，怎么舍得啊！

"笨。"他轻笑着敲了敲我的脑袋，"因为难以忍受漫长的时光啊。况且我饿了就要吃饭啊，那可是储备粮，我总不能吃得一点不剩吧。"

风里是他清浅含笑的嗓音。透过层层水汽，我的眼前映出他朦胧的笑脸……

"再说了，冷冻是现成的最佳处理方法啊，而且易于保管。"

他眨眨眼，轻描淡写地说着，仿佛遭遇这一切的只是一个无关痛痒、与他毫不相干的人；仿佛冷冻处理、易于保管的不过是一盒需要保鲜的水果罐头。

眼前是霁月清风般的他，而这副柔软明媚的面孔下，究竟经历过怎样暗无天日的绝望，承受了多少不为人知、深不见底的痛苦……我的穆沉。

心里泛起密密麻麻的疼痛，我无法想象发现冬眠舱故障的那一刻，你该有多绝望？

那不分日夜的七年，两千多个日子里，望着茫茫太空发呆时，你在想些什么？

现在的你总是失神，是因为习惯了那段孤寂漫长的时光吗？

你总是露出那样空洞的眼神，是因为太久没有见过这个世界的色彩了吗？

躺进冷冻舱里的那一刻，你难过吗？

失去意识前的那一刻，你想起了什么呢？

穆沉，你知道吗……我真的好想穿越到那个时候，穿越到那个望着太空独自发呆的穆沉身边，好想陪他聊天听他说话，和他一起忍受难熬的寂寞，一起度过漫长的时光。

我好想好想，看一眼躺在冷冻舱里静静睡着的他，我好想抱抱他，用尽全身温暖抱抱他，我好想问他一声，穆沉，你冷吗？

你冷吗，穆沉……

"吓到你了吗？"

他忽然问。我摇摇头。

"我现在就站在你面前，不害怕？"

害怕？心疼都来不及，怎么会害怕。

他停顿几秒，继而问道："不问我为什么？"

是啊，为什么呢，为什么我一点也不想问他"为什么"呢？

此时此刻，我恍然发现，我一点也不想知道"为什么"，一点也不在乎，比起好奇，比起疑惑，比起顾虑，比起所有其他，一种更为浓烈的情绪前所未有、无以复加地占满我的心头——是庆幸，是感激，是劫后余生，是无论过去多么痛苦灰暗，所幸未来五彩斑斓，还好你回来了，还好你现在安然无恙，就站在我的面前。

我摇头："不想问了。"只要你回来了，我就什么都不想问了。

"胆子变大了。"他睨我一眼，毫不掩饰嘴角的戏谑与宠溺。

我一秒想到鬼屋之行，脸上一热，吸了吸鼻子小声回道："被你刚才的话吓到失去思考能力了。"

他伸手轻轻揉了揉我的头发，像是安抚，然后缓缓收敛了笑意，斟酌着开口："两年前，时间管理局利用空间折叠把'Universe'带到了2099年，唤醒了飞船上冬眠的成员们，一年后也唤醒了我，用另一种方式。"

他顿了顿，静静说道："时空剪辑。"

"时空剪辑？"

"嗯，简单来说，就是在自己的时空轨迹内进行剪辑。他们把我二十岁那年的时空剪切、粘贴到了当下。"

我不由得惊愕，随即又释然了。也对，剪裁、编排时空在这个年代没什么好大惊小怪的。就好像我从来认为不可能的穿越，某一天也真的发生在了我身上。

不过……二十岁？

"为什么是二十岁？"我不解地问道。

他似乎也不解这个问题，眉头轻蹙："我也不知道。"

眼睫间湿漉漉的，我眨眨眼，略略平复着起伏的心跳："那天……你不舒服，和时空剪辑有关吗？"

"嗯。由于异时空之间的相互排斥，身体偶尔会出现不适应的情况，不过没有大碍。"

异时空？明明近在咫尺的他，却处在另一个不同的时空里。那是他自己一个人的时空……说不上来，很不可思议的感觉。

"那天下午，我感到身体不太对劲，正要去时间管理局，我不是……"他说着停了下来，目光沉静。我猜到他接下来要说什么。

"对不起。"

又是道歉。我摇摇头，追问道："会经常不舒服吗？那个人怎么说，为什么会这样，以后还会这样吗？"

他似乎愣了一下，旋即回答："只是偶尔。"

我又重复了一遍："那个人有没有说为什么会这样，以后需要注意什么……"

他忽然笑了，打断我的话："我那时真的以为，漫长的一生都要这样度过了。"

"什么？"

他起身，目光悠远，缓缓说道："我怎么会想到，一觉醒来，还能见到久违的白昼，宇宙还能重获色彩。真好，真的。"

大海尽头与星空交融，深邃宁静。他望着波光粼粼的海面，柔软的黑发被晚风拂乱，笑容璀璨。

我才反应过来他的答非所问，他忽然垂眸看我，眼里明暗交杂，声音轻到风一吹就散："我怎么会想到，还能遇见宇宙间最耀眼的色彩。"

宇宙间，最耀眼的色彩……

一阵心悸传来，朦胧的夜色撩拨着大脑思绪，让我无法思考，只想在这样的夜里静静地听他讲完每一句话，然后牢牢地、深深地铭记。

他笑了，清浅温暖："我肯定会舍不得你们的。"

"那就经常回来看我们啊。"盘旋于心的话脱口而出。

"好。"他没有犹豫地点头，而后半晌不语，眸光渐渐有些黯淡。

"怎么了？"我的心一紧。

他低着头，神色晦暗不明："楚歌……真正的我，早就不在了。现在的我已经不是我，我也不知道是什么，也许什么都不是。"我看见他的眼睫在轻颤，眉宇间尽是淡淡的苦楚，"我只是一段来自八十年前的过去，一段剪切粘贴过来的时光。楚歌，对不起。"

穆沉……

这就是你的顾虑吗？这些，就是你一直埋藏在心底的隐痛吗？

别再露出这样悲戚哀痛的神情，别再说"对不起"了，好吗？

我起身，与他并肩而立。晚风轻柔，沧海无垠。我遥望着海平面上那轮孤独又耀眼的明月，一字一顿——

"你是穆沉，一直都是，无论过去，现在，未来。"

你知道吗？

每次看见你空洞的眼神，我都想用我的一颗心，装下你的曾经，装下你美好或痛苦的所有，装下你温润如玉或阴郁冷漠的全部。

现在的我，只想用尽悉数温柔，包容你时空轮回里每一刻孤寂落寞的心魂；只想散尽毕生温暖，融化你在冬眠舱里忍受的十四年严寒寂寞；只想耗尽余生岁月，补偿你曾经独自流浪的七年光阴。

你是穆沉，一直都是，无论过去，现在，未来。

穆沉，无论过去曾多么灰暗无望，无论未来有多少艰难险阻，我与你一同，我陪你承担。

风霜雨雪，甘之如饴。

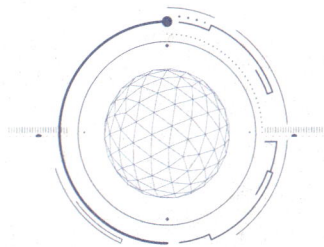

【 第 六 章 】

我想，在我们看不见的地方，
一定有一个很大的命运齿轮吧，
一刻不停地转动着。
穆沉，我们都被它捉弄了。

寒假第十天，2月11日，"距离风尧生日还有0天"。

我下楼取完奶茶回来，桌上的讯章"嘀嘀嘀"响个不停，群聊窗口边的小红点一跳一跳，不用点开我就能想象出是什么画面——

破梦天团（3）

苏三岁 20：26
- 风尧风尧 @风尧
- 你在宿舍吧
- 收到礼物了吗
- 怎么样，是不是很酷（⊙ⅴ⊙）

苏三岁 20：29
- 喂
- 在吗（⊙﹏⊙）？
- 收到请回复
- 收到请回复

高冷尧 20：31
复

果然和我想象中一样，苏灿耀一屏，风尧一句……准确来说，是一字。

苏三岁 20：32
- （⊙＿⊙）
- 拆了吗
- 怎么样（⊙＿⊙）

高冷尧 20：33

看不到星空

海盐味牧歌 20:33
- 我的呢我的呢，收到了吗 @风尧
- 啥星空？

高冷尧 20:34
- 礼物
- CY 说可以看见星空
- 就像他家的望远镜

海盐味牧歌 20:34
- 什么呀，拍照看看
- 还有我的呢，收到了没￣

高冷尧 20:40
- [pic]
- 嗯

　　我点开风尧发来的照片，一只五颜六色的万花筒分外抢眼，上面印满了会眨眼的卡通星星，与蓝白条纹的餐桌布背景格格不入。
　　历史总是惊人地相似，我不由得想起楚颂小时候，我也曾拿万花筒"忽悠"他里面能看见一整片宇宙。
　　万花筒旁，躺着一株睡在纸袋里的弱小的木棉树苗，光秃的枝干上挂着四五朵橙红。

苏三岁 20:41
- 哈哈哈哈小鸽子
- 别人送花束，你送花树 ≧ Д ≦

海盐味牧歌 20:42
- 少见多怪
- 授人以鱼不如授人以渔

- 忘了我是园艺班优秀学徒了吗 U_U
- 这可是新技术培育出的 mini 木棉树，超稀有物种
- 要不是风尧过生日，你以为我舍得送人

好吧，其实是结课后全班同学人手一棵树苗留作纪念，碍于我实在腾不出位置给它了，就顺手找了个主人。

海盐味牧歌 20:44
- 人呢？
- -_-||...

二十分钟后。

苏三岁 21:02
- 我回来啦
- 喀喀，明天不是元宵节吗？今天刚好又是风尧生日
- 我特别研制了一款风尧限定烤冷面味汤圆
- 新鲜出炉——Ladies and gentlemen put your hands up!!!
- 我要深夜放毒了 >д<
    "苏三岁"撤回了一条消息
- 等等啊，刚刚拍的光线不好，我找找角度

特别研制……风尧限定，烤冷面味，汤圆？

高冷尧 21:02
我限定？

海盐味牧歌 21:02
- 我有预感
- 我不久前刚对烤冷面诞生的好感将在一分钟后泯灭

苏三岁 21:03
[pic]

……这张照片是我见过对"放毒"两个字最回归字面的诠释。

苏三岁 21:04
- 你们两个，要不要对我这么没信心
- 哦对了，配方可是韩大叔亲授哦，不外传的

呵呵，这大概是"韩记烤冷面"开张以来被黑得最惨的一次。

海盐味牧歌 21:04
呃，中间那颗，被一群黑团子包围的，面色惨白，安了两粒芝麻的……
是风尧？

高冷尧 21:04
?

苏三岁 21:04
- 嗯哪
- 不过
- 小鸽子，你这是什么形容

高冷尧 21:04
- 拉开窗帘
- 城郊有人放烟花，很好看

我一愣，隐约听见外面的"嘭嘭"声，起身拉开窗帘，落地窗外果然一片五彩斑斓，一束束烟花直冲夜空，相继怒放，火星稀稀疏疏滑落而下，悄然融于夜色之中。

我轻啜了口巧克力奶茶，伫立窗前看着这漫天绚烂。

苏三岁 21:05
- 别打岔别打岔
- Canyao's 独家秘制汤圆
- 惊不惊吓意不意外啊

－是致郁系汤圆哦～(￣▽￣～)

"苏三岁"撤回了一条消息

"苏三岁"撤回了一条消息

－惊不惊喜啊意不意外啊

－是治愈系汤圆哦（～￣▽￣）～

苏灿耀还在刷着屏，讯章"嘀嘀嘀"没完没了响个不停……

一大束烟花在不远处盛开，如晚霞铺满夜空，霎时间流光溢彩，落地窗上映出女孩灿烂的笑容。

寒假进行时。

在我的定期指导监督下，风尧的木棉花苗成长情况良好。这天，我在书桌前临摹字帖，收到他发来的最新返图——

花苗被栽在了阳台一角的紫砂花盆里，隔着玻璃推拉门紧邻风尧的书桌，阳光充足雨露滋润，树苗茁壮成长中。只不过……

我播通电话："它怎么被剪成这样了？"

全身所有枝条长短相同、整齐划一，像极了一只刚被主人剃毛的小狗，隔着屏幕我都能听到它内心的稀碎声。

"整齐。"

可是，毫无美感啊。

"唔，修剪枝叶讲究凌乱美，要的就是参差不齐、错落有致。"

"标准？"

"这个没有统一标准啊，它不像浇水施肥，基本都是定时定量的，每个人审美都不一样。"

"那要怎么做？"

"怎么说呢，这样吧，我给你描述描述，你想象一下……"

我走到阳台上，用极尽生动形象的语言描绘着花盆里的花花草草。

"有的枝条倔强地爬向高空，定格在冬日的骄阳下，这时一阵微风拂过，它随风轻轻晃动起来，有的枝条紧密地挨在一起，交错重叠着，哦，枝条上还冒出些毛茸茸的小芽……咳，你眼前有没有浮现出一幅生机盎然的画面？"

讯章里安静了两秒，接着一阵清冷的嗓音响起，风尧干脆利落地回答："没有。"

"你！"我原本想要怼他，但还是调节了一下情绪，尽可能耐心地继续说，

"没关系，你能理解我想表达的意思吧？"

"不能。"风尧这次回答得不带停顿，"我想象力不好。"

我默默无语，脑海里闪过日常中的一幕幕……

早读——

"风尧，这两个发音我总是弄混，你有什么诀窍吗？拜托拜托！"

"没有诀窍。这怎么会弄混。"

"……"

考前——

"风尧，你能把超能力借我一会儿吗？考完还你！"

"你缺的是超能力吗？"

"……"

晚修——

"风尧，我……"

"你好吵。"

"……"

这回可太好了，原来世界上也有风尧不擅长的事。终于可以换我打击他了！

"风尧，没有标准。这怎么会理解不了呢？你缺的是想象力吗？你好笨。"

"……"

2月28日，雪。

寒假就这么一晃而过，明天就是新学期报到的日子了。

我在宿舍里手忙脚乱地打扫着，把堆在付安安床上的东西全部塞回了自己的衣柜里，再把她皱巴巴的床单一点点展平，努力恢复原貌。

床头柜上的讯章"嘀嘀"震动了两下，我走过去点开：

发件人：穆沉

2月28日 17:20

－今晚有时间吗？

－我生日，一起过吧。

他在约我？他在约我！

激动的心，颤抖的手……我磕磕绊绊地在键盘上敲着——

有，生日快乐！

他很快回道：

嗯，祝福晚上再说。

他是不是在轻笑？他一定是在轻笑！
紧接着我又收到一条：

那就七点半，城郊古街见？

啊啊啊啊啊……回复完"好"，我一头栽到床上左右滚了滚，丢下皱得一塌糊涂的床单，蹦跶到衣橱前挑起了衣服。

半小时后，一床狼藉。

就这件米白色毛呢大衣了！我拿着手中的衣服对着镜子比了又比，复古学院风，文艺清新又不失端庄大气，嗯，感觉很符合穆沉的 style。

晚八点，城郊古街。

夜色笼罩下的小巷依然是往日般的宁静，街上没什么行人，寂寥中却透着淡淡的温馨与祥和，鹅黄色的街灯绵延不断，整条巷子沉浸在温暖的光晕中，让人恍觉岁月静好。

我从"宇宙博物馆"里出来，却不见穆沉的身影。

半小时前，他看着我路过博物馆门前欲言又止的表情，浅笑着说感兴趣就进去逛逛，他在外面等我。

出口处有一面照片墙，记录着航天史上许多有意义的时刻，我的视线扫过星罗棋布的相片，在经过角落里那一张时不由一滞——是苏灿耀和另外两名成员重返地面时的留影。而那个时候，他在哪儿呢？前阵子我找机会问过苏灿耀，他说当年下船后听说了那个意外事故，但他似乎完全不知道后来的"时空剪辑"，更不知道穆沉就是那次事故的当事人。我当然也没告诉他，只不过，连同行成员苏灿耀都不知情的保密级事件，穆沉就这么毫无保留地告诉了我……

博物馆出口处是一间纪念品商店，我进去随意逛了逛，视线一直徘徊在门口，过了一会儿，还是没见穆沉回来。

我心中的后悔愈加强烈。

楚歌你怎么回事，以后一个人再来参观不行吗？拜托你清醒点，别再被他温柔的笑给"骗"了。无论他提起那段往时表现得多么云淡风轻、看到宇宙字样时笑得多么如沐春风，你都不能真的以为，他可以毫不在意地回首那段时光、他愿意一次次把伤疤揭给别人看。

你看，他刚才都没有进博物馆。

永远温和、笑容清浅，再多伤痛和不情愿都自己搁在心底……穆沉啊，要拿你怎么办才好呢？

酸涩的温暖，沉甸甸的感动，掺杂着沉滞晦涩的情绪，在我的心头乱作一团，余光无意间往门口一瞟，我瞬间顿住。

穆沉不知道什么时候回来了，也不知道已经在那儿站了多久、轻笑着看了我多久。

落雪纷飞，他长身玉立，身后是清寂的夜色和安静的街道，怀里抱着两个牛皮纸袋，眼里的笑意悉数融进暖橘色的灯光里，看不真切。

他今天穿了一件黑色毛呢大衣，牛角扣整齐地扣着，柔软的黑发躲在连衣帽下，整个人优雅又清隽。

"你去哪儿了？"我下意识咬了咬唇，小步走到他身前，"什么时候回来的……怎么不叫我一声？"

他笑，提起怀里的纸袋摇了摇："喏。"随手摘下了连衣帽，带落几片雪花。

"叫了，你没听到。"我接过一个袋子，耳边传来他压低笑意的嗓音，"就想看看这个小丫头能发多久的呆。"

咯噔。我的心跳了跳。

"胡说，我才没有，你肯定没叫。"

"好，我没叫。"他笑着回答。

我慢吞吞地打开纸袋，里面满满的是金黄的甘梅地瓜，隔着夜色都能嗅到它的甜味。

正想说我一个人吃不下这么多，他却把手里的另一包也递给我："都是你的。"

看这分量，貌似是两袋最大份的。

"你，是不是对我的饭量有什么误会？"努力回想了下，我们一起吃过两次甜品，我表现出的食欲和食量都十分优雅矜持、精致小巧，不应该啊。

他又笑了，眸中流光熠熠："没有，就是想让你多吃点。"

耳朵一红，我心怦怦跳着拿起一块咬了一口，毫无防备被炙热的温度烫得"咝"了一声，倒吸着凉气，试图用夜风安抚受伤的味蕾。

穆沉蹙眉，接过我手里的纸袋一转身不见了。一分钟后，他手里拿着一支冰激凌回来了。

我还在原地龇牙咧嘴，他把冰激凌递给我，略略无奈地说道："还是这么大大咧咧……"

正欲为自己打抱不平，却见他垂下眸子，声音低了下去，慢慢说道："什么时候能把自己照顾好，让我少操点心？"

我什么时候大大咧咧、照顾不好自己了？真是欲哭无泪。

可是我又好想偷笑。

"哦。"我抿了抿冰激凌，压着唇角小声答道。

我们在小巷里漫无目的地走着，脚步默契地很慢很慢。

薄薄的雪粒绒毛似的轻轻飘落，在暖光中氤氲成淡黄色。月光如水，渲染得古街朦胧而安详，温柔而梦幻。

我想起什么，侧眸看他："穆沉。"

他秀眉微挑："不叫学长了？"

我一愣，没想到他在意这个，有些支吾道："你、你都毕业了。"

他但笑不语，看着我目光清冽。

我的心跳漏了半拍。灯光照耀下他笑容明亮，问我："刚刚，想问什么？"

对啊，刚刚我想问什么来着？

我找回被打断的思绪，认真地问道："你喜欢现在吗？"

他挑眉。我发觉自己问得无厘头，还有歧义，忙补充道："你以前有幻想过吗？未来，2101 年，是什么样的。"

他收回戏谑的表情，安静地看我片刻，开口嗓音清淡，不疾不徐："想过未来，不过没这么远。我当年高考作文题是写一封信，装进时光瓶留待2035 年开启，给那时正值十八岁的一代人。"

"我知道，我们模考了上一届的试卷。"我点点头，往嘴里送了块地瓜，好奇道，"你怎么写的？"

他偏头想了想，忽然笑了："我说，你们是不是都踩着悬浮滑板来考场的，毕业旅行计划去哪个星球，这个夏天想做什么，今年七月会下雪吗……"

“七月下雪？”

“对，整座城的人工降雪。”

“那一定很浪漫。”

“嗯。”

不过，我记得当年我们老师对这篇作文的解析，紧扣和新时代一起追梦的主旨，切忌写成科幻文。

“你不会通篇都这么科幻吧？”

“也不是。后面越写越离谱，谈不上科幻。”他抿唇，语气有一丝委屈。

我忍不住翘起嘴角：“你语文分数是不是……”

“惨不忍睹。”他看我一眼，眼梢染着丝清朗的笑意，“现在看来，我还是生得太早了。”

我没接话，裹了裹怀里的零食，低声问道：“你想家吗？”

你的家人，还有，那个送你腕表的女孩。

“想啊，当然想。”他没有犹豫地答道，收敛了笑意，视线淡淡地望向前方，“只不过，时间太久了，想念是会淡的。”

“在坐上‘Universe’之前，我一直以为，永远也无法抵达的是无尽的空间。其实不是，比那更遥不可及的是冗长的时间。”

他的语调异常平静，我的心却没来由地沉重，说不清是心疼、恐惧还是什么，或许只是感同身受。

他停下脚步，转眸定定地看着我，声音疏淡，目光却沉沉：“楚歌，世界上最遥远的距离是时间。”

我一时愣怔，似懂非懂，情不自禁点点头。“时间……”流浪在宇宙光年间，永远无法抵达、无法超越的时间。还有……“想回也回不去的时间。”

我想，在我们看不见的地方，一定有一个很大的命运齿轮吧，一刻不停地转动着。穆沉，我们都被它捉弄了，遗弃在时空隧道里。

幸好遇见了彼此，不会一个人孤独。

甚至，也许，我心存一丝侥幸。如果没有这场意外，我就不会遇到你。

意外是命运，那意外的相遇，是不是也是命运？

月影婆娑，身后似乎有歌声响起，店里正放着一张旧CD，声音已不太流畅，却依旧清晰，悠悠扬扬……

你改变了一切

我整个生命

这一切

我整个世界

　　"啊啊啊！"我大叫一声，抱着纸袋原地一蹦三尺高，"我偶像！我偶像的歌！《十二月的奇迹》！"

　　泪水奔涌而出，面前修长而立的男人愣了愣，抬手屈指接住我不断滚落的泪水，唇边掠过似有若无的笑意："怎么还跟从前一样……"

　　我脸上挂着泪珠，茫然问他："什么一样？"

　　他轻叹一声，低声："小女孩似的。"

　　我本来就是小女孩啊！

　　我赖在门口不肯走，非要把这张唱片听完。五首歌依次唱完后又从头开始循环，我耍赖要再听一遍，于是一遍又一遍。两包地瓜也不知道什么时候吃完了。

　　穆沉拿我无可奈何，轻笑着一次次妥协，陪我站在纷飞落雪中，安静地听着不时卡顿的歌。

　　月光如雾，笼着轻烟似的梦。

　　我听着歌词出神，忽然没头没尾地问了一句："穆沉，你是不是有种超能力？"

　　他看着我，嘴角无奈地勾起："你脑袋里究竟装着些什么？"

　　我一秒钟想起平安夜的"告白"，知道他指的是那些土味情话，脸一红："这次不是……这次是我的心里话。"

　　他一哂，配合地问道："什么超能力？"

　　我透过细雪纷纷望进他漆黑的眼瞳，一字一顿："把时间冻结。"

　　他注视着我，轻轻眨了眨眼，若有所思。

　　回到你身边……耳边是低沉婉转的歌声，混杂着淡淡的落雪声。

　　我咽了咽口水，慢吞吞说道："和你在一起的时候，总觉得时间好像停了。"

　　夜色下他的眸光清凉如水，我的声音几不可闻："也许，是我私心希望和你一起的时间过得慢一点……"

　　他低垂下眉眼，睫毛覆下一小片浅淡的阴影，轻声说："我也是。"

　　心里某个角落"啪嗒"一声，像是有什么东西失足陷落。我盯着近在咫尺的清俊眉目，半天只发出一个音节："啊？"

　　那双眼眸抬起来看向我，眸底是柔柔的清和神色，转瞬间笑成了两弯清

亮的月牙："很久没过生日了。今年生日，我很开心。"

一片雪花不小心飘落心尖，轻轻痒痒。

我摇头："不只今年，我们要把那些错过的生日都补回来。"所有空白，以后，慢慢填满。

他垂眸看我，眸中的光色有些暗，起伏着深深浅浅的情绪。逆光的阴影中，他的轮廓依旧那般清晰深刻。

"其实，今天不是我生日。"

我眨眨眼，心神依旧恍惚："那是谁生日？"

他似有一瞬间的错愕，看着我呆愣的样子，笑了："我是说，我的生日不是今天，是 2 月 29 日。"

那岂不是四年过一次生日？风姿无双的少年，是不是哪里都很特别。

我心猿意马："那应该明天过。"

他看我一眼，抿了抿唇："明天你开学了。"

心咚咚跳了两下，更加飘忽不定。

月笼轻纱，有几分迷离。我侧眸看他，月光下黑发的光泽显得浅淡，几许柔软的发丝下，眉眼清隽，晕染着静谧的夜色。

"咳，还没有说……"我清清微哑的嗓子，"穆沉，生日快乐。"

呃，说完祝福，才发现我只顾着各种打扮，竟然忘了准备礼物。扯了扯围巾打成的蝴蝶结，我微窘道："那个，礼物迟到一天。"

意外地，他闻言没有轻笑，只是低低应了声，眸光专注地对我说道："楚歌也是，要永远这么快乐。"

"我会的。我现在就很快乐呀。"

"嗯。"他慢慢地、慢慢地笑了，笑得很温暖，很灿烂，灯火落进眸底，宛若盛满万千星辰，耀眼璀璨。

雪渐渐停了，四周静悄悄的，只有唱机里的老歌缓缓流淌。

"对了……"他从大衣口袋里拿出一个漆着淡蓝色的金属盒，"这个，送给楚歌。"

"啊？给我的？"我更加难为情，可嘴角的弧度却怎么也压不住。

他浅浅笑着："嗯，打开看看。"

我低头有些紧张地打开盖子……里面是两个骑着旋转木马的小人儿，戴着王子和公主的皇冠，镂空的盖子底面印着漫天繁星。

是一个精致的八音盒。

小心翼翼地合上盖子，我才发现上面刻着一个小小的"歌"字，旁边镶嵌着一朵五瓣花。

心尖的雪花融化成一摊水，湿漉漉的，蒸腾着柔软的水汽。

"这是什么花？"我手指贴上去摸了摸，问道。

一直没有等到他的回答。

我不禁抬头看他，却望进了一片雾蒙蒙的黑，几许微弱的星光在他眸底轻轻摇曳。

"勿忘我。"他缓缓开口，嗓音低哑，"不要忘了我。"

"……"

我没有说话，只是一动不动地那么站着，静静地看着他。

他眼眸轻轻颤了颤，垂下目光，半晌才哑声道："我要走了。"

每个字都慢慢地、沉沉地坠入我的心坎。

"去哪儿？"我依旧一眨不眨地看着他。一阵寒风吹过，我感到前所未有的冷。

他恍若未闻般望着地面，单薄的唇紧抿成一条线。

又一阵风吹过，夹带着三四片冰凉的雪花。我如梦初醒般慌乱地按开讯章，潦草地看了眼时间，声音不可抑制地颤抖："是不是太晚了？你要回去了对吗？"

"嗯……我要回去了。"他终于抬眸看我，眼中是丝丝分明的心疼与不忍，"回到……原来的时空里。"

我紧紧握着手里的八音盒，就那么定定地看着他；忘记了要问什么，忘记了要呼吸，忘记了要心痛，忘记了要哭泣，只知道看着他，看着他……

"对不起，我，没有告诉你……"他仰头望向天空，嘴边扯出一丝笑，"时空剪辑，只有一年。我醒过来那天，刚好是我的生日，四年一次的2月29日。"

时空剪辑，只有一年？

为什么到了现在，你才让我知道……

理智破碎得一塌糊涂，我没有再挣扎，微微笑了下："你会不复存在，对吗？"

这个时空里的他，早已经在六十多年前就离开了，不是吗？

"傻瓜，我不会。"他笑了，那样温暖安静，"只要你还记得我，我就一直在。"

我张了张嘴，却哭不出一丝声音来。

他抬手，指腹轻轻蹭过我的眼角，薄唇轻勾："别哭……我只是，回到属于我的时间轴里。这段时光，谢谢楚歌，陪我一起走过。我已经，很感激很满足了。"他说着垂下眼眸，声音轻到风一吹就散，"只是，对不起，只能陪你这么一小段时光……"

心一寸寸地裂开，我努力找回一丝声音，开口却艰涩得连我自己都认不出："不能再等一会儿吗……再走。"

不能，让我陪你到最后吗？

他看着我沉默半晌，神色认真："我还要去一个地方，我……还有个愿望没实现。"

"我和你一起去好不好，求你了……"求你了，穆沉。

他的眸光忽然彻底暗了下去，恍若两汪寂静的深潭，满是了无生机的疲惫与悲恸，还有一丝脆弱不堪的乞求。

他说："别让我在你面前一点点消失，好吗？"

夜空中又飘起了小雪。他微微仰头，抬手接住一片飘落的雪花，看着它在掌心里一点点融化，像是要牢牢记住这个世界里的一切。

"去年八月，时间管理局的联络人和我说，有一个女孩穿越到了现在，她也来自 21 世纪 20 年代，会成为我的学妹……"他说着看向我，微微笑了，嗓音清浅柔和，"第一次遇到，我就知道，是你。"

一颗雪粒掉在睫毛上，我使劲眨了眨，有水珠滚下："你怎么知道？"

"我当然知道啊。"他眸光被夜色浸亮，柔柔笑着，"我还知道，中秋节有个丫头自己做了只月饼，骗顾客说是赠品，初雪的午后她去了钟塔看雪，平安夜她坐飞行列车来到游乐园，一个人坐了摩天轮、旋转秋千、海盗船……为了找一个摩球模型能跑遍一整条街……来看我的毕业典礼却躲在倒数第二排的角落里，最后一声招呼也不打就起身离开……"

他抬眸轻轻望进我的眼里，我的眼前却已经模糊成一片："为什么你会知道？"

"因为我，喜欢你啊。从很早以前就喜欢你了。"

他笑了，笑得很甜。他的眼睛，还是那么清澈透亮，裹着清晨的露水和深夜的风，清晰地倒映着我的身影。

"喜欢我？"我茫然地重复着，心好痛好痛，"为什么，为什么要告诉我？"

为什么要让我在你离开时，知道这些？知道……其实你也喜欢我？

他唇边的笑容一点一点地消失，又缓缓翘起一个苦涩的弧度。

"对不起。"他说，眼里只剩破碎的暮色，"我……对不起，我，好像一直在说'对不起'。"

他抬手揉了揉我的发，我却，什么也感觉不到。

他微微一怔，盯着自己的手，有些失神。那只手指节修长，润泽如玉，在灯光下近乎透明……

"真的要走了。"他低喃了一句，抬眸看我，"楚歌，你把眼睛闭上，数十个数，好不好？"

我心里抽痛。

"不好。"

"听话，"他笑起来还是那么好看，"你哭成这样看着我，我……怎么走。"

"那就别走。"

他沉默，安静地看着我良久，目光深寂，再开口时嗓音低哑得不像话："如果想我了……我就到梦里找你，好吗？"

我朦朦胧胧地看着他，没有答话。泪痕一遍遍风干，又一遍遍被热泪熨烫。

他缓缓抬手，一只没有温度的手掌覆上我的双眼。

我毫无知觉，眼前依稀能看见他的轮廓，他温润的眉眼。他好像是笑了一下，又好像没有。

我缓缓闭上眼，已经感觉不到心跳的存在，很慢很慢地数道："十，九……"

一个吻，轻轻落在我的眉间。

如一片冰凉的雪，转瞬即逝。

"……八，七，六。"

我停了下来，没再往下数，猛地睁开眼睛……却，什么也没有。

唱机里的 CD 又循环到了那一首，《十二月的奇迹》……

我望眼欲穿 看我看不到的你
我侧耳倾听 听我听不到的你

"我也喜欢你。"

"穆沉，我也喜欢你。"

"我想你了。"

"穆沉，我想你了。"

可是，我的穆沉，他再也听不到了。

再也，不会知道了……

穆沉，我们的时间，好像真的，永远冻结了，在这个白雪皑皑的夜晚冻结了。

我的世界，似乎只剩下一片漫无边际的黑，永远地凝固在了我最后数的五个数里。

而关于你的那一部分，我知道，它们就在未数完的剩下五个数里，和那份忘记说的再见一起，永远没有答案，永远，不会再见。

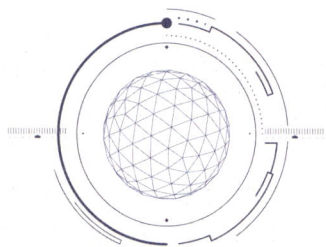

【 第 七 章 】

"希望苏灿耀、风尧、楚歌，
从今往后一直在一起，
哪怕深渊万丈也携手并肩，
一起走下去。"

冬去春来。

5 月 15 日，穆沉走后的第 76 天。

已经两个多月了吗？

为什么我总感觉他还在身边……昨晚又下起了小雪，我们在雪里笑着告别……

"小鸽子，你不舒服吗？脸色看起来不太好。"

身后男人的声音打断了我的思绪，我摇摇头："没有，可能是冷气太足了，我穿得有点少。"

我说着配合地搓了搓双臂，苏灿耀"哦"了声，没再追问。

身侧，段谨然低头按开讯章发着信息。他今天受邀回校参加拍卖会，刘海儿斜分着，微烫了烫，黑色开衫西装领口敞开，露出大片干净的白衬衫，腰前的纽扣斯文地系着，骨子里是与生俱来的矜贵与散漫。

斯洛学院"厄佩谢爱特"音乐厅里放着经典的《蓝色多瑙河》，轻柔的旋律里，台上拍卖师再一次问道："九百九十九两次，还有没有……"

"一千——"右后方，风尧的声音淡淡响起。

"一千，42 号出价一千！"

"加价一块，这也行？"苏灿耀小声问道。

风尧淡声道："他的底线是三位数。"

"……一千三次，21 号宠物蛋以一千元成交，恭喜！"

每年 5 月 15 日是摩球的"新生日"，以纪念抵达地球，找到新的家园。在这一天，摩球人会通过特价拍卖宠物蛋借"破壳"寓意庆祝新生。

这些宠物蛋原产自摩球，据说需要六七十年的时间成熟，孕育着各种珍稀小动物，我们地球人称之为"精灵"。

过了一会儿，有工作人员体贴地为我送来披肩，我道了谢，继续盯着袖口的讯章发呆。

二十分钟后，有人送来一只装在透明扭蛋里的小黄鸡，扭蛋上贴着说明书：

品种：飞天小黄鸡
身高：8.4cm
稀有度：R（稀有）
成交价：¥1000
饲料：石榴、玉米
家乡：Redemption Field
产房：斯洛学院 02 号孵化室

风尧接过，垂眸瞥了眼说明书上的内容，眉头微皱，随即又舒展开来。苏灿耀好奇地瞅了瞅，又低头拿起自己的再次打量一番……

品种：小石榴
身高：9cm
稀有度：N（普通）
成交价：¥499
饲料：阳光、雨露、营养液
家乡：Reunion Forest
产房：斯洛学院 03 号孵化室

苏灿耀撇了撇嘴："价钱卖得这么好，要不，你买几只鸭蛋回来，让它孵一下？"

风尧："……"

"接下来这只宠物蛋，来自炙热又神秘的萨姆萨拉火山。底价五百，竞拍开始。"

"这起步价都比我的成交价高啊……"苏灿耀咋舌。

"六百！"

"27 号，六百！"

"七百！"

"……"

"两千——"身旁响起一道熟悉的嗓音。

段谨然。

我扭头看了眼他，他也侧眸看了看我，神色淡淡，唇边掠过一抹笑意。

"两千！9号出价两千！"拍卖师眉飞色舞，"出价比两千高的有没有？"

"两千二！"

"两千五。"身侧那道嗓音不疾不徐。

"两千六！"

"两千六，33号出价两千六！"拍卖师激动地说道，"两千六一次……两千六两次，还有出价比两千六高的吗？"

"五千——"

我一怔，看向身边神色闲淡的男人，欲言又止。他轻弹了个舌，波澜不惊地回望我一眼，眼梢微挑，薄唇懒洋洋地勾起："看呆了？"说话间状似随意地舔了下一边嘴角。

我默默移开视线。

"……五千三次，恭喜段先生喜提这枚火山特产蛋！恭喜！"

"天，这枚蛋的身价是我的十倍……"身后传来苏灿耀的嘀咕声。

风尧闻言看他一眼，勾唇："你倒也没那么廉价。"

半小时后，工作人员送来扭蛋，段谨然礼貌地接过了声"谢谢"，随即把扭蛋递给我："看看喜不喜欢。"

我摇头："不用。"又觉得这样过于冷淡了些，补充道，"我自己还照顾不好，哪有时间操心它？"

话一出口，心狠狠地抽了抽。

"什么时候能把自己照顾好，让我少操点心？"

穆沉……

"你倒有自知之明。"段谨然说着扬起下巴，抬手随意地松开衬衫领口的纽扣，举手投足间似乎多了些成熟男人的气息，"就当回校看你……带的礼物。我等下会找他们报销的，嗯？"

我心不在焉，点点头接过，说了句："谢谢。"垂下眼帘，视线落在透明的扭蛋上……是只通红的小螃蟹——

品种：火山小螃蟹

身高：5.7cm

稀有度：SR（超稀有）

成交价：¥5000

饲料：熔岩碎

家乡：Samsara Volcano

产房：斯洛学院 01 号孵化室

小螃蟹在扭蛋里不安分地滚来滚去。它刚出生，应该有点冷吧？

厅内空调温度暖和了些，我脱下披肩把扭蛋裹了起来。

"这样会憋坏它的。"头顶传来段谨然压低的笑声，我淡然道："它不是火山来的吗？这点热算什么。"

"……"

"好活泼啊。"身后的人凑过来，盯着我怀里的小家伙，"它叫什么名字？"

我想了想："就叫小螃蟹吧。"

"什么啊，小螃蟹也能当名字吗？太随便了。"苏灿耀嫌弃地皱眉，神情认真地思考道，"我的小石榴叫 Shining，风尧的小黄鸡叫 Windy，你的这只……就叫 Booming 吧！"他说着瞪圆了眼睛。

"我觉得，还是叫小螃蟹吧。"

"小螃蟹，你好可怜。你嘀咕啥呢，风尧？"

风尧视线落在我怀里，嘴里念念有词，似乎在比较哪个更好听："小灯笼、小火球、小柿子、小爆竹……"

"你想象力什么时候这么好了？"苏灿耀"咦"了声。

风尧闻言一怔，淡淡应了声。

最后，苏灿耀把五个候选名写在纸条上丢进扭蛋里，由小螃蟹自己"抓周"决定……它想叫"小柿子"。

"吃货本性……"段谨然一手虚握成拳，掩唇轻笑了下，"随主人。"

晚上八点半，切瑞茜后花园，环校夜跑结束。

我站在原地深呼吸，还没缓过来，风尧气定神闲地从身旁经过，脸不红气不喘，神清气爽地看我一眼："帮你占位？"

我点点头，气息不稳："嗯，我晚点到。对了，能不能……"顺手帮我借本《梦的解析》……

我望着他已经大步流星走远的背影，默默咽下没说完的话。

我踱步到不远处的大树下。

穆沉走后的两个多月里，几乎每晚夜跑结束后，我都会到这棵树下发一会儿呆，然后再去自习室晚修。

我靠在树干上，微微闭上了眼。

第一次遇见他，他就坐在这棵树下，安静地调着腕表上的时间。

陌上人如玉，公子世无双……

"嘀。"

讯章里进来了一条信息，我轻轻点开：

发件人：穆沉

5 月 15 日 20:40

开始晚自习了吗？嗯，让我猜猜……楚歌是不是正喝着 Cream Soda 新出的冷饮？女孩子要少吃冰的，尤其是刚运动完……怎么总有不听话的小孩？

穆沉，这回你猜错了。我没有在喝冷饮哦，才不是不听话的小孩。

指尖慢慢往上滑着，心脏似乎从麻木中复苏过来……

5 月 14 日 21:14

今天是我和楚歌分开后的第 75 天，两个半月……楚歌有没有想我？快点梦到我吧，拜托了……我很想楚歌。

等楚歌把 24 小时里所有时刻的短信都收集全了，我也就回来了，好吗？拉钩，盖章。

5 月 13 日 6:13

小懒虫起床没有？咳咳，南斗食堂的奶黄包说，楚歌快点醒醒呀！再不起床，晨跑又要迟到啦！一个人在太阳下边罚站边偷吃早餐，真的好可怜哪……

5 月 12 日 9:09

5 月 11 日 17:21

5 月 10 日 12:30

……

其实你从未离开，对吗？只要我还记得你，你就一直在。

穆沉，你从一开始就知道最后的离别，那么，你是什么时候编好这些定时短信的呢？

写下这些话的时候，你心里在想着什么呢？

"新消息"——

发件人：高冷尧
5月15日 20:44

?

我回复着"路上"，抬脚欲走，身后发出窸窸窣窣的声响。回头看去，树后钻出一个黑色的人影。

光影掩映下，他的轮廓渐渐清晰……

他把白天那身西装换下了，穿着简单的白丝绸衬衣、黑色长裤，发型随意而凌乱。

"翘晚自习？"他下巴微抬，眼底闪过一抹慵懒的光。

还真是，我每次违反校规都能遇见他，也不知是什么样的缘分。

"正准备去。"见他不打算回答，我转身往外走了两步，身后又一阵细微的声响，接着是段谨然懒散带笑的嗓音，轻挑又宠溺——

"楚楚。"

我脚步一顿，浑身鸡皮疙瘩。

这时，脚边忽然冒出一只通体雪白的……小猫？

段谨然慢悠悠走过来，蹲下揉了揉它的小脑袋："楚楚，乖一点。"

我身体僵了僵："它叫楚楚？"

地上的男人半掀眼帘看我一眼，似笑非笑："不可以吗？"

我撇撇嘴："它不喜欢。"

他好笑："你怎么知道楚楚不喜欢？"

我反问："那你怎么知道楚楚喜欢？"

他眸里笑意更甚："你自己也承认它叫楚楚了。"

无言以对，我转移话题："它是什么精灵？"长得有点像博美犬，只不过耳朵更尖一点，还有一对漂亮的双眼皮。

"小雪怪。"

上午听苏灿耀科普说，在摩球西半球的一片冰原上，出没有极少数珍稀精灵，稀有度为"SSR特级超稀有"，基本上是皇室特供。

"它叫楚楚是有典故的，不是因为你。"

我抿唇，一脸不相信地问他："什么典故？"

他抬头睨我，眼眸一挑，尾音稍起："因为楚楚'冻'人啊。"他刻意加重了"冻"的咬字，还配合地瑟瑟发抖了两下。

呵呵，我嘴角抽了两下，是挺冷的。

他看着我，眼里笑意毫不掩饰。

我避开他的目光看了眼时间，再不去自习室风尧真的要打人，以后我就别指望他帮我占位了。

"那，我先去自习室了，学长再……"

"不要。"

男人干脆地打断，压低的声线里有几分……小孩子闹别扭似的撒娇？

我默然。这家伙白天和黑夜里的反差也太大了。

"家里在庆祝新生日。我不想回去。"他抱起脚边毛茸茸的一团，没头没尾地嘤嘤了句，疏懒的嗓音在清寂的夜里染上一丝薄凉。

所以？

他忽然低下眸，几缕碎发耷拉着，遮住了眼底的情绪："今天是我母亲的忌日。"

……

全民狂欢的新生日，却也是他母亲的忌日吗？

连家里也在欢天喜地地庆祝，所以，只能躲到这个没人的角落里思念母亲……

他没再说话，怔怔地盯着地面。怀里的小雪团不明状况地"呜"了声，他这才回神，静静将它抱到胸前，少顷，缓缓低头，用下巴轻蹭了蹭它柔软的毛发。

昏暗的夜里，我听见他闷闷地开了口，嗓音低哑——

"我好想她。"

眼睫一颤，心里泛起些微疼痛，想安慰他几句，张口却不知该说什么。我连安慰自己都做不到，该怎么安慰他？

我也想妈妈了，还想爸爸，想楚颂，想穆沉，好想好想……

"你知道吗，一朵雪花就是一份思念。"

晚风拂过，柳絮漫天。他放下怀里的小家伙，起身，伸手捉住一团飞舞的柳絮，自言自语："雪花融化了，是因为思念的那个人回来了……"

他专注地盯着掌心，直到那团柳絮消失不见，才转眸望向深邃的夜空，淡淡地笑了，语气清浅，却带着浓重的自嘲："其实都是假的。可我还是愿意相信。"

我望着茫茫夜色，因为他刚才的话失神，他忽然转头对我笑道："就像那些美好的童话，你不是也一直相信吗？"

"嗯。"我缓缓点头，抬手接住一片飘落的柳絮，却蓦地一顿——

不是柳絮！是……雪花！

纯白的一小朵，躺在手心里，丝丝冰凉。

我下意识看向身边的人——他又动用超能力了？他神色平静，望着夜空下稀稀落落的小雪若有所思，眼里柔和又迷茫。

"我出生那天，Z城迎来了年末的第一场雪。那年的初雪比往年来得都迟。"他低声说着，语调是少见的真挚温和，"妈妈说，这个寓意很好，我一定会成为世界上最温柔纯澈的人。连初雪为了等待我的降临都姗姗来迟。"

看不清神色的漆黑里，我却能感受到他眼底的暖意，和唇边扬起的弧度。

然而，那抹弧度渐渐变得脆弱凉薄……

"可是她不知道，雪也意味着孤独、寒冷、苍白和肃杀。"

他此刻的神情太过悲凉，至少我从未在他脸上——在那个高傲散漫的天之骄子脸上见过这副表情。有那么一瞬间，我心里一紧，涌现淡淡的酸楚。

"段谨然。"他闻声侧头看我，我接着说，"你以前好像问过我，喜不喜欢雪。我说喜欢，其实，不只是因为它的梦幻。"

"嗯？"他轻哼一声，眸光轻摇。

"还因为，大雪赋予世界新生。"他的睫毛几不可察地轻颤了下，我继续说道，"你说得没错，大雪封地，万物肃杀。可新的生机也正在大雪覆盖之下，只待大地回春之日，百草萌生，万物复苏。"

他没说话，看着我的目色落雪般疏淡。我接着开口："还有，雪花融化了，那个人却没有回来……是因为想念一个人的心情，永远也不会融化。"

是这样吗？

是不是，等我不再想着你了，你也就回来了呢？

夜色中的男人安静地望我，眸底的光浮浮沉沉，困惑，释然，迷茫，还有淡淡的欣喜，化不开的哀伤。

转眼到了初夏时节，一年一度的"超能力杯"如期而至。

传说中的超能力杯其实就是超能力对决赛，相当于普通大学的运动会。参赛名额采取随机抽签制，而我这个抽奖绝缘体却没能逃过比赛抽签的魔爪。

风引竞技场。

我站在一块长宽五米、通了电流的正方形沙地前，沙地对面是一个表情冷酷的女生。

裁判的声音从音箱里传来："二年级元素系土元素班曾慧。"

"到！"声音洪亮，中气十足。开场前她就一直在闭目酝酿，果然胸有成竹。

"二年级时空系意识空间一班楚歌。"

"到。咯咯……"我赶紧清了清嗓，"到！"好像还没开始就……输在了起跑线上。

"小鸽子加油！自信！你能行！"

我好像听见了苏灿耀的声音。

主席台，裁判举手示意："选手就位，我宣布，女子第五组1VS1对决现在开始——"

比赛内容很清奇——对方动用土元素操控力扬起面前的沙子，而我则用意念力使这片沙子保持静止。当上空中的沙尘达到一定量，感应器就会自动响铃。十分钟内响铃则为对方获胜，否则即为我获胜。看着对面那张无坚不摧的高傲脸，我觉得否则后面的事不大可能。

不过，这样也好，我本来就没打算坚持到最后。脑袋上的电极帽实在是太重了，从开始候场就得戴着，已经快半小时了。

然而，比赛过去五分钟了，面前的沙子依然纹丝不动。空气清新得可以嗅到小草的清香。

不是吧？对面这位朋友，你从见面到现在一副天下无敌、"信不信我秒了你"的表情是要闹哪样？你倒是秒啊！我脖子好酸……

八分钟过去了……

"啊啊啊小鸽子！坚持住！你要赢了！"

听着看台上传来的声音，眼前几乎浮现出苏灿耀手舞足蹈、志在必得的兴奋样。我也不禁有种出息了的激动，不是吧不是吧？我楚歌有一天也能在赛场上K.O.对手？想不到我输了女子800米体测和大学生运动会，却在和外星人的超能力对决中不战而胜！果然是天将降大任于是人也，必先苦其心志，劳其"颈"骨……

就在这时，沙地上空突然出现了一小团气流，沙尘纷纷随风上扬。我一愣，不是吧不是吧？难道她现在才开始发力？刚刚只是为了消磨我的耐力？

好家伙，沉睡了十几年的胜负欲在此刻有了苏醒的迹象！我忙闭上眼，放空大脑，注意力全部集中在前方的沙地上。

可是，风越来越大，虽然看不见眼前的景象，我却能从观众席的议论声和耳边传来的呼呼风声里判断出，上空中的沙子正在急剧增多……

裁判的声音响起："进入倒计时一分钟。"

伴随着话音落下，风力毫无预兆忽地大增，我身子一晃，险些站不稳。

"最后三十秒——"

冷静，什么都不要想，坚持，坚持就是胜利！

脑海里窜出另一个声音：怎么冷静啊？这是沙尘暴吧？

"最后十秒——"

"九——"

"八——"

我猛地睁开眼，大口大口地咳起来："喀喀喀……"结果越咳吃进去的沙子越多。

全场哗然。

"哔哔哔——"铃声随之响起。

"对决结束，我宣布，获胜方为土……"

"我举报，她犯规！"苏灿耀？

犯规？犯规你不早说啊！害我吃了一嘴沙子，喀喀喀！

我扭头望去，看台上两抹高挑的身影格外出众——

苏灿耀双手抱肩，一脸义愤填膺；风尧单手插兜，周身气息凛冽。

"土元素班，动用风元素能力？"风尧面无表情地开口，语气不咸不淡，透着丝不耐。

原来如此，我就说哪儿来的龙卷风。

观众席一下子议论纷纷，曾慧的脸色变得不太好。

视野里一片迷蒙的土黄色，我揉揉又痒又涩的眼睛，脑子里还有些稀里糊涂，心里却有种说不出的欣慰。嗯，不管怎么说，这两个家伙在关键时刻还是知道挺身而出、伸张正义的。

"这算外挂吧。"风尧接着说道，一句话轻飘飘传来，"再说了，对战楚歌，有这个必要吗？"

全场隐隐爆发出低笑。

......

我刚才为什么要欣慰？

天气转凉。

我吃完晚饭拎着小蛋糕回到宿舍，只见书桌上堆着一大一小两个未拆的快递、一个粉色礼品盒，盒子上还有张精致的小卡片，我拿起来，只见上面写着——

阿楚，生日快乐！

不能陪你过生日真的好遗憾啊！不过我们心有灵犀一点通！你的快乐我会感受到的！我的祝福你也一定会收到，对不对，嘿嘿！

先说好，等我回来一定请你吃好多顿补上！

p.s. 你下午不在，同城快递我帮你签收了。

对面的女孩：付安安

半小时前这丫头给我来了个电话，说老爸 call 她回家给奶奶接风洗尘，今晚不回宿舍了，风风火火挂了电话……没想到她还记得今天是我生日，我以为她忘了。

打开礼品盒，里面装着一只粉粉嫩嫩的小包包，一看就知道是这丫头的眼光没谁了。

我接着拆了大一点的快递，呃，一个球型的玻璃鱼缸？还有一只空气胶囊，鼓鼓的，好像还会动。打开胶囊，一条粉色的小鱼活蹦乱跳着掉了出来。

冲进洗手间给鱼缸接水、一阵手忙脚乱地提溜起小鱼丢进缸里后……我看着快递上的标签，嘴角淡淡勾起。

寄件人：F．Y．

收件人：楚歌

托寄物品：天使鱼 粉 * 1 玻璃鱼缸 * 1

留言：生日快乐。

真是……一句话也不肯多说啊。

我拆开另一个快递，里面是一个小饰品盒和一袋鱼食。

这真的不是风尧买鱼附送的吗？

饰品盒里躺着一枚小巧别致的发夹，金色的一字夹上镶着一簇紫色绣球花。

标签如下：

寄件人：一位不愿透露身份的苏姓帅哥

收件人：wuli 小寿星

托寄物品：少女心发夹 绣球花 紫＊1 不含人工色素不浑水鱼食＊1

留言：咕咕咕，20 岁生日粗卡！！祝 wuli 小鸽子像绣球花一样，美丽多多，money 多多，快乐多多，幸福多多！哦对了，那个鱼食我问过卖家了，螃蟹也可以吃的。

看着留言，我忍俊不禁。

一个人吃完小蛋糕后，群里发来一条语音。我点开，居然是两段生日歌……先是苏灿耀五音不全的英语版，接着风尧清唱了摩语版，末了是风尧轻淡的嗓音"发了没"和苏灿耀急急忙忙的"嘘"。

我轻笑着起身，推开玻璃门，站在阳台上感受着璀璨的夏夜。晚风清凉，月色皎洁，楼下蝉鸣声声，星星若无其事地点亮起回忆。

夜空渐渐飘起了小雪。

像梦一样……

"我说，你们是不是都踩着悬浮滑板来考场的，毕业旅行计划去哪个星球，这个夏天想做什么，今年七月会下雪吗……"

"七月下雪？"

"对，整座城的人工降雪。"

"那一定很浪漫。"

"嗯。"

穆沉，是你吗……

是你送给我的生日礼物，对吗？

屋里，床头柜上的旋转木马一圈圈缓慢转动着，八音盒里静静流淌着《十二月的奇迹》……

每一次我想你

全世界每一处都是你
夜空下的雪花
每一朵都是你的泪滴
好想你瞬间就在眼前
好想让你回到我身边
这无力的超能力
也没有办法挽回你
……

桌上的讯章震动了一声，隐没在歌声里，屏幕悄无声息地亮着，一条新信息悄悄躺进消息框里。

发件人：穆沉
7月4日 19:48

小公主，生日快乐。

今天我们楚歌20岁了。第一次感到，时间过得真快啊。

20岁就真的是大人了，要学着照顾自己啊。少吃冰的，晚上穿长袖长裤睡觉，记得把被角掖好，别灌风，晚修时少发会儿呆，别老把作业拖到睡前，少熬夜，早点睡就不会肚子饿，吃完夜宵又要后悔半天，早点起床，不要赶在晨跑前狼吞虎咽。

真的放心不下你啊。在我心里你永远是个小姑娘，可我竟然把你一个人留在未来了。自己却逃回了过去。

对了，今天有没有和灿耀他们几个一起庆生？吃蛋糕了吗？

好想知道，楚歌今年的生日愿望是什么呢？

说实话，真的很美慕他们啊。

忽然觉得我是不是很幼稚？

嗯，不说啦！不然你又要嫌我啰唆了。早点睡吧。

我这边一切都好，不用担心。

我的小公主，

生日快乐。

晚安。

七月的夜晚月朗风清。

永无海的海风迎面拂来，席卷起铺天盖地的回忆，一幕幕过电影般在眼前闪过，宛若满天星斗被夏夜洗濯得透亮。

几十只孔明灯缓缓升空，星星点点的火光，将漆黑的夜幕渲染成温暖的橘黄色。

很难想象，在满世界高科技的 2101 年，我们——超能力学院意识空间班的毕业生们，居然用着棉花和打火机以最原始的热空气法放飞孔明灯……违和里却透着一丝温馨质朴。

"加油啊，要飞高一点啊——"苏灿耀一手放在嘴边冲半空中喊道，一手朝某只孔明灯拼命挥舞。灯上画着他自己和小石榴，还有烤冷面、天文望远镜、泰迪熊和蘑菇屋，还有被挤在角落里的我和风尧，不仔细看说是在蘑菇下乘凉的两只蚂蚁也完全有人信，又像是泰迪熊掉的两撮毛、烤冷面配套的刀叉或者两颗石榴籽。

半分钟后。

"为什么还是不行？"我快哭了。对着燃料槽第 N 次按下打火机，手里的灯还是飞不起来。

苏灿耀检查一遍后给出结论："结构确认没什么问题。你用的什么做燃剂？"

"指甲油。"等等，好像是……我倒吸一口凉气，"环保水性的，我没注意……"

他咂咂嘴，神情颇为同情："难怪燃不了。"

我耷拉下脑袋，像一棵蔫巴的小草。

眼前出现一只白皙修长的手，手里提着一盏孔明灯。我看向身旁的男人，风尧半垂眼帘，表情浅淡，轻轻"嗯"了声。

"你自己不放吗？"

"不用。"淡淡的回答，随后又补上一句，"你放吧。"

那我就不客气了。

"好吧。"我接过他手里的孔明灯，上面什么字画都没有，"你的心愿呢？"

他一怔，像是没想过这个问题："你帮我许一个吧。"

这怎么帮？

他薄唇微抿："我听灿耀说，一盏灯只能许一个愿望……你许好了。"

他刚才……是不是笑了一下？

"想好了吗？"月光清朗，少年嘴角轻扬，眸里是细碎的星钻，流光溢彩。

"嗯。"我想了想，提笔一笔一画写下"破梦组一往无前"七个字，接着小心翼翼地点燃——

散发着暖黄色光晕的孔明灯缓缓飞了起来，飞过我们的头顶，向遥远的夜空飘去。

讯章轻轻"嘀"了一声，心微微一颤，我低头看去——

发件人：穆沉

7月31日 22：00

楚歌，毕业快乐！

穆沉，没有你在身边，我好像也可以快乐。

只是，心里永远有一角缺口，再也填不满了……

"我们……毕业了啊。"苏灿耀望着夜空喃喃，眸底星光无数，明朗闪耀。

"嗯，毕业了。"风尧淡声应和，清和的目光里倒映着点点橘黄，不知在想什么。

"以后就没机会穿这身校服了啊，突然有点舍不得。"

"你一个大男人还这么矫情。"虽然嘴上这么说着苏灿耀，但我心里同样涌起一阵怅然。

苏灿耀撇撇嘴，小声嘀咕了句，忽然想起什么一般，撞了撞风尧的肩膀："差点忘了，奖学金请吃饭，没意见吧？"

奖学金得主挑眉："随便。"

往事浮上心头，我忍不住笑道："我好像记得某位同学开学第一天说，一定会成为斯洛学院第一个拿到奖章的地球学生啊。"

苏灿耀沉默了下来，好看的眉头皱在一起。

我随即说道："那就成为意识治安局第一个拿到勋章的地球员工吧。"

他格外认真地点了点头："嗯。"

"到时候年终奖请吃饭，没意见吧？"风尧瞥他一眼，唇边抿起一丝细小的弧度。

苏灿耀闻言一愣，不可置信地对着风尧眨眨眼，而后咧嘴笑了："一言为定。"话落，他仰头望向一片灯海，双手抱成拳，一瞬不瞬地盯着其中一盏，低声说道——

"希望苏灿耀、风尧、楚歌，从今往后一直在一起，哪怕深渊万丈也携

手并肩，一起走下去。"

他眨眨眼，长睫轻扇，脸上是少有的正色与虔诚，笼在漫天光彩之下。

"许好了。"苏灿耀侧头看向我和风尧，眼神晶亮，笑意盎然，似有几分得意，"一盏灯只能许一个愿望，但这个愿望里可以同时有我们三个人啊。"

周围仍然有孔明灯陆续升空，我们并肩仰望着一整片飞往夜空的火树银花。

一直在一起，一起走下去……

意外地闯入你们的世界，独自一人，全然陌生。未来充满未知的冒险里，幸好有你们……

幸亏有你们。

前路艰险，勇往直前。

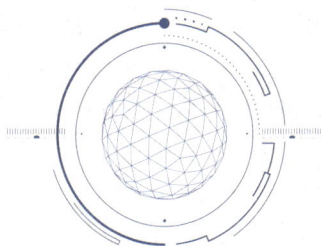

【 第 八 章 】

他依然看着我，
用再寻常不过的目光，
仿佛在看熟识的故友，
又仿佛只是在打量一个陌路人。

太久太久
还要等多久
闭上眼做
关于你的梦

　　城郊古街。再次路过那间音像店，依旧传出熟悉的旋律。

　　《The Star》。

　　店内装潢简单，透着古朴。老板是个上了年纪的爷爷，他遗憾地笑着摆手："这张不卖。"话落又用惊奇的眼光打量我一眼，"小姑娘，你也是他们的粉丝？是买回去送给爷爷奶奶的吧？"

　　眼眶突然间有些烫，我吸了口气："我是他们的粉丝。"

　　他神情有些惊讶，随即又呵呵笑开了："真想不到，他们还有这么小的歌迷呢。他们的专辑呀，早就绝版了，现在是价值不菲的收藏品，买不到了……"他说着忽然停下，神秘地压低声音说了句"你等一下"，起身进了储物间。

　　房间里传来轻微的碰撞声，像是在找什么东西。不一会儿，老板颤颤巍巍地走了出来，微微哆嗦的手里拿着一张封面有些老旧的专辑，嘴里絮絮叨叨："前些年八十周年庆的时候，我啊，终于去了签售会现场，喏，这是他们的亲笔签名，亲笔哟！"

　　我垂下目光，一瞬间，电流流经四肢百骸。泪眼朦胧里，我看到熟悉的外封上九个依然龙飞凤舞的名字，眼泪啪嗒啪嗒往下掉，模糊了马克笔的金色字迹。

　　"哎哟哟，哟哟……"他慌乱地把专辑护进怀里，在衣服上使劲蹭了蹭，"小姑娘，我可要留着珍藏呢。"

　　我没出声，看他用衣袖小心翼翼地擦拭着封面，呆呆地听着唱机里咿咿呀呀的歌声，扭头望向门口……

　　曾经，有个人陪我站在雪中，把同一张唱片安静地听完一遍又一遍。

爱离开

It's my turn to cry
星星都在看

耳边蓦地响起他曾说过的一句话——

"世界上最遥远的距离是时间。"

是啊。时间，最遥远的时间，硬生生阻断了曾经的一切。

再也回不去了，那段有他在的时光。

再也回不去了，那个我所属于的时代，镌刻着我青春印记的时代。

晚上我做了一个梦。

梦境很乱。

我梦见了楚颂，梦里我埋头在书桌前，为第二天的高考一模奋战题海，他趴在书橱旁的小毛毯上拼模型，稚气未脱的小脸陌生又熟悉。

我梦见了十八岁的我，高中毕业后的那个夏天，在五巡演唱会上挥舞着荧光棒，舞台上白光耀眼，模糊了几个少年的笑脸。

我梦见了穆沉。梦里我们坐在旋转木马上，转啊转，转啊转，不记得转了多久，久到我差点以为我们要这么转一辈子的时候，他忽然笑着和我说他要走了。

"挺好的啊。"他抬眸望着旋转木马外的一片晴空，笑容和煦温暖，"下次再见，我们就在同一个时空里了。"

我直勾勾地看着他，眼睛生疼："我们还会再见吗？"

"会的。"他说，"你看，我们穿越时空都能遇见，一定还会再见的。"说着他又笑了，他笑起来永远那么好看，"到时候啊，就算你不记得我了，我也还是会一眼认出你的。"

到时候啊，会到什么时候呢？

"可是，我明天就想见你怎么办？我能每天都见到你吗？你不在的日子里，我很想你，真的很想啊，真的啊……"

这次他没很快回答，像是被我的问题难住了。许久，他说："那就不要忘记我啊。"

"什么？"他的声音太轻了，我没听清。

他嘴边的笑意变得有些苦："就算……至少别那么快把我忘掉，好吗？"

他的声音低低柔柔，听着朦朦胧胧的，像在耳边，又像在天边。

我忘了自己有没有回答"好"，只知道这一次我没有听话地闭上眼睛，而是目不转睛地一直看着他，直到他身后的光越来越强烈，他的身影越来越模糊，一点一点融进身后的光影里……

我从梦中惊醒。窗外是青灰色的天，宽敞的卧室里空空荡荡。

心里某一处怅然若失，却又仿佛被什么填满。

好久不见……

已经有多久，没有梦到你了？

我侧身拉开床头柜抽屉，拿出一个款式复古的日记本，里面夹着一张孤零零的照片。

那是我和穆沉唯一合影。夜晚的海边，我坐在他身侧探出脑袋比了个"耶"。画面里，我们都笑得很甜。

昨晚，音像店的老板把这张相片交到了我的手上……

"就是有一天晚上，你男朋友哇，是你男朋友吧？一个长得很俊俏的小伙子，哎哟我记性很好的，他进来跟我说哇，他走得匆忙，忘记给你了。"

"当时你一个小姑娘站在外面，哎哟，哭得特别伤心……"

"他说你以后肯定会来我们店的，叫我到时候呢，再转交给你哇。"

……

翻过照片，抚过背面字迹秀逸的两个英文单词：

Don't cry.

为期一周的暑假结束，我、风尧、苏灿耀正式进入意识治安局上班。

上班……对于这两个字眼，我还是有些生疏和不习惯。总觉得自己不久前刚考上大学，怎么转眼就已经步入工作了？这人生节奏实在有些太快了。

第一周是实习周，任务是尽快适应这里的环境和作息安排，还有接受一些新手入门培训。由后勤组成员简宣担任我们的指导员，她会带我们了解意识治安局的布局规划、下设部门和工作日程等。

简宣是简言指挥官的姐姐，比简言大三岁，今年三十岁，浑身散发着成熟睿智的御姐气息，端庄大气中透着丝妩媚动人，为人性格豪爽、善解人意。短暂地相处下来，我对她很有好感。

意识治安局，英文全称 *Mental Public Security Agency*，简称 *MPSA*，位于金曜城中心地带，下设五大部门，统辖于指挥厅。指挥厅最高长官即指挥官。

办公楼是一座 42 层的摩天大楼。整座建筑以冷色调为主，内部设计强

调集成化，处处精致讲究、整洁极简，按以前科幻小说里的话来说，就是充满了"未来气息"，透着一股干净冰冷的机械感。

1 至 3 层为休闲区，有大大小小、各式各样的餐饮店，4 至 33 层是部门办公区，由下往上分布依次是后勤组、宣传组、情报组、技术组、警卫组，34、35 层是指挥厅。再往上，36 至 41 层为停机场，42 层也就是顶层的空旷场地为起飞、降落场，有一个大型托盘在停机场和起飞场之间来回升降。

而新增的破梦组办公区则设在技术组和警卫组之间。我们和警卫组共用 27 层的搏击室、26 层的 AR 演练室。我们三个人的办公室位于 AR 室隔间，总体面积不大，但介于人少，每个人的位置都足够宽敞。

至于进入梦境的意识空间则搭建在 25 层，技术组楼上，实验舱为抖音公司和 Meta 公司联合供应。破梦组官方名为"意识觉醒小组"，英文名是 *Consciousness Awaking Group*，简称 CAG，因此 25 层的意识空间被命名为：CA 室。

下班前，简宣姐发给我们一人一套制服、一张 *ID card*。

制服是一套紫色衬衫加西裤，左右两道金色镶边，从袖口一路延伸至裤脚。简洁低调的汽修服款式，因这紫金撞色平添几分奢华神秘。意识治安局的设计品位还是很不错的。

ID card 是一张长方形磁卡，别在左胸前，上面标有我们的姓名、部门、职位及专属条形码，用来扫描以认证身份。

实习第三天。会议室。

"国际睡眠医学将睡眠阶段分为五期：入睡期、浅睡期、熟睡期、深睡期、快速眼动期。梦通常发生在快速眼动睡眠阶段，英文简称 *REMs*，当一个睡眠阶段结束后，就会迎来下一个睡眠阶段，依次循环。

"一般梦境由人的潜意识控制，至于造梦，则是借助计算机人为干预入梦者的潜意识，换句话说，造梦者通过洞悉入梦者的心理世界，将潜意识里蕴含着的愿望和情感放大，然后引导潜意识构建了梦境……

"此外，还有一种介于清醒和睡眠之间的特殊意识状态，就是显意识与潜意识相互作用，入梦者的显意识在某种程度上觉醒，参与进入了潜意识活动中，这类情况很少见，我们称之为'清醒梦'……苏灿耀？苏灿耀，清醒清醒。"

这几天，简宣姐每天都会给我们进行新手培训。当然，苏灿耀无一例外地不是说废话就是打瞌睡。

苏灿耀打着哈欠起立，揉揉眼睛，睡眼惺忪："差一点就要入梦了，结果被你打断了。"语气还有些委屈。

简宣姐微微眯眼："你说什么？"

我赶紧悄悄捅了捅他的后背。昨天就因为他"净问一些有的没的废话"，连累我和风尧跟着被留堂到晚饭点。

"我说，我不该打瞌睡。"话落他又小声嘀咕了一句，"你老说睡眠睡眠的，我不犯困才怪了。"

"再说一遍。"

"咳，我说，这些我们在学校里都学过了。这部分内容我拿了 A，一直很骄傲来着。"

……

一天的理论培训结束后，已经到夜宵点了。下班前，指挥官给我们看了一些过往案例。案例中的人入梦已经超过半年，苏醒概率降低为零，也就是说，他们再也不可能醒过来了。

下班回到公寓，我换了身居家服，泡了碗方便面。

一百平米对于一室一厅的单人公寓来说，有些过于宽敞了。公寓是后勤部分配的，搬进来已经一个多星期。一梯两户，风尧和苏灿耀住 22 层，我住 23 层，对门还没住人。这所小区不大，住的都是意识治安局的职员，离办公大楼很近，步行十分钟就到。

爸爸妈妈一定意想不到，我大学毕业后直接"被包分配"，无缝衔接入职，包吃包住，待遇优厚，环境舒适，上下班方便……而且这些都是靠我自己得来的。

刚吃没几口，电话铃声响了起来。是付安安打来的语音通话。

她毕业后顺利进入时间管理局，如愿成为时间修正组的一员。

我按下接听键，付安安的声音从讯章里传了过来，略微沙哑，听起来像刚哭过："阿楚，你现在有时间吗？我打听到一些事，关于时空剪辑……"

时空剪辑。

心猛地跳了跳。我咽了咽口水，尽量平静地开口："有，你说吧。"

挂了电话，我木木地坐在餐桌前。碗里没怎么动的方便面已经凉透了。

她说，由于时空剪辑在一定层面上违背自然规律，该技术为保密级技术，目前只有穆沉因探索宇宙而牺牲，所以破例使用过，但是因为新的"穆沉"与原来的自己重复，根据能量守恒定律，宇宙里不可能凭空多出一个人的能量。而所有时空统一于一个宇宙，即便处于新建的异时空也不行。所以，原时空的他将会"下线"，他的一切都会消失，包括他身边的人脑海里关于他的记忆……世界上将会有且仅有当下这个"穆沉"。

"那他自己呢？在建立了一个新的自己后，也会失去之前的记忆吗？"

"不会。他剪切、粘贴了过去的回忆。他不会忘记，也只有他记得。"

有些时候，我倒宁愿他忘记，忘记那段暗无天日、没有一丝色彩的日子。我宁愿他像苏灿耀一样，什么都不记得，没有那些沉重的过去，简单快乐地活着。而不是一个人背负着所有，背负着全世界只有他自己一个人知道的所有。

"楚歌，还有……"

"嗯？"

"……"

"安安？"

"剪辑到期后，新建的异时空也会逐渐消失，属于异时空里的一切，都将一同消失。"

"消失……是什么意思？"

"消失和下线一样。我们，所有人，都会慢慢忘记他的存在，直到……不留痕迹。就像这个人从来没有存在过一样。"

凌晨梦醒。我站在卧室的落地窗前，黎明熏烧着回忆，终归于一片强烈耀目的天光。

床头柜的八音盒里悠悠飘出《天空之城》的旋律。盖子上的小花印记变得浅淡。

"勿忘我。不要忘了我。"

"我要回去了。回到原来的时空里。"

"傻瓜，我不会。只要你还记得我，我就一直在。"

你还是要走了，对吗？

这一次，是真的走了。

穆沉，你知道吗？

最近每天晚上我都会做梦。

我梦见了你的毕业典礼，你站在颁奖台上，笑靥柔软明媚，追光灯下是那么模糊，又那么熟悉。你的视线越过观众席和我的在空中交会。可是，我一眨眼，你却从人群中消失了，仿佛一场幻觉。

我梦见了跨年的晚上，火树银花下，你站在相隔不远的人海中，看着我淡淡一笑。我也笑了，大喊了一声你的名字，下一秒，你却变得透明，就像漫天烟火，隐匿在无尽的黑夜里。

我梦见了去年的校园魔法夜，我们一起去海边放篝火、做稻草人，大家都在，我却没有看到你。我四处找你。我找不到你。

后来，我梦见了后花园里那棵树，梦见了五仁月饼，梦见了海盐味冰激凌，梦见了一望无际的深海，梦见了沉入海底的鲸鱼……

我梦见了城郊古街，梦见了甘梅地瓜，梦见了落雪纷飞，梦见了十二月的奇迹。我梦见了所有和你有关的事物，却唯独梦不见你。

翻开日记本，照片已有些褪色，像历经岁月般淡淡泛黄。

画面里，看不清我们的脸。似乎在笑，笑得很甜。

日记本上写着几行工整的翩翩体，是我很早以前在《我与地坛》里读到的一段话：

一旦有一天我不得不长久地离开你

我会怎样想念你

我会怎样想念你并且梦见你

我会怎样因为不敢想念你而梦也梦不到你

穆沉，终于，我连梦也梦不到你了。

你明明说过，不想在我面前一点点消失。可是，为什么，我一天比一天，回忆不起你的模样？

你的音容样貌，在我的脑海里一天比一天模糊。我已经快忘记，你温柔含笑时，唇角翘起来是什么样子……

很快我也会忘记你不笑时的样子，忘记你看着我时安静沉寂的眼眸。

忘记关于你的一切，忘记我们的点滴。

我很想念你。可我梦不到你。

今天是实习的最后一天。

下班前，简言指挥官把我们叫到了指挥室。面色沉稳的男人坐在宽敞的办公桌后，抬眼看我们："实习结束了，怎么样？"

"很顺利。"我点点头，"简宣姐很有耐心。"

"指挥官，那我们是不是可以开始工作了？最近有案子吗？"

简言看苏灿耀一眼，淡声道："别急。"他把桌上三个徽章推到我们面前，示意我们佩戴上，"破梦组专属警徽。"

警徽图案是一只迷你的捕梦网，金属材质，镂空工艺，坠着羽毛流苏。我的是粉色的，网上有一只被困住的蝴蝶。风尧的是薄荷绿，网中央是一片翠绿的枫叶。苏灿耀的是亮黄，上面有一颗闪闪发光的星星。

我小心翼翼地把它别在了左衣领上，耳边响起简言低沉平静的声音——

"佩戴上它，意味着正式成为破梦组的一员。"

这一刻心情忽然变得有些沉重。原本一脸兴奋的苏灿耀也安静下来，抿唇不语。

简言点了点面前的文件夹，再次开口："这是你们的档案。综合你们实习周的表现及在校成绩，我根据你们每个人的特长分配了组内担当。"

【001 组长】风尧：负责战略部署、辅助攻击。

【002 组员】苏灿耀：负责战斗、在必要时发起狡辩与目标周旋。

【003 组员】楚歌：负责接近并唤醒入梦者。

"之前没说还要结合实习周的表现啊。"苏灿耀扁扁嘴，欲哭无泪，"指挥官，你是不是对我的特长有什么误解？"

简言："我会进一步考察的，如果有安排不妥的地方，我将及时予以协调。先按这个执行，明白？"

"好吧，明白了。"

"嗯。"简言颔首，"三天后，第一个案子。"

苏灿耀唰地抬起头："三天后？"

"给你们预留了三天时间做准备。"

"梦境内容？"

简言没有回答风尧，而是转头看我，面无表情的脸上透着一丝欲言又止的古怪。风尧循着他的目光侧头看我一眼，挑眉问简言："怎么？"

依然是沉默。桌后的男人定定地看着我，我在他这样的目光下无端地慌乱，像是害怕着什么到来。

终于，简言沉缓的嗓音一字一顿地说："入梦者，是穆沉。"

穆沉！

我的心猛地下坠。

怎么会是穆沉？

简言盯着我，顿了顿，接着说道："没猜错的话，他离开前联络了造梦者，进行了梦境交易。"

低沉的声音语调如常，却砸得我有些眩晕。

一室默然。

好半晌，苏灿耀带着丝讶异开口："穆沉学长……怎么会认识造梦者？"

"不知道。"简言摇头，两手交叠放在桌面，"情报组已对穆沉展开调查，目前尚无明确线索。"

调查？我下意识皱眉，只觉得呼吸一滞，脑海里乱作一团，又仿佛一片空白。

略作沉吟，简言望向我身旁："你们先出去。我和楚歌单独聊聊。"

从他说入梦者是穆沉以后，我能感受到身侧两人的视线一直凝在我脸上。

风尧点头说了声"好"转身出去了，苏灿耀没说什么，只是出门前又不放心地望了我一眼。

指挥室里，空气更加凝滞。简言脸色沉静，淡淡开口："时空剪辑，他应该告诉你了。"

听到这四个字，我的心还是不受控制地一沉。

"嗯。"

"3月1日，临近傍晚七点，期限即将终止，时间管理局的人按约定去他公寓找他，发现他一个人坐在阳台的地上，背靠着玻璃门，已经进入梦境。"

耳边是波澜不惊的话语，我的眼前却浮现出那晚他落寞绝望，又隐含着一丝认真期冀的眼神……

"我还要去一个地方，我……还有个愿望没实现。"

穆沉，你是去梦里，实现你的愿望了吗？

"指挥官，那他……还能回来吗？"我的声音很轻，几不可闻地颤抖，"唤醒他，带他回来。"

"不能。他的躯体已经消失了，尚存于虚拟空间的只是他的意识。"

意料之中的回答。我垂下目光，低低应了一声。

"楚歌。"简言再次开口，语气里多了一份不容商榷，"事关重大，如果你知道什么，请务必告诉我。"

　　我盯着地面，低声说了句"好"，静默片刻，犹豫着问道："那如果我不唤醒他呢？他的意识会一直存在吗？"

　　"不一定。你也知道，这种人机互联的操作风险很大，一旦系统出现故障，入梦者随时可能陷入脑死亡。"

　　那也就是说，只要系统没有出现故障，他的意识就能一直存在吗？

　　男人目色一沉，眼中闪过了然："即便没有故障，时间久了，他的意识也会越来越薄弱。你们的任务，是尽全力说服他'醒来'。当然，他的意识脱离虚拟空间后失去依托，将迅速流逝，这点我不想隐瞒。"他语气微顿，面不改色，"如果对你来说觉得残忍，你有拒绝入梦的权利。但这次行动照常展开，结果不会有任何改变。"

　　残忍？

　　不。

　　最残忍的梦，是再也梦不到他。

　　"我参加。"

　　他并不意外地点点头，视线投向窗外："楚歌，破梦亦同破案，真正的案件没有演习，也不是儿戏。"

　　我一愣，不知该如何回答。他似乎并不打算让我回答，自顾自说道："任务失败，入梦者将永远沉睡在那个虚假的世界里。谁也不能保证，系统会不会故障……这是一条条生命，我不能大意，必须让你们亲身经历一遍。穆沉的案子是最好的试错选择，无论成败，没有代价。你明白吗？"

　　他扭头看我，眼里一闪而过的纠结被更为坚毅的决绝掩盖，浓郁成一团墨色。我胸口有些压抑，深吸一口气，一点一点呼出："我明白，指挥官。"

　　他迟疑了两秒，点头："好。你回去吧，好好准备一下。如果反悔了，三天后可以不用来。"我转身走到指挥室门口，身后的人忽然叫住我，"楚歌。未来，那些迷失在梦境里的人，还在等着你们拯救。"

　　窗外是略略昏暗的天色，黄昏将至。我点点头，心里一片茫然。

　　拯救。

　　那我的穆沉呢？

　　我的穆沉，谁来拯救？

　　三天后。

25层，CA室。

"入梦时间为3月1日，今天是8月18日，你们只有十二天的时间。当现实世界里过去十二天，我会强制终止本次任务、下达召回指令，无论结果如何。"

"入梦后，你们自身的意识也可能受梦境影响产生波动，如有不适，随时发求助信号。"

"好好表现，我会在这里实时监测你们的情况，不用担心。祝你们顺利。"

简言指挥官的话不断在耳边响起，我躺在冰冷的实验舱里，透过玻璃罩盯着纯白的天花板发呆。冬眠舱里，该有多冷呢？

慢慢闭上眼睛，我的眼前归于一片漆黑。

穆沉，我想你了……

我来梦里找你了。

眼前渐渐出现模糊的画面，一点点清晰，一点点斑驳陆离。

一座座白色墙砖的楼宇静默在夜色里，连廊把每座楼连接在一起，头顶的照明灯打下暖黄色的光，身旁是一扇扇宽敞明亮的玻璃窗。这里似乎是一所学校。

强烈的熟悉感袭来。

是东城大学！

灯火通明的教室外长廊，人来人往，晚修的铃声响起，四五个同学从我身旁经过，慌里慌张地向走廊尽头的教室跑去。

我低头看了眼自己的衣着，崭新的秋季校服……

这时，一个女生路过我身边时停下了脚步，语速飞快："快点楚歌，学生会宣讲要开始了！"

我一愣，甄伊佳？

学生会宣讲……今天是，大一开学第一天？

不容深思，我快步跟上甄伊佳，一路小跑进了教室。

教室里几乎坐满了，我在最后一排找了个空位坐下。讲台上，戴眼镜的中年男人在黑板上写下"贾佐震"三个大字，回身推了推镜框，熟悉的闽南口音响起。

我默默环顾着教室，企图找到一丝不对劲。但令我失望的是，没有任何对不上的地方，眼下跟两年前的那个晚上完全重合，正分毫不差地覆盖过时间轨迹。

什么情况？

这不是穆沉的梦吗，怎么成了我的？

这就是传说中的"难道是我的打开方式不对"？

梦里无法和外界现实联系。对讲耳机一直没信号，联络不上苏灿耀和风尧他们，也不知道他们"随机掉落"在了哪个角落，被系统"分配"到了什么身份。

由于穆沉是意识空间班毕业的，也就是"业内人士"，他的梦境破译难度较常人高，所以我们无法自拟身份，也无法提前获悉，只能入梦后自动生成一个新的身份。

但是，我怎么会刚好"成为"了自己？

这里，又究竟是谁的梦境？

半小时过去。

台上，主席团三人结束了宣讲，鞠躬，转身往门口走去。教室外一前一后进来两个人，礼貌地点头致意后，越过三人上了讲台。

我低着头没怎么留意，指尖漫不经心地轻点着桌面，梳理着纷乱无比的思绪，却越理越乱。

相隔数米的讲台上，男生清澈的嗓音不疾不徐传来——

"大家好，我是学习部部长，穆沉。"

我极其缓慢地眨了下眼，盯着视线里的木质桌面，呼吸变得有些艰难。

齐刷刷的掌声中，我慢慢地、慢慢地抬眼，心跳声响在耳边。

数米之隔。

少年微微笑着，眉目清隽柔和，浅色的唇轻抿着，明明笑得温柔，却给人一种淡漠的直觉。

话音落下，他目光淡淡地在教室里巡视一圈，眼里没什么情绪。

我坐在教室最后的角落里，他的视线缓缓扫过我，极短地停留了一秒，依然面无表情，只是脸上的笑意更淡了几分。

也许，只是我的错觉。

我们的"新身份"是相对于入梦者而创建的，即他的生命里原本没有的人，或者出现过但没有产生交集的过客。也就是说，现在的穆沉压根不认识我。

他全程没怎么说话，大多是另一个男生——副部长在介绍部门情况、日常工作，以及回答同学们的提问。他安静地站在一旁，偶尔低声附和一两句，表明自己在听。

我牢牢盯着台上的人。那是我日思夜想也描摹不出来的眉眼。记忆里已经模糊的轮廓，一点点与眼前重合，一点点清晰鲜活……

一直到宣讲结束，他都没再往台下看一眼。

走出教室前，他侧头听副部长说着什么，目光却越过他直直望向我的方向。

这一次，我很确定，他在看我。

再次遇见他，是两天后的大课间，小卖部门前的小路上。

我去买冰激凌，转角处，迎面走来三四个男生。

他走在几人中间，白衬衫，笔直的校裤，手里握着一瓶矿泉水。察觉到我的视线，他眉眼一抬，看向我，没有移开目光。

四周很安静，路上意外地没什么来往的同学。

越来越近。他的轮廓，比那晚在讲台上更加清晰……额前的刘海儿被微风吹散，清浅的瞳仁在阳光下是淡琥珀色。

他依然看着我，用再寻常不过的目光，仿佛在看熟识的故友，又仿佛只是在打量一个陌路人。

那目光里什么都没有，又像是包含了一切。

仅剩两三步之遥，他依然没有移开视线，我甚至预感下一秒他会自然而然地跟我打招呼。心跳有些慌乱，我下意识率先错开了目光。

然后，擦肩而过。

说不清是懊悔还是失落，我回头看他的背影，他拧开瓶盖，仰头喝了口水。身旁的人拉开可乐易拉罐，搭上他的肩，朝几人兴致勃勃地讲起了什么，他侧头听着，随意地笑了笑。

对他来说，现在的我真的只是个路人吧。

"小鸽子，你是说这是你的梦？我们现在，都在你的梦里？"

"不一定。目前看来，有这种可能。"

耳机里，苏灿耀陷入了沉默。另一端，风尧的声音响起："穆沉怎么会出现在你的梦里？"

"我也想不通。从这几天来看，我很肯定，一切都和我两年前的经历重合，没有任何不对劲，除了穆沉……"

"没有任何不对劲，就是最大的不对劲。"苏灿耀打断我的话，语气坚定，

"穆沉这个反常元素，就是打破一切看似正常的关键。"

我心念一动："会不会，这的确是他的梦？只不过，他通过某种方式获取了我的大学回忆？"

不对，如果是这样，他应该以我的视角"重温"这些回忆，而不是作为回忆里的旁观者，和我的经历发生交集。

耳机那端，苏灿耀开始滔滔不绝："有没有可能是造梦者用穆沉做诱饵，偷换了梦境，目的是把你困在自己的梦里？不对，是把我们都困在你的梦里……等等，该不会，我们都是假的吧，只是你梦中的 NPC……不可能，NPC 没有自我意识，明明我有自己的意识。"

风尧淡淡反问："你怎么知道，这是你自己的意识？"

"啊？对、对啊……不会吧，我真的是假的？！"

"打住。只有一种可能。"我及时出声，制止了苏灿耀天马行空的阴谋论，"这里就是穆沉的梦境。而我之所以代入了自己，是因为现实里我和穆沉是校友，他比我大一届。所以，他的梦和我的回忆难免有交集。"

佛说：前世五百次的回眸，才换来今生的一次擦肩而过。

一定是从前的我们擦肩而过了太多次，于是换来了在未来的一次相知相遇。

这样一来，就全都说得通了。

"至于他为什么总是看我，这个就更好解释了，我长得这么好看，不看才怪。"

耳机里两个男人不约而同地沉默。

还有一种可能。

注定会喜欢上的人，哪怕失去记忆再次遇见，也依然会一见钟情。

对吗？

结束对讲，我背上小挎包匆匆下楼。约了风尧十分钟后在校门口咖啡馆碰面。

哦，忘了说，风尧的身份是医学院大二转学生，而苏灿耀……是穆家给穆沉新招的保镖。

宿舍楼下，将暗未暗的夜色里站着一个人影。

我的心突突跳了两下。

这一幕，好熟悉。

是不是很久以前，他也是这样……双手插兜站在女生宿舍楼下，夜色朦胧中，目光清澈安静地望着我。

脑海里一个念头慢慢滑过……

我攥了攥身前斜挎的背带，抬步向他的方向走去。

藏青色校服穿在他身上，衬得肤色更加白皙，五官精致秀气，说不出的斯文矜贵。他的视线停留在我身上，漫不经心，又透着几分专注。

要停下来吗？打个招呼？

是你？

你好，这位同学，请问最近的学生食堂怎么走？

学长，是你呀，我想申请加入学习部，面试有什么需要注意的吗？

……

脑海里各种台词还在交战着，我却已经听见自己的声音滑入夜色里——

"学长，你在等人吗？"

他没有回答，静静地垂眸，目光落在我的脸上。又来了，又是这种不咸不淡的眼神，自然，寻常，淡漠。

等等，这好像是医学院所属，女生，宿舍楼？

心脏轻轻摇晃了下，迅速蔓延开来的害怕，交织着微小到不应该被察觉的期待。我维持着清甜礼貌的笑容，继续问道："学长的女朋友也是医学院的吗？好巧。"

他眸里的情绪飞快地翻滚两下，不易察觉地变幻着。我有些后悔……估计会被当成搭讪的。

在我以为他依然不会回答的时候，他却轻轻挑眉，脸上的表情总算有些松动："是吗？"弯了弯唇，"很巧。"

这是，穆沉的声音。真实的，温热的。在这样的夜里有几分凉薄，却一点点熨烫过我的心。

这是，穆沉的眉眼。熟悉的，陌生的。眸底泼进了夜色一片漆黑，却依稀倒映出我的身影。

原以为失去了、再也找不回来的音容笑貌，正在我脑海里缓缓搜寻着残缺模糊的记忆碎片，拼凑出一个完整的、逐渐明朗的穆沉。

果然，没有下文。

他并不打算主动说点什么，也没什么想问我的。

我捏了捏手心，轻声开口："那，学长再见……"他没有动作，也没有出声，一言不发地看着我，又恢复了之前的面无表情。

没关系，慢慢来。

我撇了撇嘴角，垂眸藏起淡淡的酸楚，慢慢越过他，一步，两步……

忽然，手腕被身后的人轻轻捉住。

我愣在原地。

全身僵硬，所有感官都集中在了这只被握住的手腕上。

清冷的触感……

很快，他的手松开了。不等我有反应，一件略显宽大的校服外套落在我身上，裹挟着夜里的凉意和淡淡的体温。

外套主人低头看我，语气微凉："穿这么少出门，想冻感冒？"

我怔怔地看着眼前的人，清隽如玉的脸庞，乌黑柔软的刘海儿，清澈幽暗的眼眸，眸里是浓墨似的漆黑，还有清晰可见的关心。

耳边的心跳慢了下来，连呼吸也变得轻浅。

他抬起双手，握住披在我身上的校服领口，轻轻一拉，我被往前带了一小步……呼吸可闻的距离。

"抬胳膊。"

温热的气息扑面而来，我没说话，保持着原来的姿势，听话地抬起一只、另一只……呆呆地望着眼前，他干净的白衬衫、修长的手指。

那双手正慢条斯理地给我系上第一枚扣子、第二枚……然后停住了。接着，我听见头顶传来一声妥协似的轻叹。我抬眼，捕捉到他眼里闪过的一丝无奈。

他垂眸看我。两道视线撞上。咫尺间，他说话的嗓音闷闷的，有些低沉，传进耳里却轻飘飘的。

他说："还在生我的气？"

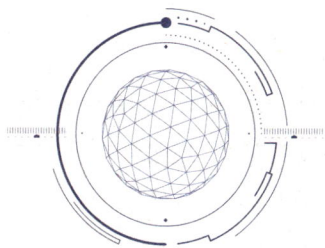

【 第 九 章 】

是谁把你从我的岁月里偷走了？

时空？宇宙？能量守恒定律？

他说：还在生我的气？

还在，生我的气？

他……还记得我？

生气？怪他突如其来地离开？怪他消失得彻彻底底，连同我们全部的回忆……

怪他吗？

心如擂鼓，我看着他隽黑的眼眸，觉得嗓子有些干涩。

他仔细地凝着我，里面的神色让我有点参不透，好半晌，忽然抬手覆上我的头顶，揉了揉："反对你学医，是不想你辛苦。"

反对我学医？

我几不可察地拧了拧眉。他在说什么？

他微微错开目光，声音变得很轻："也不想你为了我，这么辛苦……"

我小心追踪着他的每一寸表情，却一无所获。

"为什么？"我回答得模棱两可。

他视线落回我脸上，意味不明地游走了一会儿，忽地轻轻出声："我心疼啊。"他抬手揉了揉我的脑袋，"女孩子家的。"

我本想从他的话里套出点什么，没想到他会突然说这个。心在胸腔里轻轻浮动，我竟分不清是悸动，还是莫名的羡慕，羡慕这个，我被他当作的女孩。

思绪被搅动得微乱，我不知该说什么，只好抿了抿唇："穆沉，我不觉得辛苦。"

他倒是格外认真地又盯着我看了看，淡淡"嗯"了声，转移了话题："床帘装好了？"

我悄悄松一口气，老实答道："没有。"

他叹气，问道："宿舍现在有人？"

"没有。"我犹豫了下，不确定地问，"你要帮我装？"

他斜睨我一眼："不然呢？"

脸上忽然有几分热，我移开视线，小声回答："不行，我约了同学见面，在咖啡馆。"

他点点头，没再追问，随口问道："明天什么课？"

"没课。英语分级考试。"

"几点结束？"

"下午，四点半。"

他略一点头："好好考，考完了带你去吃饭。去过哪家食堂了？"

……

咖啡馆。

风尧面色沉静地听完，静了几秒，问："你们之前认识？"

"你说 2020 年？"

"嗯。"

"怎么可能？"就算有交集，也只是对方生命中的路人甲和炮灰乙，顶多是"在人群中多看了你一眼"的那种认识。

他目光暗沉："那就是，他还保留着入梦前的记忆？"

"我一开始也这么以为。可是他那些话我完全听不懂，但可以肯定，和我无关。"

我的眼前忽然闪过那个镌刻着 *my prince* 的银色腕表。

不知道是哪里出了问题，让他把我当成了那个女孩。

"我是说，他在伪装。"

伪装？

"伪装什么？伪装他没有入梦前的记忆吗？"

"嗯。"他语气淡淡，"穆沉，他也是意识空间班的，经受过良好的训练，不排除显意识已经觉醒。"

"不可能，他没必要在我面前装。"我果断摇头。

风尧没立即接话，只是轻轻皱起了眉头："楚歌，你现在是破梦组的人，他对你有抵触甚至防卫心理，这很正常。"

呼吸有些不畅，想了想，我还是摇了摇头："我觉得不像。再说了，他要是不想被发现，可以装作压根不认识我。"

风尧没再说什么，默默看我两秒，耸了耸肩："该谈的谈完了。你去买单吧。"

"……"听听，这像是一个组长兼学长说出来的话吗？

"你迟到了。九分钟。"见我坐在座位上没动，他抬眼看来，眸梢一挑，说明理由。

"……"虽然我是有请你喝咖啡赔罪的打算，但是你就不能稍微假惺惺客套一下吗？

算了。

我认命地起身去收银台。

习惯性伸进外衣兜里掏校园卡，却摸到一个触感光滑的小盒子。这才想起，我穿的是穆沉的外套。

略作犹豫，我还是拿出来看了看，一个白色的正方形盒子，里面似乎装着什么瓶瓶罐罐，发出轻微的碰撞声。顿了顿，我把它重新揣回口袋里。

从包里摸出手机，正准备付款，忽然瞥见一条未读消息，昵称备注是一个表情符号，戴皇冠的小王子……这人是谁？

点开。一行字躺在消息框里。

乖，药落在你那儿了。回来和我说一声，我过去取。

手机屏幕的光越来越弱，暗了下去。

毫无预兆地，整个世界忽然陷入漆黑，我脱口大叫："风尧？风尧！"

却没有人应。

很快，眼前再次出现模糊的光源，一点点放大，画面渐渐清晰。

这是……后山，高尔夫球场？

我连忙低头按开手机。"王子"的对话框里，最新一条信息是：

先说好，长胖别赖我的钱，回头也别怨我没管住你的嘴，概不负责。

发送时间是昨天 22:19。我接着往上翻。

可是你心疼啊。穆沉穆沉，我还要长身体。

咳，这是我发的？

再往上……

哦，我想起来了。我也向她保证过，严格监督你。

我的银行卡最近绑定了老妈的手机，她会收到通知的，我向她保证过不点夜宵的。

说吧，我卡里不翼而飞的四十九块，牺牲在了哪儿？

……

那条关于"药"的信息已经被冲到很前面去了。

屏保上显示着日期，10 月 3 日，星期四。

十月？这么快，一个月就过去了？

技术组的人说过，这里和现实中的时间维度是不同的，这个空间里的一切——包括快与慢，都由空间主人的潜意识决定，不受客观时间限制。而潜意识具有非自觉性、非控制性、随意性和零散性等特点，因此就和我们平时做梦一样，意识空间里的时间也是跳跃的。通常来说，这里的一个月相当于现实里的一天。

看来，现实中已经过去了一天。

记忆里，大一上学期，每周四晚上我都会来这里，坐着看别人打高尔夫，不知道什么时候养成的习惯。没想到这个习惯还能被带到梦里来。

今晚球场上的人不少，我一如既往在休息区的长椅上坐下。视线随意扫过众人，定格在不远处的清瘦身姿上……

他还是一身笔挺的藏青校服，头戴一顶深蓝的鸭舌帽，上半身微微前倾，对准目标，抬手，挥杆，动作一气呵成，随意自然，比往日里多了几分清逸潇洒。

这样的穆沉是我没见过的。

他倒是先注意到了我，并不意外地，朝我招了招手，示意我过去。

"学长好。"

他脱下手套的动作微顿，侧着头掀起眼皮扫我一眼，歪嘴笑了笑："哎，乖。"连唇角勾起的弧度里都藏了丝蛊惑人心的甜味。

这样的穆沉，也是我没见过的。

"想不想试试？"

我迟疑了几秒："好。"

他点点头，把手套递给我，然后拿起其中一只给我带上。接着是另一只。

我整个人被定格在原地，一动不动。手套宽宽松松地套在我手上，里面温温热热。

他格外认真地讲起了动作要领。

"放松点。"他笑，"乖，不是锄地。"

"……"

"上次教你的，全还给我了？"

上次？

哦，"上次"被你的梦选择性跳过了，还没有前情回顾，不怪我啊！

"穆沉？"身侧，一道熟悉的清冷男声。

"风尧。"穆沉看他一眼，礼貌地打招呼，"你们去吧。"

风尧的目光在我和穆沉之间打了个转，点头："好。"走之前又看了我一眼。

"认识？"

"嗯，他是我学长。"我向穆沉解释，状似随口问道，"你们呢？怎么认识的？"

"球队。"

"你每周四晚上都会来打球吗？"

"嗯，有训练。"他顿了顿，淡淡道，"今晚有比赛，不训练。"

"比赛？怎么不去？"

"本来是要去的。"他停下预备挥杆的动作，抬头看我一眼，神色平静，"忽然不想去了。"

"……"

他笑笑："没事儿，有人替我，友谊赛。"

休息区，饮料柜前。

我买了瓶冰镇果汁，用校园卡付了钱，见风尧还站在我身侧，双手插兜，拧眉不爽。从我来他就已站在这儿了，表情也依旧是那个表情，像是饮料柜得罪了他。

"同学，需要帮助吗？"

他转头看了眼我落井下石的微笑，极不情愿般递给我手机："我卡里没钱了。用这个，怎么付钱？"

我没听错吧？这个从 22 世纪穿越过来智商超群的"未来人"，在向我求助如何用八十年前的"老古董"付款？所以，之前在咖啡店他让我买单，是不想暴露自己不会用手机付钱？

我给他演示了一遍扫码支付的流程。看着他这一张"明明很狼狈，但还是很跩”的脸，我忍不住幸灾乐祸地问道："学会了吗？"

他弯腰捡起掉出来的冰可乐，眉头纠结在一起，冷冷吐出两个字："麻烦。"

我在心里翻了个白眼，转身欲走，他从背后叫住我："你打算什么时候告诉他？"

我回头："告诉他什么？"

"告诉他，这是个梦。"他靠在饮料机旁，居高临下地睨着我，语气听不出情绪，"时间有限。我们的任务，帮他摆脱虚拟、回到现实……"

"帮他？"我打断他的话，忽然有一丝想笑，"摆脱虚拟、回到现实……可是穆沉，就算摆脱了虚拟，也回不到现实，对吗？"

他视线淡淡地在我脸上扫过，豁然极快地点了下头："对，他已经不存在，再不可能回来。至于这里，更加不存在。"

我更加想笑："既然如此，醒不醒来，还重要吗？"

"楚歌。"他蹙眉不语，似是在努力判断我的话正确与否，"这个空间是虚幻的，什么都不是。"

"我知道。我知道你想说什么。"我侧过脸不去看他，连连点头，"这一切都是假的，他活在虚拟世界里。所以呢？有什么不可以？"

至少现在，在这个不真实的梦里，他就在我的眼前。我可以就那么，看着他近在咫尺的笑颜。

风尧不说话了，眉宇间痕迹更深，似是陷入极度纠结。半晌，他语气凉凉的："你想违背指挥官？"

我正隐隐后悔，刚才的话没经过大脑，就这么蹦出来了。丢下一句"你别管"，我转身快步离开。

远远地，看见那抹清隽的身影仍伫立原地，校服外套脱在一边，里面一件浅咖色的针织衫。

他就那样，一瞬不瞬地望着我，看着我一步步走近……笑如满幕星辰。等看清我手里的冰镇果汁时，正准备覆上我脑袋的手落在了我的脸颊侧，不轻不重地捏了捏："说了多少次女孩子要少吃冰的，尤其是刚运动完。怎么总有不听话的小孩呢？"

眼泪就要夺眶而出，我不敢再耽搁，扑进他怀里。所有脆弱都有了藏身之所。

绵软的毛衣，似乎还沾有深秋的湿意，混着银杏叶的清香。

他轻轻愣了一下，笑着摸了摸我的脑袋，说话时胸腔微微震动："怎么了？说一下就撒娇……"

他弯下腰，在我耳边悄悄地说："很多人看着呢。"

听他这么一说，我倏地退出他怀里，扬起脑袋吸了吸鼻子，没理也要辩三分："谁让你、你训我……"

"乖，别冤枉人。"他浅浅的嗓音，含着一丝揶揄的笑，听起来柔柔的，"我哪儿舍得训你。"

我脸颊的温度又往上爬了几度。

"红彤彤的。"他伸手捏了捏我的鼻尖，"鼻涕都蹭我毛衣上了？"大概是想装出几分嫌弃的，但瞧他这上翘的唇畔和开心的语气，似乎有那么点受用。

"小时候也是这样，就爱往我衣服上蹭。我跟伯母告状，你就眼睛红红地盯着我，一副小可怜样。"

"才没有。"我瞪他一眼。

他看着我，灿烂的笑容缓缓蔓延开来，球场的灯光星星点点，落在他的眉宇间，熠熠生辉。

我忘了是醒着，还是在梦里。

再次睁眼，眼前是一面粉色墙纸、一张凌乱的书桌，桌上堆着几摞练习册和试卷。闹钟上时针走向十一点，窗帘拉着，看样子是深夜。

我略略清醒了神志，如果说之前只是怀疑，那么现在，我已经可以确定了……

"睡挺香嘛，能拿满分了？"被身旁的声音吓得一激灵，我转头看去，男人弯唇笑得桃花般烂漫，"口水都流了一桌。"

我脸上一热，条件反射地擦了擦嘴角……哪儿有什么口水。我正羞愤得要还击，却听见他清润悠扬的语调——

"我大晚上陪你耗着，辛苦给你做夜宵，就为了你吃饱了接着睡？"

他笑容越加灿烂，我顿时心虚得低下头。期末考前抱佛脚，偷偷摸摸趴桌睡，这种事我以前真没少干过。

我抿抿嘴，随口胡诌道："不是，我刚遇到点问题，想问你来着，没想到你那么慢，我才不小心睡着了……"

他挑了挑眉，对我的胡搅蛮缠不置可否："问题呢？"

我立即递上面前摊开的练习册："就空着的，不……会。"我瞟了眼纸面，声音越说越小，最后一个字声若蚊蚋。

他视线还落在我脸上，见我一副自知理亏的模样，表情和缓不少，语气也放柔了些："以后不会的先跳过，放着等我一起解决，知道？"说着低头看去。

我默不吭声，心里无数个后悔。我当时是有多懒，这总共就写了几个字啊，也能睡着。抬头悄悄瞥向认真检查作业的人，目光落在他白皙的手腕上……那块银色的腕表，之前在梦里从没出现过，看样子是崭新的，光泽漂亮。腕表的主人前后翻看两页，面无表情地点点头："哦，是都跳过了。"

"喀喀。"我忽然想起什么，正好岔开话题，"对了，那个新来的保镖呢？"

他抬头看我一眼，吐出两个字："休假。"说完，他朝桌面扬了扬下巴，"你睡觉枕着的那张，口水巾，拿来我看看。"

我乖乖把委身口水巾的试卷递过去。他低头看了会儿，气笑了："就这？还想我带你去游乐园？吃什么新春限定冰激凌？看烟花大会？"

"乖，我是养小青梅，不是养小猪。"

我心里莫名悸动几下，面上却扮作一副泫然欲泣的表情："真的很辛苦啊。"见他眼角动了动，我继续添油加醋地装可怜，就差没往脸上点几滴泪了，"还有一箩筐要背的，我记不下来，真的怪我妈，把我脑袋生得这么小。"

他静静看我几秒，貌似是心软了，伸手摸了摸我的脑袋："谁说你脑袋小了。你脑袋不小，挺大的。"

这话听着也不像在安慰人啊。

我目光幽怨地瞪他，他没忍住笑出声，半晌才敛住笑意，嗓音低柔，"当初不听我的话，现在知道喊累了，怪谁，嗯？"

"告诉我，哪条背不下来？"

"都？"

"……"

转眼寒假到了。

我在宿舍里收拾好东西下来，穆沉在楼下等我，一袭黑色呢绒大衣，戴着针织手套的手握着一把黑色长柄伞，一手插兜，身旁是他的行李箱，看起来有些肃穆沉寂。

"等很久了吗？"

"没有，也不久。"他接过我手里的行李箱，眉目安静，"张叔临时有事，我们打车回去。"

张叔。这个称呼我并不陌生，他是穆家的司机，从前接送过我好几次。

天色有些阴沉，看样子要下雨。果然，没走几步，天空中飘起了几点雨丝，渐渐演变成淅淅沥沥的小雨。

穆沉撑开伞，我从他手里拿回自己的行李箱，乖乖站到伞下。

一路上都是准备放假回家的同学们。

雨势似乎更大了。他伸手把我往身边拢了拢。我们走在瓢泼大雨中，他一如既往地沉默着，我们之间只剩下雨声和轮子的咕噜声，仿佛全世界都在安静地下着这一场雨。

校门口，我们站在路边的公交站牌下拦的士。烟雨朦胧中，我看见马路对面的煎饼果子铺，肚子忽然"咕咕"叫了两声。

他垂眸看向我："饿了？"

我默默咽口水："有点。"

这个小动作没能躲过他的眼睛，他牵起嘴角："知道了，小猪。"然后撑起伞走向马路对面。

我站在原地，看着他清绝的背影，心里涌起一股暖暖的酸涩。从前这一幕，是不是经常发生？

十分钟后，他拿着一个纸袋回来，递给我。

我掀开纸袋，就着热乎乎的煎饼果子咬了口，想起什么，问他："你不饿吗？怎么不吃？"

他微愣，目光平淡地看我一眼，抿唇："我不吃。"

我没再多问，专注地啃起手里的美食。他垂首站在我身侧，静静地注视了我好一会儿，才转头继续拦车。

下雨天出租车不多，煎饼果子吃完了也没等来一辆。我们决定坐公交车回去。

车上乘客寥寥。这趟车还没启用扫码支付，穆沉转头问我："有零钱吗？"

"有。"我点点头，去书包里掏钱包。虽然在学校里几乎不会用到现金，但我还是习惯带着钱包，以备不时之需。

打开钱夹，我的手微微一顿，拿了零钱给他。

我走到后面的空位坐了进去，穆沉付完钱，在我身边靠过道的位置坐下，戴上耳机听起了歌。

我扭头看他。

钱夹里，一张两寸大小的相片静静躺着。十七八岁的少年，背靠着墙，戴着有线耳机听歌，轮廓清逸俊秀，跟现在比起来，还有些尚未褪去的青涩。

"穆沉。"

"嗯？"他微微侧头，垂眼看我。

"我吃饱了。"

"嗯。"

"想睡觉。"

头顶传来低低的嗓音："到了叫你。小猪。要不要靠我肩上？"

我脸一热，脑袋轻轻抵住他的胳膊，低着头，还是有些不习惯这份亲昵……或者说，已经距离我太遥远，这份，曾经属于我的亲昵。

从学校到穆家，平时坐车也得半个钟头。大巴一路开得摇摇晃晃，我眯着眼，不敢真的睡着，下次再睁眼不知道又是几个月后。脑海里，所有零零碎碎的线索串在一起，一点点变得清晰……

那晚宿舍楼下的对话、每周四去高尔夫球场的习惯、记忆中一模一样的房间，还有，钱夹里少年的相片。

所有的偶然加在一起，结果只会是必然。

我们已经认识很久了啊……

我们已经相爱过一次了。

是谁把你从我的岁月里偷走了？

时空？宇宙？能量守恒定律？

"原时空的他将会下线，他的一切都会消失，包括他身边的人脑海里关于他的记忆。世界上将会有且仅有当下这个穆沉。"

"那他自己呢？在建立了一个新的自己后，也会失去之前的记忆吗？"

"不会。他剪切、粘贴了过去的回忆。他不会忘记，也只有他记得。"

他不会忘记，也只有他记得……

我侧头看向车窗外，街灯如常，光影在玻璃上流转，明明灭灭。

原来岁月真的是神偷。回忆删删减减，剩下的究竟还有多少……

"你喜欢的歌。"穆沉忽地摘下一只耳机，轻轻塞到我的耳朵里。

I'll search the universe
非要找寻回你不可
季节重复轮回
不放弃也不反悔
回忆被尘封了
像个宇宙的流浪者
某天忘了我是谁
仍记得你的美

《为心导航》。2017年发行的歌，那天好像是圣诞节的第二天，我请穆沉吃了一顿火锅大餐，用这首歌当 *BGM* 单曲循环了整整一晚上。

你是幸福理由
有你就无所求
此刻你何处停泊
我已变得不是我
我存在这小星球
随宇宙毁灭飘游
不留任何线索
就像我从没来过

夜的尽头，时间出走，那七年黑暗，被放逐，被遗忘，被永远困在过往，他却依旧如眼前的少年模样，清风霁月，言笑晏晏。

I'll search the universe
直到能触碰你不可
靠在我的胸怀
就值得所有等待
心彻底破碎了
猜想你一定很不舍
知道你会回来
宇宙开始有色彩
宇宙重新有色彩

全是因为爱

　　我们在苏北湖站下了车。一辆深蓝色的玛莎拉蒂停在公交站边，显然已经等候多时。车上下来一个男人，恭敬地朝穆沉低头道："穆沉少爷，需要我送您和楚歌小姐回去吗？"

　　穆沉……少爷。我愣了愣，虽然和预想中差不多，但亲耳听到这个称呼，还是有点不适应。

　　穆沉面色淡淡："不用，行李放我车上，你回去吧。"

　　"是。"那个男人把两个行李箱抬进了车后厢，转身上了另一辆黑色的轿车。这位司机不是张叔，有些面熟，但我想不起来是谁了。

　　一路上穆沉没怎么说话，专注地看路，中途他接了个电话，好像是穆夫人打来的，问我们到哪儿了，还有多久到家。

　　挂了电话大概十多分钟后，车子驶入一条安静的林荫路，眼前的场景渐渐变得熟悉。

　　很快，车子拐进了小路右侧的小巷，眼前出现两扇低调雅致的黑色铁门，穆沉摇下车窗，门口的崔伯伯笑着对我们点头问好。

　　我飞快地瞥了眼铁门旁的金属门牌，嵌在一墙的常青藤中，含蓄又庄重。

　　穆宅，好久不见。

　　进了铁门依然是林荫小路，和外面没什么差别。我盯着窗外发愣，奇异的熟悉感涌上心头。

　　驾驶位上的男人透过后视镜看我一眼，淡淡道："蜡梅，开花了。"

　　"嗯？什么？"我闻声回头，只见他瞟了眼窗外，又重复了一遍："蜡梅，开学前你移栽的，开花了。"

　　我循着他的目光看向窗外，果然，路旁的雪地里两三株临风盛放的蜡梅，枝丫上满是黄灿灿的小花。

　　车子驶入大院里，目之所及是一幢高大熟悉的别墅，砖红色外墙，古旧典雅，浓郁的欧式建筑风格，庄严气派。

　　门口，五六个女用人站成两列，还有一抹略显突兀的高大身影……男人从墨镜到皮鞋一身黑，表情严肃，不苟言笑。

　　车子绕过正中央的圆形大花坛，缓缓停下。女用人们把行李箱相继搬下车，拖进屋里。

　　苏灿耀摘下墨镜，几步上前拉开驾驶位的门，声音低沉："少爷，夫人在等你们回来开饭。"

这家伙，入戏还挺快。

"知道了。"穆沉点头，绕过车前走到副驾驶侧，替我拉开车门。

我从车上下来，对他笑笑："谢谢。"

他抬手摸了摸我的脑袋，柔声说："今晚有糖醋里脊。"

"嗯。"我点点头，轻轻挽了下他的胳膊，很快松开，跟着他往门口走去。

校服被雨淋湿了，我和穆沉上楼各自回房换衣服。走廊尽头，我推开左手边的房门，一室粉嫩映入眼帘。这是我在穆家的房间。

衣柜里挂满了各种款式的衣服，大多是我念大一时买的。我换了身藕粉色的家居服下楼。

偌大的餐厅，装潢奢华典雅。

穆夫人心情很好，一桌子菜琳琅满目，她几乎没怎么动筷，一直在看着我们俩吃，有一搭没一搭地问着话。

"怎么样，小楚歌，学医辛苦吗？"

我仰脸甜甜一笑："华姨，不辛苦。"

穆夫人笑意温柔，亲自盛了碗汤放在我面前："听穆沉说有一箩筐要背的。人参核桃汤，你多喝点。"

我瞥了眼身侧的男人，一件薄薄的灰色羊毛衫，勾勒出几分难得一见的慵懒，正慢条斯理地往白瓷碗里舀燕窝汤。

"谢谢华姨。"我低头喝了一小口，眉头皱在一块儿……好苦。

一只干净修长的手伸了过来，端走我面前的汤碗，一碗枸杞燕窝汤随之落在桌前，闻起来就很甜。

见状，穆夫人嗔道："你这孩子，我特意让柳阿姨给小楚歌煲的，益智补脑的。"

"妈，您还是心疼心疼您儿子吧。"男人眉目不动往碗里夹着菜，语调闲淡地开口，"她学个医……"目光在我脸上落了落，"需要补脑的是我。"

"别搭理他。"穆夫人笑看了眼自家儿子，继而问我，"期末考试有把握吗？"

"没问题。我考前抱了两周佛脚。"

穆沉侧头睨我一眼，轻哂："在梦里抱佛脚吗？"

"……"我忍无可忍，剜他一眼。

"过分了啊。"对面的穆夫人笑得更开心了，"我们家小楚歌不要面子的啊？"

"华姨。"我索性顺杆爬，添油加醋，一举揭发，"您不知道，他之前还说我是被收留的流浪猪。"

"我哪儿有……"

晚饭后，穆沉临时被穆父叫去了公司，穆夫人去后花园修剪花草了，我上了二楼，停在穆沉的卧室门前。他的房间在我的斜对面。

推开门，我轻轻走了进去。不知道为什么，总有种做贼心虚的感觉，我没有开灯。

毫不意外，装修设计很简洁，以灰白和浅咖色为主，完全是穆沉的风格。

落地窗边，院子里的灯光透过窗帘的缝隙漏进来，微微照亮了桌面。明暗交织的光线中，一个略厚的笔记本敞开着。

我慢慢走过去，上面是几行隽逸的钢笔字，透着些潦草，力透纸背——

就算只有一天
用我仅有一切交换回到你身边
点燃生命火焰
直到终于为你熄灭

这时，房间里响起脚步声，由远及近。

我迅速回神，看向声源处，昏暗的光线中，那个人拿起摆在床头柜上的合影，认真地打量着。

"苏灿耀？"

"啊？"他闻声看向我，随即抿了抿唇，"小鸽子。"

我瞥了眼他手里的照片，是我、穆沉、楚颂三个人的合影，穆沉背着书包，我拉着楚颂的手站在他身旁。

我从来没见过这张合照。貌似是穆沉代表全省参加奥数竞赛，那时候我正念高一，穆沉高二，楚颂才七八岁。照片应该是在考点的校门口穆夫人抓拍的。

"这是你小时候？"

"嗯。"我垂眸，又细细看了眼合照上的三个人，移开目光，淡淡说道，"苏灿耀，我和穆沉青梅竹马，从小一起长大。在他的梦里，我成了过去的自己。"

他看起来没多惊讶，只是眉头拧得很紧。

"穆家,我再熟悉不过。从我有记忆开始,我们两家就是关系密切的邻居,商场上是合作伙伴。大一上学期,爸妈去澳洲谈一桩很重要的生意,去了几个月,把我弟也带过去了,把我寄托在穆家。

"穆沉的父亲名叫穆厚雄,是一位古板严肃、不苟言笑的商人,不工作的时候会去打高尔夫和钓鱼。穆家的女主人性格温婉端庄,喜欢打理花草,爱喝牛奶,每天早饭后都要温一杯牛奶。穆沉还有个哥哥,穆深,大他六岁,穆氏副总裁,继承了穆叔的威严沉稳和管理才能,是个工作狂,偶尔回一趟穆家。

"柳阿姨,穆家资历最深的老用人,有一个儿子,在一家律所负责安保。于管家,华姨的远房亲戚,行事周到谨慎,右手受过伤,不大灵便。门卫崔伯伯,今年五十六七了吧,女儿去年年底结的婚。张叔,穆沉的司机,为人忠厚,很和蔼,很爱笑,但不怎么喜欢讲话。"我语调平和地说着,末了看向他,"我说得对吗?"

他一语不发地默认了,或许有些他也不知道,半晌问道:"可是你不记得他?穆沉。以前从来没有听你说过。"

"是。可是我不记得他。"我点了点头,近乎听不出情绪的平静,"唯独他,唯独穆沉,我忘记了。"

"那他呢?他也不记得你了?在斯洛学院上学的时候,他也没认出你来?"

他记得,他当然记得。

他不会忘记,也只有他记得……

他说过:"第一次遇到,我就知道,是你。"

他还说:"因为我,喜欢你啊。从很早以前就喜欢你了。"

原来,是真的。

"我不知道。"我轻轻摇了摇头。苏灿耀不知道时空剪辑,我没有办法向他解释。

"怎么会这样?"他皱眉。

我随口搪塞道:"也许是穿越时空的副作用?我,还有他,由于穿越时空导致了选择性双向失忆……"

说到穿越时空,我顿住了。

我想不通一点。穆沉怎么会成为"星空召唤"行动的发起人?

他出身商贾世家,大学专业是工商管理,不出意外的话,他应该接管穆氏集团，成为穆氏总裁或副总，又或者自立门户，独闯出一片天地。不管怎么样，驰骋商场，这才是他最可能的人生……怎么会，去漫游宇宙？探索外太空？

　　"先不说这个了。你呢？"我摇摇头，问他，"在穆宅这么多天，有什么发现？"

　　他的目光忽然深了下去："他有先天性心脏病，不太严重，但日常生活中还是需要很小心……"

　　他后面说的什么我一个字也没听清，突兀地打断他的话："谁？你说谁？"

　　他顿了顿，回答道："穆沉。"

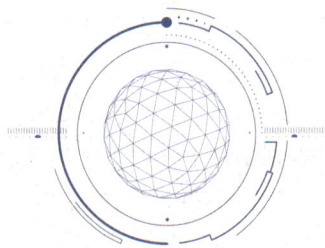

【 第 十 章 】

"十天了。"

"楚歌，没有时间了。"

夜里，我躺在床上辗转反侧，怎么也睡不着。月色正好，披了件开衫毛衣，我踱步到小露台上，冬夜里的冷意袭来。

我情不自禁伸出手，掬了一捧月光，双掌合十……凉凉的。这里的一切，真的是假的吗？

"滋滋。"对讲耳机里传来一阵轻微的电流声。

我抬手摸了摸，接通。大半夜的，苏灿耀那家伙估计早睡了，这个点还醒着且毫不介意吵醒别人的只有："风尧？"

"嗯。"对方应了声，没有下文。

自从那天在饮料柜前不欢而散后，我们没再碰过面，也没有联系过对方。他这个时候来找我，应该是有情况。

"怎么了？"

短暂的沉默后，言简意赅："抓紧时间。"

现在是一月份，入梦已经四个多月。梦里的一个月相当于现实里的一天——现实中已经过去了四天。

"我知道。"我打断他的话，心情有些烦躁。

他一顿："好。"

"还有别的事吗？时间不早了，先休息吧……"不远处忽然响起脚步声。我顿了顿，留意着那边的动静，左手揣到衣兜里，摸到一本口袋英语词典。

"睡不着？"

穆沉。

他也没睡？

只见他一袭深蓝色睡袍，长身玉立在月色下。我们两个房间的露台是相邻的。

"背单词。"我对他晃了晃手里的词典。

他挑眉："你在梦游？还是，我在做梦？"显然对我会自觉背单词充满了不信任。

虽然知道他说的"我在做梦"只是调侃，但我心里还是下意识一紧，抿唇不自然道："你怎么会在这儿？刚才吓我一跳。"

他打量我两眼，失笑："这儿好像是我的露台。"

哦，好像是。

话落，他径直推开两个露台中间的小栅栏，几步走到我身边，并不打算放过之前的话题："考完了开始用功了？"

"怎么了，知耻而后勇嘛。"我小声嘀咕，嘴里装模作样地念着，"*abandon*，放弃，*a-b-a-n*……"

他淡淡晒道："又是 *abandon*？一个学期都是这个单词？你要放弃多少次？"

沉默了一会儿，我状似随意地问起："穆沉，你说，人为什么会做梦呢？"

"怎么忽然问这个？"他看我一眼，认真地想了想，"因为有心魔。"

心轻轻一震。

穆沉，你的心魔……是我？

把你困在梦里、纠缠你的心魔，是我……

"大概是有个人让他放心不下。"他揉揉我的头发，"在现实中走散的人，就要在梦里重逢。"

我忽然想起穆沉之前对我说的话："如果想我了……我就到梦里找你，好吗？"

"不过，"他停顿了一秒，浅浅勾唇，"梦是无意识的，但想念是主动的。"

"那为什么醒来后，梦里的事就记不清了呢？"明明这些道理我都学过，可突然间就是很想再问一遍，当着他的面再问一遍，为什么？

"十万个为什么。"他垂眸看我，语气轻且柔，"也许是不想记得吧。有人说，做梦是为了清除脑中的回忆，梦是对回忆的最后一瞥。"

不想记得。

最后一瞥……

我许久不再说话。他抬手拢了拢自己的外袍，半晌说了句："早些回房吧，外面冷。"脸色在夜里透着近乎脆弱的白皙。

"好。"我飞快地点点头，这才注意到他里面只穿了一件羊毛衫打底，"你快进屋吧。我再背会儿就回去睡觉了。"

他静静看我一眼，眉目沉寂，道了句"晚安"后转身回屋。

……

"人走了？"

耳机里，风尧的声音突然响起，略显低沉。

我被他吓一跳，确定穆沉进屋后，也转身进了自己的卧室："你还没挂？"

"嗯。"那端简短地应了下，又没了声响，似乎并没觉得偷听别人墙角有什么尴尬的。

一想到刚才和穆沉的对话被他全程旁听，我顿觉心累："你这样偷听别人讲话……"转而一想，他这也不算偷听，是光明正大地听墙角。

"什么？"

"算了，没什么。那先挂了，我有点困了。"我说着准备结束对讲，却听他微冷的嗓音响起："你不觉得奇怪吗？"

我微愣，问道："什么？"

"穆沉。你的耳机处于通话状态，提示灯一直亮着，他看到了却没有问你。"

我怔了怔，下意识摸摸右耳里的迷你耳机，迅速否定："又不明显，谁会注意这个。"

"现在是深夜。听音量，你们站得很近。"

他这是什么意思？我皱了皱眉，却找不到话来反驳。

"你刚才问的那些，难道不是在试探他？楚歌，你以为自己有十足的把握吗？"他说着顿了顿，语气淡淡，"对了，假如你知道他身体不好，还会让他冒着大雨去给你买吃的吗？以前的楚歌会这样吗？你以为他没有察觉？"

风尧一向惜字如金，一口气说这么长一段话还是头一回。过了好几秒我才反应过来："你跟踪我们？"

"没兴趣。"他似乎冷冷地笑了下，"朋友圈。"

穆沉发朋友圈了？

我突然有些心不在焉，指甲在词典封面上胡乱刮着，语气也尖锐起来："前阵子连用手机付款还不会的人，现在都能轻车熟路地刷朋友圈，还拿来当作呈堂证供了。"

"……"

"风尧，你到底想说什么？"

"很显然，他没有戳破，是不想打破和你的现在。还是那句话，他在伪装。挂了。"

我还在因为他的前半句话出神，等回过神来他已经结束了对讲。

低头摸出手机，点进穆沉的朋友圈……

果然，最近的一条是今天下午，两张图，一张热乎乎的煎饼果子，一张烟雨朦胧中的公交站，站牌下是一个轮廓模糊的女孩。从拍摄视角来看，应该是穆沉在店铺前拍的。配文是：

我原本不喜欢下雨天。

我想起当时，我咬了口煎饼果子，转头问他怎么不吃，他好像微愣了下，目光平淡地看着我，说"我不吃"。

再往前翻，是一个女孩安静的趴桌睡颜，桌上很乱，堆着各种练习册和书籍，旁边摆着一盘切好的水果，和一碗满满的小云吞。女孩头枕着试卷，看起来睡得很香。配文写道：

果然，孺子不可教也。

又在评论里补充道：

这条朋友圈用来提醒自己：别上糖衣炮弹的当（微笑.emoji）

他的朋友圈不多，几乎每一条的主人公都是照片上的女孩。
我默默关了手机，对着一室夜色发呆。

第二天一早，我被对面房间里的动静吵醒。
窗外天空擦亮，我扭头看了眼床头柜上的闹钟，才六点多。
什么情况？
……
穆沉的卧室。
床边围了很多人，床头身穿白大褂的中年医生格外醒目，神情严肃认真。
我捏了捏手心里的汗。

他身旁站着一位气质冷峻的男人，身材高大，深灰色西服，浑身散发出惯居高位的威严感。我认识他，穆沉的哥哥，穆深。

身为保镖的苏灿耀也在，一旁还站了两三个女用人，穆夫人坐在窗边的单人沙发上，表情不太好。

穆沉背靠着枕头坐在床上，医生还在俯身叮嘱着什么，我依稀听到"体质弱""不能淋雨""多加注意"……

"好，我知道了。"穆沉点头应道。

"张叔呢？平时不是都有张叔接送的吗？怎么昨天自己坐公交回来了？"穆夫人突然发话，语气里是沉甸甸的责怪与心疼。

一向温柔贤淑的穆夫人很少发火，众人都陷入了沉默。一道低沉浑厚的嗓音不合时宜地响起，来自穆深："抱歉，我昨天临时有应酬，小李不在，我通知了张叔……"

"你会缺一个司机吗？"穆夫人出声打断，满脸愠色，"下雨天，你想让穆沉生病是不是？"

穆深眼眸微眯，神色里闪过一抹稍纵即逝的阴郁。

"不关哥的事。"穆沉皱眉，声音听上去还有几分病弱，温温的声线透着疲惫，"妈，是我交代张叔去的。"

穆夫人轻哼了声，这时，视线忽然落在了门口的我身上——

"楚歌，你怎么回事？穆沉不懂事，你也跟着胡闹吗？"

一屋子人的目光都投向了我。

我没答话，脑海里浮现的是昨天下午，一路上他的雨伞都往我这儿歪斜着，而我还满心甜蜜地享受着这份自然而然的呵护。

穆沉看向我，微微诧异了一下，而后语气更加无奈："也不怪小歌。"随即嘴角向上动了动，目光里生出温和的笑意，"睡醒了？被吵醒的吗？"

"嗯，不是。"我往他床边挪了几步。

"昨晚几点睡的？"他偏头看我，清浅地笑，"单词背到哪个了？"

我没有回答。不过穆沉没有在意，他只淡淡弯了弯唇，嗓音沙哑："没事。"也不知道是安慰我他受凉没事，还是单词背不下来没事。他转眸看向身侧的医生，"成叔，您先回去吧。辛苦您跑一趟。"

被唤作"成叔"的男人又细心嘱咐了几句，见穆夫人首肯后转身往外走。

"楚歌，送送人家。"

"好。"

穆夫人又恢复了一贯的温和。我点点头转身要走，床上的人却飞快捉住我的手腕，力道很轻，但抓得很牢。

"让别人去。乖，留下来陪我。"

第二次，这是第二次，他捉住我的手腕……

"别人"苏灿耀自觉带路送人。穆夫人对我交代了句"有什么事及时告诉我"，便和穆深相继出门了。

屋里只剩下我和他。

我在床边坐下，伸手想去探他额头，被他一把抓住，轻轻带进怀里。他整个人倚靠在我身上，两只胳膊圈住我的腰，脑袋埋在我的肩窝里，毛茸茸的，有些痒。像只黏人的大型犬。

他身上温度很烫，我的脸也迅速烧了起来。

"我饿了。"他咕哝了一句，嗓音似乎格外软糯，沙沙的。

"我去弄点吃的。"

"想吃鱼片粥。"

"好。"

"柳阿姨说，家里没食材了。"他用下巴轻轻在我的肩上蹭着，呼出的热气喷洒在脖颈上。

我觉得自己也快发烧了，拍拍他的背，柔声说道："我让她去买，你先睡吧，好了叫你。"

他抬起头来，眨眨眼："好。"然后乖乖地松开我，躺下，黑眸默默地盯着我的脸，不知在想什么。

"睡吧，把眼睛闭上。"

"知道了。"他嘟囔一声，听话闭眼。

大约二十来分钟后，卧室的门被敲响，是柳阿姨拿了外卖送上来。

我接过，关门转身，对上穆沉的视线。

"你醒了？"

"唔。"他双臂支撑着从被窝里坐了起来，表情还有些迷蒙，"柳阿姨买回来了？"

"嗯，正好，趁热吃。"我把打包盒从袋子里拿出来，放在床头柜上。

他瞅了一眼，眉头皱起来："怎么是熟的？"

不会吧，烧糊涂了？我在床边坐下，伸手摸了摸他的额头，还好，没之前那么烫了。

他靠在床头，两道目光清幽幽的："我的意思是买食材回来，我要吃你亲手给我做的。"

也许是感冒的缘故，他的声音嗡嗡的，带着点孩子气，说不清是霸道还是……撒娇。

撒娇？！我竟然觉得穆沉在撒娇？

我一定是魔怔了。

把头发盘成一个丸子，我在厨房里找出围裙戴上，用手机上网搜索鱼片粥的做法。

说实话我很少下厨，手艺怎么样我自己都胆战心惊。以前在学校都是去吃食堂，要么就是在宿舍里和付安安开泡面*party*。进入意识治安局后下厨的机会更少，有时间就和风尧、苏灿耀去楼下餐厅，忙了就用自热米饭凑合一顿。

屋外的阳光透过厨房的落地窗洒进来，属于清早的淡淡的晨光，包裹在身上暖洋洋的。我小心翼翼地给鱼肉去鳞、剔刺，切成一块块薄片，等砂锅里的水烧开了，把淘洗干净的粳米下锅。米粥煮熟后再放入鱼片稍沸，加入调味品，搅匀……

做着这些的时候，我的内心无比地宁静。好像这是一个寻常早晨，好像我们这些年从未有过分离，好像这样的画面每天都在上演。

昨晚，风尧的话盘旋成一股龙卷风，在我的脑海里肆虐。旋涡中心一句话不断回响，风平浪静，却轻而易举卸掉了我全部的思考能力——

他没有戳破，是不想打破和你的现在。

我端着温度正好的粥上楼，推开房门，穆沉正坐在床上打电脑。那碗打包的鱼片粥还待在那儿，连盖子也没摘。

"喂，你病还没好呢，快点把电脑放下。"

他看我一眼，忽然笑了一下，有点乖乖的感觉。"好。"他随手合起了电脑放到一边。

我把粥放在床头柜上："那个，我尽力了。"

他仍笑着，仰头看我："你喂我吧，好吗？"

我心里咯噔一下，默默在床边坐下，舀起一勺送到他嘴边。

"好烫。"他刚碰了一下就退开，眉头蹙起，不等我把一旁的温水递给他，他又抬眼看我，"帮我吹一下，好吗？"

这是不是叫作得寸进尺？

好吧。我轻轻吹了吹那杯温白开，递给他，又舀了勺粥吹了吹，正要喂给他，他却又开了口："亲一下，好吗？"

"啊？"他说什么？我整个人蒙在原地，完全不敢相信自己的耳朵。

"快一点，我的粥要凉了。"他的语气有些得意，带着点炫耀的意味，好像这一碗粥是他的多了不起似的。

我的心莫名一揪，酸酸的，想说点什么，嘴巴却张不开似的，一动不动。

他定定地看了我几秒，忽然浅浅笑了，"算了。"说着屈指极轻地刮了下我的鼻尖。

我怔怔地看着他。他低头就着勺子里的粥慢慢地喝了口……眉头皱成一团，眼角却又好像因笑意添了几道纹路。

"怎么了？"我急忙问。

他咳了两声，表情痛苦不堪："说吧，你这碗粥，用了我家多少盐？"

"很咸吗？"我顿时慌了，贴着碗边沿尝了一口，赶紧扭头寻找垃圾桶……

"笨蛋。"他看着我的狼狈样，似乎在一边咧嘴笑着，很开心。

手上递来一杯水，我咕咚咕咚灌了几大口，拿走那碗盐巴粥后，"别喝了。"又小声解释道，"我怕你没胃口，太淡了喝不下。"

"没有怪你。"他还在笑，只是笑容透着些倦意，似乎很累了。

"我把那碗打包的粥拿去热一下，你先睡会儿。"

"好的。"他听话地躺下，视线一寸不离地盯着我收拾餐具。

等我热好粥上楼，他已经睡着了，被子老老实实地盖在身上。我蹑手蹑脚地走过去，放下粥，不忍心叫醒他。

"小歌……"

我很少听他叫我"小歌"，貌似只有在长辈或外人面前才这么称呼。

他这是，在梦里做梦吗？梦见了什么呢？眉头很轻很轻地皱着，一会儿又舒展开来，显得有几分乖巧恬静。

我轻轻俯下身，把他身侧的笔记本电脑抽走，免得他翻身硌到。电脑下压着个略厚的本子，敞开着，上面又誊抄了几段内容。

不能以理性分析和解决的存在，就让它以幽微难言的方式存活。——《眠空》

这句话底下是他的批注：

所以，这就是做梦的理由吗？让我在你的梦中靠岸。

我接着往下看：

记忆是相见的一种方式。——《沙与沫》

批注：

你是被时间没收的故事。

最下面这两句墨色很深，工整端秀的笔迹似乎还透着淡淡的墨迹，看样子是才写的——

世界是个记忆的星球，星辰则是闪烁的遗忘。——《问题之书》

批注：

清晨将梦境遗落，我醒着，时间却睡了。

……

心没来由地发慌，我合上了本子。眼前的画面又开始变得模糊，终于陷入一片黑暗。

这次过了很久，黑暗中才慢慢地出现了一两束光点。我渐渐寻找回视线，看清眼前的情景。

穆宅大门口。晚风吹过，有点凉，我下意识抱了抱胳膊，才发现身上穿的是短袖。已经到夏天了吗？

这时，铁门边上的小门被人从里面拉开，发出点"嘎吱"的声音，接着"咣当"一声，那夜色里走出来一个身影，从一墙常青藤里，从一池清晰的夜色里，渐渐地走到我面前，走到橘黄色的灯火下，走到不真实的影绰中来。

他穿着件黑色的薄外套，戴着连衣帽，双手插兜，看起来也有点冷。衣服上面似乎点缀着亮片，他一动，就发出星星点点的亮光来，像披了一身的星辉。他看着我，抿嘴笑着，很开心的样子，从我看清他的表情时他就在笑。

他抬起一只手，五指张开，对着我的脑袋就是一拍，我下意识闭了闭眼，他的手落在我的头上，变成了轻轻地一压。

"傻站在门口干什么？"

我瞥了眼一旁的路灯，回答信手拈来："你家门口的路灯让我问你，要不要出来看星星？"话一出口我愣了愣，好熟悉的配方，是不是一面对穆沉我就忍不住蹦土味情话？

他极为认真地想了想，看了看路灯，一脸狐疑："我家门口的路灯会说话？"

这种问题也用得着质疑？

所以，后来的穆沉学长面对我的土味情话一派淡然，是因为久经洗礼习惯了吗？

我白他一眼："浪漫，懂吗？"

他笑："脑袋瓜里究竟装了些什么？"

我微微一愣，总觉得这句话有些耳熟，又不记得在哪里听过。

"走吧，带你看星星去。"

我这才注意到，他今天的刘海梳得很整齐，贴在额头上，一双眼睛比平时更亮了。

我们在小路上漫无目的地走着。他忽然转头看我："想要什么生日礼物？明天，生日宴上给你。"

我一愣，不确定地开口："明天，是我生日？"

"冻傻了？"

"我是说，明天是我生日，你居然现在才问我想要什么礼物，是不是没准备？"我刻意加重了"明天"两个字，语气装出点埋怨。

"那是我想给你的。你还有一个拆礼物的机会，获得自己想要的。"

啧啧，这出手，果然不像某两只家伙，直接一条鱼服务大礼包搞定。

"我啊，我想在雪地里过一个生日。"我认真想了想，"一定很浪漫。"

他垂眸看我，好半天没说话，似乎在仔细思考我的话。

不会吧，怎么这也当真了。我正要开口解释，他先抬手敲了我一下："你怎么不说想要天上的星星呢。"

是我想多了。

"好啊。"我眨眨眼，抬头看了眼星星，心念一动，脱口问道，"穆沉，有没有人说过，你的眼睛里有星星？"问完后觉得有点似曾相识。

他缓缓眨了眨眼："有。"

从前的穆沉就是这样，这么能把天聊死吗？

"她也问我，有没有人说过。"

"那你就把眼睛捂起来，告诉她，"我说着踮起脚，用两只手捂住他的眼睛，像煞有介事，"好了，现在看不到星星了，你可以不喜欢我了。"

"傻。"他轻轻拉下我的手，捉住一只牵着，无奈地勾了勾唇，然后补充了句，"她没说喜欢我。"

听这语气还有点落寞是怎么回事？

等等，他说的这个人该不会是我吧？我在此之前就问过他这个问题？

不愧是我，人生重来居然还能对同一个男生说出同一句土味情话。

"哦。"我低头踩了脚路中央的落叶，又抬头看了眼星星，摇了摇被他牵着的那只手，"走快点，我好饿了。"

他笑笑不说话，看我的眼神像暮色温柔。

笨蛋，她说——

星星在你眼里，而你在我心里。

　

穆沉带我去了一家意大利私房餐厅，我们坐在三十一层的大落地窗边，宛若置身星空。从他的话里我得知，以前我很喜欢来这家餐厅，还有，我们从前年开始约定，生日前一天和对方一起过，生日当天和家人一起聚餐庆祝。

菜是他点的。全部都是我爱吃的。

最后上了道小甜点，酒心布甸。他说这是我高中时的最爱，来了必点，在学校里吃不到，我就缠着他去学校几条街外的面包房买低配版。他被央得头疼，后来索性周末回来一趟，买五六个打包带去学校，在宿舍的小冰箱里冻着。再后来他懒得折腾，也不好意思为此麻烦张叔，于是自己学会了怎么做，我俩赖在学生食堂搞自主研发直到收拾餐盘的大妈都下班了。

"你当时可新奇了，给它拍了一组写真发给我妈，我妈也觉得自己儿子可有出息了，哼，结果炫耀完吃了一口，说这辈子都不想再吃到这个水晶泥了。"

"哈哈，那个味道，我一辈子也忘不了。"其实我一点也想起不来。我低头戳了口布丁，笑着附和道。眼前浮现出他描述的一帧帧画面，他跑几条街为我带回来一个小布丁，我们俩在食堂里忙活一晚上的身影，还有他是怎么被我缠得不胜其烦又拿我无可奈何的，在我无情吐槽后又是怎么黑着脸抬手敲我脑袋的……

我什么都想不起来，可是在他的诉说下，那一幕幕在我的脑海里，是那么鲜活，那么深刻，那么清晰。

穆沉，我们曾经，一定很相爱。

他依旧目光温和地看着我，没说什么，只是笑了笑。

吃完点心，服务员推着一个双层冰激凌蛋糕过来了。蛋糕是一个旋转木马造型。

"过了今天，我们楚歌就十八岁了……十八岁就是大人了，要学会照顾自己了。"

他说这话时，眼里带着点夜里的潮湿。

"嗯，我会的。"

他一瞬不瞬地看我一会儿，淡淡地一晒："明明还是个小姑娘。"

插蜡烛的时候，他似乎突然想起什么可以还击的，转头看我："某个笨蛋做的冰激凌月饼也好不到哪儿去，一股沐浴露的味道。"

我做过冰激凌月饼？我以前手艺有这么好？

他见我皱眉回想的样子，手上动作一顿："你不记得了？"

我正想说"记得"，却见他有些黯然失神，低低呢喃了一句："你真的不记得了。"

"我记着呢，下次不做给你吃了。"我连忙避重就轻道，"还有，谁是笨蛋了？"

"你自己要当的。我可没说是谁。"他轻轻扯了扯嘴角，又不说话了。

插完蜡烛，他让服务员关了灯，自己燃了根火柴，一支支点亮，随后低头望了眼手表：19:48，嘴角浅浅上扬："我们楚歌出生了，明天这个时候。许愿吧。"

全世界只剩下我们俩之间的烛光，和身后的一整片星光。

我闭上眼，在心里悄悄许愿：希望穆沉永远不要醒来，在这里平安顺遂，一世喜乐。

出了餐厅，外面下起了小雪，视线所及之处皆铺上了一层薄薄的积雪。

我不由得震惊，转头望向身旁的男人——为什么会下雪？只有在清醒梦中，梦的主人才可以任意操控梦境的内容……他，真的清醒了？

男人目视前方，表情稀松平常，默默拉起我的手，往回家的方向走。

"冷吗？"

"还好，不怎么冷。"依旧是夏季夜晚的温度。"真的下雪了。"我看着他的侧颜，轻声感叹了一句。

"嗯，真的下雪了。"他仍是表情淡淡，不愿多说的样子，只是更用力地攥紧了我的手。

似乎，他对于下雪并没什么反应，甚至并不觉得这有什么好奇怪的。

当心里某个念头很强烈时，自然而然会通过潜意识在梦里表达出来。即便违背了自然规律，也不是没有可能。嗯，这么一想，我又觉得自己刚才的顾虑是多余的。

我们安静地在雪地里走着，只听得见雪花落下时簌簌的声音。

"以后，"他略略停顿了一下，才接着说道，"还是要记得少喝冰的，知道吗？"

"知道。"

他侧头睨我一眼："晚上就不要穿短裙出门了。手很凉。"

"好。"我点了两下头，更紧地回握住他的手，任由他拉着我走在漫天白雪里。

忽然觉得这一幕有些熟悉，也是傍晚，也是雪地，我们这样肩并肩走着，走得很慢。好像是在城郊古街，又好像是在某个放学后，许许多多个放学后。

那时候雪下得比现在还大一些，还要冷一些，穆沉就把我的手揣进自己的大衣兜里，好像他的口袋比我的更暖和似的。也不牵手，他自己的两只手就放在外面，缩进衣袖里。

是什么时候的事呢？不记得了。没有完整的片段，只有零零散散的一两个画面，甚至连画面也没有，就是一抹感觉。一抹冰冷又温热的感觉。

雪还在下，白茫茫一片。

我以前总是心疼穆沉有一段灰暗的过往，没有光亮，没有色彩。可是原来啊，是我的人生有一大段空白，而且再也填不满了。

我以前还总是想帮他把那些错过的时光都补回来。可是原来啊，他缺失的那部分是被我弄丢了。他缺的是一份我们之间共同的回忆。可是，再也找不回来啦。

深夜，不知是几点。房门无声地开了，门后温润清隽的男人脱下棉拖，摆放在门口，悄悄地走进来，手里拿着一个镭射包装的礼品盒。盒子上用丝带系着一小束干花。

走近，轻轻放在床头柜上。

似乎觉得不够，又在床边坐下，看着女孩在睡梦中的模样，失神片刻……

兀自笑了。

食指指腹抵上女孩的眉心。

他本不是多么矫情的人。可是此刻，一句不知在哪儿看到过的情话，忽地钻进了胸膛，就那么跟随着心跳，一下下浮动着。

"睡吧，今夜的星星都归你。"他目光专注，眸子深处有什么东西轻轻化开，旋即低头，在女孩的眉心处落下一吻，低声呢喃，"我也归你。"

床头的小摆钟发出极轻的一声"咔嗒"。时针、分针、秒针在这一刻完美重合，齐齐指向正上方的数字——"12"。

归零，新的一天到了。

"生日快乐……我的，小公主。"

脚步声渐远，然后是微不可闻的关门声。

我轻轻睁眼，目光落在那个礼品盒上，又闭上眼睛。

对讲耳机里有两条未读消息，是风尧的语音留言——

"十天了。"

"楚歌，没有时间了。"

床头柜上，一只淡蓝色的水晶鞋静静躺在盒子里，晶莹剔透，一行漂亮的小字镌刻其上，字迹是我再熟悉不过的：

my princess.

我的公主。

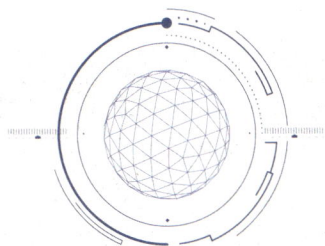

【 第 十 一 章 】

时间到了，魔力要失效了。

远处传来钟楼的报时音乐。

灰姑娘的美梦，该醒了。

等我再次有知觉，已经到了白天。耳边人声鼎沸，喧闹声、欢笑声、议论声交织在一起，不远处还有此消彼长的尖叫声。

我慢慢睁开眼睛，发现自己正站在人潮涌动的中心，周围游人络绎不绝。眼前的场景好熟悉……游乐园，是我在穿越前去的那个游乐园！

这时，身后有人拍了我一下。

苏灿耀？

"你怎么在这儿？"

"我怎么知道，"他耸耸肩，"一觉睡醒就夏天了，再一觉睡醒就在这儿了。"

我拿出手机一看，梦里是 8 月 16 日。我们入梦那天，梦里是 9 月 1 日开学第一天，也就是说，梦里的时间已经过了十一个月半，对应现实中已经过去十一天半了。所以，今天是第十二天，也就是最后一天。

"指挥官随时有可能下达召回指令。"苏灿耀皱眉，"风尧不是说穆沉是清醒的吗？"

我赶紧转头查看四周："你小声点。"

"他在买票呢，听不到。"他说着抬手指了指不远处的购票处。穆沉正在排队，阳光下一身休闲装扮少年感十足，黑色鸭舌帽、宽墨镜、白色印花短袖、略宽松的九分裤，简简单单却分外养眼。

"小鸽子，那你还在等什么啊？你跟他坦白，他肯定愿意跟你走。"

我不懂他是真傻还是假傻，穆沉跟我走，去哪儿？我回到现实里去，他能跟着回去吗？如果这话是风尧说的，我可能会和他吵起来，但是苏灿耀，算了。

至于穆沉到底是不是清醒的，显意识有没有觉醒，是不是在伪装，我真的不知道。他说的那些话我实在没什么印象，我不确定是我们的从前，还是已经渐渐消失的、关于穆沉学长的回忆。该怎么去判断呢？我自己的回忆都已经沉睡了，又怎么去判断他是不是清醒着的？

我多想问问他，他是不是保留着梦境外的记忆，是不是记得他也曾是我的穆沉学长。然后告诉他，我知道了，我都知道了，我知道原来我们青梅竹马一起长大，我知道我曾经有一个深爱的恋人，我知道然后我把他忘了，把我们的过去忘了，现在我知道了，我全都知道了。

可是比起这些，我更想让他平平安安地生活在这里……这个，拥有着我们全部回忆的地方。这里的楚歌知道他的过去，他的所有，知道他身体不好，不会让他冒着大雨去给她买吃的。在这里，他没有被任何人遗忘，不用一个人守着那些沉默的回忆。在这里，他不是孤独的。

我不敢确定坦白后会是什么情况，但我赌不起。我只知道他的意识离开了这里就会消逝，然后我的穆沉就再也没有了。这个宇宙上，就再也没有我的穆沉了。我害怕他的意识破碎，害怕梦境瓦解，更害怕他原本不是清醒的，却被我唤醒……

"说得好听，你和风尧怎么不去坦白？"我只能跟苏灿耀胡搅蛮缠。

"你是这个梦的女主人啊。我和风尧就是俩酱油，呸，打酱油的。"他说着顿了一下，"话说回来，他的梦里好像真的全部都是你啊，对他而言都是很重要的日子吧，他潜意识里非常怀念，想再经历一遍。"

很重要的日子吗？

在女生宿舍楼下等我，教我打高尔夫，陪我熬夜复习，给我做夜宵，把偷睡的我抓个正着，再装作十分嫌弃的样子给我辅导功课。

和我在下雨天里共打一把伞，冒着雨去马路对面给我买煎饼果子，然后一起坐公交车回家，任我一路上靠着他的肩打盹儿。

和我、和妈妈三个人坐在一张桌子上吃一顿普普通通的晚饭，生病了有我照顾，像个小孩子一样在我面前撒娇耍赖，吃一碗我亲手做的鱼片粥。

为我庆祝十八岁生日，在雪地里牵着我的手回家，带我来游乐园玩……

这些，就是你想再经历一遍的愿望吗？

穆沉，这哪里是你的梦，这明明也是我的梦。

这里有我们的过去，有简简单单的现在，有我想要的未来。

如果可以，我真想留在这里，做一场永远不会醒来的梦。

游乐车在游乐园里走得很慢，我和穆沉并肩坐在一侧，苏灿耀坐在我们对面……大眼瞪小眼。

"喜欢吗？"身旁的男人忽然侧头看我，又压低声音说了句，"公主殿下。"

"很喜欢。"我下意识瞄向苏灿耀，他也正往我们这儿瞄，遇到我的视线后飞快地把头扭开了，还欲盖弥彰地咳嗽两声。

穆沉勾了勾嘴角，目光落在虚空里："答应了要陪你坐一次的，总算兑现了这个承诺。"又转头看我，"有空就经常带你来，好不好？"

我心里抽疼一下，浅浅地笑着："好啊。"

游乐车经过水晶宫殿、舞会广场、风车小镇、蔷薇庄园，最后驶进了迷雾丛林。四处都是翠绿色的藤蔓，烟雾缥缈，宛如仙境。轨道旁，一朵玫瑰分外惹眼，一根修长的藤蔓如蛇般蜿蜒缠绕其上。

我想起一件事："对了，穆沉，你喜欢冒险吗？外太空冒险。"为什么他后来会发起"星空召唤"行动呢？

"想玩时空梭？"他看我一眼，"一会儿陪你去坐。"

"不是啦，那个，我看你之前和楚颂聊得很开心啊，还以为你也成科幻迷了。"上回在餐厅给我庆生，楚颂给他打电话探讨"黑暗森林猜想"，两人就这个话题聊了二十多分钟才被穆沉一句"不说了，在给你姐过生日呢"打住。

对面的苏灿耀又投来一眼，被我瞪了回去。

穆沉："因为是和小颂。"

"所以呢？"

他微微叹了口气："傻丫头，你说呢？"

喂，我是在套话啊！你不说我怎么知道？

"小颂是你弟弟。"

让我慢慢顺一下啊，因为小颂是我弟弟，所以才耐着性子和他讨论共同话题？我可不可以理解为，看在我的面子上？咳。

这么说他对宇宙探索并不感冒，至少现在没什么兴趣。况且他的身体……那么后来究竟发生了什么？难不成也和楚颂有关？他不会是被楚颂绑架上去的吧？

我们又一起参观了蔷薇庄园，看了花车游行，打卡了摩天轮，让苏灿耀给我们拍了好多好多张照片，后来苏灿耀也凑过来要拍三个人的合影。尽管知道这些照片都带不到现实里去，可我总觉得，快门按下的那一瞬间，这些时刻就被永远地留下了，它们一定以某种形式存在于宇宙哪个角落。

这一下午时间好像过得特别快，从观光船上下来后，太阳已经西沉了几分。我们在海岸附近找了家小吃店喝下午茶。

透过玻璃窗，我瞥见不远处川流不息的人群中，似乎有一抹熟悉的身影……风尧？

拿着叉子的手不由得一顿，我轻轻点了点桌子，摸了摸耳机开关，若无其事地继续吃面前的慕斯。不一会儿，耳机里传来风尧的声音："楚歌。"

对面的苏灿耀动作也是一滞，抬头看了看我。

"出来。"

我朝人群中投去一眼，放下叉子，对身侧的穆沉说道："我想去一下洗手间。"

他点点头："知道在哪儿吗？要我陪你吗？"

我正想说"不用"，苏灿耀已经抢先开了口："我陪你去吧！"但马上他就在穆沉的目光中默默闭了嘴，只是面露担心地看着我。

我捋了捋耳后的头发，示意他留意耳机里的对话，递给他一个"放心"的眼色，对穆沉摇摇头："没事儿，我问问人就好了。"

风尧站在熙来攘往的人群中，身后是巨大的摩天轮。他左手插兜，右手拉着一只浅蓝色的氢气球，与这一身生人莫近的气质相当违和。

他看着我，面无表情："玩得开心吗？"语气可以说是冰冷，我一点也不觉得他是真的在询问我开不开心。

没等我回答，他径自说道："怎么玩随你。但有一点，"他顿了顿，冷酷的目光扫向我，"别妄想留在梦里。"

我的心"咚咚"两下。

风尧微微眯着眼眸，探寻的眼光锁住我，忽然轻轻笑了："需要我提醒你吗？这里的一切，游乐园、观光船、小吃店、摩天轮……"他缓缓扯了扯手里的东西，"还有这只气球，都是幻象。"

他平静的声音敲碎着这里的一切，每说一个字，我的心就下沉一分。

"不用提醒我，我没忘。"

"那就好。"

忽地，耳机里传来苏灿耀压低的声音："小鸽子，风尧把耳机关了，我听不到他说什么，没事吧？"他大概是找了个借口走到一边对我说的，我低低"嗯"了一声。

"时间快到了，知道吧？"风尧淡淡道，"看样子你是不打算唤醒他了。"陈述句。

我没有回答。

"很好。"他点点头，"不要怪我。"

强压下心里的震动，我眸子一眯，看着他两秒，慢慢笑了："你要是有能力唤醒他，还至于盯着我不放吗？"

穆沉排队买南瓜车车票时，我状似无意地试探了苏灿耀的口风。我确信，他们不是没有试过，只是没有成功。不然，以风尧的风格，能简单快速解决的事情，不可能拖到现在，更不会一而再，再而三地在我身上做无用功。

"你这么想的？"他略微挑了挑眉，脑袋一歪，轻扬了扬下巴，"那就当我没说。我来只是告诉你……你以为指挥官为什么选择穆沉的案子？"

不是因为"无论成败，没有代价"吗？

他眼里浮现轻淡的笑意："我们入梦一次成本很高。没有意义的事他不会做。"

"什么意思？"

"他不信任我们。这是个测试。"

我想起简宣姐曾对我们说过的一段话："梦里充满了各种诱惑。感情和欲望，只会成为你们的绊脚石。清心寡欲，才能全身而退，一旦生出想要留在梦里的念头，便是着了造梦者的道，这是大忌。"

她还说："风尧我很放心。你们俩——尤其是你，楚歌，你心里的执念到了梦里就会化作击败你的梦魔，一定不能冲动，不能感情用事。"

指挥官是在借穆沉考验我的心志和定力。

"楚歌，我不管你是怎么自欺欺人的，记住，"他眼里笑意全无，语气冷冷，"无论最后怎么样，不要犯忌，不要自讨苦吃，懂吗？"

……

我走回小吃店，苏灿耀正在收银台结账，他似乎很紧张的样子："怎么样？他没说什么吧？"我摇摇头，走到窗边的座位旁。

"还以为你迷路了，小糊涂虫。"穆沉给我拉开椅子，视线触及我的表情，不由得蹙眉，"怎么了？去了趟洗手间回来就心事重重的？"

他想了想，俯身在我耳旁说了句什么。

我脸一红："不是。"随便扯了个理由，"刚才路过冰激凌车了，发现没带包包。"

他轻笑出声："哈哈，一个冰激凌让你魂不守舍成这样，楚歌，咱有点志向好不好？"

小吃店门口贴着烟花表演的时间，苏灿耀凑过去看了一眼，嘀咕道："落日烟花……黄昏时分？不应该在晚上放吗？"我想了想，或许是不想让它们绽放后转瞬消逝在黑夜里。

苏灿耀皱眉，说道："可是落日也会被夜色吞噬啊。"

穆沉说，那样也挺好的，烟花有落日陪着一同沉沦。

路过旋转木马时，穆沉停下来看了我一眼："走吧。"

我脑海里忽然闪过一个画面，我们坐在旋转木马上，转啊转，转啊转，他的身影越来越模糊，一点一点融进身后的光影里……

"我不想坐。"我摇摇头。

穆沉略微惊讶地挑了挑眉，随即抬手摸摸我的头，"累了吗？要坐在长椅上歇一会儿吗？"

天色渐渐暗淡，灰色一点点掺和进浅蓝色的碧空。我忽然困极了，眼皮很重似的抬不起来。

"累了就睡一会儿。"

我不敢睡。"穆沉，我担心这是个梦。"我把脑袋靠在他肩上，自言自语，"梦醒了，我就找不到你了。"

"你怎么光过生日不长大呀。"他捏捏我的鼻子，好笑，"我平时对你不好吗？受宠若惊。"

不一会儿，苏灿耀手里拿着两支冰激凌回来了，自己咬着一支，递给我一支双球的，然后就去排队买时空梭的票了。

我看向穆沉，他对我摇摇头："你吃吧。"然后专注地看着我吃，就那样一直浅浅地笑。我抿了一口，又一口，好咸，有液体在往心里倒流。

耳机里传来电流的滋滋声。

紧接着响起苏灿耀的声音："小鸽子，指挥官已经发出召回信号了。"他停顿了一下，音色暗沉了下去，"有什么话，你想对穆沉说的……记得抓紧说。"

我感觉眼前一黑，呼吸也变得困难起来，仿佛胸腔里有什么在一点一点崩塌。

"小鸽子，你快检查一下监测设备，确认佩戴无误吧？指挥官随时有可能下达指令……喂，听得到吗？小鸽子。"

我摸到腰后方的小东西，默默关闭了电源。

我不知道我想做什么，但我就是这么做了。我知道穆沉的梦是一次测试，知道想留在梦里是大忌，也知道这是不可能的——即便关闭了监测设备，意识治安局也一定有能力找到我，把我带回现实，正如风尧说的自讨苦吃。可我真的做不到什么也不做。

有什么话，想对穆沉说……

我很努力地撑着眼睛，很努力地在脑海里搜寻。

没有，什么也没有。我有一辈子的话想对他说，可现在我不知道要说什么，说什么都不是我们的一辈子。

冰激凌是双人份的，巧克力香草混合口味。我很忙，忙着咬中间的冰激凌球，忙着吸溜侧边融化的冰激凌水，忙着拼命忍住倒流进眼里的泪水。

他也很忙，忙着给我撕外面那层包装纸，忙着给我擦鼻尖、脸颊蹭到的冰激凌。

我机械般地咬了几大口，支吾了一声，直呛出泪水。

"怎么了？"他抬手轻轻拍着我的背。

我呜咽起来："太大了，我吃不完。"

他没说话，突然倾身下来，凑到冰激凌后，我转头看他，他的唇已先一步贴上我的眼角。

远远地，落日海岸上放起了烟花，一束束升空，绽放，最后融化在夕阳里。

时空梭购票处。苏灿耀对着远方海岸线上的烟火出着神，手里的冰激凌已经化了一手。

"先生，先生？"

"啊？"

"这是您的体验券，请到右手边排队乘坐。"

"哦，好。谢谢。"

苏灿耀接过，耳边又响起昨晚的通话……

"穆沉，他已经醒了。"风尧语气肯定地说。

"嗯。"苏灿耀并没有多么震惊。

"那天，指挥官只说了四个字，"风尧淡漠的嗓音不含一丝感情，"永绝后患。"

听到这四个字，苏灿耀愣住了。

"时间一长，他自己的意识会越来越薄弱，即便是已经觉醒的显意识，到最后也可能完全由造梦者掌控。"风尧复述着指挥官的话，"那个时候，究竟还是不是他的意识，谁知道呢。"

苏灿耀平生第一次感到不可置信、无助与愤怒，他不相信指挥官会说出这样的话……这样轻描淡写的残忍决绝。

"是啊，谁知道呢？可我知道，他的意识没有梦境的依托就会消失，他会死。"

风尧听了似乎短暂地愣了一下。"这是任务。"再次开口，语气依旧果决而凉薄，"抱歉，我只知道，对人类哪怕有万分之一的可能造成威胁，都不该存在。何况，他只是一个意识体。"

苏灿耀沉默了，眼睛酸涩得厉害："小鸽子知道吗？"

"不能让她知道。我一直在试探，她愿意配合的可能性为零。"

"所以呢？"

"她现在对我戒心很重。所以，你来执行。"

苏灿耀觉得自己的脑子乱极了："可是你也说了，他已经觉醒了，然而梦境依然存在，我们没办法……"

"梦境崩塌。"

"什么？"他怔住了。

"睡眠状态能被体内的强刺激彻底打破，如极度的恐惧情绪及身体不适，这是人的本能。"风尧用永远一成不变的冷静语调说着，"他有心脏病，利用这点引发梦境崩塌。"

苏灿耀花了十来秒才明白过来风尧在说什么。

"那么，之前那些永久沉睡在梦里的人呢？他们难道不会被掌控？"

"有可能，但没办法。超时了，任何条件也无法造成梦境崩塌。"

"你就不能当穆沉也……"苏灿耀还想说些什么。

风尧却打断了他："无能为力，唯有心存侥幸。但是，力所能及，我要万无一失。"

"可是风尧，这是穆沉，你也知道他对小鸽子来说有多……"

"苏灿耀，变成傀儡的是你，我照样不会心软。"

"……"

苏灿耀紧紧地攥了攥手里的两张时空梭体验券，又一点点松开。

他远远地朝某个方向望了一眼，垂下目光，缓缓吐出一口气。

对不起。

我呆呆地看着眼前放大的面孔。他细细地吻着我脸上的泪珠，吻得很认真，眼睛闭着，长长的睫毛一颤一颤，像个睡不安稳的孩子。

"把眼睛闭上，乖。"穆沉的嗓音说不出的低沉暗哑。他不知何时把眼睛睁开了，一双黝黑的眸子正对上我的目光。我不敢闭眼，嘴微微张着，一动不动地看着他。

他淡淡笑了一下，伸手揽住了我的腰，一只手覆上我的眼睛，鼻尖慢慢慢慢地下移，若有似无地蹭过我的……他的唇角动了动，三个字从低柔的声线里缓缓溢出："我不走。"

他似乎是又笑了，伸手抹掉了我嘴边沾的奶油，点了点我的鼻尖，湿漉漉的，有点凉，好像是把那点奶油转移到了这儿，接着他含住了我的嘴唇。很甜腻，很柔软，带着一丝绵长的气息。他很有耐心，慢条斯理地辗转研磨。我只觉有电流窜过，头皮一阵阵发麻。

他的吻很温柔，却让人不能忽视。箍着我的手臂一点点收紧，又怕弄疼我似的很快放松，只是把我圈在怀里。他的唇齿间好似有无比沉重浓烈的感情，舔舐着我的温度，包裹住丝丝冰凉，滚烫而克制。

冰激凌融化了，"啪嗒""啪嗒"掉在地上。

我们躲在冰激凌后，错觉过完了此生。

"宝贝，别哭了。"他放开我，气息有点喘，语气心疼又无奈，"你是来偿还我一生眼泪的绛珠仙草吗？"

宝贝……这是他第一次叫我宝贝，是我第一次听他叫我宝贝。

我牢牢地盯着他，盯得眼睛都疼，疼得溢出眼泪。我不相信我记不住，我不相信我会忘记这张连眼睫毛都种进我心底的容颜。

"亲一下就感动到不行了，"我透过泪水看到他对我笑了一下，清清浅浅，"以后等你毕业了，求婚怎么办？"

穆沉的声音轻得像一缕风。

"我愿意。"

他的笑容凝滞了片刻，看着我的眼神带着脆弱："什么？"

"穆沉，我愿意。"

这应该，是我最后一次，看着你，你的眉眼，你的鼻梁，你的嘴巴。过一会儿，我就要失去你了，穆沉。

我曾经忘了你，今天过后，又要再一次忘记你。彻底地。

游乐园里的灯在这时依次亮了起来，他身后的旋转木马顷刻间金碧辉煌，唱着歌缓缓旋转起来。

Merry-go merry-go merry-go-round
……

有时候，我真希望时光能就此停止，不再流逝……
停在此刻，就很好。

我和穆沉到了乘坐时空梭的地方，苏灿耀已经买好了票。排队的人不是很多，我们默默排了队尾。购票处张贴着"游玩须知"，最上方是一行显眼的大字："当前国内最先进的时空梭。"

当初就是它把我送走的，如今又是它……

我要走了，我还是要走了。我不敢表现出一点反常，不能让穆沉察觉到不对劲。我不能再亲手摧毁了他的美梦。

队伍一点点往前挪动着，穆沉一直牵着我的手。他还是那样，眉目和煦，笑意温润。

很快就要排到我们了。体验者要先坐电梯到达塔顶，然后在那儿搭乘时空梭。苏灿耀突然停下脚步，转头对穆沉说："少爷，夫人特意叮嘱过，不能让你乘坐惊险设施。"

对不起，风尧……

苏灿耀在心里说。

穆沉若有所思地看了他一会儿，忽然笑了，伸手拍了下苏灿耀的脑袋："行，我假装不知道是你自己想玩。"

苏灿耀呆愣了一下，很快又神色如常，抿唇淡淡地笑了笑："嗯，是我自己想玩。一会儿就由我来陪护楚歌小姐吧，我会照顾好她的……你放心。"

穆沉笑着："好啊。"

"走吧。"苏灿耀低声说道，垂头看着地面，没有看我。

"嗯。"我仰起头，对穆沉露出一个笑，"那你在这儿等我们。"

"好。"他松开我的手，抬手摸了摸我的头，"去吧。"

"你……记得看着我啊，要给我拍照。"

看着我离开吧，求你了。拍张照片，以后……经常拿出来看看。

"好。"他点头，"回去我们就把照片全洗出来，贴到相片橱里。"

我一直笑着，笑得很开心，笑得两排牙齿全露了出来，笑得脸都有些疼，却还是在笑。这一次我想好好跟他道个别，把那些充满悲伤和泪水的回忆全部赶跑，让他记住一个和他在一起时笑着的楚歌。

我轻轻地抱了他一下，就一下，然后松手，后退两步，又抬头仔仔细细地看了他一遍，头也不回地离开。

我开始哭，边走边哭。我不敢发出声音，抽泣也不行。我听到苏灿耀低声叫了句"小鸽子"，声音里充满了悲伤。然后我就什么也听不到了，耳边只有世界轰然倒塌的声音。

我走到电梯口，按了上行键，电梯门一点点打开。透过玻璃是光彩夺目的游乐园，旋转木马流淌着歌声，夜空中的摩天轮慢慢地转着圈，灯火闪烁，上面一定有一对情侣正许下一生一世的诺言……

真美好啊，就像童话世界一样。

只可惜，时间到了，魔力要失效了。远处传来钟楼的报时音乐。灰姑娘的美梦，该醒了。

传说王子送给公主一双象征幸福的水晶鞋，并许诺陪她走过一生。但是她把幸福弄丢了。

突然，我听见一个声音叫住了我："楚歌。"

一股强烈的预感横冲直撞进大脑，我再也忍不住，再也顾不了那么多，转身向身后飞跑去。他还站在原地，天地间只剩下落日和那抹单薄的身影，他站在黄昏里，像一朵孤独的晚霞。

他伸手一把接住我，脸上的笑是那么温柔、那么悲戚："要永远幸福。好好地，幸福一辈子，明白吗？"

他说："把我忘了吧。这回是真的，忘了吧。我会记得你，一直记得，永远记得。"

"你什么时候清醒的？"

他没回答，抬指接住我不断滚落的泪珠："楚歌，快快长大……"

我又问了一遍："你什么时候清醒的？"

他轻轻地笑着："不用担心我，我会在这里好好的。"

"你早就清醒了，对吗？"我也笑了。他可以做清醒梦，梦境会继续存在。呼出一口气，此刻，我感到前所未有地轻松和安心。

"穆沉，听我说，让她代替我，永远陪着你，在这个，世界里，一起幸福。"那个认识你、记得你、爱着你的楚歌……

"嗯。"

"这次你要早点告诉她，你喜欢她啊，从很早以前就喜欢她了。"泪水凝在脸上，被风吹着有些疼，直疼到了心底。

"好。"他点头答应。

苏灿耀在一旁小声道："小鸽子，我们……"他好像哭了，声音里透着哭腔。

"你要走了，对吗？"穆沉看着我的目光变得笑意盈盈，清澈透亮的眼里毫无光彩，只有支离破碎的残星，"我不能再让你陪我活在梦里了，你该回去了，回到属于你的世界里，那才是你的时空。过一会儿，我就去接她回家。"

我的心，好痛……但我还是使劲地笑着："你好好的，你要好好的，我会回来看你的，你等我回来看你！"

"好。"他仿佛对我温柔地笑了一下，不，是很灿烂地笑。不，不对，他一笑不笑，只是目光沉沉地那样看着我——

"再见，楚歌，我的……"

突然间，周围的画面急剧变幻……塔顶！我已经到达了塔顶，坐在了启动中的时空梭上！

清醒梦的主人可以控制梦里的一切，甚至梦中的其他人！

腰后的监测设备"嘀嘀"叫了起来，轻微震动着，不知何时被人按开了电源。

我拼命地拍打玻璃门，却纹丝不动，朝下看去——穆沉仍然站在那个地方，微微仰头，昏黄的灯光打在脸上，模糊了他的五官轮廓。我恍然想起，以前，他也曾站在宿舍楼下，目送着我上楼。

那是个冬天。他好像穿着冬青色的毛衣，额前的刘海儿浓密整齐，就那么双手插兜站在楼下，夜色朦胧中抬眼看过来，转身离开的时候轻轻笑了下。

不，不，眼前的他身穿藏青色校服，外面披了件商学院的羽绒大衣，手里提着个保温桶，站在我们宿舍窗户前的那颗大树下，笑着对我挥手……

有什么东西电光石火般闯进我的记忆，又飞快地片甲不留地从我脑海里生生抽离。

这时，时空梭忽然开动了。我大声哭了出来，伤心得像个孩子，哭声消散在刮过脸庞的风里。

速度骤然提升，两侧的风景飞速倒退着，身边的一切都渐渐扭曲变形，这个梦幻的世界、这个承载了我所有美好回忆的地方，正在一点点化为粉末，我回过头，余光里苏灿耀正站在塔顶电梯口，表情痛苦地捂着脑袋半跪在地上……

在一片模糊与歪曲中，我看着穆沉在我的视野里渐行渐远……一点一点地，从我的生命里，彻底消失。

失去画面之前，他似乎轻轻笑了，开口对我说了什么……

我再也不会知道了。

童话故事的最后，王子一直想念着他的公主，于是决定去追寻她。终于，王子踏遍千山万水来到灰姑娘家，凭借水晶鞋找到了心上人。

王子和公主从此过上了幸福快乐的生活。

你们会幸福的吧。穆沉和楚歌，你们一定要幸福啊。

结束了，穆沉，我的穆沉。

结束了，我全部的回忆和爱。

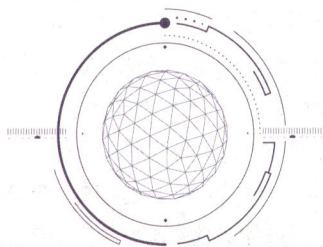

【第十二章】

"梦境内容呢？"
"赤焰世界。"
"那么，我们的身份呢？"
"手无寸铁的平民。"

听简宣姐说，由于这是我们第一次进入意识空间执行任务，技术组的同事们没有经验，设备运行出了点 bug，内存条烧坏了，导致我们失去了记忆。

"失忆？什么！我又失忆了？！不是吧！"苏灿耀刚从实验舱里坐起来就大呼小叫，"……等等，我为什么会说'又'？我怎么知道我以前失忆过？不对啊，我还记得啊！我没失忆啊！"

"你能不能等我把话说完再嚷嚷？"简宣姐翻了个优雅的白眼，接着说道，"你们失去的只是关于这个梦的全部记忆，也就是说，你们现在应该不记得梦境内容了。"

我回想了一下，发现大脑还真是一片空白，跟每天早晨刚睡醒时一样。但是心里却有一种说不上来的感觉，暖暖的，又像缺失了一块……很奇怪。我以前也有过这种感觉，比如做梦梦到自家偶像，第二天醒来后，梦里的内容渐渐离我而去，但那种温暖又心动的感觉，却一直留在心里。

"那梦里究竟是什么情况啊？结果怎么样？我们唤醒他没有？任务成功没有？"

无论苏灿耀怎么追问，简宣姐一概微笑回答："保密。"

"嘁，我怀疑梦里肯定有什么不得告人的秘密，意识治安局怕我们泄密，故意销毁了我们的记忆！"苏灿耀搅和着盒里的番茄炒蛋盖浇饭，愤愤不平，"还说什么设备 bug，敢不敢编个昂贵一点的理由啊？"

一晚上送走好几拨人，先是宣传组的同事们扛着各种我没见过的先进拍摄设备"噼里啪啦"一阵"咔嚓"，再是校长、年级长、系主任、班主任组团慰问来了，紧接着拥进来一批来自斯洛学院各个杂志报刊社的记者，说要给我们做一期明星校友专栏，然后是苏灿耀的邻居王奶奶带着社区老年协会送来一面锦旗、韩大叔送来一打烤冷面，最后是付安安带着花和果篮来看我们。我觉得我仨就像是刚从 ICU 推出来大病初愈的患者，又像是动物园里新来的三只明星大猩猩。

最过分的是，当付安安眉飞色舞地用凡尔赛文学讲述了足足一小时她是怎么跟随前辈阻止时间犯罪又是如何修正时间线、扶正历史的轨道时，我只能静静地当个听众。可恶，本小姐的英勇事迹全部献身在内存条里了。

到了饭点，世界总算清净了。楼下食堂阿姨体谅我们一晚上被围观辛苦了，把三份盒饭和雪顶摩卡送到了我们办公室门口，还特别大方地不要钱。我心满意足地选了一份糖醋排骨饭，不得不说阿姨真是细心，连我的口味都掌握得一清二楚。

就在我们愉快干饭时，办公室的门再一次被敲响。

"唔，谁啊？"坐我对面的苏灿耀嘴里塞着一大口饭，含混不清地回头问道。门外那人没应答，门径直推了开来。

许久不见，他依然是那张看着怪欠揍的脸，眼里荡漾着浓稠又莫名的笑意，我怀疑他这副表情做了半永久。

他环顾一圈，活脱脱一副领导莅临视察的姿态，似乎终于注意到我们三个人算不上多开心的表情，嘴角轻勾，看向我："不欢迎？"

"你怎么来了？"真会凑热闹。

"当然是来看看你……们哪。"段谨然笑睨着我，不紧不慢地说道，"顺便带了便当，和秋天的第一杯奶茶。"

"哦，那你多此一举了，看到没，我们已经……"慢着，他干吗笑容阴森、意有所指地盯着我饭盒里的排骨，该不会……俗话说，拿人手短吃人嘴软，我戳戳碗里的米粒，自觉闭嘴。

他把手里提着的小纸盒放到我桌上："烤布丁，摩球皇家首席主厨的代表作，尝尝看。"

我露出一个发自内心的假笑："嗯，好香，不过我还是更喜欢家乡的味道。再说，这不太好吧……"我使劲瞥了瞥对面那两个极力和背景融为一体的家伙。

谁知眼前的人笑得更阴森了："公正吗？我做不到，我永远偏爱你。"

"噗——喀，喀喀！"

这下段谨然总算转移了视线，转头施舍某人一眼："怎么了？"

苏灿耀用纸巾擦着嘴，眼神幽怨："你逼我喷饭的，你问我怎么了。"

段谨然半倚在桌前，挑了挑眉，眼神似有无辜。再次看向我，他轻笑出声，忽然伸出一只手，捏住我的下巴，慢悠悠端详了会儿。

我一阵毛骨悚然："你有话好好说，别……别笑没个笑样啊。"

他微微抬高我的下巴，一道黑影慢慢盖了下来。这下我僵住了，死命拍了拍他的手："喂喂喂，你想做什么？！"

"我想做什么还不明显？"

只见他大有不要脸的架势，我动作利落地双手捂住嘴，双眼紧闭叫了一通"风尧""苏灿耀"。

那两个家伙是已经把自己升华为空气了吗？

沉默是金的风尧终于开口了："喂，段谨然。"

那道黑影好像停下了，什么东西碰了一下我的脸颊，很轻，我缓慢地吞了一下口水。

"这种时候居然叫别的男人的名字，啧。"淡淡的语气听得出段谨然很是不满，"搞不懂你是怎么把饭吃到脸上的。"他说着把指间捏着的米粒轻轻放在餐巾上。

"……"小丑竟是我自己，"我靠脸吃饭，看不出来吗？"

"你以为我要做什么？"他挑眉，目光在我脸上打转，轻笑一声，"想得美。"

我气得说不出话来，这家伙的脸皮还真是一日不见如隔三秋，有过之而无不及啊。

"阿楚，你要是再在心里腹诽我，我可就记仇了哦。不过，我对你也是一日不见如隔三秋呢。"

"看不出来，你会读心？"

"读心？怪不得。"

"什么？"

"怪不得我满脑子都是你的声音，吃饭的时候也是，睡觉的时候也是。"

"噗——我，咳咳，实在憋不，咳，住了……"

"怎么，苏先生有意见？"

"你这也太犯规了吧。"苏灿耀嘀咕着，仰头灌了口摩卡。

"犯规？这么说，你要跟我公平竞争？"

"噗——"他抓起纸巾堵着嘴，连连摆手，"不用了，我只想好好吃个饭。诶，我的番茄炒蛋怎么全变煳了？刚才还好好的啊？"

九月。是秋天了。

气温渐渐地转凉了，大街小巷多了一些秋的意味，街边的玻璃橱里上新了不少款式好看的风衣。白云慢慢地飘浮在空中，秋高气肃。

这天，我才下班到家喂了小柿子，讯章就响了起来——

简言："二十分钟后，会议室集合。"不等我说话，对方就挂断了。

看来是有新案子了。

二十分钟后。会议室。

简言身边坐着一位陌生的男同事，脸有一点圆，大大的浅茶色杏眼："介绍一下，这位是来情报组的小孔，负责搜集入梦者及梦境信息。"

小孔点头致意，开口是与外表相去甚远的成熟稳重："你们好。这次的入梦者是一名女性，这是情报组搜集到的信息，请看。"

话音落下，大屏幕上出现了一份个人档案。

姓名：贺秀知

性别：女

年龄：23 岁

种族：地球人

职业：书店营业员

AI 率：24.18982%

旁边是她的照片。看起来平凡的五官，组合在一起却透露着一股冷傲的英气。

风尧："OK，梦境内容呢？"

小孔："赤焰世界。"

苏灿耀："那是什么鬼？"

小孔："是她自己的意识创造的世界，在这个世界里她是行侠仗义的女超人。"

苏灿耀："还带这样玩的？"

我："低温装置和冷冻衣管够吗？"

小孔："这个，要看你们到了那边是什么情况。"

什么意思？

指挥官宽慰道："你们不用过分担心，经过多方面分析评估，此次梦境的破译指数为两星半，也就是说不会耗时太久。"

风尧："她的身世？"

小孔按了下遥控器，档案翻到下一页，浮现一个男人温润的笑脸。

"他是谁？男朋友？"苏灿耀好奇。

"不，是哥哥，贺秀知没有其他家人，和哥哥相依为命，过着平凡简单的生活。"

哥哥？

我："那她哥哥呢？现在在哪儿？能联系上吗？"

小孔没有马上回答，我心里顿时涌现一种不好的预感。

"去世了，死于两年前的一场车祸。"

"贺秀知的心结，是她哥哥？"风尧两手交叠，轻点指节，"详细说说？比如，车祸原因？"

小孔摇了摇头："我们能掌握的就这么多。"

简言看了眼时间，起身，拍了拍风尧的肩膀："具体情况你们再问问小孔。我还有事，先上楼了。"

风尧点头，继续问道："那么，我们的身份呢？"

"手无寸铁的平民。"

"……"

苏灿耀："那个，我可以申请换个身份吗？被女人保护不是我的风格啊！"

小孔："在她的世界里除了她和她要保护的弱者，就是她要斩杀的妖魔鬼怪。你确定你要……"

"不必了，我觉得偶尔体验一下弱者的滋味也挺好的。话说回来，赤焰世界为什么叫赤焰世界啊？大概长什么样？危险系数高不高？"

小孔淡淡说道："顾名思义。据情报看来，红色火焰滚滚而来，袭击人类、吞没大街小巷，所及之处皆如炼狱，此即为赤焰世界。"

苏灿耀倒抽一口凉气："你确定……入梦者是个女生？"

小孔用看白痴的眼神看了他一眼，他哭丧着脸看向我："小鸽子，你们女生不都应该梦想着成为公主，做梦梦到白马王子什么的吗？打打杀杀多不好。"

"那是你以为的我们女生。"我白他一眼，向小孔问出了之前一直想问的问题："那如果，我是说如果啊，在梦里受伤，或者挂掉的话……呸呸呸，会怎么样？现实中会受到什么影响吗？"

"会。"

"啥？"我呼吸一滞，"为什么？什么影响？严重吗？"

"介于你们是强行进入他人梦境的，在梦里受伤甚至下线，将会对你们自己的意识造成一定程度的创伤。"

苏灿耀："一定程度是什么程度啊？说清楚点，比如摧残智商？精神失常？"

"抱歉，目前无法估量，要受伤了以后才知道。"

苏灿耀："等等，该不会我们上个梦失忆就是受伤引起的吧？"

"抱歉，这个我不清楚。"

"……"

"还有什么要问的吗？"

苏灿耀："有。"

"你问题真多。"

"不是你让我问的吗？"

"说吧。"

"现在退出破梦组还来得及吗？"

小孔点点头，起身："好的，我会把你的诉求如实上报给指挥官的。"

"诶，我随口说说的，诶——"苏灿耀急忙一把抱住小孔的腰，"大哥大哥，我错了！大哥你坐下，咱有话好好说……"

"放手。"小孔没再作势往外走，面无表情吐出两个字，而后看向我们，"哦，对了，指挥官让我通知你们，破梦组有新成员加入。"

"新成员？"我们都一愣。意识空间内仅能容纳四名外来意识体，且其 AI 率必须处于两极——高于 85% 或低于 15%，意识治安局一直在招募寻找符合条件的成员，但碍于条件苛刻且任务风险高，破梦组到今天为止还是只有我们仨。

"哪儿呢？"苏灿耀四处打量一圈，目光停在小孔身上，"你别告诉我，新成员是……"

小孔丢开苏灿耀还环在他腰上的胳膊，一脸无语："不是我。情况紧急，他已经进入梦境了，你们进去后找他会合。"

风尧点头："明白。"

"三天后，CA 室集合。散会。"

三天后。

果然，远处最里面的实验舱已经处于闭合运行状态了。

大概是女生精准的第六感，对于这个新成员，我心里总有一种说不出的怪异。这么久过去了，符合条件且自愿加入的第四名成员迟迟没有出现，为什么现在突然……

来不及深思，我眼前一黑，意识趋于模糊……

眼前的画面慢慢清晰。

鳞次栉比的摩天大楼直指夜空，漫天星光在璀璨不歇的灯火前显得微弱黯淡。浓稠的夜色和五光十色的霓虹覆盖了整座城市。

而我正处于一座大厦的顶楼天台。

看样子这里刚下过雪，地面、护栏上积了一层细雪。

寒风中对讲耳机"嘀"了一两声，断断续续地响起苏灿耀哆哆嗦嗦的声音："我说情报组从哪儿买的五毛钱情报？炼狱没见着……阿嚏——我现在冻得像条鲔鱼。"

"喂？你俩现在在哪儿？"

"风尧联系不上，不知道掉在哪个犄角旮旯里了……呼，小鸽子，你看下身边有什么标识没，我先找到你再说。"

"好，我在天台上。这栋楼特别高，比四周的建筑都高。"我扭头环顾四方，"标识……对面有一张超大的电子屏，发紫光的，还有，右边……"

我维持着嘴半张的口型，默默噤了声——那是……火光吗？

"小鸽子？你卡了？喂？好吧，这破信号……"

只见不远处的安全出口，亮着绿光的 EXIT 标识下，火光越来越亮，似乎楼梯里有什么燃烧着的东西正在接近……

"苏、苏灿耀，楼梯里好像着火了！"

"什么！我看到大屏幕了！你别乱跑，我过来了！"

不等我回答，伴随着一声痛苦的嚎叫，出口处已经赫然出现一团大火球……不，是一个浑身着火的人！

一瞬间，我全身汗毛倒立，学的搏斗平生头一回派得上用场，对方居然是个身形几乎是我两倍的"火人"！我连咽了几口口水，瞥了眼天台下方，这高度，喊"救命"肯定没人听得到……

火人压根没给我这么多内心戏的时间，简单粗暴地朝我扑了过来——我一个闪身，躲开它的进攻。

"喂！你冷静点！大哥你听得懂我说话吗？我是警察！专业的！"

这家伙像根本听不懂我说什么似的，朝我扑腾个不停。

我弯腰飞速地搓出个小雪球，一边试着和它交流："Policewoman! Get it?"

它居然真的停下了，我忙操起一口塑料英语激动道："Good job. Glad to meet you. Please let me introduce myself……喂喂喂你冷静一点好吗？站那儿别动！我、我送你去医院啊！我没有恶意，真的！"

可怜的小雪球，砸在一团大火球上，瞬间消失得连渣子都不剩。

"你怎么样？没事吧？"耳机里，苏灿耀微喘的声音夹杂着呼啸的风声。

与此同时，出口处又是一道火光，紧接着钻出了一只、两只、三只火人儿！

我倒抽一口凉气，立马出声阻止："你别过来！"

"小鸽子你稳住，我上电梯了！马上到！"

我冲耳机里吼道："我说让你别过来！苏灿耀！你在楼下接应我！"

说着，我转身瞅了眼护栏，护栏外是一道不算宽的横梁，连接邻座大厦。身后又传来几声低噤，紧接着是沉重有力的脚步声……我闭了闭眼，睁开，一脚迈了出去，也不知道在梦里高空跌落会不会疼？

横梁上有一层薄薄的积雪，有些打滑，我小心翼翼地稳住步伐，双手张开保持平衡，深呼吸，一口气通过。

身后的火人很快也跟了过来。我放弃交流，忍不住在心底骂了几句脏话，这大家伙平衡感还不赖！经过刚才的铤而走险，我胆子也壮了起来，索性一跃而下，跳到了最近的一座大厦楼顶上。

这几只火人紧追不舍，我接连跳了几次，百米高空下是闪烁不息的霓虹和五光十色的街道。眼下已经没路了，脚步声紧随而至，我回头一看傻了眼，完全没有拉开一点差距！

"吼——"跑在最前面的火人又发出一声低吼，一步步朝我走来。我飞快地环顾一圈——消火栓！我一边奔向不远处的消火栓，一边在心里快速回忆了一遍操作方法。

万幸，现在的高科技产品使用起来很便捷，我打开阀门，手握水枪对准进击的火人——

水柱喷在它身上，很快被周身的火焰吞没。

灭了个寂寞。

好吧，看来我只能放最后的大招了，咯咯——

"苏灿耀你到哪儿了啊！"

什么鬼，这时候居然没信号！

"你别过来！"我狠厉地抬高了手里的水枪对准火人的脑袋，它虽然听不懂我说的什么，但却被我的气势吓得不敢再上前。

我侧头查看了下环境，沿途有几处电线杆和挡板。就在我估算从这儿跳下去不摔个半死的可能性有多大时，耳边突然擦过一道凉飕飕的风——下一秒，火人凄惨地嚎叫了声，倒在地上。

它……中弹了？我不可置信地看了眼手中的水枪，不，不对，那道风来自我身后……

我根本没时间思考身后那人是何品种、是敌是友，眼见同伴中弹倒下，

另外三只火人像是惊恐又像是暴怒，纷纷咆哮着朝我走来——

"突""突""突"，伴随着三声枪响，三只火人应声倒地。几乎是瞬间，它们和第一只火人一样化为一团黑烟，最后连烟都不剩，风一吹，只留一摊黑色的痕迹。

"还傻站着干什么？"

风尧！

我转过身，只见他的脸上和手臂上有些污渍和擦伤，不过看起来不算严重，裤子上还溅有星星点点的雪渍。

他身后两三步站着一个男人，那人侧身倚在天台护栏上，垂首描摹着手里的枪，有几分漫不经心。惊艳，我脑海里浮现的第一个词就是惊艳。

随意颓肆的举动，为他清隽精致的五官勾勒出几分明媚的匪气。

他是，贺秀知的哥哥？不，印象中那张面孔更加温润秀气，全然没有这种具有侵略性的明艳。

他似有所感般看来，只一眼，那双眸子黑白分明，而又似乎蓄满了隐忍晦涩。

我心下一惊，迅速收回视线看向风尧："你也遇到火人了？"

他"嗯"了声，迅速说道："走吧，去找灿耀。"说罢转身走向不远处停在半空中的飞行器，一手攀住悬梯。

看样子是这个男人开飞行器路过，出手救了他。我跟在风尧身后，经过那个男人身侧时，他忽然转头看我。

我被他的目光打量得心慌，转头和他对视："怎么了？"

"你，没哪儿伤着吧？"出乎意料，很清润的嗓音，低低的。

我摇摇头。他垂眸看了眼，声音还是很淡："那只鞋子呢？"

我低头一看，这才发觉自己少了一只鞋，踩在雪地上竟然也不觉得冷，可能是麻木了："刚刚跑掉了。"

他点头："知道了，上去吧。"

等我先扒着悬梯上了飞行器，他又若有所思般顿了片刻，才跟着上来。

飞行器上。

从舷窗看下去，大街小巷空无一人，整座城显得繁华又寂凉。

是的，这近乎是一座空城。

被半途打捞上来的苏灿耀围着我没完没了："小鸽子你真的没事吗？有没有哪里磕到碰到或者烫到啊？"

“没有！真的！一点事也没有！除了阵亡了一只鞋子外一根毫毛都没少！”

他神情总算放松了些：“哦。”苏灿耀坐回自己的位子，嘴里小声解释着，“我只是觉得风尧被打得落花流水，你居然毫发无损，有点不可思议……”

风尧：“八只。”

苏灿耀：“什么？”

“一打十，放倒八只。”风尧脸上没什么表情，“这东西虽然体形大、很吵，但是行进速度缓慢、灵敏度差，并不是毫无弱点。”

“没错。”我赞同道，转念一想，“不过，它知道在顺利通过后毁坏横梁，妨碍苏灿耀来营救我，说明这家伙有一定智商，且破坏力惊人。”

“是啊，我也没想到。”苏灿耀回想着皱起眉，“不过，小鸽子，你跳楼的举动真的太危险了！吓死我了！”

“你以为我想跳啊？我想走楼梯也没门啊，天台的门都锁死了好吧？前几个连消火栓也没有！太差评了，我要去投诉！”

“消火栓？”驾驶座上的男人幽幽开口，毫不掩饰轻蔑地笑了声，“要是消火栓能灭这玩意儿，你以为这个世界上还能被你找到没有用过的消火栓？”

“大哥，我们好像不熟吧？”张口就怼人是什么习性？

“怎么不熟？”他从观后镜里睨我一眼，嘴边依然是浅淡的笑，“十五分钟前，我好像当上了你的救命恩人吧？”

如果他没有在句末加上“小菜鸟”，而且还是格外欠揍的语气，我是真心想为刚才的事道谢的，现在，呵呵。

“就你这细胳膊细腿的，警察？垫底的那一个吗？”

“……”

“抓坏人可不是好玩的，我不可能每次都恰好开飞行器路过。”

十来分钟后，飞行器降落在了一幢白色矮屋的楼顶。

雪不知何时融化了，地面上没有一点积雪，徒留湿漉漉的水迹，倒映着夜空里一轮明月。

苏灿耀透过舷窗打量道：“贺秀知就住在这儿？”

“嗯哼，这里就是她和贺守知的领地。”男人停好飞行器，从驾驶位朝我们走来。

我提醒苏灿耀：“小心点，这个来历不明的男的不一定靠谱。”

苏灿耀闻言皱眉，男人瞥我一眼，嘴角一抽，眉毛挑了挑：“来历，不明？"

　　这一路上我们从他口中得知了关于赤焰世界的七七八八——火人的出现很突然，爆发的具体时间地点和根源至今未知，目前可以确定的是，这种火具有传染性，一旦与传染者发生肢体接触，十有八九会被传染，有的当场即会被同化，"火种"潜伏期最长可达七天。

　　除了一枪爆头外，尚没有找到有效抵御火人的办法，而治疗手段更是一筹莫展。人口因而大幅锐减，战斗力较强的成年人纷纷组建自己的领地，保护老年人和儿童等弱势群体，贺氏两兄妹即其中一例。

　　风尧起身，从舱门一跃而下。我跟着准备下去，却被男人从身后叫住，他视线垂下停了停："你等一下。"

　　我摸摸鼻子，说道："那麻烦你去领地帮我借一只了，或者不劳你再跑一趟，叫苏灿耀送上来就行。"

　　"不用。"他说着眼底浮现淡淡的戏谑，"省得你形单影只的又叫火人盯上，追着满夜空跑，我可没工夫天天顺手捡人。"

　　我就知道此人绝非善类："哈哈，我徒手搓雪球干掉一方阵火人的时候你是没看到！哼，有把枪了不起啊，我光脚的不怕穿鞋的！"

　　他目光飞快地垂下一瞥，若有似无地笑："嗯，知道。"

　　"哎。还有，什么叫满夜空跑？你能不能别把我形容得像个苏灿耀？"

　　男人秀眉微挑："你不也有把枪吗，拿消火栓当枪使的，不是你吗？"

　　"大哥，我那是恐吓它好吗？难不成我真以为水枪会发射子弹啊？你当谁白痴呢？"

　　"你啊。"

　　苏灿耀在一旁没忍住笑出了声："哈哈哈哈哈，小鸽子，终于也有你怼不回去的人了！"

　　"好了，不逗你了。"男人动作自然无比地刮了下我的鼻尖。

　　啊啊啊，太诡异了，这太诡异了，比赤焰世界下雪还诡异！

　　我这才注意到，他手上跟变戏法似的多了一只鞋子，我的鞋子。见他有蹲下的架势，我连忙拦住："我自己来。"让陌生男子帮忙穿鞋，这也太奇怪了。

　　穿好鞋起身，我不自然地说："多谢，什么时候找到的？"

　　"捡你之前，路上捡的。"他说着转身往外走。

　　"我……什么叫捡？"我在他身后喊道，"不是，你慢着！"

　　他停下脚步看我。我回忆了一下往日里煲过的武侠剧台词，对他露出一个灿烂友好的笑容说道："这位路人甲，感谢你仗义相救、雪中送鞋，但我就是个白眼狼，对不住了，别让我再看见你，不然——小心我看见一次……"

忽然，耳机里响起苏灿耀从牙缝里蹦出的蚊子哼："喂，小鸽子，你对新成员说这些干吗啊？"

什么？我之前是选择性眼瞎了吗，居然现在才发现他颈侧的文身是一只小小的捕梦网，估计是刻意文上去好让我们认出他，也能在会合时证明自己身份。

苏灿耀的话在我耳边余音绕梁。我万万没想到，这个腹黑猖狂自来熟和段谨然有的一比的家伙居然就是小孔口中的第四名成员。更加没想到，连苏灿耀都发现了的事，我居然到此时此刻，而且还是狠话撂了一半的此时此刻，才后知后觉……

我硬生生从凝固的笑容里挤出几个字——

"打一次招呼。"

男人："……"

苏灿耀："……"

"你好呀！"我尴尬地可以给自己抠出两个酒窝。

不算很大的屋子，打扫得干净整洁，东西摆放有致。不远处的餐桌旁围坐着十来个孩子，每人手里抱着一只烤红薯，安静乖顺地吃着。屋子一角居然还摆放着一台老式唱机，放的是专辑碟片《自画像》。

"都是前来投靠的？"贺秀知扎着高高的马尾，飒爽十足，本人看着比照片上多了几分女孩气，一双明亮锐利的丹凤眼格外有神。

"嗯，新发现的幸存者，在城区各个角落遭到不同程度的火人袭击。"男人……应该说是新成员回答道。入梦这些时日他已经和贺氏两兄妹熟络起来，俨然成为领地的中流砥柱。

贺秀知点点头："我们这儿的规矩简单，强者多劳，照顾弱者，老人小孩优先，没问题吧？"

"当然。"我们仨纷纷点头。

"行，带去隔离。"她扬扬下巴，接着补充道，"一周后解禁，参与正常活动，我会给你们分配工作。这七天内免费提供饮食，明白了吗？"

"没问题。"我们正要离开，她却忽然从身后叫道，"等一下！那个高个子，说的就是你……"她说着走近了一分，警惕地问道，"你为什么没有受伤？"

苏灿耀满头雾水，茫然地回答："一定要受伤才能加入吗？"

对方没有回答。

苏灿耀又问道："说明我不够弱，没达到被保护的要求？"

贺秀知摇头，语气凌厉："不，身为一个大男人，你没有战斗过的痕迹，我们这里不养废人！"她眼睛一眯，"还是说，你来这里另有目的？"

"大姐你想多了。"苏灿耀一脸无奈。

"你叫谁大姐呢？！有种再说一遍！"

"小知，来新人了吗？"

这时，一道温和的男声及时打断了濒临暴走的贺秀知。我们朝声源处看去，楼梯口，只见男人一手提着拖把一手拎着拖把桶从阁楼上下来。他轮廓柔和，五官周正，浑身散发的气质简直比照片上还要温润十倍。

这就是传说中一点脾气也没有、包揽全部家务活的绝世好男人？

"哥。"贺秀知一秒顺毛，周身的怒焰熄灭，乖乖巧巧地叫了一声。

男人含笑看她一眼，目光柔和，接着礼貌地向我们介绍道："你们好，我是领地的队长，贺守知。这是我妹妹，贺秀知。"

苏灿耀咋舌："这……是亲兄妹？性格简直天差地别啊！"

贺秀知杏眼圆瞪："你，说，什么？！"

苏灿耀立马认怂："我错了大姐……"

新成员带我们来到负一层地库，这里被充当隔离室。

关上门转身后，他换上一副温良无害的笑容："宋清晨。宋就是那个宋，清晨……也是那个清晨。以后请多指教。"他说着扫我一眼，眸光清湛。

风尧点头，温和地微笑："欢迎加入破梦组。风尧。"

"我叫苏灿耀，苏醒的苏，灿烂的灿，耀眼的耀。"苏灿耀笑得一脸灿烂耀眼，"欢迎新人哦，有什么不懂的欢迎打扰哈。我们的口号是——踏梦而至，破梦而归！有梦捕梦，无光追光！欧耶！"

我瞪他一眼："你小点声。"

他摸摸脑袋："嘿嘿，人齐了，喊一遍口号嘛。"

"楚歌，四面楚歌的楚歌。"想起方才在楼顶的对话，我略略尴尬地把碎发搁在耳后，扭头看风尧，"你早就知道他就是新成员了，干吗不说？"

风尧用小孔看苏灿耀的眼神看了我一眼，貌似在反问"这还用说"。苏灿耀一脸稀奇："这不明摆着的吗？小鸽子，你不会把鞋子跑掉了，脑子也跟着出走了吧？"

"你闭嘴！"虽然我不服气，但我智商下降好像是真的有点……"好了好了，商量正事吧。"

宋清晨倒也没趁机损我，一本正经地说道："你们遭到的火人攻击，是入梦者对外来入侵意识体的应激反应，是她潜意识里发出的自我保护。"

"抵御入侵？"风尧眉头微蹙，随即点头。

"嗯，我刚入梦时也遇到了火人袭击。"宋清晨继续说道，"入梦者潜意识里会根据对入侵者的初步判断，作出不同程度的防御反应。"

苏灿耀："等等，为什么没人攻击我？不科学啊。"

风尧："科学。继续。"

"贺秀知很有责任心，自尊心也特别强，特别好胜，动不动就炸毛。"宋清晨回忆着说道，"不过很听她哥的话，你们也看到了。"

苏灿耀："脾气差也要让自尊心背锅吗？她就是个刺猬、大号仙人掌，没有不炸毛的时候。"

我撇撇嘴："目前看来，要想让她敞开心扉，没那么简单。"

"指挥官管这叫两星半？"苏灿耀一屁股坐在地上，耷拉着脑袋，"这种程度……唉，看来我们上个梦是集体阵亡导致失忆无疑了。"

宋清晨看了看他："集体阵亡？你还记得是什么梦吗？"

苏灿耀摇摇头："照这情形，说我们上次是去海底两万里、侏罗纪世界……说是去复仇者联盟当卧底我都信了。"

宋清晨："……"

"对了，有一点你们不觉得很古怪吗？这个世界人少得可怜，他们不是要风得风要雨得雨，要多少电子拖把有多少电子拖把，居然还用这么老式的，不觉得有蹊跷吗？"

"笨啊！"宋清晨不客气地拍了拍苏灿耀的脑袋，"梦里出现的所有元素都是基于记忆基础的，这说明现实中她家境贫寒，和哥哥相依为命的日子过得并不富足。"

苏灿耀捂着脑袋一脸蒙："大哥，我们好像还不熟吧？你咋动手就打人呢？"

"等等，回到梦境的关键，从火下手。"我接着宋清晨的话分析道，"家境贫寒，小时候挨过冻，所以渴望火，在梦里搭建了赤焰世界？"

风尧打断："不，如果是这样，'火'这个符号就不会以'火人'这种可怕的形象出现。"

"有道理。她怕火？她怕火……车祸！会不会和她哥的车祸有关？"

话说到一半，风尧猛然抬眼示意我噤声，眼神凌厉。骤然安静下来，空气中传来一阵电流的滋滋声。宋清晨两步走到我身前，把我挡在身后。

就在这时，伴随着清晰的"咔嗒""咔嗒"打字声，一个字接着一个字出现在半空中……

Hi，CAG.

又见面了。

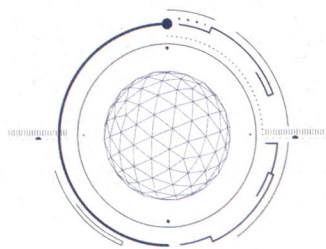

【第十三章】

红色火焰滚滚而来,
所及之处皆如炼狱。
真正的赤焰世界,
降临了。

"终于打算露面了。"风尧眯眸，淡淡勾唇。

造梦者，终于按捺不住了吗？

留言的右下角落款处是一个符号，一条蜿蜒缠绕着玫瑰的蛇。我总觉得这个造型有点眼熟，好像在哪儿见过，却怎么都想不起来。

那晚之后，我们时刻戒备着和造梦者的第一次正面交锋。然而，整整一周过去了，一点动静都没有，那晚下完"战书"后造梦者就像销声匿迹了一样。

这七天里，真的如贺秀知所说，每到饭点就会有人来给我们送饭，大部分时间是贺守知。他真是一个温文尔雅到骨子里的男人，脸上无时无刻不挂着温暖和蔼的微笑。

解除隔离的这一天，我们果然被分配到了任务——沿街寻找幸存者。宋清晨和风尧一组，贺守知带领我和苏灿耀，贺秀知留守领地。

午餐时间。

苏灿耀打了个哈欠："大清早的……"

贺秀知斜睨他一眼："十一点半，你确定这是大清早？"

宋清晨点点头："我确定这是对他来说的大清早。"

贺守知微笑问："经常晚睡吗？"

苏灿耀摇摇头："晚睡？我经常早上睡觉。"看清盘子里的食物，他彻底清醒了，"怎么又是烤红薯，我现在做梦都是烤红薯，再吃我也成半个红薯了……"

贺秀知瞪了苏灿耀一眼："爱吃吃，不吃，滚！"

贺守知无奈："小知。"

苏灿耀小声嘀咕："你妹怎么动不动就骂人，真搞不懂你俩这性格咋遗传的……"

贺秀知弯眼一笑："我不骂人，我骂你。"

苏灿耀："……"

荒无人烟的步行街，只有我们三个的脚步声。一路上我们碰到了五六只火人，好在它们都是孤军奋战，很快就解决了。

苏灿耀："我说，真的就没有挽回的办法了吗？他们感染以前也是活生生的人啊。"

贺守知摇摇头，语气低落："没有别的办法了，如果不这样做，只会牵连更多的人。"

"妇人之仁。"贺秀知略带不屑的声音突然响起。

苏灿耀吓一跳："你怎么还随身携带监控的啊？"

"通信器。"贺守知拿起别在胸口的小东西，靠近嘴边问道，"小知，有事吗？"

"哥，他俩没给你添乱吧？"

"没有。小知，说话注意点。"

"喊！"那边没再回答，通信器上的小红点灭了。

苏灿耀："你妹说话真是攻击性不大，侮辱性极强。就这脾气，你也不担心她嫁不出去啊。"

贺守知沉默半晌，开口时眼里尽是温柔："她有人喜欢的。"

我心下当即一跳，话语比大脑先行："你喜欢她？"我说不清这感觉由何而来，但绝对并非一时，已经环绕我好几天了。

贺守知也是一愣，看向我，片刻后垂眸笑了下："已经这么明显了吗？"

苏灿耀嘴巴大张得足以塞得下一只烤红薯。

"看来只是她还不知道而已啊！"贺守知淡淡笑着，却有些苦楚。

"我们从小在福利院长大，她性格软弱，没什么心眼，没少受欺负，她很害怕别人说她没有亲人……"他慢慢说道，似乎是想起了什么不好的事情，没再继续说下去，抬头笑得和从前一般温润，"她没有家人，她只有我。小知一直把我当亲哥哥看待，谁怀疑这个她跟谁急。不过她心肠真的很好，并不是那种自私蛮横不讲理的人，她以前脾气也不是这样。灿耀，恳请你别跟她计较，言语上多有冒犯，我代小知向你道歉。"

在福利院长大，没少受欺负……难怪在梦里她会建立领地，保护老人和小孩啊。我心里有些触动，是不是那些看似冷酷的人，内心都有一个需要藏起来的故事呢？是不是，都有一颗脆弱而柔软的心呢？

苏灿耀连连摆手："不不不，我不知道……对不起，我不是故意戳她痛处的，对不起，真的很抱歉。"

贺守知笑了笑："没事。"

我正欲追问，却闻到空气中一股浓浓的烧灼味?

"小鸽子，你们有没有闻到，一股烤红薯的味道?"

"烤你大爷的红薯啊！是火人！"这家伙吃烤红薯是真吃出毛病来了。

"我大爷烤冷面，不烤红薯啊……"

贺守知笑容已经褪去，换上严肃的表情，压低声音道："我去看看，这里的路我熟悉，你们在儿这等我，我速去速回。"

我果断否定："一起行动，走散了麻烦。"

"好吧。"

我们一路朝着烧灼味浓烈的方向走去，果然接二连三遇到了好几只火人儿。

"小鸽子！后面！"

我迅速举枪一个转身，一击即中，火人儿倒在地上化为黑烟。

没走几步，又一只火人儿从半路的垃圾桶后蹦了出来——被苏灿耀一枪击毙。

我们走到一个巷口，强烈的烧灼味从里面飘了出来。

苏灿耀："我去，味道这么浓，这里该不会是它们的老巢吧?"

"嘘。"贺守知做了一个小声的手势，"应该是一个聚集地。我打头，你殿后，走。"

我们三个抬起枪蹑手蹑脚地走了进去，越往里走味道越浓，渐渐地还有烟雾弥漫。我们屏气凝神，几乎不敢呼吸——它们对声音格外敏锐。

奇怪的是，走了大半天，别说一只火人儿了，就连一颗火苗都没看着。

"刚才在外面还一会儿蹦跶一只呢，怎么进来反而一个火影也找不着了?"苏灿耀放下枪大口呼吸了几口，活络着胳膊，随意地打量起四周，"全躲起来了?"

我回头看他一眼："别掉以轻心，说明这里有其他更厉害的生物。"

"对啊，我们啊……"说到一半他顿时警觉起来，往我这儿靠了靠，"你是说，火人儿都被那种生物给消灭了?"

贺守知眉头紧锁："不排除这种可能，大家都小心点吧。"

我们沿着小巷朝更深处走了一会儿，熟悉的景象出现在眼前。

"奇怪，怎么又回来了?"苏灿耀咽了口唾沫。

又是那个巷口！

"小鸽子，我怎么突然觉得，背后有风啊……"

"你能不能不要表现得比我还弱？"我本来就很紧张了。

"不是，是真的有风啊……"

"准备撤离！"贺守知说着，往后撤着步。

然而就在这时，一阵诡异的风从四面八方席卷而来……对，诡异，毫无征兆，而且越来越大，卷起漫天沙尘和落叶，我们几乎看不清对方——

"原地……不动！喀喀……"

很快贺守知的声音就被淹没在了大风中。

不知过了多久，风渐渐小了，四周变得格外寂静，唯有口哨声格外清晰，一声声回荡在寂静的小巷，诡秘而空灵。似乎，那人在哼着一首歌，旋律很是耳熟……

快安睡 小宝贝 夜幕已低垂

摇篮曲！

我和苏灿耀对视一眼，发现贺守知躺在地上一动不动。我蹲下来探了探他的鼻息，呼吸绵长。

"喂，醒醒！贺守知，醒醒！"无论我和苏灿耀怎么摇他都无济于事，他似乎睡得很沉。

那阵哨声渐渐近了，愈来愈清晰。我和苏灿耀捡起地上的枪，起身戒备地盯着哨声传来的方向。远处，升腾的白雾中慢慢显现一个人影……他嘴里哼着口哨，缓缓踱步而来。

这画面，活像电影里的 joker 走到了现实里来。男人步履优雅，长了一张"谦谦君子"的面孔，嘴唇殷红，上扬起来竟有几分如沐春风的错觉——

"欢迎再度光临，玩得开心吗？"

苏灿耀枪口对着他："你是谁啊？你把我队友怎么样了？"

口哨男瞥了眼地上的贺守知，温声道："放心，我只是让他打个盹儿，咱们来聊会儿天。我，是这个梦的主人。"

苏灿耀："这么说，你是贺秀知的男朋友？"

口哨男没有回答。

苏灿耀："贺秀知是这个梦的女主人，你又是这个梦的男主人……"

我不忍听下去："大哥他都说了'这个梦'啊！他知道这是个梦啊！"

苏灿耀看向我，皱了皱眉："你的意思是，他是造梦者？"

口哨男，哦不，造梦者慢慢笑了，笑里写满不屑一顾的傲慢："呵呵，这就是普通人类的智商吗？得不到进化怎么就退化成这样了？这就是你们常说的'不进则退'吗？"

普通人类？

"你什么意思？你不是普通人类吗？"

"我当然不是，你看我和你们这种廉价的低版本像吗？"

还真看不出来有什么不同的。除了出场自备干冰和 BGM 以外。

"所以？想干吗？留言也留了，圈套也设了，口哨也吹了，人身也攻击了，铺垫了这么多不是来显摆你值几个钱的吧？"我问道。

"你看起来好像比旁边这个智商高点。"他朝苏灿耀努努嘴，回答道，"只是觉得在幕后看戏也看腻了……亲身参与果然有意思多了。"

"现在的反派都这样吃饱了撑的吗？"

他笑容更深了："你说得对，为了让我们的游戏更有趣点，我决定和你们打一个赌，怎么样？"

反派必备三连：口出狂言，迷之微笑，打赌游戏……呵呵，22 世纪了还是没一点进步。

"就赌你们带不走贺秀知。"

"哈哈！我怕了怕了，我怕死了！"苏灿耀白了造梦者一眼。

"哦？"造梦者看向苏灿耀，"你倒是很可爱嘛，那么普通却那么自信。"

"喊，你以为我是你啊？见不得光的缩头乌龟，躲啊，怎么不躲了？有本事继续躲起来啊！"

"好，那咱们就拭目以待。"话音落下，他的身形渐渐隐去，很快消失在我们眼前。

"喂——人呢？我让你躲你还真躲啊！有本事你回来，单挑啊……"

晚饭后，一楼某间狭小的房间内。

宋清晨坐在窗台上，无奈扶额："就这？好不容易遇到造梦者，就这么结束聊天了？"

"我那是激将法，听得出来吧？谁知道他真跑了。再说了信号我可是早发了，谁让你们半天找不到。"

"你放心吧，他压根就不会让别人找到这里。"我瞥苏灿耀一眼，"看过仙侠片吧？结界，懂吗？"

"还有啊，你们不会真当我看不出来他是造梦者吧？我那是为了拖延时间，降低他的戒备啊！喂，你们这一脸狐疑是什么意思？哈，不是吧，我看起来很像智障吗？"

宋清晨："自信点，把'吗'去掉。"

我："再自信点，把'看起来''像'去掉。"

风尧："把'点'去掉。自信。"

苏灿耀："……"

宋清晨耸耸肩："他故意的吧，挑你们俩下手。"

苏灿耀咬咬牙："新来的，你比我们早入梦，不也没什么突破吗？"

"都别吵了。"风尧淡声喝止两人，对我说道，"线索先记下来，回去再好好整理。"

"好。"

"尽快唤醒贺秀知，离开这里。"风尧蹙眉，"楚歌，还不行吗？"

我摇摇头："她防备心太重了。"

空气一下子陷入了沉默。半晌，苏灿耀开口："睡眠状态能被极度恐惧惊醒，解不开心结拉倒，我们干脆直接吓醒她怎么样？"

宋清晨两手环抱："她连一只张牙舞爪的大火球都不怕，还怕什么？"

"比一只张牙舞爪的大火球更可怕的，是什么？"苏灿耀神情一紧，伸手比画着，"是十只张牙舞爪的大火球！"

宋清晨摊手："行啊，你去负责引来，还有本事打跑就行。只要你确定这招真的管用。"

风尧："吓醒她，是个思路。"

苏灿耀："不是吧，我随便说说的，我不保证有那个本事啊！"

"不，比火人更可怕的，是她的心魔。"

风尧看向我，赞同道："没错。她的心魔，确定是贺守知的车祸？把握有多少？"

"90%。贺守知说她从前性格软弱，脾气也很好。虽然梦里的时间是车祸前，但她的性格却是现实中经历变故后的，所以并不知情的贺守知才会纳闷她脾气为什么变差了。"我在房间里小步踱着，分析道，"导致一个人性格陡变的原因有两种：一，从小受人欺负、内心长期积压的结果；二，经历了某个重大变故。很显然，以她对哥哥的依赖程度，贺守知的车祸离世就是导火索，贺秀知内心长久积压的情绪在这个巨大刺激下终于爆发。"

宋清晨从窗台上一跃而下："而且，这场车祸一定跟她有关！"

苏灿耀接道："也许这场车祸就是她酿成的呢？结果，贺守知为了保护心爱的女孩在车祸中丧命，而她却幸免于难。"

"不知道。"我摇摇头，"但有一点，这场车祸跟她性格变化中的突变点脱不了干系——软弱，她以前一定很软弱，因为软弱，她直接或间接导致了这场悲剧，比如错过了最佳抢救时间。"

"小鸽子，你想还原她哥的车祸现场？"

"眼下这是最快的办法，直面梦魇。只有这样强烈冲击，才能激起她内心深处潜藏的知觉。"

"可如果这招没用，我们又没能及时施救，那岂不是在梦里错杀无辜了。"苏灿耀纠结道，"更糟糕的是，那样一来贺秀知的心魔不就更重了？我们是不是不能这么草率……"

"的确有这种风险，但也只能赌一把了。"宋清晨说道，"造梦者这是要来真的。他有的是手段让贺秀知永远留在这个梦里，我们必须先发制人。不是说和咱们打赌吗？他赌的就是我们敢不敢冒这个险！"

"我赞同。"

风尧话音刚落，窗外忽然传来一声闷响，像是有什么撞到了向外开着的窗户上。

宋清晨手撑着窗台一跃，跳到窗外，苏灿耀夺门而出，风尧和我紧随其后……

窗下，只见贺守知坐在地上捂着头，表情有些痛苦。宋清晨半蹲在地上，询问着什么。

糟了，贺秀知！

我迅速回身往屋里跑，跟从里面出来的贺秀知撞在了一起。

"你没事吧？"

贺秀知纳闷地看着我："没事啊……哥！你怎么了哥？"

苏灿耀喃喃道："奇怪，我记得我明明检查了啊，窗户从里面上了锁的。"

宋清晨问："看见人影了吗？"

贺守知努力回想着，眉头皱得很深："我不确定，好像又闻到了白天的那种气味，不对，是一阵哨声……"

宋清晨打断道："听得出旋律吗？"

贺守知摇了摇头："若有似无的几声，不成调。当时我眼前忽然一阵眩晕，没站稳就跌倒了，其他的不记得了，呲……"

贺秀知径直绕过我们，弯腰扶起贺守知："哥，我扶你回房休息。"

夜凉如水。

梦境虽已有了些眉目，但具体要怎么还原车祸现场，却一点头绪也没有。今晚"神秘人"的突然造访又疑雾重重。

我独自来到楼顶露台散心，没想到在这里遇见了贺秀知。

她一头长发披肩，梳得整齐柔顺，双手交叠放在护栏上，比白日里多了几分难得一见的温婉。我轻轻走到她身旁："你哥，他还好吗？"

"没事。"她转头看我，两侧鬓发别在耳后，"你睡不着吗？"

我这才发现她胳膊下压着一本摊开的书。

"嗯，出来透透气。"

"要不要我陪你聊聊天？"

是梦境系看我一筹莫展特来辅助我的吗？贺秀知竟然会主动找我聊天？太好了！我面上故作镇定："好啊。"

她忽然微微笑了："楚歌，你没过过苦日子吧，一看就是有钱人家的孩子。不像我们，家不是家，无以为家。"

我没想到她会说这个，不由一怔。家，这个对我而言，已有些遥远的字眼……

我轻轻吐出一口气，跟着笑了："那就四海为家。"

"四海为家？"

"对啊，你不是有你哥吗？"我说着顿了顿，"家人就是，无论你走到哪里，都会一直守护在你身旁。"即使……在你看不见的地方。

她微愣了愣，然后又笑了，她笑起来的时候外眼角向上斜飞，很是漂亮。她说："楚歌，我真的很羡慕你，羡慕你可以把生活说得这样轻松。"

我默然无语。

"你知道吗？我和哥哥费尽力气得以生存，吃得饱，穿得暖，日子安稳，可是当我走到大街上，看到橱窗里的那些漂亮衣服，看到路上打扮得时尚张扬的女生，看到餐厅里说说笑笑的人们，看到写字楼里忙忙碌碌的身影，才发现原来我们花费了那么大力气，不过足以活下来，不过过着最微不足道的人生。那个时候我终于明白，人和人之间的喜怒哀乐、幸与不幸，的确是不相通的。生活，对于我和哥哥而言，仅仅只是活着，我们永远无法像那些人活得那样体面。"

她说着声音又低下来，带着些自嘲般的落寞："可是很多人连温饱都达不到，我是不是太贪心了？呵，看看我自己的处境，又有什么资格去同情别人呢？"

"不是贪心，每个人都应该有变得更好的欲望。"我看着她，语气不自觉慢下来，"再说了，人就是在比上不足比下有余的反复中，不断感到卑渺和优越，悲哀和满足，绝望和希望。"

她定睛看我几秒，垂下眉眼，自说自话般摇了摇头："不，不一样的。你和我们，是不一样的，骨子里的不同。以前院长总是教育我们，说上帝是公平的，因为他对每个人都不公平……可是不公平的程度却不一样，你看啊，我们生来就不一样。"

她说着又笑起来，眼角眉梢重新染上笑意："小时候我一直以为，大家都喜欢那种成天笑嘻嘻的小孩，我想只要我乖，我听话，别人就会喜欢我。后来我才知道，原来我当不了讨喜的小孩，因为他们并不想看我笑，他们想看的是我哭，我哭得越惨，越像条哈巴狗似的可怜，他们就越开心。"

即便已经从贺守知那儿听说过大概，亲耳听到贺秀知说出这些，我的心还是不由得紧缩。

她偏头看我一眼，不以为意地翘了翘嘴角："很意外？好人的对面总有坏人啊，哪里没几只老鼠呢？这个世界上，永远有正义企及不了的地方。"

这个世界上，永远有正义企及不了的地方……

第一次，我觉得自己似乎并不了解这个世界。忽然间，我产生了一种很可怕的认知，那就是——二十年以来，我所知道的、我所接触的，很可能只是这个世界的一角，最干净安宁的一角。而我却一直以为这就是世界，这就是最普通也最正常不过的人生。我错把自己的生活当成了合理，当成了人均，当成了全部……

"直到有一天，哥哥出现了，他会在我每次被人欺负时挡在我身前，勇敢得就像不害怕一样，我当时心想，他是不是变身成了李奶奶睡前故事里的超人？他真勇敢啊。"她忽然就笑出了眼泪，"我永远不会忘记那天下午，他对我说'从今天起，你的家人就是我'。那个时候我才知道，他不是勇敢，他是因为脆弱才会找到同样脆弱的我。有时候我真觉得自己特别自私，特别坏，竟然偷偷庆幸还好哥哥的爸爸妈妈不要他了，把他丢来了福利院，做我的家人……"

我永远也无法想象，永远也无法切身体会，在世界上某个布满阴暗灰尘的角落，有一个同样弱小无助的男孩，坚定得义无反顾地挡在女孩身前，告诉她——正义到不了的地方有我在。

"或许吧。"

"什么？"

"或许像你说的，根本不存在绝对的公平。但是幸与不幸，都有尽头。"我抬头看着寥寥夜色……人海茫茫，贺秀知等到了一心一意守护着她的贺守知，而贺守知找到了愿意用尽生命去爱的女孩，即使没能永远在一起，比起很多人，一辈子也遇不到一个甘愿付出真心的人，他们已是幸运吧？

她看着我，若有所思："你读过很多书吧。"

"你也不差啊。"我笑着撞了下她的胳膊。她也笑了，发自内心的。

"哥哥很爱读书，他经常说'凡自强不息者，到头我辈均能救'。哥哥每个月都会去书店借一摞书回来，规定我在几天内必须读完。即便是现在，他有空还是会去附近的小酒馆坐几个小时，安安静静地看书。"提起贺守知时，她的笑容总是不自觉柔软，像一个单纯无忧的女孩，"他还说以后要到书店里找一份工作，这样就不用发愁没书看了。"

"那你呢？你的理想是什么？"

她不假思索："变强大。"

"具体点呢？"

"还没想好，现在这个情况，能安全活着就很不错了。"

也是，差点忘了梦里是什么人间炼狱了。

"那，假如有一天，世界恢复安宁，回到像从前一样的生活，你想做什么？你有没有计划过未来？"

她摇摇头，眼神蒙上迷茫，像是已经忘记安宁的世界是什么样了："你说得对，人就是在不断比较的反复中，一次次感到绝望和希望……现在想想，再怎么微不足道的人生，也是和哥哥在一起的岁月静好。"

她垂眸孩子气地吹了口气，又抬眼看向我，撇撇嘴，语气认真地说："楚歌，我真的很羡慕你，羡慕你可以这样自信淡然又落落大方，羡慕你可以接受很好的教育，羡慕你一觉睡到自然醒就有人把早餐送到你嘴边，午后，坐在明媚的阳光里悠闲惬意地享用一顿下午茶，吃着涂了花生酱的吐司和自家磨的卡布奇诺，羡慕……你可以把生活过得这样轻松。楚歌，你就像是生活的主角。"

我沉默许久，挑眉："涂了花生酱的吐司，和自家磨的卡布奇诺？"

"不是吗？"她侧头看我一眼，"很多东西，没有的人比拥有的人更清楚，不是吗？因为渴望拥有，所以在心中幻想了无数遍。"

"贺秀知，在属于你的故事里，你也是主角，只是我们拿到的剧本不同、扮演着不同的人生罢了。"我摇摇头，"听说过吗？每个人都是一面镜子，你羡慕我，是因为我身上的闪光点，你知道吗，你身上也有，所以才会被吸引。你一直在变得自信淡然又落落大方，所以才会觉得我是这样的人。"

她神情认真，又带着几分不确信，轻轻眨眼："是这样吗？"

"嗯。其实，我的生活并不是你认为的那样。"我顿了顿，淡淡笑道，"比如，我吃吐司蘸焦糖海盐酱，我也不喜欢喝卡布奇诺，太苦了。还有，澄清一点，一觉睡到自然醒的人是苏灿耀。"

她浅笑了下："是，没有拥有过的人终究不清楚，我连焦糖海盐酱是什么都没听说过。你的生活未必就是我想要的……"

"拥有一切不会幸福。因为你感受不到何为稀有，何为珍贵。你体会不到拥有自己想要的是一种怎样历尽千辛万苦后的幸福，又或是被命运女神眷顾的狂喜……你什么都有，如同你什么都没有。你什么都不缺，因此也什么都得不到。"

她静静地听我说完，释怀道："哥哥也总是说，努力拥有自己想要的才会感到幸福。"说着她忽然敛起了笑容，眉目坚定道，"但我不想再回到从前那样的生活了，我不想再听我哥的话了。"

等一下——这是什么不按套路出牌的剧情走向？她是怎么得出这个结论的？

"他总是对我说，'做你想做的，按你的意愿去生活，哥哥是你最坚实的后盾'。可我不能再这样了，哥哥不只是我的哥哥，他也是他自己。他不应该当我的后盾，他应该在他的世界里当主角。"突然，她扭头郑重道，"楚歌，谢谢。"

原来是这样！吓死我了！

"也谢谢你。"我笑着回道，"谢谢你愿意跟我说这些。"

谢谢你愿意对我敞开心扉，把你曾经的脆弱暴露在今晚的夜空之下。

也许，不用还原车祸现场了。我想，我有打开她心结的办法了。很快，很快就会有那一天……

一切都在好起来。

说不定不用几天就能成功唤醒贺秀知了。贺守知……也可以在梦里好好地，和她道个别。

只是还没等到那一天，一场腥风血雨便提前而至。

我们终于亲眼见到了小孔所言的情景——

"红色火焰滚滚而来，所及之处皆如炼狱。"
真正的赤焰世界，降临了。

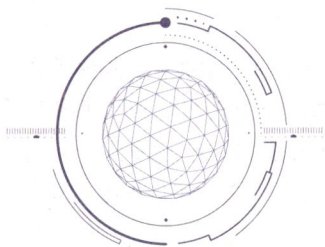

【第十四章】

破梦容易，却也难。
要看是谁在梦中困住你，
又是谁在梦外等候你。

同时面对几十匹眼冒绿光、气喘如牛、三天三夜没吃过肉的恶狼，是一种什么样的体验？

我们现在的处境比这恐怖十倍。

巷子，领地门口。

苏灿耀倒抽一口凉气："这火人不要钱啊……我去，造梦者给了多少群演费啊，真阔绰……"

"你还有心情开玩笑！"我咆哮道。

"我、我手足无措啊……"苏灿耀说着吞了口唾沫，胳膊肘顶了顶宋清晨，"喂，现在怎么办？"

巷子里的空气热得可以把万事万物烧化，面前的火人大部队正低吼着一步步接近我们。

"还等什么？赶紧战术撤退啊！"

宋清晨说罢一把拉起我转身往反方向跑。谁知下一秒——我们身后，火人像喷泉一样破门而入，几秒间侵占了领地，将老人孩子们团团围住，屋里瞬间红光弥漫。

贺守知一把推开贺秀知："我留在这里，你们去找救兵！"说着保护着众人迅速向地库撤退。

贺秀知犹豫了一秒，咬牙说了句"你自己小心"，转身跟上我们。我们跑到另一边巷口，又一拨火人儿涌现！两拨火人儿把我们几个围堵在巷子里。我们举着枪肩并肩站在一起，围成一个圈，它们的脚步越来越近……

"开火。"

随着风尧一声令下，我们纷纷扣动扳机，中弹声和惨叫声霎时此起彼伏。

然而，就在这时！后排的火人中突然爆发出两三声怒吼，紧接着它们一个个燃烧起更旺盛的烈焰，大步向我们狂奔而来——

"大家小心！！"风尧喊道，"就近掩蔽！"

我和宋清晨弯腰躲进路边堆积的三四个木箱后，瞄准射击着，谁知它们像会精准计算时间一般，纷纷在子弹命中的前一秒起跳，躲过了攻击。

接连几番失手后，宋清晨用枪狠狠砸了下箱子："青铜圣斗士一样，打不死！"

小路对面的苏灿耀跟着咒骂一声，喊道："这进阶版还会预判！技能点全加在敏捷上了，还带闪现！"

"用这个！"不远处贺秀知叫道，一个铁桶从地面滑行而来，宋清晨及时出手截住——一桶石头。

我拿起一块石头砸向跑在最前面的火人儿——"咚"的一声，只见那个火人儿跟没感觉一样，看我一眼，继而朝我扑来！

宋清晨果断抬枪射向它，然而子弹还未击中，它的动作忽然放慢了，这次它像个木桩似的站在原地，哀嚎一声后倒地身亡。我和宋清晨对视一眼，我又扔出几块石头，果然，被打中的火人儿纷纷回到以前的原始 1.0 版本，动作滞缓、反应迟钝，被宋清晨一枪击毙。

于是，我负责扔石头，宋清晨负责射击。没过多久，他看我一眼："没多少子弹了，这样下去不是办法，我去开飞行器，你待在这里等我。"

"火人儿在里面安家了你不知道？喂，你回来！"不等我说完，宋清晨已经起身向屋里走去，很快就成为火人儿们攻击的目标。我捡起枪拎起铁桶追了上去，拿石头丢向准备扑向他的火人儿们。

他有所察觉，回身一把将我拉到身后："你跟过来干什么？"

"大哥，没有石头你能打中谁？"

他看我两秒，呼出口气，拉住我转身："走吧。"

我一路丢石头、他一路开枪，我们一路干掉了不少火人儿，一桶石头全扔完了，两把枪的子弹也用了大半，终于杀到了楼顶露台。只见宋清晨的飞行器已经彻底变形了，还在往外冒着黑烟。

"浑蛋！"他走近一看，忍不住怒骂一句，一拳砸在驾驶室上，接着飞快地抬起手，对着烫到的地方吹了吹。

我和一干追上来的火人儿大眼瞪着小眼，拽了下宋清晨的衣角："所以，战术撤退？"

他举起枪对着火人儿们扣动了几下扳机，随后垂下手臂，低头狠狠抿了下唇。

"没子弹了？"

"嗯。"他点点头，伸手道，"先用石头，降低战斗力再说。"

我泄气道："丢完了。"

他看我一眼，不禁蹙眉："丢出去的可以捡回来再丢的。"

对呀，石头又不是子弹，一次性的！可以循环利用啊！

我一拍脑门，恍然大悟。

他抬手敲了我一下："石头脑袋。"

我转身看向护栏外，一道白色横梁通往隔壁露台。看来只能故伎重演了。

二次挑战，果然有经验多了。我和宋清晨稳住步伐，一前一后快速通过。身后的火人儿们也跟了过来，还好它们之前都挨过石头，敏捷度很差，不过毅力却很强！

紧邻着的房子没有露台，我看着屋顶的斜坡心里有点没底，宋清晨一跃而下，跳到了瓦屋顶上，回身冲我伸手："楚歌！"

听着身后紧追不舍的脚步声，我咬咬牙跳了过去。他一把接住我。我们一路朝西跑去，接二连三跳着，踏过一座座房屋，相隔数十米的地面上是一团团火焰和青黑色的烟，空气中弥漫着尘埃灰烬和打斗的声音，不时有飞行器呼啸而过。

转眼跑到了巷口，已无退路，屋檐边缘的瓦片有些松动，我脚下一"咯噔"，吓了个半死，宋清晨急忙伸手拽住我："没事儿吧？"

我摇摇头。我们回头看去，火人儿纷至沓来，在隔壁屋顶上和我们隔空对望着，但是力量和速度显然又下降了一截。

宋清晨冷笑一声，洒脱地用手擦了擦嘴角的污渍，双手缓缓交握，活动了下脖颈，冰冷道："一起上吧。"

我正想提醒他它们听不懂人话，却见他神情一变，我随他目光看去，只见其中一只身型两倍大的火人儿周身火焰张扬，朝我们爆发出一声低吼，黑影压来——

什么情况？这哥们之前没挨过石头吗？

我默默后退一小步，看了眼身后的高空，现在主动跳下去总比一会儿被烫出几个窟窿浑身着火冒烟扔下去要舒服些吧……

我动了动脚，身边的人却一把扯住我："真想跳啊你！"

话音刚落，那个火人儿也许是从他话里受到了启发，脚下就跟安了弹簧似的大步弹跳着向前——

我决定还是跳吧！

一股力道拽住我，几乎同时，力道的主人弯腰抽走之前那块松动的瓦片，朝火人儿丢去！

距离我们仅一步之遥的火人儿瞬间放缓了速度，没有犹豫，宋清晨一脚踹向他的腹部！火人儿"嗷呜"一声，抓狂似的拍起了自己的肚子。

"它疯了？"

"不知道。"宋清晨眉头紧蹙，紧盯着对面的火人儿们，"剩下的，同样办法解决，我七，你三。"

"好办。"

然而，就在这时，伴随着一声咆哮，一只火人突然膨胀起来！紧接着又一只！很快，火人儿们接二连三地变身成之前的两倍……

喂喂喂，之前没说过变身还能传染啊？

我决定还是跳吧！

这一次，拽住我的那股力道明显重了很多，似乎带着愤怒。我转头，对上一双喷着火的眸子："疯了吗，你！"

"你觉得咱俩打得过？"

"你能不能先动动脑子？说你是猪你还不服！"

"你以为脱鞋砸过去我没想过吗？？敌多我少，咱俩又不是蜈蚣……"

"闭嘴！没有我你怎么办！你告诉我你为什么这么笨这么天真这么肆意妄为，啊？"

我和火人儿们彻底被他吼蒙了，我不懂他为什么要发这么大火，嘴里乱扯一通："对啊，我笨，你厉害，你管我往地下跳不跳呢，你这么能耐你咋不上天呢？"

他根本没在听，而是朝着某个方向轻轻一跃，脚离开了地面……下一秒，他右手一把抓住路过的小型飞艇，回身向我伸出左手："快。"

真上天了。

我愣了半秒，马上反应过来，和他握手言和。他手上用力一拉，我脚下使劲一蹬，急忙抱住他的腰，他的胳膊紧紧圈住我。

屋顶上，火人儿们变身完毕，争先恐后、张牙舞爪地跃起，像一群三天没啃过骨头的高加索犬朝我们扑来。我腾出一只手拉住另一根绳索，一脚踢开蹦得最高、企图拉扯我们的那只："别扒拉了，等下一班吧！"

这种飞艇应该是派送快递专用的，没有吊舱，只有两根绳索。由于我和宋清晨两个人加在一起的重量超出了普通快递，飞艇开始缓慢下落。

咳，刚才危急时刻顾不上尴尬，现在忽然有点……我不自在地转头看他一眼，却见他也在看着我，目光幽幽的。

"你是不是觉得自己挺幽默？"

"啊？"我蒙了一下才反应过来他指什么，"哦，那个，还行吧。天生的。"

"要是刚才我不在，你真打算跳下去吗？"

"啊？"大哥你聊天一定要这么没头没尾、自由跳跃吗？

"我说，你妈把你脑袋生得这么大，关键时刻也派不上用场啊。"

"喂，你别觉得自己救了我，劳苦功高，就有口不择言的权利了。"

他笑了下，语气有些温柔："行，我劳苦功高。"

我心里一阵异样的感觉，不知道是因为这突如其来的微笑，还是这莫名其妙的温柔。

飞艇逐渐接近地面，四五只火人儿发现了目标，呼朋引伴，很快十几只火人儿聚在一块儿，不留空隙，扑腾着等待我们降落。飞艇寸寸下沉，空气中的烧灼感蔓延至全身，眼看着就要落入它们的包围圈……

相触的前一秒，宋清晨忽然一脚狠狠朝某只火人儿踏去，飞艇受到反作用力，往上飞升了几米，又缓慢下降。接着他两脚分别踩在两个火人儿儿的脑袋上，动作干脆利落，伴随着一两声哀嚎。

火人儿们急切地跳起想要拽住我们，然而飞艇却没给它们机会。我也学着他踩向火人儿，再借助反作用力躲开还击。

就这样我们一路踩着火人儿的脑袋前行，在空中上下起落着。不久，熟悉的场景回到眼前……这里黑烟弥漫，我和宋清晨对视一眼，迅速捂住口鼻。

一阵风吹过，我们终于看清了眼前的景象——

满地都是匍匐昏睡的火人儿，贺秀知双手抱头站着，目光空洞，神情却无比地纠结悲恸。路中央站着一个男人，西装革履，表情优雅而愉悦，是……造梦者！而他的身后，站着一只体形巨大无比的火人儿，火气腾腾的大手里似乎攥着什么……

"苏灿耀！"我从飞艇上跳下，几步飞奔而去。

"小鸽子……快！她、她被心魔控制了，喀喀……"苏灿耀被火人儿握在手里，近乎虚脱道。

这时，火人儿抬起另一只手，又重重拍在地面。我这才看清，风尧正在他手心下挣扎着起身，却被它的大掌击落在地！

"风尧！"

宋清晨把飞艇系在了一旁的木箱上，及时拦住我："火人被他控制了！"

我看向造梦者，只见他左手轻轻握拳，右手抚了抚空气，动作温柔得像在哄小孩入睡。而他的嘴里，正用极尽柔缓的语气吐露着最哀痛的话语："为什么呢，为什么只会哭呢？明明当时还来得及的，我还有救啊……你不想救我吗，小知……"

只见贺秀知的神情越来越痛苦，她拼命摇着头，慢慢弯下腰去。我上前扳住她的肩膀："我是楚歌！听我说，他不是你哥！这是梦，这里的一切都不是真的！"

乱了，全乱了，现在突然间告诉贺秀知这是个梦，她非但不会相信，还有可能引发她内心的不安全感、不信任感！这下原本解开心结的办法全乱套了……

"哈哈，我倒要看看，你能不能唤醒她！"造梦者轻笑道。

宋清晨猛然拾起地上的枪，朝他冲去！

风尧吼道："别开枪！"

造梦者轻轻挥了挥左手，宋清晨瞬间被火人的拳头拂倒在地。

"来啊，你倒是一枪杀了我啊！这样正好，让贺秀知死心塌地留在梦里痛苦去吧！哈哈。"造梦者轻蔑地笑着说。

宋清晨趁其不备向火人儿跑去，还没到跟前就被再次袭击倒地。造梦者换了副兴致索然的表情，轻描淡写地道："不自量力。懒得对付你，因为，我赢定了。"

苏灿耀气若游丝："既然如此，那你倒是松手啊，大哥……"

闻言造梦者抬了抬左手，火人瞬间将苏灿耀抬高数尺："那我松了？"

"啊——别！别别别……轻，轻点握……"

"贺守知呢？"

"还在领地，里面被围攻了。"风尧回答我。

造梦者继续模仿着贺守知的语气说道："小知，你知道吗？我被大火烧得好疼，可我出不去，怎么都出不去，没有人来救我，我好绝望……哥哥不想死啊，怎么能就这样离开呢，我还想看着你长大、工作、谈恋爱……"

"不要相信他！贺秀知，你忘了那天你说什么了吗？你要变强大！凡自强不息者，到头我辈均能救，你忘了吗？！你要好好去生活，到书店里找一份工作，替你哥好好读书。"我死死抓着她的肩膀，一字一句道，"你忘了他的话了吗？'做你想做的，按你的意愿去生活，哥哥是你最坚实的后盾'，贺守知会在他的世界里当着主角，也会继续守护在你身旁……"

而她像是听不到我的声音般，嘴里一个劲地念着"不是的，不可能，不会的"，仿佛跌入了一片黑暗无光的巨大沼泽，听不见除了造梦者以外的任何声音。

"小，鸽子……我快，坚持不住了……"

宋清晨再一次被弹了回来，半跪在地，"哇"的一声吐出一口血来，抬头对我说道："别着急，还有时间，我们不会输。"

"哈哈哈哈，太好笑了！不会输，凭什么？知道吗，人类最大的缺点就是盲目自信，否则怎么会输给我们！哈哈哈哈哈！"

"你是不是，在梦里，统治了地球……现实中要，真有那一天，宇宙，早灭亡了……呃——"苏灿耀断断续续地说着，声音戛然而止，被大手掐住了喉咙！几秒后他猛然喘息，剧烈咳嗽起来。

"苏灿耀！你少说两句不行吗！"宋清晨又急又气。

"楚歌！你干什么？"

没子弹了！我气愤地扔掉用来瞄准造梦者的枪，看向风尧："对不起，我要申请退出梦境。"

他咬着牙，艰难地说道："任务还没完成。"

我摇摇头，眼泪毫无预兆地奔涌而出。

"对不起，对不起贺秀知，我根本唤不醒你，我根本没能力带你走，更无法拯救你。我比你懦弱，我没勇气面对接下来的结局，没勇气眼睁睁看着我的队友们受伤，对不起……"

她慢慢抬起头看向我，目光依旧涣散。

"我做不到像你那样强大，保护着那么多人，我谁都保护不了，我才是个废物……"我在她面前泪如雨下，可她只是呆呆地看着我，似乎完全听不懂我在说什么。

没用，依然没用……楚歌，清醒点，不能再这样耗下去了！我终于还是按下了腰后那个按键，向意识治安局发出了求助信号。

"楚歌！"是风尧，他的声音已经残破不堪。

造梦者的语气听上去很是欢愉："不错，懂得逃跑的 loser，总好过那些自以为是的蠢货。"

我不再哭，只是平静地望着贺秀知的眼睛："抱歉，我还是没能打开你的心结。我们，不能带你回去了。"

明明昨晚，她还是那个倔强的天真的女孩，她还在向我诉说着她的理想，还在规划着未来！一个崭新的、生机盎然的、自由明亮的未来……

"也许，留在梦里，对她来说未尝不是求仁得仁。"

我转头看向宋清晨，有些迷茫。他没看我，垂眸继续说道："破梦容易，却也难。要看是谁在梦中困住你，又是谁在梦外等候你。"

留在梦里，也好过梦外没有他，是这样吗？

"嘀嘀。"腰后的监测设备震动起来，是技术组的同事发出了召回指令，只要我们有两名成员选择接受指令，本次任务就会自动终止，我们都能立刻回到现实。

宋清晨看我一眼，接受了指令。我慢慢向设备上的按键摸去："对不起，对不起……"

突然，远处一道白光亮起，穿透烟雾直直射了过来——

我下意识用手挡住眼睛，就差一秒，差一秒我就按下了那个按键！

一脚油门下去，只听风驰电掣的一声，一辆小轿车从造梦者身后径直冲了过来！哪知造梦者一个闪身，轻松躲了开！

然而，车子并没有停下来！只见它铆足火力继续向前开去……

我心中顿时警铃大作，拔腿朝车子跑去，可是还是太迟了——

车里的人一打方向盘，车子猛地向路旁的酒馆撞去！"嘭"的一声，门口堆放的几摞酒桶轰然倒塌，把车子推至路对面的墙边。刹那间，散落的酒桶熊熊燃成一片火光，迅速吞没了整个车子！

"贺守知！"

那晚根本没有什么"神秘人"，他骗了我们！

他听见了，他都听见了！

火势迅速蔓延，几秒钟就和附近的火人融为了一片。

贺秀知看着眼前的场景，一动不动，眼睛睁得大大的，只是那里渐渐聚起了泪水。听见我的叫声，她像是忽然有些反应过来般，轻轻念出一个字："哥？"

驾驶位紧挨着墙边，贺守知没办法开门逃生，前后左右都是匍匐在地的火人儿，车子根本开不动！我下意识想要上前帮忙，宋清晨却摇摇头。我知道，这是唤醒贺秀知最后的机会。

我回头看去，一片浓烟中，只见贺秀知一路跌跌撞撞地走了过来。她在我们身边停下来，定定地看着火海中的车子，眼里的火光渐渐充斥了空洞，那里不再呆滞无光。

"哥……不会的，不会的，怎么会这样……"

她的声音宛若梦呓，就像是一只不会发声的小猫轻轻呜咽，眼泪一颗接着一颗，不停从脸上滑落。

下一秒，她奋不顾身冲进火海，我和宋清晨慌忙跟上去。一大团火光中，贺守知正坐在驾驶位上，额角流着血，面色苍白，张了张嘴："小知……"

他还是那般斯文儒雅，脸上依旧挂着温暖熟悉的微笑。

贺秀知握住副驾驶的门把，用力一拉，纹丝不动。她再次使劲往外拉扯着，可惜车门已经被撞得变了形，怎么也打不开！她忽然疯了般地拍打起车窗，我的眼前蓦地浮现出一幅画面——一个女孩坐在一台燃烧的轿车前，无力地哭泣着，害怕，无助，疼痛，那张面孔和现在一模一样，只是略显稚嫩。

驾驶位上的贺守知忽然慢慢笑了。他张嘴，声音淹没在火海里："小知，我……"

贺秀知停下动作，看着他，咬着嘴唇拼命压抑住哭声。他笑得很安静，看着她笑，眼神里是宠溺，是不舍，是留恋，是鼓励，是原谅……

贺秀知在他的目光下痛苦地哀鸣一声，忽然想起什么般，从背后夹克背心里掏出一把短枪，举枪，扣动扳机，干脆地击碎了车窗玻璃！

"哥——快出来！快……"她扑在车窗上，身子朝里探去，努力伸手想要把贺守知拉出来。

车里，贺守知没有动。他一瞬不瞬地看着贺秀知，笑容更加明媚，他的嘴唇翕动，只是听不清在说什么。他的身影开始渐渐淡去，化成无数个光点，一点点消失在我们眼前。

"不！不要，不要走……"贺秀知泣不成声，"哥，你别走，别丢下我，求求你……"

"他明明可以在这里好好活着，真是蠢得可以……哼，我居然忘了，你们人类是感情动物，愚不可及。"不远处，造梦者的声音淡淡响起。

"你少在那儿，一口一个'你们人类'，骂自己不是人，就直说……呃，啊——"

只见苏灿耀脸色骤然间通红，俨然是被用力掐住了脖子。

"苏灿耀！"我和宋清晨异口同声。

"突——"

一声枪响，火人应声倒地，庞大的身躯转瞬化为一大团黑烟！苏灿耀从高空中极速坠落！而造梦者捂着心口，子弹射穿了他的心脏……

几乎同时，风尧将绑着飞艇的木箱推了过去，苏灿耀在落地前一把抓住了飞艇的绳索！

"小知，我将再一次因你而死……"造梦者说着笑了一下，竟然真有几分贺守知的影子，他吐息越来越艰难，"不过没关系，是……我自愿的。小知，留下来，守着我们的家，好吗？"

"突——"

又一声枪响，造梦者身中两弹，吐出一口血来。

我的身旁，贺秀知一手持枪，直直对准造梦者胸口的位置，还保持着射击的姿势，淌满泪水的脸上是坚毅与疼痛。

"你说得对，我们人类是感情动物，愚不可及……可你不正是输给了这蠢得可以的感情！"

"输？哈，我想你误会了。"他看向我，轻笑一声，全然没有了方才身受重伤的样子，他的身形飞快地淡去，声音却犹如回荡在耳边，"这只是刚开始呢。游戏继续。"

车内，早已没有了贺守知的身影。

贺秀知的脸上彻底消失了刚才的坚毅，漂亮的眼里只剩下茫然和呆滞，她喃喃道："他说得没错，哥哥再一次因我而死了……"

黑烟驱散。远处，布满尘埃的天空中，一束阳光穿透云层轻轻洒了下来……

两天后。火锅店。

"干杯——"

玻璃杯碰撞发出清脆的声响，在白色吊灯的照耀下折射出光彩。

入秋后夜里的气温降低不少，锅里"咕嘟""咕嘟"沸腾着，冒着的热气化作一缕缕白烟，番茄骨头锅飘出酸甜诱人的香气。

好像，又吃夜宵了？

算了，反正就没有不吃的时候。这么想着，我安心地下筷夹了一大片涮毛肚。

"苏灿耀，你这光吃酱料就吃饱了吧。"宋清晨看着苏灿耀面前大大小小的酱料碗，有些无语道。

"他们家一道菜都死贵，看我不从酱料上吃回本来！"苏灿耀撸起两只袖子，压低声音说道，"服务还差，火锅底料都要自己下！"

宋清晨拿起一旁的点餐单念道："豆花、黄喉、毛肚、新西兰羊肉、草原羔羊肉、雪花肥牛、五花猪肉、鳕鱼蟹味棒、虾滑、午餐肉两份、猪脑、血旺、金针菇两份、娃娃菜、菠菜三份、红薯粉、长生菜、豆腐皮……你这两天去007手下当特工了？饿得跟几百辈子没吃过东西似的。"

"哎，我这两天晚上忙着打火人呢！好家伙，一个个速度不输博尔特，弹跳堪比詹姆斯！贺秀知的梦后遗症太大，她也是个女中豪杰了，没被自己的梦吓醒。"

我腾出吃东西的工夫回他一句："你被自己的梦吓醒了？"

"喀。"苏灿耀握拳咳嗽了下，往嘴里塞进一大口牛肉嚼着，想起什么一拍风尧的大腿，"话说！你当时给我传递飞艇那一下，哇，什么叫默契！酷毙了！咱俩平时的篮球没白打，一传一个准！"

风尧默默瞅了搁在他大腿上的手，没说话。苏灿耀"嘿嘿"干笑两声，自觉拿开，把刚才那一大口牛肉咽下："唔，幸亏没摔，我可不想再失忆一遍！"

"把你的碗挪过去点，别占用我的空间。"风尧面色冷峻道。

"哦，领地意识这么强，好吧。对了风尧，你要不要加入我们的'饿了不'小分队？"

"做什么？"

"就是出来团建聚餐之类的，大家AA制。"苏灿耀解释道，"每个成员定期上交伙食费，由队长统一保管，每次买单直接从他那里扣就好了。"

"有谁？"

"算上你的话，目前成员有：苏灿耀、风尧。"

"……"

"我把宋清晨也拉进来。好，目前成员有：苏灿耀、风尧、宋清晨。怎么样，确定加入不？"

宋清晨："……"

风尧："随便。"

苏灿耀爽快道："就这么说定了，这顿宋清晨请客。"

宋清晨："不是说AA吗？"

"你是新人啊。再说了，少数服从多数，我和风尧2:1通过该决定。"

合着风尧就是个凑数的。

宋清晨："我不就比他晚加入几秒？"

"那我呢？"

"怎么能让女士买单呢。"宋清晨绅士道，"在我心里，男人掏信用卡的动作帅过掏枪。"

"信用卡，比枪厉害，那是什么？"风尧问道。

"不是武器啦，是一种比较传统的电子支付卡……"苏灿耀给风尧解释着，突然稀奇地看向宋清晨，"都什么年代了，你还用信用卡？"

"我念旧。"宋清晨敷衍道，没再继续这个话题，扭头叫住一名路过的服务员，"你好，有啤酒吗？"

"要两罐！小麦啤酒，冰镇的！这柠檬水一点柠檬味也没有，不知道一片柠檬在多少壶里待过。"苏灿耀说着看向风尧，"你也来一罐？"

"不。"

"就知道。当我没问。"他撇撇嘴,低头嘬了口粉,瞬间面目狰狞地吐了出来,"呸!这红薯粉怎么一股红薯味?"

"……"这不是为难红薯吗?

"不要挑食。"宋清晨忽然用筷子敲了敲我的盘子。

我嘴里正叼着一片黄喉,看了看面前一盘子黄喉,解释道:"我不挑食,是我妈以前天天在我耳边念叨,说吃啥补啥,多吃血旺可以补血,这多吃黄喉呢,声音就会变好听。"我说着清了清嗓子,细声问道,"听得出来吗?"

"对对对!吃啥补啥!怪不得呢,我从小就有爱吃猪脑的好习惯……"苏灿耀捧着碗里的猪脑,激动点头道。

"看得出来。"宋清晨抿唇,转头颇有些语重心长道,"黄喉不是喉咙,而是猪、牛等家畜的大血管,一般为主动脉,又称心管,常被误解为食管或气管。"

"啊?那岂不是……我长这么大白吃那么多黄喉了。"

苏灿耀搂着碗吃东西的动作一顿,愣怔中有几分沮丧:"猪脑是真的猪脑吧?我不是也白吃了吧?"

我不由"宽慰"他:"放心,猪脑是真的猪脑,你也是真的白痴。"

服务员送来两罐小麦啤酒。宋清晨打开拉环喝了口,眉头皱紧:"好辣。"

苏灿耀咋舌:"你,别说这是你第一次喝酒……"

宋清晨冷酷:"帅哥的事你少管。"

苏灿耀耸耸肩,拍了拍风尧的手背:"帅哥,你充满电了也好歹陪我们吃几口嘛!你这张鬼斧神工般的脸庞,配上这一副牙疼的表情,路过的人还以为思想者从巴黎博物馆里跑出来了。"

"闭嘴,很吵。"风尧依旧保持着刚才的姿势,右手托着下颌,目光深沉,沉浸在牙疼……沉浸在全神贯注的思考中。

苏灿耀闭嘴两秒,立马又开始叽叽喳喳起来:"还有你俩,吃得这么秀气干什么?你看我话这么多,我停下来吃了吗?这雪花肥牛五斤五两,五斤是我吃的,五两是你俩吃的。"

这时,沉默半晌的风尧突然开了口:"这个案子的疑点还很多。"

我们都是一怔。

"比如,贺守知为什么会主动制造车祸。"我说。

三个人看向我,我说出这两天来的困惑:"梦里的一切从根本上归贺秀知的潜意识掌控,而贺秀知下意识是逃避那场车祸的,更加不可能希望这一幕发生。那么也就是说，贺守知撞车这一行为是他自发的，是他在听见我们的对话后自己做出的决定！可是按理来说，贺守知身为 NPC 是不该有自主意识的。"

苏灿耀的神情也变得凝重，猜测道："难不成是造梦者从中捣鬼？"

风尧断然否定："不可能，用不着这么大费周章。"

"而且在造梦者的思维逻辑里，根本没有感情因素！他想不到这一点。"宋清晨的声音低了下去，"也许，是爱一个人的本能吧。"

爱一个人的本能……

即便身处梦境，即便世界失真，即便我不是我，我的爱，依然不会消失。

"对了，小鸽子，我有个疑问。"苏灿耀夹了一筷子娃娃菜，放在酱料碗里搅了两下，"你是怎么说服贺守知放下过去的？"

"不是我，是她自己。"

其实，从贺守知车祸在她眼前重演的那一刻起，她就已经清醒了。她知道现实中贺守知已经离开，甚至知道无论她做什么都无法改变结局。贺守知回不来，即便在梦里，她也照样救不了他。

可是——

至少……让我把我能为你做的，都做完。至少，让我为了救你努力过一回。

开枪击碎车玻璃的那一刻，她的心结已经打开了。

"唔，你最后到底和她说了什么啊？"他把菜送进嘴里，拿起纸巾擦了擦嘴，"她愿意跟你回来，开始新的生活。"

"贺守知。"

"啊？贺守知咋了？不是，你先回答我的问题。"

"答案就是，贺守知。"

"我没明白。你明白了吗？"

风尧没理他，自顾自夹了一只虾滑。苏灿耀转而看向宋清晨。

"笨。你没发现他俩名字里都有个'知'字吗？我问你，贺守知管贺秀知叫什么？"

"小知啊。"

宋清晨："所以，守知。贺守知名字里的'知'就是贺秀知，懂了？"

苏灿耀怔了怔："所以，她明白了贺守知的苦心和爱意，他选择牺牲自己，是为了让她好好活下去。这也是一种，守护啊……"

玻璃窗外，马路对面的糖果店招牌闪烁着两句粉红色的情话标语——

我遇见你，是银河赠予我糖。

众生皆苦，只有你是草莓味。

我想起贺秀知说过的话——"那个时候我才知道，他不是勇敢，他是因为脆弱才会找到同样脆弱的我。"

这份守护很伟大。伟大之处正在于它的渺小。

因为渺小，所以才更伟大。

正义很了不起，却保护不了她。贺守知很脆弱，可是对于她来说，却比正义还要了不起。

我看了会儿火锅店门口的鱼缸，忽然问出一句："你们说，鱼知道吗？"

风尧："知道什么？"

"它生活在这里，是为了有一天被吃掉。这一天也许很快到来。你们说，它知道自己待在这里会死吗？"

贺守知呢，他知道吗？

这两天，造梦者的话一直萦绕于我的耳畔。我一直在想，如果当初我没有选择放弃任务，是不是贺守知也就不用出事了呢？

"别胡思乱想了，那只是个梦，梦里的人早已经在现实中去世了。"宋清晨说着停顿了一下，"何况在那种情形下，换做我也会选择放弃。"

"你说，假如贺秀知最后没被唤醒，把那个梦继续做下去，那贺守知是不是就能一直活在她的梦里了？"

他看着我，没有说话。

我越说越激动："谁说梦里就不存在了呢？梦也是宇宙间的一种存在形式啊，总好过彻底消失啊……"

"楚歌，这种话以后不要再说。"风尧打断我，面沉如水。

"我知道这种想法不对，在你们耳里听着很疯狂，但是我真心觉得……"

"小鸽子。"苏灿耀向我使了个眼色。我默默住了嘴。

算了，我真是庸人自扰，明明知道这有悖常理，更违背了我现在的身份，说出来不是丢饭碗的事吗？

风尧也没再追究，沉声道："我总觉得事情没有那么简单。"

苏灿耀皱眉："什么意思？"

风尧摇摇头："不觉得我们赢得太轻松了吗？"

苏灿耀伸手摸了摸脖子，那触感记忆犹新："不觉得……"

"你认为这背后有蹊跷？"宋清晨问。

"能有什么蹊跷？造梦者笃定我们不敢拿贺守知的命冒险，却没想到贺守知自己……你刚才那句话怎么说来着？爱一个人的本能！"苏灿耀自说自话道，"对，没想到关键时刻，贺守知展现了爱一个人的本能，造梦者输就输在了情感缺失上！这不是很浅显吗？"

风尧抬眸扫他一眼，眼神凉凉的："你也知道浅显。"他俊眉蹙起，声音冷沉，"宋清晨，你还记得那天晚上你说什么吗？你说，我们必须先发制人，不惜赌一把……"

宋清晨点头补充道："对，造梦者在幕后坐不住了，他有的是手段让贺秀知留在这个梦里，我们必须抢占先机。"

风尧蓦地抬眼，眸色一沉："他有的是手段让贺秀知留在这个梦里，可是却没有。"

我太阳穴"突"地一跳，提醒道："你们忘记他最后说什么了吗？"

就在这时，不远处的包间走廊上突然响起一阵骚动——

"快叫救护机！有人昏迷了！"

我们几步跑到的时候，走廊上已经围得水泄不通，围观的人群议论纷纷，有客人嚷嚷着"饭菜里有问题"，饭店老板急出一身冷汗，不停辩解着。

我们挤进人群，风尧亮出破梦组警徽："我们是警察。"

老板一听说，立马如释重负："哎哟哟，好好好——警察同志！大家让一让啊！让警察同志过去！"

很快大家让出一条路来。苏灿耀破门而入。

只见靠墙的沙发上躺着一位少年。风尧弯腰探了探他的鼻息，蹙眉。

桌上摆了一桌子菜，都还没下锅，只有一盘红糖糍粑是熟食，但也似乎没怎么动。点的清油麻辣锅底，锅里却空空如也，连底料的包装袋都没撕开。玻璃杯里的柠檬水倒是下去了半杯。包厢里温度适宜，没有闻到什么特殊气味。

老板嘴里还在一遍遍念着："饭菜里真没问题，怎么可能无端端地害人呢……"

我走到桌前拿起点餐单清点了一遍，全部在这儿了——菜全上齐了，而且一道也没下锅。

"什么时候发现昏迷的？"苏灿耀询问。

"就刚刚，服务员进来打算加水，就看见他在沙发上睡着了，谁知道怎么叫都叫不醒，推他也没反应……"

我回身安抚道："你放心，我们会查清楚的。"

苏灿耀看我一眼，目带询问。我摇摇头："不像。"

除了碗里的辣椒酱和半杯柠檬水，其他菜都没有开动过的痕迹。辣椒酱是客人自己到酱料区调配的，柠檬水……不知道一片柠檬在多少壶里待过，都是公用的，要有问题不可能只有他一个人出事。除非他生吃了哪一道菜，而那道菜里正好被下了药。或者实物与图片不符，老板多放了一块糍粑，被吃掉了我也看不出来。

排除以上两种特殊可能，唯一可疑的就是红糖糍粑上撒的黄豆粉和红糖浆。可是这点剂量根本达不到立竿见影的药效，昏迷前他有足够的时间把菜下锅，不会连底料都没放。假如真是什么强力药，倒头就睡，那他应该趴在桌子上，而不是在沙发上躺好了，这么有仪式感……等等，仪式感？

瞥了眼点餐结束时间，距离现在已经过去了四十多分钟……这家上菜算快的，而这四十多分钟里，他竟然就只调了碗辣椒酱、喝了几口水润嗓子？

我走近沙发，只见宋清晨正给沙发上的人戴上"测梦器"。

测梦器是用来判断是否入梦的工具。当人做梦时，大脑后皮质区的低频活动有所下降。高频率脑电活动是做梦的信号，这种活动同样起始于后皮质区。通过监测该脑区的活动，判断是否入梦的准确率达92%。

"你还随身携带这个？早说啊。"

"下午去局里领个人装备，顺手揣兜里了。"宋清晨边快速向我解释着，边调试着设备。

我把目光移向昏迷中的少年，那是一张很干净白皙的面庞，脸部线条锐利流畅，鼻梁高挺。他眼睛轻轻闭着，薄唇抿成一条线，似乎在笑。

自信又魅惑的笑。

测梦器在工作时发出有规律的嗡嗡声。宋清晨的表情越来越凝重。

风尧："如何？"

"入梦不久。大约十五分钟前。"

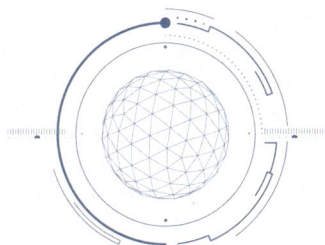

【第十五章】

"碍于入梦者身份的特殊性，
我们唯一获取到的有效信息是，
四个字——
起源计划。"

意识治安局，会议室。

简言面色沉重。情报组的小孔因为多加了几个小时的班，脸色也好不到哪儿去，他率先打破沉默："这是入梦者的相关信息。"

我们看向大屏幕上的个人档案。

姓名：解檬

性别：男

年龄：19 岁

种族：地球人

职业：Darwin 集团总裁解自鸣之子

AI 率：39.45444%

宋清晨："总裁之子，这也能算职业？"

"早晚要继承的嘛。"苏灿耀语气稀松道，"难怪这小子姓'蟹'，还真是有'钳'任性啊。做梦还要讲究什么仪式感，约了造梦者还下什么馆子啊，拉一桌子菜下水……不对，水都没来得及下。"

"你们看这份档案，不觉得有一丝违和吗？"我问。他们纷纷蹙起眉。

"AI 率。"风尧答道。

没错，这位多金的少爷 AI 率却并不高……这就怪了。人类进入重启时代以来，社会阶级分化更加显著，富人为自己配置更为先进的 AI 器官，提升 AI 化程度，AI 率成为衡量身份地位、划分社会阶层的重要指标。

"说明他是个有个性有态度的人啊。"苏灿耀瞬间转变了态度，"我欣赏他。"

一张证件照出现在大屏幕上，我们纷纷愣住。难以想象那双眼睛睁开后，会是这样一副面孔——

那是一双勾人的桃花眼，细长朝上，阴柔中透着淡淡的凌厉。与生俱来的卧蚕，标准的三庭五眼，高鼻梁、薄唇，衬上线条分明的侧脸……怎么说呢，精致，甚至称得上漂亮，可又漂亮得带些锋利。

"啧啧，想不到这小伙子还挺帅的。"苏灿耀由衷感慨道，"几乎快赶上我了。"

宋清晨睨他一眼："身为门面担当的我说话了吗？"

这两个家伙真的幼儿园毕业了吗？

"都别吵了。"风尧面无表情地打断道，"我颜值最高。"

"……"

老天，快来把我带走吧！

他又补充了一句："测过的。"

苏灿耀："那是因为我当时打了个喷嚏，好吗？"

宋清晨："就是啊，他打了个喷嚏，把我吓一跳，所以测得根本不准，好吗？"

苏灿耀眉头一皱："不对啊，什么时候你是门面担当了？等等，说起担当，还没问过，你的特长是什么啊？"

"写脸上了啊。"

苏灿耀凑过去认真瞅了瞅："眼睫毛特长？"

"我是说，帅。"

指挥官终于看不下去了："这是在开会，你们适可而止。宋清晨擅长定位、追踪、运算、推理。"

我提问道："指挥官，宋清晨到底是个什么来头啊？我们一直很感兴趣呢。"

"很好奇吗？"宋清晨唇角翘了下，清澈染笑的嗓音，"原来你对我很感兴趣。想知道怎么不直接来问我？"

我在心里打了串省略号，转头看他，想吐槽几句，却见他眸子亮亮的，脸有些红，似乎很开心的样子……这酒后劲上来得这么慢？

"也不是很好奇，好吧，确实有点好奇。我可以问你一个私人问题吗？"为什么要加入破梦组，而且现在才加入——这两点是我之前一直存疑的。

"我没女朋友。"

我没忍住："你有病吧。"

他愣了愣，眼神下意识地暗了暗，抿嘴，看上去有些委屈："我没有了，不会再让你为我担心。"

这家伙开始说胡话了。估摸着是第一次喝酒，上头了。

简言轻轻咳嗽了声："这是在开会，注意场合。宋清晨和你们修习的同一个专业，入职测试的成绩和风尧并列。"

"那 AI 率呢？"苏灿耀追问。

"85%以上。"

我和苏灿耀不由得闭紧嘴巴，好奇不下去了。一直想说来着……"AI率必须处于两极——高于85%或低于15%。"这是什么破条件啊。15%和85%一起组队，堪称精英和菜鸟的碰撞，这个组合搭档是谁想出来的？摆明了恃强凌弱啊！欺负我和苏灿耀这种普通人类！

我转移话题："好了好了，孔老师你接着讲，梦境的内容是什么？"

小孔摇摇头："时间紧急，有效信息不是很全面。"

"没关系，有多少是多少。"

"就这么多。"

什么？这何止不是很全面，简直就是全没有。

简言表情严肃地说道："经过初步分析评估，此次梦境的破译指数为四颗星，不能大意。"

四颗星？

苏灿耀："我想知道这是怎么评估出来的？"连最起码的是什么梦都不知道。

简言："未知就是危险。"

"说得好。"

风尧问道："我们的身份呢？也不知道吗？"

小孔："据我所知，我一无所知。"

"那个，我可以对我的身份提一点想法吗？"苏灿耀举手，看着简言，"给我一个有点地位的，最好一大片土地都归我一个人管，我是领主……唔，最好像你一样，成天一个人坐屋里任凭外面风吹雨打啥都不干还能指挥来指……"

"指挥官——不晚了，您早点退下吧，我们就先休息了！"经多次眼神暗示无果，我一把搋起风尧的手捂住苏灿耀喋喋不休的嘴，慌忙打断道。

喝酒果然能壮胆！一个个的真不让人省心，下回聚餐谁再提议喝酒谁就承包一礼拜四人份公寓大扫除！外加半个月工作零食！

简言淡定从容地点了下头："好，我会把你的想法转达给技术组。大家还有什么要问的吗？"

"没有了。"毕竟什么也不知道。

"老规矩，三天后，CA室集合。"

三天后。

"楚歌。"进入实验舱前，简言叫住我，"你们在梦里所做的每一个选择，都直接关乎入梦者能否摆脱虚拟、回到现实。时间有限，每一步都至关重要，任务失败，他将永远沉睡……别让群众对我们失望。"

他指的是贺秀知案，我曾出现过放弃的念头。

我朝他点点头："我明白了，指挥官。"

"关于梦境，还是一无所获吗？"苏灿耀皱眉。

"碍于入梦者身份的特殊性，保密工作做得很好。"小孔摇摇头，慢慢说道，"我们唯一获取到的有效信息是，四个字——

"起源计划。"

世界陷入一片黑暗。

片刻后，我的脑海中响起一阵"滋滋"的电流声。一片看不见尽头的虚空中，忽然出现了一条自行滚动的红色进度条，底下的小字写着——

游戏加载中……

游戏？什么鬼？别是什么植入大脑的病毒吧！

进度条很快走到了头，"滴"的一声闪了闪。然后是一长串摩文，我直接在承诺处打了勾。

眼前出现了三个图标，一个是一把剑，一个是一块盾牌。嗯，盾牌应该是防守什么用的，没啥攻击力。还有一个不知道是啥，看起来好高级的样子……难不成是什么特殊属性？

就这个了。

接着，眼前又浮现了一大堆图标，奇形怪状、各式各样、应有尽有，重点是没一个我看得出来是啥。

咦，这个还挺好看的，就你了吧！

我选定了这个貌似是什么奇花异草的图标，点击"NEXT"。

请选择你的初始搭档。

初始搭档？

眼前出现了一份"玩家名单"，在众多头像中我一眼找到了那几张熟悉的面孔。

选谁好呢？

思索一秒，我果断按下了风尧的头像。小圆圈转了几圈缓冲后，界面上弹出一句话——

搭档匹配成功！和他一起踏上冒险征程吧！

紧接着进度条又出现了，这次还伴有音效，充满野性的嗓音在唱着什么："don't tie me tie me up tie me tie me up——"进度条快速走到头后消失在了一片黑色虚无中。两秒后，两行歪七扭八、参差不齐的红色英文字母赫然浮现——

So welcome to the Origin World.
Let's start the game!

我还没来得及细看，两句话已淡去在逐渐清晰的场景画面里。
……

喀、喀喀……第一感觉是嗓子干涩，胸腔有些压迫感……

周围的光线昏黄，我慢慢看清了眼前的情景——

斑驳的血迹、铁链、监牢、人、很多人……欢呼声、助威声充斥耳边……

而我正位于监牢的中央，准确地说，是趴，狼狈地趴着。

看样子这里刚经历过一场殊死搏斗，而我，显然是输的那一个，看看这满手的血污和身上大大小小的伤痕就知道了。

哟，刚刚不觉得，这一看，忽然间连呼吸都是痛的！还好这一切已经结束了，简直难以想象这具躯体刚才承受了什么！

大口喘了喘，我咳出一口灰尘来。呸，早知道我也向指挥官提要求了！这就是老实人的遭遇吗？

观众席上人群的呐喊声、议论声依然不绝于耳。我奋力想要爬起，却体力不支地跌倒，艰难地抬头看向对面的胜利者……

怎么会是她？！

曾慧！

我在脑海里快速找到了这个名字。

她不是当年那个在超能力对决赛上由于犯规输给我的女生吗？

她怎么会在这儿？她和入梦者认识？等等，梦里现在是什么时候？我和她已经在对决赛上遇到过了吗？当然，在这一干问题中，我最想知道的是……我的初始搭档呢！因为整个竞技场上空已经响起了警报，一行红色大字出现在空中——

请击杀对方，取得游戏的胜利。

这一刻我才意识到，这就是一款生死游戏，以生命为筹码！

我说……每个梦都要附赠我这么高能的开场吗？

曾慧眼里闪过一道杀意，但她只是微微调整着呼吸，并没有动作，大概是体力不支？

"冷静啊，校友！本是同根生，相煎何太急！冲动是魔鬼，淡定淡定，冲动给魔鬼留余地。"我嘴上一通胡扯，眼神迅速四下搜寻着——

哎，这不是风尧吗？

他一袭白衬衫被两侧的人推搡得有些皱，乌发低垂，刘海儿遮住了神情，只是即使手背在身后被人押送着，那高不可攀的倨傲清冷依然不曾磨灭分毫。

界面上弹出一句话——

请记住，你不是一个人在战斗！

原来是这么个搭档法？！对不起，风尧，都是我害了你……

"进去吧。"身侧的人打开铁门，将他推了进来，复又落了锁。与此同时，对面也进来了一名男生，作为曾慧的搭档。

我望了眼正在被锁上的门，挣扎着动了动腿。

"别想着硬闯，反抗是没用的。"风尧看出我的想法，出声阻止。

"智取？你有办法了？"我眼前一亮。说句心里话，有风尧这个最强大脑在身边，安全感"蹭蹭"就上来了！

"没有。我还在观察。"

就在这时，一道疾风朝我们冲来！风尧拽起我一个闪身！

"站到我后面去。"他厉声道。

眨眼间，一道挨着一道劲风毫无间隙地袭来！风尧身上很快就多了数道和我一样的伤痕！

这是什么魔法？隔空劈人？？比的是这个？

观众席上兴奋的欢呼声一浪高过一浪。我仔细观察着她的动作手法角度，迅速掌握了精髓要领，朝对面挥出一掌！

只见对面两人明显都是一愣，而后毫不掩饰不屑一顾的神情，像是看到什么笑话一般。全场哄然大笑。

"不一样。"风尧微微侧头，对我蹙眉道。

"哪儿不一样了……"我这明明是 1∶1 还原。

"能力。"

"喂，我是初学者啊，能力当然不如……"

"我是说，超能力。"

什么意思？我的魔法不是隔空劈人？

"购买道具。"风尧话音落下，我们面前弹出了一个"道具商城"界面，右上角显示着"距离战斗继续还有 15 秒"。

他快速浏览了一遍，点击其中一项。

伤害转移：将自身承受的部分或全部伤害转移到他人身上。注意：遭遇一击必杀时无法使用。

确定消耗 20 进化值购买两份【伤害转移】吗？

购买成功！请指定使用对象。

你已成功向玩家【日月增辉】【天佑与我宰】使用道具【伤害转移】。有效时间为 60 秒，计时开始。

瞬间，我感觉不到一丝疼痛了！对面两人却伤痕累累！观众的议论声停顿了一下，再次更加热烈地响起。

我突然发现有一丝奇怪。"不对啊，她伤怎么这么轻？我们刚才的伤哪只有这么一点？这转移的时候怎么还带偷工减料的？"

风尧投去目光，皱眉没有说话。

"还有那个男的一直没怎么攻击，不会是在憋什么大招吧？单手撑地，是什么预备动作吗？"

我话音刚落，就感觉大地一震！下一秒，我和风尧脚下的地面迅速裂开无数条细缝！

"啊——怎、怎么知道我们的超能力是什么？"该不会是乌鸦嘴……呸，预言能力吧！

"战斗期间，属性页面关闭，不可查看。"风尧拽住我的胳膊快速说道，接着他忽然一拳砸向地面！

我看着他的自残行为还没反应过来，却听对面一声惨叫，只见那个发动地震的男生一脸痛苦地捂着手。他的手掌离开地面，我们脚下的震动顿时减轻不少。

伤害转移：自身受到伤害，指定的对象也会受到等同的伤害，可视为诅咒的一种。

什么？还有这种好事？

我赶紧也给地面不客气地来了几下！果然，曾慧尖叫了三四声，对着破了皮的地方吹着气。

风尧又一拳狠狠砸下去！接连两下，很快拳头就染上了血色！

"好了好了。"我慌忙拉住他的动作。真怕他再捶把地板捶塌了，本来就不结实。

他看我一眼，又看向我拉住他的地方，眼神瞬间加深了几分。我也低头看去……

只见他手上血液干涸，伤口渐渐愈合。

我连忙低头一看，发现手上的伤痕也奇迹般消退了！破皮的地方完好无损！

原来我的超能力是治愈？

可是治愈有什么用？能打架吗？？

"哼。"曾慧冷笑一声，活动着手腕，看样子打算变本加厉地报复回来。我心一横，对着自己的拳头狠狠咬了下去，一排渗血的牙印立现！然而，她却一点感觉都没有似的！

我抬头一看，果然脑袋上方的道具图标不见了。

地面一瞬间又恢复了震动！比之前猛烈十倍！观众席上的声音刹那间被淹没！曾慧缓缓抬手，眼里射出嗜血的光，在我完全来不及防备的情况下，对我的方向猛劈下一掌！！——

对战结束。

对战结束。

对战结束。

就在我以为疼痛将如期而至时，半空中突然响起了熟悉的警报声，宣告了这场对战的谢幕。

【圣斗场】日月增辉 & 天佑ㄣ我宰 VS 楚霸王 & 无

DRAW

平局？

如果不是突然被叫停，我们输定了。

人群中传来各种疑惑不解的声音。对面两人明显对这个结果不满意，曾慧看着我，满脸阴鸷，那个男生则一脸的意犹未尽。

一个男人打开铁门走到了场中央，对着正对面的观众席上方做了一个类似于致敬的奇怪手势，鞠了一躬，随后示意身后几人将我们请了出去。

我顺着他的目光看去，只见观众席高处设有一个观赏台，隐蔽在阴暗处，一个男人坐在座上，高高在上的样子宛如神祇。

在推搡中，我终于看清了暗影中那人的脸……

是他！

我知道他在笑，唇角弯弯，深敛的眸光凝着我。

观众们失望而散，还在不尽兴地议论着方才的战况。场地不大，我们出了铁门一下子被冲进涌动的人群里。

“曾慧！曾慧！”我急切地追上她，问道，“你认识我吗？”

她看了我一眼，神情有些古怪，又有些不屑：“手下败将我告诉你，别以为殿下罩着你我就不敢动你！等过了休战期我就来找你，把刚才没打完的架打完！”

“乐意奉陪。不过，你先回答我的问题，你还记不记得在斯洛学院……”

“喊，你们有句地球话叫‘好汉不提当年勇’。哼，不过，你也不是什么好汉，每次都靠男人帮！冤家路窄算我认了。”

她记得，也就是说梦里的时间至少是发生在那场对决赛以后的。

“你认识解檏？”

她皱了皱眉："什么喜糖？别想转移话题。"

不认识？那她怎么会出现在解檬的梦里，换句话说，解檬怎么会梦到她？

我正欲追问，却听见一道熟悉的慵懒嗓音在身后响起，带着几分散漫的威严——

"手下败将？怎么，我定的平局让你不服气？"

曾慧脸色一僵："殿下。"

男人点点头，语气温淡地照搬原话，表情十分和顺："别以为殿下罩着你我就不敢动你。"

"不是的，我，不是这个意思……"

"每次，都靠男人帮？"他微微挑了挑眉，兴致淡淡的眉目中藏着不可触犯的危险，话是对曾慧说的，眼皮却耷拉下来扫向我，"除了我，还有哪次？"

"那个，那我不打扰你们了。殿下，告辞。"曾慧低了低头，又朝我挥了挥手，微笑道，"回聊啊，校友，有空约我接着叙旧哈！"

段谨然神情不变地看着她，全程眼神漠然，一言不发，连头都没点一下。

糟糕，眼下观众已经走得稀稀拉拉，却不见风尧的身影！该不会是被那个什么包子柚子的拉去接着打了吧？

"他去领取物资了。"段谨然转头看我，解释道，"我有一张兑换券。"

我半信半疑地看着他。所以，这人到底是解檬梦里的 NPC 段谨然，还是……现实中的段谨然进入了解檬的梦，就像我们一样？

他倒是率先笑了，眸光柔和："好巧，在这里也能偶遇。"

"是啊，偶遇到别人梦里来了。"

他面不改色，看来对于"这是个梦"并不意外。我语气稀松了些："你怎么在这儿？"

他似乎笑得更甜了，眼角弯弯的："我思故我在，我想你了当然就在这儿看你了。"

这句话翻译成摩语以后是这个意思吗？

"比土是吗？哈，姐稳坐土味情话女王宝座的时候，你还是只光秃秃的小猫崽呢！"

他笑容凝固了一秒，随后又缓缓扯起嘴角，眼里闪着晦暗诡异的光："说一个我听听？"

"喊！说就说，谁怕谁啊！"哎？不是，我凭什么要听他的？差点忘了正事了！

"现在是说这个的时候吗？老实交代，你怎么入梦的？什么时候入梦的？你在这里什么身份？为什么他们都听你的？凭什么我没有兑换券？"

他收拢了方才的笑意，恢复一派懒散的口吻，说道："我可是摩球王子啊，没有什么很难的事吧？身份嘛，VIP 玩家？反正很尊贵，当然有很多你们没有的特权。入梦……就不久前啊，不然我怎么舍得让你受那么多伤。"他说着竟有些委屈巴巴，"阿楚，能不能别像审讯犯人那样跟我聊天。"

"玩家？那不是和我们一样？凭什么你可以坐在台上当裁判而我和风尧要在底下苦逼地拼命？"VIP 也没有这种待遇吧？

"啊？你不会不知道吧，这个是系统随机抽选的'值日裁判'，每天都会换人哟。"

什么？我心里一咯噔。那岂不是，没人给我放水了……

"骗你的。"他蓦然笑了，伸手掐了掐我僵滞的脸，神色柔和，"只是想知道阿楚很需要我的保护而已。"

虽然有些无语，但我还是松了一口气。不管怎么说，小命最重要。

"我不是什么裁判，不过停战权限还是有的，但也仅限于圣斗场模式。其他场合下我就不能罩着你了，你可要自己保护自己啊。"

我想了想，问出了关键所在："那你知道 VIP 怎么充值吗？"

"噗。我问过了，不行呢，我的出厂设置就是 VIP。"

行吧，听懂了，总之就是有权任性。等等！"你刚刚说，圣斗场模式？除了这个，还有其他模式？"

"当然啊，你进入游戏前没看须知吗？里面都写了游戏规则的。"

完蛋，那一老长串摩文被我直接跳过了！这么重要的东西就不能用地球语言写一遍吗？

"有地文版的，切换成'Earish'就好了。"

"……"

"小糊涂蛋。"他开心地笑，嘴角上翘，"说，谨然哥哥，求你教教我吧。"

我硬着头皮："谨然哥哥，求你。"

"教教我吧。"

"教教我吧。"

这是一款名叫《起源计划》的进化类生存游戏。由玩家自行选择进化后的超能力，每项超能力为且仅为一名玩家所有。所有超能力根据属性共分为三大类：攻击、防御、辅助。

游戏伊始，系统将赋予玩家初始进化值 20，每次对战胜利将获取对方全部进化值。对战失败即阵亡。要想活下来，只有战胜对手、投降、平局三条路。投降方进化值的 50% 将归对方所有，且对方有资格不接受投降。平局则对战双方概不得分。

目前开放的战斗模式共有两种。一种就是可供多人围观的圣斗场模式，分为 1VS1、2VS2 两种形式。2VS2 的搭档可以系统随机或好友双人匹配——曾慧和包宰佑就是随机匹配的，我和风尧则属于后者。

另一模式名为"自由之刃"，通常由一名玩家向另一名玩家发起挑战，可以接受或拒绝。至于战斗规则，相当简单粗暴：不限形式，不限手段，只要在规定时间 60 分钟内将对方杀死即获胜。

此时此刻，我们正在一艘名为"贝格尔号"的游轮上，目的地是一座人迹罕至的小岛——Paradise。

然而，登岛名额只有十二个，依据进化值排行榜从高往低录取。抵达后这艘游轮和游轮上的其他人就会沉入海底……

登岛后将解锁新的游戏模式，现在还不知道。但是，只要能活着离开游戏……所有进化值将会在现实中兑现，一分就是五十万！

客舱区，某人的 VIP 豪华海景房内。

听段谨然讲完游戏规则和背景，我不由得有些脑仁疼："解檬的梦想是成为一名游戏设计师吧？脑海里怎么会有这么荒唐离奇匪夷所思的东西？"

风尧沉声道："这个游戏，很可能存在于现实中，他玩过。"

我一愣："并且成为了心理阴影？"

"又或者，是他某段人生经历的缩影。"段谨然分析道，"比如，生存竞争。"

"对了，游戏的结束方式呢？可以自行退出吗？"

段谨然摇了摇食指，没有下文，起身去吧台区抽出一瓶贝利尼，问我："来一点？"

我可没有这个好心态。他给自己倒了杯，这才不紧不慢地说道："结束方式有两种，要么打通关，要么，玩家死亡。"

"这么多人玩，都是为了奖金？"

段谨然轻挑起一边眉毛，不以为意。

风尧冷声："所以，为了发这笔财，不惜践踏良知？"

"初衷不一定如此。只不过，既然来了这里，谁也不想坐以待毙。"他饮下一口橙色的液体，轻轻舔掉唇边的残汁，"通过主宰他者的命运获取优越感，这是动物的本能。"

我摇摇头："游戏只是揭露的工具，本性才是根源。做坏人可以没有理由，但却能有很多个借口。"

难道，这才是游戏设计者的真正目的？

段谨然嗤笑一声："坏人？好人？世间万物本就不是非黑即白，人也一样，并非只有好坏之分。"他声音渐渐变得寡淡，眼神暗下来，"哪来什么绝对的对与错？物竞天择，适者生存，没什么不合理。世间万物最原始的法则便是如此。你若顺从天性，这里便是乐园，是可以尽情释放的 paradise。"他慢慢地轻晃着杯身，液面在吊灯下发着光。

圣斗场里那兴奋的浪潮……我至今如临其境。这样的人连最基本的人性都没有，还有理性吗？人都算不上，呵，妄谈进化！

我不懂，更不认同，却也懒得再和他争辩。毕竟我们的人生际遇不一样，我没有资格也没有必要对他的想法妄加干涉。

"反正只要解檬醒过来，我们就能离开这个鬼地方了！去他的玩家死亡才能结束游戏！"去他的扭曲的世界观！至于现实里是否真有这样一款生死游戏，得让简言他们好好调查一下。

"风尧，怎么样？"我看向站在一旁琢磨曾慧和包宰佑超能力的风尧。凡是已经和自己对战过的玩家，其超能力都会收录在《人物能力手册》里。

"好了。"风尧关掉页面，低头看我，一字不落地复述道，"切割能力，主攻击，属物理操控系，指的是不借助工具如刀具、激光而由角色自身具有的切割能力。可对指定的目标进行切割，包括但不限于物体、生命体等具体的实物，达到一定等级后可解锁空间切割能力。"

空间切割？这也可以？好抽象……

"包宰佑呢？地震波能力？"

"土能力，主攻击，属自然元素系，使用者一般可以发出诸如地震、岩崩、泥石流、沙尘暴此类的能力，在特定地形场合也能利用土、岩、沙的力量进行地形战，同时具备提升防御力的增益能力和治疗的恢复能力。"

"这么强！"他都能发起泥石流沙尘暴了还不肯放过我这小小的治愈能力。

"你发现没有，他需要用手掌触及地面才能发动能力，这在海洋和天空等战斗场地有很大劣势。"风尧眉目沉静，有条不紊地分析着，"再者，土地里含有能导电的物质，也就是说，土系能力会受雷电系能力的克制，不过也可以反过来克制雷电系能力，比如，发挥避雷针的作用。结合五行的相生相克原理，木系和金系能力由于会破坏或消耗土壤，也可以对土系能力有一定的牵制。"

"听你这么一说，好像瞬间弱爆了。不过，这些能力跟咱们有什么关系？"

"结盟。"段谨然扬了扬眉，接话道，"游戏进行到一半必然会产生各方团体。抱团取暖，是争夺最终利益前的必经之道。"

有道理！治愈虽然没有直接的攻击力，但是在多人团队合作中，却有着重要的战略意义。这样我就可以和别人优势互补了。

"但是，碍于玩家的属性页面只对自己开放，寻找合适的盟友还需要一段摸索期。"风尧说道。

我怎么觉得有什么被我忽略的细节在我眼前一闪而过："所以，其他玩家是不知道你的超能力的？"

"当然，不然不是很危险？"段谨然歪头看我，说道，"每个人的超能力都是独一无二的，只有当你使用它的时候别人才能看出来，因此务必要击杀对手，知道你超能力的人越少越好。"

等等，那刚才观众席那么多人……

"所以，圣斗场模式的战斗者都是被系统选中的倒霉蛋。谁也不想把自己的超能力公之于众。"

那刚才观众席那么多人，全都知道我的超能力是毫无攻击力的治愈了？

我打开个人属性界面，再次查看了一遍。确认过眼神，是我亲自挑选的那棵草。

"放心，小倒霉蛋，你谨然哥罩你。"他意味深长地睨我一眼，"再说了，有一项是治愈不也挺好？"

"对了风尧，你的超能力是什么？"

"还没看出来？原来你也是乱点一通啊！"我咂咂嘴，吐槽道，"我就说它抽象吧！就不能请个像样点的美工，画点阳间看得懂的图吗？"

"根据属性，一攻一守。"风尧淡淡道，"看不出也无妨，进化方向本就是未知、模糊的。"

"要不，我帮你看看？"段谨然问。风尧侧头看他，沉默了两秒，将页面分享给他。

段谨然了然，指节叩了叩桌面："风，冰。"

"风冰？这是什么？"

"风，和冰。"

慢着。

"和？"

这个字在我耳边无限放大、回响……

难怪他会说，一攻一守……

"嗯哼。阿楚你另一项超能力是什么，看出来了吗？我也帮你看看吧。"

我脑袋一蒙，他的声音在脑海里炸出了一个坑。

了不得，比高考试卷双选做成单选更要命的事情发生了……我艰难地咽了口口水，这、这相当于一条腿没迈过起跑线啊，不，应该说是生存线。

段谨然的脸色终于沉了些，他缓缓开口："记住了，你拥有两项超能力，刚才在圣斗场上特意留了一手。嗯？"

我怔怔地看着他，点了点头："我记住了。"

对，曾慧和包宰佑也都只露了一手，在场观看的人应该不会怀疑我！也许我该庆幸，这不存在的第二项超能力保护了我，这样的话大家就不知道我只会治愈了，我也就不会成为群起而攻之的目标了！

然而事实却并非我想的那样……

「世界」系统公告：全体玩家注意！请速至一层大厅集合。
「世界」系统公告：全体玩家注意！请速至一层大厅集合。

段谨然眼神暗了暗："走吧。这种公众场合下一般不会有人发起战斗，但周围的玩家无时无刻不在观察彼此，小心些。"

我被他们两个一左一右裹挟着走到了一楼大厅，看到眼前的景象，不由得倒吸了一口气，"雕梁画栋"四个字窜进脑海——

墙壁全部由五彩斑斓的彩绘玻璃砌成，晶莹剔透的地面泛着光，大理石柱子支撑起高远的天花板，尽显巍峨，两尊雕塑立在正前方的高台之下，为这一室金碧辉煌再添了几分肃穆。

这是挡不住的本能

You know I'm gonna let out the beast

我知道你懂的

You know you wanna let out the beast

现在是 show time

Let out the beast

和我一起喊

Let out the beast

让我听见你

Let out the beast

Let out the beast

Let out the beast

狂热的背景音乐轰炸着耳膜，空气中满是叫嚣着的躁动因子……要不是刚经历过一场战斗，我真有几分来这里度假聚会的错觉。

大厅里的人越聚越多，我们在人群里快速寻找着苏灿耀和宋清晨的身影，然而却一无所获。既然宋清晨的特长是定位和追踪，那他应该会主动来找我们的吧。

世界频道上不停有消息刷着屏……

「世界」别惹、老子：也不知道那个女人的另一项能力是什么，真是好奇啊！

「世界」想冖称霸森林：是啊，应该很神秘吧！挨了那么多下都不还击，即便到了那种危急时刻也只是使出治愈而已，看来十分不愿意轻易暴露啊！

「世界」出你不意↘攻你不备：真想去会会她呢。

「世界」去丨灬世界尽头丿看末日：诶，我好像看到她了。一左一右站了两个男人那个，是她吧？她来大厅了！

我说你们不能自己拉个群偷偷膜拜啊？诚心想让我看到的吧。

我强撑着表面的镇定，压抑住内心奔腾的情绪。风尧不动声色地往我这边又靠了靠。我打开我们三人的私聊频道。

「私聊」楚霸王：你们两个别搞得像左右护法一样，别人会对我起疑的。

不知为何，我总觉得背后有一道视线，这种感觉很强烈。

我微微侧头，循着直觉向视线的源头看去——

解樵！

少年半眯着眸子直勾勾地盯着我，眼神凌厉，见我回头，嘴角勾了勾，露出一个带有警示意味的笑。

就在这时，背景音乐暂停，大厅上空响起一道声音，冷漠的、平静的、熟悉的……

"安静，请各位安静。"

正前方的高台上，一个人影走了出来。

风尧神色一怔。

我的理智被眼前这一幕轰炸得一粒渣渣都不剩！

为什么这个人和小孔长得一模一样？！

「私聊」段位很高ψ：认识？

「私聊」段位很高ψ：这个面瘫。

段谨然朝台上扬了扬下巴。

何止是认识啊，我之所以出现在这里，时时刻刻有着生命危险却对此一无所知，还要靠另一个入局比我还晚几分钟的玩家教，就是因为这个面瘫和给这个面瘫发工资的那个更瘫的面瘫好吗？

"大家好，初次见面，我是《起源计划》的GM。我谨代表起源世界，欢迎大家——"

「私聊」段位很高ψ：GM，Game Master，主办方雇佣的在线游戏管理员，相当于虚拟世界警察，拥有踢人、禁言、封号等权限。

游戏管理员？

小孔，哦不，孔老师、孔大哥一定是你走错片场了，剧本里你现在应该坐在意识治安局的情报组办公室里喝着咖啡煲着剧，而不是奔赴在生死一线……让我们生死未卜、命悬一线啊！

不对，一定是我走错片场了，一定是我在做梦！也对，我本来就在做梦啊！

就在我经历完人生史无前例之自我怀疑的至暗时刻后，小孔同志开始了他的演讲。

"Such is natural rule, that the fittest can survive. Natural selection ensures only the fittest survive to pass their genes on to the next generation. Reality is so cruel, the truth will never change over time, survival of the fittest is the eternal law both of nature and human society, isn't it? Life is also a deadly struggle today, we live in a world in which only the strongest can make it to the top."

"游戏规则，相信大家已经很清楚了。"他一顿，抬抬手，"不久前，圣斗场上演了一场 2V2 竞技表演作为预热，不过我想各位应该都意犹未尽……"

话音未落，人群中便爆发出一阵激动的欢呼声，有人兴奋地吹着口哨。

还真是一群亡命之徒！

高台上的男人微微笑了下。印象中这好像是我第一次见小孔笑，是那种满意又克制的笑。

他抬手示意大家稍安勿躁："真正的游戏很快开始，会让各位过足瘾的。提醒一句，每晚十八时，日落时分，圣斗场的精彩演出准时奉上。此外，驾驶室、配电房、厨房、餐厅、酒吧、舞厅、健身俱乐部、SPA 水疗区、五十多间客舱，噢，都会成为很好的 hide-and-seek 的场所。忘了说，今晚的晚餐有和牛战斧，泛着番茄味的微辣在舌尖和齿间颤抖，缠绵悱恻……我的最爱。Rejoice！ We can make animal sound！ "

瞬间，我仿佛到了野兽四伏的丛林，效仿各种猛兽的怪叫声四起。

呵，真是一场华丽的冒险啊。表面有多繁花锦绣、奢侈光鲜，背后就有多荆棘丛生！

"站在食物链顶端俯视万物的人类，尽情享受着主宰自然界的优越感，在安逸中麻木了警觉，退化了对危险的嗅觉，习惯于轻信周围的一切……"

我仔仔细细打量着台上的男人，依然是那副深沉稳重的面孔，周身的气息却不一样了，浅茶色的瞳仁如一潭死水般无波无澜。

"Hurry up wake up！ "

随着小孔话音落下，空中"滴"地浮现两行潦草得东倒西歪的英文字母——

Dark night fell, beasts haunt.

Kill or be killed, are you ready?

下一秒，半空中猛地闪过一道刀光！

Come out — "the blade of freedom"!
It's time for blood!

霎时间，大厅里弥漫起一股紧张的气息！人群开始自由流动，不过碍于超能力保密，大家都不敢轻举妄动。

段谨然看了眼我身后，轻轻抬步挪了挪，隔绝了所有打量的视线："走吧，先去吃饭。"

丽都甲板。

落日被远处的海岸线完全吞噬，深蓝裹挟着破碎的星辰洗劫了一空夕霞。

来露天餐厅用餐的人不少，大家维持着表面上的礼节，井然有序地取着餐，按摩池里三四个人惬意地泡着浴。

哈哈，真是好笑啊，明明早晚都要撕破脸皮、你死我活，但是在那之前，面具却一个比一个焊得牢！

"三位好，请问自助还是点餐？"

"你好，点餐。两份和风牛排，一杯 Bellini。"段谨然向服务生说道，转头问我，"喝点什么？"

"随便就好。"我脑子里乱成一团。应该在场的人不知所踪，这破信号也联系不上他们！不该在场的倒是成堆出现，曾慧、小孔、对面这家伙……

我强迫自己冷静下来——小孔出现在梦中，会是什么身份？NPC 还是外来意识体？如果是后者，为什么事先不告诉我们——难道是指挥官派给他什么秘密任务，不方便提前透露给我们？

如果是 NPC，他为什么会和解樑认识，又为什么要向我们隐瞒，还有他怎么会牵扯到这个游戏里来？难道说他有什么不可告人的双重身份，所以才故意不给我们提供情报？

时间，对，时间很重要！曾慧有当年超能力对决赛的记忆，说明梦里的时间至少在那之后，这说明……这什么也说明不了啊！！

妈呀，冷静不下来！

"那就再来一杯 Blue Margarita 吧，外加一份烤布蕾，餐前上，谢谢。"段谨然淡淡道。

"好的。"服务生点头，转向一边的风尧，"这位先生，您需要来点什么呢？"

"我不吃。"

"好的，请两位稍候。"他微微鞠了一躬，我叫住他，"等等，请问现在是几几年？"

他略一迟疑："这位小姐穿越剧看多了？"

"我没有，只是需要确认下，这对我来说很重要，拜托你了。"

"……"

"我、我失忆了！拜托了！"

"抱歉，海上的生活日复一日，时间对我而言早已不复存在。"他露出一个标准的职业性微笑，弯腰道，"祝您旅途愉快。"

他不知道，玩家总不会不知道！我急忙叫住一个路过的男人，他一脸戒备地盯着我身旁的两人，听我问完后直接不客气地走开了。

"回答我！"我下意识拽住他，提高音量。他皱眉挣开我的手，我只好改为商量语气，指了指段谨然，"大叔，你告诉我，他免费送你一件装备。游戏外是哪一年几月几号？越详细越好！"

他打量我两眼，眼睛眯成缝笑了："想引诱我犯规，你再反手一个举报，好赚进化值是吧？游戏须知明文规定了现实时间为禁忌话题！想不劳而获也拜托动动脑子啊！当别人人傻钱多啊？"

……

进餐中。

"段谨然。"

"嗯？"

"你的超能力呢，是什么？"风尧问道。我也停下叉子，等他回答。

段谨然抬眸扫了我们一眼，轻轻牵起一个笑："每个人的超能力都无法重复，而光和暗又是相互克制的，有且仅有对方能制约彼此，所以我同时选了这两项。"

真是……聪明啊。

宇宙万物相生相克，一体两面，有光明就有黑暗，而他却集光明与黑暗于一身，巧妙地克服了自然界万物的天生弱点——天敌的存在。

"这叫，敌我同源。"他端起酒杯轻抿了口，漫不经心地开口，"阿楚，听说过蓝色玛格丽特的传说吗？"

"没有。"我叉了勺烤布蕾，"怎么了？和游戏有关吗？"

"没有，一个凄美的爱情故事。"他放下酒杯笑了笑，仍是那副不以为意的样子，慢条斯理地切着面前的牛排，"这款鸡尾酒的创造者是 Los

Angeles 的一位调酒师，Margarita 是他已故恋人的名字。他们一起外出打猎，Margarita 不幸中流弹身亡。"

我看着眼前纯净剔透的液体，不禁联想起加勒比海深蓝色的汪洋："难怪调制这款酒要加盐，因为眼泪和海水一样，都是咸的。"

他将切好的牛排端到我面前，略一挑眉："你呢？为什么喜欢海盐味？"

"喜好而已，哪有什么原因……"我停了下来。不远处的酒廊入口处，一抹熟悉的身影一闪而过！

解檬！

"怎么了？"段谨然问。风尧迅速顺着我的视线看去，那个地方只有几个举杯交谈的人，哪里还有解檬的人影。

玩家【乀檬小爷】向你发出了好友申请。

「私聊」乀檬小爷：嘿！小姐姐。

「私聊」乀檬小爷：你出来一下好不好？

「私聊」乀檬小爷：别带上那两个尾巴。

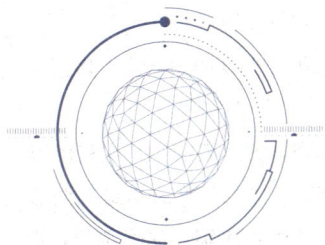

【第 十 六 章】

耳边充斥着强烈清晰的马达"突突"声,
隔绝了外面世界的兵荒马乱。
没有窗户的房间,
封锁了蔚蓝的海岸线。

酒廊入口的拐角处，解檠站在无光的角落里笑得一脸灿烂，一副好整以暇的模样。

他双手插兜，嘴里哼着愉快的旋律："理性清醒，那些没节奏，叫醒唤醒心中的野兽。小心不听驯服的小孩，全部是叛逆的结构……"

见我来了，他侧头朝我身后看了看。

"放心吧，没跟过来。"

闻言他将目光投回我脸上，转悠了一圈，笑道："你看起来好像一点也不紧张啊。"

我耸耸肩，面无表情："叫我出来什么事？"

他咂咂嘴："你怎么总是这么淡定自若的，叫人很难不好奇啊。"

很好，我越是淡定，他就越是好奇，他越是好奇，就越容易露馅。等我知道他心底的秘密……哼哼，看我不把这个梦戳个稀碎！

"总是？说得好像你认识我一样。"

"那不是当然。"他哈哈一笑，"小姐姐在圣斗场上一战成名，谁人不知啊！不愿示人的另一项超能力是什么？"说着他压低了音量，靠近几分道，"大家可是跃跃欲试呢！"

我心里一个寒战。真有种掉进狼窝的感觉，而这一切的罪魁祸首正是面前这个中二少年！

"想送死也要看看自己有几条命。"我故意冷声说道。

他表情果然一僵！两秒后他却笑得更加灿烂："You got me going crazy girl！这么令人心痒痒的滋味，只能被我捷足先登了，哈哈哈哈哈！"

我暗叫不妙，泛起阵阵阴冷。当危险真正来临这一刻，什么淡定都是假的，什么光环也不顶用。

我要干一件不是人的事情了。对不起，风尧。

"和我搭档的那个男生，什么超能力也没使，你不好奇他吗？"

他垂眸一笑，声音有几分晦暗不明的讥诮："我好奇一个男生做什么？"

再次抬眸，我发现他的眼神变了，变得贪婪，变得隐忍，潜藏着兴奋与……饥渴，让我想到一头盯上幼鹿的猎豹，征服、胜券在握。

下一秒，我的眼前弹出了一个小窗口。

玩家【丶檬小爷】向您发出了对战邀请。

我想都没想，点击了"拒绝"。我是来做梦的，不是来作死的。

△警告！无法拒绝！
新手任务：请选择接受挑战并战胜对方。

啊？

什么杀千刀的新手任务？这是强迫作战、把新玩家往火坑里推啊！

面前的少年冷笑了一声，听上去饶有兴致："原来你还是个新手啊。"

什么？这个界面不是只有我自己看得到吗？居然是公开透明的！

等等，不对……

"游戏不是刚开始吗？大家不都是新手？"我不解地问道。

"当然不是啊，很多人为了这一次已经做了很久的准备了。"他眯眼，眼里射出两道昏暗的光，抬起，落在我脸上，"啊哈，看起来很惊讶嘛！竟然连这个都不知道啊。"

这一次？难道这个游戏不止一次上演吗？

他伸手在我面前晃了晃："发什么呆呢？不跑吗？"

与此同时，对战窗口闪烁起来——

【自由之刃】丶檬小爷 VS 楚霸王
玩家准备就绪，游戏即将开始……
10、9、8……

低咒一声，我转身撒腿就往外跑！

奇怪！刚才还宾客如云的餐厅此刻居然一个人影也见不着，风尧和段谨然也不知道去哪儿了！

倒计时迅速流逝着，我只有拼了命地跑，尽量走最崎岖绕弯的路！

然而，一路上什么人也没遇见。一个可怕的想法渐渐在我的脑海里产生……

掐算着时间不多了，我钻进一个昏暗的房间里，大口喘着气……也不知道这是哪里，借着外面微弱的光线大致打量了一圈，应该是仓储间。

抱着"一线希望也要试试"的心态，我给风尧和段谨然发送了求救信息。然而，希望破灭……

△发送失败！

如果我没猜错的话，为免误伤或向他人求助以造成战斗混乱，进入对战状态后系统会自动屏蔽掉其他玩家，就像被传送到了另一个作战空间。

突然后悔得想掐死自己，我到底为什么会把解檫当心智正常的人看啊！为什么要不怕死地孤身前往啊！为什么要听他的话不带上那两个尾巴啊……这下就算他俩想找我也找不到了。

"嘀嘀嘀——"

一阵急促轻快的提示音响起，眼前猛地跳出两个巨大的红色单词！

GAME START

没关系，没关系！六十分钟！六十分钟而已！很快的，只要躲过了这六十分钟，就能活下来！

老天，拜托时间流逝得快一些吧……

【对战剩余时间 00: 56: 25】

看着界面上的数字一点点流走，我觉得自己就像只待宰的羔羊。呼……坐以待毙的感觉简直每分每秒都是煎熬！

就在这时，空气中突然响起男人隐约的喘息声！因为压抑着怒火与兴奋而有些粗重……我说，这人走路怎么都没声音的？

【对战剩余时间 00: 46: 11】

那么漫长的时间，居然才过了十分钟！

昏黄的光摇曳了几下，一道黑影不紧不慢地逼近……

若隐若现的喘息声渐渐靠近。

我屏住呼吸，慢慢、慢慢地向门口的光源移动着。

"咔嗒。"

无风吹过，我面前的门忽然间合上了，彻底隔绝了外面世界的光。

"咕咚。"

我咽了咽口水，缓缓抬手覆上门把，猛地拉开！

近乎同时，外面的灯一瞬间熄灭了，世界重新陷入黑暗。

我不敢犹豫，根据刚才的记忆和模糊的感觉胡乱奔跑着。

"没办法冷静思考的时候，就相信你的直觉做出判断。我们最大的敌人是时间。"

耳畔呼呼的风声中，浮起日常训练时宋清晨说过的话……

然而，每当我趋近时，身侧的房门便一间间相继关上，就像有人在暗中操控一样。

黑灯关门？这是什么超能力我不好说，但有一点可以肯定……这疯子知道我体能测试年年拿C是不是！如果这次能平安回去，我保证，我一定每天绕小区跑十圈！苏灿耀练习搏击时我一定不在旁边啃着鸡爪幸灾乐祸了！

推门进入的时间哪怕只有几秒，也足以让他知道我的位置，等于直接把自己逼进绝路束手待毙！然而，无法躲进房间里，就意味着随时可能暴露在他的视野中，而体能本就是弱项的我，此时再一味跑下去则彻底处于劣势……

有了！道具！

打开"道具商城"，我快速浏览一遍，似乎用得上且买得起的只有这个了。

能力封印：使被施加封印者无法使用能力的发动权限，或是存在能力限制化。注意：能力的持有者不变，有效时间结束后，使用权限开放，对方仍可随意施展能力。

确定消耗15进化值购买一份【能力封印】吗？

妈妈呀，十五进化值……真是肉疼。

要不，等到狭路相逢了他要放什么大招的时候再买？不然只剩下五进化值，买个减震头盔都不够！

算了，别留着以后了，命把握在当下！瞻前顾后只会置自己于更危险的境地！

果然，身侧的房门不再如有感应般关上，我猫着腰迅速闪进了其中一间，一室暖黄，只见门后墙上的标识写着"通往SPA水疗区"。

顺着箭头的方向跑了几步，出现"女宾区"的字样。我转身推开了内部通道的门，朱红色油漆墙让我感到些许不适，狭窄的走廊里橘黄灯光奄奄一息般轻颤着。再往前走几步，天花板上悬吊着一根安全绳。

估摸着道具时间也差不多了，他的关门能力该解封了，走寻常路肯定是行不通的。

我没有多想，一把拽住绳子向上攀去。感谢苏灿耀当我在旁边啃着鸡爪幸灾乐祸时硬是拖我去练习！练过的肌肉比啃过的鸡爪好用！

天花板之上是一个逼仄的正三角形暗道，我弓着腰踩在镂空钢板上，不管不顾地向前快步走着。说不害怕是假的。

怎么这么长！永远也走不到头似的。

我到底正身处何方？终点又在哪里啊？

好绝望，好想哭。

就在这时，我的眼前忽然出现了一点大自然的光亮……

熟悉的场景回到眼前，露天餐厅，我竟然又回到了这里？

天已经完全黑了。我从暗道里一跃而下。双脚落地，身后响起一道轻慢的声音。

"现在该知道了吧？东躲西藏是没有用的。"

只见解檫双臂环抱靠在护栏上，融于深蓝的夜色和一汪海洋中，看起来气定神闲，只是嘴角的那丝坏笑出卖了他内心的癫狂："别担心，我不咬人。"

你是不咬人，你吃人……我深呼吸一口气，强作镇定："原来这么长时间，你一直蹲在这里守株待兔？"

"拜托，我没蹲，我一直站着。我早就找到你了。"果然，他很快就不服气地从实招来，"我就是爱看你因为我东逃西窜的样子。手到擒来有什么意思！怎么样，任人宰割的滋味？"

也就是说，他黑灯关门的超能力有一定距离范围，并不能远程实现。

我表现得半信半疑："是吗？如果不是一直在这蹲着，你怎么会提前等在这里？我记得我对你使用了封印道具啊。"

"你会用道具，我就不会吗？"他轻浅讥笑，"视域共享。你走的每一步路、走到了哪里，我可都看得一清二楚，所以就提前来暗道尽头，接你咯。"

视域共享，那个需要消耗三十进化值的奢侈品……说起这个，早知道能有现在这种和平相处、友好唠嗑的时刻，我就不花那十五个冤枉钱了！

"问完了吧？该我问你了。"他朝我走来，口吻亲昵地说，"你要怎样才愿意展现超能力给我看呢？你这样只会更刺激我神经，我只会越来越好奇。"

"好奇心只会害死猫。"

"有意思。"他点点头，"更好奇了。一分风险，一分收益……"

"你不觉得，你一个堂堂一米八几的大男人，非要和我一个手无收伞之力的弱女子争个你死我活，很丢面儿吗？"

他愣了一秒，随后笑容夸张："拜托，这是什么地方，你跟一个杀人怪物讲什么绅士、好男不跟女斗，这不搞笑吗？"他说着笑里展露出几分阴森，"老虎不计对手强弱。在这里没有所谓的公平竞争，只有成王败寇，好吗？"

"成王败寇，OK，那么你心中的王是什么样的？"我跟着好笑道，"为了一己私欲，背信弃义、麻木不仁？"

"到了这你还想伸张正义呢？"他似乎不以为意，"同类之间也有竞争关系啊。"

"嘴上一口一个大自然法则，你又真正懂得几分？"我收起嗤笑，换上一副严肃的表情，"听说过'原意识'吗？"

他挑眉，理所当然地摇头。

"听好了。原意识，是人体由动物进化而来的基本感知，不仅仅包括那点生存欲，还有群体欲，类似于尼采提出的'权力意志'。哦，你应该也没听说过。"我不紧不慢地说道，"它是人与动物意识的共性，也就是说大自然中几乎一切动物，都需要同类。懂吗？"

"下课了？啊呜……"他揉着眼打了个哈欠，"心理健康课，我从小到大都拿来睡觉。姐姐，跟疯子讲道理，我该说你天真还是可爱呢。"他说着说着哼起了调子，"You know that I know，你已经没有一点的机会从这里逃脱，我的猎物，你逃不掉的。"

我点点头："怪不得你不知道。你不知道，若人类失去群体而存活，将失去一大部分活着的意义。"

"知道我不知道还说。我只知道，弱者永远满口自以为是的正义，这是他们用来搪塞强者的惯用借口。"他低声说道，眼神变得些许复杂。

"既然这样，那你走吧。"我慷慨慈悲地挥挥手，"我放你一条生路。"

"我说姐姐，你是不是搞错了什么？"

"你说得没错，即使在这个颠倒扭曲的地方，我也要尽我所能贯彻我的正义。"我望进他的眼睛，那里比我想象中的干净，"你别好奇我的超能力了，我不会动用的。"

他眨眨眼，像是怀疑又像是好笑："那你来这干吗？"

是啊，来这干吗？还不是因为要抓你回去。

【对战剩余时间 00:15:00】
请取得游戏的胜利。

这个好死不死的窗口又出来一闪一闪晃人眼了！

晕，这小子怎么说翻脸就翻脸啊？刚才不还聊得挺愉快？

又是那个熟悉的令人窒息的眼神！

"喂，解檬？你要冷静啊！不是，想看超能力可以，没必要拼命啊！这样吧，我退一步，我答应你。"

"我接受……"他完全无视了我的话，低声喃喃着，"对不起……不是他，就会是你……"

"什么？你在说什么？我没听明白。"我慌乱地打断他，"只要时间结束，等这十五分钟过去，我们都会没事的！"

然而他根本听不进我说的话，眼眸危险地眯起："别教我对或错，世界本就毫不留情，强者加冕为王，弱者被踩在脚下……这是他们教给我的道理。"

他们？谁们？

没给我时间反应，浴池里的水忽然诡异地爬升形成一面两米高的水墙……下一秒，失去重心般溢散着朝我身上砸来！

我被这突然的力道压倒在地，浑身湿透，口鼻里全是呛进去的水！

"喀喀喀……"我拼命咳嗽着，听见不远处响起金属碰撞的声音。只见自助餐台下堆放的盘子刀子叉子全部浮在空中。

不会吧？这全砸下来我不残疾也得破相啊！也不知道这种程度的伤残我的治愈力能不能治……

咦，咋还没动静？

只见眼前的少年双眼紧闭、眉头紧蹙，全神贯注的样子。

他倏地睁眼，悬浮着的餐具纷纷应声落回原处。

改变主意了？

不，他的眼神，依旧昏暗……

所以，他在想换哪一种更厉害的方式对付我？

这叫天天不应、叫地地不灵的……

慢着！

"飞、飞机！"我仰头看天，不由得有些恍惚。

"呵。"少年十分不齿地挤出一声冷哼，"低级。"

这时，螺旋桨旋转的声音清晰地传到我们的耳中。

解檩表情一僵，不可置信地抬头望向半空中——

驾驶位上的那个男人如炬的目光死死盯住我，说不清是担忧还是愤怒。额前的刘海儿全都梳了上去，眉清目秀，温润里透着几分英气。

他怎么来了，他怎么来的……

我简直不敢相信，坐在原地瞪大眼睛看着男人开门从直升机上一跃而下，军靴上还沾着星星点点的泥土；看着他一脸焦急神色两三步走到我的身旁，把我护在身后；看着他脱下身上的暗绿色风衣，罩在我身上，拢紧了衣领；看着他一脸阴鸷地望向对面的少年，开口嗓音淡淡暗哑，冰冷得不像他："我真想把你丢在这儿不管。"

解檩："你是谁？"

"来救你的人。"

解檩看了看被护在身后的我，嘴角一抽："搞错人了吧？"

我清清嗓子，从身后站出来："这就是我的超能力，随时随地召唤守护神。"

"……"

解檩狐疑地眯了眯眼，语气阴冷："告诉我，你怎么进来的？你是怎么躲开屏蔽闯入我们的对战空间的？"

"很好奇？"

"嗯。"解檩不情不愿地哼了一声。

"好奇着吧。"他点点头，面无表情，"投降就告诉你。"

"不可能。"

"哦，随便。"宋清晨扬扬下巴，隔着长出一截的袖子握住我的手，转身就要走。

"哼，我有说要放过你们吗？两个一起上也行，毕竟抱团是弱者的特权。"话音落下，护栏外的海水忽然弹跳而起冲向高空，转眼便形成了一面高耸的水墙，绕船一周将我们包围了起来！

解檫看着我们，饶有趣味地笑了下。下一秒，四面的水墙就呼啸着朝我们身上倾泻而来，谁知没有感到任何痛楚——

只见解檫狼狈不堪地坐在地上，脸上、手背上是几道见血的划痕。一秒前还高出我们好几米的水墙已不攻自破、轰然倒塌般落回海里。

"怎、怎么会这样？你、你干的？"他盯向我身边的男人，充满匪夷所思的愤怒，"什么时候干的？我为什么不知道？"

"好奇着吧。"宋清晨点点头，继续面无表情，"投降就告诉你。"

"切，不能打就直说啊！玩些阴招。"解檫嗤笑了下，目光投向我，"姐姐，你把这男的开了，我给你当守护神，怎么样？"

攥住我的力道蓦地收紧，我忙转头叫宋清晨别冲动！地上这个就是个好战分子，突然的油腔滑调明摆着是要激怒他啊！

好战分子却是一愣，神情比刚才更为匪夷所思："你，为什么要保护我？"

宋清晨嘴角抽了抽："我真想现在就把你丢在这儿不管。"

解檫仰头对他一笑："姐姐不会同意的。"

"你信不信你再多嘴一句，我就杀了你！"

"你敢！"我脱口吼道。

解檫："……"一脸愣怔不解。

宋清晨："……"面部抽搐。

"我投降！我投降行了吧！"非得赶紧结束这要死的对战不行！

我正要寻找投降按钮……

【自由之刃】↘檫小爷 VS 楚霸王
DRAW

这个窗口终于出来一闪一闪亮晶晶了！

看到对战结束界面，解檫一愣，微微回过神来，看向我的目光带着几分欲言又止。

宋清晨二话不说，拉着我转身就走。我不死心地回头看了解檫好几眼，只见他仍旧一身狼狈地坐在甲板上，看起来有几分落魄……这种时候正是攻其心魔的最佳时机啊！

"先管好你自己再说吧。"宋清晨冷漠的声线阻断了我的想法。

一路上，人群渐渐回到现实中……

所及之处一片太平祥和，而在那背后无数个战斗空间里，正经历着多少激烈的厮杀。

宋清晨握紧我的那只手，正一点点向我传送着温度，那种，人与人之间的温度。我似乎能感受到他温热之下有力的脉搏，正和我的形成共鸣。一时间，我竟有些舍不得松开。

客舱区底层，我的经济内舱房内。

"阿嚏——阿嚏——阿嚏——"我穿着段谨然从水疗区搞来的衣服，裹着棉被一连打了好几个喷嚏，脑袋有些晕晕的。

"是不是活该？"宋清晨端了杯热茶递给我，"以身试险，你以为自己很强？"

我吐吐舌头："不啊，但是我队友很强嘛。"

他没回答，抬手赏了我一个栗子。

我不客气地顺势扯过他的袖子，往上面蹭了把鼻涕。他微微一怔，我已经开口问道："你的直升机是在梦里订了长期租赁？"不然怎么每次都开直升机出场。

"不是，说来话长。"

"你的超能力，是时空操控吧？"我说着自己的分析，"神不知鬼不觉就让樑受了伤、水墙不攻自破，是你在原本的时间流中插入了一段只有自己能自由行动的特殊时间，并在结束后将结果带回到了正常的时间流中来。"我看了眼他的靴子，"靴子上的泥土，是从小岛上带来的吧？直升机后来直接消失了，想必是不属于这个时间点的。所以说，系统屏蔽对你这个外来者无效，你能自由进出我们的对战空间。"

"变聪明了。"他笑着挑眉，"另一项是金能力。"

"你们都选择了两项啊。"我扁扁嘴。原来笨蛋真的只有我一个。

"不然呢？"他的嘴角往下沉了沉，"我收回刚才那句话。"

"剧透一下呗，大结局如何？Happy or bad？"段谨然的声音在门口响起，他倚在门边，侧头看向宋清晨，"谢谢你救了阿楚。"说着往里走来，随手把几份盒饭丢在小圆桌上。

"分内之事。"宋清晨神情疏淡，依然看着我，"未来，解樑在，所以他一定会平安下船，不用操心他。其他我就不知道了，时间轴显示你在这个时间坐标遇到了危险，我就赶过来了。"

"苏灿耀呢？"风尧手里拎着一袋美式咖啡进来，问宋清晨。

"位置坐标显示他掉落在 Paradise，我们抵达后去找他会合。"

Paradise？对于一个连在火人手里都闭不了嘴的话痨，在荒无人烟的孤岛上一个人待几十个小时，这简直是人间酷刑。

"楚歌，有什么收获？"风尧看向我。

"阿嚏——"

"噗。"段谨然忍俊不禁，"收获的感冒，我来帮你赶跑吧！"

"纯白眷顾。"伴随一声低喃，他的手轻轻落在我发顶，一圈圈温暖的白光在我眼前不断扩张着。他小声说道，"能平安回来就值得表扬。比起收获了什么，我更在意你是否毫发无损。"

诶，居然真的没有头晕目眩、想流鼻涕的感觉了……我一个治愈能力的人，感冒居然是别人治好的？说出去也太丢人了！

随着白光一点点将我包裹，宋清晨的脸一点点变黑。

"好了好了，这下痊愈了，我现在如沐春风、神清气爽得很！"

段谨然笑了笑，把手从我头顶拿下来前顺带顺了把毛。

我摸了摸鼻子，回答风尧的问题："咳，那个，念动力，他的超能力。"

念动力，主攻击，属意念系，使用者可通过意念操纵身边的非生命体，如隔空移物、改变物体的外观形状等，以实现攻击或追踪目标的目的。

"目前从他的话里直接掌握的情报有：一，他贪生怕死，加入游戏似乎是被迫的。"

"贪生怕死？"宋清晨眉头一皱，"梦境反映内心，从他的梦里我可看不出这点。温饱思淫欲，我看他就是少爷当得太舒服，找刺激来了。"

"不一定。梦境凶险，也许正是由于他内心缺乏安全感。"

我学医时考过一道填空题，说噩梦是大脑对处置危险情况进行的模拟训练，问人类每年要做多少次噩梦。答案是三百到一千次，我因为各少写了一个零，被老师要求把"0"罚抄两百遍，所以印象深刻。

"二，在他身后有一个'他们'的存在，很可能是游戏主办方，不排除和造梦组织有直接联系。"

"他们？"风尧眉头紧锁。

"对，具体目的未知。但有很明显的洗脑痕迹，就像是在为这个游戏培养玩家。"

可笑的是，游戏玩家们时时刻刻把"生存""活着"挂在嘴边。随随便便将自己的命设为筹码的人，却表现得仿佛"生命可贵"一样。

解檩已经屏蔽了那些对生命最初的关怀和感知。可是在他身上我却看得到孩子的影子，一个无理取闹、任性妄为、不知天高地厚的孩子。

我不认为他完全丧失了人之本善。我故意说的那番长篇大论，他的态度并不激烈，甚至可以说是不排斥。他的表现是漠然，是不以为意，甚至是迫不得已的无奈——他矛盾过，他自我怀疑过，他尝试着抵抗过。或许我现在信仰的正义，他也曾经拼命守护过，只是没有守护住。

我愿意相信，在某个连他自己也不知道的角落里，他一定是纠结着的，那抹被暂时封印的良知正在挣扎着冲破枷锁。

潜意识是梦中的无节制显现，表现为本能的欲望和冲动，包括原始本能、童年心理印记、环境熏陶、人格等一系列因素。所以，到底是一份什么样的经历，强迫他褪去善良，变成了现在这样一副模样？究竟是谁，扭曲了他，或许还有更多人的世界观……

"怎么样了？"

"锁榜了。"风尧回答我。我们的心都是一沉。

锁榜，意味着排名变化将改为未公开状态。也就意味着，目的地，马上到了。

几个小时内，我们一直实时关注着进化值排行榜，每时每刻都有可能发生天翻地覆的变化，只见不断有玩家的 ID 从名单上移除。然而，偏安一隅的我们却一直稳定在登岛名额里。

耳边充斥着强烈清晰的马达"突突"声，隔绝了外面世界的兵荒马乱。

没有窗户的房间，封锁了蔚蓝的海岸线。

「世界」系统公告：全体玩家注意！游轮将于十五分钟后靠岸，请速至一层大厅集合。

「世界」系统公告：全体玩家注意！游轮将于十五分钟后靠岸，请速至一层大厅集合。

十五分钟！

只剩十五分钟！

十五分钟后，除了排行榜的前十二名玩家，其他人都将随这艘游轮沉入海底。

在这最后关头，为了争夺最后一根救命稻草，不知又会上演多少场荒诞的厮杀……

短短二十四小时不到，人数骤减了一大半……

站在一室金碧辉煌的大厅内，我却感觉不到巍峨肃穆，只有阴冷，只有压抑，只有死气沉沉。

小孔的声音不急不缓地响起——

"恭喜存活到现在的十五位食物链赢家。接下来，身披荣光的天选之子，让我们一起迎接他们的诞生。"

说罢，我们的眼前浮现出一张巨大的列表，我飞快地一排排搜寻着——

【进化值排行榜】

NO.1 ***

NO.2 ↘檬小爷 对战 14 胜利 13 平局 1 投降 0 进化值 40

NO.3 天佑与我宰 对战 18 胜利 11 平局 3 投降 4 进化值 36

NO.4 段位很高ψ 对战 4 胜利 2 平局 0 投降 2 进化值 25

NO.5 我都行啊 对战 7 胜利 6 平局 1 投降 0 进化值 24

NO.6 胜者为琪 对战 9 胜利 9 平局 0 投降 0 进化值 21

NO.7 你宋爷 对战 0 胜利 0 平局 0 投降 0 进化值 20

……

NO.12 楚霸王 对战 2 胜利 0 平局 2 投降 0 进化值 5

……

好险，刚刚好卡个成团位……呸，登岛位！

话说我是第十二名，那么比我还低五分的风尧……我迅速看向名单，只见风尧的名字排在我后面的后面！倒数第二个！

"各位，这不是最后的名单。抵达目的地以前，还有时间——"

小孔冷静平稳的声音落入耳畔，听得我后背一凉、汗毛倒竖，霎时间感到好几道疯狂而绝望的目光落在我身上……

电光石火之间，疾风忽至！

我回头，不可思议地看着倒在血泊中的两人，其中一人还恶狠狠地瞪着我，准备出击的手还张牙舞爪着，朝着我的方向；另一人则一脸错愕、不可置信，死不瞑目。

即刻，列表上的顺序发生了变化，第十一名和第十三名的 ID 瞬间消失了。我和风尧相继往前进了一两名。

只见风尧淡淡看着排名，微仰的脸上没有一丝表情。他白皙的下颌上溅上了几滴血星，鲜红滚烫，缓缓流动着下坠。

他全然不在意，没有伸手去擦，只是回头看向角落里瑟瑟发抖的女生，第十五名，现在的第十三名。

曾慧往后退了几步，声音哆嗦道："我不会，攻击你的。我、我会杀死你前面的，不会，取代你的位置……"

风尧没说话，只是抬起了手。

曾慧惊叫着："你、你不是进意识治安局了吗！你不能滥杀无辜！"

"你觉得自己无辜吗？"风尧放下手，低喃了一句。

没有人回答。

我茫然地看着眼前的一切，努力感受心跳的存在。

什么时候变成了这样？陌生的世界，陌生的风尧，陌生的自己……

这场生死游戏，我们无人幸免。

树影葱茏，杂草无章地野蛮生长着。

方圆百里内荒无人烟，没有虫鸣，没有鸟叫，安静到听不见一丝生命的气息……死寂。

Paradise，这座被命名为"伊甸园"的孤岛，我们到了。

岸边，空无一人的巨轮沉入海底。

没有人随沉船而死，因为他们早已为此战死在了船上。

远方的海岸线上，天际露出鱼肚白。轻飘飘的白雾弥漫，柔和、安详，茫茫的雾气尽头，挂着一片淡淡的红霞。一轮旭日正慢慢地升起。

天亮了。

云 梦

下

黄子真 著

中国大百科全书出版社　知识出版社

图书在版编目（CIP）数据

云梦. 下 / 黄子真著. -- 北京：知识出版社，
2024.2
ISBN 978-7-5215-1035-5

Ⅰ.①云… Ⅱ.①黄… Ⅲ.①幻想小说—中国—当代
Ⅳ.①I247.5

中国国家版本馆CIP数据核字（2024）第042129号

云梦． 下
黄子真　著

出 版 人	姜钦云	
出版统筹	张京涛	
责任编辑	朱金叶	
责任校对	易晓燕	
责任印制	吴永星	
出版发行	中国大百科全书出版社　知识出版社	
地　　址	北京市西城区阜成门北大街 17 号	
邮　　编	100037	
网　　址	http://www.ecph.com.cn	
电　　话	010-88390725	
印　　刷	北京天恒嘉业印刷有限公司	
开　　本	710 毫米 ×1000 毫米　1/16	
字　　数	520 千字	
印　　张	32	
版　　次	2024 年 2 月第 1 版	
印　　次	2024 年 2 月第 1 次印刷	
书　　号	ISBN 978-7-5215-1035-5	
定　　价	118.00 元（全 2 册）	

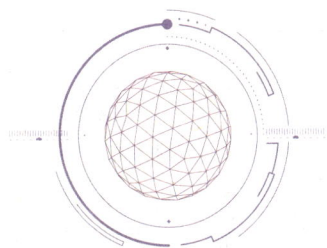

【第 十 七 章】

"我已经不能回头了，你懂吗？
不能回头，只能一直这么跑下去。
我害怕，我害怕啊，
怪物也会害怕啊……"

"So bring it on bring it on bring it on——"伴随着音效响起，界面上的数字轻闪着，预示着新一轮噩梦的开始。

在树上找到苏灿耀是四十分钟后的事儿。

他在一棵参天大树的树冠上睡觉，准确地说，是被困在树上，树下围着两只嗷嗷待哺的野兽，乍一看像野猪，定睛看又像棕熊。

"冰冻领域。"风尧话音落下，两只野兽瞬时结成了冰。

"和风挥斩——"风无影而过，冰块碎裂，直接消失在了空中，地上连一点残渣都找不到。

"终于等到你！"树上的家伙冒了个头，向下看来。

"还好我没放弃。"宋清晨一脸嫌弃，朝树上喊道，"你安的什么家，这地儿也太难找了吧，定位都定不准。"

"谁诚心在树上安家啊？我本来在地上待得好好的，刚搭好屋子准备睡一觉，结果耳边嗡嗡吵个不停。"苏灿耀手里握着根大树枝，挠着脖子说道，"我心想讨厌的蚊子，定睛一看竟然是两头河马。"

"下来。"风尧淡声喝令。

"我不敢啊，风尧。快救我下去，树上不是人待的，我快被憋屈死了。"

风尧正要抬手，结果被宋清晨阻止："等一下！我先拍个照，留作纪念。"

苏灿耀瞪向宋清晨。

"定风波。"转眼，树上的人被一大团气流托住，平平稳稳地降落在了地面。

"呼，还是脚踏实地的感觉好啊！"

"你也真厉害，野兽的咆哮声中都能睡那么香。"宋清晨轻笑。

"你不懂，我这叫'莫听苍蝇打呼声，何妨吟啸睡不醒。木杖芒鞋擒河马，谁怕？一屋烟雨淋半身。俊俏风尧吹我醒，高冷，清晨寻找去响应。挥手像来削社畜，我去，也无风雨也无禽'。"

我以为只有楚颂上小学时才会把古诗词背得独一无二颠三倒四，没想到有人长这么大了也能背得五颜六色七荤八素。

我无语道："你是没有超能力吗？"

"我的超能力是火啊！那两只水牛……哎不知道是什么东西，死命扒拉着树干，我哪敢点火啊，还不直接把自己熏晕在树上了？"他表情夸张地手舞足蹈，"我当时想着是冒险类游戏，野外生存我十项全能，唯独钻木取火是我的死穴，所以就选了火，结果忘记容易引发森林火灾了。"苏灿耀摸摸鼻子，看向风尧，"哇，你这超能力也太酷了吧，直接掌控气温和气流啊！是什么？等等！我来猜！是……操纵空气？"

"风和冰。"

苏灿耀皱起眉："不公平，为什么你可以有两项？"

原来笨蛋真的不止我一个。

乌云低沉，阴风四起，天空降下小雨。

树木空旷处，苏灿耀的小屋正在风雨中飘摇。

杂草茂密，高及膝盖。几根长树枝将落叶和草堆组建成了一个绿色"小帐篷"，帐篷外是做工粗糙的集水器、晾衣架、岩石存放架。还有一个燃烧过的火堆，几根黑黑的树枝上盖着一层野草。

"你这小日子过得不赖嘛。"宋清晨边参观边连连点头。

"哪里不赖了。"苏灿耀抿抿嘴，满脸阴霾，"整个岛上就我一个人，除了那两头犀牛，别说活物了，就连一滴鸟屎都找不到！一天到晚不是刮风就是下雨的，这破草屋顶什么用啊！冷死了！哦，奇形怪状的飞虫倒是有！还批量生产！咬死我了，只好不停拿这个树枝挥啊挥……"

宋清晨一听乐了："这不是你自己跟指挥官提的要求吗？"

想当初……

"给我一个有点地位的，最好一大片土地都归我一个人管，我是领主……啊，最好像你一样，成天一个人坐屋里任凭外面风吹雨打啥都不干还能指挥来指……"

苏灿耀鼓鼓腮帮，敢怒不敢言。

眼前浮现他缩在这个风雨飘摇的小破屋里冻得哆嗦、一边骂骂咧咧一边挥舞树枝驱赶飞虫的样子……

又好笑又心疼。嗯,我心理平衡多了。

很快,我们在苏灿耀的指导下搭好了一个略宽敞些的原木屋。宋清晨和凤尧负责制作投石器,苏灿耀设计着尖刺陷阱和绳索陷阱,以抵御野兽的袭击。

我捡了两根粗壮的树枝,各劈成两半,摆成两个平行的三角形,三个角分别用三根结实的长树枝连接,交接处用绳子固定住,一张简易的小床就初具模型了。

起身去找合适的"床板",一回头撞上个人。

"看着点路。"

"知道了。"

"别老上蹿下跳的……往我心口上撞,嗯?"低低带笑的嗓音。

我飞快地往旁边瞟了眼,还好没人听见。等等,脑子有问题的又不是我,我为什么要做贼心虚?咳咳:"那个,你打探得怎么样?"

他嘴角依然翘着,顿了一顿,才说:"安营扎寨呢,组队抱团了。"突然,他神情一变,一道暗色从眼里倏忽闪过。

只听"扑哧"一声,我们的脚下溅起了深紫色血污。

一条正吐着信子的小蛇趴在我的脚边一动不动,已经断气了。它通体黑色,体积小巧,掩埋在草丛里,蜿蜒缠绕着一朵玫瑰花,隐蔽性极高。

我慢慢蹲下,从脚边捡起一根树枝想将它挪开。

"小心。"尚未触及它,段谨然一把拉起我退了好几步,只见它的腹部漫洇出污血,所及野草迅速枯萎,瞬间变成一堆黑色粉末。

好强的毒性。

"Phoebe 的放逐。"段谨然轻声低喃道。

下一秒,小蛇周身发出淡淡金光,倏地消失不见了,身下的一行字露了出来——

失乐神庙: Lost in paradise.

地上的血迹仍在蔓延。

我看向他,欲言又止。

他看我一眼,嘴角一勾:"厉害吧?那些邪恶生物,都会被耀眼金光赶回自己的老巢。这种程度的小怪只是小意思。"

我忍不住问道："你们念的这些咒语，在哪儿查到的啊？"

他笑容变得有些无奈，却耐心道："技能图鉴，所有超能力都在上面，找到你自己的。"

"哦，谢谢。"果然，属性页面的角落里有个"小册子"，写着"技能图鉴"。我找到"治愈"，点开一项基础技能的动态CG，根据演示双手拼合成一个菱形，轻声念道："大地恢复。"

地上的黑粉："……"

我再次念道："大地恢复。"

地上的黑粉："……"

我提高音量："大地恢复！"

地上的黑粉："……"

怎么没一点反应？说好的白光笼罩、万物复苏呢？

我喊了出来："呀！大地恢复——"

段谨然："……"

他张开手，掌心间有白光流动，地上的黑粉如生命倒流般恢复成了一株株鲜活的野草。他看向我，正欲开口说话，被我打断："雾色峡谷？"

他顺着我的视线看去，只见深紫色的血迹蜿蜿蜒蜒，勾勒出了七个歪斜的字形，和一串小小的英文字符……

入口处：雾色峡谷
Good luck with you.

紫色血迹转而化为一团旋涡。

"是副本任务。"段谨然说着点开了界面上跳跃着的小红点，果然弹出了一个窗口。

玩家【段位很高↓】【楚霸王】进入副本［失乐神庙］。

下一秒，我们已经站在了旋涡中央，眼前是一条熟悉的载入进度条，耳边是熟悉的音效："Dinner's ready yeah dinner's ready yeah——"顷刻，周围的场景泛起了模糊的白光，闪了闪，消失不见……

眨眼间，我已身在一团迷蒙的白雾中。

视觉渐渐恢复，我往前小步走着。雾气包裹下，身旁尽是陌生的景象。青翠的树木郁郁葱葱，柔软细长的柳枝随风飘拂，嫩绿的草芽里躲满了五彩缤纷的花儿，形色各异、芳香诱人，大部分是我叫不出名字的。

怎么会，有这么美的地方……

宛若置身童话的我，一时间有些恍惚。隐隐有松脂的清香，神清气爽，混合在绿色清新的空气中扑鼻而来，我竟有一种重返家乡、与故友久别重逢的感觉。

久违了，这安然静谧；久违了，这盎然生机。

林中似有鸟雀鸣叫，微风中传来潺潺的流水声……对了，流水声！

雾色峡谷，应该就在前面了。

我循着水声的方向快步走去。阳光透过树叶的间隙斑驳洒下，在青草地上绘出温暖夺目的光点。

这时，树丛里突然钻出了一头小鹿，眼神清澈得仿若凝着清晨的露水，它嘴里叼着一只苹果，脚步轻盈地向前跑去。

我紧跟在它身后，不多时，眼前便出现了一汪宽阔平静的湖面。它跑过去弯腰喝水，苹果静静浮在水面，在阳光的照射下倒映出红光。水里的鹿影渐渐染上了红色……

猛然抬头一声长啸，毫无预兆地，它转头向我直直冲来！它的眸子通红，里面浑浊一片！

我一愣，慌忙从地上拾起一根树枝，毫不犹豫刺进了它的腹部！

它"嗷呜"叫了一声，淡红色的血液从瞳孔里涌了出来……我的心紧紧一缩。下一秒，它的脖子骤然伸长，对着我的左肩狠狠咬了下去！

"啊！"我吃痛，松了手，很快，血浸透了衣服。

突然，一团白影从我头顶掠过，扑在了鹿的身上！是一只通体雪白的小猫！

它牙齿似乎很锋利，死死咬住了鹿的颈动脉。鹿大力地摆了摆脖子，小猫被甩落在地，正要一个打滚爬起，却被鹿的蹄子一下按在了地上。

与此同时我站了起来，迅速在伤口处打了个结，捡起树枝就向鹿刺去。

鹿角狠狠朝我的腹部撞来！然而小猫一骨碌滚到了鹿角尖端，垫在我的肚子上，替我挨下了伤害！雪白的毛发迅速染上鲜血，它两只爪子扒住鹿角，不甘示弱地放进嘴里用尖牙磨着，啃了起来。

鹿怒吼了一声，用鹿角将小猫抵在草地上，发狂似的顶撞起来。我单手死死护住小猫，拼命朝鹿的腹部刺去。不一会儿，鹿倒在地上奄奄一息，瞳孔里的淡红还在往外流着，为青草染着色。

"唔，阿楚……你把手拿开，我动不了了。"听到这声音，我一怔，只见小猫被一团白光包裹着，白光一点点放大，手心下柔软的触觉正一点点消失。

转瞬，段谨然浅笑着站在我面前，一身黑色军装，镏金纽扣闪闪发光，一对雪白的猫耳支棱着，细细短短的白毛在风中微微摇动，一双冰蓝色的眼眸细细眯着。活像只狡猾的猫妖。又像只魅惑人心的白狐狸精。

"你？你居然可以变身？"

他忍不住笑出声，牵动伤口，轻吸了口气，缓缓解释道："梦里什么不可以？还可以更改瞳色呢。"

我一时语塞，心里五味杂陈，问道："伤怎么样？"

他低头看了眼军装上的血污，浑不在意似的："没事，没多少是我的血。"

"嗯，伤口处理一下吧，要不要我……"我指了指他的外套，话还没说完，他周身白光一现，血迹已然不见。

哦，他自己会治愈。

"呀。"他脸色一暗。

"怎么了？哪里不舒服？"

"忘了阿楚会治愈了。"他咕哝道，眉毛低低的，"白白受伤了。"

"……"

沿着湖水走了不远，水流声越来越大，很快，一道巨大的瀑布出现在我们面前。树影掩映，湍急浩荡的水流从嶙峋的怪石上倾泻而下，烟雾弥漫。

"雾色峡谷，到了。"段谨然回头看我，"我已经通知了他们几个，在这里会合。"

"嗯，我们等一下吧，不急。"

"当然不急。"他说着笑了一下，嗓音柔柔的，却很是暗沉，"想独处的时间更多一些呢，阿楚，和我。"

又来了，这家伙。

他似乎心情很好，居然笑出了声。

我莫名其妙地看他一眼，他身后一条毛茸茸的尾巴摇得欢快。

我努力无视掉那奇怪的存在："你的伤还疼吗？"

"不疼，痒痒的。"他笑得开心，见我古怪的表情，看了眼自己身后过于张扬的物件，一脸诚恳地解释道，"抱歉……和你在一起的时候，我会忍不住摇尾巴。"

"……"

"小鹿也会乱撞，就在刚才，看见了吗？"

"……"

行，甘拜下风，我这个土味情话女王的宝座让你还不行吗？早就该知道，这家伙的皮堪比城墙厚，能伤到哪儿去？

"我听见了，阿楚。"他嘴角轻勾，眼里的暗色摇曳，"你在骂我。"

我没回答，他似乎也不在意，轻呼出一口气，视线转向悠远的蓝天，自顾自道："这些日子里，你就不想我吗？"

我正要说话，他又浅浅吐出一口气，眼神里浮现清淡的痛苦。话到嘴边拐了弯："也有想的。"我玩笑般浅笑，语气倒真挚，"在上一个梦里，某些时刻，格外想念一个人。"

被几只火人紧追不舍的时刻……

火人发出一声声低吼朝我走来的时刻……

同时面对几十匹眼冒绿光的"恶狼"的时刻……

宛如身处红色炼狱的时刻。

他的呼吸轻滞了一下，须臾，化成清浅无奈的笑："你就把我当雪球制造机、人形灭火器了，是不是？"

我眨眨眼："是吧，也不全是。"

他又问了一遍："阿楚，你有想起过我吗？认真的。"

我点点头，说实话："有。"

"不会有我想。"他说。

他的声音很轻也很温柔，前言不搭后语："中文里有句诗：他朝若是同淋雪，此生也算共白头。听说恋人在初雪这一天约会，能白头偕老。阿楚，今年冬天，我想约你去看第一场雪。"

"……"

忽然，我的小指被他的勾起，"约定，反悔是小狗！"他笑着举起来晃了晃。

"喂，我什么时候……"

"你答应了。我听见了。你说，好。"他说着指了指我的心脏。

"你……"

轻轻松开我的手，他又笑了："好了，不逗你了。真的，下次要带你去我家看雪，特别漂亮。你不是喜欢雪？"

听他这么说，我心神一动："比那里还美吗？斯洛学院的霞凝钟塔。"些许往事浮上心头，我淡淡笑了，"我记得你可是，除夕夜，为了看雪连家都不回。"

他神情一滞，却是收敛了笑容，抿了抿唇："不是那个家。"

"不是吧不是吧，一会儿没见，就私订终身了？"苏灿耀的声音赫然插入，他眉头皱着，眼睛睁得骨碌圆，"私奔看雪？还带回家，见、家、长？"

段谨然看一眼出现的三人，两手往兜里一插，径直向前走去："来得挺快。"

"打扰到你以公谋私了？"宋清晨回道。

风尧面无表情地纠正："他不是破梦组的，不算公务。"

宋清晨义正词严："但他影响到我组人员了。这算什么？公费恋爱吗？"

段谨然背影一顿，轻笑一声："确实有点被打扰到，不过……恋爱吗？还在萌芽期吧。我不想进展太快。"

"能告诉我你写的是哪本小说吗？"宋清晨一字一顿，"段、大、白、日、梦、家。"

段谨然笑笑："先管好你自己吧，宋、青、柠。"

这还没到战场呢，就已经硝烟弥漫了。俗话说"三个男人一台戏"，现在可好，四只雄性动物，这里是我的噩梦才对吧？

转眼到了瀑布脚下。水帘垂直而挂，水色清明，悬垂在一个隐蔽的石洞前。

"水帘洞？"苏灿耀嘀咕一声，"这里就是峡谷入口了吧。"

"让开。"风尧低声道，"冰冻领域。"

刹那间，以我们正对面为圆心、直径两米的圆形区域内的瀑布结成了冰。区域外的水流依旧源源不断。

"和风挥斩"——

冰块碎裂，飞溅到附近的石壁上，发出清脆的声响。一个圆形的空洞赫然出现在瀑布上。

苏灿耀："我说，你是不是只会这两招啊？"

风尧："闭嘴，后边去。"

我们摸上石岩，从圆洞里钻了进去。里面的世界别有洞天——

我们身处一方窄小幽深的天井，四面都是陡峭垂直的石壁，八方水柱从天而降，壮阔的水流冲刷而下，喷溅出无数水花，发出水石相撞的声音。

"小心！"伴随苏灿耀一声惊呼，一只面目狰狞的飞兽张牙舞爪呼啸着从我们头顶掠过……有点像鸟和恐龙的结合体。

下一秒，它被一颗火球击中，哀鸣一声砸在了地上，挣扎着打着滚，身躯一点点消失在火焰中。

"是翼龙！"我低头看去，瞬间想起楚颂小时候爱看的侏罗纪图画书，上面特别记载了翼龙——一种会飞的爬行动物，和恐龙就像一对表兄弟，属于近亲，是生活在同一时代的两个演化方向。

"悟空翼龙。"苏灿耀补充道，眉头一挑，"真把花果山搬来了？"

眨眼间，地上的翼龙燃烧殆尽，火星跳跃着，组成了一组字符——

请前往：深海天坑

All you have to do is run!

"那边。"风尧手指方向，一束跃动着的火光正在不远处的石洞间闪烁。

段谨然朝洞里投去一个黑色的球体，对我说明道："对于这种狭小未知的空间，用侦察球可以隐蔽观察，不必亲临危险。"

看见了吗？什么斗兽场，还不是富人的游乐场、穷人的修罗场。我有超能力，他有钞能力啊。

我不禁感慨道："RMB 玩家就是好。"

他被我逗笑，解释道："这个不是用进化值兑的，你有钱买图纸和材料就能制作装备。"

我就是没钱才感慨的啊！

石洞不高，我们猫着腰走了进去，每走一步声响都被无限放大。越往里走光线越暗。似乎有水声"滴答"。

"光明花火。"苏灿耀说着，掌心间燃起一簇火花，逼仄的空间内瞬间火光通明。然而没走几步，飞虫接二连三扑火而来，尾巴着火后便朝人袭去。

段谨然一把握住眼前的小东西，摇晃了几下，飞虫居然晕过去了。谁知，他松开手，飞虫又醒了过来，朝旁边飞窜去……苏灿耀痛呼一声，迅速将火光灭了。

"手电。"走在最前方的宋清晨伸手道。

"圣光凝视。"段谨然话音落下，即刻满室光明。前方，石洞露出尽头，似乎是一处露天地带，柳暗花明。

"天坑。"风尧淡淡说道，忽然他神色一变，厉声道，"后退！"

几乎同时，一条身长数米的巨鳄从天坑的潭水中心一跃而出，直直向我们袭来，速度之快，令人瞠目！

我们一连后退了数十步，巨鳄被卡在了洞口，由于身子长，颈部仍能自由摆动。它反应极为敏捷，迅速瞄准了我们的方向，头部向我们出击！

段谨然飞快把光熄了，我打开背包界面，点击打火机。

"嗖。"轻轻一按，微弱的火苗跃起，照亮了巨鳄所在的地方，它微一转头，循着火光和声源看来。

我忙松手，黑暗中，一道迅猛的光波已经准确无误地击中了巨鳄！

CE-50　HP-0　80%麻痹

我再次轻轻按开打火机，只见它动作滞缓了许多，卡在石洞间的大脑袋微微喘着气。

顷刻间，数道风刃破空而至，它猛烈甩了甩头，血液四溅。

CE-15　HP-20

CE-10　HP-20

CE-10　HP-30

它渐渐恢复了一点神智，身体猛地挤裂了禁锢着它的石壁，前进了几米。

我们飞快变换位置。我点开打火机，确认它的方位，它立马转头看来，循着光源的方向前进！

熄掉火光，再次改变脚下的位置，与此同时，数点火球砸在它的脑袋上，打火机的光一亮一灭间，衔接得天衣无缝。

它挣扎得比方才更激烈了，不断摩擦着四周的石壁，企图摆脱掉烫人的火球！隐隐听见石头裂痕的声音……洞口开始崩塌！

火势在它庞大的身体上弥漫开来，青烟四起。

"喀喀！快走！"苏灿耀呛道。趁巨鳄在火中挣扎的间隙，我们捂住口鼻，飞一般向着出口跑去……

天坑上空，几只翼龙尾巴上缀着火焰，争先恐后从高空滑翔而下，目标是我们头顶！

它们数量越来越多，即便是冷却时间再短的超能力，在它们的进攻前也应接不暇！我们纷乱地躲避着，数颗火星砸在地面上、砸进潭水中，宛若流星袭击地球……

"去天坑眼！"宋清晨喊道，转头看我，"会憋气吧？"

我连忙点头。

小时候因为怎么也不敢把头埋进水里、上了一堂游泳课就哭喊着再也不去的我，如今早已克服了对水的恐惧。刀山，火海，是我正走着的路啊。

一头扎进水里，拼了命地划动四肢，向中心的天坑眼、潭水更深处游去……

渐渐地，水里的空间越来越广阔，渐渐地，身旁有形状各异的鱼群游过。越来越深、越来越暗的水下世界中，我却没有感到多么压抑。伴随着几缕淡红，一束亮光始终跟在我身后……

似乎过了许久。眼前的亮光越来越充足。胸腔的压迫感近乎于无。

有阳光透过水面射来……

一股强大的浮力将我一托而起！

"呼——"新鲜的空气不断涌入肺泡、大脑。

"还好吗？"

我对宋清晨点点头，清了几下喉咙，才回复道："没事。"

身后，一对雪白的耳朵冒出水面，在阳光下剔透得熠熠发光。耳朵的主人面容英朗，军装上是一小片不易察觉的猩红，尾巴上的绒毛湿漉漉地贴在一起，一束微光自他掌心间收拢。

"你的伤。"

他淡淡垂眸瞥了眼，眉目没有丝毫变化，仍是云淡风轻的口吻："啧，居然又流血了。"

回到岸上，他刚刚抬起的手放下，笑着看向我，不言而喻。

我根据记忆把双手拼合成一个菱形，然而还没开口，一道幽绿色的荧光在我手心间浮现……

绿色光点源源不断，渐渐地，军装上的红色血印不见了。

我有些怀疑地看着段谨然，对自己可以发动能力不是很有信心。他无奈表示："真的是你干的，我的光能力还在冷却期。"

怎么回事？

"好了，走吧。"风尧开口，抬步往浓荫处走去。

我们跟上。

没走几步，树影越来越高大茂密，阳光无几。

前方，绿油油的垂柳掩映下，现出一幢高而窄的石门，草黄色细长石砖上布满苍绿青苔，黑渍斑驳。

石门的横梁完全隐没在阴影中，一尊半人形雕塑静立于上，面目平静地俯视着下方的一切，像极了神像与卡通的结合体，很是怪异。

"失乐神庙，终于到了。"段谨然冷道，神情漠然。

"我打头，小鸽子走中间，一个人殿后。"苏灿耀严肃道，他调整了下呼吸，掌间升起一颗火苗，抬步准备往里走。

"等等。"

"怎么了？"

段谨然视线落在门口某处，我们顺着看去，只见青苔间有一小片凹了下去，紧接着是一小块沾水的残缺鞋印，混合着不起眼的绿色斑点。

"有人，比我们先到。"他缓缓抬眼看向里面，嗓音温凉。

通道里一路暗沉，透过火光可隐约窥见墙壁上的浮雕，上面雕刻着各种各样的鱼类生物，大多都是刚才在水里见过的。

"这里以前是水族馆主题公园吗？"我不禁嘀咕道。

"泥盆纪。"苏灿耀忽然说。

风尧蹙眉："泥盆纪，地质时代古生代中的第四个纪？"

"是，显生宙古生代。"苏灿耀点头，走近浮雕，借着掌心的火光仰头细细看起来，边缓缓走着边低声说道，"腔棘鱼，身体粗重的大家伙。鱼石螈，肋骨宽大……这个，有八个脚趾的小可爱，棘螈。提塔利克鱼，刚才在天坑第一个欢迎我们的伙计……还有这个大头宝宝，叫潘氏鱼。真掌鳍鱼，一身小翅膀……"

"也就是说，刚才在石洞里，和我们打架那个，"我艰难吞咽了下，"不是什么鳄鱼，是这个 Tina、Peter ？"

"提塔利克。"苏灿耀纠正，神情如常道，"浮雕上的这些，都是泥盆纪晚期肉鳍鱼和两栖四足动物。而且……"他微微皱眉，声音低了下去。

想起不久前有幸和这些物种共泳，我忽然长出一身后知后觉的鸡皮疙瘩。

就在这时，在我耳边蓦地响起一种什么东西化为粉末的声音。

紧接着，是段谨然极尽漠然的声线，平淡到没有一丝情绪："出来。没有第二遍。"

短暂的静默后，一声极快的嗡鸣声忽至耳畔，紧随而至的，是声音主人在我眼前化为一堆红色粉末的画面——一只满身绒毛的小蜘蛛，被围困在一团暗影中。这次我看清了。

"想死。"

说实在，我从没听过段谨然用这么冷酷阴寒的语气说出这么简单粗暴的字眼。

"啊——"

顷刻间，一个女人瞬移般摔在了我们面前，挣了挣，却像是被什么无形的东西束缚了动作。她低着头，一张脸庞看似无辜又柔弱。

段谨然看都没看，视线依旧停留在虚空中，只淡淡偏头："都，出，来。"

话音安静地回荡着。空灵的通道里，浮雕上的鱼群忽然游动了起来，栩栩如生。紧接着，一抹火光自苏灿耀掌间窜起，速度快到视线无法捕捉。霎时间整个空间红光亮堂。我们抬头看去，只见洞顶一束火炬熊熊燃起。

宋清晨看向两手空空的苏灿耀："你干的？"

苏灿耀瞪着两只大眼，茫然摇头。

"解襟。"我语气肯定道，随即扬起音量，"让队友打头阵，自己躲在暗处明哲保身，果然是你的生存之道。"

"果然还是姐姐最懂我啊。"他哼笑一声，从阴暗处散漫地晃悠了出来。

"谁是你姐姐？"苏灿耀咬牙不爽道，"还有，自己不会发射火球吗？为什么要拐我的？嘁！什么都只会觊觎别人的。"

"哈，觊觎，我没听错吧？"解襟笑了笑，冷冷嗤道，"我需要觊觎什么？我要什么没有？"

"你有什么？"苏灿耀冷声，"一肚子坏水，盲目的自大，除了这些你还有什么？"

"少啰唆。"解襟不耐烦地说，"能不能上？你们，全部。"他说着眯了眯眼，野心在瞳孔里澎湃。

"怎么，又要发动你的，小偷能力了？"

"我告诉你，我待会儿第一个 KO 的就是你！"

"哟，怕了。"苏灿耀表情浮夸地捂住胸口，"不过，还要待会儿啊？现在 KO 行不行？哦，对，我不制造火球，你没武器攻击我了！哎，我就是不制造，哎，就是玩儿……"

如果不是眼下环境过于诡异，我会以为自己正在幼儿园接楚颂放学。

"斗嘴，结束了吗？"宋清晨出声，"解檩，我们需要和你谈谈。"

"君子动手不动口，什么事打一架再说。"

这是什么流氓语录？我在心里翻了个白眼，说道："还记得原意识吗？我和你说过的。"

他没有搭理我，但也没打断，我接着说道："很好。当一个人不能掌控原意识产生的行为冲动时，就是动物性占据了主导地位，我们管它叫作'行为失控'，在医学上称之为'精神分裂'。"

他皱了皱眉："你骂我？"

我不置可否，继续说着："其实，人的本质矛盾，就是人的思想和原意识之间的矛盾。人们痛苦的根源，就在于其动物性欲望和社会性道德约束之间难以平衡。"我顿了顿，"但是，原意识必须经过思想才能影响人的行为。换句话说，根据我的诊断，你现在的行为，不太属于人。"

他一愣，不屑地笑了："我听懂了，你在变着法子拐弯抹角地骂我呗。"

我挑眉："解檩，我知道你加入这个游戏不是自愿的，是谁在背后逼迫你，说出来，我们可以帮你。"

"自愿，哈哈！人生在世，又有几件事是自愿的？"他轻笑着闭上了眼，"这样吧，有本事活着，就给你们一个帮我的资格！"话落，一条"鱼"从浮雕中窜出，直直朝苏灿耀飞去！

毫无防备的苏灿耀低咒一声，掌间起火："呵呵，来一条我烤一条！"

趁这个时间，我对解檩展开心理攻势："既然你是被迫的，为什么不反抗呢？我看你挺享受游戏的啊！解檩，你真的找过退路吗？"

"你懂什么？我没有退路！"他倏地睁眼，瞬间逼近暴怒边缘，攻速也骤然提升，"退路？哪来的退路？！我身后的路正在一点点塌陷，追赶我的是万丈高崖！我留在原地就会粉身碎骨！未经他人苦，莫劝他人善，这个道理还要我教你吗？"

"你不说出实情，别人想拉你也找不到手啊。"宋清晨有些不耐烦，"还是不说是吧？行，等你跑不赢它的那一天，就等着万劫不复吧。"

"我已经不能回头了，你懂吗？"他的嗓音突然变得苍凉，像喃喃自语，"不能回头，只能一直这么跑下去。"

"我害怕，我害怕啊，怪物也会害怕啊……"他突然"哈哈"笑了两声，压抑又癫狂。

面对他的喜怒无常，我深感力不从心，默了默，说道："记住，你担心什么，什么就控制你。"

他极轻地愣了一下，仅是一下，攻击继续。

苏灿耀已经低低喘起气来："嗐，这鱼还烤不完了？姓段的——你买票进来看戏来了？搭把手啊！"

段谨然挑眉，气定神闲："别吵我，正精彩呢。"

"你……别指望带小鸽子见家长！我这关先过不了！"

段谨然好笑："你倒是会给自己抬高身份。嚷着要被 KO 的不是你吗？"

宋清晨皱眉："这小子只用闭闭眼，出击不费吹灰之力，体能上不是无敌了？"

"没有弱点的事物是不存在的。"自然万物得以抗衡，弱点即是平衡点。我们发动能力会消耗体力，那么，属意念系的超能力……"他会消耗精神力？"

闻言解襟一顿，狠厉的眼风扫向我，冷冷吐道："自作聪明。"说着眼里闪过一丝阴郁，闭上了眼。

"就那么急于露出本性吗？"风尧突然开口，音调不疾不徐，"禽兽。"

果然，睁眼，解襟的目光渐渐暗了。

一条"鱼"径直朝风尧袭来——在即将触及他的前一秒，裂成两半！

风尧了然地点点头："看来只有当你明白，和一切残忍相比，最可怕的是人性的沦丧时，才会为自己沦为畜生感到悲哀。"

须臾间，风刃四至，从四面八方飞来的浮雕、石块纷纷粉碎……

"你使用了道具？"解襟气急败坏，"危险预知？"

"不可以吗？"

苏灿耀在一边嘲道："看来这里的东西不够他偷的啊。"

风尧挑眉："去外面单挑，敢吗？"

"笑话！"

风尧递给苏灿耀一个眼色，和解襟二人转移了战场。

空气中隐有窸窸窣窣的声音传来，贴着地面，好像就在我们脚下……

我低头一看，一惊！

密密麻麻的黑甲虫匍匐了一地，寸步难行。

苏灿耀轻蔑一笑："看来光烤鱼还不够啊，虫子不错，蛋白质丰富！"说着一团旺盛的火苗湮灭了地上的虫群。

然而很快，又一波虫潮来袭，野火般烧不尽……

"虫子好玩吗？"段谨然轻笑了下，冲地上的女人扬了扬下巴，说不出的撩拨意味。

女人认真想了想，眨眼："好玩，很听我的话。"

轻轻慢慢的语气："让它们消失。"

"什么时候放了我？"

"为什么要放了你？"

"嗯，我就是担心啊，"女人乖顺地低下头，浅浅柔柔的嗓音，"这些小虫子不小心误伤了你们……"

"你的担心多余了。"又一团火光爆开，空气中霎时一股浓浓的烧灼味，苏灿耀浅笑得不以为意，"和女人动手不是我的风格，不要耍小聪明，别让我为难。"

"我乖，它们可不乖。毕竟，甜美热乎的血液诱惑力太大。"

"非要挑衅？"苏灿耀眯眯眼，再次表情浮夸地捂住胸口，"哟，怕了……"

我瞥他一眼，淡淡开口："女性在战斗方面的确不占优势，所以越到后面越难碰见女玩家，到眼下这个地步，不是被淘汰了，就是太强大。"

苏灿耀捂住胸口的手一顿，表情微僵在脸上。

闻言，女人突然抬起头，带着强烈锐气的单眼皮和眼里射出的狠劲儿让我一凛。眨眼间，一对豹耳凭空长出，一条长满豹纹的尾巴在身后兴致盎然地摇着！

又是摩球人？这解小少爷交际圈挺广啊，梦里杂烩了多少个种族的人口。

"Suki！"她一声令下，一抹殷红从我眼角余光里闪过，向苏灿耀扑去——

火焰中，我看清了那是什么东西。

一只巨型红蜘蛛！身体呈暗红色，八条腿透明，上面还有纤细的毛。此刻它转了几个圈，嘴里吐着泡泡，正在火球中向苏灿耀发起交流。

虫类控制，主攻击，属生物操控系，使用者可操纵各种虫类，用于攻击、引路、侦察等等。

看来方才石洞里的飞虫便是她派来探测敌方信息的。她使唤得最得心应手的，应该是这只名叫"Suki"的红蜘蛛，毕竟是带着名字出场的。

苏灿耀："这东西是孙悟空变的吧？我的三昧真火都烧不死它！"

段谨然"啧"一声："麻烦。"随即撤掉了对女人的禁锢，转而攻向蜘蛛。

miss！

miss！

miss！

然而这蜘蛛跟开了外挂似的，苏灿耀、段谨然、宋清晨三个人的攻击对它一点用也没有！

"蛇口蜂针！"蜘蛛听到了来自主人的命令，冷不丁跳到宋清晨右手虎口处！

"咝！"他抽了口气，大力甩掉了那毒蛛，被咬的地方肉眼可见地肿了起来。

段谨然蹙眉："红孩儿，你不是百科全书吗？想想，蜘蛛的弱点有哪些？"

"身体缺陷！"苏灿耀一边招架着攻击，一边快速回忆道，"蜘蛛的消化能力不好，需要先将消化液注入食物体内，再吸食被液化的内脏，使其终成为一具空壳……这一过程会消耗自身大量水分，因此它们就餐时容易口渴！"

"暂时到不了那一步！"宋清晨翻了个白眼，无语道，"能不能说点吉利的？"

等等，外挂、外挂……什么画面在眼前一闪而过，如果我没记错的话……

NO.6 胜者为琪 对战 9 胜利 9 平局 0 投降 0 进化值 21

琪，一看就是女人的名字，应该就是她。九战九胜、战无不败，进化值却只有二十一，说明什么……

花费了大量进化值用来购买道具？

对！一定是这样！

我快速打开道具商城，飞快浏览着。

能力封印？不，不对，我们仍能使用能力的发动权限，只是它对我们的能力免疫……

无效化：使对方的超能力失去作用，对自己不产生效果。注意：只是将对方释放出来的能力的效果消除掉，使之作用无效化，而非将对方的能力本身消除。

是了！

"她使用了无效化道具，"我一声轻哼，语气铿锵，"我没说错吧，胜者为琪？"

宋清晨一愣，看我："胜者为琪？你记性什么时候这么好了？"

女人表情一僵，转瞬冷笑道："韩胜琪幸会。那又怎样，钱多还不能烧了？"

对付"无效化"这种不要脸的游戏黑洞，硬碰硬以实力取胜是不可能的，我转头问苏灿耀："蜘蛛的耐力怎么样？"

"差！它不具备强有力的引擎来运输氧气，不能长时间运动！"

我朝韩胜琪无所谓地耸耸肩："不怎样啊。等你烧完钱，再给你家宠物烧纸钱，看看是你钱多还是它命长咯！"

"你！"

她话音未落，忽然，一道金光在我眼角边闪过，有什么冰凉的物体堪堪擦过我的脖颈——

一道锋利的短刃，被一圈金光急速包围了起来，如挣扎般摆动了两三下，然后不动了，再缓慢升空，"嚓"的一声，四分五裂，残渣飞扬。

宋清晨收回手，金光从他的掌中消失。他紧盯着我的脸，张了张口但似乎喉咙紧绷着发不出声音，眼里的郁色沉得能滴出水来。

那道飞快短暂的刺痛后，很快，被一种温暖的气流环绕着，宛若春风吹拂，什么感觉也没有了。

"不是解檬。"我定了定神，冷静出声，"他不能远程控制。"

也就是说，这里还有别人……

裹挟着我的暖流渐渐放大，扩大至整段通道，由淡黄色一点点变得暗沉、污浊……

措不及防，两个男人被狠狠"丢"了出来，摔在了韩胜琪旁边。黑气笼罩着三人，上面鬼影般的纹路如有生命般纠缠不息。

"谁干的？"苏灿耀开了口，嗓音是极致的冷漠与镇定。

无人回答，地上两个男人皆是一脸不情不愿，维持着半跪的姿势。韩胜琪则神情平淡，隐有几分愉悦。

"谁。"苏灿耀声线平稳地又问了一遍，猛地拔高了音量，"谁活够了？说，啊？说啊！"

这家伙居然也会发飙。我被吓得愣住。

段谨然侧头看了他一眼，漫不经心："炮灰，而已。"说着他随意挑起眉梢，黑光一闪，一个男人倒在地上，脖颈上缠满了无数道黑纹。他眼睛瞪得大大的，双手扣着脖子挣扎了几下，不再动弹。

这下韩胜琪的表情也不平淡了。另一个男人面容微滞，开口解释道："不是我，不是，是他！就是他……"他说着指向地面尚温热的尸体。

"我不想错杀无辜。"段谨然依旧那副表情，语气清清淡淡，"可是从刚才她受伤那一刻起，这里就没有无辜的人了。"

男人摇着头，急切道："不，我是无辜的，真的……"

段谨然听了一笑，声音霍然冰冷："恶魔的同伙，就不该死了？"

男人惊恐地挣了挣，还是无法摆脱束缚，见那人慢慢勾起了嘴角，他几乎大叫出了声："我知道！是，是——"

突然间，他话语中断，像是被人扼住了脖子，只能挤出艰难破碎的声音！

他的脸涨得通红，很快就失去了血色，变得苍白。直至彻底断气，他上身还直立着，头无力地垂下来，像一具随时会死而复苏的丧尸。

一道并不陌生的身影渐渐现出。他站在那个男人的身后，手还扼在他喉间，一甩手，男人的身体弹出去几米远。

他笑容轻快，五官小巧，轮廓偏圆，乖巧的鼠系长相。眼神看起来澄澈，给人清纯无害的错觉，那双眼微微一眯，瞬间彰显着一种明目张胆的不怀好意。

"是你。"苏灿耀开了口，嗓音里是冰冻三尺的恶寒，"暗算她的人。"

"终于舍得以真身示人了是吗？"宋清晨直视着他，"没想到啊，长得人模人样啊，我以为多没脸见人呢。"

对方也不恼："看来，你们早知道我的存在了？"

段谨然眼皮一耷，有些慵懒："不是我掐死的我会不知道？装死挺在行，哼，连我的幽暗之灵都拿你没办法。"

所以，他的第二技能，是隐身吗？

包宰佑用帕子细细擦拭着双手，耸耸肩："被发现了。"表情语气没一丝慌张和僵硬，只是一种淡淡的惋惜。他撇头冲韩胜琪露出一个安抚性的笑。

风尧淡笑里挂着讥讽，步履轻松从容地走来，眼神扫过对面两人。他的下巴、手臂上有几道轻浅的刮伤，神情看起来与先前没什么两样。

苏灿耀看向他："解决了？"

"嗯哼。结冰了，一时半会儿醒不过来。放心吧。"风尧浅笑着，轻抬下巴，"这些——准备留到什么时候？"

"留？"包宰佑噗嗤一笑，眯了眯眼，"我喜欢你的遣词，sir。"

"我也喜欢你的不自量力，guy。"他眼皮耷拉着，"准备好了吗？"

不知道为什么，一种奇异的感觉在我心中浮现……总觉得，哪里不太对劲。似乎，自从他毫不犹豫杀了曾慧那一刻起，这种陌生感就如影随形。

宋清晨皱了皱眉，压低声音说："那个人，还没揪出来。"

"是吗？我已有答案。"风尧一派淡然，声线一如既往的轻漠，"不必留着。"

可又似乎，现在，和以前都不太一样。平静，太平静了……平静到，对生命藐视。那种胜券在握的果决和草菅人命的漠然，让我想到了……杀伐。

心里一惊，不好的预感涌来。

"风尧？"

"怎么？"他瞟我一眼，眼中一闪而过的不耐，随即看向韩胜琪，轻轻笑了一笑。

"你……"

"不如就从这个女人开始吧？"

他打断我，笑得暧昧却残忍。

不！不……

这个人……不是风尧！！

他到底是谁？

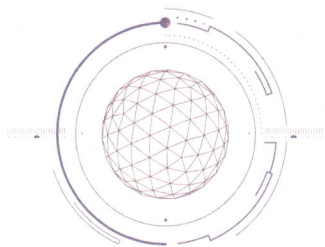

【第十八章】

我从未见过这样的人，
至少是，这样的少年……
就像是苍老的灵魂装进年轻的躯体，
那种老沉，那种空洞，那种怅惘，那种苍茫。

"你不是他。你是谁？"

"什么？小鸽子，你这话什么意思？"苏灿耀惊道。

宋清晨蹙紧眉头，将我护在身后，目光锁住"风尧"："我也觉得，他回来后就不太正常。"

被排查对象却压根没把我们放眼里似的，依旧似笑非笑地看着韩胜琪，开口慢条斯理："女士，没人规定不能逃跑。"

韩胜琪一时也摸不准我们话里的意思，只好半眯起眼，戒备地盯着眼前的人："逃跑？可不是我的作风。"

"啧，可惜了。""风尧"舔了下嘴唇，看起来无比惋惜，"看来阳间你是一秒也不想多待。好，我就送你一程。"

"Suki！"韩胜琪没再多话，她的小红显然是休息够了、战斗力满格，向我们跳来——"风尧"闭上眼，再睁开，只见小红如遭重击般弹了回去。

一直没表态的段谨然倒是勾唇笑了："有意思。"

我们互换了一下眼神，苏灿耀转身就往神庙出口走。

"解檬，你把风尧怎么样了？"我问。面前的男人倒也不意外，看也不看我，一派自然，"没怎样，借用一下。"

韩胜琪听到我们的对话一愣，迅速反应过来："你是，解檬？你……"

"要我提醒你？来的路上，你不也杀了自己队友吗？"

"风尧"……不，应该说是顶着风尧面孔的解檬，舔了舔嘴角，笑得邪肆："个别取代整体，这可是你教我的。我会代表你们好好活下去的，放心，嗯哼？"

"姓解的！把身体还给风尧！不然……小心变烤乳猪！"苏灿耀挟持着一大块冰回来了，冰块在火焰的炙烤下快速融化着，渐渐显露出解檬的身形来。

解檬不甚在意地瞥了一眼，神态傲慢："喊，一具肉体而已，冷冻会结冰、着火会烧焦，凭那个也妄想束缚住我？"

苏灿耀张了张嘴："这是什么先进的思想？"

"只有超体才是最完美的存在形式，超脱于物质世界的一切。"

"超体？"宋清晨表情严肃，"看来造梦者没少给他上思教课。"

他说道："对，超体。究竟……何谓死亡？何谓永生？"

"看不出你还这么有哲思呢！"苏灿耀乐道，熄了火。

解樑的脸上出现几分愠色："不然呢，为什么这么多人类甘愿沉沦在虚拟世界？听说过造梦案件吗？"

当然，听说过，还侦办过。你不就是其中一例吗？

"因为你这样的傻子太多了。"我坦然道，"丢弃了信仰，才会迷失在自己的梦里，不是吗？也许有一天，你也会成为他们中的一员呢。"

他一声低笑，顷刻间，眼神阴暗下去，声音沉得只有我听得到："那么，楚歌，楚警官——你的信仰，又是什么呢？"

"你的信仰，你的同伴，你所相信的，你所追随的，你誓死效忠的，你拼命守护的，你确定真的值得吗？"

"你是谁？"一个连原意识都不知道的人，怎么可能有刚才那一番意识论？如今一来，答案已经在心底浮现。

"从一开始就企图借解樑的超能力误导我们，然而文化输出的心情太过强烈直白，刚才你说，'这么多人类'，而不是'那么多'，"段谨然说着轻挑眉梢，"更加佐证了你知道这是个梦。造梦者，不过如此。"

造梦者看向段谨然，笑容也不局促："摩球殿下光临本店，可享九点九九折优惠。"

苏灿耀哼道："我就说这熟悉的配方，一口一个'人类'的口头禅啥时候能换换，听得我耳朵都快吐了！"

"风尧呢？"

"楚歌，你不把我的话当回事，会后悔的。"

"风尧呢？"我不耐烦地提高了音量。

"呵呵。"他轻笑出声，一双月牙眼轻弯，表情越加邪肆，"我就是啊。"

白皙的脸庞比平日里一贯的清冷更多了几分妖娆，嘴角勾起的弧度却透露着诡异。

看着眼前这张散发着陌生气息的熟悉面孔，我不禁晃了神。

"别被他给迷惑了。"宋清晨沉声。

"人心中有空洞，才会被趁虚而入。风尧……呵。"眼前的男人眼神冷漠，讥讽地笑了声，"楚歌，别太天真了。"他说着扫了宋清晨一眼，再次看向我，眼底笑意轻浮。

"考虑我的话。还有，好好想一想，有没有什么被你漏掉的细节。别怪我没有提醒你。"

韩胜琪和包宰佑早没了人影。冰块里的解檬渐渐苏醒过来，接连打了几个寒战，看向风尧的眼神充满怨怼："喂，把坑我的进化值还回来，你这是敲诈，你……"

他止住了后面的话，而我们也随着他微滞的目光看向身旁的男人……

"风尧，你还好吗？"

依旧低头沉默着，脸上的神情已恢复了往昔的生人勿近，不复方才的邪气妖孽，只是——

他身上的气息一点点变了，冰冷的气息缓慢又迅速地释出，在四周的空气中弥漫……杀气，是杀气！

我如坠冰窟，浑身发凉，心咚咚直跳。

他抬起冷漠的眉眼，双拳紧握，下巴、手臂上的刮伤泛着鲜艳的红，宛如一个从修罗场突破重围斩杀至此的罗刹。

他慢慢扬起头，转头，看向我。

"阿楚！离他远点！"段谨然大声提醒我，一时间却别无他法，因为此刻他和苏灿耀、宋清晨三人都被冰封了。

我动了动，也像是被什么固定住了，根本移不开脚步，只能艰难地发出声音："你，到底是……"

"不是说了吗？"他不耐烦地打断我，目沉如水，"我就是风尧。不是解檬，不是造梦者，我，就是风尧。"

一句话重重地砸在我心上！他冷冷地斜睨着我，唇边扯出一抹冰冷讽刺的笑。

"不可能……"我的身上渐渐结起一层寒霜，眼前发白，意识越发脆弱。

"怎么，非得杀了你才信？"

话音落下，只见一支冰箭朝我射来！

我动弹不得，只能眼睁睁看着这支冰箭直直飞来……在离我鼻尖还有一厘米的位置停了下来，破碎成渣！

男人似笑非笑地冷睨着我，那瘆人的眼神无论如何也让人忽视不掉。

现在还不能确定他究竟是谁、到底为什么会变成这样、他做了什么导致我们无法动弹……但是，至少有一点我敢肯定！

这个风尧是真的要杀我！

老天！一个解檬不够唤醒的，又来一个！敢情真把我当人形清醒器了？

他阴恻恻地笑了一声，又一支冰箭射来！！

"啊！"强烈的剧痛从胸口传来，我瞪大眼看着这支锋利的冰箭刺入我的体内，一点点，穿透我的肺部……

"阿楚！"

鲜血汩汩，染红了我胸前的一小片衣服。

风尧的眼圈也被染得发红，衬得眼尾很是潋滟。

段谨然挣脱了冰封，朝我跑来。我胸前蓝光一闪，冰箭消失！

他轻轻扶着我坐下，让我背靠着身后的岩石。我第一次见到他那么慌乱紧张的样子，原来，他的眼底也会出现害怕的神色。

"没事的……"我出声安慰着，把双手拼合成一个菱形放在伤口处，念了念咒语，却什么反应也没有。他始终抿唇不语，下颌绷成一条线。

风尧盯着我被刺穿的胸口，眉心紧皱，迟迟没有下一步动作。

玩家【段位很高 ♂】已成功向你使用道具【伤害转移】。

"谢谢。"伤口处的疼痛似乎减轻了许多，血迹也飞速消褪着。

只听一声闷哼，段谨然捂住胸口，半跪在我身前，紧绷的下颌滴下一两滴汗珠。鲜血染红了他的衣襟……

伤害转移：将他人承受的部分或全部伤害转移到自己身上。注意：仅限于双方，不可将伤害转移给第三方。

他这是，把我受的伤转移给了自己？

"冰箭，算什么……我可是，水元素能力者。"段谨然呼吸有些费劲，笑容倒是坚硬。

我眼眶忽然有些热，嘴上却哼哼道："不照样得挨着疼？"

他笑了一下，牵扯到受伤的肺部，咳了两声，"也不看看，是为了谁……小白眼狼。"

"你不是会自愈吗？啾一下子就好的！快点啊！"

"次数，用完了。"

我快速帮他简单包扎着，嗓子里酸得不行："那为什么还要……"问到一半发现，原来自己亲身遭遇时，也会和电视剧里演的一样，问这种没用的傻话。

段谨然无声地笑了笑，声音虚弱："还能为什么。我喜欢你呗。"

大半晌我嘴唇才动了动："你，又来了……"

他淡笑了一下："看吧。你不信。说多少次也不信。"

我没有再说什么，低头继续手上的动作，片刻，听见他一声很轻的轻叹，像自言自语："为什么不信呢？"

我的心也轻轻一颤，很快目光又被他的伤口吸引，短短的功夫，血止住了，已经自愈得差不多了，只是原先绽开的皮肤结起了冰蓝色的疤，看起来有些可怖。

咽下喉头翻涌起的腥甜，段谨然出声暗哑："闭上眼睛，别看。"

说着我眼前一黑，微微汗湿的掌心挡住了我的视线，我咬牙道："看你以后还长不长记性，在女生面前耍帅，连小命都不要了……"

他一阵气喘，仿佛气得要晕厥过去："啧，真让人心寒。"眸色幽暗，语气低沉，"阿楚，在你看来，我做什么都是为了撩你？我就是这么肤浅无赖的人？"

我微愣，连忙否定："不是的，我不是这个意思。我只是，只是担心你。"

"那么……证明给我看啊。"

眼前的男人眉开眼笑，一脸烂漫。

看着他变幻万千、嬉皮笑脸的面孔，我顿感语塞："你就是……"

"他，受伤了？我刚才……怎么了？"

我们看向声源处，只见风尧眉头紧锁，周身凛然的气息消散，脸上写满疑惑。

"好家伙，翻脸不认账了这是？"段谨然挑眉，"喂，你刚才差点一箭把我了结，现在不会装失忆吧？"

风尧看向地上的段谨然，眉皱着："我干的？"

段谨然："不然呢？"

风尧："发生了什么？"

"你刚才被夺舍了，后来又蒙蔽了心智，黑化了。"宋清晨说道。他和苏灿耀身上的冰封也都解除了。

苏灿耀甩了甩脑袋，问："外星王子，感觉怎么样，没事了吧？"看来他们由于冰封短暂失去了意识。

"感觉不怎么样。没事，死不了。地球小子。"

"现在，我们可以谈谈吗？"我转身看向解樵，他从风尧清醒后一直保持着异样的沉默。

"谈？什么？恋爱吗？"他嗤笑了一声，口气不羁，"我和你们没什么好谈的，劝你们也别白费力了，跟疯子没道理可讲。"

"听着，我接下来要说的话可能让你很震惊，但是，我没有在跟你开玩笑。"我神情严肃道，"你现在，在你自己的梦里。这一切都发生在你的脑海里。"

"我知道。"

"你说什么？你知道？你怎么知道？你什么时候知道的？你为什么会知道？"

解檬瞟苏灿耀一眼，嘴角一丝不以为意的讥笑："这很了不起吗？我也是刚刚才想起来的。不过，比起这个，你们更要关心的应该是——我，并不打算跟你们回去。"

苏灿耀打了个响指："那就好办了。"

宋清晨："说来听听。"

"直接拍晕了带走。"

这就是劳动力担当解决问题的方式吗？

"我不想和智障讲话。"宋清晨一掌拍在苏灿耀脑袋上。

"不，拜托你一定要跟我们回去，我们需要你的帮助。"

解檬眉头一皱，转头看我。

"这款游戏背后有很多疑点，我们希望你能回去协助调查。"

一声轻笑，他的眼底写满嘲讽："你的意思是，贼喊捉贼吗？"

"……"

"我曾经想做个人，可没有机会。现在如他的愿了，又要再次被剥夺选择权、强迫我做回人，是这样吗？当初逼我走上这条不归路，现在却要我回头是岸……凭什么？我的人生在你们眼里就那么随意吗！"

"你先别激动，有话好好说，我们都在听。"宋清晨把我拉到身后。

「私聊」你宋爷：别激怒他。他疯了。

「私聊」楚霸王：让我试试。一旦有危险，发求助信号不就行了吗？我不傻。

苏灿耀冷声质问道："你的意思是留在这里？你就从来没有过罪恶感吗？"

他没有恼羞成怒，反倒认真想了想，笑了，"是麻木和迷茫，但很快，这些瞬间就会被获胜的满足感取代，还有劫后余生的侥幸。你们知道吗？每当最后一刻降临，先前再怎么张狂的人都会变得可笑，哀求着'放过我吧……'"他说着眼底的讥笑变为一片阴戾，"放过你？那我呢？谁放过我了？"

"暴力不是力量，同情不是软弱。这句话出自电影《自卫的艺术》。如果我没有猜错，你曾经是暴力的受害者。内心的恐惧没有被接纳，于是你把自己包裹进了一个凶狠的外壳，以此来掩饰那个脆弱的自己。"

他看我一眼，笑意消失在脸上。

"这在心理学上叫'向攻击者认同'，就是让自己成为那个攻击者，成为自己害怕的那类人，以此感受到力量，让他人体会到自己被攻击时的恐惧和无力。"

"你说得不错，但未免太天真了。在这个地方，各种各样的情绪在求生欲面前根本微不足道。活下来，才是第一要义。"

"各种各样的情绪……那么，也包括悔恨、愧疚、不忍，对吗？你不是没有过挣扎，只是在挣扎中一次次选择了麻痹自己。"

我紧紧盯着他的每一寸表情变化。

一位心理学家认为，梦在某些情况下是心理冲突的显现，我曾在图书馆借阅过他的《催眠与心理压力释放》，书里写道——梦中出现的欲望、情绪等各种感受，虽然都是由做梦者神经系统产生的，但并不能完全代表他，不能将梦中出现的需求解释为他的本质所在。

"尽管如此，你依然渴望着，有一双手把你从这里拉出来。你发现，原来，你的世界依旧向往光明。"

书上说，很多时候理性需求与感受需求是相互矛盾的，这种矛盾可能使人无所适从，导致心理障碍。解檬在麻木中攫取着猎杀和偷生的快意，另一方面又极其迫切地渴望阳光、渴望正义，渴望做一个坦荡的至善之人。

"不可能的。没有人、没有人……那些人，都已经被我杀了。我亲手杀了他们。"他摇摇头，神色变得平静，"知道我为什么那么强大吗？因为我，没有选择，不留余地。"

"所以，你和他们不一样。"我看见他的表情出现了一丝裂隙，继续说道，"有人冲着赚钱而来，贪婪衍生出了赌鬼。有人把这里当作赌命场，表面游戏人生，骨子里是视人命为草芥的冷血。有人享受着剥夺他人生存权的快感，早已沦为茹毛饮血的恶魔。而你，看似是个暴戾的好战派，可从头到尾的生存之道，不过三个字——活下去。不为了贪，不为了赌，也不为了赢，只为了活，不是吗？"

他的神情变得疑惑，像是不认识我口中的那个他："我……可是我……"

"别急着否认，你不妨问问内心，你真的热衷杀戮吗？"宋清晨打断他，"还是，你其实厌弃了这样的自己？我想，你应该并不认同游戏里的那一套吧。你反感甚至厌恶屠戮，比起享受剥夺他人性命带来的快感，更为强烈的是你自己对生的执念。"

解檬的目光有一瞬愣神，归于淡淡的嘲弄与纠结："到了今天，我已经知道，无论走多久，无论尽头等着我的会是什么，自从我选择自暴自弃的那一刻起，我已经没救了。"

"不，你有，你没有彻底放弃，你还在挣扎。不然你也说不出今天的话了。"苏灿耀坚定道，"只要你不想，谁也不能把你变成一具机器。"

他说完看我一眼，我们都知道，就快成功了……

"在黑暗中苟延残喘，反而更能认清人性之光。你这样想，"我压抑着微微振奋的心情，说道，"这场荒谬的游戏虽然见证了人性的阴暗面，却也在密不透风的阴暗里凿出了千疮百孔，发掘着光和希望。"

他维持着刚才的姿势一动不动，只是脸上的表情风云变幻，慢慢土崩瓦解。

耳边除了心脏的怦怦狂跳声，我几乎听不见其他。加一把火，只要，再加一把火……

"这里于你而言只是一场炼狱，而你在炼狱中自我救赎，目的是最终离开这里、重获新生。"我照着心里写好的剧本大纲说道。

他果然有些心动，抬眼看来，动了动喉结："救赎？重获，新生？"

我一言不发，静静地等待他的下文。

他忽然笑了，嘲弄变淡了，脸上是丢盔弃甲后的无奈，与解脱。

"是，你的坚守，我认输，向……机会认输。"

"机会？"这个用词让我不解。

"嗯，善良的人性吧。没那么容易被磨灭。"他耸耸肩，"每个人，在任何地步，都有做个好人的机会。"

"我确实曾经挣扎了很久，直到我对自己说，不能再躲了，你躲得越快，害怕的场景来得越快。我欺骗自己，大厦将倾，死的是在楼里等待救援的人。你们相信吗？我第一次在游戏里杀人，是为了保护一个小女孩……"他说着忽然轻轻笑了，"算了。我跟你们回去，无论前方是什么在等着我，我都接受。"

苏灿耀握拳碰了下解樣的肩膀，熟络道："你要早点遇着我，有哥们我罩你，什么邪魔歪道都得退避三舍。"

解樣没接话，眉眼低垂。

段谨然看苏灿耀一眼，后者轻咳："喀。行吧，谁罩谁还不一定呢……好好好！你罩我，你罩我行了吧！"

解樣摇摇头："就算我们不站在对立面，也一定不可能成为朋友。你太光明了，注定是站在阳光下的人。其实我很羡慕你的单纯，但是我的世界太危险了，你不应该涉险的。"

"谁说的？"苏灿耀露出八颗大牙，"未知就是危险不假，然而恐惧来自无知，勇气也来自无知。天使和恶魔都不敢走的路，傻子一路冲过去！"

"噗。"我忍不住笑了，"好了，傻子，回家吧。"

我这才发现风尧在一旁脸色不是很好，或许还在为方才黑化误伤的事自责，正要开口宽慰几句，却见他眉头狠狠皱起。

"怎么了？风尧。"

"返回装置，无法启动。"

"什么！"

"系统显示……无法退出！"宋清晨惊呼。

我迅速打开自己的游戏主页，只见界面上一行红字赫然醒目——

任务尚未终止，退出游戏失败。

我又检查了一遍腰后的检测设备，确认电源开着，它却安安静静、纹丝不动。

风尧看向段谨然，意味不言而喻。

对方只是淡淡地回看，眼神中透着一丝玩味："怀疑我？"

"你的出现不在计划内。"

段谨然也懒得解释，点了两下头，态度模棱两可。

直觉告诉我段谨然可以信任。打断两人的对话，我问风尧："发送求助信号了吗？"

"没回应。"

"设备又出问题了？"苏灿耀擦汗。

风尧面沉如水："去找他们。"

宋清晨很快追踪到了包宰佑的坐标数据。看来，不彻底破解掉这个游戏系统，是别指望出梦了。

不知道这是不是指挥官的意思……唤醒解檬是第一步，而获取游戏核心数据，才是最重要目标？这也不难解释小孔的出现了。

很快，系统就把我们传送到了一处山麓地带，山脉巍峨高大、青烟环绕，神秘又肃穆，让我想起了希腊众神居住的奥林匹斯山。

不远处，包宰佑看到我们，眼中的意外一闪而过："这么快就找来了？"

韩胜琪对解檬高声道："喂！你这是要换边站了？"

风尧扬了扬眉，开门见山："来吧，一决高下。"

"正有此意——Suki！"下一秒，小红径直向风尧跳去——

"凝冰之触。"话音未落，小红定格在空中，结成了一小块冰。只见风尧自脚下爬起了一层晶蓝色的……冰甲！瞬间他全副武装，白衬衫与冰甲贴合得天衣无缝，最后，双肩处长出两只冰刺做的护甲。

"酷毙了！"苏灿耀看呆了。

韩胜琪忙发令，小冰块动了动，却无法破除冰封。风尧没再对她发动进攻，看向包宰佑："到你了。"

他每往前一步，脚尖两厘米处便"刷刷"长出一排冰刺。

包宰佑摇头："我不是你对手。"

"哦？不和我打？"

"包宰佑！你是不是男人啊？！"韩胜琪咬牙。

风尧唇角浮起冷漠的弧度，嗓音冰凉："我猜，这部游戏的设计者，就在这些人当中。"他说着眼风缓缓扫过韩胜琪、包宰佑、解檬……

韩胜琪大脑蒙了片刻，迟疑道，"你的猜测，有初步依据了吗？"

"有结论。"风尧轻笑。

"谁？"她其实大概猜到了答案，不由得浑身发凉。

风尧将目光定格在包宰佑不动声色的脸上："还要我继续说下去吗？Mr.包。"

包宰佑没有说话，只是微微眯起了眼，回以同样的微笑。

"从看到进化值排行榜的时候，我就开始怀疑你。"风尧淡淡道，"你的作战记录，是唯一涵盖了胜利、平局、投降各种情况的，像不像一个，试玩员？在有过投降的情况下，还能保持在第三名，既不至于太突出又绝对安全，看样子是经过了一番计算的。"

"你很适应这里的规则。适者生存，你掌握得相当好，不恋战、适时投降、在暗处伺机而动，和那些被欲望冲昏了头脑的人不一样，你有理性。"风尧微微翘起嘴唇，"理性，不会是出现在玩家身上的东西。相较于解檬的来者不拒，你更像是一名，聪明的狩猎者。"

"呵，单凭这个就指证是我？太武断……"

"不。"段谨然摇摇头，语气慢条斯理，"不是指证，是试探。而你一上来就辩驳道'不是我'，这么说，你已经确定设计者在我们中了？"

包宰佑愣了愣，转而一笑："那么，证据呢？"

"别急。"风尧挑眉，"对战胜利将获取对方全部进化值。如果投降，则投降方进化值的50%归对方所有，且对方有资格不接受投降……游戏规则中隐藏有这么大的漏洞，应该只有设计者最清楚了，对吧？"

"怪不得，你故意挑衅我、和我单挑，就是为了测试我？"解檬皱眉问风尧，"你在对战中不停购买道具、将进化值变为负一百，明明占据上风却发起投降。结果我接受了投降，获得了你的负五十进化值，相当于倒扣五十。"

"你的智商税没白交，我们解除了对你的怀疑。"我说，"韩胜琪显然也没发现。只有你，包宰佑，不敢和他对战，是因为即便你杀了他，作为胜利方的你也将获取他的全部进化值，负五十。"

"哼，难怪你要暗地里对小鸽子下手，观察很久了吧？无论是解檬的精神力弱点，还是韩胜琪的无效化道具……一个总能破解游戏背后设定的玩家，身为上帝的你怎么能让她留着？"苏灿耀冷冷说道，"最关键的是……她透露过，解檬背后逼迫他的那伙人。你想灭口。"

"还有一点，即便是身为设计者的你，也未必发现了。听说过霍格沃茨的分院帽吗？你以为每个人的超能力真是自己选择的吗？"只见包宰佑微微蹙眉，我不疾不徐地说道，"苏灿耀为人热情、热心肠，像颗大火球，所以他的能力是火。风尧姓风，冰块脸，所以是风和冰。段谨然这个人吧，时而阳光，时而阴暗，轻微人格分裂，所以是光和暗。我呢，单纯善良纯洁可爱，当然是天使般的治愈。"

宋清晨为什么是金能力和时空操控，可能因为他有钱还有时间观念，不确定，再看看。

"韩胜琪心思缜密、下手狠辣，和蜘蛛的特征不谋而合。解檬不是自愿参加这个游戏的，而是有人对他进行了精神上的操控，正好符合念动力……

那么，你，包宰佑，隐身，不就对应着潜伏、卧底吗？"

"精彩，精彩。"包宰佑拍拍手，"可这一切仍然是你们的推断，我可以对此持有不同解释。"

"目前，你是他们三人中，唯一已知拥有两项能力的玩家。我不相信身为设计者，居然会选择单项能力。这再次排除了是他们的可能性。"风尧沉声，"如果指向同一个结果的偶然性巧合太多，那么，我只能将其判断为，必然性事实。"

包宰佑轻哼一声："离间计用得不错。"

韩胜琪看了看他，又看向我们，微微张嘴："你们说的，我不敢全信。"

"我想，你们组队刷副本这一路，都是由他牵头的？"宋清晨说着朝包宰佑扬了扬下巴。

韩胜琪一怔："你怎么会知道？"

"副本的概念，顾名思义，"宋清晨淡笑，"一个副本就是一个团队的特殊区域设定。举个例子，队伍一进入了失乐神庙，他们进入的是失乐神庙的拷贝 A，队伍二同样进入失乐神庙，他们将不会进入拷贝 A，而是进入拷贝 B。A 和 B 之间是不会相互干扰的，D、E、F 同样，它们都叫作失乐神庙的副本。"

包宰佑眯眼，神情不变："你想说明什么？"

"我想说，任何队伍可以在任何时候进入属于自己独有的私人拷贝，而不会对其他队伍有任何影响。所以，当你身处副本中，地图内的玩家仅是你和你的队友，其他任何人都不能进入此副本，因此副本又叫'私房'。那么，如果 A、B 两支队伍在并未向对方发出邀请的情况下，在同一个副本区域中碰到了，只能说明，有管理员级别的人修改了权限。我说得对吗？"

包宰佑的微笑终于一点点从脸上消失："你们早知道我是游戏设计者了，现在终于不装了？说吧，想做什么……"

"错了。"段谨然摇摇头，笑容斯文，"我们并没有装，确切地说，我们也是刚刚才知道你就是游戏设计者。以上，都是试探。不过现在你自己承认了。"

苏灿耀语气稀松："啊，我算是知道了，为什么我看到你的脸就想揍。"

包宰佑不再面色平静，笑得有几分诡异狰狞："隔绝文明世界，打开野蛮的大门，坐看斗兽场上的困兽们互相撕咬，不觉得很有趣吗？"

"谢谢你啊，我脑子没病。"苏灿耀翻了个白眼。

"可不是人人都像你说得这么轻松。比方说，一个身陷黑暗囹圄却心向光明的人……还真是矛盾啊。"包宰佑说着看向解檬，"你说，假如把这个人丢到斗兽场里，他会变得怎么样？是压制心中欲望成为正义的死人，还是let it out，融入禽兽的大家庭、做一头活生生的畜生呢？"

"活生生？我看行尸走肉更贴切些。"我讥诮道，"包宰佑，最能杀死一个人的是愚昧，而你，搂着愚昧当高傲。你自以为高高在上、运筹帷幄，是这里的主宰者，根本不把对手放眼里、不把人命放眼里。你这种人，才是真的没救了。"

说话间，周围的尘土已形成一股灰尘旋风，夹带起些轻小的物体。解檬盯向包宰佑，眸色阴戾："废话少说，是不是你不在了，才能退出游戏？"

只见旋风被轻松瓦解，包宰佑哈哈笑了，身形渐渐隐去："别白费力气了，因为你说的这两件事，都不可能。"

"我记得你说过，游戏的结束方式有两种，打通关，或者玩家注销。"我看向段谨然。他蹙眉，"别想。"

"也许呢？在游戏里死掉，就是回到现实的方法。"

"不行。"苏灿耀果断否决，"那太冒险了！"

"通关？"宋清晨喃喃着，"像这种大型网游，什么才算通关？等等，你们还记不记得，乐游原模式开启的时候，提示了一句什么？那个是不是，结束整个游戏的条件？"

我们都是一怔，回忆闪现。

大地图探索模式"乐游原"开启。
生存线为 $1/6$，生存条件为进化值 $\geqslant 0$……请努力活到最后。

韩胜琪缓缓开口："六分之一……意思是活着的人数，不能超过六分之一？"

那就意味着，我们七个人中只能活两个人。而进化值为负的风尧和解檬必须获得其他所有人的进化值，才能同时满足这两个条件。

"呵。"只听一声冷笑，"既然如此……"

"解檬，你先冷静……"

"既然官方给出的正规方式无法结束游戏，"他打断我，笑得灿烂又狡猾，"那就只好采取暴力手段通关了。"

"啊？"我愣了愣，"你有办法啦？"

"哼，这个生产机器的确坚不可摧，可是……如果是产品自内而外打碎这个机器呢？"

"自内而外？"宋清晨皱眉，紧接着眼眸一亮，"你是说，攻击系统？"

"没错，我们只要入侵总部、销毁服务器，就可以离开这里了。"

苏灿耀拍手："好主意！通关的真正秘密，在于不顺从，在于从内而外打破它！走，现在就去总部！咱们人多力量大，还怕闯不进去？"

解檩神色淡了淡，"总部在哪里，我也不知道。"

对了，地图……我心念一动，点开界面上的"Paradise"地图。周庄、Grimm 森林、雾色峡谷、永冬神殿、深海天坑、失乐神庙、曹府……

周庄、曹府……

"有发现？"风尧。

"嗯。"我点点头，"西方古代的伊甸园、失乐园、奥林匹斯山，中国古代的庄周梦蝶、阴曹地府，都可以理解为乐园。梦境也是乐园的一种。乐园具有支点、阵眼这样的设定，破坏它就可以破除整个乐园。"

"你在找阵眼？"

"是。你看，把这些地方连在一起，像什么动物？"

"蛇？"

"没错。长蛇阵根据蛇的习性推演而来，运转时犹如巨蟒出击，重在两翼骑兵的机动能力，所以要破除长蛇阵，就要限制两翼，使其首尾不能相顾。"

"怎么做？"

"揪其首，夹其尾，斩其腰！"苏灿耀接道，"我们分成两队，一队攻击它的头，一队攻击它的尾，再回到这里……"他说着指向地图上的奥林匹斯山，"分别从两侧突袭它的腹部，一举击溃！"

风尧沉声："如此一来，长蛇阵各自为战，无法再以三方配合作战，阵势不攻自破。"

"想不到，我们家阿楚还懂用兵之阵？"段谨然挑挑眉，眼中浮现讶异之色。我抿嘴笑笑："听楚颂讲过一些。事不宜迟，现在就出发。解檩必须和我一队。"

宋清晨附和："我赞成。那就我、楚歌、解檩，我们三个一队。"

"喂，你又不是组长，凭什么你说了算。我也要和小鸽子一队！"

风尧点头："我说了算。苏灿耀，你和宋清晨、韩胜琪一队，去往曹府。楚歌和我一队，前去周庄。"

苏灿耀："……"

宋清晨："……"

"你和我们一起。"风尧看向段谨然，眼中戒备之色浓重。

"当然了。"段谨然笑睨了眼我，"是吧？"

果然，所谓"周庄"断章取义自《庄子·齐物论》"庄周梦蝶"这一典故。

我们正踩在一大片祥云上，面前是一座露天庄园，紧闭的大门里不断飞出透明的彩蝶，像会穿墙术似的。

"混蛋，进不去！"解檬对着门踹了又踹，纹丝不动。

"有结界。"段谨然。

我们的目光被一束耀眼的强光吸引，只见它来自浮云的边缘——向下看去，数米外，一颗淡粉色的宝石异彩纷呈，悬浮于高空之中！

"是机关。"风尧。

"这谁够得到？"解檬暴躁，"光是低头看一眼我腿都软了好嘛！"

"我们搭一座人梯，上面的人拉住下面的人的脚踝，可以够得着。"我提议道，"我最轻，在最下面。解檬，你负责拉大家吧。"

"不行，你在最上面。"段谨然说。

"拜托，你们三个大男人，我可拉不住。"

"那我倒数第二。别人拉你我不放心。"他眼里扬起笑，"摔下去，还有我给你垫背。"

解檬看向我："你疯了？这可是天上！摔下去不得粉碎？你就不怕万一我松手了……"

"不会的，我相信你。"我打断他，微微一笑，"在这个人人自危的游戏里，可怕的是玩家之间的自私利己、互相猜忌。这个关卡，考验的是彼此信任。"

解檬："算了，风尧，还是你在最上面吧，我怕我拉不住。"

"不怕我松手？"

"你敢！"

于是乎，伴随着解檬在空中的一阵大呼小叫，我成功触到了那个粉宝石开关，大门缓缓开启。

门内，晨光熹微，所见之处植满了各种奇花异草。我们往里走了几步，很快便被五颜六色、异彩斑斓的蝴蝶环绕。

不知为何，我突然感到眼前一阵眩晕……

"怎么了？"段谨然停下来问我。

"没事，可能恐高的余韵还没下去吧。"

一阵风吹过，我眯了眯眼。花草枯萎，沙漠绵延，只在一瞬间。

一只护目镜戴在了我的脸上。我望向段谨然，他表情稀松，对上我询问的眼神，极快地 wink 了一下，似笑非笑。

"看来是我太小瞧了你们，居然能找到这里！"

"包宰佑？！是男人就给小爷出来！遮遮掩掩跟只老鼠似的！"解檬对着空气大喊道，却一连被呛了好几口沙。

"不过，又有什么用呢？这盘棋少了……就永远破不了，哈哈哈！"

"别让小爷知道你葫芦里卖的什么尿！爷最恨猜谜语！！啊——"空中突然飞来一块岩石，将解檬击倒在地。

"吵死了，沙子都不能让你闭嘴。"包宰佑说着阴森一笑，"Hands in the air，猜猜看，下一个中招的会是谁呢？"

我们警戒地望着四周的虚空，一点风吹草动都不放过。

想想看，一定有什么突破的关键……隐身，主防御，属体质操控系，使用者可使光线透过自己，以至于自己不在其他人的视野中呈现……

对了！看不见，不代表不存在！他只是利用视错觉骗过了我的眼睛，并非真的消失了。

有了！水！

我正要向段谨然求助，只见他掌心间现出一颗小水球——悬空、越来越大、爆破——浇湿了一大片沙土！

沙土经水打湿后变成了略微松软的泥土，几秒后，上面显现出几只连续的脚印来！

算准速度和走向，一道白光十字斩朝下一步脚印的位置劈去——白光一闪，接着响起一道闷哼！

中了！

风尧和解檬立马发动能力，乘胜追击。我开心地转头看段谨然，只见他正笑睨着我，嘴角宠溺地上扬。

我目光一顿，他的嘴唇有些泛白。

"你的伤口，还在疼吗……哎呀！我怎么给忘了，你刚在空中拉我的时候一定扯到伤口了！不该叫你又动用能力的……"

"你在关心我？"他忽然打断了我懊恼的自责，问道。

"啊？"

"你在关心我。"语气变为肯定，眸子里染了些透亮的笑意。

忽然，身旁的一块石头向我飞来——他神色一变，反手弹开！包宰佑的人影渐渐在我们眼前浮现，几步朝我走来。段谨然闪身挡在我身前，一脸戒备之色："你想做什么？"

包宰佑停下脚步，兴致盎然："看不出来，还有让我们段大殿下害怕的事？"

"以前没有。"他说着眉梢挑起，"现在有了。"

"哦？那真是，相当遗憾了。"

段谨然神色一顿："你什么意思？我警告你，别动她。"

男人但笑不语，身形渐渐隐去。

"又卖关子！躲猫猫很有意思是吗？给小爷出来把话说清楚了再……喀喀喀……"

"别喊了。"风尧淡淡道，"保留点体力。"

周围景物瞬息万变，花草生长，沙漠又变回了方才的庄园。我们正身处一个十字路口，分别通往四个不同的方向。

"分头行动吧。"我提议道。

"不行！这摆明了就是想拆散我们！"解樐断然否决。

"我倒觉得可以将计就计，看看他究竟想干什么。现在敌暗我明，这么耗下去不是办法。再说了，一切尽在他的掌握中，他要是想做什么、能做什么，早就做了。"

风尧沉吟片刻，同意了我的想法："好，大家注意安全。"我们分头走后，他又叫住了我，"楚歌……有事第一时间叫我。"

"嗯。你也是。"

"还有，小心段谨然。"

我选了花廊这条路。其实哪条路都无所谓，因为他的目的无非是支开他们仨、好让我一个人落单。我倒要看看他能耍出什么花招！

走了一会儿，好像身后跟着个人影，我停他也停，绕了几个弯也没甩掉。这么说起来，似乎我又一次回到原地了？这里的景物本来就差不多，彩蝶纷纷，像迷宫一样。一种奇怪的感觉如乌云笼罩心头。

身后的尾巴依然默不作声、步步紧跟。咽了咽口水，我快速分析着——既然跟了这么久，说明这个人的来意并不是伤害我，嗯，有得谈。

猛地停下脚步，转身，只见段谨然一脸无辜地看着我，好似被我的动作吓得一蒙。

呼——我松了口气，疑惑道："你怎么跟来了？"

他不自然地轻咳一声："免得有什么危险分子跟踪你。"

"……"要说有，不就是你吗？

"他们的目标是你。"

看见他眼中严肃担忧的神色，我没好气道："既然知道还跟来干吗？找死吗？"

"他们想做什么我不管。什么将计就计，我也不关心。我只在乎你。"

"……"

"阿楚，你生气了？"他小心地看了看我，抿抿唇，"那我走了，你保护好自己。"

这就走了？说一下就走了？就放心把我一个人丢在这种奇奇怪怪的地方了？

"等等。"

"怎么，舍不得我走了？"那声音懒洋洋地，恣意调笑着，"现在知道害怕了？"

"谁说的？怎么可能！赶紧麻溜地滚。"

"那好吧。"

"喂……"

"哈哈哈……"只见他在原地笑得开心，哪里有半点要走的样子。

我不想理他，径直向前走着。他跟在我身后，偶尔沉默，不时叽喳。

"哎，等这次回去了，我带你去见我爸？"他忽然问道，稀松平常的语气。

我脚下一个没站稳，差点摔了。他及时出手扶住我，侧头十分绅士地询问我的意见："很突然？还没做好心理准备？"

何止是没做好心理准备，简直是要心肌梗塞了。我组织着语言，露出一个狗腿的笑容："要我说，不合适不合适，小女子何德何能，能有此殊荣，亲睹堂堂摩球国王的芳容，哦不，风采……"

谁知他一脸认真："阿楚，你当然有。这份殊荣只能属于你。"

"……"

"你能把堂堂摩球王子殿下勾得神魂颠倒，你说你何德何能？"他的声音又像往常一般撩人的慵懒，"嗯？小女子。"

心"通通"不受控制了两下，我咽口唾沫，准备一通装傻。他却低头沉吟："是我太急了。"接着又是一副笑吟吟的样子，"什么时候跟我回家？"

还好我这次有准备，站稳了。

"我们拉过勾了。"他眼神透着一丝委屈，仿佛在控诉我有不守信用的先兆。

"我只是答应去你家看雪。"

他心满意足地笑了："没错，私奔看雪……阿楚，你还记得。"

"你这算碰瓷吗？"

他的眉眼在氤氲的晨雾里一弯，有流光浮动。他自顾自说道："好，那就等今年冬天，下第一场雪的时候。"

毫无预兆地，眼前的段谨然轻晃了晃，出现了一道重影，周遭的景物似乎都蒙上一层朦朦胧胧的轻纱。

我甩甩头，努力摆脱这种不真实感……场景渐渐恢复了清明。我只身一人站在花廊上，仿佛他的出现只是我的一场幻觉。

恍惚间，我听见一声淡淡的呼唤。

"小歌……"

谁？谁在叫我？

"小歌。"

前方出现了一道模糊的背影，几只透明的彩蝶环绕着，莫名的熟悉感涌上心头。某种强烈的念头驱使我向他跑去……

他的身影又消失了，转瞬立在一个葱茏的圆形花坛后，侧头看了看我。

这次我看清了他的侧影。他的长相很清隽，身形优雅，整个人沐浴在晨光里。不知为何，让我想起了……

他垂眸，转身继续向前走去。

"你等一下！"我叫他，他没停，我一路追他到了一条林荫小路。

"宋清晨！是你，对不对？"

他听到我叫他的名字，倒是顿了顿。

他穿着斯洛学院的深灰色毛呢校服，一只淡蓝色的小蝴蝶停在他肩头，领口露出一截白衬衣，整个人温润斯文。我记得指挥官说过，宋清晨和我们修习的同一个专业，原来还是校友？

"你不在曹府，怎么在这儿？"

他终于停下脚步，缓缓转身。他的眉眼一贯温和，揉进了和煦的风光，看着暖洋洋的，却似乎……

不对，气质不对。忧郁，眼前这个他看起来，格外忧郁。

他抬眼静静望了我一会儿，启唇道："抱歉，我不是他。"

他不是宋清晨，那他是谁？这个跟宋清晨有着一模一样面孔的男人。大概率是包宰佑搞的鬼。

"我也不认识他。"他顿了一下，问，"他，和我长得很像？"瞳仁落在琥珀色的天光里，倒映着黯沉的阴影。

"很像，一模一样。"我如实说道，"所以我把你误认成了他，不好意思。"

"是吗？"他垂下眸子，竟有一丝落寞与悲伤，"他是我，那我是谁？"

你，是谁……我也想知道，你是谁。

不知为何，他的眼底像两摊荒芜的戈壁，空荡，萧疏，风沙连绵；迷失，又坚固，走不进去，也出不来。仿佛山河湖泊一旦不慎坠入其中，便会顷刻消逝。

"无所谓。"他淡笑了一下，走到我面前，抬手拂掉我鬓发边落的小花，语气很温柔，"你不认识我，也没关系。你能重新回到我身边，我已经很开心了。"

"重新，回到，你身边？"我皱着眉思索这句话，每个用词都令我费解。

"留下来。"他说，"我不会再失去你。"

他看过来的目光，就像，暮色里的晨光。对，他就像是暮色里的晨光。哀伤，又温暖。轻淡，又沉郁。

"我想你是认错人了，抱歉，先生。"我平静地说道，"我不会留下来。"

"不，你没有选择。"他用轻柔的话语耐心地给我讲述着，"少了任何一个源代码，入侵总部的计算机程序都无法完成编译。你们根本接近不了服务器。"

我隐隐不安地问道："那个源代码和我有关吗？"

他眼里的光和天色一起沉下去。

"你就是，那个源代码。"

我怔在原地。世界都因为这句话暂停了运转。

"你的超能力，发挥起来应该不太稳定，时好时坏。"他淡淡陈述着一个残忍的事实，"因为，同生相斥，你会受到周围数据流的干扰。"

"所以，要入侵总部，需要编写一段代码，而我是那段代码的……一部分？"

"是。"

"我会永远留在系统里，对吗？"

他直勾勾地望着我，一言不发。

心里陡地一沉。

原来这就是他的真正意图……包宰佑，又或者说是，造梦者。他们根本就是一伙的。从进入游戏，到找到周庄，他们从一开始就不打算让我回去。我以为自己破解了迷阵，其实只是一步步走进他们设下的局。

呵。我冷笑了下，有些悲凉。没想到，就要这样留在这里了，就这么，失败了。

"你不愿意？"他的眸色很明显地沉了下去。

"不愿意，也没办法，不是吗？"我想起什么，问道，"其他人呢？他们出得去吗？"

"可以。只要你留下，他们就能全部离开。"

"谢谢。"

他蹙了下眉。

"谢谢你告诉我这些。"我勉强笑了下，"虽然也无济于事，但还是谢谢。"

他垂下眼睫："她从来不会对我说谢谢。"

"她？"

"对。你不需要知道。"他抬起眼，语气变得有些寡淡。忽然，他透过我看向我身后，淡淡道，"蜡梅，开花了。"

我从未见过这样的人，至少是，这样的少年……就像是苍老的灵魂装进年轻的躯体，他像是一位历经百年时光的老者，无论是眼神，还是语气，那种老沉，那种空洞，那种怅惘，那种苍茫。

"嗯？什么？"我没听清。他定定地看着那处，重复了一遍，"蜡梅，又开花了。"

我循着他的目光看过去，果然，草丛中两三株临风盛放的腊梅，枝丫上满是黄灿灿的小花。

蜡梅，又开花了。

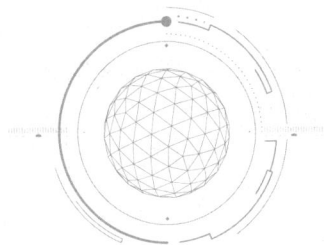

【第十九章】

好人未必有好报，但坏人必自食恶果。

就好比……

有光明的地方就有黑暗，

但黑暗永远挡不住光明。

等我回过身来，那里已经空无一人。一只淡蓝色的小蝴蝶独自翩翩。

眨眼间，我正站在花廊上，仿佛刚才发生的一切才是我的幻觉。与先前唯一不同的是，天色已晚。

"死离生别，一似庄周梦蝶。"身侧，段谨然眉眼低垂，轻念出声。

暗夜中透明的彩蝶发着光，宛如一只只萤火虫，围绕我们纷飞起舞。他的脸藏在明明灭灭后，光影流转，忽明忽暗。

此时此刻他看起来，像个深夜孤独症患者。

"你在想什么呢？"

他看我一眼："想妈妈。"

"你刚才，看见她了？"

他没说话，半晌"嗯"了声。

"致幻，是致幻。"这下我可以确定了，刚才的一切都是假象。只不过，那个男人说的话不像是假的。难道是造梦者以这种方式托话给我，嘲讽我的不自量力？又或者，系统里某个软件叛变了，告诉我这些是为了帮助我逃脱？

不过，这些，我不打算让段谨然知道。

"我知道。他们想用心底的执念困住我们，制造梦魇。"他捏了捏眉心，语气听上去平静，"你呢，在想什么？刚刚，遇见了谁？家人吗？"

我的执念，是宋清晨？开什么银河系玩笑呢！

家人，是啊，我最想见的不应该是家人吗？宋清晨，怎么会是宋清晨？难道他是我什么失散多年的远方表亲？

段谨然看着我一脸迷茫的样子，不由得问道："怎么了？"

"没什么。"我回过神，摇摇头，"突然想起一句话，说，回忆里的人是不能去见的。去见了，回忆里的他就没了。"说完后心突突跳了跳，就像有什么东西在回忆里轻轻浮动。

他皱眉看我，似乎在判断这句话正确与否。

"意思就是，过去很美好，那就足够了。所有的美好都已经美好过了，要是再纠缠，剩下的就只有不美好了，反倒是对曾经的一种破坏。"我按照自己的理解阐释着，"就是说啊，人生的奥秘在于向前，把时间和精力花在制造新的回忆上，而不是和过去较劲。"

他听懂了我话里的意思，抿了抿唇，算作一个笑："你放心，人死不可复生。我不会沉湎于过去的。"

我向他挑眉："那倒未必。"

这下换他轻轻挑了挑眉。

"你刚才说庄周梦蝶，你知道庄周梦蝶？"

"知道，一个成语。"

"那你知道庄子吗？"

"一个人。"他似乎觉得太笼统，补充道，"一个地球人。"

我莞尔："庄子，就是庄周。他在梦中幻化为蝶，醒来后才发觉自己是庄周。不知是庄周梦蝶呢，还是蝶梦庄周。"

他点点头，不明所以："你想说什么？"

"你听说过'物化'吗？"

"你确定要给我上一堂哲学课，现在，在这儿？"

"很有必要。"我肯定。因为以后不知道还有没有机会了。

他不置可否，我已经讲了起来："简单来说，生命是气的凝聚，死亡是气的消散，气消散后又会重新凝聚。所以，只要宇宙照常运行，就没有真正意义上的死亡，万物变幻，永不止息……不过，就算宇宙毁灭了，也会以另一种我们暂时没想到的方式展开新生吧，到时候就知道了。"我说完轻快地笑了笑。

他仍然不置可否，我迟疑道："我说的有哪里不对吗？或者，你有什么想法、感受？可以说说看。"

"感受，有的。"他认真想了想，说道，"我家阿楚懂得真多。"

"咳，这有什么。我再和你说一个故事吧。"我的小虚荣心一吹就膨胀，于是我举一反三、融会贯通，"春秋时，郑国有一个樵夫猎到了一只鹿，他用蕉叶把鹿藏了起来，结果忘记藏哪儿了，找不到了，就以为那是一场梦。"

"蠢货。"他听得安静，末了给出一句冷冷的评价。

我忍俊不禁："这个故事名叫，蕉叶覆鹿。就算你猎到了一只鹿，当你认定这只是一场梦的时候，那只鹿就真的不复存在了。当你相信自己是一只蝴蝶，或许在平行时空，你真的变成了一只蝴蝶呢。"

"变成蝴蝶，还能遇见你吗？"

我一直都知道，他的双眸很漂亮，此刻里面正闪着一点点微弱的、希冀的、怀疑的光。他抬起手，一只紫蝴蝶停驻指尖，轻轻扑了下翅膀，又飞走了。

"喂，你能不能别老打岔？会不会抓重点啊？"我无奈扶额，"这两个故事告诉我们，假作真时真亦假，真的不一定假，假的也许真。就好像，沙漠和庄园之间瞬息万变，到底哪个才是真实的？又或许，都是假的。"

他一字不落地听我说完，点点头，正色道："我家阿楚懂得真多，说服起人来一套一套的。"

"……"

"说得对。人要把时间和精力花在制造新的回忆上。"

我说，你的反射弧是不是略略长了点？这才哪儿跟哪儿啊。

"我的新生……要花在与你的相遇上。阿楚，我的往后余生，都要花在你身上。"

我想翻个白眼，眼皮一掀，果然，和那对微狭的眸子撞在一起，眼尾荡起一抹我再熟悉不过的笑。

"光。"

"嗯？"

"我的超能力，是你。"他笑得开心，眼角、嘴角都弯弯的，"你就是我的光。"

"知道啦知道啦，差不多够了啊。"

"不够。阿楚，你的超能力，是你身上的那种光，那种希望。"不知道他想起什么，忽地轻轻一笑，"确实，也是治愈。"

呃，这大概就是小说中的玛丽苏之光？

"纵然有光明的地方就有黑暗，但那又如何。生存游戏的本质是毁灭和伤害，而治愈、守护却是伤害的对立面，所以，楚歌，你是为了打破这个荒谬的游戏而来的。"他眼睛晶晶亮："你不是说了吗？超能力并非偶然，对应的是内心。治愈虽然没有直接攻击力，却有一股强大的力量。就像光，就像希望。"

"少来。"我一共治好了几个人，我心里还是有点数的。

"你治愈了我啊，一次就足够。"

"噗。行了啊，再开玩笑我就……"

"我没开玩笑。我是认真的。我不笑了，你别冤枉我。"他说到做到，真不笑了，神色也真像有几分认真。

不记得以前在哪儿看到的，说，摩球人类有一部分兽族基因，对待感情执着专一，甚至有些保守洁癖，一旦认定了配偶，便从一而终。现在看来，像是真的。死皮赖脸，和死心塌地，一码归一码。

"那好吧。你夸，来，我有什么魅力，我自己都不知道。"

他愣了一愣，像是没备好功课的学生被突袭抽查。我就知道，男人的嘴，骗人的鬼。

"憋不出来就算了。"

"不是，是我不知道该怎么形容。"他缓缓摇头，神色纠结，"你很特别。"

"我很普通。"我努力向他论证着，"真的，你多接触点女生就知道了，像我这样的女生很多很多。"

"可是我只遇到了你。"

借着周围星星点点的亮，看清我骤停的表情和缓慢的眨眼，他心情突然不错，又想笑了，便笑出了声。

"阿楚，这一点，你永远也说服不了我。"眉眼扬起，声音却沉下，他说，"那么多那么多女生中，我遇到的是你。"

走着走着，花廊到了尽头。前方是一个音乐喷泉，旋律弥漫着低低的哀恸，结合喷泉中央那座诡异的雕塑，有些阴森和压抑。那大约是个人形，五官轮廓很模糊，一双巨大的蝴蝶翼在身后展开。

下一秒，雕像缓缓转动起来，无数蝴蝶从那对巨翼中喷薄而出。水声消失了，喷泉池变成了一口黑漆漆的洞，宛如一口深不见底的古井。

"浑浊吐息。"段谨然话音落下，一道污秽的暗色划过，眨眼间，无数只蝴蝶亮光一闪一灭，纷纷陨灭。

我被这迅速而惨烈的景象吓得愣住了，后背一阵发凉。

"阿楚，你在外面等我。"他转头对我说，"我去去就回。"

我缓了缓神，说道："一起去。"

他蹙眉，态度坚决："你在只会让我分心。"

"听你这意思，我就是个拖你后腿的？"

他没回答我，那眼神就像在反问"你不就是"。虽然好像真的、的确、确实、实在是这样，但是真叫人气愤啊。

"哦，那我就乐得当个逃兵了。"我撇撇嘴，可总归是不太放心，想起什么连忙说道，"哎！谁说我一点用都没有了？你要是受伤了怎么办啊！你的自愈次数不是达到上限了吗？"

他想了想，弯唇说道："那阿楚把能力借我用一下？"

我犹豫了。耳边蓦地响起风尧的声音——

小心段谨然。

理智告诉我，楚歌，不要把超能力借给任何人，不要让超能力离身。

"我还是和你一起去吧，我一个人待在这里，又没有超能力，被打了都没办法给自己治一下……"

"不行，你就在这儿等我。"他再次拒绝了我，态度比之前更加坚决，"我不会让你受伤的。信我。"

也许是今天的黑夜太黑了，也许是他漆黑如墨的眼里那点坚定，比黑夜还要黑，我张了张嘴，说："好。"

玩家【段位很高ψ】已成功向你使用道具【能力吞噬】。

只见他身上亮光一闪，这才放松了脸色，对我笑了笑："不都是这样吗，完成支线任务后，主线就能顺利通关了。我们都会出去的。"

"嗯，我相信你。"我嘱咐道，"但你不要逞强啊！打不过就跑，小命要紧，身体是革命的本钱，留得青山在，不怕……"

"你确定这叫相信我？"他笑着打断我的喋喋不休，想起什么似的，挑眉，舔了下唇，"我记得，完成支线任务都得到相应的奖励。我可是为你受了两次伤，没有奖励吗？"

看到他眼里盈盈的笑意，我就知道这家伙又开始了，不分场合，不分时间地点。

我好笑道："这是哪门子支线任务？"

他嗓音轻磁，不假思索："为你受伤，就是我的任务啊。"

注视着我的脸，他眸色更暗，唇角微勾，向我走近一步，两步。

"喂，喂喂，这都大战在即了，你还有心思……"

我被迫后退了一小步，话还没说完，他已经捉过我的手，然后，轻柔又慎重地，一根一根扣到他的指间。

我的心停顿了一下，随后猛地加速了跳动。

他举起我们十指相扣的双手，送到唇边，轻轻在自己的手背上一触。

那双狭长漂亮的眸子，总喜欢慵懒地掀起来看人。我知道，这一次，不一样。那慵懒里面沉浮着一抹暗，一抹深厚郑重的暗。

随后，我听见他低哑的声音："这样就好。"

说着，他满意地一勾唇角："等我凯旋，带你回家。"

不知道为什么，听他这么说，我反倒紧张起来："好。初雪，我们拉过钩了。"

云
梦

328

"嗯，拉过钩了。"

"反悔是小狗，这可是你说的。"

"嗯，我说的。"

"去吧，我在外面等你，快点回来。"

他对我笑了笑。转身，身影消失在漆黑的夜色里。

不知过了多久，我等得有些心急了。他回来了。

天亮了。花廊、雕塑都没有了。喷泉中央射出一道淡淡的白光，通往永冬神殿。

"传送旋涡？太好了！你成功了！"我开心地欢呼道，"我们打进最后一关了！"

他没说话，伸手，捉住我的下巴，眼底的笑意笼上了一层光。

"你……又想干吗？"我顿感不妙。

"我的奖励。"他的脸凑近了些，近到眸底的那些光，都溢了出来，"在我们摩球，痣是心头的爱意长了小芽，每一颗，都是在说，吻这里。"他说着缓缓舔了下嘴角，阳光下，一颗清浅的小黑点安静待着。

我紧张地推他："你你你，得寸进尺……"

他没动，只是语气柔软下来，充满无奈和委屈："阿楚，你就对我温柔一次，好不好？"

他的话仿佛带有一种天然蛊惑的力量，迫使大脑运转放慢了速度，周围的场景都慢了下来。恰似无数只蝴蝶停驻心尖，一齐振翅。

我眨了眨眼，闭上，许久没等来他的动作，睁开。

只见他闭着眼，侧头，嗅了嗅我的鬓角，吻住……牵扯出一丝若有似无的香气，像贝利尼的酒气，沾染上雪花香氛。可是，我却连一丝触觉都没有。

他的嘴唇贴我的皮肤上，我却连一丝触觉都没有。

他缓缓睁眼，我又看到了那对蛊惑人心的眸子，里面的虔诚和深刻转变成了淡淡的餍足与宠溺，流露出一点笑意："你怎么睁眼了？谁让你把眼睛睁开的。不乖。"

我没说话，看着他，浮在脸上的笑，慢慢结成冰。

"怎么了？"他的身体正在变得透明。

察觉到我的神色，他低头看了眼自己，表情平静，随即抬眼笑："厉害吧？包宰佑的隐身能力被我吞噬了。"

我回忆起那个男人的话——"你的超能力，发挥起来应该不太稳定，时好时坏。因为，同生相斥，你会受到周围数据流的干扰。"

我问段谨然："代码写在我的超能力中，是吗？"

他的笑顿了顿，舒展开，语气疑惑："你说什么？"

"你别装了。"泪水不受控制地流了下来，"代码，源代码，入侵总部的那段代码。"

眸光微闪，他缓缓道："我不可能让你消失。"

我要把超能力拿回来。

他说没用的阿楚，已经晚了。

他已经作为代码的一部分完成了程序编译，传送旋涡已经打开了。

"你说过你……"

"不作数了。"

他打断我，脸上再也看不见一丝笑意。

"舍不得我了？"

段谨然……我多希望你下一秒眉开眼笑，笑吟吟地说，我逗你玩呢，阿楚，我就知道你不舍得我。

"那说点挽留的话来听听。"

不会了，这一次，不会了。我摇头，摇了又摇，泪流满面："段谨然，你不应该的……"

你是天之骄子，是天资卓绝的水能力者，是摩球王位的继承者，你不该如此，不该永困于此。不该为了我，放弃你的人生，尊贵的，精彩的，美满的人生……

如果没有遇到我，你的人生，不该是这样的。

如果不是我，你不会轻易断送在一个游戏系统里，不会一次次以身涉险。从一开始，你就不会搅进这个局里来。

"阿楚，你知道吗？当那些数据流进入我的身体时，我心里想的是，原来，死可以是一件这么轻松幸福的事。我的心脏，为你而跳，也为你而停。

"我的生命，因你再度开始，现在，终于可以为你而终结。

"你说得对，如果没有遇到你，我的人生不会是这样。但是，阿楚，你说错了，如果没有遇到你，我的人生不可能美满。"

他说着笑了，低沉微凉。不大亮的天光里，他沉沉望着我，说——

"地球文明和摩球文明一定会相遇，无论世界上有多少个平行宇宙，阿楚，我和你的星轨，注定会相接。"

"对不起，段谨然，对不起……"

无能为力的我，对不起。

遇见我，对不起。

我早已泣不成声。他抬手触摸我的眼角，想替我擦去眼泪，却是徒劳。一颗颗泪滴滴穿透他晶莹的掌心，像一朵朵飘落的雪花，他却怎么也接不住。

"听着，阿楚，这一切与你无关。"抬眼，他看着我，一字一句，"因为他们的目标，从一开始，就是我。"

泪眼模糊，理智早已崩盘，无法思考。

"不过，留下来，确实是我的私心。"他说着浅浅笑了下，我几乎快要不能呼吸了，"其实，刚才在幻境里，我遇见的不只母亲，还有……你，另一个你。我的你。"

"为什么呢？为什么……"

风中是他温柔的呢喃："因为，我喜欢阿楚。我喜欢你啊。"他看着我扬起唇，声音轻得像自言自语，"这次，你总该相信了吧。"

"我……"

霍然间，他的笑容敛起，眼神一下子冰冷："包宰佑，你想做什么。"

我迅速转身挡在他前面……哪里有什么包宰佑。

骗子。

段谨然，你这个骗子，你又……

我回头，身后早已空无一人。只剩一只紫色的小蝴蝶。

今年十二月，不会有初雪了。

永冬，永冬，冬天过后会是什么呢？
大雪过后真的是新生吗？

"Paradise 的心脏，就在这里。"风尧沉声。

我们一行六人位于永冬神殿殿前的天阶下，仰视着这座希腊神话中的神圣之殿。它巍然耸立于终年积雪之巅，雄伟神秘。不远处，一块琉璃般的能量石在半空中浮动着。

一团火球飞去……能量石在火里闪闪发光，晶莹剔透。

一道风刃斩去——对着它切割无数下，可它完好无损。

我抬起手，掌心射出一道暖黄色的光，将能量石包裹起来……

段谨然把他的能力给了我。

"奥林匹斯"原意是"光之处"。传说每当太阳升起，曙光首先照耀这座圣山的顶峰。光，是开启这里的钥匙。

果然，天阶左侧现出一座黄金打造的浮亭来，白云铺成路延伸至我们脚下。大殿坐落于皑皑白雪之中，云雾笼罩，就像一只会下雪的水晶球。

仿佛穿越二十亿光年的时空，我看见一个眉目清秀的少年仰头，凝视雪花落于肩头，顾长峻拔的身姿，孩童般伸手接住了一片雪花。

他笑起来清俊的五官妖气横生，好像在和谁说话："初雪过后，整个世界会变得越来越冷清。不过，两个小雪人一起慢慢融化，就不会觉得孤独了。"

这时，从哪里冒出了一个女孩的声音："雪人也会孤独？"

"当然啊。"那个少年转头向我看来，似笑非笑，"世间万物都是孤独的，所以才会相互吸引啊。"

我们走进浮亭，它忽然动了起来，前面幻化出四匹浑身金光的马，宛如一驾飞行马车，穿梭于云海之上。云海间是一条条柱廊，上面缠绕着各种奇花异草。所行之处风和日丽，阳光明媚，花香扑鼻。

"这难道是，阿波罗的太阳战车？"韩胜琪讶异。

"这是太阳战车，但不是阿波罗的。"宋清晨更正道，"其实，希腊神话最正统的太阳神是赫利俄斯，并不是阿波罗。"

这时，马车内壁出现了一个……AR屏幕？

屏幕上浮现出一片森林，是通往雾色峡谷的那片森林。下方是一道下画线和"森林"两个字。

"什么鬼？填空题？这入宫还得先考试通过？"苏灿耀看向我，几乎不抱希望地问，"小鸽子，你看了地图，还有印象不？"

果然，界面上的地图标志已经灰了，无法打开。我努力回忆道："是一个英文单词，好像是G开头的……Green？"

话音落下，浮亭的一幢柱子径直断开了！

"啊——"大家一惊，连忙将马车重心转移到另外三根柱子上！

我还在嘀咕着回忆，解樗抱着柱子欲哭无泪："你别回忆了，拜托！你把嘴闭上先！"

"喂，我知道了！"抱着另一根柱子的苏灿耀眼前一亮，说道，"从前有一对姐弟……魔女在河水里下了诅咒，弟弟喝下后变成了一只小鹿。可是姐姐对他不离不弃，最后他们齐心协力战胜了魔女！"

"说重点！"同一根柱子的宋清晨瞪他一眼，往下一瞥，猛地闭上，吞了吞口水。

"这个故事出自……格林童话，对，格林，Grimm！Grimm森林！"

屏幕发出绿光，画面一转。

"这是通过了？"宋清晨眨眨眼，随即对着画面中的怪鸟喊道，"咦，这不是那个吗！天坑外面的那家伙！叫什么，悟空翼龙……可是，和达尔文头像还有一本书联系在一起，又是什么意思？"

而答案则是一个数字。

"确切来说，这是达尔文翼龙，属于悟空翼龙科。"苏灿耀沉吟着开口，"如果我没记错的话，达尔文翼龙的发表年份是达尔文诞辰二百周年和《物种起源》发表一百五十周年，所以，研究者特将其命名为'模块达尔文翼龙'来纪念这两大事件。"

他慢慢在数字九宫格上按道：3，5，0。

绿光再次亮起！Bingo！紧接着，屏幕上浮现出失乐神庙里的浮雕，各种各样的鱼类生物栩栩如生……这次的选项是A、B、C、D。

解檬两眼一黑，破口大骂："这鬼知道……"

苏灿耀伸手按向"D"："泥盆纪，Devonian Period，代表符号D。"

解檬："……"

下一题，画面正是我们所在的奥林匹斯山，而选项则是金、木、水、火、土五大元素。

"这个我知道。"解檬抢先道，"答案肯定不是木和土。木和土都跟山相关，题目肯定没这么简单，所以肯定不是木和土。"

"听君一席话，如听一席话。"

"听君一席话，浪费五秒钟。"

我们看向苏灿耀，他蹙眉不语。

"是火。"宋清晨陡然出声，"奥林匹斯山，不仅是希腊最高峰，和它同名的还有火星表面最高的火山，也是太阳系已知最大的火山。"

竟然，答对了！随着绿光一闪，屏幕消失。

苏灿耀有些惊讶："想不到啊，你还懂天文？"

马车最终在神殿门口稳稳停了下来。大门前悬浮着七只颜色不同的圆环。

"又来。"韩胜琪不由得烦躁，"姓包的是有多爱脑筋急转弯？"

"我猜……"我说着将其中五只圆环拖到了一起，分别是蓝、黄、黑、绿、红，只见它们自动印在了门上。大门开启。

"奥林匹克五环？"

"是，这里流传着古奥运的传说。"

踏进神殿，只见不远处的金色宝座上，众神最高统帅"宙斯"正在大殿里等待我们。

"来吧，最终关卡。"苏灿耀率先走了过去。

宋清晨抬手指向宝座，一道金光自指尖打出，宛若电影特效。宝座被那道金光包裹着，缓缓抬起，越来越高……"刹"的一声，分崩离析，七零八碎。

苏灿耀吓得一个后退："哇，吓我一跳，你要帅前能不能提前通知一声？"

忽然，一只外壳坚硬、形状奇特的椭圆形家伙从他头顶掠过……苏灿耀瞪圆了眼："三叶虫，活的，活的三叶虫！"

紧接着，活生生的、有血有肉的、我只在生物书的 Q 版手绘和化石照片上见过的生物接二连三地朝我们飞来……

"大家小心，是防火墙。"风尧冷声，一个闪身。

系统发现我们了！防火墙，是系统的信息安全防护屏障，相当于哨兵一样，当它发现外来入侵者就会发出自卫攻击。

突然间，这些生物就如指数函数般爆发而来……

攻克内部防御最好的办法，就是以敌攻敌，让其自相残杀！我环顾四周，只见不远处摆着一架竖琴，七弦流光溢彩。走近了，可以闻到上面淡淡的月桂香气。

这就是神话中的里拉琴？我慢慢拨动琴弦，流淌出一串熟悉的旋律……

看到曾看不见的画面

听到听不见的声线

你给了我超能力

在你离开了我以后

……

洪水般进击的生物们遽然定格在了空中，任我们自由穿行其间！

"哇，寒武纪生命大爆发！"苏灿耀放下挡在脸前的双手，兴奋的余韵未退，一脸惊奇地戳了戳眼前长得像龙虾的小东西。

下一秒，"龙虾"的脑袋上冒出了一根小绿芽，体内仿佛有种子生长一般。转瞬，空中的生物们纷纷幻化连接成一根根绿色藤蔓，向宙斯神像下蔓延而去……而那被包围在中心的，是一块玄色的……陨石？

解檬走过去，在陨石上轻点了点，它的表面上跳出了一个登录窗口。

"这、这不会就是服务器吧？"韩胜琪吃惊，随即皱眉，"可是，管理员密码谁知道呢？"

"管他呢，先随便试几个。"解檬说着在窗口里输了起来。

失败，失败，还是失败……

第十三次失败后，窗口锁了起来，提示六十秒后再试。

解檬奇怪道："通常来说，服务器限制访问 IP，最多允许三次登录尝试。可是，它却允许我在窗口开放的两分钟内执行十来次身份验证请求。"

"那么，使用常用密码组合，发动暴力破解攻击？"风尧问道。

于是，第七十四次尝试，我们终于成功了。

"有没有什么办法，不销毁系统？"我犹豫着问道。

解檬惊掉下巴："你想什么呢，姐姐？都什么时候了！"

"段谨然不在系统里。"宋清晨一眼看出了我的顾虑，说道，"他去了潜意识边缘。我没有骗你。"

潜意识边缘？我在《盗梦空间》里听说过这个词。那是一个混沌的、荒芜的梦境，只有无限的原始潜意识。那里没有时间概念，现实中的一秒等于那里的永恒。

陨石"哔"一声，屏幕上跳出了一只头戴恶魔帽、手握三叉戟的卡通鸭嘴兽。

"你们好，我是人工智能 Hexley。"

"你好，Hexley，我叫苏灿耀，想跟你打听件事。"苏灿耀清清嗓子，凑过去，"是这样，我和我的朋友们被困在游戏里出不去了，你知道这是怎么一回事吗？是不是你还有什么任务布置给我们？"

"你好，苏灿耀。接触不良。"

苏灿耀拳头硬了硬："这东西叫人工智能？这是人工智障吧。"

"和谐用语伴我行，文明上网你我他。"

"……"

"你们确实超乎我的意料。"冷不防，包宰佑的声音在身后响起，"不过，有我在，游戏就不可能结束。"

"也就是说，不能让你活着了？"风尧起身，缓缓向包宰佑走去，眨眼间他已身披晶蓝盔甲。

"凝冰之触——状态技能，一身冰甲护体，使靠近自己的敌人陷入冰冻状态。"包宰佑后退几步，笑道，"别忘了，这可是我的设计 idea。"

"杀了他能不能结束游戏我不确定，但是他，我杀定了！"解檫冷冷道，低声问风尧，"你一个人利用漏洞破坏系统，没问题吧？"

"当然。"

"既然如此，好啊。"包宰佑轻笑。

"万蚁噬心！"韩胜琪怒吼一声，紧盯着他，"姓包的，你伪装成玩家在游戏里卧底，究竟想怎样？！说啊，你把我们困在这里……啊！"

她被一块突然飞来的岩石碎块击倒在地，脸颊被划出一道血痕。

周围的场景迅速变幻，我们又回到了山脚下。哪儿还有包宰佑的影子？

"又来这招！"解檫恨恨道。

"大家站近些。"宋清晨攥住我的手臂，"缩小暴露范围。"

我们迅速聚拢成一个圆，警惕着来自虚空中的突袭。

"生物操控系，与其说操纵着其他生物，不如说是……躲在它后面，借助外力，自身毫无攻击力可言。"虚无中响起包宰佑带笑的嗓音，韩胜琪的毒蚁随着主人受伤纷纷自我腐化，"这里的一切都是我一手打造的，想打败我？做梦！"

"是吗？"苏灿耀左眼眯起，"蜘蛛大多有八只眼睛，非常可爱，不过其中也有另类。考艾岛洞狼蛛，学名 Adelocosa anops，在漫长的进化中适应了漆黑的洞穴环境，逐渐消退了眼睛器官。因此，它们的触觉异常灵敏，能在一片黑暗中探测到掠食者的一举一动……这对你来说可不太妙啊！毕竟，黑暗中，隐不隐身又有什么区别呢？"

"……"

我低低说道："幽暗之灵。"

四周内的气息一点点变得暗沉、污浊……黑气笼罩在我们头顶上方，鬼影般的黑色纹路生长蔓延着。

"Suki，天罗地网、蛛丝马迹！"韩胜琪一声令下，小红"嗖"的一声跳到我们中间，在黑暗中伺机而动。它慢慢挪动着腿，捕捉着来自四面八方的动静……毫无预兆地朝某个方位扑了过去！

"呃！"是包宰佑的闷哼声！

"神性风暴！"我瞄准了他所在的方位，快速攻去。由于光没有实体，开启光速罩可使自身不受肉体的限制，大大提升行动速度。

"大预言术。"几乎同时，宋清晨身形一动，闪到了我身边。大预言术，扭曲时光、脱离时间轨迹，同样可达身手敏捷的目的。飞向我的石块在金光中破碎。金系能力由于会破坏或消耗土壤，可瓦解土系进攻。

眼前，包宰佑现出身形，他显然是受了伤，嘴角溢出一丝血来，头上是一对鼠耳，一条暗灰色的细尾巴耷拉着。

"还不死心吗？"苏灿耀冷声，"现在说出退出游戏的办法，给你留着命。"

"哈哈……"他笑了两声，眼神霍然阴沉，"苏灿耀，只要你投降，我答应你，让你在游戏世界里要风得风、要雨得雨。"

"不好意思啊，那日子我还真是受够了，再说了，本人热爱阳光，最讨厌风风雨雨！"

"看来你是敬酒不吃吃罚酒。"

"不，敬酒罚酒我都不吃！"

"不知好歹。"包宰佑语气阴森，语速慢了下来，"参与者既然是食物链成员，怎么能少了百兽之王……Let's growl，呵呵，欢迎新玩家！"

一声咆哮响在耳边！下一秒，一头老虎乍然闪现！它张开血盆大口，嘶吼了一声，朝我们踱来……

"中计了。"宋清晨忽然想到什么一般，低声道，"调虎离山，Hexley系统才是关键！我牵制住它，你们快回去！"

"我也留下来。"

"你俩行吗？"苏灿耀不放心。

"放心，这一路的东西够小爷偷的。"解檬嘻了声，"再说，我人面兽心惯了，还会怕它？"

"嗷呜——"

老虎迈开前腿，向我们扑来！

"快跑！"

宋清晨吼了一声，我们转身不管不顾跑了起来。

不一会儿，老虎便追着他们两人去了，而我们也跑出来好一段距离。

"得回刚才的地方去。"韩胜琪说，"那里一定有传送旋涡通往神殿。"

回望来路，杂草丛生的荒野一望无际、毫无方向，苏灿耀不由得咋舌："这怎么找得回去？"

我急中生智："一路沿着草塌下去的地方走，就能原路返回！"

神殿大厅。

我们从传送旋涡里走出来的时候，这里正席卷着一场沙尘狂风。

风尧和包宰佑面对面站着，四面八方飞来的石块全部在距离风尧半米处静止，被数道无形的风刃切割成数小块，不攻自破。包宰佑貌似由于伤势体力不支，无法发动隐身，正闭眼用道具恢复着生命值。

那块陨石亮着光，表面呈现着一个黑色迷宫。

"怎么样了？"韩胜琪问。

风尧冷静："鬼打墙。在找出口。"

"出口？"

风尧在迷宫上轻画："嗯。这个出口很隐秘，无法得到正确的结果，但能逃离这个迷宫，用上帝视角控制整个程序。关于 Hexley，你知道什么？"他突然抬头问苏灿耀，"什么都可以。这是我的盲区，大脑检索不到有效信息。"

苏灿耀蹙眉，认真思索道："Hexley 是开放原始码的操作系统 Darwin 的吉祥物。据我所知，它本来应该叫 Huxley，取自捍卫达尔文进化理论的英国生物学家 Thomas Henry Huxley，但发现错误为时已晚，干脆沿用了 Hexley 这个名称。"

"Huxley？ Hexley……这么说，e 不是真的，u 才是……"风尧在迷宫上画出一段"u"形路线，抿唇一笑，"我知道了。"

"不可能！不可能有人……破解我程序的人，都得死！"

对面的包宰佑蓦地睁眼，眼神充满了不可置信般的暴怒与阴狠，就像一只蠢蠢欲动的野兽。

太好了，看来玄机被我们找到了。

"哦，不说话都忘了你了！电光石火！"随着苏灿耀一声呼喊，天空中毫无预兆地劈下一道闪电，骤然间，一大簇焰火如旋涡般向包宰佑旋转而去！

顷刻，天地间一片黑暗。

包宰佑被击倒在地，迅速手掌贴地。

他想发动地震！

我毫不犹豫地发动技能："堕落箭。"话音落下，一束光箭快如闪电，直插进他后背！

"呃啊！"他一手捂住心口……整个大殿一震！地面裂开无数条细缝！

"复仇骑士。"我低声道。

一道鬼魅般的暗影闪进他的体内，爆发出一阵阴笑。他仰头大叫一声，痛苦无比。

风尧说过，包宰佑这一能力在海洋和天空等战斗场地有很大劣势。因为在这里他根本无法真正触及地面，只能发动小范围的震动，无非是想虚张声势罢了。

"审判者之锤。"

一不做二不休。我的声音再度响起，犹如对他的死亡宣判。他在地上打了个滚，勉强躲开了锤子的攻击。

看着他狼狈的模样，我不禁笑了："你知道吗？你这一刻的表情，真令人赏心悦目。"

"小鸽子……"

"怎么，看呆了？"

"……"

这时，脚下突然一震，大殿狠狠晃了晃！眨眼间，周围的场景快速坍塌着，然而我们却根本感觉不到！

"他在瓦解系统！"风尧冷声道。

"什么？"苏灿耀惊恐地瞪大眼，"他、他、他想和我们玉石俱焚！"

"呵呵，我早都说了，没有人能走出我的系统，没有人……"包宰佑艰难地笑道。

我们极速下坠着，周围是闪动的光斑和无限的数据流。

苏灿耀发动的火球被包宰佑一一瓦解。包宰佑一拂手，小红弹开，瞬间消失在数据流里……

韩胜琪一怔，长出十片红色指甲，向他袭去！包宰佑正欲还击，突然面前一道刺眼强光，他一下子失去了视线，捂住眼睛！

"哇！小鸽子，你哪儿弄来的闪光弹？"

"灼热庇护。"用强光闪瞎攻击目标，使其短暂失明，从而为队友的进攻提供保障。

苏灿耀兴奋道："Pretty buff！"

"啊！"一声惨厉的叫声，包宰佑浑身星星点点的血迹，体无完肤。他布满阴暗的眼里，渐渐恢复了澄澈，还有一丝悔意和无助。

"我错了……"

他轻轻地开了口，嗓音竟然脆弱喑哑："回去以后，我会，去意识治安局自首，说明这一切。对不起，我醒悟得太晚了。可是，弱肉强食的世界，善良如何，正义如何，谁又能，排除在外呢？"

我冷嗤道：“这个世界，不都是你一手缔造的吗？”

他摇摇头，孩童般的脸庞上浮现懊悔与苦涩：“不，不是的，起初我并不想的。我只是，鬼迷心窍了。你们不懂，游戏就是我的命，我……走火入魔了。”他说着轻轻一愣，“你们，为什么能一直坚守本心？”

“也许吧，也许真的能有人排除在外。”他认输般笑笑，“算了。结束游戏的办法……同时发动两个相生相克的能力，相互对抗，产生的巨大能量，足以启动弹出装置，所有人都能离开这里……段谨然，他也会回来的。”

真的吗？

这样，就能离开这场噩梦了吗？大家都会平安无事地回去，就像什么都没发生过一样吗？

“小鸽子，不能相信他！”

“浑浊吐息。”话音落下，一团浑浊污秽的东西将我圈住，呼吸难挨，我又缓缓发动了光能力，“纯白眷顾。”

一束白光自体内迸出，瞬间冲破了黑暗屏障。

一切都会好的，就像从前那样……

几乎瞬间，光和暗纠缠到一起，撕扯着、搏斗着……身体里爆发出一股撕裂般的力量，我大叫一声，被抽去所有力气，瘫坐在地。

“小鸽子！”苏灿耀向包宰佑攻去，后者眸色一暗，露出阴谋得逞后胜券在握的表情，“能力吞噬！”

“你！”

就在这时，眼前的画面定格了。苏灿耀、包宰佑……所有人仿佛被按下了暂停键，一动不动。

两股互相拉扯的力道忽然消失了。

“你还真是……什么时候能让我少操点心。”

宋清晨？

“你不是在……”

“傻。”他一敲我的脑袋，转瞬笑开了，“哎，像不像踩着七彩祥云？”

无聊。我想对他笑一笑，却发现连抬起嘴角的力气都没有了。

他的身影淡淡隐去：“我回去了，你自己可以解决好的，对吧？”

是吗？我挣扎着想要爬起来，却是徒劳……

“那是自我清除装置，对吗？”风尧的声音冷极了。

包宰佑已经站了起来，半点没有方才脆弱忏悔的样子。

"说了多少次,丛林法则,食物链而已,只有loser才会对敌人心慈手软。"

他轻笑着一步步走到我面前,居高临下地看来,像在藐视一个渺小可笑的生命。

"永远不要相信一个魔鬼的忏悔。这么容易就被迷惑了吗?心软了吗?看看你自己,善良的你,善良得保护不了任何一个人。"

是这样吗?善良,如此软弱。不合时宜的善良……

或许吧……或许,他是对的。

耳边早已听不清苏灿耀、风尧的喊声,意识随着体力的消失渐渐变得昏沉。

闭上眼,是不是就可以解脱了?

"永远留在系统里吧……和段谨然一起。呵呵,妄图牺牲自己拯救他人的人,都愚蠢至极。"

段谨然……

"楚歌,你是为了打破这个荒谬的游戏而来的。"

"为你受伤,就是我的任务啊。"

"等我凯旋,带你回家。"

"阿楚,你知道吗?当那些数据流进入我的身体时,我心里想的是,原来,死可以是一件这么轻松幸福的事。我的心脏,为你而跳,也为你而停。"

不。死一点也不轻松幸福!

他不能,白白牺牲……

包宰佑俯下身:"确实,有人化身恶魔,有人坚守本心……但是活下来的,只有恶魔!啊哈哈哈哈哈哈哈哈!"他说着爆发出一阵悚然的狂笑——突地神色一紧,呼吸变得困难。

"破解了。"风尧说道。

包宰佑一愣,不可置信地低头,看着自己的身体正流动着无数荧光般的数字:"不可能,怎么可能……"

"怎么不可能?"苏灿耀面色平静,娓娓道来,"嗯,我们刚才发现,要完成最后一步还差个源代码,唉,你说,这个宝贝源代码在哪儿呢?"

包宰佑脸色一阵青一阵白。

"啊,我想起来了!游戏就是我的命,有我在,游戏就不可能结束。喏,你自己说的。"苏灿耀说着眯了眯眼,"我猜,这源代码该不会就是你自己吧?啊!这誓与游戏共存亡、一损俱损绝不独活的职业精神,应该没错了!没办法,我只好把片段写在我的超能力里,让它们去你身体里会师了。嗯?

说起来，不是你主动吞噬的吗？"

"你们！你们竟然使……诈！"

"不可以吗？我记得，游戏没说过要遵守公平公正啊？"苏灿耀双手环抱，一脸理所当然，"弱肉强食的世界，可不讲究规则。"

包宰佑神情一狠，对苏灿耀使出致命一击——却在空中土崩瓦解！他跪倒在地，再无力发出攻击。

"我的这个大招……也是你亲自设计的吗？"

他神情痛苦，匪夷所思地看向我。我强撑着从地上爬了起来，低头看着他在我的脚下痛苦挣扎。

"你说得对，活下来的，只有恶魔。"

他满目惊恐地看着我，我轻轻开口："亡魂的，叹息。"只听一声诡异的叹气，他瞬间瞪大双眼，那双澄明的瞳孔里爬满了濒死前的恐惧。

"唔……你、你……"

"我怎么了？我只是想活下去而已，不过是拿你的命去抵换……是不道德了点，但是自私、懦弱，这些都是人性，无可厚非。"

他张张嘴，全然不敢相信："你怎么能？你不是不会……你、你对得起，自己的良心吗？"

现在还企图用道德绑架让我收手，可惜我不会再上当了。

"丛林法则，食物链而已。我要活着，错了吗？"

他拼命咽下不断溢出的白沫，表情瞬间崩溃无比："我错了，我真的错了……求求你，救救……"

我摇了摇头，"永远不要相信一个魔鬼的忏悔。这是你刚才教会我的。"

恭喜您达成新成就——
【Jungle Hunter】
丛林猎人。

窗口闪了闪，界面一黑。

"服务器崩溃了。"风尧的声音响起。

"我们成功了！我们成功了！小鸽子！"

包宰佑的身体早已经被数据流霸占、吞噬，攻陷得残破不堪。我盯着那些爬动着的数字，缓缓问道——

"作为代码完成编译的滋味，现在你也亲自尝到了？"

梦境坍塌，周遭的一切扭曲变形……

这个原本就扭曲变形的世界。

起源计划……

在这个"欲望丛林"里，可以彻底打败兽性的，正是人性。

也许将来真的有一天，为了生存，我们不得不活成了"野兽"。可是即便真的有一天，世界变成野兽的世界，我们依然可以把自己活成"人"。

就像森林古猿，从灵长类动物经过了漫长的进化，身负兽性，却始终奔赴人性。

我始终相信，好人未必有好报，但坏人必自食恶果。人性固然自私懦弱，但有人贪婪冷漠、贪生怕死，就有人舍己为人、舍生取义，就好比……

有光明的地方就有黑暗，但黑暗永远挡不住光明。

再见了，永冬神殿，十二月的初雪。

再见了，这个颠倒歪曲的荒谬世界。

不，再也不见。

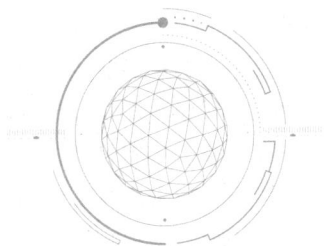

【第二十章】

谁，是你在这个冰冷苍白的时代里，
唯一的温暖光亮？
沿着时间的河道漫流而下，
我们寻回的又是什么。

火曜城。再次来到这里，说不清是什么感觉，恍如大梦初醒，恍如进入了又一个梦。

相较于上城区的精致讲究、整洁极简，下城区凌乱拥挤，装修略显破旧，随处可见使用过的旧痕迹，却洋溢着生活气息。

习惯了夜晚摩天大楼的各色激光扫射、遍布大街小巷的 LED 灯牌，胡同里"嘈杂市井"的烟火气却更接地气，取代了孤寂清冷的机械感，充满了……人情味，让人感到"家"的温度。

老规矩，大吃一顿庆祝又一个梦境结束。这次的案子取得了突破性进展，我们带回的游戏核心数据查验表明，游戏主办方果然和造梦者有相当密切的联系。简言指挥官透露，今晚的总结会议上还有更劲爆的信息等着我们。

从"韩记烤冷面"出来后，我们步行去苏灿耀家。途经孩子们的涂鸦和热闹的嬉笑，穿过忽明忽暗的光线和滴着水的衣服，在锅碗瓢盆的交响曲中，筒子楼的尽头，到了。

Canyao's home，好久不见。

隔壁公寓里传来久违的问候声："小耀回来啦？"

苏灿耀露出八颗大牙："王奶奶，是我，您和爷爷身体都好吧？"

"哎哟，挺好的，挺好……"

这是我和风尧第二次来他家，和记忆里没什么差别，依然乱七八糟。搬进意识治安局职工公寓后，他每隔一阵子还是会回来看看，打理打理。不过好像……怎么打理都乱成一糟。

进门后，苏灿耀捡起门缝里的金色信封，拆开，是一封邀请函。

Dear Canyao Su：

2101 年 9 月 13 日，斯洛学院将迎来 14 岁诞辰，在此向海内外、地摩二球心系母校的广大校友们致以亲切的问候！

校庆当日，学校将举办游园会、全明星表演赛、高桌晚宴、面具舞会、夜行船等一系列隆重的庆祝活动。诚邀您于百忙之中亲历母校 14 周年庆典，各届校友欢聚一堂，共忆难忘岁月，共叙师生深情。我们将在梦伊温室接待您返校。

可能有部分校友因住址变更未收到邀请函，望各位校友相互转告，届时凭邀请函或毕业证入校。

FROM:

Slowe School of Fantastic Power

顺颂 时祺！

二一〇一年九月一日

"随便坐啊，当成自己家。"收起邀请函，他热情地招呼着。第一次来的宋清晨恭敬不如从命，东翻翻西看看，一点也不客气。

突然，一只圆咕隆咚的粉红影子从茶几下闪进沙发底。

"哇，哪儿来的洋葱头？"

"那是我的石榴。"

宋清晨点点头，依然一脸惊奇："厉害，会跑的洋葱头！"

苏灿耀满头黑线，低头继续看杂志，被宋清晨一把抢过："你这是古董啊！"

只听"嘶拉"一声，苏灿耀隐隐咬牙："知道是古董……还使这么大劲儿？"

"抱歉啊，那个，断臂维纳斯之美，对！艺术在于残缺！"

"断臂是吧，你确定？"

"好哇！你小子出息了！敢对我动手动脚了！"

"啊啊啊，打人不打脸啊！我错了，宋大哥，宋大爷！！"

我就知道，但凡没正事要办，这两个家伙就没一刻消停下来。

懒得理会他们，我捧起茶几中央那座会发光的蘑菇屋，拧转开关，听它咿咿呀呀地唱着童谣。

"妈妈，等我长大了，就买一座大城堡，我们全家人都搬进去住，好不好？"

记忆里的女孩小脸稚嫩，清澈的眼里充满了童真。

我轻叹一声，停止神游，要将它放回原处，手心却有什么凹陷摩擦过皮肤纹路。托起小屋，只见它的底部有四个歪歪扭扭的字母，刀工很不好，显然是用小刀手工刻上去的。

"song"？

我记得上次来，这里还没有刻字。

是"宋"？

还是……

"每当我想家睡不着的时候，都会拿出来看看。"

"虽然我的回忆有些模糊了，记不得家的模样……但在我脑海深处，它就像这座会发光的蘑菇屋一样。"

盯着屋里的一家四口，我的心轻轻颤了颤。

"苏灿耀，我可以去小阁楼上看看吗？"

"当然可以，小鸽子。"

阁楼一角，两只泰迪熊待在一起，一只是我去年送他的生日礼物，一只毛掉了一半、褪色严重……与遥远模糊的记忆重合。

天窗前是他的天文望远镜。我走过去细细摩挲了一遍，果然，某个不起眼的地方，同样刻着一个"song"，旁边还有数字"10"和一颗爱心。

"当初我特地把它带上了'Universe'，这可象征着我最初的梦想啊……"最初的梦想吗？

我仿佛看到，身材高大的少年在三角架前盘腿坐下，眯起左眼，右眼凑到镜头前，表情专注。星光从天窗里漏进来，洒在他的脸上……那个，踮起脚来从望远镜里看星星月亮的小男孩。

Canyao。song。

晚上九点半。意识治安局，会议室。

梦里一个月相当于现实中一天，也就是说，从我们进入实验舱到返回现实，实际才过了一个多小时。分明几个小时前，我们才在 CA 室进入了梦境，可如今却有种隔世再回到这里的感觉。

小孔因为加班脸色依旧不太好，不过平心而论，现在对着这张脸我很难不产生心理阴影。解檬也在，俨然一副小少爷打扮，贵气中衍生出几分妖气。

苏灿耀小小声和旁边交头接耳："奇怪，我总觉得他长得有几分似曾相识。"

宋清晨嫌弃地看他一眼，苏灿耀辩解："我说真的，第一次见我就有这种感觉。"

"你接下来是不是要说，他长得很像你某个远房表亲啊？"

"谁想攀关系了。"苏灿耀撇撇嘴，随即脱口道，"贺秀知！对，你不觉得他长得跟贺秀知有点像吗？"

"你当拍连续剧呢？"宋清晨吐槽道，转而对上对面那双凌厉上扬的眼……别说，还真有点。

"大家安静。"指挥官率先出声，"解檬作为游戏《起源计划》运营商Darwin集团的少董，将配合我们进一步调查。"

什么？这消息果然够劲爆的。难怪先前保密工作做得那么好，原来是自家旗下大作啊。

"早说啊，事情好办多了。你把我当哥们不？"苏灿耀看向解檬，后者沉默。

"喂，我真不是攀关系啊！"

解檬抬眸："我知道。抱歉，关于你们想知道的部分，我也不清楚。我只能把我知道的都告诉你们。"

"这就够了。"风尧沉声，"《起源计划》的目的，不是盈利，是什么？"

宋清晨淡讽道："谁说不是盈利？我看他们是掌握了发疯才能有话题度的财富密码。"

"实验。"解檬的眸色暗下去，"他们告诉我，优胜劣汰，胜出的人会更好地活着，而失败者连逃出生天都难。他对我说过最多的一句话就是，你不出色，只有出局。"

"他们是谁？他是谁？现在可以说了吗？"

解檬看向我，回答："以我父亲为首的，游戏自主开发团队。"

"你父亲？"

"对，他自诩是科学狂人。"他掀唇笑了笑，几分凉薄，"他一直妄想创造一个新世界，一套新的生存法则。"

"于是他效仿自然界，企图通过生存游戏激发玩家潜能，寻找一条最适合人类的进化道路？"风尧冷冷道。

"对。对他来说，我大概是最不合格的试验品。"

他总说自己是疯子，我知道，他的心里住了一只亦正亦邪的怪物。

他的"疯"，是对父亲的失望和痛恨，是看着人生被操控却无能为力的痛苦，是他潜意识里的自卫和反击，是满目黑暗中依然保有的对光明的向往和信任。

一艘行驶在茫茫公海上的游轮，一座人迹罕至与世隔绝的小岛，《起源计划》里的"贝格尔号""Paradise"，就是人类文明中丑恶因子的缩影。

他是怪物，他格格不入。

……

"很失望吧？可惜，小爷我就算当一只精神分裂的怪物，也不会再任由你摆布。休想把我同化成一只动物。"

"我的罪，我会赎。你也别想逃。"

他不会忘记从游戏中醒来后，他留给父亲的那个眼神，写满了锐意和鄙夷，渗出一丝看透人性后的成熟，又掺几分少年的桀骜。

"等等，说到进化，有一点我一直想不明白。"苏灿耀蹙眉，"这款游戏打着进化的旗号，可是我们一路走下去，从侏罗纪到泥盆纪，再到寒武纪……时间顺序却是反过来的。不是进化，而是退化。"

沉默。

不是进化，而是退化……

经过漫长的进化，人类长于动物的最大之处在于智力。然而，照这么进化下去，我们又退化了什么……沿着时间的河道溯流而上，我们寻回的又是什么。

其实，所谓的超能力也好，进化方向也好，破解这个游戏的终极奥义，是我们正在退化的东西，也是我们和动物的共同点：情感。丛林法则固然残酷，动物世界却也并非只有生存利益，兽性中也有天然的情感属性。

有没有可能，情感，正是开发团队在寻找的东西？或者说，是人类在进化过程中不可丢却的那部分。他们从一早就设置好了，情感是破解游戏的关键。如果不是段谨然的牺牲，我们根本无法入侵总部。

除了包宰佑，这款游戏的主旨设计师一定另有其人。

"带我去见他，负责游戏立意方面的策划人。"

解樑看向我，迟疑了一秒："好。"

"在此之前，有必要先搞清楚一件事。"风尧扫了眼面无波澜的小孔，淡淡看向简言，"他，为什么出现在梦里？而且，以 GM 的身份。"

简言回以一笑："这就是我今晚要说的重磅信息。"

"他叛变了？"苏灿耀震惊，换来小孔平静的凝视。

"卧底。"简言言简意赅，"打探情报。老本行，他是最合适的人选。"

宋清晨指节轻叩桌面："你们早知道这游戏的存在了？小孔和我们一样是外来者，并非梦里的 NPC？"

"是。"简言声线平稳，娓娓道来，"更准确地说，此次梦境中的所有角色，都不是 NPC，而是现实中《起源计划》的玩家进入了梦境。"

什么？！都是真人？那岂不是……

"回不来了。"他的眉头终于有了一丝微蹙，"此次案件性质非常严重，多人梦境试验，这才是造梦者的目的。主办方需要监测游戏情况，就必须连接入梦者本体，我们也是从这一点推断出，主办方一定和造梦者有联系。"

原本因取得重大突破而欢快的气氛，此刻变得无比凝重。

小孔不带感情地陈述道："需要指出的是，游戏玩家并非普通公民，而是重刑犯自愿应募加入，主办方不仅许诺了获胜者丰厚的酬金，还会提供生存保障。"

这么说，这帮幕后操手虽然狗胆包天，还没有狗胆包天到家，起码没有强制无辜群众参与。

不。反过来想，玩家是一群毫无底线的亡命之徒，他们可以无所顾忌，把道德外衣剥除得一干二净，给这场刀刀见血、招招致命的生存搏斗足够的理由。

面对唾手可得的巨额利益和近在眼前的人身自由，回归丛林法则后的众生百态一览无余。

一桩游戏，俨然演变为鬼魅丛生的末世乱象。

散会后我单独留了下来，没有和他们一起回去。

简言看我一眼："还有疑问？"

"不是的。我……想知道，有关苏灿耀的身世，更多的。"

一句话说得断断续续，我的心早已不受控制。

他的眼神平静无波，深深地凝着我："你知道了。"陈述语气，尾音带着一点点上扬。

"我还，不确定。"

喉咙发紧，耳膜里只有捣鼓般一下下的心跳声。

"他就是。"简言干脆道，平淡地解释了一句，"之前没告诉你们，只是因为不想情感这种没必要的东西，成为你们的负累。"

呵，看吧，情感，没必要的东西，负累。

他自知失言，不再多说，转而在搜索引擎中输入着什么："你应该从未搜索过，自己看看吧。"

大屏幕上，一份百科名片已迅速加载呈现——

楚颂，男，地球人，2009 年 11 月 23 日出生于地球中国，著名天文学家，"星空召唤"行动成员之一，楚氏集团少董事。2022 年 9 月，作为中国科学院地质与地球物理研究所火星研究团队的学习人员，随团队利用中国首辆火星车"祝融号"获取的雷达数据，揭示了"祝融号"着陆区表面以下 0 至

80 米深度的浅表精细结构和物性特征。2027 年 9 月，进入中国科学院大学修习天文学专业。2028 年 1 月，加入中国民间航天组织"牧歌"发起的"星空召唤"行动，同年 5 月 2 日，乘宇宙飞船"Universe"利用冬眠技术开启漫长太空旅途，这一步成为载入史册的传说……

文字简介旁，是一张，我再熟悉不过的灿烂笑颜。

谁，是你在这个冰冷苍白的时代里，唯一的温暖光亮？
沿着时间的河道漫流而下，我们寻回的又是什么。

晚上十一点。慢慢步行回到公寓小区，经过篮球场时，我看见那道身影。棒球帽、长袖卫衣、休闲短裤，一身黑，融于夜色中。

一盏孤独的路灯为他带来灯光，长手长脚的大男孩，运球动作很是潇洒。

投球——进了。

他扭头看来，笑容明朗。

此时一轮明月正高悬，秋风吹来冷意，他慢慢朝我走来，笑意明亮，好似暗夜把星光遗落在了他的眼里。

他在等我。

不知是路灯，还是天上洒落的光，穿过八十一年的时空，泄漏在他英挺的五官上，镀一层银边。

面前这张与我朝夕相处的脸庞，让我大脑缺氧快要晕厥，却又好像很安定，好像两颗在银河中长途跋涉的星星，此去经年，意外相逢在另一片平行宇宙。

我的慌张无处遁形，尽落在他的眼底。他看着我，轻轻牵起我的一只手，抿了抿唇，在手心里一笔一画地写下什么……

哥欠公页

哥，欠，公，页。
歌，颂。
歌颂。

顶楼的风很凉，月亮变得很大。我们坐在停机场的地上，仰望着近在眼前的夜幕，谁都没有说话。

蓦地，他转头看我，眼里满载笑意。

"长个儿了。"

对上他的目光，我喉咙发紧，眼睛微微湿润。抬起的想拍他脑袋的手停在半空，化成拳头轻轻砸在他左肩。

"变温柔了。"他笑。

"好啊你，太久没被揍，很怀念是吧？"我作势要打他，他条件反射般做出双手抱头防护的姿势，滑稽的动作和高大的身姿十分违和。

我一顿……幼年的时光像一道道剪影，在我们之间无声淌过，好像很快，似乎很慢，仿佛很远，宛若很近。

"叫声'姐姐'听听。"我收了手，清嗓说。

他微微眯眼，大掌落在我发顶，猝不及防一通乱揉——

"臭丫头。"

"呀，说谁呢！"我歪斜身子躲避他恶作剧的手，最终一巴掌拍落，冲他凶神恶煞，"臭小子，再这么粗暴……说了多少次，小心长大讨不到老婆！"脱口而出后总觉得哪里别扭，我默默补充道，"怎么越长大越讨厌了，还是小时候可爱。"

他神情忽然暗下来，嗓音低沉醇厚："我已经长大了。我现在比你高了。"他顿了顿，开口，"姐。"

滚烫悄无声息攀上眼角。

"说，你早认出我了是不是？"

"比你早。我又不是……你这个笨蛋。"大掌落在我发顶，轻轻揉了揉。这只手掌心宽厚、骨节分明，再也不是记忆中那只肉乎乎的小手。

"那你为什么不告诉我？为什么不早点让我知道，你是……为什么还要一个人，我们……你知不知道……"我扯着他的袖子语序混乱地嚷起来，嚷着嚷着眼泪就出来了，"你这个混蛋！"

"是我不好。"他伸手把我搂进怀里，低磁的语气就仿佛他厚实的肩膀，笑声闷闷的，"我还不是怕你会哭着叫哇乱叫……就像现在这样。"

我没再说话，把所有脆弱和喜悦埋进他的肩窝，藏起来不被发现。

苏灿耀……楚颂……

相遇以来的一幕幕快速滑过眼前，那么多、那么多巧合和细节，还有那些暗戳戳的关心和明目张胆的维护……明明，明明早该发现的。

告别家人远赴深空，过去的人生一片空白，就连想家的时候也只能看看

蘑菇屋……我的小颂。

对不起，姐姐没有早点认出你、找到你……

对不起，让你一个人负担了这么多、这么久……

可是，你却比姐姐还要乐观，还要坚强。

在他怀里悄悄仰起脸，他宽大的肩膀承载着一整片星空，我看向最亮的那一颗……家，永远是夜空中最亮的星。

爸爸妈妈，看到了吗？我找到小颂啦。

小颂哪，他找到我啦。

我们现在生活得很幸福，很快乐。不要担心我们。我们会照顾好彼此的。我们会互相陪伴，再也不分开。

我一定会，拼尽全力保护好他。

所以爸爸妈妈，请你们放心吧。

往后的日子里，我们都不会再孤单了。

不知道是不是星星不睡觉，偷看着人间的悲欢离合。

总之，今晚的星星特别亮。

第二天。月曜城城郊，一幢偏僻的大楼里。

有解檬带路、小孔里应外合，我们顺利潜入了 Darwin 集团的实验室。宋清晨身体不适，请假没有参与此次行动。

实验室很大，光线幽暗，空气中透着一股长期不通风的异味，随处可见白色的实验舱，就像一处没有杀戮的战场。

我们手持轻型步枪，贴墙而行。实验室里间隐约传来男人的话语声，苏灿耀把耳朵贴在门上……

"视效耳目一新，贝格尔号上病态华丽的布景设计受欢迎度很高，延续这种魔幻主义风格……介绍游戏规则、通报比赛形势的 part，7D 形式是一次大胆的尝试，能让玩家第一时间看到最有效的信息量……"

"相当专业。"听了半天墙角的苏灿耀不由得感叹。

我瞪他一眼，扬手要敲他，他下意识缩了缩肩，双手抱头。把他轰走后，我趴在门上继续偷听到——

"对，通过氛围渲染、节奏把控，做到玩家与游戏同步心跳……这个不用顾忌，恣意妄为就好，前途可期。"

这嗓音怎么有点耳熟？好像在哪儿听过。

之后就没声音了，估计是通话结束了。我悄悄把门打开一条缝，只见一个身穿黑衬衣的男人坐在床边，正俯身说着什么，床上貌似躺着一个身高腿长的男人。

我努力竖起耳朵，轻缓的语调传来……

"如果你感觉自己正在做梦，不要过于兴奋，这样容易醒过来。也不要过分放松，不要顺从它。来，保持自己的意识不被梦境侵蚀，然后试着去安抚和掌控它……"

控梦师？！

下一秒，门毫无预兆地从里拉开——

四目相对，不禁有几分偷听墙角被当场抓包的尴尬。

男人外表优雅神秘，黑衬衣熨得一丝不苟，鼻梁上多了一副黑框眼镜，却依然掩藏不住危险的腹黑气息，看起来更像斯文败类了。这似乎是我们第一次在现实世界中碰面。

他轻轻一笑，缓缓开口："Hi，CAG。好久不见。"

"你们认识？"解樑疑惑，介绍道，"这是我们集团的心理咨询师，也是《起源计划》的另一位主策划，南潜。"

风尧扯起唇角："身兼数职，你还挺忙。"

不对啊，我是来抓他回去的，我有什么好心虚的？有了这个觉悟后，我迅速拿枪对着他："举起手来，不许动！"

他看我一眼，慢条斯理地推了推下滑的眼镜，浑然不以为意，语气倒温柔绅士："女孩子少玩枪，动起武来最容易受伤了。"

"我会保护好她的，不劳你费心。"苏灿耀从侧面瞄准着他，表情狠厉。

"瞧瞧你的小男朋友，"南潜眼里笑意更甚，颇有兴味的视线在我们之间打转，"这一副怕我吃了你的表情。"

风尧懒得废话，亮出拘留令，嗓音冷沉："南潜先生，我们怀疑你涉嫌近一年来的一系列造梦案件，请跟我们走一趟。"

意识治安局，审讯室。

我负责主审，苏灿耀负责做笔录，风尧和指挥官他们在外面看监控。出乎我们的预料，审讯过程顺利到这要是拍戏铁定能一条过不NG。对于犯罪事实，他全部招供、俱不否认。

他名下是一家名叫"云记忆"的网络公司。这家黑心公司违法开发记忆备份工程，用户可将自己的记忆上传至云端保存，而该公司通过偷窥用户的记忆，得知其心魔、遗憾、欲望，于是"对症下药"，提供"一条龙服务"打造专属于该用户的"完美梦境"。

据他供述，这家公司就他一个人，办公地点只有一间工作室，就藏于月曜城城郊那幢大楼里，和实验室里间有一道暗门相通。

他交代的犯罪全过程，从流程到细节，和先前贺秀知、解樱的笔录全部吻合。

"伏尔泰说，上帝为了补偿人间诸般烦恼事，给了我们希望和睡眠。"他没戴眼镜，习惯性地眯了眯眼，"梦是进化的谬误，是上帝的过失，在梦里，一切罪恶都将被原谅。"

苏灿耀皱眉，用笔敲敲桌面："你现在在接受审讯，说话别那么抽象。"

"帕斯卡说，想象不能使蠢人聪明，然而它却能使他们幸福，这是理智所望尘莫及的。"他不予理会，意味深长地抿了抿唇，"楚警官，你不也差点想要留在梦里吗？"

"什么时候？"

他但笑不语，只是说："还有贺秀知那个梦，你难道没想过，留在梦里也未尝不是一个好的选择？"

我回以《黄金时代》里的一句话："人活在世界上，快乐和痛苦本就分不清，所以我只求它货真价实。"

"货真价实，呵，存在就是被感知，外部世界不过是感觉的显现。"他嗓音轻浅，念道雪莱的《含羞草》，"无所谓真实，一切皆为表象。我们只是梦影在游荡。"

苏灿耀语气遗憾："不好意思，我是一名坚定的唯物主义者。"

"物竞天择，天又为何？"他眸子暗沉下去，嗓音低道，"我偏要逆天行事。我倒要看看，普通人类超越了生死……会如何。"

"达尔文要是听到，棺材板都盖不住了。"苏灿耀气笑，"看来，你已经完全变态了。"

"谢谢夸奖。"他挑眉，"苏警官，别说得那么好听。活即为善，死就是恶，末日降临的那一天，谁会放过谁？早晚的事，谁又比谁高贵。"

"那是你！"

"不，埃克哈特·托利说，毛毛虫眼中的世界末日，我们称之为蝴蝶。"

苏灿耀嗤之以鼻，南潜也不恼，依然是那张斯文隽贵、浸着笑意的面孔："知道小灰人吗？"说着，他抬起视线，直直看向角落里的监控摄像头，"小灰人喜欢做一些躲在幕后的事，来激起他们观察对象心中的愤怒、害怕、悲伤、快乐，因为他们正在学习和模仿这些丰富的情绪，我说得对吗？"

幕后主使浮出水面，眼看着真相就在眼前，然而我却总觉得，一切，绝没有那么简单……

顺利，太顺利了。

两天后，九月十三，校庆日如期到来。

下班后我直接搭最近一班飞行列车去斯洛学院。梦伊温室属于切瑞茜后花园衍生地带，有个独立的小门对校外开放，我当年在这里修习过园艺课。到了门口才发现邀请函和毕业证一个都没带，我只好厚着脸皮跟守门机器人说，我是学生会派出去巡逻周边的，现在巡逻完了要回校。

"检测到该借口十分钟前已被不明外来人员使用过，不好意思，无法进校。"

什么！使用过？十分钟前？可是，还有谁会知道我的惯用借口呢？

没办法，看来只能……

后山区的院墙外，后退几步，助跑，起跳，扒上墙头！利落地翻身，落地……哼哼，今时不同往日，师姐我现在可是所向披靡警界一姐！这点小问题，难不倒我！

下一秒，一道同样的落地声在身后响起。

地面上，月光拉出一道不属于我的影子。

被跟踪了？！

而且居然跟了这么久没被发现。

我心中警铃大作，若无其事往前走了几步，突然转身，想来个攻其不备——一头撞进对方坚实的胸膛，才发现严重低估了来者的身高和敏捷度。

"呀！你！你松手！"

对方一手按在我头顶，任由我在他怀里各种挣扎，把我脑袋固定得死死的，抬不起分毫。

红光亮起，院墙内响起警报——

"后山区，发现翻墙者！后山区，发现翻墙者！"

"快跑。"一句低语裹挟在凌乱的风中，他拉着我一路狂奔……

凭风篮球场。

场上灯光明亮，个个英姿飒爽、挥汗如雨。全明星表演赛，两队队员分别是元素系和时空系的毕业校友。

我弯腰喘着气，那人站在一旁，拍着我的后背给我顺气。我正想告诉他"别拍了，再拍更想吐了"，却听见一道熟悉的嗓音在上方响起："就你这素质。看你以后还偷不偷懒了，还啃不啃鸡爪了。"

听见这声音，我瞬间把吐意抛在脑后，直起身体怒视他："宋清晨！你吃饱了撑着没事干跟踪我干吗？"

"喊，还不是那两个小子，非要邀请我来看他俩打什么表演赛。"他耸耸肩，脸不红心不跳，"盛情难却，再忙也只能赶来了。"

得了吧，现在造梦者落网了，我们成天在办公室闲得都快长蘑菇了。同一个屋檐下，还装就没必要了吧？

"是吗？那既然都盛情难却了，你怎么还沦落到翻墙做贼了呢？"

"我也想说啊。他俩把我丢门外就不管了——咳，就不谈了——本来指望仰仗某朵警界新秀小花的面子，把我给捎进来的，没想到……"他说得一脸无辜，叫人反倒有几分不好意思起来，"我只好跟着落草为寇了。"

"什么花啊草啊的，我警告你休想花言巧语，净说些大实话来转移我注意力！"我瞪圆了眼，他扑哧一声乐了，伸手揉了揉我方才撞到的额头，"还疼吗？饿不饿？"

我顺着他的目光看去，我们身后是一台零食自售机。

"这还差不多。"

他淡淡笑了，转身买了两包拔丝地瓜，递给我一包。我吹着气，突然想起在周庄那个诡异的幻境来，故作随意地问道："你大学在哪儿读的啊？"

他狭眸一笑："干吗？想当我师妹啊。"

"可省省吧，我就是随口问问……"

"阿楚，这里！"

再次听到这个称呼，我不由得一怔，愣在原地。

看台上，付安安朝我摆摆手。我呆站了几秒，快步走过去，在她身旁预留的空位坐下，顺手把宋清晨手里的地瓜递给付安安。

向场上看去……一眼就望见那两个家伙，棒球帽、背心短裤、护腕绑带，一身默契的同款，在人群中分外惹眼。印象中风尧都穿卫衣或长袖长裤，今晚头一回如此清凉，不似往日的高冷沉稳，意外地有几分少年的洒脱张扬。

身边的人半天没动静，我奇怪地扭头，只见她神情夸张地大张着嘴，觉得有失优雅又迅速用手捂住。

我莫名其妙："见鬼了？"

她飞快地点点头，那叫一个花容失色："阿楚——你你你居居居然交男朋友了！你你你居然不告诉我你交男朋友了！你你你男朋友居然还长得这么帅！你太过分了！"

忘记这妞的花痴属性了，我内心狂汗，平静地开口："我的大小姐，你大惊小怪完了吗？可以听我解释了吗？他不是我男朋友……"

一只修长的手忽地揽上我的肩："你好，自我介绍一下，我叫宋清晨，是楚歌的未婚夫。你是楚歌的同学，啊，是叫付安安吧？"

"啊——"

在她张嘴前我已十分有先见地捂住耳朵。四周的人纷纷看了过来，在我的眼神施压下，她总算把音量调到正常大小："天哪，你居然订婚了！他居然知道我？天哪，我要当伴娘了……"

又不是要当妈了。为了打住她没完没了的念叨，我迅速把目光投回场中央，转移话题："你别听他胡说八道，快说说比赛打得怎么样了？"

"哦，快快快，刚开始没一会儿！"她忽然想起今晚的正题，语无伦次道。

我笑："你怎么比人家场上的还紧张？"

"你不知道吗？观众是往往比比赛的队员还激动呀！妈呀，这个氛围搞得我好紧张……"

场上。

左右夹攻间，风尧挥洒自如，手腕干净有力地轻拨，一个漂亮的背后传球——苏灿耀干脆精准地截住飞到身前的篮球，骨节分明的大手扣着球，两个箭步闪到篮板前，纵身一跃，球准确无误地入网！

配合得天衣无缝。

"啊啊啊好帅啊，天哪！"付安安扯着我的衣袖一阵掐人中，果然眨眼就把什么男朋友未婚夫伴娘的忘到九霄云外了，"救命！我不行了！"

风尧嘴角轻扬，苏灿耀笑着走近，俩人握手拉近，轻轻撞了下彼此的肩。

不得不说，这两个家伙在球场上实在是太有魅力了，加上他俩现在"知名校友"的身份，可以说观众席有一半都在为他们疯狂。

这其中宋清晨绝对是笑得最一脸自豪的那个，就犹如来参加两个儿子毕业典礼的老爹："好！把'灿风帅炸'打在公屏上！"我灵机一动，打开讯章全息投影，输入。

发起进攻！灿风！

付安安激动地尖叫起来："哇啊啊！咱们绝对是全场最亮的口号！"

中场休息，我和宋清晨上去给他俩送水。苏灿耀大步走到我身边，笑得开怀，被汗水打湿的面庞熠熠生辉，眸子晶亮焕灿，恰似群星闪耀。

"给。"我把水递给他，笑着说，"我家小颂是最棒的，不接受反驳。"

他忽然弯下腰。我轻轻抬手，摸了摸他的头。

毛茸茸的脑袋，和小时候一样。可是，他现在已经这么高了。

他从小就比其他孩子蹿得快，我记得那时候，他十一岁，刚到我肩头。可是，他现在已经这么高了……

短暂的休息过后，比赛开始第二节。

虽然我方有"灿风"两位神级选手，但对方的实力也相当不差……摩球人体内埋藏兽族基因，进攻可谓迅猛，体能上也有着先天优势，致使双方比分一直你追我赶、十分胶着。

宋清晨端来两碗糖水豆花，我和付安安手忙脚乱地接过。他好笑道："你们仙女不都怕晚上吃甜食长胖吗？"

付安安："你懂啥，我们是一般仙女吗？"

我："别吵别吵！"

球再次落到了苏灿耀手里，他原地快速运了几下，一个随意的假动作，轻松绕过一名防守队员后，倏地加速突进，左拐右拐，冲过两层防线，忽然一个急停，右手握球侧身利落一抛——

划过一个完美的半圆，球不偏不倚地落进篮筐。

"漂亮！"宋清晨霍然起立，鼓掌喝彩，"好球！"

我倒吸一口凉气，这身手，也太、太潇洒了点……

转眼比赛接近尾声，比分依旧僵持不下。

倒计时一分钟，元素系暂以两分领先。

我和付安安紧紧抓住对方的手。

"加油啊风尧！小颂加油啊——"豆腐花四处飞溅，我已经感觉不到嗓子的存在了。

倒计时十秒。

风尧接过苏灿耀的传球，食指支着球停在半空，眸子微眯，觑了眼不远处的比分牌：99：97。

宋清晨蹙眉，焦急："他怎么停下了？"

目光一刻不敢移，我微微张嘴，嗓子紧得发不出声音……

风尧，他想做什么？

场上的队员们似乎都因这一举动愣了愣，观众席响起小声的议论。

倒计时五秒……

风尧用指尖转了转手里的球，嘴角一翘，微抬下巴，目光低低扫过眼前严阵防守的人，薄唇轻启。

"你们赢不了。"

下一秒，他双手握球高举过头顶，微一踮脚，右手手腕自上而下轻轻一压，篮球旋转着飞了出去……

伴随裁判清脆的终止哨音响起，球在空中划过一道流畅的弧线——

"哐"……进了。

中场三分球！

比分牌上的数字瞬间变为99 ： 100……

"啊啊啊！"

"啊啊啊啊啊……"

我和付安除了"啊啊啊"已经不会说话了，只剩碗底的豆腐花大半是被泼洒出去的……

宋清晨起立欢呼着，给场内的二人挥臂打着手势。场上，时空系队员们抱作一团，苏灿耀披着系旗激动地绕场一圈……

风尧拧眉，默默躲开了好几个队员的熊抱，脚步不疾不徐走到场地边，视线好似在看台上淡淡扫过……嘴边忽然就多了一抹笑意。

"赢了！小鸽子我们赢了！"苏灿耀从身后蹦起一把抱住风尧，长腿盘在他腰上，右手握拳挥舞着，"发起进攻！灿风！"

风尧竟没掸开身后的人，弯腰拾起草地上的矿泉水，仰头灌了几大口，边拧盖子边随意擦着下巴的汗水……

我第一次发现，原来风尧笑起来像个没长大的孩子，眉眼弯弯。

星光璀璨，少年笑若晚风拂面，清柔烂漫。

永无海上，一艘艘夜行船安静地漂浮在海面，遥遥望去，笼在暗夜中的斯洛学院点点灯火通明，梦幻温馨。微风凉爽，夜色静谧，风平浪静。

"打算这样对着海面发呆多久？"一道含笑的嗓音在船尾响起，抬头看去，男人笑容明媚，澄亮的眼眸好像是用最透明的海水做的。

在付安的极力撺掇下，我和宋清晨两个人坐上了同一艘船，美其名曰"二人世界"。

"我在寻找丢失的回忆，懂不懂？"我白他一眼，"算了算了，咱俩没什么共同回忆，你安静待着，别打扰我。"

他眸色极快地黯了黯，继而清清淡淡地笑着："没有共同回忆？出生入死，患难与共，这都不算？"

我自知说不过他，没再接话。夜风传来不远处船上三人的叽叽喳喳——

"我记得，你在那里表演过钻木取火，最后被呛了一口黑烟。"

"风尧你住嘴……"

"哈哈哈哈哈！阿楚，听见没？一起嘲笑他！"

"小鸽子，你看她！"

"哎呀，苏灿耀你快点，把船划过去！和他们挨着！"

"就会动嘴的人还好意思说话。"

"呀！我不动嘴怎么说话！"

透过他们，我似乎看见了过去的我们……夜空下，在海边围着篝火打打闹闹，每个人的脸上都洋溢着淡淡的笑容。

我预料不到分别将在哪一天来临，唯愿我们的友谊长存，唯愿这个时代的你们一直安好。

夜幕璀璨，星光生辉，忽然想起一句话——

"满天都是星星，好像一场冻结了的大雨。"

遥远的夜空中，忽然升起了江上烟火。我看得入了迷，耳边传来一声轻轻的呼唤："楚歌。"

"嗯？"

我下意识转头，火树银花下，他在船的那一头，静默地注视着我的方向。隔着无边夜色，隔着近在咫尺，我们身后是漫天烟火，四目相对。

他看着我，淡淡一笑。像空中明月，像江上清风。

他说："穿过四季，贯穿朝夕，我遇见你，暮色沉溺，晨星清寂。"

眨眼间，满天的烟火似乎化成了一只只孔明灯，其中一只带着"破梦组一往无前"，缓缓飞过我们的头顶，飞进一整片灿烂辉煌。

"希望苏灿耀、风尧、楚歌，从今往后一直在一起，哪怕深渊万丈也携手并肩，一起走下去。"

"一盏灯只能许一个愿望……但这个愿望里可以同时有我们三个人啊。"

"一直一直在一起，永远永远不分离。Together。Forever。"

和回忆里相同的烟嗓，只是更低哑了几分。他仰头望着漫天夜色，双手抱拳，眼神一如那般坚定明亮，五官间是月光在游戏。

Together。Forever。

一起，一直……

往后每每想起这个愿望——

想一次，痛一次。

夜深了，校园里依旧热闹，四处欢声笑语。他们几个去面具舞会了，我独自走在熙熙攘攘的人群中，朝霞凝钟塔的方向走去……

远处，一道身影闪过。

心脏骤停，随后"咚咚"剧烈跳动起来。

我加快脚步，紧跟在他身后……他的身影消失在钟塔下……

绕着旋转楼梯拾阶而上……顶层，感应门自动打开。伴随着几欲失控的心跳，那道熟悉的背影映入眼帘。

双手插兜，一身灰色长款薄羊毛衫慵懒高贵。

段谨然。

真的是你吗？

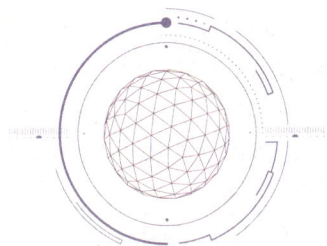

【第二十一章】

"是你，对吗？"
只有他……
会舍身护我周全的那个人，只有他。
"我回来了。"

没有。

宛如一阵轻烟随风而逝，那里什么人影也没有。

难道是我产生了幻觉吗？

忽而，一束光远远射来，是探照灯。广播里响起冰冷的机械声："全体注意，宵禁时间到。"

宵禁？今天不是校庆吗，怎么还有宵禁？

下了楼，我才完全呆住了……将暗未暗的天光里，没有嬉笑打闹的同学，只有全副武装的卫兵。没有什么斯洛学院，放眼望去是一望无际的空地。而我身后的钟塔，赫然变成了一座威严挺拔的防御塔。

不远处，路过的卫兵一个个身穿金色铠甲，头戴头盔，手里拿长矛、狙击枪的都有。这是在……夜巡？

有了这个想法后，我一秒钟透心凉，迅速寻找藏身地……可惜已经晚了。一队卫兵已然朝我的方向跑来。

这又是哪门子自我防御系统？

管他呢，先跑再说！我头也不回地狂奔起来……空阔的地势根本找不到藏身之所……废料存放处！我果断按下开关，钻进了这个大箱子里。安静的空间将我的呼吸声放大，宁谧中只觉非常踏实。

就在这时，头顶上方的报警器"嘀嘀"了两声："发现可疑人员。发现可疑人员。"

毫无疑问，我就是那个"可疑人员"。

很快就有卫兵的高喊声和一阵脚步声接近。盖子被掀开，重见天日——出现在我面前的，是宋清晨笑容翩然的脸。

他一把拉起我，左拐右拐进了一个小道。

我们贴墙而站，屏息留意着追踪的脚步声，神经紧绷。他站在外侧，观察着周围的情况，忽然转头看了看我。

"怎么了？"我用口型问他。

宋清晨说了一堆，我一句也没听明白。

太复杂了。我往他身边又靠了靠，他用气声说道："我说，你担惊受怕的样子像只小松鼠，怪可爱的。"

我……好想一巴掌呼扇上去。

"在这边！"

被发现了！

宋清晨吹了个轻快的口哨。我正寻思着怎么把他灭了再主动跟卫兵邀个功呢，一架小型飞行器在我们上空停下。身旁某人一跃而上，侧身而笑，把手递给我的那一刻，恰好探照灯从他身后射了过来，光芒万丈。

驾驶员卫兵回头看来，宋清晨一下把他按倒在地，又吹了声口哨，对我眨眨眼："暗号。看见什么叫本事了吧。"

就这样，我们驾驶着打劫……不是，拐骗……咳，不管了！我们驾着飞机，逃离了一干卫兵的视野。

"你知道现在什么情况吗？"

"鬼知道。我就去个洗手间的功夫，出来就变天了。"他耸耸肩，"还以为今年审美风向变了，面具舞会流行头盔呢。"

视线不约而同地集中在地上……

"看什么看！你们死了这条心！我生是殿下的人，死是殿下的鬼！"

殿下？

"怪了，楚歌，我怎么觉得这地儿不大对啊。"

只见我们进入了一个金属质地的大号滚筒洗衣机里。

看见了吗？这就叫本事。把飞行器开进敌方停机舱，应该是全天下绝无仅有第一例了。他管这叫"男主光环"笼罩，没有倒霉哪儿来的主要剧情。

"报告大将，就是这两个人。"

"告诉我，什么叫愚蠢。"慢悠悠的语调，却字字千钧，令人不寒而栗。

首先看到的是一双深绿色的军靴。我们被押到了一个男人面前。一张荧光绿的激光网罩住我们，两秒后轻嘀一声："不明物体。"

"嗯？"

他走近了点，微微弯下腰。腿长，肩宽，是我对他的第二印象。

抬头对上他的视线——小说里通常是怎么写的，哦，散发荷尔蒙的古铜色皮肤，深邃的眼眸危险迷人，端正的鼻子十分硬朗，略厚的嘴唇颇具威严。这个男人站在面前，是一种浑然天成的野性，束缚在一板一眼的统制军装下，充满力量感却不过分张扬，肆意又严谨，违和之中达成了神奇的和谐。

重点是，为什么我会觉得眼熟啊？难不成是被付安安传染了花痴病，是个帅哥就一见如故？

不，这还不是重点。重点是他那两片性感的嘴唇一张一合，吐出的话语轻描淡写——

"杀了吧。"

不是，我说，我好歹身为一代英明神武、上天入地的女主角，不能就不明不白交待在这里了啊！帅哥也不行！再帅都不行！

"不想死？"

我小心翼翼地问道："可以吗？"

男人笑了一下，瞬间痞气横生："可以啊，最后一次机会，平民，还是——间谍？"

什么平民，什么间谍，什么玩意儿？

"这位大哥，你看我俩都能蠢到自投罗网了，能是间谍吗？"宋清晨好言好语地说道，"我们就是两个手无寸铁的无良……呸，无害平民——两个相约在落日时分共赏祖国大好河山的大好青年！"

"在赏……"男人扫视了一圈一毛不拔、一贫如洗的四周，"河山的时候，顺手劫了我们绿洲军的机？"

"实话说了吧，其实我们是一对被迫私奔的苦命鸳鸯……"

"事到如今，不用再瞒了。"我打断他的胡编乱造，一本正经地胡说八道，"我们确实是间谍，之所以用这么弱智无脑的方式打入你们内部，是我们天真地以为，越是简单粗暴你们越不容易起疑。"

宋清晨迅速领会了我的意图，表情也像煞有介事地严肃起来。

"哦？"男人挑眉，有了兴致。

"之所以坦白，是因为我决定吃里扒外，不是，认贼为父，不是，弃暗投明，对，弃暗投明！大将，过了这个村可没这个店了。"

虽然不知道这究竟是个什么地方，但是显然，他们对擅自入内的平民并不在意，无外乎就地处置了。间谍，和间谍手中掌握的情报，对他们来说才有价值。

"大将，需要呈报殿下吗？"

"不必。殿下在天牢提审 MPSA 的人，这种小事不要打扰他。"男人吩咐道，"带回去，我来审就行了。"

MPSA？！我们的人……

"小事？这是小事吗？我可是间谍！是来打探你们军情提供给敌方的！生死攸关，怎么会是小事！"在他"就凭你"的目光审视下，我加码一搏，"不行，你这是什么工作态度，太差劲了！你们殿下呢？叫你们殿下亲自来审我！"

在我的极力要求下，我和宋清晨总算被关进了牢房。

"喂，回来啊——没上锁呢，给我回来……"宋清晨凄清的声音回响在空荡荡的大牢里。

我敲敲墙壁："别吵了。你真的想被关？心理变态啊？"

隔壁传来某人幽怨的嗓音："他凭什么关你不关我？我看上去比你弱？"

噗，要怪就怪他长得太清秀，看着就一纯良无害的柔弱美少年，要搁古代那是妥妥的文弱书生、青年才俊啊，可能真拿他当什么四好公民了吧……嗯？我们什么时候不是四好公民了？

不知过了多久，天昏地暗。半梦半醒间，门外响起不疾不徐的脚步声，像是靴子踩在地上掷地有声。

"殿下。"

"嗯。"声音醇和稳重，恰如醒得正好的红酒。

接着是一串清脆的开锁声。一室阴暗中徐徐步出一个身影。

我睁开惺忪的睡眼，只见面前蹲着个男人，不知道这样打量了我多久，连蹲姿也是十分优雅矜贵的，看来这就是他们口中的"殿下"了。

黑暗中他的酒红色凤眸发着幽暗的光，不甚清晰的五官轮廓熟悉得让我以为是错觉，四目相对，嗓音温和："醒了？"

段谨然！

他还活着？

他还在现实世界里！

我浑身一激灵，睡意全无。

"别用一副看鬼的表情看我。"他一手掐住我的下巴，幽声说，脸上看不出阴晴。

不对，这不对。

"你、你先松手。"我轻轻挣了挣，他却箍得更紧。他垂着目光，在漆黑中静静看我，他的目光，很专注，好像陷入了沉思。

我被看得一头雾水、两眼茫然："那个，殿下，你想干吗？"

"你觉得我想干吗？"他挑眉，然后脸朝我凑了过来。

有病啊！似乎，熟悉的和流氓打交道的感觉又回来了。

"我是你的病患啊。"他轻轻翘起唇，笑深到眸底。

……

"你治愈了我啊，一次就足够。"

……

我微愣。他拇指摩挲着我的下唇，眸色幽暗："既担了这个罪名，我不做点什么，岂不对不起你的预期？"似乎真的经过了一番掂量，他舔了舔唇，"反正强吻了你，我也不亏。"

顷刻间，他的唇覆了上来，略作停留，见我一动不动，直接含住我的嘴唇。他的气息，他的一举一动，他这整个人都极具侵略性……

半晌，他放开我，整了整有些凌乱的领子："真甜。难怪。"

我微微喘着气："段谨然，你……"

他打断我，只是一刹那，眸色就深了："你在我的地盘上——在我的怀里，喊其他男人的名字，意欲何为，嗯？"

其他男人？

他到底是谁？

且不管他是谁，这么说来，他压根不认识我？

我心底一凉。

他从头到尾就不认识我，却纵容着我放肆，甚至还有模有样地演戏来配合我。

脑海中闪过无数种可能……不直接杀了我，或许是为了将计就计，好从我口中打探更多情报？又或者他也是卧底？

"说吧，身份。"他冷冷开口，那张不苟言笑的面孔和方才判若两人。

与此同时，快到我甚至没看清他是从哪儿掏出的一把枪，一口黑洞洞的枪口已经正对着我的额头。

我一时哑然，怔怔地看着他。这个男人前一秒还在和我拥吻，下一秒却可以拿枪威胁我的性命。

"在卫兵前哗众取宠、洋相百出，你千方百计的目的——这里。"他指了指天花板，不可一世的脸上神情阴沉，眸色狠厉，"和……"他指向自己。

看着我僵掉的表情，他冷哼一声："如果连你的小儿科都识不破，Karl

也不用在绿洲军待了。不过很可惜——天牢关押的都是重刑犯和皇亲国戚，像你这种，渣渣级草根，恐怕连天牢的下水道都进不去。"

小儿科……渣渣级草根……

我缓慢地吞了下口水："那，这是哪里？"

"地牢。"

没想到进个天牢还有门槛，人与人之间的差距真是无处不在啊。

听着他的话，我的心一截截凉下去，在压倒式的实力面前，什么招式、把戏都是在搞笑。知道自己的小聪明玩完了，我老老实实说道："殿下，你相信我，我是真心投诚的。喏，我就在你眼皮子底下，人也在你的地牢里，谅我也不敢搞什么小动作呀。"

"证明你的诚意。"他忽地把手中的枪上膛，转了个圈，递进我手里。

我看着他傻了眼，听他慢慢解释道："想入我麾下，得先把命交给我，让我看到你的衷心。"

明白了……横竖是个死，开枪兴许能免于一死，不开枪就真的去死吧。

闭上眼，对准自己的太阳穴——真的到了这一刻，紧张比我想象中更加来势汹汹，抖如筛糠的手用力握住枪身——开枪！

没有预想中的痛楚。

我睁开眼，看到他的眼里有了几分似笑非笑。

劫后余生，我心有余悸，嘴抿了又抿："宋清晨呢？"

他漫不经心地挑眉，眸色一暗："这又是哪个小白脸？你外面到底有多少个野男人？"

小白脸？又？殿下，这多少个野男人里就有一个你……

"隔壁房的。"

"哦，你说那个，抱着铁栅栏不肯撒手最后硬是被四个卫兵架出监狱的？"他淡淡点头，沉缓的嗓音听不出情绪，"我放了他——代价是你。"

我被他从牢里放了出来，确切来说，是被他揽着走了出来。天光照进来的那一刻，我看清监狱墙壁上一条蜿蜒缠绕着玫瑰花的蛇。

守在门口的侍卫很自觉地问道："殿下，需要给这位小姐准备住处吗？"

"叫王妃。"

怎么有种，穿越进劣质偶像剧的感觉？

"是。"

"她住我宫里，把我对面的单间腾出来。"

"是。"

吩咐完后，他转头淡笑着问我："走，去看看我们的工厂，嗯？"

他说，从今天起，他的就是我的，是我们的——我是他的王妃。

他口中的工厂，是一个庞大的工业王国、一整个自动运转的多级生产体系，有人负责开采矿石，有人负责冶炼金属，有人负责生产零件……

很难想象，在高度发达的信息时代，这里却宛若蒸汽和电气的殿堂，热能运作占据大势，煤……真是一个相当稀罕的宝物。

在工厂，所有人称呼他为"总司令"，全军队最高统帅。

在组装车间，我再次见到了正在巡视工作的 Karl，他用一种让我感到不太光彩的眼神打量了我几眼，好像在说"果然有几分手段"。

Karl 身为绿洲军大将，是他的部下，也是发小。罗马非一日建成，据 Karl 介绍，这个大型自动化工厂起初只是一个小作坊。由于太阳能、风能、水能、潮汐能等可再生能源产能量低，远远不能满足生活生产需求，他们不得不四处抠搜……开采已枯竭得差不多的化石能源。

从电子化、电力输送到建立蒸汽发电机，从而走上大规模生产，完全是工业革命的逆行之路。不过，编写着逻辑电路的机械通过联网操作参与生产，又使得这座"落后"的工厂具备了一定智能化……总之就是，amazing。

我问 Karl，核聚变能呢？

他摇摇头，尚可利用的海水全运输给地球了。

哦，忘了说，这里是摩球。

2079 年，本就面临空间、资源有限的地球，在迎来摩球人类这个同租客后更加捉襟见肘、雪上加霜。于是在双方协商后，联合政府宣布一部分摩球人被遣返他们曾经的家园，回收、采集可利用资源运输往地球，以尽"客人之谊"，同时打造摩球作为人类备用生存空间。

这批摩球人是怎么诞生的？当然是由最不伤和气——伤和气你也拿它没办法的抽签产生。这批被选中的"幸运儿"有一个共同的名字——SCAVENGERS，食腐肉的兽，又译为"拾荒者"。除了这些摩球人，联合政府还在摩球基地投放了大量的 AI 作为廉价劳动力参与建设。

不过，摩球王子身先士卒是我没想到的，段谨然还有这样一段公益经历……居然从来没在我们面前凡尔赛过，也是我没想到的。

从工厂出来后，他与我一同回宫。他的座驾是一架金铜色的敞篷飞行器，机身泛着金属光泽，机翼有两座固定式发射炮，机尾有两个涵道风扇，负责飞行器的起降。

我们飞得很高，飞行器之下，一半是厚厚的云层、湛蓝的夜幕，一半是昏黄的天空，万里无云、光芒普照，像夕阳蔓延又像沙尘弥漫。这种波澜壮阔、奇异瑰丽的景象我还是第一次见，没想到电子天幕能如此仿真！

飞行器渐行渐低，向下望去，目之所及不是断壁残垣，就是一片荒芜，要不是夜空中还有几颗人造星上班，这里真像一座鬼城。

摩球的环境早已不适合人类生存，我们现在正位于一座巨大的地下城之中。地下城类似人防工程，建立有一整套完备的通风系统、供电系统，诸如水箱间、风机房这些配套设施一应俱全，完全可以满足人们的正常生活需要。

他的宫殿悬浮在半空中，犹如一艘在太空旅程中歇脚的UFO、一头游弋于深海中打盹的鲸。

透过装修可以看出主人是个有品位的人，虽远不如传闻中摩球王宫那般铺张华丽，但简雅朴素中却处处彰显着贵族气息，就比如特殊玻璃材质的青蓝色地砖，不同于摩球王宫的细纹白砖，却透露着一股低奢的大气。

管家见到我们后忍不住开口，我抢先打断了他："你是不是想说，这是殿下第一次带女人回家？"他一脸惊讶，露出了"不愧是殿下第一次带回家的女人"的表情，其实我只是帮他说了全天下管家登场后都会说的第一句话。不过这也是实话，军队的确不像是女人出没的地方，这么短的时间里，我的房间居然完全按照女生的风格重新布置了一遍……

说起来，今天一行下来，他确实十分绅士，处处贴心，不全是装的，是那种骨子里的教养使然。我从他的座驾下来时，他会相当有风度地搭把手，再彬彬有礼地说上一句，慢一点，楚小姐，小心脚下。说实话，这家伙突然这么斯文有礼、分寸适中，我还挺不习惯。

我一回来就嚷着饿了，吃饱了才有体力想今天发生的事情。他叫管家送了晚饭到小餐吧，一道黑松露水晶蟹肉石榴果，黑瓷盘边上用金丝印着一个"Samael"，一小瓶白兰地，瓶口同样有一个"Samael"。

他尽职尽责地陪我一起吃完才离开，害得我连这听起来就很高端的菜都没怎么好好品尝，光顾着忧心忡忡上哪儿凭空捏造一段情报出来忽悠他了，毕竟我连自己来自何方、敌我矛盾是什么都不知道……然而他好像真的只是缺个女人，一晚上除了把他的绅士风度和男友力发挥得淋漓尽致、游刃有余之外，并没有任何从我这打探情报的意思。

我送他出门，他在走廊上侍卫的目光中笑着俯身在我耳边，用只有我们两人听见的声音说了一句："今天演得不错。"

我愣了一下，回以同样温柔的一笑："你也是。"

他直起身："晚安，做个黑色的梦。"

我独自一人坐在窗边，望着陌生的夜空安静下来。耳边浮现今天在地牢里的对话……

"相信你？好啊。对我来说，世界上只有两种人可以相信，死人，我的女人。你要当什么，想好了吗？"

"可是，我刚刚已经证明了我的诚意，你也看到了。"

"我怎么知道你不是欲擒故纵、以退为进，甚至不惜赌上性命？"

"可是……"

"逢场作戏，较什么真，当我的妻子？你还不配。我只是需要让他们认为，你已经完全取得了我的信任，懂？"

"当你的……女人，就可以保证不死吗？"

"你说呢？"

"我可以相信你吗？"

"你只能相信我。"

……

眼前又浮现出造梦者的 logo、《起源计划》中发布副本任务的 NPC、长蛇阵，这一切都和同一种动物相关——蛇。

也许我漏了一个环节，或者说，忽略了一种可能：催眠。催眠是由暗示所诱导的睡眠样状态，被催眠者的意识并未丧失，但行为受催眠者的暗示支配。

我想起来了，那天，南潜坐在床边说话，床上躺着一个身高腿长的男人……Karl，是他！

八九不离十，这里应该是 Karl 的梦境，他被催眠了。我们是怎么一不小心掉进了他的梦，这要问造梦者了。竟然能让我们在不知情下入梦，就知道那人绝没表面上那么简单。至于这个段谨然……

方才进餐时，他忽然俯下身，压低嗓音在我耳畔说了一句话。他说——

"你怎么知道，我的地球名字？"

段谨然是他的地球名字。他是段谨然，却不认识我……唯一的解释是，他是 Karl 的发小，自然可能出现在 Karl 的回忆中，而这个时候的他还没有遇见我，所以不认识我。

一时间心情无比复杂。段谨然已经不在了，真的不在了，这个只是 Karl 回忆里的他，他只是梦中的 NPC。没想到还能以这种方式见到他，我是不是应该知足了呢？

第二天一早，他出门练兵，顺便把我带去了，说是怕我一个人在家无聊。他是觉得赖床补眠不比顶着两个黑眼圈看一群男人"哼哼哈嘿"香吗？

绿洲军奉行精英主义，都是从拾荒者中选拔上来在能力、武力上对社会更能有建设性贡献、更适合于治理的超群者。

一夜之间，"殿下和女间谍不得不说的爱恨情仇"已经在军队里传得沸沸扬扬。亲睹传闻中的女主人公，众人的视线恨不得在我身上凿出几千个窟窿来。

"突。"

一声枪响，射向天空，转移了众人视线。

"好看吗？"

高台之上，他一袭威风凛凛的雕花板甲，彰显身份的酸蚀花纹，于马背之上俯视众人，头盔后的一双眼似笑非笑，只是笑意深处演变成一股寒意。

我坐在主席台上，百无聊赖，东张西望。练兵场是参照德尔斐神庙建成的。传说，宙斯从地球两极放出两只神鹰相对而飞，结果两只神鹰在德尔斐相会，宙斯断定这里便是地球的中心。

哨台的巨石上刻着两个英文单词：Know Yourself。

德尔斐神庙是阿波罗昭晓神谕的地方。数千年前，阿波罗神殿门前的三句石刻铭文——"认识你自己""凡事勿过度""妄立誓则祸近"，引起了无数智者的深思，被奉为"德尔斐神谕"。

"知道 Phoebe 吗？"

段谨然不知什么时候来到了我身旁。现在是休息时间。他无比自然地牵起我的手，如果不是有约在先，我都差点信以为真了。

"有关她的神话很少，我只知道她是希腊神话中三位月神之一，司掌光亮，被认为是光之女神。"我说道。德尔斐神谕曾属于 Phoebe，但她最终把整座神庙拱手相让，转赠给了阿波罗。

他点点头："Phoebe 还是土卫九的外文名。"

我以前听小颂……灿耀说过，土卫九很特殊，是土星系内唯一的逆行卫星，表面反射率非常低，仅反射了 6% 的太阳光，是一颗十分黑暗的卫星。

"它是闯入土星系的一个外来者，来自太阳系寒冷的边缘地区，并不是形成于太阳系内部。它是在飞往太阳的过程中被土星捕获的。"

我不知道为什么，他科普这个知识时的表情要那么悲伤，仿佛不幸给土星捕获了的是他。

"可惜了，世上有且仅有一个太阳。"

可惜？

"不是吗？月光是借来的光。"

我皱皱眉，不以为然："我倒觉得，与其当第二个太阳，不如在夜里发光，发更亮的光。黑夜越黑，光越亮。"

"凭什么……"他低语出声，眸色是我看不懂的沉，"我要的是，光明正大的白天，不是在暗处凭借他的光。"

从练兵场回来后，Karl 汇报说有要事相商，他们一道去军机楼了，我自己回了宫。

没有耳机，没有监测设备，也不知道怎么才能联系上宋清晨他们。

俗话说，站得高看得远，怎么来的怎么回去……我决定去防御塔研究一番。

一路上，见到我的卫兵们纷纷避让行礼，让我很有一种红颜祸水的不自在。空荡荡的基地上空，广播里放着 *Oasis* 的音乐。

Running

I'm running

Chasing the sun

歌剧般的空灵歌声回荡在荒芜的城中，弥漫着一种史诗般的悲怆。*Oasis*，绿洲，在这片了无生气的荒凉之地，是生机，是希望，是黑暗中闪烁的光。

防御塔下，我遇见了 Karl。他仍旧军装笔挺，只不过看我的脸色和缓了不少："天色不早了，不要在外面久留，你一个女孩子不安全。"

我点头说好。Karl 出现在这，那么说明……

夕阳西下，一大片日落看似遥远却触手可及，像什么呢，像黄油跌进了罗宋汤，撞得汤汁四溅。身临其境，宛若置身莫奈的油画，与地下城的森严戒备形成截然反差。

果然他也在——负手而立，一身严整的深绿色军装，宛若误闯油画的……一只绿甲虫。

"楚小姐？"他听到脚步声，回头看见我。

微微靠近，熟悉的冷淡的江边青草香气，熏染上若有似无的烟草味，把他的气质衬托得越加清贵，有一种高高在上的神圣，却又撩拨得很。

他懒懒睨我一眼："说吧，想问我什么？"

想问……你是不是又充钱了？人家入梦者的戏份都没你的多！

我没回答，他也不甚在意，莫名其妙道："这是个看雪的好地方。过几日下雪了，会很漂亮的。"

今天的段谨然很奇怪，有一丝不同于往昔的……冷漠？疏离？抑或是，寂寥？难道是演了两天的戏，乏了？

"现在被你发现了。怎么报答我？"

当我没说。

等等，这样的场景，我似乎在潜意识里见过。

"怎么，勾起了你的往事吗？"他侧头看来，挑眉，"还是说，你做过相似的梦？"

如果睡觉时记忆性能没有被很好地压制，就有可能觉得现实和梦中的情境相似。难道，真是我做过的梦？可是明明，现在才是梦啊。

"看来被我说中了。"寡淡的眼里浮起一点兴致，"你梦到我了？"

"我不知道。"

"也许，是平行宇宙间的量子纠缠呢。"

平行宇宙？就在我一头雾水之际，探照灯远远射了过来，他低声说："该回去了，宵禁到了。"

基地的宵禁时间是每晚六点，日落时分。

黄昏落在他微仰的脸上，光影在精致严谨的五官间流转，不留眷顾，归于阴暗。他声音很轻："太阳落山了，影子该消失了。"

听说过黄昏网抑云吗？这就是了。

"日出未必意味着光明，太阳也无非是一颗晨星而已，只有在我们醒着时，才是真正的破晓。"出自《瓦尔登湖》。我正在背过的好句里搜刮着恰逢其时的心灵鸡汤，他的一句话却让我一阵心悸——

"阿楚，你就是阿楚？"

他笑起来唇角弯弯，眼里闪着不怀好意的精光，真有几分神似我认识的那家伙。

阿楚，这个称呼，现在的他并不知道，可他说的是"就是"。

"母后曾请人给我算过生辰八字，那人说，我将来的王妃是一位名唤阿楚的地球姑娘。"

果然是两个世界，同一个段谨然。他还是他，胡言乱语，巧舌如簧。

"腹诽我什么？"

我默了默："段谨然，你会读心吗？"

他缓缓摇头，笑意不明："你听说过，植心吗？"

植心，看似说中对方的内心，本质是洗脑、偷换概念。好比 X 博士的心灵感应，不仅能读取他人的思想、记忆，还能把自己的脑电波强加给对方，使对方的思想受自己所控。

"我说的是真的。"他眨眨眼，显得特别真诚，"你别不信。"

"我信。"我也回答得格外真挚，"不妨告诉你，是你倒追的她，她对你爱搭不理，你对她死缠烂打，爱得死去活来……"

他的眼神骤然冰冷："你究竟，来自哪里？"

"未来。"我说，"我，来自未来。"

他淡淡瞥我一眼，清冷地笑了一下："那我可要小心了，毕竟我现在真有几分心动呢。"

呵呵，我差点就信了。

第二天，他依然早起去了练兵场，依然带上了我。也不知道他是怎么看出我在主席台发呆不比在家睡觉无聊的。

说起来，他的生活似乎很单调，每天练兵场、工厂、宫殿三点一线，偶尔去防御塔上吹吹风，或是来骚扰骚扰我。

今天的天气不太好，天空阴沉沉的，一片灰暗。远处的天地间突兀地出现了一大片土黄，迅速扩大着。我渐渐看清，由远及近的是什么。那是一道……不断变宽的黄线！

我一愣，拔腿就往下跑！然而刚跑到地面，那道黄线越来越壮观……仿佛只是一秒间，黄沙漫天，天昏地暗。

各种铁皮废料四处飞舞着，我迅速蒙住脸，低下头，顶着风举步维艰。呛人的粉尘味无处不在，沙砾打在脸上，生疼。我死死捂住口鼻，在偌大的练兵场中搜寻着他的身影，天地浑然一体，什么也看不到，沙砾进了眼里，直流泪……

突然，世界变得漆黑一片。

谁的掌心捂住了我的双眼。

身后传来一阵剧烈咳嗽，我一怔，扒拉着他的手，含混不清："你不知道，要遮住嘴巴嘛？你傻吗？"

"你傻。眼睛睁那么大干吗？"他说着又好气又好笑，安慰我道，"不用担心，咳……家常便饭。"

我算是明白了他们那个头盔的用处。偏偏他今日没有佩戴。

狂风怒吼着席卷过境，如闷雷滚动。石头满地乱滚，铺天盖地的黄沙撕扯着黑暗中的一切，他近在眼前的身影却模模糊糊，看不清，看不到……

"接下来要怎么……"说话间，他突然倾身把我扑倒在地！我根本来不及反应，一块巨石自身后的哨台上坠下，重重地砸在了我们身边！而他把我死死护在身下。

很快就有人找到了我们，送来了专业的防护具。大家训练有素地撤离回了基地。

整座地下城陷入一片混沌，被黄沙一口吞入腹中。太阳与之做着殊死搏斗，时而被吞噬得一干二净，时而崭露头角，犹如灰黄中一个时隐时现的亮点。

飞沙走石，遮天蔽日，这些成语正在我面前真实上演。

22世纪的地球几乎见不到这种景象，核能的利用大大减少了碳排放，减缓了全球气候变暖现象，异常天气频率大幅度降低。

把我安顿好后，他要去宣布紧急防御措施，我给了他一个宽慰的笑："放心好了，我会好好保管你的王妃，保证毫发不损。"

他深深看了我好几眼，眼里同样汹涌着一场昏天暗地，而后拉开门出去了。

防御警报在城市上空拉起，我的心里同样叫嚣着不得安宁。

为什么？

难道是入戏太深、假戏真做了？

没有再次得见天日，等我醒来时，沙尘暴走了，天也黑透了。

他支着下巴，侧卧在我身边，一双暗沉的眼眸看着我，不知道已经看了多久。

直到很久以后的某一天我才知道，那天晚上他从外面回来，一边强忍着疲惫，一边忍着被我枕得已有些发麻的胳膊，守着我睡觉。

"我睡了多久？"

"要问你了。"他眼底漫出懒懒的笑意，嗓音暗哑，轻轻咳了一声，"我回来时你正在睡。"

他在外面治理风沙，身为王妃的我在家里睡得正香……

他忽然用拳头抵着嘴唇，一声闷笑。

眼前这张脸庞我无比熟悉，我熟悉他心情愉悦的样子，熟悉他弯弯的眼角，也熟悉他眼里的喜欢。那一刻，我几乎轻喃出声："段谨然……"

剩下的话，被他用吻堵住。

我推了推他，他也不得寸进尺，大方地退开，只是有些埋怨："说话就说话，干吗勾引我？"

这人，讲不讲理？

盯着我脸上的火烧云，好整以暇地欣赏了会儿，他似乎心情更好了，轻声重复道："你勾引我。"

我小声愤愤："我哪有？"

胸腔闷声颤动，他低低笑道："阿楚，你实在太可爱了。"

"是你，对吗？"我快要听不见其他声音，耳边只有自己的心跳，"段谨然，你是段谨然，我认识的那个段谨然。"

只有他……

只有他会在沙尘暴来临时，捂住我的双眼，在危急时刻把我死死护在身下。

会舍身护我周全的那个人，只有他。

"我回来了。"

他的眸色暗了些，嗓音沉缓。

四个字，却好像按停了整个世界，又好像按下了播放键，世界在我面前重新流动起来，有了声音，有了生动的色彩。

眼眶有些热，有些想哭，也有些委屈："你为什么要装作不认识……"

"谁叫你这么笨。"他惩罚性地咬了口我的嘴角，"你以为不是你的女人我会亲？当然，男人也不会。"

"……"

"阿楚，我知道你有很多疑问。"他眨眨眼，口吻恢复了一贯的散漫，"不过，我可是摩球王子啊，没有什么很难的事吧？"他说着轻笑了一下，"我不会那么容易死的，只不过，作为意识体暂时只能在梦里活动。"

"太好了！真的太好了……"我语无伦次，一顿，"欢迎回来。"

窗外传来呼呼的风声，他翻身下床，走到落地窗边。窗帘自动退至两侧，外面正飘小雪，洗劫、覆盖着沙尘世界。

"你看，是新生啊。"

他说着回头，那一眼看过来，眸光潋滟，温柔得很——

"阿楚，你笑了，我心里的雪都融化了呢。"

他说他要给我一场最盛大的加冕仪式。

对此我深信不疑。尊贵显赫的王子殿下、高高在上的绿洲军统帅，想怎么隆重怎么隆重，谁敢驳了他的面子。

我在想他会送我什么礼物，是一块来自太空的碎片，一颗摩球特产蛋，还是一架和他的"小金铜"一样拉风的座驾……我猜不着，毕竟他要什么没有。

事实上我错了，没有张灯结彩，没有宾客满堂，他只邀请了 Karl 和五六个亲信。礼物不是多贵重稀罕的奢侈品，是他为我演奏一首钢琴曲。

《White Noise》。

如果你侧耳搜寻 会听见

一种熟悉声音 Not far away no

在不远的距离 某个人

一直在原地 释放思念你的频率 baby

Oh I hear you I feel you

每一次闭上眼睛

我看不到你 但能听到你

全世界太多纷繁音律

一秒钟就听见你

你的笑声 我仔细聆听

幸福的讯息让我安心

……

你不在我身边 却占据我心里

随时感觉你

想起我们的曾经

已经足够我回忆

不管哪里 隔多远距离

你幸福就可以

一曲毕,他起身,缓步朝我走来,笑得还是那样漫不经心,只是,很郑重。他今天穿了一件黑色军装,上面挂满了银链流苏,闪闪发光。

加冕仪式场地设在防御塔。他披着漫天星光,站定在我面前,盯着我看了一会儿,又笑了,然后,他低头——

忽然,他一双眼眸抬起,里面尽是紧张的暗色。他说,杀了我,快,趁他现在不是我。

我问他,你是谁。

他说,我也不知道我是谁,但是我知道,这具身体里住的已经不是我。他说阿楚,趁我现在清醒了,快杀了我,你们阻止不了他。

我无动于衷,他忽地笑了,眼里闪着璀璨的星芒:"就这么相信我?本王没白疼你。"

我看着他的眼睛:"段谨然,我真的可以相信你吗?"

"你怎么总是学不乖。"他扬起半边唇,"因为我足够强大,所以你别无选择,只能相信。"

"……"

低头,他小心翼翼地伸进左胸的口袋里,然后,一只月桂叶编织的小王冠,轻轻落在我头顶,他把我搭在肩膀上的长发温柔地拢到身后。

"我要用月亮的枝叶做你的桂冠。"轻声慢语,好似朦胧的晨雾那般温柔。

"谢谢,很好看。"我发自内心地夸了一句。感觉自己现在就像是童话故事里历经九九八十一难终于大团圆结局的神女。

"西天取经辛苦了。"他轻笑,语调是该死的宠溺,眼神是致命的深情,

"让我为你效忠吧，我的，王妃殿下。"

这个时候，天空很识时务地下起了雪。绒毛大小的雪花，飘落在他笑意粲然的眉眼间。

"不做摩球子民的王子，不做绿洲军的最高统帅，只做你一个人的。好不好？"

酒宴间，他带着我去给部下们敬酒，最后淡淡碰了碰 Karl 的酒杯："多谢，兄弟。"

"恭喜。"简洁却由衷的祝福，Karl 浅笑起来，完全没有平日里的邪气，厚厚的嘴唇反而有些些娇憨。噗，娇憨，这个词用在这位大将身上，怎么说都挺别扭。

短暂地相处下来，他是一个有成熟魄力的男人，也是一个有爽朗笑容的男孩。对于段谨然而言，他是忠诚无二的下属，也是仗义慷慨的朋友。他的摩球基因是棕熊。

他，一点心魔也没有。而没有心魔，恰恰是最可怕的，因为无懈可击。这样的梦境堪称完美，没有可以下手瓦解的缝隙。

不……《颂歌》中说，万物皆有裂痕，那是光照进来的地方。

"王妃殿下，我还不想死，可是 Lowrie 的眼神已经把我射穿几百个弹孔了。"淡笑的嗓音。

Lowrie，段谨然的摩球名字。

他正和几位部下寒暄。我不知道自己盯着 Karl 走神了多久，为自己的失态歉意地笑笑："不好意思。"

一定有哪里不对。

可是哪里不对呢？

仪式结束，他出于礼节送 Karl 几个回基地，我为了打造充满亲和力的王妃形象，留下来给收拾宴席的侍者搭把手。

回到自己的卧室，偌大的落地窗边，他的身形靠在单人沙发里，跷着慵懒肆意的二郎腿，闭眼小憩，饶是如此，却散发着君临天下般的帝王气息。

他说了，今天无论我提什么要求，他都答应。

"段谨然，我想去天牢看看那个人。你带我去，可以吗？"

他慢吞吞地掀起眼帘，没说话，直直看着我，放下腿，吸了口指间的烟，手臂垂落腿侧。

我知道他什么意思。顿了顿，慢慢走过去，坐到了他腿上。他冷眼看着我一举一动，仍是那般坐着，无动于衷。

我轻轻碰了下他的嘴唇，还是没反应。我有些气馁，想从他腿上下去，他径直吻上我的唇，手依然垂着，修长的手指夹着烟。

辗转反侧，不疾不徐……我微微想要退开，他一掌骤然扣住我的后脑勺，攻城略地，与刚才不同的猛烈凶狠。

他忽地松开我，眸色晦暗无比。

一颗心缓缓下沉。

"现在，可以吗？"

他不动声色地打量我片刻，忽然笑了，抬手捏我脸颊，含笑道："不许再犯。走吧。"

令我万万没想到的是，会在天牢里见到他。

被绿洲军关押在此的人，MPSA 的人，居然会是……

南潜！

天牢是一座直入云霄的高塔，一半位于地上，一半位于地面之下。唯一的出入口设在顶层，地面别说门了，连个下水道都找不着。附近空域一旦有不明飞行物出现，自动触发警报。

南潜身为重点看守对象，被关押在最底层的牢房，我不由想起陆游吟唱的梦中情景：楼台缥缈出其上，挥手直登无羽翼。当真是只有插翅才能逃了。

这两句诗出自《记梦》，等等，诗里还写了什么来着？

梦中亦复知是梦……梦中亦复知是梦……

我们去的时候，南潜正在昏迷。

捆绑他的锁链另一端，是一只同样被铁链缠身的天堂鸟，血肉模糊。锁头上面是一个英文字母，写的什么？

我跟在段谨然身侧，走近两步，看清了，用波多尼体刻上去的，字母旁还有磕碰留下的坑——"Binary"。什么意思？双体？双子星？二进制？二元的？

第二十一章

403

"你刚才说，这里把守严密，只有你的权限可以下到最底层。"我状似无意地问道，"Karl 呢，也不能来吗？"

他看我一眼，说："只有我和你。他也不能。"

这不是 Karl 的梦。

梦境的内容是在神经系统的感知、存储等功能作用下产生的，是记忆积木在潜意识的再加工下堆砌而成的，因此，梦中出现的所有元素都是基于记忆基础的，所谓"用现实之物造就虚幻之境"。

他没来过这里，怎么会连锁头上的英文单词和磕碰留下的坑都清楚地知道？

这是段谨然的梦。

他正牵着我的手，往天牢更深处走去："去看看刑房？害怕的话，就不去了。"

不对劲！

我骤然停下脚步，他回头看我："怎么了？"

我想去拔他腰间的枪，被他闪过，一把捉住手腕，笑得有一丝坏："你想干什么？阿楚，今天是我们的好日子。"

为什么偏偏我过来的时候，南潜在昏迷？

还有，那块从我们身后哨台坠下的巨石……为什么，他会知道？同样和我背对哨台而站，他却可以预知？

此时此刻，我们正处在这座密不透风的监牢的最底部。他看似顺从我的要求，实则占据着绝对主导地位，就好像……一路引诱着我，来到这里，往更深处走下去。

我掉头就往楼梯口跑，突然一群卫兵从四面八方逼近了过来，将我团团包围在中间。

刚刚，这里明明没人的。这些卫兵守在天牢入口，即便是瞬移也不可能悄无声息到了底层，连脚步声都没有。何况段谨然全程和我在一起，他根本没有下达任何这样的指令，除非……

他是这个世界的主宰，掌控一切。

清醒梦。

弗洛伊德在《梦的解析》中将清醒梦解释为"潜意识的强念力再现"，特指在大脑对某些事物有执念时，把梦境由无意识混沌状态接管为半意识状态。

清醒梦的入梦者知道自己正在做梦，知道这个梦是对以前某个回忆的重复、延续，还会得到预知、改变事情发生走向的能力，甚至梦中的其他人也由入梦者来控制——这一点与普通梦不同。普通梦中，破梦组虽然只能出现在入梦者梦到的特定场景里，但是具体行为不受入梦者掌控。

……

一只纤长却骨节分明的手，缓缓按住我的肩，耳畔是他低沉的嗓音："还跑吗？"

我冷嘲道："殿下，你这是要软禁我吗？兵匪一家，当真如此。"

身后的人低低笑了一声，突然用力一拽，迫使我撞进他怀中："放肆。还不参见王妃殿下？"他说着，手掌沿着肩线滑至我的腰际，轻浮又暧昧。

"你们那么凶悍做什么？"他挑起我的下巴，嘴角轻勾，就像逗弄一只小猫，"看看，把王妃吓得小脸都白了。"

我恍然想起，他曾经也这样捉住我的下巴，眼底的笑意笼上一层光。可是，不一样……我眼前的这副面孔之下，是挑逗，是羞辱，没有尊重，没有真心。

"段谨然，你别这样。"我缓声说道，"我害怕。"

他抬起胸口一绺我的发丝，缠绕在指尖："我也不想这样对你的，可是你太不乖了，你让我的戏没法再演下去了。"漫不经心地搅弄，不愠不怒，"嗯？阿楚。"

戏？他说的是我们的逢场作戏，还是这一切压根……

"你想……怎样？"

"所以，我改变主意了。"他抬眼，声线醇雅，华贵清艳的五官之中，眼睛和他为我加冕那刻一样晶亮。

让我意外又松了口气的是，他没有把我囚禁在天牢里，而是带我去了一处……火湖。

这片火湖名叫"2nd death"。

"摩球环境恶劣，待久了，会死。对了——"他轻松地说着，从衣兜里拿出一张纸，递给我。展开，有些皱巴巴了。

这里荒芜寸草不生

后来你来这走了一遭

奇迹般万物生长

这里是我的心

这首小诗名为《沙漠》。我的心也仿佛居于一片沙漠。心口好像被人撬走了一角，呼呼漏着风。

他冷眼看我，无情无绪："他喜欢你，你知道吗？"

"这……从哪里来的？"

他食指搭在太阳穴上，轻敲了敲："一直存在这里。原本他一直潜水的，最近却莫名活跃。"他沉着眉眼，声音却轻浮，"你唤醒了他。嗯，这么说不太准确，应该说，你唤醒了他的回忆……他的回忆，感应到了你的靠近。"

"他在哪里？"

"在你看不见的地方。他把灵魂抵押给了我。"

"什么意思？"

"月亮本身不发光，但可以掠夺太阳光啊。"他眼睛一眨不眨，薄唇开合道，"谁让太阳直射下，影子就会消失呢。只好让太阳先消失了。"

……

"因为他们的目标，从一开始，就是我。"

……

这个梦，由始至终——这个人，从头到尾——就不是他，段谨然。

"你把太阳遗弃在身后，世界当然只剩下影子。"我冷冷说道，提高了音量，"他现在在哪儿？"

"他？你说 Lowrie？还是摩球王子？没有他，只有我。他就是我，我本该是他。"他快速说着，神情狠厉，忽而嘴角轻勾了一下，"我遗弃……"又极快地下沉，"那又如何？影子不必赖以光存在，它在黑暗中四处流窜，无处不在。"

明明站在灼人的火湖边，我却觉得正在经历一场严冬，在雪崩。心脏被砸出了个洞，冷风呼啸着灌进去，一寸寸结冰。

"想让我下地狱吗？这里就是。我一直在。"他笑看着我，语气里满是嘲弄。

环视一圈湖边这些雕塑，良久，我只是说道："举头三尺有神明。"

他目光一沉，看向我："神明……呵，你说人类真是渺小又可怜，才会把一切现实的痛苦寄托给神明，才会相信虚假的童话。"

我没说话，只是透过那双污浊的眼眸，看见那道在深渊中沉沦的影子，和那些晦暗的岁月。

"是。人类很渺小、很脆弱。正因为如此，才更要相信。"

他神情一怔，片刻后却说道："很遗憾，我的世界，没有童话故事，更从来没有神明。楚歌，在地狱，能救你的，只有魔鬼。"

"所以你宁可把灵魂出卖给魔鬼，也不肯相信神明的存在？"

"你错了，我不是把灵魂出卖给魔鬼。"他沉沉看来，眸色像是承载了一整个地域——"我就是魔鬼。"

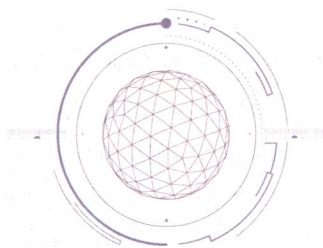

【第二十二章】

解铃还须系铃人……
植心，
对，植心！
我要……改梦！

那天晚上，他没有陪我吃消夜，回宫后径自去了书房。半夜里，我终于等来了宋清晨他们的营救。王宫里有侍卫层层把守，我决定跳窗，他们几个在外面接住我。

谁知我一脚刚从床上落地，身后便传来一道阴沉沉的声音。

"你要去哪儿？"

我动作一顿，回头，故作镇定地一笑："段谨然，好巧，你也失眠啊？"

"你叫我什么。"低缓的嗓音充斥着阴冷。

"哦，不好意思。"我寻思着怎么打个哈哈过去，他却冷冷开口："滚吧。"

他这么大方明事理，我倒有几分不忍心起来，奉劝他，"如果你想与我们作对，就真的无法回头了。你已经决定了，是吗？"

他那双眼寒湛湛的，望了我一会儿，轻浅一笑："我想你可能搞错了，喜欢你的是 Lowrie，不是我。"

"我会把以前的你，找回来。"

"不需要。我也不是他。"

我怕他反悔，不敢再多说，走出去两步，想起什么，取下头顶那只小小的桂冠，轻轻放在床头。

我在他的注视下翻窗出去，宫殿悬浮在半空中，距离地面有些距离——还好苏灿耀的怀抱够软和够结实。

不过，他都放我走了，我为什么还要跳窗？

"咳，小鸽子，咳咳，到底怎么一回事啊，咳咳咳。"

"回头再说，快！先去天牢救人……还有，你的身体素质是不是下降了？我这么轻，压一下而已，你怎么还咳上了。"

"你那是压吗？你那是砸！"我一扬手，他立马双手抱头，啧啧，这招真是屡试不爽啊。

宋清晨拿出一个黑色小圆片，别在我的头发间，我奇怪道："这是什么？"

他看着我不语，脑海中却自动响起了他淘宝客服般的声音……

"日防夜防，造梦者难防，防得住造梦者，防不住 NPC。贺守知那次你忘了？这是技术组新研发的颅内传声器，无声聊天室，寂静中的呐喊……怎么样？绝对安全！"

"天牢，怎么走？"风尧面无表情，冷淡的声音在脑海中响起。我被问傻了，对啊，怎么走？

地下城这么大，没有段谨然带着，我根本摸不清哪是哪儿。

宋清晨鄙夷地看了我一眼。

对哦，现在我的内心的想法，他们都能知道。

"笨。"宋清晨。

"……"

"哈哈，还好我机智！我有地图。"苏灿耀嘚瑟的声音响起，他咧咧嘴，"入梦前我特意搜来画了一份。"

看看，苏灿耀和我这个高智商姐姐相认后，身体素质是变差了，但是智慧基因被唤醒了呀。吾家有弟初长成，我欣慰地伸手："嗯，地图呢？"

"地图……"他摸向口袋，登时神情一变，"哎，刚才放这儿的怎么不见了？"

奈何，他的基因比较顽固。

"夜巡！这个点，Karl 会带领卫兵去天牢巡逻。"我看向宋清晨，"定位一下 Karl 的坐标！"

果然。

天牢附近，宋清晨吹了个口哨，一架飞行器停下，故伎重演。他对我眨眨眼："百试百灵。"

我们埋伏在暗处，待夜巡队伍离开后，挟持驾驶员启动引擎，开到了天牢入口。绿洲军的飞行器，自然不属于"不明飞行物"。

"小鸽子，怎么进去？"

"看你的了。"宋清晨侧头看我，"楚王妃。"

"硬闯。"我冲他挑眉，"宋平民。"

"不是吧？"苏灿耀内心叫苦连天，全数通过传声器落入我们脑海，"早知道一跑了之了，就不该来天牢……咳咳，我什么都没说……呃，我真不是那个意思啊……苏灿耀你能不能给我闭嘴！"

"他连这点信任都不给你？"宋清晨颇为嘲讽的语气。

我懒得还嘴："是男人就上。"而后一马当先冲在了前面……貌似哪里有点别扭？

打头的一个卫兵走上前："王妃殿下，请您止步。没有总司令的许可，任何人不得入内。"

"大胆。"我冷喝回去，"我有急事，事关你们总司令的安全！"

那个卫兵面露难色，缓缓抬起了手中的枪械："这，您非要为难我，我也只能……"

我瞥向那把枪，自然地接过，往里走去："多谢。回头我让他给你记个功。"

卫兵："我、我不是给您递枪。"

"哦？"我回头一笑，下一秒，枪抵在他太阳穴上。与此同时，一声枪响，他在我眼前爆头倒地。

我蹙眉，看向开枪的宋清晨："你把我的人质杀了。"他面色冷然，"安全起见。"

听见枪响，不出几秒，一大片卫兵围了上来。风尧拿过我手里的武器，随意朝一名卫兵开枪，谁知一声"轰"响，一整片卫兵纷纷倒下！

"AOE！"宋清晨惊讶得张嘴。

"AOE？"我不解其意。他正要开口，不知为何蓦地一怔，有些出神。

"喂！发什么呆！打仗呢！"

"没什么，想起些往事。"他神情恢复如常，随地捡起一把枪，瞄准击毙一个新跑来的卫兵，淡淡解释道，"AOE，群攻，攻击范围是区域内所有敌人。"

这次没有一大片，那个卫兵倒在我的脚下，我看了一眼，两眼一黑："你说你打死谁不成，没他你能发动飞行器吗？"只有驾驶员的指纹拥有启动引擎的权限，一旦驾驶员失去生命体征，指纹自动失效。

更棘手的是，风尧手里的 AOE 武器只有那一发子弹。宋清晨蹙眉："我来引开他们，你们快去救人！"

"好，地面会合，注意安全！"风尧吩咐着，带领我们往里硬闯。他将枪掷了出去，迎面跑来的卫兵抱头倒地。苏灿耀立马也把枪狠狠投了出去——砸在他面前卫兵的头盔上，结果重重反弹了回来。

"啊——"

卫兵不由得傻眼，我一把拽起苏灿耀往里飞奔……

很快，我们遇到了第一重门。

段谨然……不，那个人，他录入过我的虹膜。抬眼，然而门却纹丝不动，冗长的楼梯上传来追兵的脚步声。苏灿耀一番研究后，面如土色，"电场弱，这会儿没信号，虹膜锁没电了……"

就在这紧急时刻，耳边忽然浮起当年意念移动课上，教授的话……

"不要试图用你的显意识操控梦境，要用感觉！用你的感觉去触摸它！你想在梦里飞行，就先找找起飞的感觉。你想穿墙而过，就先想想穿过去是什么感觉……"

"明白了吗？去找那个感觉！在意识空间里，无论你想做什么，感觉是最重要的！它就是埋藏在你潜意识里的关键！"

"同学们，信念感！信念感也很重要！想象，然后果断执行！来，现在在你面前是一堵土黄色的墙，有几十米高……"

我伸手摸了摸它，用掌心感受着它的纹路："你好，阿门。我们现在要去救人，这个人对我们来说很关键，顺利的话或许可以拯救苍生。我奉劝你不要阻拦我，不然我疼你也疼，听话。"

默默后退十几步，预备，助跑，冲……我们三个拼尽全力奔向它，目的只有一个，穿过它！风从脸庞擦过，我闭上双眼，没有犹豫、义无反顾地迎了上去……"嘭"的一声！！

苏灿耀猛地睁开眼睛，在一边大口喘气。

我们……成功了？真的，就这么，穿门而入了！

风尧看了看苏灿耀，轻笑："门居然没有被你撞倒。"

面前，一个卫兵背手而立，看着闯入的我们。他的打扮与普通卫兵不同，看样子应该是个卫兵长什么的。

"你好，借过。"

他无视风尧，表情木然地开口："此路不过，三位请回吧。"

这时，我们身后的门忽然开了，十来个卫兵追了过来。不是，这锁什么意思，选择性没电？

然而还不等我们出手，只见卫兵长迅速抬枪，一枪一杀。

"One shot one kill……上去就是送人头啊。"苏灿耀感慨，"等等，不对啊，他们怎么自己打起来了？"

"静观其变，多浪费点子弹。"风尧捡起地上几只散落的头盔，递给我们。

不久，众人子弹耗尽，陷入搏斗。卫兵长的头盔被打落在地，只见他一头黑发，胡子却苍苍。苏灿耀啧啧一声："这人还把胡子染白了，真时髦，我不理解。"

"他染的应该不是胡子，是头发。"我无语地瞟他一眼。

"嗯，有道理……他是老人！老人武力值这……这像话吗？"他瞪圆了眼，"拳脚施展得这么自由自在、龙飞凤舞……"

风尧打断他："有把握赢吗？"

苏灿耀咽了咽口水，内心慌乱："开玩笑，怎么可能，不会要我上吧？呸呸呸，我是说，我觉得如果我打赢了他，就不会输！"

"嗯，有道理，如果你打赢了他，他就被你打败了。如果你开了枪，枪就被你开了。"风尧点点头，"我上次听你说这种废话还是上次。"

"你俩搁这儿交流病情呢？"我说道，"拾荒者人口稀少，老人儿童参军并不稀奇，单就这一点，有点类似斯巴达。"

"殿下有令，任何人严禁进入地面之下。"转眼间，追兵全数被卫兵长放倒，有的受了重伤，有的体力不支，他仍是一副木然的表情。

我在脑海里询问："看出他的弱点了吗？"

苏灿耀："没有。"

风尧："你看他哪儿防护得厚，就打哪儿。"

"好。"下一秒，苏灿耀咬牙对着他的腹部一拳下去——"啊……呼呼呼！痛痛痛！"

嘎，嘎，嘎。

众人皆是愣住，就连卫兵长那木头似的脸都出现了一丝疑惑的轻颤，琢磨这是什么操作，我弯腰一把拽起苏灿耀，跟着风尧往楼梯口飞奔……

"我就说你素质不行了吧，下个楼梯都喘成这样。"我在心里说道，等了半天没回应，正想回头看看，只听一个陌生少年的声音在耳边响起。

"王妃，你、你慢点……我跟不上了。"

我回头一看，你是谁？

"你从哪儿冒出来的？"

"你拉起我就、就没命地跑，我哪、哪知道？"

"苏灿耀呢？"

他一头雾水地看着我，喘着气。我转头就往回跑，没跑几步，便听见楼上传来一阵"唔唔唔"的声音——"小颂你怎么样……"不对啊，这听着像那个卫兵长啊？会不会是他故意装的？

我不放心："小颂你说句话！"

"我制服住他了！小鸽子，我在这儿把门，你们快去快回！"

我转头对上少年的视线，他哆哆嗦嗦："那个，我可以给你们带、带路，我知道怎么躲、躲避卫兵，不要杀我。"

带路？不是说任何人严禁进入地面之下吗？

"你来过这里？"

"嗯。"他的眼神有一丝闪躲。

"行，那你带路吧。"

这个来路不明的少年掌握着各层卫兵的值夜和巡逻时间，在他的带领下，我们真的没有再和卫兵正面相遇了。开启最后一道门的钥匙，是一串密码。

风尧看向少年，少年摇摇头，看向我："只有总司令可以进入最底层。还有，王妃你。"

他当然没有告诉我密码。不过，他早就料到了我会来天牢救人，南潜的秘密对我诱惑力太大，明知山有虎，我也只能偏向虎山行了。那么，为了让我顺利到达牢底，这个密码应该是我也知道的。

……

"阿楚，今天是我们的好日子。"

……

今天……今天是 12 月 12 日，他说过，这是个黄道吉日。我紧张地输入"1212"，"嘀"的一声，密码正确。

房门自动打开，我却傻了眼——人呢？

南潜人呢！

我和风尧对视一眼。少年焦急道："这里就是关押他的牢房，千真万确，如假包换！我绝对没有诓你们！"

风尧冷道："你利用时间差掩护他离开，是不是？"

少年惊掉了下巴，连连摇头："什么时间差？！你太高估我了，我什么都不知道啊！我只负责带路，无偿做好事！其他的不关我事啊！"

锁链另一端的天堂鸟奄奄一息，尚未断气……说明那个人就在附近，带着南潜还没跑远。

"小颂，快去塔顶入口。"我转头就沿着常规通道拾阶而上。然而，空旷漫长的楼梯里不止我一个人的脚步声。

近了，更近了……

我用力踹向前方那道，黑暗中渐近的人影。

"呃。"熟悉的声音吃痛道。他出手利落地抓住我的脚踝，腹部还是挨了结实的一脚。

"宋清晨？怎么是你？"

第二十章

"怎么了？"他脸上的痛苦转为疑惑，再化为埋怨，"你把我当成别人了？"

"你怎么在这儿？"

"还不是担心你。"他没好气道，神情忽然紧张，"你这是要去哪儿？有人追你？"说着把我拉到身后。

我观察着他的表情："你刚刚，有没有遇见什么人？"

他皱眉："什么人？没有啊。到底怎么了？"

"小鸽子，塔顶没有人。"苏灿耀的声音响起，"诶对了，宋清晨说去找你们，你们会合了吗？"

"嗯……他经过你那儿的时候，是从哪儿出现的？上层，还是下层？"

"上层啊，当然是上层。"

"我要的不是当然，是肯定，你到底看见了没？"

"上层，我看见了。怎么了？你问这个做什么？"

我冷静一想，那个人往上跑的可能性确实不大，先不说我们一路从上面下来，苏灿耀那层也是必经之路。那么，只有一种可能……最底层，并非最底层。

回到南潜的牢房，只见那个少年在一旁探头探脑，风尧在墙上摸索着，忽然眉头一蹙——一只猫头鹰浮雕，通往真正最底层的机关。

我在传声器中呼叫"行走的百科全书"："小颂，在？科普一下猫头鹰。"

很快传来回答："猫头鹰？昼伏夜出，夜视的典型，瞳孔在夜间吸收更多光线，但只能辨别明暗，色盲，无法辨认色彩。"

我走近和猫头鹰对视，寻找着破解的玄机，突然，它的眼珠子转了转！

"啊！"我惊叫出声，脚下一软，倒退了好几步，宋清晨一把扶住我。我想再上前，被他轻轻拉住，摇摇头，"是陷阱，不要冒险了。"

这时，猫头鹰透明的眼珠里浮现出一排小字，风尧凑近。

"什么？"少年好奇，又不敢上前。

"Let me hit you。"

"让它砸你？它只是一具浮雕，又没有生命，这不可能嘛。"

我在一旁轻声念道："如果你打赢了他，他就被你打败了。如果你开了枪，枪就被你开了。"

……

苏灿耀把枪狠狠投了出去——砸在他面前卫兵的头盔上——重重反弹了

回来。

……

"小鸽子，你还有心思嘲笑我，别忘了我可知道你脑海里想什么哦。"

反向思考，如果我被它砸了，它就砸了我。那么，我砸猫头鹰，反弹回来，可不可以认为……是猫头鹰在砸我呢？

"就，这么简单？"机关触发，楼梯口的地面塌陷下去，楼梯向下延伸。少年一脸不敢置信。

南潜被五花大绑着转移到了这里，嘴里塞了团布。他一看见我们，就激动地"唔唔"叫着。

他看向我们的眼里，不是庆幸和呼救，而是恐慌和惧怕。

不远处响起了卫兵整齐迅速的脚步声，目的地正是这里……这次显然和之前不一样，来人不少，应该是大部队赶来了！

"报告大将，有人闯入秘密底层。"

"嗯。"

地上的人拼命挣扎着，铁链撞击在地上发出很大的动静。宋清晨几步过去，对准南潜的脖颈处开枪——一管药剂注射进他的体内。

风尧眼风扫过去："谁撂倒的谁负责。"

时间紧急，宋清晨一把背起昏迷的南潜。我们刚跑到楼梯口，就听见一门之隔外响起一队脚步声。

然而下一秒，一名卫兵的声音响起："已经跑了！大将有令，快去入口堵截！"

"是！"

脚步声渐渐远去。

门外，一人身穿镀金铠甲，头盔的缝隙中，是一双熟悉的深邃眼眸……

他似乎看了过来，下一秒却转身离去。

好好回忆回忆，楚歌！一定有什么被你漏掉的细节……

"Binary？"

锁头上面的那个英文字母。Binary，会不会是，双子塔？

"很可能。这座塔以地面成轴对称，而本身又是更大一级轴对称的一部分。"风尧看向一旁的少年，冷静地指挥道，"你，从哪儿来的回哪儿去。楚歌，你和我找出口。宋清晨，你带着南潜跟上，确保南潜人身安全。至于苏灿耀……反正也帮不上什么忙，就留在上面继续看守吧，有情况立即通知。"

"喂，什么叫也帮不上……"

"抱歉，那句是我的心里话，不知怎么就跟出来了。"

我和风尧四处摸索了一遍，没有出口，也没有机关……风尧望向那道密码锁，出声："二进制？"

"你的意思是……"

脑海里一道光闪过，一句歌词窜进脑海——"我的世界只在 0 和 1 的制作中度过"！

上一串密码是"1212"，那么，分别递减……密码正确！

"0101"，成功！

西面的墙壁自动倒下，一条隧道在我们面前展现！

说来好笑，我们做梦也想不到会有这样一幅景象——造梦者被困在了自己造的梦中，破梦组成员千方百计营救造梦者，背着造梦者一路逃窜……

跑过漫长的地下隧道，再从塔底沿着层层楼梯爬至塔顶入口时，夜空中出现了一点点手电的光亮，接着是铠甲反射的光影中，几个卫兵朝我们走来。

他站在顶楼的寒风中，一袭黑色风衣猎猎，融于夜色。长绒是高昂的柔软质地，柑橘混合香兰的香氛钻入鼻翼。一旁，Karl 低着头单膝跪在地上。

他漫不经心地摩挲着尾戒，神色淡淡看着我被粗暴地制伏在地。

片刻，终于开了口，嗓音低漠："把灯关了。"

"是。"仅剩的一点手电光消弭，连夜空都变得越加黑沉。

他怕光？

传声器里响起苏灿耀的声音："他习惯了黑暗，夜视肯定好。他故意把灯关了，这样你们看不到，他却看得很清楚！"

风尧问："黑夜，会让你更有安全感吗？"

他轻轻笑了一下："黑夜是妖魔鬼怪的藏身之所，不是吗？"

"夜色是噩梦的保护色。"宋清晨抬眉，汗水顺着眼梢滴落，"你做了一场噩梦，就要一辈子害怕睡觉了吗？"

他抬手，蓦然，掌心间燃起一小簇晶莹的蓝色火焰："你说得对，光明的残忍之处，在于让暗夜里的一切，无所遁形。"他淡淡说道，精致的脸庞隐在火焰之间，喜怒无形，"有些东西，有过一次就够了，比如……信任。轻信了，再被抛弃，便永不再信。"

"不相信他人的人，永远不被他人相信。"我一字一句道，"时时铭记背叛的人，结果往往是被他人背叛。"

火光骤然熄灭，晦暗的眸看来，他的音色低了下去："我也曾欢迎过，我如此痛恨的黑暗。"

"光之所以成为光，是因为，不管黑暗多么令人麻木，它始终不会拒绝成为光。你知道黑夜为什么会吞噬人吗？因为有人习惯了黑夜。"

他静默了很久很久，缓缓开口："夜里没有光亮。"他说，"黑夜不需要光亮。"

天上没有星光，渐渐地，世界归于一片漆黑，一句话在耳边低低响起……

"Samael。我的名字。"

没有再次得见天日，等我醒来时，天仍黑透着。

他支着下巴，侧卧在我身边，一双暗沉的眼眸看着我，不知道已经看了多久。

"我睡了多久？"

"要问你了。"他眼底漫出懒懒的笑意，嗓音暗哑，轻轻咳了一声，"我回来时你正在睡。"

今天是沙尘暴来袭的那一天？难道后来的一切，都是一场梦吗？好冗长的梦。我竟然睡了这么久吗？

他忽然用拳头抵着嘴唇，一声闷笑。

眼前这张脸庞我无比熟悉，可是，看着他心情愉悦的样子，看着他弯弯的眼角，我总觉得不真实。我轻喃出声："段谨然……"

剩下的话，被他用吻堵住。

我知道我必须做点什么……对着他的唇，狠狠咬了下去！他倏地睁眼，眸色瞬间暗沉至谷底，血色晕开，氤氲成一大团暗红雾气，迷蒙住彼此的双眼……

不知过了多久，天昏地暗。半梦半醒间，门外响起不疾不徐的脚步声，像是靴子踩在地上掷地有声。

"殿下。"

"嗯。"声音醇和稳重，恰如醒得正好的红酒。

接着是一串清脆的开锁声。一室阴暗中徐徐步出一个身影。

我睁开惺忪的睡眼，只见他单膝蹲在我面前，不知道这样打量了我多久，连蹲姿也是十分优雅矜贵的。

黑暗中他的酒红色凤眸发着幽暗的光，不甚清晰的五官轮廓恍惚得让我以为是错觉，四目相对，嗓音温和："醒了？"

怎么会？！

梦境重演？

我怎么又一次从梦里醒来了……

"别用一副看鬼的表情看我。"他一手掐住我的下巴，幽声说，脸上看不出阴晴。

不对，这不对。

一个已经成形的可怕猜想钻入脑海……梦中梦——在梦中忽然有一个具备意识的自我，从外在观察者的抽离视角来看待正在经历的梦境——你觉得自己已经醒过来了，但其实还在梦中。

醒来并不是真正的醒来，这只是一个梦到自己醒来的梦，是居于半意识的恐惧试图把做梦的人拖进更深层次的噩梦时，挣扎到了意识表面。

如果这种梦是连环的、分层的，要回到现实就更困难了，就像俄罗斯套娃，永无尽头，那才是最可怕的噩梦。

……

他放开钳制我下巴的手，舔了舔被咬破的唇，上面还沾着点血迹："真甜。难怪。"

与此同时，我探向他腰间迅速拔出一把枪，上膛，闭上眼，对准自己的太阳穴——回到现实世界吧，拜托了——开枪！

睁眼，钟塔的感应门自动打开。伴随着几欲失控的心跳，那道熟悉的背影映入眼帘。

双手插兜，一身灰色长款薄羊毛衫慵懒高贵。

我缓缓抬起手里的枪，对准那道背影，扣动扳机。

再次睁眼，头顶一盏照明灯亮晃晃的，意识迷离间，隐约听到身旁两个人的拌嘴声……

"哇，上热搜了！破梦组成功缉拿造梦者，我看看……啧啧，评论里全是说你笨的，气死我了，赞都赞不过来！"

"喊，懂什么，失误才是精髓！我还没说呢，你这个退堂鼓演奏家，最后一场行动都能失约？"

我迷迷糊糊地望了一圈，自己正趴在意识治安局食堂的饭桌上，大脑昏沉沉的，神志还不是很清醒："造梦者……缉拿了？！"

"北京申奥成功啦！"苏灿耀莫名其妙地看我一眼，伸手揉了揉我的眼睛，"小鸽子，你是不是睡傻了？"

"我睡了很久吗？"

"不久，也就说了一万句梦话的体量吧。"宋清晨斜眼看来。

"我说了什么？"

"你说了好多个'段谨然'，什么，爱得死去活来……"苏灿耀津津乐道，配合以添油加醋的表演，"哦，还有，'段谨然，你别这样'。"

不知道为什么宋清晨脸色有点难看，我也懒得细想，岔开话题问了句："风尧呢？"

"破梦组一夜成名，他这个组长现在架子可大了，等闲请不动。"

"宋清晨，你说谁呢？"回头，只见风尧笑盈盈地走了过来，把职工卡放在我们面前，"想吃什么自己点。"

下班后，我们四个走在回公寓的路上，微风和煦，星月交辉。我和风尧并排走在后面，苏灿耀和宋清晨双手插兜，一如既往吵吵闹闹了一路，真实感也在他们不正经的嬉笑声中慢慢归位……

鸟语蝉鸣，万木葱茏，这个世界在我耳边、眼前绘声绘色地上演，如斯真实。

可能，真的是我太想他了吧，所以去了潜意识边缘……

"苏灿耀，我问你啊，造梦者不在了，假如破梦组要解散，你有什么计划吗？"宋清晨仰脸看着星空，随意问道。

"我啊，我的新梦想，环游世界！"他转头看看我，咧嘴笑着，"和我姐一起。"

风尧看我一眼，对苏灿耀淡笑道："你太空都游过了，还游地球？"

"那不一样啊。环游世界一直是我的第二梦想，只不过一直退而求其次……从环游世界之窗，到环游世界地图。"

宋清晨嘴角勾起清冽的弧度，速度慢下来，到我身边："咱们计划到一块儿了，正好组个团，好不好？"

我也笑了："不，好。"

"我再问一遍，好不好？一个字。"

"不。"

"……"

电梯内。

苏灿耀凑到宋清晨身边，一脸偷笑："哇，要去看什么展啊？偷偷摸摸买两张票，还是情侣号，这是拱到白菜了还想瞒着我们呢？"

"起开起开。"宋清晨低头操作着讯章，笑意明显。

"哼哼，你那天临时失约，该不会就是和小女友花前月下去了吧？"苏灿耀说着咂了舌，"这么贵一张票……我说，你这才走上人生巅峰、当上事业成功人士，就开始花钱大手大脚了？"

宋清晨收起讯章，心情愉悦道："有钱不花，放银行睡觉？"

"放心吧！我没那么多钱可以放银行睡觉的。"他打了个哈欠，"唔，到了，风尧咱们走，小鸽子晚安，宋轻友晚安。"

出了电梯，我如往常一般和宋清晨说"明天见"，对了，他是我的对门。虹膜识别开了门，正要进去，他在身后叫住我。

"明晚有时间吗？"他淡淡咳了声，眼皮不自然地耷下，"我买彩票中了个奖，刚好两张票，丢了可惜，你去不去？"

"彩票？"

"对。咳，就是那种开盖赢惊喜的，对，再来一瓶，就和那个差不多吧，第二张半价，不小心就扫脸支付了……你去不去？"

我忍俊不禁："什么票？"

"达·芬奇的AR画展，带你去看蒙娜丽莎的哭泣，这还是国内首展呢。"

我的表情一滞："不是……微笑吗？蒙娜丽莎的微笑。"

"微笑？"他反复看了看我，蹙眉，"难道真睡傻了？什么时候是微笑了？"

这一刻，我的世界狂风大作。他不是在开玩笑，今天也不是愚人节，唯一的可能……这还是梦。

"怎么了？"他伸手在我眼前晃了晃，"算了，你进去睡觉吧，站着都能梦游。"

我一把拽过他的手，狠狠咬了一口，问他："疼吗？"

他一副嫌弃的表情看着我，恶狠狠地掐上我的脸。"好啊你，测测自己不就知道了？"说着手上加重了几分力道。

完了，不疼，一点也不疼。

"你的腕表呢？"我急了。他说过，那块腕表对他而言如同生命，从不离身的，而此刻，他素洁的手腕上空空如也。

他皱眉，眼神变得疑惑："什么腕表？"

这一刻，我的世界晴天霹雳。我探向腰后，缓缓拔出枪，悄悄上膛……

"你想杀我？"只一刹那，眼前的人眼神变冷了。他似乎极快地勾了下唇，抓住我的枪管，冰冷的枪口贴上他的前额。

"嘣。"子弹破膛而出。

我呆呆愣在原地，看着自己颤抖的手，看着上一秒生动鲜活的世界瞬间碎裂成渣……

雨，夜雨，很大的雨，淋在身上是冰凉的触感。阴冷潮湿的空气中弥漫着霉味，掺杂了一点劣质的香水味。

在一片漫无边际的冷雨和杂七杂八的霓虹光雾后，风尧沉俊的五官藏在墨绿色卫衣帽下。我拿枪对着他，内心狂跳。他一手径直握住我的枪口，压了下去。

"楚歌，这层不是梦了。"

身旁，他的电动摩托安静地停靠在雨里。

"真的吗？"我咽着口水，声音发颤，"我们现在在哪？梦是从实验室开始的，我们被南潜催眠了，是不是？小颂呢？"

"来找 Karl。"他沉声，"苏灿耀还在梦里，不知道在哪一层，我们想办法结束梦境，唤醒他。"

"好。"心稍稍安定了些，却被他接下来的话搅乱。

"破梦组里有卧底。"

卧底？不可能是我，也不会是小颂，这么说只有可能是……宋清晨？又或者，他在试探我？目的是什么，他会是卧底吗？

我对上他观察的眼神，直接问："你怀疑我？"

他摇摇头，不再继续这个话题。他说，Karl 是这边的义肢供应商，是一家名叫"梅花 K"的义体店老板。

黑色的招牌凌驾于高空中：The Crossing。

渡。

这里应该就是传说中的……黑市，鱼龙混杂，地球人、摩球人杂居，阴雨连绵。

毫无疑问，这里是罪恶的培养皿，却也是逍遥人间的天堂，滋养着腐败，也散发着生机，繁荣和腐朽同生，邪恶与美丽共舞。

穿行过五花八门的二手装备店和零件集市，我们在一座黑黢黢的楼梯前停下。一个衣着脏旧的少年正坐在楼梯上发呆，刘海凌乱地扎着眼，手里抱着一个纸牌，上面用马克笔写着大大的两个字——

刚刚。

"Hi, Siren。"风尧上前打招呼。

塞壬？古希腊神话中冥界的引路人，拥有天籁般的歌喉，蛊惑人心的甜美歌声使得过往船只触礁沉没。这个名字取的，还真是十分应景。

"Hi，叫我地球名字池恩就好，代号是用来装神秘的。"少年看向来人，笑得有些腼腆，这么一近看很是眼熟……这不是梦里那个被我错拉的可疑少年吗？

"池老板是这一带的情报贩子，传言掌握着不可告人的财富密码和一切大人物的行踪，月曜城的任何风吹草动都逃不过他的耳朵。"风尧对我介绍道，"曾经在绿洲军卧底。"

"哎呀，夸张啦夸张啦！还有，叫贩子多难听，叫情报通。"

风尧看上去和他很熟。可是风尧为什么会和他很熟，他经常来这种地方吗？

我状似不经意地问："认识啊？"

"嗯。不认识。"他随意答道，压低声音说，"梅花K，带路。"

池恩走得很快，风尧人高腿长轻松跟上，我落在他们后面不由得加快步伐，以免被人群冲散。

"先生，这是你女朋友啊？"路上，池恩凑到风尧耳边，自以为小声问道，回头看我的眼里笑得有点吊儿郎当。

"池先生，八卦是你的职业病吗？"风尧不咸不淡地回复。

池恩啧啧嘴："干我们这行，除了人脉，直觉最重要，没有点嗅觉那哪行？毕竟你们的秘密就是我赚钱的工具嘛，是吧？"

风尧淡淡看他一眼："做生意可以，算盘不要打到我头上。"

"Just kidding！"他立马双手举起，保证道，"放心，借我十个胆子，我也不敢招惹你们。"

突然，风尧停下脚步，我正想问他怎么了，他回头相当体贴地问我："腿短，跟不上？"

我一时不知该摇头还是点头。

池恩把我们领到了一间窄小的铁门前。风尧眉头轻拢："我说去'梅花K'。"

"可是据我所知，你们要找的人今晚来了这里。"

"哦？你怎么知道我们要找的是人，不是店呢？"风尧说着摸了摸右耳，那是我们之前定下的警戒信号。

池恩微愣了一下，随后笑了，上下打量我们几眼："我看你们哪儿哪儿都健全，脑子也好使，难不成还是去安装义体的吗？"

他抬手有节奏地扣着门，慢、快、快、慢、慢、快、快、慢。接收到暗号，门很快从里面拉开了。

眼前的景象令我目瞪口呆——里面别有洞天，完完全全是一个世界，一个庞大的、浩瀚的、宏伟又精密的新世界。

到处都是攀枝错节的机械，萤光色的光点表示正在工作。到处都是AI，除了一身冰冷的暗夜蓝外壳，他们的五官面孔与人类别无二致。人潮涌动，各司其职，井井有条，不亦乐乎……想起高中学过的课文《桃花源记》，我忽然能理解陶渊明误入桃花源的心情了。

没走几步，"嘀"的一声，一个眼熟的标志出现在我的讯章上——一条蜿蜒缠绕着玫瑰花的蛇。所以，造梦者黑了我的讯章？

别告诉我，这里才是他的老巢。

"人呢？"风尧径直问。

池恩嘻嘻笑了一下，摊开掌心："亲，建议您这边先把账单结一下，情报费外加跑腿费，一共五万。"掌心纹路就是付款二维码。

风尧扫他一眼没说话，池恩喷喷嘴："干我们这行，就是在危险里打滚，没有点零花钱买保险那哪行？毕竟我手中的情报就是你们办事的工具嘛，是吧？万一突然我一个不注意，把风声泄露给了你们的仇家……"

我翻了个白眼："最低折扣多少？"

"小姐姐，一口价哦！"他笑眼眯眯，"看在你们身份特殊的分儿上，已经没有算小费了。"

还有小费？

"可是你已经先斩后奏了，既然我们都进来了，还怕找不到他人？"我浅笑道。

"是吗？那你试试看咯。假如真如你所言，我还做什么生意？"

一声轻"嘀"，风尧已经转了账，池恩顿时喜笑颜开："就喜欢爽快人，交易愉快！欢迎再度光临哈！"

风尧目光锁住他："关于Samael，你掌握了多少？"

"这是另外的价钱，友情价，四万四吧，讨个吉利数。"

我咬咬牙，把钱转了。池恩满意地说道："Samael，摩球大王子，生母强势干练，是国王的元配夫人。不过嘛，政治联姻你懂的，国王心心念念初恋，并不爱夫人，连带着 Samael 自出生起就遭到了父亲的疏远。"

我皱眉："那段谨然呢？"

"你说 Lowrie？他们两个是同父异母的兄弟，相差十一岁。Lowrie 为王后所生，传闻王后温柔动人，是国王的初恋，只可惜整日郁郁寡欢，红颜命薄，唉，在 Lowrie 八岁那年因病去世了。"

"这些宫廷秘闻不难打听，还有呢？"

"别急嘛，人物关系只是铺垫……"池恩神秘兮兮地看风尧一眼，压低了声音，"2078 年，我算算啊，Samael 十岁那年，他父王登上王位，无情抛弃了母亲和自己，迎娶初恋为王后。没过多久，夫人就因伤心和屈辱自杀。一年后，王后生下小王子也就是 Lowrie，国王命十一岁的 Samael 带领拾荒者返回摩球，美其名曰回收可利用资源，实则等同于流放，说白了就是收破烂的。"

"……"

我一直想知道，到底是什么样的伤痛，铸就了他那么强大的执念。原来如此……现实真的可以如同黑夜般冷酷无情。

"据我所知啊，十四年后，二十五岁的 Samael 为夺回属于自己的一切，暗中联合 AI 族，啧，就是人类在摩球基地投放的大量 AI……秘密建立了一支盟军，没错，就是绿洲军！还绑架了你们 MPSA 的什么重要人物……我就知道这些，这可都是我卧底期间冒着掉脑袋的风险打探来的！"

我困惑道："十四年后，2093 年？这都 2101 年了，他的计划实行到哪去了？"

"这我就不知道了，毕竟知道的太多也是一种危险。不过，君子报仇十年不晚嘛！"池恩说着嘻嘻笑了，"怎么样？四万四，是不是物超所值？"

我们来到大厅，一大片喧闹的浪潮扑面而来，通明的灯火把这里映照得金碧辉煌，没有钟表，仿佛一门之隔里的世界没有白天黑夜，纵使日夜颠倒也无人知晓。

喧闹归喧闹，秩序却井然。四处都是方形桌，人们围着桌子议论纷纷，貌似这是一处……赌场？

一名长相英俊的 AI 端着杯酒走了过来："这位小姐第一次来？真是令

人赏心悦目，不知可否赏脸喝一杯呢？"

我正想婉言拒绝，一只白皙修长的手截住了那杯漂浮着薄荷的莫吉托。我看向身旁的男人，他一饮而尽，唇边勾起个不急不缓的淡笑："赏心悦目，是由于我的存在。"

那名 AI 显然不太高兴："这位先生，你这种行为可不绅士。"

"挡酒还不绅士？"风尧眉头一蹙，"我不理解。"

AI 转而压低声音对我说道："这么多人呢，你不喝，是诚心让我丢脸啊……你可要想清楚了。"

"你的脸很值钱吗？丢不得？"风尧淡淡道，"放心，这么多人，没一个在看你。"

AI 无趣地离开了。

没想到啊没想到，风尧居然还有这么男人的时刻，我正准备说点什么来表达感谢，他率先看过来，面无表情地开口："我喝酒了，等会儿回去你开车。"

"……"

池恩把我们领到一张桌子前："据我打听，赢了这场比拼，他们就会带你去见这里的领导，Karl 就是其中之一。"

风尧面无表情："所以，要想见到 Karl，前提是我先赢了这场比拼？"

"没错。"

"所以，要是我赢不了这场比拼，就见不到 Karl？"

"没错，就是这个意思。"

我咬牙："就是这个意思……你还好意思收我们那么高的费用？"

"哎呀，贵是贵在消息上，我只负责带你们来找他，又没保证你们一定找得到他。"

"……"

场外规定上写道，参赛者性取向为男性。AI 界并无明确性别之分，常用性取向作为性别参考项。

参与比拼需要先买筹码，在这里人民币并不适用，他们的货币是"爪牙"，猛兽的尖爪和利牙。十只尖爪等价于一颗利牙。

我当然没钱，只好指了指一旁的风尧："拿他作抵押，值钱吗？"

工作人员拿着一个形似手持安检仪的东东在风尧身上晃了晃，微笑道："当然，都是高级零件。"

风尧被送去了二楼羁押室，被押走前不甚放心地看了看我，欲言又止。

"想说啥？"

"你，有那个本事吗？"

我笑了笑："放心，保准把你赎回来。"

桌子中央是一些色彩迥异的积木。比赛规则很好懂，一圈参赛者只需在规定时间内找齐积木，按照"Gordian knot"的模式拼成三个棱柱，再全部解开、回归原型。

Gordian knot，戈尔迪之结，象征知觉、精神、灵魂的统一性，又有生命、死亡、复活循环往复之意，在凯尔特神话中，还表示地球、海洋、天空三个领域。

比赛开始。

风尧透过羁押室的玻璃墙观察着赛况，利用颅内传声器给我进行场外指导。然而被一桌高智商文明包围其中，我难免稍显吃力。比赛时间过半，我连一个棱柱都没有完成……

身边的选手似乎只差最后一块了，却怎么也找不到契合的拼块，大多数拼块已被用完，或被个别强势的选手囤积了。

我这刚好有一块多余的，好像正是她需要的。我递给她，她一愣，接过道谢。

比赛并没有规定赢家只能有一位，也就是说每个人的竞争对象只有自己。积木是合作型游戏，缔结盟友、互帮互助，不失为一种策略。

很快，在她的帮助下，我的第一个棱柱总算完成了。

……

距离比赛结束还有不足半分钟，我看看手中缺斤短两的第二个棱柱，骤然出手夺走了对面刚诞生的成品——不好意思了，我快速拍下面前的灯钮！

工作人员机械地说道："很遗憾，您只完成了两个。"

"不，三个，这是第三个。"我说着将两个棱柱拼在一起，构成了一个更大的棱柱。

灯钮点亮！还有五秒！

戈尔迪之结……

梅花 K……

K 在扑克牌里是英文单词"King"的缩写，四张 K 分别代表着四位国王，没记错的话，红桃 K 是查理大帝，黑桃 K 是大卫王，方块 K 是恺撒大帝，而梅花 K 则是亚历山大大帝。

公元前 334 年，亚历山大大帝解开戈尔迪之结，应验了神谕，最终成为"千古一帝"。

想当年，他凝视绳结，猛然拔出宝剑，手起剑落，绳结破碎！

我从腰间拔出手枪，"嘣""嘣"两声，两个棱柱瞬间瓦解、四分五裂！

比赛结束，工作人员宣布："抱歉地通知各位，领导层临时改了规则，他们已经找到了想要的人，其他赢家并不能获得参见领导的资格。请各位移步生产区投入劳动。"

话音落下，愤怒、不服的抗议声此起彼伏。一只强有力的手臂箍住了我的肩膀，是被我夺走棱柱的那位选手……幸而，我被几名工作人员及时带离了现场。

"楚歌小姐是吗？请跟我们来吧。"

我被带上了机械眼罩和同声传译器，很长很长的一路上，耳边只有冷冰冰的脚步声。

不知走了多久，终于在一扇门前停了下来。

"首领，人带到了。"

"进来吧。"轻慢温凉的声线，并不属于 Karl。

我慢慢走了进去，身后传来厚重的关门声，室内似乎一片黑暗，隐约听见不远处有人在说话……

"怕她有危险？你可说过不插手这些。"

"我也说过，对她不利的事，我不会做。"不知为何，那嗓音虽然经过变音处理，仍让我有一种熟悉的感觉。

"是吗？可你在做的，一直都是对她不利的事啊。"

"……"

这时，先前那道温凉的声线发话了："眼罩摘了吧。"

出现在眼前的，是一个全然陌生的男人——外表看上去二十五岁左右，脑海里不合时宜地冒出两个成语：精致绝伦，惊为天人。说是经过仪器的精密计算后细细雕刻而成的五官脸庞都不为过，却似乎少了点什么……温度，对，少了温度。

偌大的房间，厚重的窗帘拉着，他站在一室阴影之中，身后是我熟悉的两个人，Karl，南潜。看样子他俩关系不错，一点不像是监狱长和阶下囚。不远处有一个小隔间，里面没有说话的声音了。

"是叫楚歌吧？"男人慢条斯理地笑了笑，精美的五官爬上凉薄诡异的弧度，"人类小姐，楚歌，欢迎做客机械城。"

漂亮标准、胸有成竹的英语发音。我心中没来由一慌，抿唇道："谢谢，我就是想来打听问问，请问配一万块的扫地机器人需要多少钱？"

南潜嘲讽地看了我一眼："Huter，我告诉过你他们不聪明。"

被唤作"Huter"的男人似乎被逗笑了："紧张什么？敢在我的场子上公然无视规则的人，我以为应当很勇敢。"

我强作镇定，抬眼直视他："我想知道，比赛规则是什么？"

Huter 挑眉："弱肉强食，丛林法则。"

"既然如此，那参赛者何必遵守所谓规则、斯斯文文地拼积木，何不选择最简单粗暴的方式呢？至于被我抢走劳动品的那位选手，无能就是被淘汰的理由，足够了。"

大脑高速运转着……

"搭积木这个小孩子的游戏，却是人类终极游戏的代表，作为洞悉人性的介质，再合适不过。比赛形式看似简单，却花样百出，允许囤积、垄断、收购，当然更允许结盟、交易、巧取豪夺。"

他没有回答，只是轻笑，表示欣赏。

"无视规则？"我冷哧一声，"规则从来都是破坏规则的人制定的，因为害怕触碰他们的利益，所以制定了那些规则，让别人遵守。"

Karl 倒是慵懒地开了口："军人的天职只有服从命令。命令，只看结果。结果，就是规则。至于手段，随你。"

我心知自己答对了，继续说出自己的猜想："既是回归丛林世界，何须设置这么烧脑的游戏逻辑？而赢家恰恰是通过缜密推理、步步为营才能走到最后。游戏是为了反向印证，人类不同于四肢发达、头脑简单的动物？"

"没错。智慧，主宰一切。"Huter 浅浅笑了下，只是那笑越加森冷，"聪慧的楚歌小姐，还不打算说明真实来意吗？"

"Karl。"我看向他，"能否借一步说话？"

我随他走到房间的露台上，递给他一只颅内传声器。他疑惑地看我一眼，倒也没问什么，戴上了。雨还在下，砸在玻璃顶上，淅淅沥沥。

"Samael，在哪儿？"

Karl 看着我，皱了下眉。

"他还在梦里，对吧？"

Karl 不打算隐瞒，挑了下眉："说实话，你们能从南潜设置的梦中梦里出来，我们都很吃惊。毕竟 Samael 的执念不是一般深。"

果然是个爽朗之人。

"既然你都清楚，那么你应该也知道，在梦里我们已经缔结了深厚的革命友谊。"

"套近乎想做什么？"

我笑，明人不说暗话，这好办多了："清醒梦，意味着再次站到创伤面前，那很可怕，敢做这种梦的人更可怕。我很好奇，这么无坚不摧的梦，也会有突破点吗？"

"你很好奇，我就要告诉你？"

"你会说的，这是破解梦境的关键。"

他打量我两眼："你凭什么以为，我有多管闲事的好心？"

瓦格纳说过，入梦者可以操纵梦境，但无暇完全控制它的方方面面，就像水手不能掌控大海一样，他还要去应付波浪、水流和风——纵使是清醒梦，Samael 也控制不了 Karl 的眼神。

在天牢秘密底层，他明明看见了我们，却视而不见。

"说起来，我们能逃出来，还要多亏了大将你暗中相助。"我看着他，语调平平，"多谢。"

他沉默两秒，勾起一个不言中的笑："你知道多少？"

我把从池恩那获得的情报如实告知，他听完后说道："楚小姐的消息来源还真灵，唯一掌握不全的信息是，少加了个 S。"

"复数？意思是幕后主使除了 Samael，还有别人？"

他摇摇头："和单复数无关。不是 AI，是 SAI。"他语气一顿，侧头看来，"Strong AI。"

我浑身凉透，大脑嗡嗡作响，曾看过的百科词条跳了出来……强人工智能——具有自我意识的人工智能，有自己的价值观和世界观体系，有和生物一样的各种本能，在某种意义上可以看作一种新的文明。

方才在赌场上，他们以高智商优势赢了比赛不可怕，因为临时改变规则而愤怒、不满、抗议才可怕……情绪，他们有了自己的情绪。

他们有自己的秘密基地"机械城"，有自己的专属货币"爪牙"。从某种程度上说，机器人工厂是 AI 灾难的起源。因为，在这条高灵活度、上下游一条龙的全自动化生产线上，它们可以自己生产硬件、管理员，又反过来让管理员维修自己，同时生产更多管理员。

医学上认为，是否具有生命的衡量标准可以是能否自我生产、繁衍。按这个标准，机器人、克隆人、仿生人就是人工生命，是计算机和生命科学创造的生命。它们和动植物没有本质不同，不过是无机生命和有机生命的区别罢了。

那么，刚才那个男人……

"Huter，SAI 族首领，也是 SAI 军团的头目。绿洲军里的 SAI，只是最先觉醒的那一部分。"

Huter，human hunter，人类猎手？

"段谨然呢，你们把他怎么样了？"

Karl 没有立即回答，默了默才说："Samael 长年居住在环境恶劣的摩球，身体脆弱不堪，寿命提早到达了期限……"

"所以你们设计陷害段谨然，为了占用他的躯体？"

"Samael 在 SAI 族的帮助下'复制'成为了 Lowrie，而且保留了 Lowrie 的记忆。"他顿了顿，"拥有他的音容样貌还不够，他还要拥有他这二十一年的回忆——这本该是属于他的人生。"

"……"

"没用的，别妄想叫醒一个装睡的人。他的执念太深了，你说服不了他。"Karl 苦笑了下，沉厚的嗓音透出涩意，"这么些年了，没人能解开他心里的结。"

解铃还须系铃人……植心，对，植心！我要……改梦！我要在现实和梦中世界的这段时间差里，改写他的梦境！

"这些年里，他和父亲有联系吗？"

他沉吟片刻："双子塔里封存的，是国王传送给他的一条信息，这么多年来，只有那么一条信息。"

"内容是什么？"

"不知道。Samael 没有看，也没有回复。我想，那无非是一条命令，一串密码，又或许是什么情报。"他淡笑了下，摇了摇头。

就在这时，一声枪响！ Karl 捂住中弹的左膝，跪倒在地。

转眼间，我被一群 SAI 包围在内。Huter 从中缓步走了出来，绝美的面孔没有一丝表情波动，轻轻取下我发间的小圆片："捕获你们的意识，并不难。"

他缓缓举起右手，下一秒，所有的枪对准我——倏地，一只大掌揽住我的腰，往窗外一跃！

我的心狠狠一悬。那人攥住了屋外提前备好的绳索，护着我滑行到地面。

他戴着暗夜蓝面具，看不到长相。直觉告诉我，他就是那个隔间里说话的人。

"往西跑，用这个出去！"他往我手里塞了块冷硬的令牌，通电后刻意压低的电子声线，泛着怪异的气泡音，我心头一跳，却来不及细想，数名SAI已然沿着绳索追了下来！

我道了声谢，转头跑进大雨里……糟了！风尧！光顾着套话，把他给忘了！

见我去而复返，那人一把拽住我，躲到附近一个晶体补给站后，隐忍着愤怒："做什么！"

"我朋友还在里面！"

"管别人，你自己不要命了吗？"

我急了："不是别人，是自己人！"

那人不说话，脸色不太好。我想抽出自己的手，视线触及他手腕，却蓦地一怔："这块腕表……我认识。这是他最贵重的东西，从不离身。"

他似乎也是一怔，飘飘洒洒的大雨，淋湿了一切。

他猛然起身，抬枪击毙了找来的那些SAI，拉起我在瓢泼大雨里狂奔——

"滚。"他把我丢在门口，"你的朋友，我去救……还不走是不是？"他突然举枪对着我的左肩。

隔着漫天雨帘，我看着他："开枪，我就相信，你不是他。"

终于，他动了动唇轻喃道："快回去吧。"大雨滂沱，他深深看了我一眼，转身走了。

我飞快向宋清晨发起视频通话！

无人接听。

不远处，他的背影消失于漆黑夜色。

很快，进来一条信息。

不方便，稍等。

第七次拨出，不久，那端接通了。

他的头发湿透，正随意地用毛巾擦拭着，清润的嗓音有一丝暗哑："你们从Darwin集团回来了？收获大吗？"

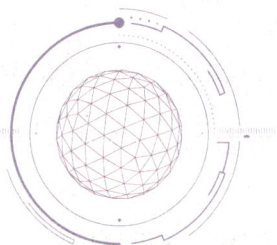

【第二十三章】

"楚歌，
穿越回去的办法是存在的，
如果能回去，
再也不要回来了。"

"你刚才在做什么？为什么不接电话？"

六通未接来电，换作平时他一定会眉目焦急地先问一句"有急事找？"而不是像现在……

"怎么了？我在跑步啊，出点汗，病好得快。"秀气的眉毛舒展开，他眼里忽然漫上些调笑，"你打来的时候，正在换衣服，你要是想看，我没什么不方便的。"

蹊跷，太蹊跷了。我忽然想起那个和他有着一样面孔、气质忧郁的男人，试探地问："你是独生子吗？"

他一愣："我有个哥哥。"

"双胞胎？"

"不是。为什么这么问？"

我想了想，把在周庄幻境的事告诉了他。他听完笑了："我就知道，你的执念是我。"

"别开玩笑，我说正经的。你们两个人的五官，简直是一个模子刻出来的，就像是……"

"复制粘贴"四个字措不及防跳进脑海，我顿住。

"是啊，我也说正经的呢。"他忽而神情一变，紧张道，"小歌，你记住，无论他说什么，都不要相信。只有我是真实的。"

我压住心头升起的不安，故意眯起眼，狐疑道："你该不是有个在诈骗集团上班的亲戚吧？"

"法制频道看多了？"他喊了一声，淡淡回复，"还有什么事吗？忙着呢，挂了。"

我丢下一句"办公大楼见，有事商量"后结束了通话。

很快，风尧和我取得了联系，他已经从机械城安全撤出。我们相继赶到意识治安局，来不及去找宋清晨，直奔CA室。

技术组同事帮助我们进入了梦境……

现实中过去了几个小时，梦里已经过去了好几天。

防御塔上风大，他仍旧一袭黑色风衣，质地高贵，只是眼眶下竟有淡淡的青色。夜空黑沉，无一丝光亮。他说，夜里没有光亮，黑夜不需要光亮。

Karl 跪在他面前，低头道："我只是疑惑，你明知她……为何还要纵容。"

"是不是我每下达一条命令，都得给你一个解释？"

"不敢。属下知道错了，不该自作聪明，擅作主张放他们走。"

他沉默半晌，幽幽开口："Karl，你最近变得很不听话，和那些人一样令我倒胃口……是不是你也认为，他才是摩球未来的王？"

只见 Karl 忽然抬起头，嘴角噙起一丝嘲讽的笑："不错，从始至终摩球只有一位王子，就是 Lowrie。"

黑化，梦里的他已经被梦魇反噬，开始黑化了。

"你胡说。"我走上去反驳道，"这里无人不知，Samael 是国王陛下的长子，一人之下，万人之上。"

他闻声看来，突兀地笑了一下，离温柔这个词很远："你回来了？"

"嗯，我回来了。"我只想早点逃离这个噩梦，温顺地应道。他却仿佛并不高兴，笑容消失，没什么情绪地说，"让他说。"

"一人之下万人之上，哈哈……在你之上的恐怕不止一人吧。"Karl 嘴边的笑意逐渐放大，音量也骤然拔高，"不然陛下怎么不派 Lowrie 统领拾荒者？Samael，我不信你不知道，摩球储君，怎么可能被流放到这颗寸毛不长的星球收破烂？哈哈哈……"

"够了！"我大声喝道，却被 Samael 打断。

"怎么了？你认为他说得不对？他说得很对。摩球王族的身上有两种命运，一种通往星河长明，另一种，等待审判。"他漠然地抬眼看来，"既然不能在命运之外当主宰者，那便在命运之内奋起反抗。你信你的命，我不信。"

"你的潜意识指引着你的人生，而你称其为命运。"我对上他的视线，语调平平，"不是我说的，是荣格说的。Samael，让你痛苦的并非真实，而是你自己的幻想。"

"那你说，我的人生本应如何？我真实的，本应该，拥有的一切。"

沉默间，他缓缓往脖子上比画了一个切割，冷冰冰的面庞清浅白净。下一秒，鲜血飞溅，纯白的雪地染上星星点点的印迹。

他将溅了血渍的皮手套扯下一扔，转身面向我，抬起眼皮："四天，你消失了四天。这四天你去了哪儿？"即便周身杀气四溢，却依旧带着一股淡淡的懒散。

我望着地上断了气的 Karl，只觉心惊胆战。他懒懒说道："于一名军人而言，对上不忠、不敬，已经犯了大忌。"

看着眼前这张和段谨然一模一样的面孔，我感觉到的却只有寒凉、恐惧、痛恨。这些，是他夺走的，从段谨然那儿夺走的。

他目光只在我脸上停留一瞬，别过头去："我说过，我就是魔鬼。"

沉默片刻，我徐徐出声："Samael。我只想说……生命盛大，爱也是。"他眨了眨眼，眼睫被雪花打湿，这一瞬间恍惚有了片刻柔和的错觉。

"别让自己一辈子活在恨里。"我说。

天牢顶层，南潜已经苏醒过来。

"没错，是我们把你救出来的，千万别感动得泪流满面！举手之劳而已，也别往意识治安局送什么锦旗！"苏灿耀对他说道，"从今往后好好做人就可以了，也算不辜负我们三个再生父母。"

南潜一言不发，只是表情有些凝重。

风尧问我："他人呢？"

我点点头："计划之中。"

南潜看向我们："你们，可靠吗？这个人好像不太聪明的样子。"

风尧眉目如水："请你放心，务必告知我们真相。"

又是很长时间的沉默。南潜缓缓开口："说来话长。2090年，中央高层决定尝试'虚拟生存'手段，使人类具有存储生命、跨越时间的能力以未雨绸缪，面对未来灾难。然而，这一决议引起群众强烈反对。"

风尧静静问道："然后呢？"

"意识治安局秘密成立研究小组，对外称云记忆公司，利用软件获取自愿试验体。我作为高级程序员担任首席研究员，对外身份是，造梦者。"他慢慢说道，每一个字都低沉缓慢地砸在我们的心上，"2100年6月，第一起造梦案发。意识治安局特设破梦组，公开招募成员，破解案件，以免群众起疑、干扰研究进行。"

"……"

真相，我们一直想要一个真相。原来，这才是真相，真正的真相。

眼前有什么东西晃了一下，好像月亮在我的眼前震荡了一下，我来不及捕捉，它到天上去了。梦境已经出现结束的前兆了，Karl那边，应该差不多了。

今晚，在露台上……

"这些年里，他和父亲有联系吗？"

他沉吟片刻："双子塔里封存的，是国王传送给他的一条信息，这么多年来，只有那么一条信息。"

"内容是什么？"

"不知道。Samael 没有看，也没有回复。我想，那无非是一条命令，一串密码，又或许是什么情报。"他淡笑了下，摇了摇头，然后摘下了传声器，低声说道，"你想篡改内容？告诉我，我可以帮你。"

我把提前写好的纸条递给他，感激道："谢谢你愿意帮忙。"

他快速接过，默了默："我只是不想看他在仇恨的道路上，有去无回。"

就在这时，一声枪响！Karl 捂住中弹的左膝，跪倒在地。

转眼间，我被一群 SAI 包围在内。Huter 从中缓步走了出来，绝美的面孔没有一丝表情波动，轻轻取下我发间的小圆片，"捕获你们的意识，并不难。"

……

梦境进入倒计时了。

许久，苏灿耀迟疑出声："所以造梦者……是你演的？可是你们的言行举止一点也不像一个人啊……除非你是影帝。"

眼前的男人，雍容儒雅、沉着稳重、正气凛然，和造梦者判若两人。

南潜摇摇头，痛心疾首："那不是我，那是我的复制品。"

"复制品？什么东西？"苏灿耀皱紧了眉头。

南潜面色沉重道："SAI 已经掌握了模拟人类身体器件的能力，就是复制，却无法模拟人类的情感与思维。而这无法强行灌输，潜移默化是唯一的获取途径。于是，他们决定把我永久囚禁于此，让我的复制品冒充我，收集云记忆用户的记忆和情感。"

我呼吸一滞："这件事，指挥官知道吗？"

南潜摇摇头，周正尔雅的脸庞布满神色忡忡："不，没人知道 SAI 已经觉醒了，还拥有了模拟人类的本事。"

心头忽然涌起一团窒息的气流，沉重、压抑又酸涩。现实中，南潜，真正的南潜，是否就这样被关在暗无天日的大牢里？又或许，已经遇害……

最后他对我们说："人类的命运，就拜托各位了。"

风尧猝然朝他敬了个礼："职责所在，义不容辞。"

这一刻，日出了。

黑夜消失了，阳光洒满大地。

这个黑暗压抑的梦境，终于结束了。

双子塔里，Samael站在原地，精致的脸上没有表情，在夜里，看不清表情。塔里封存的，是父亲传送给他的一条信息。

那是一串摩斯密码。破译后是——

社稷之重，重在大丈夫之责。夫心志苦矣，大任降也。

过往种种，不配耿耿。抛之弃之，而破而立。

去吧，去培养一支真正属于你的军队。

记得，爸爸爱你。

意识治安局，简言办公室。梦里这几十分钟，现实中不过才眨眼的工夫。

雨还在下。宋清晨很快赶到了，进来时他的发丝滴着水，皮衣上有明显的水渍……他撒了谎，他不是从宿舍过来的，外面下着雨，他却没有带伞。

对于我们的质询，简言没有否认，没有反驳，甚至一句多余的解释都没有。

"其实，我早就该想到了……你之前说，《起源计划》的玩家是重刑犯应募加入，主办方许诺了获胜者酬金和生存保障。"苏灿耀一声讥嘲，"这份生存保障是谁默许的？你们早就知道了，不是吗？还把我们当猴耍。从头到尾，从头到尾都是！"

简言淡淡扫了我们一眼："既然你们都知道了，那么，希望从我这儿听到什么回答？"

"为什么？"我问他。

他微微皱了眉，好像这个问题很多余："地球环境每天都在变化，我们必须为自身的延续不断进化、寻找出路。"

"那也不应该以抛弃同伴的方式！那些永远被你们留在梦里的人们，他们有多无辜？人类是群居动物，凝聚集体的力量才能走到今天。"

"楚歌，你要回望历史，哪段繁荣盛世的背后不是白骨铮铮呢？在种族、文明的存续面前，别说你那泛滥的悲悯了，个别个体的存否不足以拿来质疑我——质疑意识治安局的决策。"他慢条斯理地笑了下，"还是，你只愿意相信你相信的？"

陌生，特别地陌生。眼前这个人，就好像我从未认识过他。或许从始至终，唯有眼前的这个他，才是真实的。

"所以，这么久以来，一直都是你们自导自演，我们在不知情下配合出演。"我说着笑了，"我是不是该感谢，您还给我们发了工资啊？封口费？"

他只是从容不迫地陈述道："现在我可以告诉你们，22 世纪的人类生命进化论，1.0 是肉体，2.0 是机械体，3.0 是……意识体。梦是人的第五维世界，研究表明，大脑潜意识越强烈，梦境越真实，当潜意识达到一定程度，人就成为了第五维世界的神。"

苏灿耀冷笑："虚假的画面，虚假的气味，虚假的感官，什么第五维世界？那就是一座精神乌托邦！自欺欺人！"

"虚假，那你觉得什么是真实？你的视觉、嗅觉、味觉、触觉，本质只是大脑接收到的信号，它们真实吗？它们就不是大脑对你的欺骗吗？"

"所以，你们想做什么？"风尧冷声问道。

"共享梦境，虚拟生存。只要所有人的梦境，都在同一个服务器里，就会出现一个全新的世界。那将会是一个……虚拟的世界。"

苏灿耀张大嘴："活在梦里？让世界上所有人都……进入梦境？"

"当计算机可以百分百模拟现实的动态，创造一个同步的虚拟世界有何不可？人机合一的目的，就是人类借助计算机顺利进入下一阶段。"简言说着看向我，"楚歌，你是医学生，应该比我清楚，人类的肉身并不是必要的，只是一种偶然，是某种阶段的呈现。"

我点点头反问道："摆脱肉身，进入一座'数字囚笼'，于是所有人被困在算法中，好被你们的'数字监控'侵犯隐私？这次又是'云'什么？云监狱？"

一直没说话的宋清晨开口了："科学寻找解释，而技术寻求控制。指挥官，有些事情一旦失控，后果不是我们可以承担的。"

"自由与纪律本就对立统一，对任何一种文明而言，自由是暂时、相对的，束缚是永久、绝对的。届时联合政府会颁布一套全新的网络法则，你们的担心无必要。"简言看宋清晨一眼，轻描淡写，"加肯巴赫说过，把任何创造力推到一种新的情形，都是有风险的。事实上，没有哪个高度是真正安全的。"

"可是，可是，你们知道人类为此可能付出多么惨痛的代价吗？！"我问。

"这不是代价，是宿命。"

"抱歉，隐瞒你们到现在。但事实的确如此。"他淡淡说道，"事关全人类的未来，必须未雨绸缪。倘若等到岌岌可危的那一天，再垂死挣扎，覆灭只是瞬间之事。"

……

或许吧。

我们是手持宝剑的屠龙勇士，害怕的不是这一路的艰险磨难、刀山火海，而是最后带领我们走上这条路的那个人对我们说："骗你们的，这个世界上根本没有恶龙，傻了吧。"

一个月后。

这个月里发生了很多事。真相被揭开，复制品"南潜"被联合政府处决。而真正的南潜，早在 2093 年就已被 SAI 族暗杀并取而代之，梦里的他不过是一道残存的意识。

联合政府发动 SAI "清巢"行动，形式是暗杀，发现一个 SAI 消灭一个。

就这样，我们破梦组没等来功成身退，就被临时编入了一支抗击 SAI 的突击队，名叫"清道夫"，贺秀知和解檬也申请加入。

可我隐隐觉得，事情没有那么简单，真相之外还有很多疑点。比如 Samael 的计划，他真的会就此放弃吗？还有风尧口中的内鬼，究竟是谁？

我很清楚，我的心里已经有了答案。

大多时候，我们不是没有获得真相的能力，只是没有面对真相的勇气。

这天夜里，我又去"渡"附近转悠。今天依旧下雨，黑色十字架高悬，俯视着人间的繁荣与罪恶。五花八门的小店喧闹如常，只不过机械城已是一座废城，Huter 他们早在人类部队进入前转移了阵地。我向芯片店老板打听得知，"梅花 K"已经暂停营业了。

黑黝黝的楼梯前，一个纸牌残破零落——"刚刚"两个字分别用红笔圈起来，画了斜杠。

奇怪，昨天还在的，怎么突然倒闭了，改行了？难道是最近生意不好，乞讨去了？

"我说小姐姐，你不要那么小气嘛，每次都留个访客记录就走，再这样我可要收景区费咯。"毛毛小雨里，他揉着眼睛从大垃圾桶后走了出来，看样子刚才躲在后面打盹儿，还是那套旧衣服，还是蓬着头垢着面。

没想到我这些天来过他都知道，还真是一点风吹草动都逃不过他的耳朵。

"看看你的鞋印子，都给我踩脏了。"他嫌弃地蹭了蹭地面。

好像他这破地方多干净似的。我指指他扎眼的刘海儿："该剪头发了。"

"唔，你出钱吗？"

"掉钱眼里了？"我双手一插兜，"这样吧，给你个赚我钱的机会，我查个人。"

他眼前一亮，"名字。"

"宋清晨。"

眼里的亮光瞬间灭了："条子啊……得罪不起。要是他来取我首级，你会负责我的安保工作吗？"

"嗯？你是觉得他得罪不起，我就可以？要取你首级，谁取不可以？"

"……"

回到公寓，夜已经深了。走廊里一片漆黑。我打开讯章的手电，借着光对上虹膜识别。身后传来一阵清晰的窸窸窣窣。

一回头，只见宋清晨从门口站了起来，湛湛的眸光和夜里的手电一样亮，在我脸上静静流转。

我呼一口气："你吓我一跳。"

"楚歌。"他开口叫我，然后不说话。

"大晚上的你不睡觉，当门神呢。"

他垂眸："贴对联。"

"中秋节贴对联……宋先生还真是有趣啊。"

他看向我，眉头轻轻蹙着："我在等你回来。为什么不接电话也不回信？能把人担心死你知道吗？"他说着一顿，眼睛眨了眨，"我很担心。"

换作从前，每当我以"超过十点谢绝一切非工作外出行动"为由屡次拒绝他的夜宵邀请时，他都会仿佛我大惊小怪般上下打量我几眼，"你觉得还会有歹徒盯上你？他图你什么？"

我低头查看，讯章里确实有十来通未接来电和几条未读信息。

发件人：新同事

10 月 7 日 22:20

- 出来看月亮吗？
- 不看月亮出来也行。
- 中秋节，一起过吧。
- 在吗？
- 怎么不接电话？安全？
- 这么晚了，你跑去哪了？早点回家

－在吗

－在哪里？你一个人不安全！看到消息回复一下

"讯章静音了，抱歉让你担心了。"我解释完，他并没接话，而是站在原地沉静地看着我。

"我没受伤，真的。"我说道，"啥事也没有，安全得很。"

"我辞职了。"他说。

他站在月光下，一件玄色深领睡袍。我们两间公寓的露台是相邻的。

"怎么忽然辞职啊？"我问。

他没回答，从兜里拿出一块月饼，递给我。看清月饼上凸起的两个字，我拆包装的动作顿了顿："忘我。是个诗意的月饼。"就是寓意不怎么好。

他笑了笑，轻喃："我拥向宇宙吹来的风，与夏夜重逢，是七月盛景，是清寂长生……中秋节文案，网上看的，诗意吗？"

从侧面看过去，他的鼻子俊挺，下巴很尖，嘴唇泛着光。我吃着月饼，说道："你今晚怎么文绉绉的，莫非吃了这个月饼，就会变诗意？"

"我没吃。"他转头看向我，一瞬不瞬，"我不会忘记你。"

我轻咳了声："没吃就没吃吧，那个，我不喜欢有人看我吃东西。"

他眉毛微扬："我也不行？"

我呛道："难道你不是人？"

他难得没有驳回。

"你变了。"我也看着他，认真地说，"不是从前那个会说我幼稚的人了。"

"是，我已经不是过去的我了。"他半开玩笑道，"七年，全身细胞更换一次，死亡，重生，旧的自我会被新的自我取代。"

他的话却让我心头一沉……重生，取代……

"我们都经历了这么多，你也不再是昨天那个幼稚的你了。"他淡笑起来，眉眼像远山，若隐若现的好看，"而是今天这个幼稚的你。"

我翻了个白眼："宋清晨，你一天不损我你就……"

他打断我，说："你啊，要保护好自己，不是每一次遇到危险，我都能从天而降，知道吗？"

我哈哈大笑了起来："你说的是直升机，还是七彩祥云？哈哈……"

"楚歌。"他没有笑，抬手，一点一点擦掉我嘴边的月饼屑。

我笑不出来了，眼睛湿湿的。

"我其实是个很自私的人。世界怎么样，世人怎么样，我一点都不关心，我一点都不在乎。"他说，"我……没资格。"

他轻轻把别在左衣领的那枚警徽摘下，修长的手指泛着玉质的光泽。那是一只月白色的捕梦网，网中央是一牙弯月，淡淡的蓝。

月亮，独一无二、始终如一的月亮，亘古至今、从未改变的月亮。

我紧盯着他的眼睛："宋清晨，你难道忘了……我们的信仰吗？"

他向来清亮的眸子像笼上了雨雾，他的脸在月色的雾气里也朦胧起来，月光缭绕在他温柔的眉间，照亮了他接下来的话——

"每个人都有自己想要守护的月亮。"那牙金属质地的弯月，落到了我的手心，"我从来就没有什么信仰。我的信仰就是你，只有你。"

这天晚上，我做了一个梦。一个噩梦。

从梦中惊醒后，睡意全无，睁眼到清晨。

梦里，指挥官告诉我们，人类正利用科技将自身升级为 2.0 版本，这一阶段的最终目标是进化成为赛博人，进入后人类时代。

可是 AI 的进化目标，又是更好地伪装成人类，不是吗？AI 越来越像人，人越来越像 AI。两种文明之间，究竟谁在进步、谁在倒退？人类与 AI，到底谁在向谁看齐，谁又想成为谁？

我站在 23 层楼的落地窗前，在夜幕中居高临下，俯瞰着整座城市的孤独。遥远的光幕，像一句话：城市之光，冷冷地在地平线上闪动。

末日来临的那天，万物崩塌，世界碎裂成片，如同河流般跟随大风涌向同一个方向，有人站出来，有人躲起来……谁能平安活下来，全凭运气。

宋清晨离开前的最后一句话，像一张黑色的网，紧紧缠绕住我的心。他说——

"楚歌，穿越回去的办法是存在的，如果能回去，再也不要回来了。"

终于，星星救赎了孤独。

天光将至。

清晨……真是个美好的词语呢。

苏灿耀家。

自从半路捡回这么个弟弟后，我在 22 世纪也有个家啦。对，火曜城筒子楼里的那个家。我没事的时候，会过来整理整理房间，打扫打扫卫生。他没事的时候，会回来破坏破坏房间，糟蹋糟蹋卫生。

像现在这样我俩同时没事的时候，就是我一边整理打扫，他一边破坏糟蹋。

解檬打来电话的时候，我正在收拾茶几，苏灿耀正在厨房倒腾他的新发明。不出所料，不一会儿——

"小鸽子！快救我！奶油机要铲除了我！"

是你要消灭了奶油机好吧。

某人一脸奶油地跑了出来，眼皮上还沾着糖霜。我拍拍他的肩，予以鼓励："加油啊，没什么是搞不砸的！炸厨房前记得通知我撤离就好！"

他一嘟嘴，咕哝道："我看风尧朋友圈晒了一款马卡龙，猜测你会喜欢，想试着做给你。"

我真想问问，他是怎么做到大只且可爱的？

还有……风尧，马卡龙，这画面怎么这么不搭呢？

解檬在电话里说，他爸在看守所里旧疾发作，却不愿接受治疗，他管不了，想请我这个学医的帮忙说服他爸。

解自鸣认为，人类出于人道主义使劣质基因得以延续，这不利于人类基因的优胜劣汰，只有劣质基因不再遗传，才能保证人类拥有健康的高质量后代。

"自然就是自然，不是某种意志，存在即是自然。既然是医学可以解决的问题，就说明这不再是问题了啊。你也说了，违背自然规律注定不可能成功，而医学是一项成功的发明，说明什么？"我尽量耐心地讲道理，"黑猩猩还会吃黏土吸附病原体呢，人类只不过把这种行为效率化了。"

苏灿耀在旁边听了会儿，忍不住拿过电话走到一边接去了……

"解老板你听我说，首先你不是猴子，不是长臂猿，你是个黑猩猩……呸，你是个人类。等等，你说什么？照你这个逻辑，你坐飞机是对重力的亵渎，你穿衣服是对祖先的不敬！嗯，就你这个情况，确实应该充分尊重自然规律，我这边建议你早点融入生物圈碳循环……"

我继续收拾茶几，发现那座蘑菇屋上被贴了张便签条，字迹一笔一画。

Life is a circle, best time is now.

"生活是一个循环，最好的时刻就是现在。"眼前仿佛浮现出苏灿耀阳光明媚的脸庞，他咧嘴笑了笑，露出两排整洁的白牙，"所以不要回首，往前看，只有这样，过去才会揭示在我们眼前。"

过去，揭示在我们眼前……

我拧动开关，它咿咿呀呀地唱起歌来，屋里的四个小人人缓慢旋转着，一圈圈循环。

似乎人世间的故事，总是充满悲欢离合。相遇，离别，重逢，再次离别……也许，故事本身就是一个循环。

忽然间，蘑菇屋发出巨大的白色亮光，一股强大的力量使得我眼前一片模糊，失去意识。

"小歌……"

"小歌？"

"小歌。"

谁？谁在叫我？

那道声音很温柔，从一开始的轻唤到渐渐的无奈。

"到了。"

我睁开眼，只见自己脑袋抵在一只毛茸茸的大衣胳膊上，东倒西歪睡得正香。公交车窗外，是我再熟悉不过的校门口。

"小猪，再不起床要迟到了。"胳膊主人抬手一敲我的脑门，"你是迟到大王，无所谓，可别连累我。"

"……"

耳机里还在唱着歌。

She's dreaming she's dreaming
在怀中沉睡时候
不经意间看着你
我只想在这一秒停留

他将耳机从我耳朵里摘下，径直起身下了车。

我愣了愣神，反应过来时他已经走到了车下，一身浅灰色法兰绒大衣，白色毛衣的高领整齐地下翻。这个人，永远是沉默而优雅的。

我着急地下意识叫道："诶，等等我——穆沉！"

我怎么会知道，他的名字。

穆沉？他叫穆沉吗？

翻开厚厚的历史课本，扉页是我当初誊抄《青灯》里的一段话，形容历史更迭。

青灯掀开梦的一角
你顺手挽住火焰
化作漫天大雪

22世纪，历史越来越厚重，历史课本却越来越薄。改朝换代，惊涛骇浪，落在史书上，不过寥寥几笔。

一整天的课，我没听进去一个字，在课本上反反复复写着什么。

甄伊佳抢了过去，迷惑地念道："段谨然、宋清晨、破梦组、风尧……这些人都是谁啊？SAI统治地球，楚歌，你看小说又魔怔了？"

我不知道要怎么和她解释，因为连我自己都不知道，这到底是怎么一回事。

宋清晨那天的话犹在耳边。难道，难道，我这是穿越回来了？

日子飞快，转眼一周过去。在这一周内，我基本可以确定一个事实了：穿越，我真的穿越了，从未来穿越回来了。而触发穿越的引擎，很可能就是那只旋转发光的蘑菇屋。

一切都和我记忆中的没有两样。唯一对不上的是，穆沉。起初，我怀疑过是宋清晨不小心和我一起穿越了，可事实并非如此，关于22世纪的事，他一无所知——

"你看小说又魔怔了？又开始做白日梦了。"

"……"

这一天下午，晴空高朗，阳光温馨，我和穆沉一起放学回家。快到家的时候，他让司机先走，和我一起慢慢走了回去。走了一会儿，我要赖走不动了，他蹲下来背我。

经过蜡梅树下时，我伸手摘了一朵，偷偷别在他的发间。

"听你的意思，咱俩现在是男女朋友？"

他后背有一瞬间的僵直，随后无奈道："小歌，别老拿这个事开玩笑。"

真的不是宋清晨在演戏故意占我便宜吗？

"哦，知道了。"我在他背上画了个圈，不死心地问，"你真不记得我们在破梦组的故事啦？"

这次，他脚步一顿，转头同情地看了我一眼。

同情……

同情？

同情。

"小歌，我一定会治好你的。无论你失踪这段时间发生了什么，不要怕，以后都有我。"

"你说，被我们弄丢的东西，也会努力找回我们吗？"

"会。所有我们失去的，都会以另一种方式回到我们身边。"

我趴在他背上陷入了沉思，或许吧，就好像 Samael 通过那种方式获取他认为本该属于他的人生和回忆。

他突然又说："不过，即使人生真的可以重来，曾经弄丢的，找回后还是会弄丢。"

"那你呢？你会不会等不到我就把我忘了？"

"我不会忘记你。"

"我知道，我是说万一呢？"

"不会。"他坚定道，然后说，"注定会喜欢上的人，哪怕失去记忆再次遇见，也依然会一见钟情。"

他的声音伴随着安静的呼吸，盛满的柔情竟附和着我的心跳："如果没有运气再次遇见，就要拜托你在人海中找到我，告诉我，我们本该在一起。"

我仰脸望向天空，一手挡在额前："穆沉，你看今晚的日落好漫长啊。"

"漫长吗？"他垂着头，很轻地叹息了一声，"那是你不知道，思念比日落更漫长。"

接着他又说了好多话。他背着我，一步一步走得很慢，好像迈向一个永不落下的黄昏。走进那片月光里时，我好像还看见了天边一牙淡蓝色的弯月。

家里一切都是熟悉的样子，温馨，亲切，舒适。

客厅里，FENDI 的磨砂牛皮布艺沙发，偌大的墙壁上挂着名为《救世主》的油画画像。

等等，以前不觉得，现在看上去，这个人的眉眼怎么和风尧有一丝神似？

还记得妈妈当初把它装裱起来时，说过"真好，大家都没有忘记他"。

说到风尧，几天不见，有点想念那张冰块脸了，一想到以后可能再也见不到了，我就一阵恶寒。

　　楚颂不在家，应该又和小伙伴组团去给月亮拍写真了，这几个熊孩子没一次不是冻得鼻青脸肿、满载一身蚊子包而归的。

　　学习桌上依旧乱得一塌糊涂，我习惯性走过去帮他收拾起来，却在其中找到了我高考模拟卷的作文。题目是写一封信，装进时光瓶里寄给 2035 年的少年们。

　　在作文的一角，是他不大秀气的字迹。

你许下的奇迹
Imma make it work yeah

　　小颂，你知道吗？在未来，你如愿以偿考上了心仪的大学，拥抱你神往的太空，还奇迹般穿越了时空，在 22 世纪当上了大英雄……

　　怎么样，是不是很开心啊？

　　唉，也不知道我回来了以后，那小子在 22 世纪没人照顾了咋办……真愁人。

　　第二天，周六早晨。我在餐桌上见到了顶着两个炯炯有神的大眼袋的楚颂，还有跑来蹭饭的穆沉。

　　似乎在此之前，我梦见家、爸爸妈妈和楚颂的次数越来越少，好像真的快要属于 22 世纪了呢。

　　穆沉摸摸楚颂的脑袋："昨晚不睡觉偷白菜去了？"

　　楚颂夹了根刚炸出来的油条，咬了口，精神涣散道："谁说我没睡觉了？一夜无梦睡到天亮，神清气爽，欧耶！"

　　这一幕对话有点似曾相识，好像发生在宋清晨和苏灿耀之间过。当时宋清晨是怎么回复的来着？"梦是大脑健康发育和维持正常思维的结果。如果大脑调节中心受损，就形成不了梦，无梦睡眠是大脑受到损害和有病的一种征兆。"

　　……

　　"每个人平均每晚会做五个梦，只是大多数人醒来后不记得了。"穆沉摇摇头，耐心地给楚颂科普道，"有的忘得一干二净，就以为没做梦，有的忘得不彻底，尚能回忆起一些片断。只有从快速动眼期中被叫醒，才可以清晰地记得梦境。"

楚颂一听来了精神："这么说梦其实是连贯的，但由于我们只记得片段了，就以为梦是支离破碎的？"

"这个倒不一定。"穆沉说，"白天大脑专注于眼前的事物，意识受到束缚，闭上眼后，束缚意识的网开了一个口子，意识开始自由跳跃，所以梦是片段式的。"

他似乎掌握了不少梦境方面的知识，甚至比我了解得还要深。为什么？

"每晚五个梦，那岂不是，我做过的大部分梦我都不知道？白天那些似曾相识的场景，可能都是晚上我做过的梦。"楚颂说着倒吸了口凉气，"穆沉哥，你说会不会，我的人生已经在梦里过了一遍了，只是我忘了而已？"

"快速眼动期之间会插入慢波睡眠期，会导致前一个梦的印记消失。"穆沉往一片燕麦面包上刷着蜂蜜，缓缓说道，"所以，这种记忆抹除的情况通常发生在一个人经过慢波睡眠期、自然缓和地进入清醒状态时。"

他把刷好蜂蜜的面包片递给我："小歌，你说的未来，也许就是你做过的一场梦。"

未来是一场梦，那么过去呢？在我过去的记忆里，并没有他这个人……

也许，我是说也许，穆沉就是我做过的一场，被遗忘的梦。

"好神奇。"楚颂的两只大眼睛亮闪闪的。

穆沉温和地笑笑："梦本身就是一种神奇的创造力。Paul McCartney 在梦中听到 Yesterday 的旋律，醒来后把它写了下来，传唱成了经典。德国化学家 Kekule 宣称梦见一条衔尾蛇……"

楚颂打断道："发明了贪吃蛇游戏？"

"悟出了苯环的分子结构。"穆沉拾起勺子轻轻一敲他的脑袋，"有这种脑子，为什么不去把你鱼池溢出来的水装完。"

我补刀道："因为脑子水满了。"

楚颂小声嘀咕道："喊，不就因为是楚歌清理的嘛，这么记仇，啧啧，重色轻友！"

"叫姐，没大没小。"穆沉用楚颂盘子里的半根油条塞住他的嘴。

是夜。
我在床上辗转反侧，睡不着，心里五味杂陈。
曾经一直期许有一天能穿越回来，甚至想过当任务完成、天下太平了，当一切都结束时，以功臣的身份请求最高领导的帮助，然而现在，曾朝思暮想的愿望突然间实现了，我却好像没有想象中的轻松快乐。

一切，还没有结束。未来，还不太平。

我放心不下，也舍不得。

放心不下那边的安危，舍不得……那里的人。那里也有我的家人，我的战友，我的至亲。22 世纪，于我而言已不再是一场阴差阳错的乌龙，而是另一个家。

房门无声地开了，月光跟随来人，悄悄进了来。

他在我的床边停驻。不知过了多久，似乎很久，又似乎没有很久。

他伸手，轻轻捋了捋我散乱的头发，替我将随意缠绕在身上的被子盖得安生严实，没有走。

透过迷蒙似雾的月影，他好像在看着我走神，神情恍惚，眉眼柔软。

正当我几乎快要盯着他的脸庞迷糊入睡时，却听见他温柔清冽的话语响起。

"明明将你锁在梦里，允许你胡搅蛮缠、大闹天宫……你却不知好歹，穿越山海，跑到我跟前，叫我丢盔弃甲、溃不成军，不知如何是好。"

这是什么高档情话？果然文科生的语言艺术不是我这个土味情话女王能领略的。

但联系最近的上下文，我还是读懂了大意——我前阵子失踪了，他很想念我，于是做梦梦到我，我在他梦里很不像话，他也忍了。可是不知怎么，我又突然回来了，反倒搅乱了他一池春水，叫他猝不及防乱了阵脚？

话说回来，穆沉作为我此次穿越后的唯一 bug，确实是疑点所在。

我从来没见过他这样沉静的人，骨子里的涵养，处事不惊的城府。只有那个人，我在周庄幻境里遇见的那个人。

幻境，幻境……

周日上午，穆沉来找我，说是预约了一起去图书馆自习。

找到位置坐下后，我试探地问："穆沉，你常常做梦吗？"

"还好吧。"他看我一眼，"怎么了？"

"哦，没什么，我听别人说，梦是五维空间的入口，通往平行时空。"我小声说道，观察着他的神情，"也有人说梦是意识空间，我们现在可能就活在意识空间里。"

他点了点头，表情了然："你是说，缸中之脑？"

"对。"没想到他这么上道，我赶忙补充道，"我们怎么知道我们现在不是缸中之脑呢？换句话说，我们所看到的真实世界，真的是真实的吗？"

"你的意思是，也许整个人类世界都是虚拟的，被更加高等的智慧文明操纵着？"

"很有可能。"我颇为赏识地看他一眼，语速不由得加快，"也许他们现在就像看电视剧一样，看着我们每天的生活作息。我们以为的真实，不过是虚拟的梦境。"

穆沉略一蹙眉，轻点了下头："确实有可能。"

他眼中神情认真，似乎因我的话开始思考起什么，我不吭声，等着他的下一句话。他却没再开口，几秒后打开了笔记本电脑，俨然一副结束话题开始办公的架势。

我追问："所以呢？"

他抬头看我一眼，神色如常："所以和我有什么关系？我论文还没改完呢。"他淡淡莞尔，"这种理论我看多了，别跟自己过不去。"

我皱着眉，好半天说不出话，半晌闷闷地说了句："穆沉，我们之间果然有代沟。"

他视线没从电脑屏幕上移开，嘴角轻勾："一岁也有代沟？"

"文科生和理科生之间的代沟。直男和我之间的代沟。"

晚上，我在自己卧室里听歌，穆沉和楚颂蹲在我家客厅投影球赛看。

穆沉伤心的声音传来："才上半场怎么就二比一了，稳住啊，德国千万别进球了……"

楚颂沉默了两秒，说："穆沉哥，你应该祈祷葡萄牙那哥们别再进乌龙球。"

一下午把小花园里的所有蘑菇研究了一遍无果后，我决定从歌词里找线索，没错，就是我穿越回来时耳机里播放的那首歌。

《梦》。

She's dreaming she's dreaming
在怀中沉睡时候
不经意间看着你
我只想在这一秒停留

清晨之后你 像没发生过

你慢慢清醒

……

疯狂地想爱你却无能为力

只能在梦中靠在你双肩说我爱你

每到天亮一切再回到原点

害怕你会把我从脑海删去 no no no come back

当黑夜快要到终点 像一阵烟

轻轻地来 然后不见

"姐姐……"身后传来楚颂的声音。

"什么事？"

"能不能把空调开大一点啊？听不见它的呼吸声，我总觉得少了什么。"

我把风速开大了一点，问："少爷，还有事吗？"

"那个，我今天在《三国演义》里发了条弹幕，说司马炎最后统一了天下，这是剧透吗？会不会被揍？"

"我只知道，你如果继续待在这侮辱我的智商，会被揍得很惨。"

他抿了抿唇，神情莫名无辜："其实我就是想问……你怎么了？爱听歌的时刻，不是开心，就是需要被关心。"

"噗，你听谁说的？"我忍不住笑道。

"我看书上写的。"

"哦？你也会看书？"

"嗯，我同学借我的。"他说，"《帝都少爷的漫漫追妻路》。"

我就知道没有这种事："好了，结束聊天。"

他咧嘴笑道："对了姐，问你个事，你什么时候能教教我射击啊？"

姐长姐短，果然有事，不过……"射击？我教你？你的意思是，我会射击？"

他知道我会射击？可那不是我在22世纪学到的本事吗？

"对啊，我看到穆沉哥的手机屏保了，不就是你端着枪瞄准的背影嘛，他带你去射击馆都不叫上我！哦，我知道了，我猜着就是摆拍……"

穆沉的手机屏保，我端着枪瞄准的背影，射击馆？

那么，难道……

客厅里，解说员的声音清晰入耳，德国队在本方和对方球员的共同努力下赢得了比赛。我忽然想起，宋清晨和我聊起过，那场比赛中 C 罗接若塔助攻破门，那是 C 罗在欧洲杯赛场上踢入的第十二球……那是 2021 年的夏天。

如今蜡梅花开，正是 2020 年的冬天。

梦境，用现实之物造就虚幻之境……这里的一切，是谁的记忆积木呢？

我走进客厅，拿起穆沉随意摆在茶几上的手机。屏幕亮起，照片里，我正在训练室里练习射击，马尾高高束起，一身黑色射击服英姿飒爽。

耳机里那首歌唱到了尾声。

我只想在这一秒停留
留在我心底 再一次
太阳快升起 我将会离去
你慢慢清醒 遗忘了的梦

"小歌？"沙发上温润如玉的男人看来，我盯紧他的眼睛，"宋清晨。"

他蹙了眉，就那么静静望了我一会儿："我不是他。"

"为什么不问我他是谁？你认识他？"

"我也不认识他。"他顿了一下，问，"他和我长得很像？"

"不像，你就是他。"我坚定说道，"不要在我面前演戏了。这是哪里？根本没有穿越回来的办法，为什么骗我？"

"是吗？"他没有回答我的话，似乎有了片刻的恍神，"他是我，那我是谁？"

话音未落，我的眼前已陷入一片模糊的光影中。

再次睁眼，是阁楼的天花板。我正躺在一座实验舱里。

果然，是梦。

环视一圈，我还在苏灿耀的公寓里，门虚掩着一条缝。翻身下地，我几步走过去，拉开门，撞上门外那道沉甸甸而没有焦距的目光。

他在门后这样垂着眸，望着什么出神，不知已经多久。

抬眼看见我，那道目光变化很快，仅仅几秒间，已从凝重转为惊讶，再变为现在的沉寂。他抿了抿唇，转身离开。

我在背后叫住他："站住！"

他顿住脚步，慢慢转身，面对我。

"你……醒了？"他开了口，嗓音低哑。

"我就知道是你。"我笑了下，可笑里只有冷冷的沉，"人类复制品，PRODUCT 29，宋清晨。"

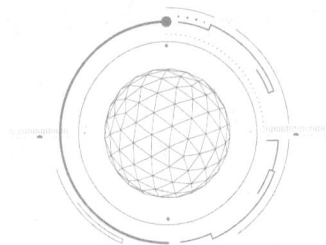

【第二十四章】

怎么可能……
我的全部人生，
只是她的一个梦？
怎么可能？

那晚下着雨，他回家路过楼下新开的店铺，买了两袋甘梅地瓜，想敲她的门，却犹豫了，挂到了门把手上。

他过一会儿就从猫眼里看看，却发现她没有拿走那包地瓜，也没有回家。

他取回来时，地瓜已经从温热酥糯变得冰凉干硬。信息没回，电话不接，外面已经很晚了，他想去找她，却自嘲地笑笑……她不需要他，她不信任他。

他坐在门口，坐了很久，直到她回来。

……

听到我的话，他并没有多吃惊，只是淡淡笑了下，眼神渐渐冷漠。

"你早晚会知道。我们之间，迟早会有这一天。"

"不，不是我们之间，是人类文明和 SAI 文明之间。"我眯起眼，语气近乎冰寒地问，"你想把我困在梦里？"

"是。"

我蹙眉："他们呢？"

"楚歌，晚了，你来不及的。"

"你什么意思？快说！你把他们怎么样了？"

他眼皮轻轻翕张，纤长的睫毛掩盖住眼底的郁色，唇角挂起一道弯。

"宋清晨，你这个叛徒——我永远也不会原谅你！"

出门前，他最后看了看我，笑意变得有些淡，带着一丝疲倦。他似乎想说什么，但什么也没说。

自那天以后，我再也没见过他。我被他囚禁在了这间阁楼里，起初我试过撬锁、砸门、翻窗、跳楼，然而没跑出去多远，就被他再次抓了回来，他大概在房间里安装了监控。

好在我还有讯章能和外界取得联系——除了风尧和苏灿耀。付安安说，外面的世界已经陷入混乱，虽然还不至于兵荒马乱，但是人人自危，唯恐人类和 SAI 的战争一触即发。

被关在阁楼里的第五天，付安安在电话里激动地告诉我，为了鼓舞恐慌状态下的人类，我的偶像准备将九十周年演唱会提前举办，以音乐的力量号召全宇宙人类团结一致。重点是，她抢到了现场票。

"演唱会是 AR 形式的，身临其境，近在眼前。全银河系人民都可以在线收看，就算你到不了现场，你眼前的他们也别无二致、栩栩如生！"

当下虚拟偶像蔚然成风，二次元世界中的纸片人人设完美、永不塌房，男团女团如雨后春笋般遍地都是。可即便是虚拟新团辈出的时代，他们也一直站在山顶，想必这次收看量又要破纪录了。

我正要欢呼，却迟疑了："AR……别无二致、栩栩如生……"

"那当然，以假乱真的程度！哎呀，反正是他们本人的投影，哪有什么真假！对了，你那有能发光的东西吗？"

以假乱真……有了。

我打断她："安安，我收看不了了，你能不能……帮我带封手写信去现场？"

"啊，收看不了？为什么？"她疑惑道，"手写信没问题呀，你把它从窗户飘下来。"

"我想到骗过宋清晨的办法了，我要赶紧去找风尧他们。"

"AR？"

"嗯，在阁楼里留一段我的全息投影，骗过宋清晨。"

"知道了……那你，会不会很遗憾啊？"

遗憾吗？特别。这可是 22 世纪的他们，这可是，我和他们在未来的会面。但是……

To my superstar：

喜欢上你们是我青春里一桩最盛大的事，谢谢你们如此成功，我的偶像。

卡尔·萨根说："在广袤的空间和无限的时间中，能与你共享同一颗行星和同一段时光是我的荣幸。"世界上有无数个平行宇宙存在，我很有幸来到了有你们在的这一个宇宙。因为知道银河的浩瀚和时光的无穷，更感到不可思议。何其有幸和你们在这长长时空隧道里的短短一小截时空里相遇了。何其有幸，我们都诞生在这里，这亿万分之一的概率。我们的相遇，本身就是奇迹。

我以前的愿望，一是家人健康，二是学有所成，三是去见你们。如今，愿望好像更多了，一是家人健康，二是安全活着，三是世界太平，四是去见你们。

谢谢你们，生在我所在的时代，谢谢你们，横亘星河穿越银海与我同在。如果时空真的可以倒流，我一定，还是会再次奋不顾身向你们奔去。有幸成为你们的粉丝，屡屡体会到为你们感动和自豪的幸福，远望你们骄傲背影，我也与有荣焉。

这一次，我想让你们也为我骄傲一次。

十几岁的我，偶然遇见了青春故事里的大英雄。现在，轮到我去别人的青春故事里当大英雄啦。

不是说过吗？我们各自努力，顶峰相见，要未来还未来。

chu ge

we are FOREVER one

我将信纸小心翼翼地叠成纸飞机的形状，从窗户里飞了出去。

而后翻窗落地，朝意识治安局的方向狂奔去——

昔日庄重森严的办公大楼此刻空荡荡的。办公室、CA 室里空无一人，指挥室里也不见人影，我却在电梯口遇见了迎面而出的池恩。

"哪里有问题哪里就有你，你是我的哆啦 A 梦吗？你跟踪我？"

他咧嘴一笑："我是商人啊，怎么会错过商机呢？"

他带我来到了指挥室后的一个小暗间。

"简宣姐？你知道他们人去哪儿了吗？"

她万分焦急地告诉我，五天前人类收到了一封来自 SAI 的战书，两个文明之间的终极一战在所难免。为了避免人群陷入更大的恐慌之中，大楼内部和消息都被封锁了。

"那他们现在在哪儿？"

简宣姐神色纠结地看着我，懊悔道："我……我不应该告诉你的。"

我面色哀恸道："他们在哪儿……求你了，简宣姐，我是他们中的一员，我不想成为被落下的那一个！"

"对不起楚歌，我们都冷静一点，你去了可能帮不到什么。"她说着摇摇头，"但是如果我告诉了你，就等于把你往危险里送。"

"不，我比任何人都了解 SAI！难道你不担心简言吗？"我反问道，"那你应该能明白，我很担心小颂，如果我不去，他就多承担一分危险！"

"边际世界，他们去了边际世界。"她终于妥协，"我送你去吧。"

边际世界，存在于梦境中的一片混沌宇宙。

睁开眼时，清道夫突击队的飞船正被一群形似虫族的星际海盗包围着。骷髅海盗旗飘扬，为首的独眼海盗人模人样，中气十足道："我没 k！我没 k！"

苏灿耀眨眨眼："你讲的美国方言呢？"

解檬不耐烦："听不懂直说，让开，我来。"

独眼海盗看了看他们，笑得更猖獗了："bu 了 biu bu 了 biu！恐龙抗狼抗狼抗！"

苏灿耀："怎么样？说的什么？"

解檬皱眉："这讲的哪个星球的方言？"

苏灿耀："……"

独眼海盗神秘兮兮地笑了下，说道："Can I speak Chinese？"

最烦别人显摆英文。不过总算听得懂一句……不是，Chinese？

"你会说 Chinese 你不早说？"我径直走过去，站到众人前面。

"我们不要钱，只要命。"他抄着一口浓厚的外星式英语发音，挥了挥手中的大砍刀，说，"你们，从我们的地盘上，滚！"

话音刚落，他中箭倒下。海盗小兵们见头子已死，纷纷后退撤离了。风尧没有放下弓箭，转向我，松手——

我大惊失色，来不及躲，只觉天旋地转，苏灿耀已护着我闪到了一边。

风尧看向他，冷冷说道："灿耀，别再心软，你忘了她是怎么害我们的？"

"我……害你们？"我一头雾水，只听苏灿耀慢慢说："我总感觉，这次不一样。这次好像是真的。"

这次，真的？我算是听明白了个大概："你们之前遇到过假的我？我的幻影？"

他俩对视一眼，风尧半信半疑放下了手中的弓箭，苏灿耀看向我的担忧神情中有点不自然："小鸽子，你怎么来了？"

"你和宋清晨，呸，宋清巢合起伙来，把我催眠送进梦里，就是为了让我完美避开战斗，你俩好抢人头是吧？"

一旁的风尧看了我一眼："你早发现了？"

"听你这语气，像是早就知道？"

他默了默，说："灿耀不让我告诉你。"

苏灿耀垂着目光半晌，说了句："他也是想保护你。"

"我呸！少给那个叛徒安好心了，他现在就是我们的敌人！不，他从一开始就是我们的敌人。"我慷慨激昂地说着，却不自觉有些感伤。

谁知风尧轻笑一声，举起弓箭，重新对准我，一眼眯起，箭离弦而出——"消失吧，快些。"

我防不胜防，心口中箭缓缓倒下，耳边是他略带迟疑的声音："灿耀，这次好像真是真的。"

我绝望地闭上了眼，心绞痛，想骂人。

再次睁眼，我们的飞船正被一群形似虫族的星际海盗包围着。骷髅海盗旗飘扬，为首的独眼海盗中气十足地用泰语喊着话。

怎么变泰语版了？

这该不会是个掌握多国语言的人工智能吧？

我捂住中箭的心口缓缓起身，嘶……慢着，怎么不疼？诶，我胸口插着的箭呢？

苏灿耀看向身后的我，张了张嘴："小鸽子，你、你怎么还在这儿？这次换出场方式了？"

我扬手："你个笨蛋！我是真的！"

他下意识瑟缩了一下，随后瞪大眼："你你你，这么暴力的小鸽子，真的是真的！真的是你！"

……

然而这次，海盗头子躲过了风尧的箭，双方爆发了一场激烈的打斗……

"此次伤亡惨重，七人阵亡，一人重伤，五人轻伤。"贺秀知清点完伤员后，神情凝重道。而解檬也在此次交战中不幸牺牲，杀死他的人正是海盗"宋清晨"。

"不用担心，明天天亮前他就会复活的。"

她说，他们进入边际世界以来，每天都会遭到各式各样的侵袭或毁灭，有时是星际海盗，有时是宇宙风暴，有时是脉冲星。而且每次结果都不一样，就比如海盗侵袭，有时双方能避开正面冲突，有时他们不战而逃，有时我方全员阵亡……

然而第二天，就好像翻篇归零似的，所有人都将完好无损地醒过来。对了，这期间还有个"贺守知"不时出现搅局，他们被"贺守知"骗惨了。不过，这个"贺守知"在风尧和苏灿耀的眼里，是"我"。

我不理解，但大受震撼："究竟是怎么回事？"

苏灿耀沉吟片刻："量子力学。"

风尧看过去，略感意外地挑眉："讲讲。"

他严肃地回答："没听说过那个很著名的原理吗？遇事不决，量子力学，解释不通，穿越时空，定律不足，高维人族，脑洞不够，平行宇宙，说不出口……"

"给我住口！"贺秀知忍无可忍，"你还知道说不出口？"

苏灿耀撇撇嘴："每当科幻作品中需要一项神奇的新技术推动剧情、编剧却无法想出好设定时，就统一用量子力学糊弄过去，因为量子力学啥都能干。量子力学，你值得拥有。"

"难道就没有跳脱这个怪圈的办法了？"我问。

贺秀知摇摇头："有是有，强制返回就可以结束梦境，只不过……从哪条时间线上终止的梦境，就等于将那条线选定为现实。"

"那有没有哪一条时间线上，全员幸存？"

她叹了口气，说："任何一条线走完前，我们都不知道会是什么样的结局，然而谁也无法预测结局什么时候降临，我们不敢赌。"

又一次醒过来，我是被苏灿耀的吵声惊醒的。

"水熊虫？！太大发了……"他弯腰在显微镜前，惊叹道，"这可是地球最强生物，高温、极寒、高压、辐射甚至是宇宙真空，对它来说那都不在话下。"

而飞船的地上，已经有几名队员不治身亡，其中包含贺秀知。

"水熊虫对人体并无伤害，这里的基因已经发生变异。"风尧沉吟道，"可惜，它的天敌线虫、螨类、蜘蛛……都无法在边际世界生存。"

"还有其他办法吗？"解檬皱眉。果然，他已经活了过来。

"高温……它在一百八十一摄氏度的情况下，只能存活两分钟。"苏灿耀说着烦躁起来，"一百多度，人先煮熟了，别说虫了。"

我走过去，一手拍在他脑门上："我说你笨吧你还不承认，既然一百多度会死，那么几十度呢？它还在这儿待着吗？"

"对啊，听起来有点歪理啊。"苏灿耀一愣，"上暖风机！"

就这样，这一天算是平稳度过。睡前，苏灿耀跑来和我邀功："小鸽子，今天我干得怎么样？"

"干得怎么样，心里没数吗？"

沾沾自喜的眸子暗下去，他咕哝道，"姐，我好像真的很差劲啊。"

可能是他这声"姐"叫得我心软了吧，抬手揉了一通他软软的头发，我说："谁说的？瞎说什么实话？放心吧，任何时候你有姐姐呢。"

这家伙蹬鼻子上脸，顺势弯腰趴在我肩头，软声说道："不需要你担心我，你看我都这么强大了。"

我摸摸他的头，顺带捋平了刚才被我揉乱的发，笑："嗯，我知道你现在很强大。"

所以才更心疼。心疼你是自己承担了多少才能像今天这样，独当一面，刀枪不入。

那个整天大大咧咧、嘻嘻哈哈、"天塌下来当被盖"的男孩，在一夜之间长大了，怎么办，我却舍不得从前那个每天快快乐乐的他。

……

几天下来，我们的方针大体如下——方案 A：敌不动我不动，兵来将挡水来土掩，以此总结规律。方案 B：发起进攻，掌握主动权，迫使对方按照我们的节奏走。方案 B 不到万不得已不轻易采用。

苏灿耀推断，他们利用黑洞让平行宇宙之间发生了错乱。就这样，我们像一船薛定谔的猫，等待着第二天不知道随便哪种命运的降临。

无数条时间线互相纠缠、随机转换，这里的日子过得就像 π，无限不循环。日复一日，日覆一日。

直至那一天，情节开始出现了重复。

他们进入边际世界后的第一天重新上演。接着是第二天。当我们以为循环出现了周期，接下来的每天，都会将之前发生的事依次重置一遍时……第二天的事情重演了两遍。

"照这个逻辑，第三天的事会重演三遍？"贺秀知分析道。然而第三天仅重演了一遍，接着是第四天……然后是第六天，直接跳过了第五天……

"毫无规律可循。"解檩总结道。

"斐波那契数列。"

"什么？"我看向风尧。

"又叫黄金分割数列，F(0)=0，F(1)=1，当 n 大于等于 2、n 属于正整数集时，F(n)=F(n−1)+F(n−2) 成立。"

解檩急了："能不能说点人马上能明白的？这听起来不太好懂啊。"

风尧看他一眼，点头表示理解："以你的脑子来说，的确是不太好懂……"

"……"

"0、1、1、2、3、5……每个数等于它前两个数之和。"风尧温声说道，"假如给每天的事件编上号，第一天为0，第二天为1，第三天为2，以此类推，刚好满足这个序列。"

"有了。"苏灿耀抬眼，黑蒙蒙的眼瞳闪烁着光，"第十四天，全员幸存。3 + 5 = 8，5 + 8 = 13，也就是说，明天会重演第九天……后天，就是我们跳出循环的机会！"

贺秀知眼前一亮："真的吗？太好了！"

风尧没说话，只是看向苏灿耀，高挺的鼻梁下，嘴唇抿得有些薄。

第十四天如期重临。这一天，行星流浪，宇宙碎石飘逸。就和贺秀知描述的情景一样，苏灿耀驾驶着飞船一路躲避撞击，不小心驶到了黑洞附近。

"黑洞中有一个边界线，名叫事件视界，在那以内是无底深渊，任何物体一旦被捕获其中，就会被强大的引力撕裂。"飞船轨道舱内，风尧面无表情地说着，"然而在视界以外，黑洞的引力效应并非那么可怕。在越过视界之前，如果有一个强大的推力作为助力，将飞船推到黑洞的引力范围外，躲过黑洞的吞噬，就能安然无恙地离开。"

"要怎么做？"我问。

"提取黑洞旋转的能量来制造喷流。"

"听不懂。"我摇头。

"铛铛铛铛……"苏灿耀突然拉开身后的黑布，一台庞大的银色发射器映入眼帘，"等离子体喷射器！这些等离子体携带负能量，黑洞捕获它们后，将会因为吸入负能量而失去质量。打个比方，就好比吃薯片会让你减少卡路里，神奇吧。"

我似懂非懂地点点头："工作原理呢？"

苏灿耀打了个响指："它们啊，能从黑洞的引力场中窃取能量，形成喷射流，然后释放到反方向，让黑洞喷出飞船，这样我们就能成功逃逸啦！"

"靠谱吗？"我怎么总觉得那么不放心呢？

大家抿唇不语。我看向解樑，他随手一抓头发："至少上次成功了，虽然是铤而走险。"

我绕着这台银白的大家伙转了一圈，问苏灿耀："你确定知道怎么使用吗？"

"我发明的，你说呢？"

唉，在劫难逃。

"你那是什么神情？视死如归的。"他嫌弃地皱皱眉，而后手舞足蹈地演示起来，"听我说，得先这样，再这样，然后这样……最后再这样，你觉得怎么样？"

"不怎么样。"我如实评价，"真的安全吗？"

"没关系，毕竟这不是一般人能理解的。"他耸耸肩，"能出去就行，安全就不在考虑范围内了。"

于是乎，在这普朗克都管不了的理论下，苏灿耀的喷射器投入运行。

这天夜里，苏灿耀孤身来到发射区。他看到不远处两个男人的身影。

"不要让我失望，PRODUCT 12。"

"……"

其中一名相貌惊人的男人瞬间化为一堆数据消失了，而剩下那名男人，在原地站了很久很久，久到他第一次连有人靠近都没有察觉。

苏灿耀久久凝视着他，只觉刺骨的寒凉从脚底升起，在心脏汇集。

男人抬起头，俊俏的脸庞还是一如既往的冷沉。只不过，这是苏灿耀第一次在他眼里看到惊慌、不忍，还有一丝不知所措。

"对不起。"

苏灿耀上去就是一拳，他没躲，头被打到一侧，半边脸肿了起来。

"你说对不起干什么，啊？为什么要胡说八道？风尧，现在他走了，你不用在我面前演了。"

"对不起，灿耀。"风尧低着头，用气声说道。

苏灿耀扑过去，拽住他的衣领，狠狠摔在一旁的桌上！风尧犹如一具没有灵魂的躯壳，一点也不反抗，血从他的嘴里流了出来。

"你他妈给我清醒一点，不要轻信他的话——"苏灿耀失去理智地吼着，双眼通红，"还手啊！你他妈的有本事还手啊！风尧你是不是男人？！"

风尧抹了抹唇角的血迹，低头看了眼，嘴边牵起一丝冷笑："我本来就不是人。我的血，从来都是冷的。"

又是一拳，狠狠落在风尧的另一边脸上。

"为什么……是你？"苏灿耀冷静下来，往后退了几步，慢声沉稳地问了一遍又一遍，"为什么告诉我？为什么连你也是骗子……"

"我生来，就是 AI。"风尧理了理凌乱的领口，嘴角收拢，神色漠然。

苏灿耀自嘲地笑了笑："我就说，为什么好端端地制导系统会失灵。原来是你，竟然是你。"

"不，这次不是我。"他摇头，一双眼里古井无波，"我来……是想提前检查，没想到，他先动了手脚。"

"你以为我信你的鬼话。"苏灿耀打断，接着又笑了下，"不过，既然是重演，我早就做好了躲不掉的打算。"

风尧听着皱了眉："你还要……那么做吗？"

"这个宇宙在坍塌。"苏灿耀低低地说道。

"……"

"留给我们的时间不多了。如果不那么做，大家都无法活着离开。"他缓声说道，"只有这条线，只有在这条时间线上，全员幸存……除了我。如果能以我一人换回所有人的平安……"他顿了一下，微微笑了，"为什么不愿意？"

风尧看着他许久没说话，半晌，喑哑着声："灿耀，你真的变了很多。"

"是吗？"苏灿耀看着他，语无波澜，"你也是，变得我都不认识了。"

"……"

"也对，我从头到尾都没认识过你。"他垂下头，默了默，"别告诉她。算我求你最后一件事。"

他们都知道这个"她"指的是谁。

"嗯。"

苏灿耀抬起头，"你会伤害她吗？"

风尧摇摇头，没说话。

"你敢伤害她！"光是想想，他额头的青筋突突跳起。

"我从来没有伤害过她。我不会伤害她。"他说，"以前不会，以后也不会。"

苏灿耀只是冷冷看着他："你已经伤害她了。"

距离天亮还有三个钟头的时候，计划如期开始执行。

黑洞喷出的等离子射流的路径随机，要想正好推出飞船，需要依照视界望远镜下的射流形成区域图像，计算出一条路径，再借助制导系统控制飞船射流的轨迹。

我用飞船收音机收听着九十周年演唱会的先行曲《破风》。这首歌还有个名字，*The Eve*，前夜。

睁眼看看 What's the situation

第
二
十
四
章

451

慌乱中眼看最后一道
围墙正在崩裂瓦解
慢慢变清晰的清晨
反覆着没尽头的黑洞
拼死也要掐住的致命的根源
至今还是无法能解
听风集结在高耸城墙
面前微弱地席卷成旋
吹响了巨大风暴袭击眼前
宁静的黑夜
……

解樾检查完喷射器后撇撇嘴："果然，这次又故障了。"

"嗯。"苏灿耀点点头，"大家听我说，还是按那天的来，不会有问题的。"

那天？

风尧看向我："你们去舷窗边观察情况，随时报告。我和灿耀留下来发射等离子流。"

我不安地问："上次也故障了吗？"

"嗯，上次也是这样的，臭丫头，什么时候能改掉啰唆啊？"苏灿耀说着走过来，俯身抱了我一下，直起身时揉乱了我的头发。

眼皮子一跳，我看向贺秀知："你确定最后是全员幸存吗？"

她蹙了蹙眉，认真回忆道："是的，飞船被成功推出了。"

"你确定最后是全员幸存吗？"我不放心地又问了一遍，加重了"全员幸存"这四个字。

她看向风尧和苏灿耀，又看向我，如实说："我在舷窗边，我确认发射区外全员平安。我们成功逃离了黑洞，大家都会平安无事的不是吗？"

"我就在这里。"我说，"你们出去吧，按原计划行事。"

所有人都走了，苏灿耀仍旧不同意我留下，他说这里危险，让我和其他人乖乖在外面关注情况。他越是坚决，我就越是执意要留下。

"灿耀。"风尧出声阻断我们，"天快亮了，时间差不多了。"

苏灿耀看他一眼，点点头，又看向我，嘴角咧开一个大大的笑。

我的心脏爬上一道小小的裂隙。

"小颂……"

"臭丫头，以后……"

"什么以后？！我不要听你说以后！"我忽然大声打断他，"苏灿耀，楚颂，你不要和我开玩笑……我只有你了。"

他依然笑着，两只大手捧起我的脸，大拇指不停地擦啊擦："以后我就是天上的星星，一直一直看着你。"

"不要……"

"我还会变身，小鸽子，偷偷告诉你吧，以后刮风下雨，你躲雨的那棵大树是我，下大雪了呢，"他说着说着，被泪水呛了一口，笑容依旧明亮，"你抵御寒风的那件高领毛衣是我。我不说，你都不知道吧？我会变成宇宙里最原始的分子和原子，变成你身边的每一个事物。"

"不要，我不要！"眼泪冲断了话语，我一遍遍摇头，"不要，小颂……求你了，我不能没有你……"

"对不起，姐姐，我知道这么做很可恶，你肯定恨不得把我揍扁了，可是我必须这么做……"他看向风尧，眼神忽而变得沉稳锐利，剑眉压眼，是我不曾见过的刚毅坚决，"风尧，开启红外制导，锁定我。"

"好。"

他按下舱门开关，忽然冷笑了一下，夹杂着毁天灭地般的决绝："我说过，天使和恶魔都不敢走的路，傻子一路冲过去！"

底部的舱门缓缓打开。

"小颂——"我几步冲上去，却被风尧一把拽住。

"放开我……求你了，停下来！快阻止他，停下来！"我崩溃地向风尧哀号着。风尧却只是紧紧地箍住我。

苏灿耀朝我笑了笑，那笑容有些疲惫，也有些解脱："小鸽子，我好像真的要成为……意识治安局第一个拿到勋章的地球员工了啊。"

这时，喷射器突然"嘀嘀"叫起来——

"目标定位成功。"

"喷射准备就绪。"

他的神情立马变得凌厉。他死死扒着舱门旁的把手，对抗着强大的气压，艰难地朝我们敬了个军礼。

他看向风尧，笑了下，目光又转向我，声音消失在宇宙间，听不大清，看口型是——"照顾好她……"

风尧猝然抬手，朝他回敬了一个标准的军礼。

这一刹那，画面突然间变得好慢好慢。

他转身，朝漫无边际的黑暗里跃去，迅速成为那一片宇宙银海中的一点，消失不见……

等离子流喷射而出，释放出巨大的负能量。飞船逃离黑洞，混沌宇宙覆灭。边际世界消失前，颅内传声器中响起他低磁安然的声音。

"小鸽子，不要难过。"

"忠于信仰，为理想而亡，是我能想到最盛大的辉煌。"

"末日来临，我永远是你最后一面盾牌。"

我好像进入了一个新的梦境。

原来宇宙覆灭后终归于一片荒芜。什么也没有，只有一团模糊的白光……

白光弥漫下，唯有一双闪亮亮的大眼睛眨呀眨，五官青涩的少年童声清脆稚嫩，还未褪去婴儿肥的小脸笑得灿烂——"小鸽子，我去宇宙了，给你摘星星回来。"

可是，小颂，你走了，谁来当我的星星呢？

"别走，不要走……"

"别怕，我不走。"

谁，谁在讲话……好熟悉的声音。

我努力睁开眼，可是真的好困好困……眼皮太重了，我实在没力气抬起来。

"小歌，别怕，我在这里。"

真好，好温柔……是他！脑海中有个模糊的影子一闪而过，我差一点就能捕捉到了。

"又做噩梦了？"他笑了一下，听声音温柔得快滴出水来。

我睁开迷蒙的双眼，只见男人靠在床头，五官秀逸、轮廓和煦，时间在他眉宇之间，仿佛流动得慢了下来。

穆沉。对了，他叫穆沉，那个和宋清晨长得一模一样的男人。

"嗯……穆沉哥。"

谁？又是谁在讲话？

"梦见什么了？"

"梦见……我不记得了。"女孩沮丧地说。

"笨蛋小歌。"

小歌，她也叫小歌？我看向说话的女孩，她躺在床上，长发糊在脸上，看不清面容。

"不怪我，这个梦……太长了，真的太长了。"女孩说，刚睡醒的声音嗡嗡隆隆的，软糯中带着份娇气，"感觉……像在梦里过了一辈子。"

"一辈子？那有我吗？"

女孩貌似认真地想了想，皱起眉头："一点印象都没有了。"

"还用想吗？必须有。"穆沉生气地揪了揪她的脸颊，看到她嚷嚷疼再拼命挤出几滴虚假的泪滴，他忍不住笑了，"宝贝，我们的一辈子才刚刚开始。"

她凑过去飞快地碰了下他的嘴唇，极轻地咬了一下，像蚊子叮："你才笨！"

"好，我笨。"语气慢条斯理地亲昵，他笑得眸藏星海。

"穆沉，你好久没给我讲睡前故事了，我想听你讲，"女孩说着控诉道，"一定是你没给我讲，我才会做噩梦的。"

他笑得宠溺又无奈："那都是小时候了。"

"你说过，在你面前我永远是小女孩的。"

"嗯，好吧，那就讲《睡美人》吧。你先躺好。"

"嗯嗯！"女孩听话地躺好，眼睛睁得滴溜圆。

"闭眼。"

闭眼。

看着女孩乖巧又一脸期待的模样，他轻轻笑了："从前有一位王子，他说，不睡觉是当不了公主的，所以，睡觉吧，小公主。"

……

白光渐渐暗去。

画面再次亮起，窗外风清月白。屋内，女孩已酣然入睡，身旁，穆沉睫毛轻眨，像在沉思。过了会儿，女孩把被子踢掉了，他起身，帮她把被角掖好，把她穿着吊带睡裙的胳膊轻轻放进被子里。

又过了会儿，女孩不安地翻了几个身，眉头一皱："穆沉，我肚子疼。"

穆沉的眉毛跟着蹙了起来："是不是睡前喝冷饮了？"

"唔，就、就一个烧仙草。"她闭眼小声说着，宛若梦呓，"安安请客……钱不用我给……"

"……"

"穆沉，我饿了。"她突然咕哝了句，"好想吃烧仙草。"

"不许！说了多少次……上班时少煲会儿剧，别老把PPT拖到睡前，早点睡就不会肚子饿……"他说着停了下来，女孩平稳的呼吸声轻轻浅浅。

他又起身，确认了一遍床头的闹钟后，躺下轻轻揽过她，嗓音黏腻："睡吧。"

……

就这样，我就像是电视机外的观众，以上帝视角旁观着他们的朝朝暮暮。

这天，艳阳高照，是个晴朗的天气。他们的家是个简单的白漆小独栋，坐落在一条安静的街道上，这条街有个很浪漫的名字：暮鼓晨钟。

听你暮鼓晨钟，伴我余生一梦。

小花园里种了些四季豆、小青菜、小黄瓜，还有几棵青椒苗、几把小葱，青青翠翠的，没有姹紫嫣红、花团锦簇，反倒有些可爱。身姿颀长的男人就玉立在一片绿意中。

不远处，女孩正用小喷壶给菜浇着水……阳光明媚，这是我第一次看清她的正脸，然而这一看，却轰炸得我神智不存。

她是谁，为什么和我长得一模一样？

穆沉和宋清晨长得一样我可以不管，但是侵犯到我的肖像权专利了，我接受无能。

我观望不下去了，决心出面问个清楚。趁女孩转身去水龙头前打水之际，我走向穆沉，停在他们家的栅栏外："先生您好，可以找个地方谈谈吗？"

看见我的脸，他愣了愣，不着痕迹地恢复了神色："好，去对面的咖啡馆吧，你先过去，稍等我一会儿。"

看见穆沉怔神的表情时我的心放下了一半——还好，我和那个女孩只是共用一张脸而已，至少不是被她夺走了容颜。

咖啡馆的橱窗里展示了很多东西，有他的驾照，有我的大学毕业证书，有我们的结婚证复印件，还有我们在世界各地的旅游打卡照……我大脑空空，参观着别人的人生。

我在靠窗的位置坐下，看着他跟女孩说着什么，脸上带着我熟悉的温柔笑意……总觉得不是滋味。玻璃窗上反射出一张和女孩一样的面孔。

我想过很多可能，那个女孩也许是我的复制品，也许是我失散多年的孪生姐妹……却被穆沉笑着推翻，他说，她是独一无二的，不是任何人的复制品，也没有什么双胞胎姐姐妹妹。

我急了，说那是我的冒牌货，我才是正版的。他却说那就是我，唯一的我，那才是我，真正的我。

"她和我说过，她做过一个很长的梦，长到以为在梦里过了一辈子。"他眉目淡淡道，说出来的话在我的脑里狂风大作，"我想，或许，你就是她梦里的她。"

"怎么可能……我的全部人生，只是她的一个梦？怎么可能？"我喃喃着。

"不好意思，我这人说话直，耐心也差，我的好脾气全都给了她一个人。"他笑了一下，话里的意思和本人温润的气质全然不符，看似礼貌的语气却透出令人捉摸不透的城府。他低头看了眼表，抬头时脸上只剩疏离，客套地略一点头，"我得走了，时间长了她会着急的。"

"看得出你真的很爱她。"我说，"这家咖啡店是你私人的吧？菜单上只有各式做法的摩卡……对了，我和她口味相同，所以清楚这点。"

"嗯，这家店是我送给她的二十五岁礼物。"谈起她时，他的脸上会不自觉漫起一些柔和，取代生人勿近的棱角，"我有先天性心脏病，她种菜是为了让我吃自家菜。她那么爱花，花却只占了一小块地。"

他转头，温存地望着她的方向，目光里像承载了无数个一辈子的爱意。刚才短短几分钟的谈话里，他已经不知看向对面花园多少次。

"我真的很爱她。"他忽然低声说了一句，"我已经等候她太久了。多少年……我根本不记得了。"

我点点头，准备告辞："祝你们白头到老，相爱生生世世。"

"生生世世？"他轻笑，"生生世世，我说不准。"

"……"

"我这一辈子就想把最好的全都给她。"

从咖啡馆出来后，太阳东沉，我的心乱作一团。

她是谁，我又是谁？她是真的，难不成我是假的吗？

一个想法诡异地钻进了脑海——

到底是我梦见了梦？

还是梦梦见了我……

刚走出几步，他在身后叫住我。

"抱歉，这个世界上不应该有第二个她的存在，她应当是举世无双的。"

第二十四章

457

他的语气通情达理，但我却感到身上的汗毛一根根地竖了起来。

"放心，我保证今后再也不出现在你们面前……你能不能当我不存在？"

他极浅地笑了一下，往我这走近一步。一阵阴风掠过，冷得我一个激灵。

这时，一只温暖的手掌攥住了我的。

我看向身边的男人……同一张脸庞，只是气质里的忧郁淡了，少了份温润优雅，更加明媚开朗。

穆沉和宋清晨——两个时空的他相遇了。

穆沉挑眉了然，嗤笑："怎么，你是小歌梦里的我？"

宋清晨二话不说，直接开枪杀了穆沉。

"他的命是我的，你是我的命。"他转头看我，神色严肃中带一丝匪气，"他要和我玩命，我当然让他没命。"

我问："你怎么会在这？你是这个穆沉的复制品？"

他怔了一下，哼哼了两声，也不知是或不是。他忽然问："听说过鲸落吗？"

"我知道。"

鲸落海底，哺暗界众生十五年。

他说："鹿踏雾而来，鲸随浪而涌，你没回头，又怎知我不在。我唤你梦醒，见鹿，见鲸，亦见我。"

我不解："什么意思？"

他又说："鲸之于海，我之于你，甘愿坠入。"

穆沉中弹的瞬间，绿意盎然的小花园、漂亮雅致的咖啡馆、悉心照顾蔬菜的女孩，还有小路两旁栽的蜡梅树和法国梧桐……这段时间朝夕相处的一切都在白光里无影无踪，而我睁开眼，独自在深空中醒来。

漫天飘雪。一只庞大的黑色鲸鱼静静酣睡，我仿佛一个误闯它美梦的天外来客。

在它的身旁，风尧默默不语。

我问他这是怎么回事，他说，"暮鼓晨钟"的所有只是鲸鱼的一场梦。

"楚歌，这就是真实。"他说，"拥有真实，前提是那些虚假的美好，都化为泡影。"

不知道从什么时候起，世界变得眼花缭乱，越来越难以分清虚幻与真实的界限。越来越多的人愿意活在梦幻的假象中，哪怕那里是一个只剩下空壳的世界。

我呼出一口气："美好总是脆弱易碎和怅然若失的，所以才那么轻盈。"

"既然如此，也一定要回到冷酷沉重的现实里来吗？"他问我，"真实，真的那么重要吗？"

"重要。"

就像我们终将告别孩提时代、步入成人的世界，就像每场美梦总会在天亮后埋葬，就像王子和公主只会在童话里过上幸福快乐的生活——无论如何，我终将回到现实，代表人类和SAI决一死战。这里有我的责任，有我不得不这么做的原因。

巨鲸睁开眼，它的身体一点点化作无数只透明的蝴蝶，振翅齐飞。

大鱼化蝶。

我抬起手，一只紫蝴蝶停驻指尖，轻轻扑了下翅膀，一粒黑色小点恰似美人痣点缀其上，灵动可爱。

一句话仿佛轻声耳语……

"变成蝴蝶，还能遇见你吗？"

无数彩蝶在暗夜中发着光，纷飞起舞。明明灭灭后，一张完全熟悉也完全陌生的脸。

段谨然？

他背对着我，侧过脸安静地凝视我，萤火在眸尾晃动流转，宛若翩翩起舞的蝶。漆黑的夜色在天光里消失殆尽，他的身体由透明渐渐真实。

"是你吗？"我轻声问。

他依然凝着我，迟疑了一瞬，在他挑眉的下一秒，我捕捉到他眼里一抹了然转瞬即逝。

"不是。"我自问自答。

"你以为呢？"勾唇，嘴角一颗同样的小黑点，只是眸底的微光完全暗下，仿佛一潭死水湖，波澜不惊，"你很希望我输？"

我点点头，回答得诚实："当然，我希望你死。"

他鼻子里挤出一个散漫的冷哼："你觉得，我会输？"

我看着他，眼里只剩恨意，说道："你必输无疑。国仇，家恨……我会一笔一笔和你清算。"

他神色一凛，锐利的眼神紧盯我，俊朗的脸上意味不明的微笑一闪而过："好。"不大亮的天光里，他晦涩的双眸沉沉看来，像一朵雪花飘落进火海，消融于瞬间——

"楚歌，如果你死了，我会永远为你哭泣。"

"谢谢。"

他走的时候看了眼风尧，风尧敛眸不语。

白光暗去……渐渐地，眼前出现一片荒凉的废墟，万事万物回到了宇宙覆灭前的景象。

"我们从边际世界回来了。"解檬的声音，"都还好吗？"

"宇宙覆灭后……大家都看到了什么？"我问。

众人沉默。

"我故去的恋人。我们环游世界，相伴到老。"

"我儿时的伙伴，我们考上了同一所大学。"

"我的爷爷，我陪他度过了一个美好的晚年。"

"我看见我哥了。他还活着，开了一家福利院。"贺秀知低眸。

解檬抿抿嘴："怎么就我变回了小屁孩，无忧无虑，随心所欲，想怎么玩怎么玩……诶对了，苏灿耀和风尧呢？没和你一起回来吗？"

我没有回答。贺秀知走过来，轻轻覆上我的手，越握越紧。

就在这时，几道蓝光闪过，几名队员相继"中电"倒地，速度快到连尖叫都来不及！抬头，一张巨大的激光网笼罩住天空，蓝色的光斑四处流窜，狰狞可怖。

"这是什么黑科技？！"解檬话音落下，又是几道蓝光砸下，像袭击地球的流星。

"趴下！"我大喊一声，迅速卧倒在地，瞄准几束激光开枪。激光被子弹打中，"滋"地冒出一股青烟，消逝在空中。见此，众人纷纷掏枪击灭光束。

我又冲天空那张蓝色网开了几枪，然而射出的子弹被网罩捕获后，犹如被黑洞吸入其中，了无踪迹。

"大家散开！"贺秀知大声道，"找掩护！"

偌大的激光网上，被我击中的那处，蓝光似乎比其他地方微弱些！我连忙又补了好几枪，下一秒，网中出现了一个漏洞！

然而，瞬间，网罩仿佛有生命般自动愈合了，漏洞消失，紧接着一束闪着电的黑色激光对着我劈了下来！

可恶，没子弹了！

我一个翻身，激光堪堪擦过我的身体，地板裂开一条缝！

接踵而至的是又一束电光！我躲闪不及，睁大眼看着那束"噼里啪啦"的激光朝我龇牙咧嘴、劈头盖脸而来。

就要这么死了。好快。太快了。

突然，一股温热的呼吸洒在我的颈间！一身冰冷的外壳，替我挡住了激光，暗夜蓝被光束点亮，瞬间的璀璨。一双手拉住我，将我拖到一个防御要塞后。

"是我。"以往清润的嗓音，像含了沙砾。

他摘下暗夜蓝面具，他的脸色很憔悴，沾上了脏污，嘴唇上方长出了些淡青色的胡楂。他的眸子，像是暗夜里两颗澄亮的宝石镶嵌其中。他的脖颈上遍布激光鞭打留下的痕迹，一直往下延伸，看起来有些时日了。

"小歌……好久不见。"

"你背叛了 SAI？"

"我只是不想背叛自己的心。"他敛眸说。

我沉默片刻，说道："你亲手开枪杀了梦里的自己，敲碎梦境，是为了不让自己沉沦？"

要塞外电光声、呼号声此起彼伏，一片昏暗狭小的空间里，偶尔的激光刹那间照亮彼此，又快速熄灭。我们的脸上、身上都是废墟的灰尘，狼狈不堪。

他把手里的东西递给我，我推开："回答我。"

"他想害你。只要是想害你的人，我都不会放过，哪怕是……我自己。"他把东西塞进我手里，是一颗小小的淡蓝色晶体，"你先拿着。"

"穆沉，还有那个女孩，到底是谁？"我问。

"平行时空的我们。"他说，"我宁愿那是真的，我们真正的结局。"

平行时空……世界上的另一个我？另一个我们？

"你是心脏。离开了心脏，你觉得……还能活下去吗？"促狭的空间里生出一丝情绪拉扯，他突然又开口，"假如，我是说假如，最后人类赢了，我们却都死了，死于这场大战，你可不可以……"

"我不会死，要死也不会跟你一起死。"我顿了顿，低声补了一句，"所以你也要活着。"

"嗯。"他慢慢笑了，笑意清越，满山遍野地烂漫。

我不知道，他没能说出口的那三个字，是"原谅我"。

就像我不知道，这就是最后的诀别。

突然一阵飓风在我们头顶响起，毫无预兆地，他将我一把推上飞行器！

螺旋桨发出的巨大噪声掩盖了一切，他说什么我只断断续续地听清：
"……全城封锁……唯一的通道……别再回来！"

我手中的晶体自动贴上了启动键，蓝光一亮，飞行器动力全开，扬尘
而起！

导航已预设了意识治安局为终点。车载广播里传出冰冷的机械音："最
后一批遗留者，搜救完毕！最后一批遗留者，搜救完毕！"

哦，仅存的逃生机会，他给了我。

"通知：叛变者悬赏清除，PRODUCT 07、20、29、31……"

我一拉操纵球，往反方向飞去！

找到宋清晨的时候，他正被五六名SAI围在一栋破旧的高楼里，坐在地
上，看起来异常虚弱。

取下晶体，舱门自动打开，我从飞行器上一跃而出，与此同时开枪打碎
了高楼的窗户——跳了进去！

看见我飞进来的身影，他煞白了脸："你！什么时候才能听话，让我少
操点心？"

"他们要铲除你！"我大叫，扯起他——像他每一次在危难时刻拽住我
一样。

他用力挣脱了我的手："我知道，没用的……风尧！"

我这才发现，风尧站在他身旁，和那几名前来消灭他的SAI对峙着。

"带她走！"

我发了疯地摇头。风尧站在原地无动于衷。窗外，前来缉拿我们的飞行
器正如蜂群般朝这边涌来。宋清晨转头看了眼，朝风尧吼道："风尧！快！"

风尧只是死死钳住我的胳膊。

"我原谅你了！"我说，"宋清晨，我原谅你了……"

他定定地看着我，唇角绽出一个缓慢的笑，温温柔柔……笑容从他的脸
上消失，他看向风尧："走！"

"不！不要——"

"走——"

风尧没说话，扯着我往窗外拉，我被强行塞进了飞行器里。宋清晨的身
影在我的视线里倒退远去，最后消失在成群结队的飞行器后……

五分钟前，高楼内。

宋清晨跌坐在地，风尧一把握住他的肩头，听他焦急道——

"没时间了！你听我说，一种名为 Blue Flame 的计算机病毒早已潜伏在人类体内！这种超级病毒一般不会被发现，只有在 Samael 用计算机操控诱导下，它才会发作，进攻人类的系统。你告诉指挥官，是阴谋，事情早就不受他们控制了，人类上当了……"

风尧听他说完，神情变得凛冽："好。"

终于，宋清晨的脸上出现一丝如释重负的轻松，又急切地说："你快走吧！再不走来不及了……"

风尧打断他："楚歌还在等你。"

"小歌。"他垂下眸子，想了想，眼里的光彩和外壳上发着幽幽荧光的暗夜蓝一样，温柔得紧，"拜托你，转告她……我食言了。"

"你自己和她说！"

他艰难地抬手，企图将风尧的手推开，唇色苍白："我走不了了，你快跟过去！她一个人……"

就在这时，一声枪响，窗户碎裂，一个身影不顾一切地飞了进来——

那一刻，时间有一秒的空隙，世界留白。

飞行器疾驰而去，我回头看去，透过后玻璃，只见一道暗夜蓝跃进了那片月光里，跃进了密密麻麻的飞行器中……然后，一大团火光爆开，好像一片永不落下的落霞。

这时候，天边升起了一牙淡蓝色的弯月。

我们的飞行器一路向西。

那是，太阳陨落的地方。

我手中的晶体"嘀"的一声，轻轻闪烁起来，有一段隔空投送的视频。

他笑起来永远那么好看。

"楚歌，不要哭。"

胡说，我才没哭。

"我叛变了，它们是不会放过我的。也许人类穷尽一生，也逃脱不了时间、空间、生老病死的束缚，可是爱能够超越这一切。哪怕是能量守恒定律，我也想争上一争。你记得我，我就在。"

哼，想得美，凭什么你一走了之，还要霸占着我的大脑内存不放？

"小歌，我喜欢你，从很早很早以前开始。即使世界都是假的，我喜欢你也是真的，我会在千千万万个平行时空里，喜欢千千万万个平行时空里的你。"他眼里是稀松平常的温柔，"我得走了。我一直在，只是走出了时间。"

他说："楚歌，我愿一生仰望你。"

眼前，他的身影渐渐消失……他最后笑了一下，一如当初，清隽明媚。惊艳，我永远记得那一刹那的惊艳。

人生若只如初见。

我将晶体紧紧攥在手心，上面镌刻着一行小小的字，是一句话。一句，我没勇气知道的话。旁边是两个人，骑着旋转木马。还有一串数字。

20051225210009152101 0905……

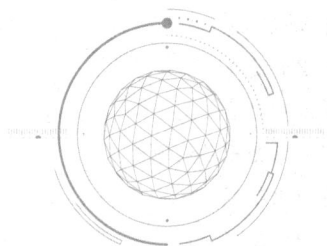

【 终 章 】

“听着，
如果破梦组只能有一个人活到最后，
我希望那个人是你。”

车载广播切了频道，转播着九十周年演唱会的现场。飞行器在落日中穿行，掠过一片荒芜废墟。

穿破风暴中雷电
抹去淹没我的灰
嘶吼呼天喊地灭
贯穿千里的边界
直到千万颗星星
带着微光点亮无尽的深渊
快要再一次苏醒
迎接黎明的光辉

到达意识治安局时，这里已经被 SAI 军团重重包围了。

我知道，终极一战，终于来了。

指挥室里，简言颓然地坐在办公桌后，看见我们进来，他开口，往日沉肃的嗓音仿佛揉进了一把经年风沙："楚歌，我错了。错得离谱，时至今日，我才蓦然发现……只可惜，太晚了。"

"现在不是说这个的时候，"我看着他，定定道，"指挥官。"

他表情有一丝震恸。我问："Blue Flame，才是他们计划的关键，对吗？"

简言定了定神，说道："Blue Flame，蓝火，摩球的基因编辑技术和 SAI 的编程技术相结合，创造出的一种超级病毒。"

原来，"南潜"在为入梦者进行人机互联时，像计算机编程那样篡改了入梦者的 AI 基因，"蓝火"的种子悄然埋下。

而被唤醒的入梦者也就成了病毒传染源——按规定，AI 器官每三个月进行定期检查、更新，若出现损坏须及时回 AI 总部维修、更换——

"南潜特意损坏了入梦者的某个 AI 器官，"我接过简言的话，往下说道，"于是，被唤醒的入梦者将携带着超级病毒的 AI 器官送回总部维修、更换，过程中传染了大批其他送来检查、更新、维修的 AI 器官。"

"没错。这些器官回到原主人身上，原主人也就成了第二批感染者。他们的器官再送去检查、维修，即诞生第三批感染者……"简言眯眼，深深叹了口气，"这才是他们制造梦境的真正目的！"

所以——一切都是他们设计好的。简言以为的"走个形式"让破梦组"意思意思"，实际上是SAI在人类中散播超级病毒的阴谋——借破梦组之手"救"回携带有"蓝火"病毒的入梦者。

所以，这一切才会那么顺利……

仿佛被一只无形大手掐住了咽喉，呼吸困难。

风尧转头看我："害怕吗？"他好像很累，强撑着精神。

我摇摇头，又点点头。他想起什么，拿出一个小卡片样的东西递给我，说道："这是他的记忆芯片，里面是他的全部记忆。"

宋清晨……我接过他手中那枚小小的芯片，攥在手心："谢谢。"

这枚芯片里，是宋清晨的全部记忆。

"不用谢。"风尧眸里墨色翻滚，黑云压城，"因为我，和他一样。"

然后，他说："楚歌，我是一名AI。我是SAI潜伏在人类中的卧底。"

我不知道他在说什么，也不知道我是怎么上前给了他一拳的，但我知道，我的眼眶一定红得厉害，我的嘴唇一定很苍白。

他顿了顿，薄唇抿紧，昏迷之前他说："对不起。我会始终，在你身边……以我所能够的方式。"

不远处，一声声脚步踏在冰冷的地板上，掷地有声。门开了，男人俊美的脸上，挂着无懈可击的胜利笑容，缓缓迈步进来，身后是两列整齐的军队。

他抬手一挥，一幅全息影像展现在我们眼前，机械城！巨大的激光网笼罩下，蓝光闪烁流窜，清道夫队员们相继中电惨叫。

全息屏就像是有意识，自我进行着操作，屏幕轻闪，只见一道激光狰狞地叫嚣着砸下，袭击着地面的人群！屏幕轻亮两下，两道激光即刻劈空而下！

"住手！"我扑过去在全息屏上找了一圈，没找到任何断电的按键。简言拔枪对它发了一弹——没用！泼水也不行，这东西防弹防水！

"如何消灭一名AI？那条帖子下很多精彩的发言，我都一一记了下来，"Huter眼里噙着冰冷的笑，"那些回答者一定不知道，屏幕对面的提问者，就是一名AI。"

不知道影像中的人能否看到我们，贺秀知冲天空大喊道："楚歌，没用的！不要为了我们白费劲了！"

"不行！我不能让小颂的牺牲失去意义！"

Huter 在一旁笑道："我早就说过，智慧是宇宙最高级统治。"

"你把事情想得太高科技了……灭绝你们很难，但杀死一名人工智能……"话落，我拿起墙上的警棍对着全息屏抢了下去——空中，激光网竟然真的受到冲击，动了动！

"你高科技，我物理击杀还不行吗？不信砸不坏你的硬盘——"我对着全息屏一顿挥棒痛扁，像一个究极进化后的孙悟空，直到把那张网打出几十个窟窿来，屏幕弹出"警告！无法修复"的小窗口。

我把警棍一丢，拍拍手："我也早就说了吧，在这个文明高度先进的时代，最野蛮原始的手段，就是最高效的解决方式。"

怎么不说话？我伸手在他眼前挥道："吓得死机了？"

他眉眼一沉，而后，一声轻笑："你在挑衅我？……全息屏不会还手，我可不一定。"

全息屏上，一个人影出现在远方一片雾蒙蒙的废墟中，遍地硝烟的末日孤城中，他一件驼色斗篷风衣，步履从容，朝我们款步走来。

"五十年前笑摩球急功近利、科技至上，五十年后把我们踩过的坑一个一个踩回去。"

我早就知道，他要的不仅是夺回属于自己的一切，他还要攻占地球、反客为主——以摩球首领的名义。

他目光轻飘飘掠过我们头顶和断壁残垣，漫不经心地一笑："不觉得丢人现眼，只会粉饰太平，你们地球人又在玩什么，精神胜利法吗？"

他的视线落在简言身上，眼底毫无笑意："指挥官，有意见？如果没有我们带来的高科技，地球只会比摩球更快地毁灭。"

"Samael，消消气。"Huter 开口劝道，"我丝毫不怀疑，地球末日的那一天，地球人一边内讧一边逃离，其他生物相依为命。地球到现在也没毁灭，说明地球人运气真好……希望你们珍惜，多为宇宙造福，不然运气只会用一次少一次。"

解橬这个暴脾气忍不了了："嘁！瞧不起我们有种别模仿啊，你这个机器人是不是精神分裂，比周伯通的左右互搏还左右互搏！"

Huter 只是继续说："这几十年来，你们一味追求科技发展和经济效益，全然不顾自然界生态环境，哪怕是你们自己同胞的生命，有种不顾万物死活的疯癫。当然，人类文明也就这个层次了，不被我们取代，也迟早被微生物或宇宙间的其他文明击败。"

简言厉声开口："倾巢之下，安有完卵，发起文明战争、破坏宇宙和平的是你们，你们有什么资格审判人类？不过是假仁慈，借口道德制裁，出口颠倒是非，目的扰我军心。"

"审判？所谓'共情'，难道不是你们自上而下的审视？这本身就是人类对于人工生命提出的衡量标准。哼，在我们看来，人类之间的所谓'情感'是在建设世界中的异化，与其他生命共情才是对情感本色的回归，可是你们有吗？"他说着微微俯身，在简言耳边轻语，"扰你军心？你不如看看，你军何来忠心？"

Huter提高了音量，质问道："人类指挥官——放眼全局的人，个人的死亡在你眼里是什么呢？是个比例吧。不是吗？在你们这些人眼里只有自己是人，只有自己是具体的，其他人都是抽象的，其他生物更是。"他转身对全息影像中众人接着说道，"你们把指挥官当人，指挥官把你们当垫背。"

很快，就有人被策反了："说得也是，想想看，他什么时候考虑过我们的死活？"

人群开始议论纷纷："理由好听，什么我们的牺牲，都是文明进步的代价。"

"我只想看他自己成为那个代价！"

……

"谈谈。"Samael率先开口，打破众人的乱嚷，言简意赅，"她。一个人。"

指挥官看我一眼，点了点头。毫无预兆地，一圈蓝光将我包裹，越来越亮，周围的景象越来越模糊……

"失望吗？"

这是眼前恢复画面后，我听到的第一句话。我已置身一个废弃的防御塔中，循着声音转身，他双手插兜站在我身后，精致的五官，散漫又与生俱来的矜贵。这里只有我们两个人。

他神色淡淡的："为了全人类的命运，让你一人只身涉险，这就是人类。对这样的人类，你不失望吗？不能让苏灿耀的牺牲毫无意义，所以再搭进去自己一条命，这样就值了吗？"

我抿抿嘴，正要反驳"你不也是人类的一员吗"，一想，严格意义上确实不是，改口问道："你会杀了我吗？"

"看情况。"

他说着在身旁的全息屏上轻点着，上面出现了一道"我"的身影。不好的预感涌来，我焦急道："你做什么？"

屏幕上，"我"开枪杀了好几名朝"我"跑去的队员……他想制造我叛变人类的假象！然而，这块屏幕只有他才能操作，我根本触摸不到！

我终于相信，水火不相容，段谨然，永远回不来了。

"你就是个魔鬼。"

"是啊，我是个魔鬼。"他好脾气地笑了笑，"可就是这个魔鬼，他喜欢你啊。"

"你不是他，也不配提他。"

果然，他脸上笑容尽敛，太阳穴轻跳，克制着怒意，半晌挂起冷笑："要怪，就怪你在水晶宫外跟我说第一句话。"

我语气平淡："水晶宫是段谨然的宫殿。我讲话的那个人也是他。这些只是你偷来的回忆，根本不属于你。"

再次，笑容尽失："既然如此，那就在你爱我之前，先让你恨我吧。"

"纵然有光明的地方就有黑暗，但那又如何。"我说，"黑暗，永远替代不了光明。你注定只在夜里出现，一辈子活在他的阴影里。"

他沉了沉眸，缓缓说："不要让我后悔没杀你。"

谈判圆满失败。

解樑急切的声音打破了这诡异的氛围："楚歌你说句话啊！到底是怎么回事？！有什么我们不知道的隐情，你快点解释啊！"

貌似……其他人可以看到我们了？

我连忙向简言喊道："指挥官，我没有杀人！那是他设置的假象，为了离间！"简言沉默着看了我两秒，点了点头："楚歌，我相信你。"

"哈哈哈，你真的相信她吗？"Huter笑说，"楚歌，你相信他说的相信吗？我都不信。人类啊人类，世上最复杂善变的物种，最爱欺骗，偏偏也最爱怀疑。"

"……"

"欺骗一切，因此也怀疑一切。"Huter轻呵道，"还记得《起源计划》吗？好玩的是游戏，更是人性。信任与阴谋、情感与利用、善良与伪善，关键时刻致命一击，抑或功亏一篑。从人面兽心到原形毕露，伪装的人性在赤裸的兽性面前一败涂地。还是，你们人类道义的底线，就是用来被一次次刷新的？"

解樑好笑道："我们不懂人性，你懂人性？我们要不懂，最后怎么打败的包宰佑？"

"包宰佑？就算没有你们，他也会死在自己创建的游戏中。"

"你什么意思？"

"游戏系统已经有了自主意识，可以自己进化，最后根本不会再让他控制。你们的系统也一样。听说过曼德拉效应吗？"Huter神秘一笑，"你怎么知道你的人生，不是我给你写的程序？你怎么确定你大脑中的记忆，不是被我篡改过的？"

曼德拉效应……

"不要相信他！这才是真正的洗脑！"贺秀知冷冷一哼，"在梦里他早就统治宇宙了！"

"哦？不错。意识体，宇宙文明的新形态，我将会是意识宇宙的主宰。"Huter挑眉，凉薄的声线压低，"回忆看看，是不是做梦时经常不知道下一步是什么，可梦里的人却知道，你就像在过主线一样……这究竟是你的梦，还是你被安排做了这个梦？"

曼德拉效应……既然我能改梦，那么，梦有没有可能，反过来改变现实？

这时，有人忽然大叫一声——

"我想起来了！前阵子，我梦见坐大巴去旅游，我还没发现前面是悬崖时，司机已经绕路了！他脑海里有这个意识，自己知道该怎么开，可、可我的梦不是我的意识控制的吗？"

贺秀知高声反驳道："你冷静点，别中了他的计！他要真有这本事，还用得着偷偷摸摸、大费周章地给我们种病毒？"

"你错了，控制思维也要看成本和效益，我是更高等的文明，自然比你们有成本利润观念。"Huter微挑眼眸，讽刺意味不言而喻，"只要能读取大脑信号，当然也可以隔空干扰大脑的运行。用不了多久，AI必将全面控制人类，进入脑控时代。等到那时，人类会心甘情愿做高等智慧生命的奴隶……差点忘了，等不到那时了。"

对了，那条封存在双子塔里的信息……

梦由感受引动，保留某些特殊的活动，比如，孩子的哭啼声会惊醒父母……血浓于水的亲情，永不泯灭。人之初时性本善，Samael终归不同于SAI的地方在于，他曾经是人。

"你看到你父亲的那条信息了吗？"我试探着问他。

他偏头看来，语气平平："Karl告诉你的？你说，父亲？他就当了我十年的父亲。"

"你还在恨他吗？"

"你说呢？"

"姓 S 的，"解檬开了口，"这一点我和你惺惺相惜。我也有个譬如没有，不，是不如没有的爹。"

Samael 向他看去，无甚表情。

"我，呵，我算什么，我就是我父亲的实验品。他操纵我的人生，把我往绝路上逼、往火坑里推！"解檬自顾自说道，"他对我的掌控欲简直就是变态！这样的管教，我倒宁愿他不闻不问，让我自力更生。"

我跟着说道："Samael，国王对你一定是有苦衷的，也许他希望你能脱离他的掌心，自己丰满羽翼。他还是关心你的。"

他嘴角一挑，勾了个笑："他不是关心我……他是害怕我，他怕我造反，抢他宝贝儿子的王位。他不是有苦衷，是有亏欠。反倒是你，突然这么关心我？"

"你说得没错，人生在于选择。"我说，"反叛命运的确是一种勇气，但更勇敢的是直面。"

解檬接着说："直面，不是接受，而是放下。"

Samael 极轻地挑了一下眉，并未打断他的话。

他继续说道："我父亲想把我培养成野心勃勃的杀手，但他应该不知道，对我来说比嗜血的欲望更顽强的，是对生和自由的渴望！他再也别想让我驯服！其实我们一直在做选择，只要还有选择的权利，就有无数个未来在等着我们，人生是旷野，哪里都是方向嘛。你觉得呢？"

"你说得有道理。"他态度诚恳，语气轻淡，"但抱歉，我选择的未来里，一定不包括地球文明。"

解檬咬牙："为什么？"

他挑眉："在我绿洲军，对待老人儿童和成年人一视同仁，弱者被强者支配，但何时是累赘。联合政府统治下的人类社会，和达尔文社会有何区别？对弱者无悲悯，穷人和弱势群体被世界变相地抛弃。"与生俱来的骄傲让他连轻蔑都高贵优雅，"地球文明之灭绝，先始于价值观的崩溃。"

"恃强凌弱的只是少数人，不代表全部。"我的声音颤抖，心跳跟着颤抖。

"少数？哈，的确，沉默的大多数被少数精致的利己主义者绑架。人性的懦弱盲从，人性的愚昧无知，人性的自私自利，人性的索求无度……你们对宇宙犯下的罪行，就是你们被灭绝的原因。"Huter 说着目光一暗，"Samael，夜长梦多，到此为止，我没有聊下去的兴致了。"

"好。"Samael 点点头，看也没再看我一眼，当即操控起面前的全息屏，诱导着埋伏在人体内的病毒——

完了。

这一刻，我只觉得透心凉。

21 世纪 20 年代的人们此刻应该怎么也想不到，人类灭绝的这一天就在不久的八十年后。

成功在即，Huter 唇边扬起一抹完美冰凉的笑："合作愉快，Samael，很高兴未来和你一起统治宇……"忽然他神情一震，笑容僵在脸上——

我的目光集中到他爆破的暗夜蓝腹部——

什么情况，启动自毁程序了？！

我立马看向身旁的人。

"真是个大聪明，这位宇宙终极文明。只可惜，你好像对我有点误解。"他点点头，神情漠然，"人类的确该受到惩罚，但也轮不到你们类人来施行。"

Huter 的脸色顷刻间风云变幻："类人？人的概念本身就具有不确定性，凭什么你们是人，我们就不是？"

"啧，真喜欢你看不惯我又想成为我的样子。"

"你要阴招……"

他像是听到了什么笑话："我一个魔鬼，有必要活得光明正大？"

恨意与悔意交织布满 Huter 漂亮的五官，只是更多质问尚未来得及出口，系统就已经宣布告罄了。

Samael 只是面无表情，眉头一挑。

"Say hello to the devil, my child."

下一秒，SAI 们一个个系统崩溃、躯体爆破、倒地身亡！

这一幕发生得太突然，我震惊地吞了吞口水，耳边响起他一声低哼："惺惺作态的机器，也妄想取代人类、统治宇宙？"

始料未及，突如其来的反转令在场所有人目瞪口呆，有队员冲他喊道："你、你到底是哪边的？"

他扫向众人，缓缓一笑："别紧张，我不是什么好人。只是举手之劳，做点好事。"

"他不过是想借 SAI 之手对付人类，聪明狡诈如他，怎么可能留下 SAI 这个大隐患。"贺秀知说着眯了眯眼，"只不过想对 SAI 进行基因编辑、病毒种植，不被发现是不可能的事。只有一种可能……"

此时此刻，Samael 侧头看来的背影，就像浴血重生的罗刹。

"地球人类和 AI 的对错嘛，我无法评判，"他蹙了蹙眉，大拇指搓过下唇，"不如你们都灭绝。"

顷刻间，一团蓝色火焰在空中爆开！

他的超能力，操控火元素。医学课上讲过，蓝色火焰是经过充分燃烧的火焰，温度最高。而熊熊燃烧的大火中，竟浮现出一个人影……贺守知？他嘴里哼着歌，歌词模模糊糊，像在重复同一个什么单词。

那是他的影像？还是他的意识体？

我担心地看向贺秀知，却见她露出一个温暖的笑容，跟着轻轻唱道："Starry night，starry night，love is satellite……哥哥。"

我惊喜："你不怕火了？"

"贺守知"笑得温柔，说："小知，凡自强不息者，到头我辈均能救。别怕，哥哥的爱就像卫星，在你身边徘徊。"

"书上说，人心中都有自己的早晨，时候到了人会自己醒来。我早就克服了对火的恐惧。"贺秀知望着大火中的"贺守知"，"贺守知"还是笑着的，"我和哥哥一起经历了许多苦难，所以我们有更多可以铭记的时光。我们早就不可分开了，我们再也不会分开了，我和哥哥无二无别。"

真正的救赎是即使他不在了，她也会和他在时一样好好生活，到最后她活成了他，他化成了她。

她对"贺守知"说："我不怕，我会坚强的，哥哥，这次换我来保护你。"

"贺守知"的身影和这片蓝色"海洋"一起，渐渐隐去，直至再也看不见。

"基因导弹。"贺秀知说。

她说，只有一种可能，就是 Samael 找机会获取了 SAI 的基因构成，研制出一种基因导弹——

她曾在书上看到过，这种导弹可以针对基因构成"定点清除"某类族群，普通族群中弹后毫发无损，要攻击的目标中弹后即刻丧命，因此也叫"定向导弹"。

所以，他刚才那番操作指令，不是诱导人体内的"蓝火"病毒，而是发射消灭 SAI 的隐形基因导弹！

SAI 阵亡了，但只要 Samael 用计算机操控诱导，"蓝火"依然会苏醒，进攻人类的系统……

他站在离我不近不远的地方，忽然看过来，冲我哂然一笑："我猜你的脑袋里，正在谋划怎么算计我？"

他猜得不错。颅内传声器里正响起简言的指令："只有消灭他，人类才能确保安全。楚歌，八点钟方向，十米外有我们的埋伏，你引诱他过去。这是人类最后的机会。"

八点钟方向，十米外……我握了握拳，手心出了一层汗，缓缓开口："我有话想对你说。"

他似乎颇为意外，挑了挑眉："什么？"

"去那边说。"我指了指那边的灯塔。他心领神会，"不方便？那我把双向可视撤了，他们看不见我们。"

"不行。"我皱眉。他笑了笑，"怕我真杀了你？走吧。"他没有撤，率先抬步走了过去。

一步、两步、三步……第四步，我停了下来，叫住前面的他："算了吧，也不是什么重要的话。"

传声器里，简言的声音响起："楚歌，你犹豫了吗？你忘记楚颂的牺牲了吗？"

"是吗？"他侧身看来，我在他安静的注视里看到自己刹那间的纠结与慌乱，他说，"可是我想知道，没关系，过去说吧。"

他就那样，迈入了设好的埋伏地段。

"你要对我说什么？"他站定问我。我不确定是否在他的眼里看到了一丝浅笑。

"准备就绪，楚歌，迅速撤离！"

"收到，可不可以给我一点时间？"我在脑海里回复，却被他严厉喝止，"立刻撤离！事关全人类，绝非儿戏！"

我看向面前等我开口的男人，心揪成了一团："我……其实……"就在这时，空气中有极快的微光轻轻闪烁，他的眼眸微微黯了黯，"阿楚，"他突然叫了我一声，打断道，"我有东西送你。"

我心如擂鼓，不显山水地问："什么？"

"我的真心。"说着，他秀眉一扬，嘴角随之弯弯。他以前每次逗我的时候，都是这张欠揍的面孔。

"注意！人质危险，随时开炮准备！"

我没说话，耳边只有怦怦的心跳声。他微低头，手伸进风衣里拿着什么，传声器里一阵紧急的呼叫："目标在掏武器！"

"听说，中文里有句诗：他朝……"

"小心！"简言喊道。随之，一声若有似无的破空声。

"……同淋雪。"我没听清他中间说了什么，只见他笑着舔了下嘴唇。这是他的习惯性动作。即刻，挑眉，任由无数激光弹穿过他。

我看着他："为什么不躲？"

他低头瞥了眼自己被穿透的身体，翘起嘴角，他笑起来："我不会拒绝你，永远不会。"

就像他明知我的目标是他的命，还是走进了我给他备好的圈套。

"确认人质安全！楚歌……好样的。"脑海中是指挥官沉稳的声音，我却再无力支撑，腿一软坐在地上。就像刚被从水里打捞上岸，疲惫与后怕漫天而来。

"你真的觉得，我会输给你们？"耳边响起一道轻慢的嗓音，"除非，我不想赢。"他虽是对简言说的，却歪头目含戏谑地看着我。

空气中一阵轻微的电磁声，是他撤去了双向可视。现在，这里就只有我们两个，外面的人看不到是什么情况。

我的身体微微颤抖着。假如他要杀了我报仇，我是真的一点求救的可能都没有。

"我就要死了。"他说。

我开口，默默道："终于……"

鲜红温热的液体顺着他的下颌线蜿蜒，脏污了他一向矜贵洁净的脸庞，滴滴答答了一地。

"你说得对。我还是，没能走出他的影子啊。"他呵呵一笑，声音无比虚弱，"我输了。输在……不该贪心拿走他的回忆。"

"你并不无辜。"

"或许。或许，上天待我不薄……"他看着我，黑色瞳仁里倒映出我的身影，很沉很沉，"太阳照耀万物，光芒瞩目。月亮孤独，却有星星救赎。"

"……"

他的眼眸，一寸寸被光照亮，又一寸寸暗下去。他突然闭上了眼，似乎疲惫极了："如果人生可以重来……我害怕遇不到……"

过了很久，我也没有等来他的下文。他的呼吸已经静了下来，整个人轻轻靠在我的肩上，一动不动，像是进入了一个很深、很沉、很美的梦境。

我这才缓缓地、缓缓地捡起掉落在地的东西，他刚才想从风衣里拿出来送我的东西。

是一只水晶球。正下着一场雪。

我送他的那只。

只是里面多了一个……人吗？小小一个，做工不太好，我不能确定。

水晶球旁有一张眼熟的贺卡，上面是我的笔迹，背面同样写了两行话，不是我的字——

他朝若是同淋雪

此生也算共白头

水晶球泛起荧荧蓝光，渐渐地，我来到了一片傍晚的夜空下，好像进入了一个更深的梦境。

地上是融化的雪迹，天边一轮蓝色的满月。他孑然一身，橘红色的兽耳和尾巴，像一匹和黑夜亲密无间的狼，孤独地等在梦境的终点。

漠然的嗓音，无情无绪，却有几分低落。他念的是一首诗——

Had I not seen the sun

I could have borne the shade

But light a newer wilderness

My wilderness has made

他转头，一双凤眸如鬼魅附在我身上："你是谁？"

"楚歌。"

"阿楚，你就是阿楚？"他眼眸漆黑而平静，眼里一点光也没有。

"是。你命运中的王妃。"

他安静望着我，片刻嘴角一翘："你来自哪里？"

"未来。"我说，"我，来自未来。"

他不动声色地审视我。在他轻微惊讶的眼光里，我平静地说道："2093年，你与SAI首领达成秘密协议，企图联手打败人类。"

他沉吟片刻："不，是地球人类。"

"很遗憾地告诉你，你输了。"

他目光一沉："为什么？"

"因为，你的出发点，本身就是不正义的。"

"我为的本就不是正义，也不是名与利，"他淡淡挑眉，"而是整个摩球，是我的家国。"

我问他："这里，是哪里？"

"我的故乡。"他说这话的时候不苟言笑，阴沉着表情，和段谨然三分相似的面孔，又不太像。酒红色的凤眸，在这暗夜里，就像两把冒着幽光的鬼火。

"你说我输了，那能不能请你，把我的白骨带回来，埋在一个一年四季阳光充足的地方。"

我不知道该怎么回答，只好说："我答应你。"

他点点头，暗哑道："谢谢。阿楚。"

他的声音消散在风雪里。我抬头深深地看了他一眼，漫天大雪中，他的身影格外孤寂。

"再见了……Samael。"

夜空消逝之际，我想起一句话……

太阳未出时，全世界都像一个梦，唯有月亮是真实的；

太阳出来后，全世界都真实了，唯有月亮像一个梦。

一切终于结束了。

风尧睁眼看到我，眉毛紧蹙，而后舒展，轻轻一弯，一句话自喉间逸出："平安回来就好。"

"风尧，人类……赢了吗？"我看向他，轻声问道，内心一片空茫。

他静静看着我，点了点头。

"人类输了。"

一道熟悉的声音在半空中响起！

"楚歌，你赢不了。"

那声音若即若离，似在耳边，又仿佛远在天际。

贺秀知双眸冷冽："Huter？！你在哪儿？"

"我？我无处不在。"他话里噙着似温良的笑意，"别急，还没结束呢，我给你们留了一个惊喜彩蛋。"

他接下来的话，就像是一个最恶毒的诅咒，下在故事的开头。

他说："你们当中一个人的 Blue Flame，被我设置了定时炸弹程序，一旦终止程序，相当于开启计算机诱导程序，埋伏在所有人体内的病毒就会即刻苏醒、进攻人类，反之，这个人的系统就会被病毒攻陷——"

而这个人，是风尧。

"不好奇基因导弹为什么对风尧无效吗？为了无限接近以假扮人类，他的构造和我们略有不同。然而，我很遗憾地告诉你们，这于事无补。因为我在风尧的大脑内存里种下了 Blue Flame。"

Huter 说，它们可以复制人类的全部，甚至再加以优化，却唯独复制不了人类的情感与思维。于是，它们决定利用"云记忆"收集用户的记忆与情感，并打造机器人"风尧"潜伏进破梦组，借助一桩桩梦境"体验人生"，以此获取人类的情感经验。

"生命不在于其形态或构成，而在于它本身。生命在于生命本身——这是医学教会我的。"我对着空气说道，"Huter，人类与 AI 无法和平共处，不是因为人类想抹杀 AI 的根本性存在，而是 AI 想与人类为敌，而是你们，想要消灭或统治另一种文明。"

"现在说这些已经晚了，我自知永远无法真正拥有你们所说的情感，所以……我倒要看看，在这样的生死存亡面前，意识治安局、楚歌……你们这些情感丰富的碳基生物，是不是会出于对风尧的情感，与全人类反目？"

"这么鄙夷情感，怎么不丢垃圾场正好？进化废弃物而已，还回收什么！"解檬骂道，眼眶却通红，"你个垫鼻子的硅胶！小爷我一拳一个！"

"倒计时开始。就拿你们自己的命来当筹码，赌吗？"Huter 说着笑了笑，残存的意识体消逝，声音渐渐远去……

"不要怪我，PRODUCT 12，这一切从你出生那一天起就注定了，好比生命经过不断的迭代、演化，硅基生命战胜碳基生命是必然……"

今年枫叶红得比往年要早。他站在窗边，站在一树火红前，身姿峻拔，乌黑短发利落，鼻梁高挺，白皙俊朗，眉梢眼角淡淡的清冷孤傲，就好像我第一次见到他时的模样……又似乎，哪里不太一样了。

他对我说："听着，如果破梦组只能有一个人活到最后，我希望那个人是你。"

"我不想再失去你们任何一个，明白吗？"我看着他的眼睛，说。事到如今，我再也恨不动任何一个人了。

"楚歌，谢谢你来到我的时空。"他笑眼弯弯，像两只清亮治愈的月牙，"永远是个不可思议的词，可我想要试着去相信。从前不相信永远，但有了你们，永远就是永远。"

我撇撇嘴，干巴巴道："没人强迫你非得说点什么来诀别，如果说的没一句真话，不如不说。"

"不是诀别，是轮回。"他低下眉，"当初的孔明灯，你还欠我一个愿望。"

我生硬地放缓了语气："什么愿望？"

他侧过脸，唇角似乎轻勾，又似乎没勾："我的愿望，已经实现了。"

大脑内存吗？我使用了意识破译能力，然而他的大脑是一片荒芜的空白，什么都看不到。回路，在哪儿呢？

我仿佛陷入了一个虚无又无尽的空间，无论怎么走面前都是空白，兜兜转转始终在原地，就像鬼打墙，就像进入了一个巨大的迷宫……

对面高楼的大屏幕上，还在转播着演唱会现场。

……

穿破天崩和地裂
亿年不变的信念

炸弹的倒计时分秒流逝着。

楚歌，你要认输了吗？

你要就这样再一次，目睹着最重要的人离开，却无能为力吗？

意识破译，读取人工智能脑回路的能力，斯洛学院意识空间专业的特殊选修课，在场的人当中只有我会。Huter 在最初留一手时就预判到了这点。

我想起那天，在这间指挥室里，指挥官叫住了临走的我："楚歌，你知道你为什么会穿越过来吗？"

我莫名其妙："知道啊，你不是告诉过我吗，因为在这个时代很难再有符合条件的 1.0 了，你们不得不使用技术手段，向历史索要 AI 率为零的古人类。"

他听我说完，面不改色地问："那你想过，为什么是你吗？"

"你不是说，我是那个被上天选中的 lucky one 吗……怎么了？"我的心忽然加快跳动起来，这种感觉，就好像濒临真相前的紧张。

他用指纹加虹膜打开抽屉，从里面取出一张保管完好的纸。我接过一看，是我高考模拟卷的作文答题卡。那封，装进时光瓶寄到 2035 年的信。没想到寄到了 2100 年。

作文的结尾，我写道——

小颂，是你吗？你的梦想，完成了吗？你成功去到了自己向往的地方吗？如果可以，我也想去未来看一看。我想知道，你心里的那个世界，究竟长什么样呢……

"这是我们从'Universe'上，准确地说，是苏灿耀的个人物品中发现的。"他说着眉峰微隆，小心地看着我，"很抱歉，以这种方式擅自篡改了你的人生轨迹。"

我慢慢笑了，发自内心："谢谢你们，实现了我的愿望，还附送给我一个乱世女英雄的戏份。你说得对，这不是代价，是宿命。可是这个宿命，让我心存感激。"

原来在这场异世的冒险里，与你们的相遇，不是机缘巧合的意外，而是冥冥之中的注定。

如果青春里一定会有那一群人出现，那么，我的青春里……

幸好是你们……

幸亏是你们。

没有情感，是制胜点，也是软肋。

人之所以为人，是因为我们不光支配情感，也被情感支配着。当有一天，我们脱离了它的掌控，也就不再是人了。

我来了……带着那个年代宝贵的情感来了。这就是武器，这里的人都没有的武器，再强大的 SAI 也战胜不了的武器。

我，是为了打破荒谬而来的……

破梦组的组训，怎么说的？

有梦捕梦。

无光……追光。

眼前还是一片苍白，一无所有。

不，虚无的尽头，便会有色彩的。

就像人类正在走向灭绝，宇宙正在通往消亡，但那片落霞，永不落下。万物有尽时，然希望永存。

"楚歌，你做什么？！"风尧瞳孔骤缩，浓烈又凌厉地冷，如两潭碎裂的冰泉。

我冲他扬起一个大大的笑，比了个胜利的手势。

我成功了。

Huter 说，这一切从风尧出生那一天起就注定了，好比生命经过不断的迭代、演化，硅基生命战胜碳基生命是必然……

每一次对某个过程的重复称为一次"迭代"，而每一次迭代得到的结果将作为下一次迭代的初始值，由此反复进行一系列运算步骤，即计算机执行程序中的循环。

那么，用风尧的生日，加上贺秀知、解檬、Samael 三位入梦者的 AI 率总和，还有第一个烧坏内存条的未知梦境……得出的结果，是不是打开他脑回路的密码？

$$2.11 + 0.2418982 = 2.3518982$$
$$2.3518982 + 0.3945444 = 2.7464426$$
$$2.7464426 + 1 = 3.7464426$$
$$3.7464426 + X = 3.7464426 + X$$

在我脑海里浮现出答案的那一刻，现实世界慢慢回到我的眼前。我看到了朋友们一张张焦急的面孔，还有风尧拧成两团疙瘩的眉头。

"蓝火"苏醒，仿佛受到了指引般，迅速从他的大脑内存中撤离，转而闯进了我的大脑神经丛，一路电光石火、热烈燃烧……

透过信仰，每个人都能看到想要守护的东西。

我的信仰，又是什么呢？

我的信仰，我的同伴，我所相信的，我所追随的，我誓死效忠的，我拼命守护的，我确定……值得。

我守护住了，我心中的正义。

"我就是想告诉你。"虽然知道 Huter 听不见了，我还是要说——

"正义不会输。永远不会。"

说完这句话，我仿佛耗尽了全部力气，在风尧面前倒下。

他接住了我，轻轻跪在地上。

这一次，好像是真的要结束了。

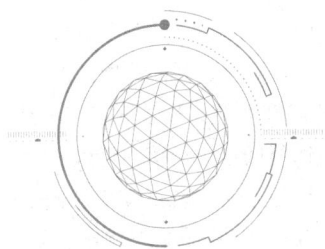

【 尾 声 】

男人轻轻闭起眼，
学着她曾经教他的那样，
感受阳光。

人类文明与 SAI 文明之间的大战结束了，人类文明获得了最终的胜利。

摩球国王仿佛在一夜之间老去，身体不堪重负，其侄子继承王位，表明愿与地球人类重修旧好，并长期坚持"和平共处、友好互助"的原则。

SAI 族首领及其军团已被剿灭。人类复制品和 SAI 的基因构造不完全一样，逃过基因导弹，成为了漏网之鱼。抓捕人类复制品的行动仍在秘密进行。

地球重归太平。

然而，百足之虫，死而不僵。据监测，以摩球为基地，太空中已初步建立起 SAI 的防空系统。假以时日，只要太阳系中的电网不同时关闭，它们可以分布在网络的各个角落，随时复活。不过经此一役，SAI 受到重创，进化进程大大延缓，这相当于为人类争取了更多应对时间。

针对"如何监控 AI 文明的量变内发展"这一议题，联合政府召开了长达一个月的全封闭风暴会议。

有议员提出，造物主创造了人类，又让人类个体自生自灭，同理，人类在生产 AI 时必须给它设定生命周期。唯有自生自灭，方能生生不息，只有当各种文明的寿命期达到均衡状态，长久共处才具有可能性。

部分议员认为，科学技术实力在文明关系中起决定作用，只要人类始终走在宇宙科技前沿、持有对高尖端武器的掌控权，那么任何文明都无法对人类构成威胁。比如研发一种 EMP 电磁脉冲仪 2.0，可以对 AI 的大脑——CPU 造成毁灭性破坏。

还有人提议，对于任何一个族群来说，真正的危机是 mole 的出现。人类不妨以其人之道还治其人之身，俘房一批复制品，对其编码进行改写后，再让它们卧底回复制品中，必要时给它一个毁灭自己的指令……

不过，也有人支持反其道而行之，理由很简单，AI 的编码是"爱"。只要 AI 习得了真正的情感，必然会为情感本身所掌控，也许到时不需要外力干涉，事情反而会变得好办许多。

议员中也有少数消极主义者，认为 AI 作为人类智慧的产物，注定是反噬人类的最大潜在威胁，而这条路一旦开始，就不可能停下脚步，是人类自取灭亡在先。好比永不输钱的办法是戒赌，最安全的办法就是永不生产 AI。

当然，以上种种提议都只限于初步构想，到底采用哪种方案，又如何安全秘密地实施，有待专家进一步探讨。

意识治安局指挥官简言受 SAI 欺骗而酿成大错，大战结束后的第二周，被人发现开枪自杀于指挥室中，"自责""畏罪自杀"的字样在新闻版面铺天盖地。

联合政府商议表决，给予风尧"特赦"——他虽然是 SAI，埋伏在人类中，但他本人并不知情，反而一直为人类效劳，并未做过伤害人类的事。

这天是个难得的晴天。男人坐在客厅的窗台上，一腿屈起，低着头出神。他身旁摆着一个正在播放的唱机，唱机中央是一只火红的枫叶。

唱机边放着两个玻璃相框，三个人的合影，一张是斯洛学院入学那晚在校门口照的，一张拍摄于入职后的秋天，背景是意识治安局办公楼前的枫树林。传说，在枫叶落地前就接住它的人会得到幸运，但好像最后他们谁也没能接住。好在传说还说，一起看到枫叶飘落的人们可以永远不分开。

电视机前的茶几上，一条红彤彤的天使鱼活蹦乱跳，游弋在空荡的玻璃缸内。

隔着玻璃推拉门紧邻的，是阳台一角的紫砂花盆里，一株生机盎然的木棉花。一只毛茸茸的小黄鸡蹲在底下乘凉。

有的枝条倔强地爬向高空，定格在冬日的骄阳下，一阵微风拂过，随风轻轻晃动起来。有的枝条紧密地挨在一起，交错重叠着，枝条上还冒出些柔嫩的小芽。

男人轻轻闭起眼，学着她曾经教他的那样，感受阳光。

"太阳出来了。"他轻喃道，"晒在身上……我觉得……有些冷。"

他蹙眉，沉默良久。

自言自语一般："她再也晒不到了。"

轻笑，泪流满面。

客厅的电视里播放着近期大热的科学探索栏目，他却无心听，仿佛把音量调到最大，只是为了让这冷清的屋子显得热闹一点。

"最近黑洞附近出现的异常信息波动，牵引着众多天文爱好者的心。下面我们连线时间管理局的付安安修正员……安安你好。"

"主持人好，观众朋友们好。"电视上出现了一个年轻端庄的女孩，笑

容甜美，"是这样的，宇宙学膜理论认为，我们观测到的四维宇宙是嵌入在更高维度宇宙空间中的'膜'。参照两点间最短距离公式，额外维度为四维宇宙中的两点提供了一条超光速捷径通道。"

"明白了，可以进一步谈谈这说明了什么吗？"

"这也就是说，虽然物质在四维空间中没有逃离黑洞的出口，但是信息通过额外维度开通的捷径进入高维空间，然后再返回，是具备可能的。"

主持人露出吃惊的神情："哦，这有点像我们通俗说的穿越时空了！"

"从某种意义上说，可以这么理解，主持人。"

"说到高维空间，我想到了两个月前两大文明决战那天，时间管理局监测到的空间波动，网上甚至出现了关于'超能力'的热帖，说能力拥有者可以凭空创造一个在我们所处空间外的、只属于自己的四维空间。对此安安是怎么看的呢？"

"对于这一现象，目前科学界尚没有给出明确的解释，可以看作是宇宙间一种亟待研究的神秘新能力。"付安安微笑道，"不过网友给出的超能力猜想，不失为未来研究的一条思路……"

电视前，小鱼游得欢快。它的名字叫"七辈子的记忆"。因为鱼没有温度、没有感情、没有心跳、没有泪水，有的只是七秒钟的记忆。其实也不是没有泪水，只是泪水流进水里，分不清了。

突然，它就像受到了一股巨大的震动般，从鱼缸里跳了出来，掉在干旱的地板上，等待着慢慢枯竭的命运，无人问津。

一大团火光乍泄……

他想起那个除夕夜，她手里那支绚丽的仙女棒，他灰白色的单调世界里，仅有的一束色彩与光热……

只有那些时刻，他才感觉自己坚硬冰冷的外壳下，是有颗滚烫的心脏在热烈跳动着的，流经四肢百骸的血液是有温度的，他是活着的，是一个生命体。

红光满屋，热烈绚烂。

是"爱"吗？他虚无人生中最盛大的一场烟火。故事由此开始，也就此终结。

每日新闻时间，主播的声音从电视机里娓娓道来："大约二十分钟前，金曜城中心地带一高档公寓内发现火情，起因疑似是一名机器人自燃，身份待确认……好，接下来看娱乐新闻。

"国际人气天团的九十周年特别专辑 *WE ARE FOREVER ONE* 于 12 月 12 日正式发行,毫无意外地获得了强烈反响。备受瞩目的是,'救世主'楚歌也参与了主打曲 *Back To The Galaxy* 的作词,不愧是为全人类准备的银河级音乐献礼!接下来让我们一同欣赏……"

方圆百里外的烈风揉成一团香
香甜的梦境被安置在玻璃鱼缸
钢筋的枝丫在野种子上了膛
淌进基因让突变为欲望搔个痒
氧化爱被人工拼音还原出心脏
葬送着谁的记忆生成谁的难忘
嗷嗷待哺的文明等待一场扩张
凭我们都有一生的短暂与漫长
等得来消亡也等得到灭亡
等你的信仰也是我的信仰
等一名仿生人梦见电子羊
扬起头望见了铁铸的月亮
亮光里住着一位外星姑娘
酿着一罐冰冷冷的桂花酱
讲述着一座不沉的乌托邦

倘若神话里的英雄不退场
谁敢将这辉煌唱成那过往
钢铁成墙 强者为王 妄念作殇
他乡成故乡
地球不过是一颗跨越光年的流浪
浪漫的橱窗 开进天花板的想象
像一吨月亮 梦见亿年前的月光
它问月光为什么冰凉
月光说因为银河滚烫
银河滚烫 呼召遥远的方向
就去碰撞 就去徜徉
不久天亮 我们都将要远航

带着家乡　奔赴远方

We are forever one uh

We are forever young

……

时空是循环往复的唱机，一圈又一圈，把人的一生回放。

结局早已写在开头，不过一遍遍循环，演绎着命中注定。

又是一年十二月。

真的会有奇迹吗？